国家社会科学基金项目"拜占庭（东罗马）文学史研究"
（项目编号：14BWW065）
本书受到云南省哲学社会科学学术著作出版专项经费资助

商务印书馆（上海）有限公司　出品
The Commercial Press （Shanghai） Co.Ltd

Ή Ιστορία
της
Βυζάντινης Λογοτεχνίας

拜占庭文学史

刘文孝　主　编

宁　凡　副主编

张　瑶　刘圣雨　刘　艳　黄凤英　参　编

商务印书馆
The Commercial Press

图书在版编目（CIP）数据

拜占庭文学史/刘文孝主编.—北京：商务印书馆，
2022
ISBN 978－7－100－20254－1

Ⅰ.①拜…　Ⅱ.①刘…　Ⅲ.①文学史—拜占庭帝国
Ⅳ.①I500.93

中国版本图书馆CIP数据核字（2021）第164498号

拜占庭文学史

刘文孝　主编

商　务　印　书　馆　出　版
（北京王府井大街36号　邮政编码100710）
商　务　印　书　馆　发　行
山东韵杰文化科技有限公司印刷
ISBN 978－7－100－20254－1

2022年11月第1版　　　开本640×960　1/16
2022年11月第1次印刷　　印张39½
定价：180.00元

主编简介

刘文孝，1941 年生，籍贯昆明，原云南师范大学中文系教授、外国文学教研室主任、云南地方文化研究所所长，曾任云南大学旅游文化学院中文系主任，现任昆明城市学院教授、专业顾问。专业方向为外国文学、中外文化。曾主持 15 项国家级、省部级、省厅级课题研究，发表论文百余篇，主编或独立出版著作 21 种。其中，《罗马文学史》填补了中国罗马文学研究百余年的空白，与《拜占庭文学史》可为姊妹篇。曾先后 7 次获得省部级和省厅级奖励，2011 年被评为云南省高等学校教学名师，2012 年获准建立比较文学与世界文学名师工作室。

| 目　录 |

序

世界文学若分以星野，则非洲文学、欧洲文学、北美文学、拉美文学、西亚文学、南亚文学、东亚文学也。非洲文学，上古坟典几乎尽轶，古代晚期以降，亦并入欧洲西亚文学，称为欧非西亚文学，诚世界文学之洋洋大观也。吾国治欧非西亚文学专著，内容上自古希腊，下迄今世，卷帙浩繁，汗牛充栋，大哲前贤，厥功甚伟！然百年以还，尚未见罗马与夫拜占庭之文学史问世。

盖罗马之尽取希腊而代之，约在公元前二世纪，而其亡于蛮族，则公元五世纪也。其间约七百年。公元四世纪，君士坦丁大帝迁都拜占庭，筑君士坦丁堡，建东罗马帝国，其正朔绵延千余年，至一四五三年而尽。两大时代，除却百余年交集而外，共约一千五百余年。此一千五百余年之欧非西亚文学，于吾国外国文学之治与授也，皆语焉不详，甚且若拜占庭文学者，只字未及焉。

余读外国文学史至此，每有憾焉，亦不揣谫陋，欲有以补也。奈何杂务缠身，更兼昊天不悯，谴以眼疾，迁延至本世纪初，退为中隐，方约二三同仁，勠力同心，终成吾国首部《罗马文学史》。其后十余年，蜗居遭拆，携妻流寓四方，聊以糊口，而于拜占庭文学史之治，未尝一日忘也。洎乎本世纪二十年代，王君昆来邀余入云南师范大学商学院，得避风雨，且不以事务责之，方得一偿夙愿，且蒙国家社科基金以拜占庭文学史立项。遂与二三同仁，切磋琢磨，五岁有奇，遂成吾国首部《拜占庭文学史》。与《罗马文学史》合观，则欧非西亚文学一千五百余年大旨，可观诸掌矣。若云补天，则吾辈岂敢。若言拾遗补阙，令吾国之欧非西亚文学之治，稍趋完整，则所愿也。转忆当年《罗马文学史》杀青之日，贺师祥麟先生为之序，今日《拜占庭文学史》成，则先生已仙逝有年，思之凄然！

刘文孝

庚子春节于云南师范大学商学院寓所

凡 例

1. 重要人名、地名、术语之汉语译名，必要时均以括弧注明原文，以便查阅。译名能从其主且约定俗成者，一概尊用。然人名地名之旧译名，若与其母语读音相距过远者，则适当改译，务求名从其主，近乎其母语读音。

2. 拜占庭人多有绰号。其来由，一为祖籍或郡望，二为职务，三为特征，一如华夏习俗。然汉文乃形意文字，而西文则表音。以祖籍、郡望为外号者，音译可也，若"大马士革人约安尼斯"，有如华夏"袁项城"。以职务及特征为外号者，音译则无以表其意，故意译为宜，如"大智"莱翁、"孤儿总监"约安尼斯有如华夏"黑旋风李逵""宋押司"。唯其绰号置于名字之后，此则不同于华夏者。今依华夏习惯，置于名字之前。然亦有绰号几成姓氏，且不可意译者，仍以音译出之。如大作家"普瑟罗斯"以号行，意为"口吃"，意译则不敬矣，仍以音译。要之以不生歧义，尽量方便读者为的。

3. 人名首次出现，或必要之处，标注其生卒年代。然有不可知者，仍付阙如。

4. 引文注释，除个别常识性语句略作夹注外，一律脚注。

5. 书末附外文汉文译名对照表，意在便于读者检索名实与页码。

6. 缩写文字，概依国际惯例，如"Greek Anthology"之为"AG"。

7. 书末附参考文献，以便参考。偶有出于学术网站者，行文随时标注，不另列出。

绪　论

第一节　拜占庭文学的社会历史背景

一、拜占庭文学的时空范畴

拜占庭帝国（the Byzatine Empire）原名罗马帝国（Imperium Romanum；Βασιλεία Ῥωμαίων），但不是奥古斯都屋大维（Gaius Octavius Augustus，前63—14年）建立的那个"罗马帝国"，而是君士坦丁大帝（Flavius Valerius Aurelius Constantinus Augustus；Κωνσταντῖνος ὁ Μέγας，272—337年）建立的罗马帝国[①]。这个帝国大概是世界上存在时间最长的国家实体，从公元330年定都君士坦丁堡（Constantinopolis；Κωνσταντινούπολις）算起，到1453年君士坦丁堡陷入奥托曼帝国（the Ottoman Empire）之手，长达1123年。它的头，从奴隶制社会退出来；而它的尾，已进入人类历史上最伟大的变革——文艺复兴。它的历史，就是欧洲封建社会一部完整的历史，也是欧洲专制集权政体完整的历史。它结束了欧洲巫术的多神教信仰，确立了欧洲一神教的宗教信仰，由此，它创造的文化，既不同于古希腊和罗马的多神教文化，也不同于后来欧洲的人道主义文化，而是主张一神二性的东正教文化。在这样的历史背景下，它自然创造了独特的拜占庭文学。

拜占庭本来不是这个国家的国号，而是君士坦丁堡城的前身——那个古老的拜占庭小城——的名称。君士坦丁大帝以共治帝身份[②]定都拜占庭之

---

① 罗马国家出现于公元前7世纪，前27年，屋大维削平群雄，建立"帝国"，获尊号"奥古斯都（第一公民）"。此帝国于公元476年为日耳曼人所灭，史称"西罗马帝国"。罗马帝国晚期实行四帝共治制度，公元330年，共治帝之一的君士坦丁大帝定都君士坦丁堡，亦称其统治的国家为罗马帝国，史称"东罗马帝国"。

② 共治帝有两种含义：一是共同治理罗马帝国的皇帝之一。如君士坦丁大帝曾与塞维鲁斯（Flavius Severus）、马克西米安（Maximian）、马克森提乌斯（Maxentius）、李锡尼（转下页）

后，把它正式改称君士坦丁堡，而仍然称呼他统治的这个国家为罗马帝国，仍然自命为"罗马人"。只是因为这个"罗马帝国"的首都已在东方，所以，史家又把这个帝国称为"东罗马帝国"，以区别于公元 476 年灭于日耳曼人之手的那个"西罗马帝国"。直到 1526 年，德国学者海奥尼姆斯·沃尔夫（Hieronymus Wolf）才使用"拜占庭"这个词，以便区分古希腊、拜占庭和近代希腊这三个历史阶段；1680 年，法国学者杜·孔日（Charles Du Cange）直接就把"拜占庭"作为"东罗马"的代名词，写了《注释图解拜占庭史》。这个名称彻底避免了"东罗马""西罗马"（甚至还有叫"古罗马"的）混淆不清之嫌，听起来也豁亮，所以，爱尔兰诗人叶芝（W. B. Yeats）的诗名曰《驶向拜占庭》（Sailing to Byzantium），而不曰"驶向东罗马"。全世界的学者，也接受了这个名称。因此，世界有"拜占庭学"，而不曰"东罗马学"。但中国有人玩点儿文字游戏，就想以"罗马"之名，彻底否认"拜占庭"国家之实，实在不足为训。

　　"拜占庭文学"，其界定就应该是"拜占庭帝国"存在时期所创造的文学。但这只是时间的界定。空间界定则比较困难，因为拜占庭帝国的疆域始终变动不定。盛极一时，则地跨欧亚非三洲，可以媲美罗马帝国；衰败下来，则龟缩博斯普鲁斯海峡孤城。因此，空间界定宜宽不宜窄，举凡曾经隶属于拜占庭帝国的地方，在其隶属于拜占庭帝国时产生的文学，都应该归在"拜占庭文学"范畴之中。

二、拜占庭文学的渊源

　　拜占庭文学的产生，既不同于古希腊文学，又不同于罗马文学，也不同于后世文学。古希腊文学，前无古人，只好从头开始，筚路蓝缕，厥功甚

（接上页）（Licinius）几人共同为罗马帝国共治帝，每人分管一片地区。君士坦丁大帝（272—337 年），306—324 年曾为罗马帝国共治帝；324—337 年则为全罗马帝国皇帝。二是拜占庭帝国的共治帝，又称"恺撒"，相当于王储，在皇帝的子嗣中选任。

艰。罗马文学，上承希腊文学，虽有其精神之自我树立，但究竟未能脱出巫术文化藩篱，至于其形式则全拜"希腊化"（Ἑλληνιστής；Hellenisation）之赐。拜占庭文学，无须白手起家，有希腊文学、希伯来文学（《旧约》）、罗马文学之典范在前，故起点自然崇高。但它又已摆脱巫术文化之桎梏，超然入于基督教之宗教境地，不特文学精神有别于希腊、希伯来和罗马，即便形式，虽仍有借鉴之处，但已是自立门户了。至于后代文学，就欧洲而言，已是人文主义文学及其遗脉，无神论与科学精神为其归宿，创造者亦不乏草根小民，甚且以草根小民为主，故其形式亦所谓"人民大众喜闻乐见"者，如小说便是。而拜占庭文学则为典型的宗教文学，创造者多为社会与宗教上层人士，宗旨则不乏为现代人所厌恶的"教化"愚民的目的，故其形式亦如之。此则拜占庭文学之不同于先后各种文学，而又有承先启后之功用。但拜占庭并非只继承希腊、希伯来和罗马遗产，因其盛时，地跨欧亚非三洲，地中海不啻其内湖，所以，拜占庭文学亦继承了这些地区的文学遗产。举其大者，则有中东小亚细亚诸如叙利亚文学、北非诸如埃及文学，也皆为拜占庭文学之旁侧根系，甚且就是拜占庭文学的一部分。所以，拜占庭文学又是一种兼容并包的文学体系。

古希腊文学对拜占庭文学影响至巨者，并非真正的雅典的古典文学，而是以亚历山大城（Ἀλεξάνδρεια）为中心的亚历山大文学和希腊化文学。但亚历山大文学本身又包含两种因素，即阿提克（Ἀττική）因素和希腊犹太（Graeco-Judaic）因素，形成学院风格与通俗风格二元并存的局面。就连文学也包含这样的二元性：一种是学院派的学术性，另一种是民间的通俗性。前者植根于亚历山大哲学智者学派（Σοφιστής），后者则以忒奥克利特（Θεόκριτος）[①]的田园牧歌为宗师。不过，在这两种因素中，亚历山大学派的影响得到官方承认，始终占着上风。这种倾向突出的特点是所谓"阿开亚风"（ἀρχαϊκός），即仿古风气。这种风气表现于教育中，就是把修辞学作为

---

① 忒奥克利特，古希腊田园诗人，逝于前 260 年以后。

主课。基督教早期教父们（Early Fathers）受的就是这种教育。因此，早期教父们的著作可谓希腊化与基督教思想的混合体。4—6世纪基本如此。7、8世纪，由于伊斯兰崛起，拜占庭帝国岌岌可危。这种风气曾一度衰落。但从9世纪拜占庭中兴以后，仿古又蔚然成风。早期的圣徒传基本按这种风格写成。从13世纪第四次十字军东征直到15世纪君士坦丁堡陷落，中间虽有通俗的浪漫传奇产生，但并未能颠覆仿古风格的主流地位。古典希腊和基督教传统，尤其是东正教传统时分时合，始终是拜占庭文学两大源泉。

拜占庭帝国既然是罗马帝国的直接继承者，当然也是罗马文学的直接继承者。而且，罗马文学的影响，在拜占庭帝国初创时期，甚至占着主流地位。不必说基督教是由罗马皇帝君士坦丁承认为国教的，就是拜占庭文学的严肃性，也是直接继承了罗马文学的人类青春期的严肃性，而非继承古希腊文学的人类儿童期的天真性。只不过罗马文学的严肃性所包含的自律精神、责任精神和虔诚精神被移植到基督教教义中，体现为对上帝的崇拜、顺从和对人类自身罪过的反省而已。

在亚历山大城，除了"异教徒"[①]的作家以外，还有早期基督教作家在活动。尤其希腊东方基督教（Graeco-Oriental Christianity）其实就起源于此处。《圣经》著名的"七十士译本"（ἡ μετάφρασις τῶν ἑβδομήκοντα），就产生在此城。希腊哲学与基督教教义的融合，其初期最高境界就体现于费龙（Φίλων）[②]的著作之中。新柏拉图主义（Neo-Platonism）与普罗提努斯（Πλωτῖνος；Plotinus）和珀弗利奥斯（Πορφύριος；Porphyrios）[③]学说的结合，也是在亚历山大城完成的。基督教早期两派重要人物，如欧利根（Ὠριγένης

---

① "异教徒"指基督教产生前各种巫术信徒，包括多神教信徒。因其生活于基督教产生前，未能信奉基督教，不算罪过，故称为异教徒。但丁《地狱篇》候判所中的荷马、维吉尔等人便是。基督教产生后仍不肯皈依，而坚信其他者，则称为"邪教徒"。基督教中亦分派系，得势者即正统，失势者则被称为"异端"。

② 费龙（前20—50年），亚历山大城犹太哲学家。

③ 普罗提努斯（204/205—270年），新柏拉图学派代表。珀弗利奥斯（234—305年），罗马哲学家，普罗提努斯的学生，曾编辑普罗提努斯的作品，他本人在逻辑学方面颇有建树。

Άδαμάντιος)①、阿桑那修斯（Άθανάσιος）以及他们的论敌阿雷奥斯（Άρειος）②
等人都是亚历山大人。埃及的基督教隐修派（μοναχός）也起源于亚历山
大城。至于安条克（Άντιοχεια；Antioch），也是拜占庭帝国的一大文化中
心，基督教著名的圣经注释学派的代表约安尼斯·赫吕索斯托莫斯（ὁ ἅγιος
Ἰωάννης ὁ Χρυσόστομος）③ 就在此活动。后来基督教的教会诗歌也萌芽于此。
而巴勒斯坦更是最后一位希腊教父、著名的大马士革人约安尼斯（Ἰωάννης ὁ
Δαμασκηνός）④ 的故乡。中东和北非的以上这些地区，在 7 世纪以前，都曾经
是拜占庭帝国重要行省和经济文化中心，对拜占庭文学的发展做出过巨大的
贡献。

总之，拜占庭帝国是一个地跨欧亚非三洲的大帝国，它的文学之根，也
就四面铺开，深深地扎在这毗邻的三洲土壤里，绵延一千余年，生成了由巫
术时代文学向宗教时代文学转化的源泉和代表。

三、拜占庭文学分期

人类文化史大约分三个阶段：巫术文化阶段、宗教文化阶段、科学文
化阶段。从欧洲以及欧亚非三洲交界地区而言，与这三个文化阶段相应的社
会形态阶段，大约巫术文化对应于古希腊与罗马的游牧游耕文化，宗教文化
则对应于拜占庭的封建时代的农耕文化，而科学文化则对应于文艺复兴以后
直至今日的工业商业文化。文学是文化的一个分支，文学史必然也是文化史
的一个分支。从这个角度看，拜占庭文学属于典型的封建时代农耕文化的文
学，既不同于古代的巫术文化的文学，也不同于后来科学文化的理性文学。

---

① 欧利根（184/185—253/254 年），基督教神学家、哲学家，圣经哲学奠基人。
② 阿桑那修斯见第一章第一节专节介绍。阿雷奥斯（250/256—336 年），基督教阿雷奥斯派创始
人，谓耶稣基督亦属造物，神性低于圣父，因而被视为异端。
③ 约安尼斯·赫吕索斯托莫斯（约 347—407 年），早期教父代表人物之一，口才极好，人称
"金口"。
④ 大马士革人约安尼斯，见第二章第五节专节介绍。

农耕文化有个普遍的特点，就是文化与政治关系异常密切，具体表现就是行政权力与宗教势力密不可分。而这种关系大约有两种形态：政教纷争，或者政教合一。而政教合一又可分为三种形态：政教合一，也就是政统治教，教服从政；教政合一，即教统治政，政服从教；政教分工合作，即但丁《神曲》中说的，国王领导人民，求得现世的幸福，宗教引导人民，求得天国的幸福。正因为文化与政治关系如此密切，所以，农耕文化时代的文学与政治的关系也非常密切，往往王朝的更迭，便是文学内涵与风格变化的契机。反过来，文学的变化，也反映乃至影响政治的变化。因此，农耕时代的统治者都重视文学的这种反作用。聪明的统治者因势利导，为而不恃，为文学的发展创造宽松的环境，文学便能健康发展，同时往往也对统治者报之以由衷的歌颂。愚蠢的统治者则只懂得"顺我者昌，逆我者亡"，除了歌功颂德，不允许文学有半点出格，结果，歌功颂德蜕化为阿谀奉承，盛世气象消亡于吹牛拍马。反倒是稍有良心的下层文人为民请命的创作能流传千古。这就是所谓社会发展与文学发展不平衡。因此，封建时代的文学与政治，便会呈现出正相关或者负相关的规律。但无论正相关或者负相关，文学与政治的变动总是处于密切的相互影响的关系之中。

拜占庭文学是封建时代农耕文化中的文学，当然也摆不脱这种关系的影响。当然，说文学与政治关系密切，并不是说，政治上有个风吹草动，文学便如响斯应。文学与政治的具体关系，只是与政治的兴盛衰亡的大趋势保持正相关或者负相关的相应变化而已。而这也恰好是那种鼠目寸光的政治家们不明白的。这种政治家往往以为文学与政治只有正相关一种关系，而他们理解的文学与政治的正相关，便是文学家跟在政治家屁股后面亦步亦趋而已。殊不知那样做，往往适得其反，文学堕落了，政治最终也垮台了。拜占庭文学既然是封建农耕时代的文学，考察其发展轨迹，当然必须看到其与政治变化的相应规律，但也只能从政治的兴盛衰亡这种大节上看，而不能眼光短浅。

基于以上认识，拜占庭文学的发展大致可以分为四段。

第一段，4—6世纪。拜占庭文学继承了古希腊罗马文学，因此，异教文化性质的文学仍然繁荣。但这种继承，不是复兴古代异教文学，而是借用古代文学的形式、技巧乃至某些观念，建立新的文学体系，为新取得统治地位的封建专制制度和基督教神学服务。基督教精神笼罩下的新文学诞生。

第二段，7—9世纪。虽然国家与社会动荡不安，但基督教已把异教文化精神消化吸收，完成了自身的逻辑化与系统化，巩固了精神领域的统治地位。拜占庭文学也由借鉴草创进入全面发展阶段，建立了基督教精神笼罩下的新文学体系。

第三段，9世纪下半叶—13世纪初。马其顿王朝开辟了拜占庭的复兴时期，拜占庭文学全面繁荣。但盛极而衰，尤其在1204年，第四次十字军攻占君士坦丁堡，拜占庭国家残破，文学创作一度低落。

第四段，13—15世纪。帕莱奥罗果斯王朝收复君士坦丁堡，重建拜占庭帝国，再次带来国家的复兴，文学领域再度繁荣，但更偏重学术研究，为拜占庭灭亡后欧洲文艺复兴运动奠定了基础。

四、拜占庭文学的社会性质

文学是人类精神生活最开放的一个领域之一，无论贫富贵贱，都可进入。社会各种势力自然都会自觉或不自觉地进来占一块地盘，形成各自的分野。参与占领拜占庭文学领域的，大概有两大阶层、五种社会势力。两大阶层即封建统治阶层和社会下层。封建统治阶层又可分为四种势力：皇权、教会上层、知识界上层和外省贵族。社会下层则指平民，包括下层神职人员、士兵、市民及自耕农。这五种势力，相互之间有对立，也有勾结。总体而言，封建统治阶层与社会下层是对立的。皇权、教会上层、知识界上层和外省贵族，在对付平民这方面，绝对是一致的；但是，有时外省贵族也会拉拢平民，以对抗乃至夺取皇权和教权。皇权与教会上层，在对付平民和外省贵族时，又是绝对一致的。但若没有其他动静，他们又会互相拼个你死我活。

知识界上层则游移不定，相机而动。教会上层与知识界上层也矛盾重重，主要表现为古典异教观念与教会信条的矛盾。

但是在教会内部，还有正统与异端之争。因此，拜占庭社会上层总是不断地出现宫廷政变、军事政变、宗教冲突，几乎国无宁日。至于平民，虽然处于社会底层，与皇权、教会以及外省贵族都会有矛盾，但又时时与上层的某一种势力联手，掀起社会动荡的波澜。何况平民自身也并非铁板一块，有时平民内部的分裂与冲突也会酿成大祸。尤斯廷尼安诺斯（Ἰουστινιανός，约 482—565 年）时期的尼卡暴动，就是先由民间两派冲突，最后导致两派一致对政府的大暴动，而政府则靠雇佣兵进行屠杀镇压，死伤数万人。正因为社会动荡如此，这五种势力在文学领域所占的地盘，也经常处于动荡不定之中。大体而言，皇权、教会上层与知识界上层一直占据着最大的地盘，处于统治地位。自 9 世纪以后，外省贵族崭露头角，迅速壮大，建立自己的文学领地，政治上则与皇权和教会上层发生冲突，乃至夺取政权，建立新的王朝。但紫袍加身后，他们自身又与皇权以及教会上层合二为一。至于平民，虽然从 5 世纪开始，即已在文学领域中找到自己情绪的表达者，如那些写春秋史话的作者约安尼斯·马拉拉斯之流。然而，即使如此，这些代言人也言必称基督，颂皇威，以求教会和皇权的庇护，所以，终究没成为大气候。直至 13 世纪，尤其第四次十字军攻陷君士坦丁堡后，拜占庭国家内外交困，每况愈下，对草根小民的控制已是力不从心，平民文学才迅速发展壮大起来，其成就浸浸乎直追乃至超越上层社会的文学，直至拜占庭国家灭亡。

如果就每种社会势力在各自领域中的专长看，那么，异教知识界存在时间最短，从君士坦丁大帝于 330 年定都起，到尤斯廷尼安诺斯于 529 年查禁雅典学院为止，正式存在近两百年。在它合法正式存在的时期，出现了不少修辞学家、诗人和历史家。如农诺斯（Νόννος Πανόπολιτης，约 300—400 年）、普罗克罗斯（Πρόκλος ὁ Διάδοχος，412—485 年）、普罗阔皮奥斯（Προκόπιος ὁ Καισαρεύς）、阿噶希亚斯（Ἀγαθίας ὁ Μυρίνα）① 等。他们的作品主要有古典铭体诗、史诗、历史。尤其是拜占庭严肃的当代史，就是由这些异教史家，如普罗阔皮奥斯、阿噶希亚斯所创立和奠定基础的。不过，雅典学院之被查禁，也并不等于异教文化和文学就此断绝。阿开亚风格，即仿古之风，其实与拜占庭国家的命运相始终。研究古典之风，一直持续到拜占庭灭亡。甚至在它灭亡后，拜占庭的著名大学者贝萨里翁（Βησσαρίων，1403—1472 年）等人，还把拜占庭的古典研究带到意大利，为在意大利开始的文艺复兴奠定了基础。尤斯廷尼安诺斯的查禁，只不过在形式上禁止了异教文化与异教文学。实际上，异教文学不论就内容或是形式而言，已被教会文学和世俗文学所吸收消化，成为拜占庭文学的有机组成部分。

　　皇权领域便是王室文学，往往以颂歌、恩括密翁（赞词）、训谕、祝词、悼词、历史等见长。这些作品的作者，有皇室御用文人，如尤瑟比奥斯（Εὐσέβιος τῆς Καισαρείας）② 写《圣君君士坦丁传》、普瑟罗斯（Μιχαήλ Ψελλός）写《春秋》。甚至也有皇室人物，如君士坦丁七世（Κωνσταντῖνος Ζ΄ Πορφυρογέννητος）的治国方略、安娜·孔穆宁娜（Ἄννα Κομνηνή）以及约安尼斯六世（Ἰωάννης ΣΤ΄ Καντακουζηνός）的历史著作③，曼努埃尔二世（Μανουήλ Β΄ Παλαιολόγος）④ 的诗歌和葬词，一直流传至今。总体而言，王室文学虽然在内容和体裁方面喜欢仿古，但并不妨碍其中产生了杰出的乃至伟大的作家和作品。杰出的如安娜·孔穆宁娜的《阿莱克修斯纪》（Ἀλεξίάς）。伟大的就数米哈伊尔·普瑟罗斯了，他的《春秋》虽然也冠以"春秋"之名，但已彻底摒弃了民间"春秋"的草莽性质，可与顶尖的严肃当代史相颉颃，堪称拜

---

① 普罗阔皮奥斯与阿噶希亚斯分别见第一章第六节与第九节专节介绍。

② 尤瑟比奥斯（260/265—339/340 年），因与其师潘菲罗斯（Πάμφιλος）关系紧密，故又称潘菲罗的尤瑟比奥斯（Εὐσέβιος τοῦ Παμφίλου）；又因任恺撒利亚主教，故亦称恺撒利亚的尤瑟比奥斯（Εὐσέβιος τῆς Καισαρείας）。

③ 普瑟罗斯、安娜·孔穆宁娜、君士坦丁七世以及约安尼斯六世，分别见第三章第五节、第七节、第四节以及第四章第二节专节介绍。

④ 曼努埃尔二世（1350—1425 年），帕莱奥罗果斯王朝皇帝。

占庭"春秋"类历史文学的巅峰之作。

　　教会文学则是拜占庭的一大创造。宗教文献与历史文献当然自古有之。近者如基督教所自出的《旧约》，使徒们所说的"福音"，远者如印度的"吠陀"，都不乏文学趣味。但究其实，它们确实不是文学作品，而是宗教文献。到了拜占庭时期，自觉的宗教文学作品产生了。基督教的神职人员和平信徒们自觉地用文学手段来歌颂他们的主，探讨与神合一的精神境界，诗歌与音乐是最常用的。纳齐安泽诺斯的格列高利奥斯、妙音罗曼诺斯（Ρωμανὸς ὁ Μελωδός）、卡西雅娜（Κασσιανή）、苏蒙（Συμεὼν ὁ Νέος Θεολόγος）[1] 等人的诗至今仍在传唱。宣讲教义、驳斥异教和异端，布道词、论战檄文，成就了卡帕多基亚三杰、金口约安尼斯，以及后来的大马士革人约安尼斯以及帕拉马斯（Γρηγόριος Παλαμάς）[2]。圣徒和隐修士们的生活也得到刻意的记述和传播。

　　在教会文学中，早期教父们的著作意义重大，因为它在人类思想史上，第一次提出了关于"绝对存在"的思考，标志着人类第一次彻底摆脱巫术文化，进入宗教文化。这不仅仅是宗教信仰问题，实在是人类告别巫术时代"人物不分，以物观物"的思维方式，第一次思考超自然、超物质的"绝对存在"问题，这才是真正的"形而上"的根本哲学问题。这个问题从拜占庭时代提出，经过人类整个宗教文化时代，直到今天，人类虽然已经进入科学时代，也仍然未能真正解决。尽管这个问题至今也不能真正解决，但它确实使人超越了"物"的品格，开始步入"人"的范畴。虽然人类至今仍不能说已经真正成其为"人"，距离真正的"人"的历史为时尚远，但无论如何，总算有点儿人味了。追根溯源，不能不归功于拜占庭教父时代基督教教义的思考和辩论。在世界各大思想体系中，除了佛学、18 世纪德国古典哲学以及马克思主义哲学外，还没有其他哪个思想体系能上升到这种思维的高度。

　　外省贵族早期承担着防守边疆，尤其是东部边疆的重任，晚期则逐渐问

---

① 妙音罗曼诺斯和卡西雅娜，分别见第一章第五节和第二章第六节专节介绍。苏蒙（949—1022 年），宗教官员，神职人员、作家、诗人。

② 帕拉马斯（约 1296—1357/1359 年），拜占庭晚期著名神学家。

鼎首都，乃至登上皇帝御座。贵族的风度，军人的豪气，富豪的胸襟，很适合史诗的歌咏。于是，他们创造了中世纪最早的英雄谣曲与英雄史诗。《狄格奈斯·阿克瑞忒斯》（Διγενῆς Ἀκρίτης）引领了欧洲封建英雄史诗数百年。

　　至于草根小民，在文学领域真正有话语权，至少已是马其顿王朝以后的事了。比如，瑟奥多罗斯·普罗卓莫斯（Θεόδορος Πρόδρομος）①的创作，还有不少无名氏作家的作品。但是，草根小民虽然发声晚，发出来的声音却在拜占庭非同凡响。他们诉说了人间的不平，揭穿了上层社会的卑鄙。当然，这些都是拐弯抹角说的，如用动植物故事影射人间。有时，他们甚至会哭穷。这在世界文学史上真是罕见。而且，在草根小民的代言人们正式系统地发声以前，拜占庭产生了一种新诗体，即"政治体诗"（πολετικός στίχος）。"政治体诗"的"政治"一词，与现今"政治"一词的含义有很大的不同，它主要不是指政权问题，其实际意思是指"城市"生活。而当时拜占庭的"政治"活动，确实多半发生在城市之中，尤其市民之中。所以，这种诗体名称的含义，可说是"市井诗体"。这种诗体植根于中世纪希腊语，也就是植根于民众活的语言之中，便于表达贩夫走卒的思想感情，也较易于为贩夫走卒所接受，因而，逐渐成为拜占庭诗歌一大诗体，后来也为文人们所使用。拜占庭一些重要的罗曼斯（传奇）和史诗，如《卡里玛霍斯与赫露娑萝》（Καλλίμαχος καί Χρυσορρὸη）就是用这种诗体写成的。

　　1204 年，第四次十字军攻陷君士坦丁堡，建立了几个拉丁王国。而拜占庭帝国则只剩下尼西亚王国（Βασιλεία τῶν Ῥωμαίων；Empire of Nicaea）、特拉帕宗塔王国（Αὐτοκρατορία της Τραπεζούντας；Empire of Trebizond，在黑海南部沿岸）和埃裴娄（莫莱亚）王国（Δεσποτάτο της Ηπείρου；The Despotate of Epirus；伯罗奔尼撒地区）几个相互独立的政权。这个历史的不幸引起了文学领域的一些变化。那就是贵族和教会对文学的控制被大大削弱。民间通俗文学反而发展起来，常见的形式就是歌谣、传奇乃至个别民间戏剧。传

————————

① 瑟奥多罗斯·普罗卓莫斯，参见第三章第六节专节介绍。

奇比较出名的有《莫莱亚春秋》(*Το χρονικόν του Μορέως*)、《亚历山大传奇》(*Διήγησις τοῦ Αλεξάνδρου* ; *Alexander Romance*) 和《阿奇莱伊斯》(*Αχιλληΐς*)。小亚细亚沿岸罗德岛 (Ρόδος) 上出现了最早的新希腊情歌集,名为《罗德岛情歌集》。此书除了各种歌曲外,保存了一部以数字游戏的形式讲述的传奇,说的是一个小伙子向一位少女求爱,在这位少女回答之前,他必须为这位少女写一百首诗,悄声说给这少女听,而且每首诗必须符合一到一百的顺序。克里特岛也出现了通俗诗歌,有的虽然产生较晚,甚至在拜占庭亡国之后,但仍保持了罗马、拜占庭和东方的因素。看来,拜占庭的通俗文学虽然成就较晚,但其生命力似乎比官方正统文学更顽强、更长久一些。

这样的分野,目的在于说明拜占庭各种社会力量对拜占庭文学的贡献,也说明其中体现了哪些社会力量的思想感情。当然,这种分野只具有相对的意义,只是为了说明拜占庭文学内涵的丰富多彩。其实,这种分野在拜占庭一千余年的历史中,是不断变化、交互渗透的。有些作家,其思想倾向虽有所侧重,但并非从一而终,甚至同时有几种化身。比如,米哈伊尔·普瑟罗斯身为国家重臣,又是学界泰斗,但对皇室的钩心斗角、帝王的狼子野心的揭露却不遗余力。又比如瑟奥多罗斯·普罗卓莫斯也曾接近宫廷,但拜占庭文学中著名的乞讨诗居然归在他名下。因此,对拜占庭文学的分野只具有相对的意义。

第二节 拜占庭文学的语言与审美

一、拜占庭文学语言的繁复与变化

工欲善其事,必先利其器。文学的工具,自然是语言文字,口头则为语言,书面则为文字。口头文学,在现代印刷术普及之前,非常发达,古希腊之诗人,若不能于大庭广众之中,声若洪钟,朗诵歌唱自己的作品,则何以为诗人?罗马帝国,政治斗争需要力陈己见,驳倒对手,演讲术为一切社会活动家所必备，故西塞罗名垂至今。拜占庭帝国虽然自君士坦丁大帝起，大权独揽，但祈祷上帝，对众布道，教派之争，亦少不了"君子动口"，所以，口头文学亦形式多样，尤以演说（ῥητορεία；oratoria）特别发达。而其时之纸张书写乃至印刷，非古代所可同日而语，故书面文字之应用，也较普及。故拜占庭文学之工具，口头言语与书面语言双美兼擅。

　　但人类语言从来就是巴别塔现象（Ο πύργος της Βαβέλ；the Tower of Babel）。拜占庭帝国疆域曾经把这宗教传说中的巴别塔地区（据说离巴比伦不远）也囊括在内，语言的巴别塔现象就更自然了。而在拜占庭这些各式各样的语言中，早期主要有五种：拉丁语、希腊语、古叙利亚语（Syriac）、埃及科普特语（Egyptian Coptic），以及埃塞俄比亚语（Ethiopic）。拉丁语是从罗马帝国继承来的，但拜占庭帝国的居民属于拉丁语族的很少。所以，没过多长的历史时间，拉丁语除了官方公文和少数上层人物使用以外，就逐渐被废弃了。大约在 6 世纪，拉丁语在拜占庭便宣告作古。希腊语是拜占庭帝国居民主体（希腊语诸族）用语，当然在社会用语中逐步取得了统治地位。但在文学中应用的希腊语，则情形比较复杂。前面说过，古希腊文学对拜占庭文学影响至巨的，是仿古风格，尤其是模仿古典时期的希腊文学。所以，拜占庭文学使用的希腊语，并非完全是当时流行的"中世纪希腊语"，也不是《新约》中使用的亚历山大地区的"阔伊奈方言"（ἡ κοινὴ διάλεκτος），而更多的是模仿古典时期以及希腊化时期希腊文学的书面语，甚至还有作家不畏高古，模仿荷马史诗的语言。这样，拜占庭文学使用的希腊语，便形成一种特殊的"双层语言"，即同一种语言中，社会地位不同的人，出于不同的目的，使用了同一种语言的不同形式。而这不同的高低雅俗的语言形式，随着历史的变动，又有不同的命运。7 世纪以前，"高雅的"希腊语真是高高在上。但随着伊斯兰兴起，拜占庭帝国大片领土被侵蚀乃至被占领，"高雅的"希腊语也一度式微。9 世纪以后，随着帝国的复兴，它又复活了。尤其在 13 世纪初，第四次十字军东征，不去征伐他们所谓的"邪教徒"，反倒把同信仰的君士坦丁堡占了，激起拜占庭人上下一致的同仇敌忾。他们更以古奥"高雅的"希腊语表现对拉丁语族的蔑视。同时，各种方言的希腊语也活跃起来，逐渐构成后来的现代希腊语的基础。所以，拜占庭文学的希腊语颇有点儿像中国宋元以后的文学语言，文言与古白话并行不悖，各为其特殊的对象服务。

至于叙利亚语、北非地区的埃及科普特语，以及埃塞俄比亚语，在 7 世纪以前，也是拜占庭文学语言的重要成员，并且产生了不少重要的文学作品。但是，随着这些地区在 7 世纪被伊斯兰势力征服，不再属于拜占庭帝国，这些语言也就脱离了拜占庭文学。

因此，可以说，7 世纪以前的拜占庭文学语言，真是丰富多彩的巴别塔语言。7 世纪以后，则是希腊语的独家天下，虽然希腊语本身还有种种变化和分歧。正因为如此，有的文学史家把拜占庭文学置于希腊文学的长河之中，把它作为希腊文学的一个阶段加以考察。[①]

二、拜占庭美学精神

文学属于艺术范畴。艺术受美学的指导。因而谈文学不能不谈美学。

一切宗教创立之初，似乎都没有注意到"美"。基督教也不例外。《圣经·旧约》里提到"美"（καλός），但那不是希伯来文里原有的，是希腊神学家翻译时才用的字眼。并且，其含义不是今日审美体验所指的"美"，而是指造物者上帝神性之圆满，以及上帝造物之圆满，这圆满又主要指其德性。但是，基督教成为罗马帝国的国教以后，尤其在拜占庭帝国建立以后，基督教已经成为占统治地位的宗教，不再是受尽迫害的宗教了。于是，苦难不再是宗教活动的主题，人生的其他精神需要向基督教提出了新的问题，其中包括人类的审美活动。基督教必须回答这些问题，否则，它就没有尽到统

---

① 哈佛大学格莱高利·纳吉（Gregory Nagy）主编的 9 卷本《希腊文学》（*Greek Literature*）第 9 卷就是拜占庭文学（论文集）。

治性宗教或者说国教的责任，它的统治地位就不合理，乃至不合法。基督教究竟不愧是能够自我革新的宗教，何况，它首先是在具有希腊审美传统的拜占庭帝国成为国教的，自然会把希腊多神教的审美传统接收到自己的教义中来。可以说，拜占庭帝国的基督教神学家们，在基督教中首先自觉地注意到了"美"的问题。

但是，美学离不开哲学。在古代，它甚至只是哲学的一个分支。所以，谈美学，不能不谈哲学。那么，说拜占庭美学，当然也不能不说拜占庭哲学。哲学有两个重要内容：一是宇宙的本质、起源、运动规律和归宿，这是本体论；二是人能否认识这个本体。如果能认识，又将如何认识；如果不能认识，又将如何补偿。探讨这个问题的目的，其实就是寻找人类安身立命之处，或者叫"救赎"。这是认识论。拜占庭帝国时期，基督教已经占据精神领域的统治地位。哲学当然要服从基督教教义，何况这教义本身也是一种伦理哲学体系。所以，拜占庭哲学的一个源头就是基督教教义，另一个源头就是古希腊哲学。但这时的希腊哲学已不是古典时期的希腊哲学，而是古希腊已经灭亡后的希腊化时期的哲学。它的主要学派已经是新柏拉图主义和折中主义。拜占庭哲学就建立在这两种或者说三种哲学基础上，因而，其本身虽有大体统一的观念，但也不是纯一的。首先，在本体论上，关于宇宙的本质、起源和归宿，拜占庭哲学接受了基督教教义，即上帝是宇宙的本源，自足自在，不生不灭，不增不减。宇宙万物都是上帝的造物，来自上帝，最后也必将归于上帝（末日审判）。

这几点，可以说，除了异教，拜占庭一切基督教派都达成了共识。何况这种共识还是经由行政权力干涉而形成的，即由拜占庭的皇帝们主导的，当然无人敢于公然否认。但是，涉及宇宙运动的规律，基督教内部就认识不一了。首先是宇宙存在的形态，是一元的，还是多元的？是一种形态，还是多种形态？一种观点认为，宇宙是二元的，即有精神的宇宙，也就是神的宇宙；还有物质的宇宙。神的宇宙，也就是神自身，是崇高的自足自在；而物质宇宙是卑微的被造。两者无法同一。另一种观点认为，宇宙是一元的，神是宇宙本源，而宇宙万物则是神的流溢，依赖神的恩惠和经过人的努力，是可以与神同一的。拜占庭基督教哲学论争的焦点，就集中于此。而这是皇帝用行政权力也无法统一的。因为古往今来的皇帝很少具备哲学思考的能力，何况他们关心的只是专制权力，只要不危及专制权力，皇帝们也懒得多管。而权力的专制，只要哲学承认一神论就行了。天上只有一个神，地上只有一个皇帝——君权神授。若按东亚的说法，皇帝还是天之子。天子之权，不用经过"神授"这么啰唆，直接从他老爸即从"天"那里接过来，这就足矣！所以，聪明的皇帝懒得管这些纠缠不清的争论，只要争论双方拥戴自己就行。而愚蠢的皇帝自作聪明，插手这类争论，往往弄得天下大乱。拜占庭有聪明的皇帝，如君士坦丁大帝，虽然亲自主持制定了千古信条《尼西亚信经》（Σύμβολον τῆς Νικαίας；Symbolum Nicaenum），但对不合信经教义的"阿雷奥斯派"也不妨重用。也有愚蠢的皇帝，如捣毁圣像运动中的各自支持一派的那些皇帝。

君士坦丁大帝主持制定《尼西亚信经》

至于认识论问题，拜占庭基督教哲学也分成两派，一派认为，神，至少是人无法彻底认知的，人除了完全的信仰神恩，别无其他救赎之法。另一派则认为，神在一定程度上是可以被人认知的，因此神人才可以沟通，人也因这种沟通才能得救。拜占庭哲学之荦荦大端，便是如此。

拜占庭美学如何与这种哲学联系起来呢？很简单，把哲学中的一个重要范畴换个名字就行了。这个范畴就是"神"。把"神"换为"美"，拜占庭美学就立起来了。

前面说过，基督教的前身犹太教至少并没有关注"美"这个范畴。等
到基督教成为国教，不得不回答人生关于"美"的问题，得势以后的宗教家
们，即"教父"们便探讨这个问题了。这大约也与拜占庭帝国一起开始。教
父哲学指导下的美学，对一系列美学问题，做出了划时代的贡献。

第一是美的本质问题。教父们认为，神"即名为美"（Ὅθεν καὶ κάλλος
λέγεται）[1]。这当然源自普罗提努斯新柏拉图主义的"太一"（Ἕν；The One）[2]
的启示。但是，它比柏拉图或者新柏拉图主义关于美的探讨要高得多。在柏
拉图那里，"美"第一次作为一个抽象观念出现，它是一切具象的美的抽象。
我们可以发现无穷无尽的具体的"美"，但永远找不到这个抽象的"美"。因
为，这个抽象的"美"是一切具象的"美"的概括。这个抽象的美的概念，
比一切具象的美的概念，其品格确实高得多。但是，这个抽象的"美"的概
念，也只是各种抽象概念之一，它只能存在于美学范畴之内，还没有成为
那个比一切抽象概念更高的概念。普罗提努斯的"太一"，比柏拉图的抽象
的"美"的概念高了一层，只是，它与"美"尚未同一，而且没有"神"的
地位。现在，教父们明确地宣告，神就是美，美就是神。而且，初一看，教
父们也像柏拉图一样，把美分为两个概念：一个是"美"（κάλλος），另一
个是"美的"（καλλουν）。"美"或者说"神"，也可称为"原美"（ἀρχικοὺ
κάλλος）、"神所化之美"（θεοπρεπές κάλλος）[3]，或者，我们也可以把它称为
"绝对美"。一切存在所具有的美的属性，即它们是"美的"，或者说"具象
美"，那是因为"绝对美"流溢而成的结果。[4] 柏拉图的"美"是从具体的
美自下而上搜寻、自具体而抽象的概括，永远难于穷尽，不了了之。普罗提

① Διονύσιος ὁ Ἀρεοπαγίτης, *Περί Θείων Ὀνομάτων, Κεφ. Δ΄ §7*, PG. T. III, col. 701. L. C–D. 参见 Dionysius the Areopagite, *Works* (1897), trans. Rev. John Parker, M. A. Grand Rapids, MI: Christian Classics Ethereal Library, 2005, p.27.
② 伍蠡甫主编：《西方文论选》上卷，上海译文出版社 1979 年版，第 139 页。
③ Διονύσιος ὁ Ἀρεοπαγίτης, *Περί τῆς οὐρανίας Ἱεραρχίας, Κεφ. Ζ΄ §2*, PG. T. III, col. 208. R. B; *Κεφ. Γ §1*, PG. T. III, col.164.R. D.
④ Διονύσιος ὁ Ἀρεοπαγίτης, *Περί Θείων Ὀνομάτων, Κεφ. Δ΄ §7*, PG. T. III, col. 701. L. C–D. 参见 Dionysius the Areopagite, *Works* (1897), trans. Rev. John Parker, M. A. Grand Rapids, p.27。

努斯说"太一"流溢而为万物，但"太一"还非"神"，且这太一从何而来，也未分明，比"神"低了一格。而教父们所说的"神"即"绝对美"与一切存在之"美"的关系，则是源与流的关系。一切存在之美，都是绝对美流溢而成。这是自上而下的流溢，自抽象的抽象而具体的演绎。一切具象美因此便有了根，绝对美也有了果。美的本质，美的源流的学说，在此是自洽的、自足的。于是，这个命题超越了柏拉图与普罗提努斯的命题，赋予"美"以最高的品格，神的品格，更具体地说，就是圣灵的品格。从此，美不再是仅供人赏心悦目的对象，而是供人膜拜的对象了。所以，美成为一种只能信仰、膜拜或者思辨的对象，而非具体体验的对象。1500 余年后的 19 世纪，浪漫主义大师雨果说人一出生便被判了死刑，只是有个缓刑期而已。唯美主义者据此从人生的无奈来推崇"美"，说在这缓刑期中，最有价值的事，非"审美"莫属。① 这种"无可奈何花落去"的消极，比起教父们对美的膜拜，品格低得实在不可以道里计！

第二，"绝对美"与具象美的关系。"绝对美"是一切具象美的本质和源起。一切具象美都是"绝对美"的"流溢"。而与古希腊和罗马的流溢说不同的是，古典的流溢说认为，作为流溢的源头，因为流溢而会有减损，需要补偿。但教父们认为，神"是不变而永恒的"②，"神"的流溢是其自在自足的本性，无增无减，当然也无须补偿。"神"的美或者说"绝对美"也如此，流溢而为众美，是其自在自足的一部分，无增无减，无须补偿。"绝对美"是完足的，具象美是不完足的。具象美离开"绝对美"，便无所谓美。但是，"由于美自身以适于每个事物的方式，流溢于一切美的事物"③，具象美自身也必须满足自身的完整与和谐，不完整，不和谐，也就失去美的价值。所

---

① Walter Pater, *The Renaissance Study In Art And Poetry*, London: Macmillan And Co., Limited, 1922, pp.251–252.

② 参见 Ἰωάννης ὁ Δαμασκηνός, *Orationes pro sacris imaginibus* (III); PG. T. XCIV, col.1365.L. A–D。

③ Διονύσιος ὁ Ἀρεοπαγίτης, *Περὶ Θείων Ονομάτων, Κεφ. Δ' §7*, PG. T. III, col. 701. L. C–D; 参见 Dionysius the Areopagite, *Works* (1897), trans. Rev. John Parker, M. A. Grand Rapids, p.27。

以，"绝对美"非一切具象的美所能比拟，也是人用一切表现具象美的手段所无法表现的。每一种具象美只能不同程度局部地表现神的"美"，而永远无法获得"绝对美"的品格。

第三，具象美，离不开人的主体认识。教父们认为，一切具象美，其实并无所谓"美丑"，而是因为用人的尺度去衡量它。换言之，是人的美感把美的性质赋予了客观事物，人才觉得此物是美的。所以，具象美不仅是"绝对美"的流溢，也是人的美感注入的结果。这一点，可说是教父美学对美学的空前贡献。古希腊和罗马人说美，不言而喻，说的都是能脱离人、外在于人的纯客观存在。现在，在教父美学里，美，尤其是具象美，离不开人的主观美感而独立存在了。至于人为什么会有美感，或者说先验的美感，教父们认为，那源于人具有神性。埃及人马卡利奥斯（Μακάριος ὁ Αἰγύπτιος，300—391 年）说："人是造物的皇冠，甚至比天使和天使长还珍贵，因为只有人是按照上帝的形象创造的，且被赋予了自由意志。"[1] 因为人是神按照神的原型创造的，神就是美，人当然就具有先验的美感，也必须具备先验的美感，方能最终认识神，并归于神。这也就决定了具象美必然依赖于人的审美活动才有意义。

第四，在审美元素中，有两种元素得到一等一的重视，那就是光和颜色，尤其是光，是人类赖以审美的首要因素。其原因，当然在于神造宇宙万物时，首先说了"要有光"（《圣经·创世记》1：3）。神造万物尚且要有光，反过来，人要认识神，认识"绝对美"，岂能离得开"光"。不仅如此，教父们甚至认为，光其实也是神的名称之一，或者说，"神就是光，圣子也是光，因为祂具有真光的本质"[2]。"神"或者说"绝对美"，"作为一切事物的善与和谐与光明的原因，像光一样，把自己的原光投射给一切美丽的事物，也就

---

[1]　Μακάριος ὁ Αἰγύπτιος, *Homil. spirit. XV 20*, PG. T. XXXIV, col.588.R. D–589.L. A–B.

[2]　Ἀθανάσιος Ἀλεξανδρείας, *De incarn. Dei Verbi 15*, PG. T. XXV, col.1009.L. B.

把一切事物召唤归于自身，把一切的一切召唤归于自身"。① 至于颜色，虽然教父们尚未认识到牛顿以后的光谱原理，但他们也知道，没有"光"，也就看不见"色"了。因此，"色"也决定于"光"。所以，"光"是人类审美的首要因素。拜占庭的彩色玻璃镶嵌艺术，尤其在教堂装饰中极其发达，世上首屈一指，可说是关于光的神圣观念的直接体现。

第五，艺术的首要任务。美既然与神相关，自然地，艺术就是表现和膜拜美的工具。而在美之中，神的美，即"绝对美"，是最神圣崇高的。那么，表现和膜拜"绝对美"，当然就是艺术的最高任务和功用。拜占庭的官方艺术、基督教教会艺术，都集中在表现和膜拜"绝对美"这个任务上。"绝对美"就是神，神在人间的代表有两个：帝王和圣徒。因此，艺术除了直接歌颂神，歌颂"绝对美"以外，就应该歌颂帝王与圣徒。所以，拜占庭文学中，关乎个人和个性的文学作品得不到提倡，逐渐式微以至湮灭。比如，古希腊和罗马曾高度发达的个人抒情诗，在拜占庭很难见其踪迹。相反，颂诗、赞美诗、祈祷诗、帝王与圣徒传记，可谓汗牛充栋。神虽是凡人不能亲见的，但神迹却是对凡人恩惠的昭示，因此，拜占庭文学中，神迹文学、奇迹文学也相当发达。

第六，由于艺术的中心任务是歌颂神，歌颂"绝对美"，但这神与"绝对美"又是宇宙万物所不可表现的，换言之，就是具象美不可能表现"绝对美"。于是，艺术承担的任务与其手段之间就出现了几乎不可弥合的差距：怎样用不可能表现"绝对美"的具象美去表现"绝对美"呢？拜占庭文学，或者扩大而言，拜占庭艺术就是在解决这个问题的方法上，呈现出世界艺术前所未有的特性。

古往今来，人类对于自己一时尚不能具体把握，因而也无法具体表现的对象，往往采用以下两种方式处理：具象的方式，如比喻和象征；抽象的

---

① Διονύσιος ὁ Ἀρεοπαγίτης, *Περί Θείων Ονομάτων, Κεφ. Δ'§7*, PG. T. III, col.701.L. C–D. 参见 Dionysius the Areopagite, *Works* (1897), trans. Rev. John Parker, M. A. Grand Rapids, p.27。

方式，如思辨和抽象。拜占庭文学就是用这两种方式来歌颂"绝对美"。比喻方式，因为简单而且也为其他文学常用，自然不必多说。拜占庭文学的象征，则可扼要介绍一下。"象征"手段，笼统而言，就是以人为规定的符号去表征某种或者某个事物、某种感触以及观念。但细而言之，可以有直接的表征符号，如中国之"香草美人"；也可"通感"，让香味有色，声音有味等。这些，拜占庭文学比 19 世纪欧洲象征主义诗歌早 1500 年就使用了。尤其是在光与色这两个造型艺术要素被纳入基督教美学的重要范畴以后，某些难于具象表现的对象和观念，便可集中出之以光和色。而这些光和色又被人为地赋予了宗教的含义。比如，金色就是拜占庭艺术中神圣崇高的象征，圣徒画像往往以金色为背景。但拜占庭文学还有另一类后世象征主义文学所未能用的手段，那就是思辨与抽象的手段。思辨与抽象，本来不属于形象思维范畴，而属于逻辑思维范畴，但拜占庭的作家们，尤其是宗教作家，居然就把这种思维方式用到艺术中了。更深入一层分析，艺术中如何应用思辨与抽象呢？一种方法是对歌颂的对象尽量简化、淡化、集中，所以，拜占庭艺术写人，在绘画中，除了那个"人体"以外，几乎不用其他背景；而这"人体"，真正画出的部分，也就是个头颅，很像中国古代仕女画，其他部分都用服饰遮住了。然而，剩下的这头颅，不论男女老幼，形状都差不多，长方形瓜子脸最多。这大概因为拜占庭人觉得这种脸型最美吧。但这脸型还不是最重要的，最重要的是脸上那对眼睛。拜占庭艺术家之所以画人还要画脸，就因为没了脸，这眼睛实在无处安放。这不禁令人想起释氏美学。《青泥莲花记》有云，一摩登伽女爱上舍利弗，舍利弗问曰："汝爱我何？"摩登伽女曰："爱汝眼美。"舍利弗乃将眼珠抠出，托于掌上，递与摩登伽女："爱我眼美，给予汝便是！"这里说明一个审美原理，部分离开整体，便不美了，甚至可怖。拜占庭人之审美观亦如是，画人之所以还要保留人脸，就是要给眼睛一个安放处。否则，连脸也可不要，只要画出眼睛即可。为什么重视眼睛呢？这是大家都知道的，眼睛是灵魂的窗户嘛！所以，拜占庭画家穷一生之力，都在探讨画眼睛的奥秘与技艺。欣赏拜占庭肖像画，也就大可不必去追究眼睛以外的其他东西。而是要欣赏画主那双眼睛，深入进去，达其灵魂，领悟其神性。这就是极度的集中与简约！

　　另一种象征方式，大概源出于 5—6 世纪的神学美学大师伪狄奥尼修斯（Διονύσιος ὁ Ἀρεοπαγίτης）的神性表述原理。他的神学美学皇皇巨著《论神之名》（Περὶ Θείων Ὀνομάτων）、《论天堂层级结构》（Περὶ τῆς οὐρανίας Ἱεραρχίας）、《论教会层级结构》（Περὶ τῆς Ἐκκλησιαστικῆς Ἱεραρχίας）、《论神秘神学》（Περὶ μυστικῆς Θεολογίας）堪称拜占庭美学总纲。他认为，对神的表述有两种方式：肯定的和否定的。肯定的，就是用人们能理解的最高概念去说明“神是什么”，如“尽善尽美全知全能”。为此，他专门写了一部《论神之名》，用人间各种最好的概念词语去表述神，如“美”“善”“光”“吉祥”“智慧”“万能”“绝对”“造物主”等。可以说，整部《论神之名》就是以肯定的方式表述神的实践。但这样说明“神”，还是把神降格到了人所能理解的层次，也就是降低到“存在”的层次，不能表现神在一切存在之上的“超存在”的本质。

　　因此，伪狄奥尼修斯又提出与“肯定”相对立的“否定”的表述，即说“神非什么”，一言以蔽之，神非人所能理解的一切；因此，神是用人世的一切概念所不能表述的。为此，他也专门写了一本著作《论神秘神学》来表述“神”。这本著作的最后一章堪称“奇文”，著名英译者约翰·帕克（John Parker）这样介绍这部著作：“神秘神学像一座阶梯，设在地上，顶部直达天庭，梯子上，神的天使在上上下下，梯顶上方，立着万能的神。往上的天使是‘否定’，把万能的神和一切造物区别开。神既不是事物——灵魂、知性、精神、任何存在，甚至也不是存在本身，而是超越于这一切之上和之外。往下的天使则是‘肯定’，神是善、智慧、能力、存在，直至我们走近象征神学，把神显示于物质的形式和条件之下。神学宁选‘否定’，因为区别较之类比更适于表现万能的神。”[1] 陶渊明说“奇文共欣赏”，那就“共欣赏”一

---

[1]　Dionysius the Areopagite, *Works* (1897), trans. Rev. John Parker, M. A. Grand Rapids, p.67.

下这篇奇文吧：

> 神，非灵亦非智，既然于祂而言，不存在意识、思想、想象与概念，则祂便非理智，非思惟；祂，既不可慧解，亦不可界定；祂非数，非量，非大，非小，非等同，非非等同，非似，非非似；祂不静，不动，亦不息；不具能，亦非能，非光；不具存在，亦非存在，非本质，非永恒，非时间，不可以思想诠释祂；祂非知识，非真理，非智慧，非唯一者，亦非唯一，非福，亦非灵——我辈所界定的灵，非子之圣，非父之圣，非我辈或其他智慧存在所能认识之一般某物。祂既非某种不存在，亦非某种存在，任何存在皆不能识祂于祂之所存，祂亦不识存在与存在之所存，因为于祂而言，无言，无名亦无识；祂非暗，非明，非幻，非真；涉及祂，无论肯定判断或否定判断，皆完全无效。我辈以祂之所造作类比，对与祂相关者，作任何否定或肯定时，其实既无所颠覆，亦无所树立。作为一切存在之唯一原因，其完美超越任何否定与任何肯定。一切存在皆寒碜，祂超越其上，祂限定一切现存者，而其宏伟则无限焉！[①]

若要在世间找一篇美文与之相比，大概只有《般若波罗蜜多心经》吧：

> 舍利子，色不异空，空不异色，色即是空，空即是色，受想行识，亦复如是。舍利子，是诸法空相，不生不灭，不垢不净，不增不减。是故空中无色，无受想行识，无眼耳鼻舌身意，无色声香味触法，无眼界，乃至无意识界。无无明，亦无无明尽，乃至无老

---

① Διονύσιος ὁ Ἀρεοπαγίτης, *Περί μυστικής Θεολογίας, Κεφ. Ε'*, PG. T. III, col.1042.L. B–1043.R. A–B; 参见 Dionysius the Areopagite, *Works* (1897), trans. Rev. John Parker, M. A. Grand Rapids, p.71. 本书中的译文如无特殊说明，均由主编和参编者自译。

死，亦无老死尽。无苦集灭道，无智亦无得，以无所得故。[①]

《心经》说明"色即是空，空即是色"的"诸法空相"，《论神秘神学》表述抽象之抽象的"神非存在"。若论简洁，当推《心经》无出其右；若论气势，则《论神秘神学》独擅胜场；若论彻底，则殊途同归，或者说，同途同归，都是以否定的思辨肯定"玄而又玄"的"空"与"神"；若论文采，更是千古奇文，交相辉映。"绝对美"也如是，用人世一切其他概念都不能表述。这有点儿像中国老子的"道"。"道"正因为用人世其他概念无以名之，只好姑名之曰"道"；也像《金刚经》所言，佛讲了49年法，其实未讲一字！伟大的宗教家，往往也是深邃的哲人和文章大手笔！

第七，由上一个问题导出的下一个问题及其冲突。拜占庭基督教美学既然认为艺术要歌颂的最高对象是神，是"绝对美"，但这神又非凡夫俗子所能直接接触，"绝对美"又非具象美所可比拟。那么，人间手段究竟能否乃至是否有资格表现神，具象美是否能表现"绝对美"呢？围绕着这个问题，拜占庭文学和艺术，乃至整个社会，曾卷入一场迄今为止世界文学和艺术空前绝后的冲突，即，捣毁圣像运动。这场冲突发生在莱翁王朝时期。从莱翁三世（Λέων Γ´ ὁ Ἴσαυρος，717—741 年在位）725 年降旨销毁一切"圣像"开始，一直折腾到瑟奥菲罗斯（Θεόφιλος，800/805—842 年）去世。中间几次反复，折腾了一百多年，此前拜占庭艺术家们创造的艺术品毁灭殆尽，许多重要历史文献也被烧光。不仅拜占庭文学艺术遭到空前毁灭，拜占庭国势也由盛转衰。

反对偶像崇拜，并非自拜占庭始。摩西创立犹太教，释迦牟尼创立佛教，穆罕穆德创立伊斯兰教，都曾经或者一直禁止偶像崇拜，以免信徒误入歧途。但是，那都只是出于宗教信仰原因，而未涉及审美原理。唯有拜占庭的这场圣像冲突，深入到美学乃至艺术层面。

从美学和艺术角度而言，这场冲突对欧洲后世的影响至巨。这是一般治

---

① 玄奘译：《般若波罗蜜多心经》，《龙藏》第十六册，第六〇六页。

美学史、艺术史者所注意不够的。反对圣像崇拜者的主张，若用后世人的话说，有点像萨克雷说的"钩子就是钩子"（《名利场·序》），不能再是别的。这样，他们剥去了圣像的光环，还木雕、石雕、绘画以本来面目。这一方面提高了"绝对美"至高无上的地位，另一方面也让世俗艺术老老实实安于自己的地位，认认真真地摹写世俗生活。所以，拜占庭的文学艺术，除了宗教文学艺术以外，也有世俗文学艺术。这种世俗的文学艺术由于不再承担表现崇高观念的艰巨任务，只要摹写世俗生活，反而显得胜任愉快。这就是后世所说的写实艺术，再现艺术，或者不太苛刻，称为现实主义艺术也可。反过来，拥护圣像者也可以说："钩子除了是钩子，还可以是别的。"木雕、石雕、绘画的圣像，除了是木雕石雕绘画以外，还可以与神相通，象征圣灵。原因就在于，宇宙万物，尤其人类，皆源于神，流溢于神，具象美流溢于"绝对美"。"绝对美"是原型，具象美是影像。原型与影像之间，有本质的、必然的联系。所以，具象美可以附加"绝对美"的性质。这样，绝对美就找到了相对的表现手段。圣像制作，扩大而言，文学艺术，就应该而且可以表现绝对美。后世所说的抽象艺术、表现艺术，浪漫主义、象征主义乃至现代派皆根源于此。所以，欧洲的美学思潮、文艺思潮的两大潮流，即写实潮流与表现潮流，其自觉的、确定的起源，并不在古希腊和罗马，而在拜占庭。古希腊和罗马留给后世的，是间接的遗产。拜占庭留给后世的，是直接的遗产。没有拜占庭的美学，就没有后世乃至今日欧洲的美学。

第八，审美标准。由于"绝对美"为"具象美"的根源与最高抽象，绝对美的审美特性就必然与具象美不同。具象美是物质的、感性的、具象的、有增有减，有生有灭，不是自我完足的，有余有漏，因而必须不断补充，或者必须不断泄泻。因而，它是动态的，多半呈现为动态美。古希腊诸神便是如此。这些所谓"神"的存在方式，一言以蔽之，就是"寻欢作乐，惹是生非"。这里面哪一点不是动态的？所以，古希腊的审美，以"动"为美。

绝对美则不如此，它是精神的、理性的、抽象的，无增无减，无生无灭，是自我完足的，无余无漏，不必补充，也不必泄泻，因而是静态的，呈现为静态美。拜占庭的神的存在方式，也可以一言以蔽之，那就是"观照正邪，准备审判"。这里无须运动。对于神而言，运动（创造万物）已经过去，现在是静观万物、辨其正邪的时候了。但是，世上，或者准确地说，人间的正邪哪里来的呢？正邪源自人被赋予了"自由意志"。有了这"自由意志"，便可能为正，亦可能为邪。但为什么要赋予人以"自由意志"呢？这就涉及神创造万物的目的和境界。神为什么创造万物？为了自我实现！试想，若无宇宙万物，只有"神"这唯一的超存在，那将是何等寂寞，何等无聊！所以，宗教异端中有一说，谓神之创造万物，其实是一种自娱，即所谓"我们是可怜的一套象棋，昼与夜便是一张棋局，任'他'走东走西，或擒或杀，走罢后又一一收归匣里"①。不管自我实现也好，自娱也好。创造必有境界高低之分。倘若被造之物，也就是造物，只有一种品性，或正或邪。正者只会听话，一天到晚"唯唯"，何等无趣！邪者只会捣乱，一天到晚"谔谔"，何等烦人！那都不是创造的最高境界。所以，必赋予人以"自由意志"，令其可以"自由表演"，可正可邪，可唯唯，亦可谔谔，且能彼此之间或是相亲相爱，或是相贼相残。就如今日之人工智能机器人，只会听指挥，给个指令动一下，不给指令就是一堆废物。那有什么意思？一定要能赋予它以"自由意志"，让它能自由运动，乃至机器人之间能举行"大赛"，甚至自我繁殖，那才是创造的最高境界！神之造人，亦复如是。所以，人间才有无尽的悲欢离合上演给神看！而神只要悠然自得，欣赏自己的造物，鉴其正邪，簿而录之便可以了。等到哪天玩腻了，也就是世界末日，"一一收归匣里"便是。因而，在有人类世界存在的时候，神，或者说"绝对美"，必然是"静"的，而非"动"的。所以，世间的最高美也应该是静态美；审美活动，最高境界也是静观。所以，布莱穆德斯（Νικηφόρος ὁ Βλεμμύδης，1197—1269 年）说："我们生下来，不是为了吃喝，而是为了发出善的光辉，以荣耀创造我们的主。我们不能不饮食，以维持我们的生命，为的是静观，其实我们正是为此

---

① 莪默·伽亚谟著，郭沫若译：《鲁拜集》，吉林出版集团有限责任公司 2009 年版，第 83 页。

而生。"① 这种观念，中国曾有一个大哲触及，就是老子。老子曰：道为"天地之根""万物之母""众妙之门"，"不自生，故能长生"，"独立而不改"。因而，"万物负阴而抱阳"，所以，"寒胜热，静胜躁"，"清静为天下正"。② 从美学的角度说，拜占庭的美学基本原理，已概括在老子这些论断里了。而且，老子的"道"这个范畴，其品格较之拜占庭的"神"，还要高出一个层次。

这样，希腊人对人类的审美活动、审美理念，通过古希腊艺术和拜占庭艺术，做出了自觉的、理性的、全面的、系统完整的贡献。这种贡献就体现在两种相反相成的审美活动中：古希腊艺术主要歌颂人类物质的美、感性的美、肉体的美、意志的美、动态的美、现象的美；而拜占庭艺术则歌颂人类精神的美、理性的美、灵魂的美、智慧的美、静态的美、本质的美。两种美学观念和审美态度，相反相成，构成人类完整的审美体系，缺一不可。而这两方面的审美理论与审美实践，都是由希腊人完成的。若无古希腊和中世纪拜占庭这两方面的贡献，人类的美学可能至今都还会是若明若暗，模棱两可，甚至残缺不全的。研究人类美学史、艺术史暨文化史，确实不能不"言必称希腊"。因为除了希腊人，世界上没有哪个民族在这两方面做出如此开创性的、全面而完整的贡献。

第三节　拜占庭文学形式

文学是一种艺术形式，它又包含不同的体裁。拜占庭文学与其他文学一样，大体亦分散文（πρόζα）、韵文（ποίησις）两大类。往下一层分，散文有檄文（πολεμική）、演说、随笔（έκθεση）、史书（ίστορία）；韵文则有抒情诗（λυρικός）与叙事诗（έπος）。再往下第三层分，史书又分当代史（ίστορία）、

---

① Νικηφόρος ὁ Βλεμμύδης, *Περὶ ἀρετῆς καὶ ἀσκήσεως*, ἔκδ τοῦ Ἰωαννίτου...Χατζῆ Νίκου, Ἐν Λειψίᾳ τῆς Σαξονίας, 1874, pp.134–135.

② 《老子》章第一、第七、第四十五等，参见杨树达：《老子古义》，上海古籍出版社 1991 年版，第 1、11、55 页。

春秋（编年史）（χρονικός）；随笔则可分为百科随笔（εγκυκλοπαίδεια，或者叫学术随笔）与文艺随笔（έκθεση）；抒情诗则可分为铭体诗（έπίγραμμα）、颂歌（πανιγυρικός；έγκώμιον）、赞美诗（ύμνος）、教谕诗（διδακτικός）、讽刺诗（Σάτυρα）、乞讨诗（Επαιτεία-ποίημα）；叙事诗则可分为英雄史诗（έπος）与罗曼斯（ρομάντζο，浪漫传奇）。拜占庭文学亦有戏剧，但不甚发达。这些文体，大多是从古希腊罗马文学继承来的，但就内容而言，有些则是拜占庭的首创。比如百科随笔、乞讨诗、教会与神学文学。下面分散文和韵文两大类介绍。

一、散文

演说

演说在古希腊和罗马，即已非常发达，西塞罗是典型代表。拜占庭文学继承了这一传统，只是内容变了。往昔的演说宣讲世俗的内容，往往是政治主张。拜占庭的演说主要是宣讲基督教教义。对古典的继承，主要在修辞技巧，以古典的旧瓶，装基督教的新酒。演说的兴盛时期，主要在建国立教之初。而其作用可分两种，一种是正面宣讲教义，主要对象是一般平信徒。最著名的布道者当数"金口"约安尼斯。外号"金口"，足见其演说境界之高。他的演说，说理透彻，热情洋溢，深入浅出，妙语连珠，听得信徒们如痴如醉，合十顶礼，在拜占庭历史上，自始至终都是教士们孜孜以求的典范。异端派最早的领袖阿雷奥斯，也是一位演说大家。据说他布道时，善于将宣讲的内容纳入流行小曲的形式，但也是直指人心，深入灵魂，发人深省，尤其受社会下层信徒欢迎。另一种是论战，正统派宗教人士与异教徒论战，以及跟"异端邪说"论战。相较而言，正统派跟异端的论战更频繁，也更激烈。几次宗教大会，哪怕是君士坦丁亲自主持的尼西亚大会，都成为这种战场。正统派的演说家，第一位出名的是阿桑那修斯。他参加第一次宗教大会时，还是个籍籍无名的小人物，却率先挺身而出，反击当时已名震遐迩的阿雷奥

斯，由此奠定他一生的事业和名头。然后是卡帕多基亚三杰：大巴西雷奥斯
（ Ἅγιος Βασίλειος ὁ Μέγας ）、努塞斯的格列高利奥斯（ Γρηγόριος Νύσσης ）、纳
齐安泽诺斯的格列高利奥斯（ Γρηγόριος Ναζιανζηνός ）。[1] 大巴西雷奥斯的演说
如天风海雨，气势充沛，咄咄逼人。纳齐安泽诺斯的格利列高利奥斯讲话却
如春风化雨，光风霁月。他不仅布道深入人心，其他演说，比如哀悼大巴西
雷奥斯的悼词，情真意切，哀痛委婉，令人泣下，是拜占庭文学史上著名的
悼词。

　　不过，拜占庭宗教史上，后来曾出现一派，名曰"赫素暇主义"（ ἡσυχία，
静修），认为沉默才是接近上帝的最佳途径，当然就不提倡喋喋不休的演说。
甚至有的修道士立誓不语，终生保持沉默。这个流派在拜占庭历史后期，势
力几乎遍天下，对演说的负面影响，不可谓小。不过，即使如此，拜占庭后
期随着宗教思想与初期人文主义的冲突日益激烈，也还是出现了一些著名的
演说家。只是不论前期或者后期，这些演说家的演说，大部分没能以文字形
式保留下来，不能不说是一种遗憾。

檄文

　　拜占庭文学中的"檄文"，准确的意思是"论战性文章"，但又不一定非
得是双方直接辩论。有时，一方声讨另一方的文章，也属于"论战性文章"。
这类文章在中国叫作"檄文"，所以，本书用"檄文"表示这类文字。拜占
庭文学的"檄文"跟演说关系非常密切。简而言之，凡是论战性的演说，其
实也就是檄文。区别只是口头表达与书面表达而已。口头说的是演说，书面
写下的就是檄文。当然，演说的范围要比檄文广。演说有非论战性的，只是
演说者正面表述自己的思想。但檄文哪怕不是双方辩论的，也是有所指向
的，其实质也是双方论战的；因此，"演说"的概念可以包括"檄文"，"檄

---

[1]　大巴西雷奥斯（329/330—379 年），神学家、哲学家，卡帕多基亚三杰之首。努塞斯的格列高
　　利奥斯（约 335—约 395 年），神学家、哲学家，大巴西雷奥斯的弟弟。纳齐安泽诺斯的格列
　　高利奥斯见第一章第三节专节介绍。

文"却不能全等于"演说"。两个概念关系清楚了，演说家与檄文作家的关系也就清楚了。前面提到的那些著名演说家，也就是著名的檄文作家。卡帕多基亚三杰堪称其中典型。大巴西雷奥斯有 5 卷本的《反艾迢斯》，努塞斯的格列高利奥斯有《批驳尤诺缪斯十二卷书》，都是卷帙浩繁的论战性著作。纳齐安泽诺斯的格列高利奥斯在主张异教文化的尤利安诺斯当政时，居然不畏皇权，写了两篇《抨击尤利安诺斯》，直接声讨皇帝，堪称大无畏。檄文这种文体当然不是自拜占庭才开始，罗马文学甚至古希腊文学便有此文体了。西塞罗的《反安东尼》《反腓立比之辩》都是传世名篇。但拜占庭的檄文在思维高度上可以说超越了前人。古希腊和罗马的檄文，只是在政治与法律层面上活动，而拜占庭的檄文则上升到宗教与哲学的高度去思辨，把檄文引向一个更高的境界。在同时代的世界文化中，似乎只有佛学进入了这种境界。两者各在东西方提升了人类的思维水平。

随笔

拜占庭文学中，只要内容不是太过于莫测高深、体量不是太过于硕大无朋的散文著作，举凡赞词、祝词、安慰辞、葬词、悼词、书信、渥米利亚（όμιλία，谈话）、释经、读书笔记等，其实都可以归入"随笔"的范畴之中，便于研究。若按这些作品的内容而言，又可以分为两类，即学术随笔和文艺随笔。学术随笔内容比较深沉，理性特色较强；文艺随笔内容比较普通，情感色彩较浓。谈话、释经和读书笔记可以归入学术随笔，其他的不妨归入文艺随笔。

学术随笔

拜占庭文学研究中有个术语叫"百科全书派"（Encyclopedists）。这是法国学者保尔·勒穆勒（Paul Lemerle，1903—1989 年）引入拜占庭研究的，用以指代"马其顿王朝复兴"。从时间上说，是指 9—11 世纪初三百余年拜占庭的文艺复兴。这段时间里，拜占庭出现一批学者，他们学识渊博，搜罗编纂古代文献，不遗余力，且于编纂之中，详加评注，以利读者。这可谓欧洲文化史上最早的百科全书编纂工程，其历史意义之伟大，自不待言。作为文学史研究的一个题目，也立得住脚。但是，若就文体而言，则无法把"百科全书体"独立作为一种文体，因为"百科全书"是一种"丛书"的形式，而非一种文体。所以，我们的拜占庭文学史研究，可以把百科全书派作为一个研究的内容，但不能把"百科全书体"作为一种文体。其实，"百科全书"的写作，犹如中国古典文献研究中的"笺注正义"及"札记"之类，若用今日的话说，则近乎"学术随笔"。因此，我们在这里介绍拜占庭文学的体裁形式，就不用"百科全书体"之名，而冠以"学术随笔"之名。但这并非要抹杀拜占庭作家的首创之功。他们确实创立了"百科全书"，又因百科全书的写作，创立了欧洲的"学术随笔"这种文体，不论就其工程之意义，或者就其文体之特殊，都不能不说厥功至伟。

　　拜占庭的百科全书比西欧 18 世纪狄德罗主编的百科全书要早 900 余年。但是，两者虽然都叫"百科全书"，其主要精神却不一样。18 世纪法国的百科全书派承担的是资产阶级大革命前夜政治思想启蒙工作，让草根小民知道"民主"为何物。而拜占庭的百科全书派起的作用，却是在复兴古典文化的旗帜下，探索人文主义精神，实际是给后来 14 世纪开始的欧洲文艺复兴运动拓荒，给 14 世纪以后的人文主义奠定基础。而拜占庭又是欧洲第一个基督教国家，所以，拜占庭的人文精神又不完全同于 14 世纪开始的人文主义。可以说，拜占庭人文精神其实是古希腊人本精神与中世纪教父思想的结合。14 世纪文艺复兴时期的人文主义是由世俗的人文主义者创立，而拜占庭百科全书派是由一个世俗的神学家所创立，就不足为奇了。这个人就是岙提奥斯（Φώτιος）[①]。

　　公元 863 年，君士坦丁堡建立了古典文化研究院，可说是百科全书运动的开始。当时，岙提奥斯是元老院元老之一，又是管理希腊教会的大

---

① 岙提奥斯，参见第三章第二节专节介绍。

臣。他博学多识，精力充沛，积极热情地寻找、搜集、还原古代的手稿与著作，并从这些著作里选编了一套古代丛书，名为《万卷书库》（Βιβλιοθήκη ή Μυριόβιβλος），其中保存了古代某些作家如琉善（Lucian）和赫利奥窦罗斯（Ἡλιόδορος）[1]珍贵的作品。他还对这些作品做了评注、提要与分析。他的这类文字，打个比方，颇像纪晓岚的"四库全书总目提要"，只是比纪晓岚的提要早了数百年。这类工程后来得到很多学者乃至统治者的重视，在 10 世纪君士坦丁七世时代，形成系统的古代丛书。其标志性成果就是古代铭体诗集《帕拉亭文献集》（Anthologia Palatina）以及拜占庭著名的百科大辞典《搜逸达斯》（Σουίδας）。这段时期可以看作"百科全书"运动的第一段。主要工作表现为寻求、搜集、整理、诠释以及分析评介古典文献。11 世纪，这项活动稍显冷落，但出现了拜占庭文化史上的巨人米哈伊尔·普瑟罗斯。他一生经历极复杂，当过律师、教授、僧侣、宫廷官吏，直至部长，一生著作等身。他的书信与演说，既有宫廷的雍容优雅，又有古典的圆熟深沉。他为母亲作的葬词，感人至深。他把百科全书活动由搜集整理评注古代文献的水平，提高到创造性的研究水平，完成了承先启后历史任务。他最大的功绩在于通过古典文献的研究，打破了拜占庭教会学者们的经院哲学体系，为拜占庭的人文精神的发展，乃至后世欧洲人文主义的发展做出了巨大的贡献。因此，学界有云，若无普瑟罗斯战胜经院哲学，后来几个世纪的大学者们的智识自由（intellectual freedom）将是无法想象的。而他的散文随笔，不仅限于文学的探讨，甚至涉及语言学、天文学、物理学乃至巫术的研究。后世的科普文字，不妨从普瑟罗斯的学术随笔中找到自己的源头。

普瑟罗斯之后，12 世纪，出现了拜占庭文艺复兴三杰：塞萨洛尼卡的尤斯塔修斯（Εὐστάθιος Θεσσαλονίκης，1115—1195/1196 年）、米哈伊尔·意大利阔斯（Μιχαήλ Ἰταλικός，1136—1166 年）和米哈伊尔·阿阔米纳托斯

---

[1]　琉善（约 125—180 年），叙利亚裔罗马讽刺作家，名作有《诸神对话》等。赫利奥窦罗斯，3—4 世纪希腊语言情作家，名著有《埃塞俄比卡》（Αἰθιοπικά）。

（Μιχαηλ Ἀκομινάτος，1138—1222 年）。他们都是神学家，古典学养深厚，文章深入浅出，对拜占庭人文主义精神的形成和传播，可称厥功至伟。

拜占庭历史后期，又出现了几位学者型作家：马克西莫斯·普拉努德斯（Μάξιμος Πλανούδης，1260—1305 年）、瑟奥多罗斯·麦托希忒斯（Θεόδωρος Μετοχίτης，1270—1332 年）和尼克佛罗斯·格利果拉斯（Νικηφόρος Γρηγορᾶς，1295—1360 年）。其中，尼克佛罗斯·格利果拉斯最为突出，他集天文学家、历史学家、神学家于一身。他的《谈智慧》《罗马史》等都名噪一时。

艺术随笔

拜占庭的艺术随笔，内容广泛，自然景物、人工产品、宗教活动、艺术作品，等等，都可以成为艺术随笔描写的对象。而其体裁，也多种多样，尤以美文、书信见长。这些作品贯穿于整个拜占庭历史时期。早期如异教皇帝尤利安诺斯的散文赞美诗，大巴西雷奥斯解读《圣经·诗篇》，金口约安尼斯谈福音，都能沁人心脾。纳齐安泽诺斯的格列高利奥斯提出书信艺术三原则：一是长短得宜，二是词语清晰，三是音节悦耳，可谓千古不易之谈。库莱奈的苏讷修斯（Συνέσιος της Κυρήνη，约 370—约 413 年）150 封书信，一直是传世珍品。甚至到 13、14 世纪，这类作品仍是长盛不衰。瑟奥多罗斯·麦托希忒斯的《格言式札记与备忘录》，由 120 篇美文组成。德麦特利奥斯·库东奈斯（Δημήτριος Κυδώνης，1324—1398 年）流亡中的书信，读之令人动容，足见拜占庭的艺术随笔源远流长，弥足珍贵。

史书

古希腊和罗马文学都有世界著名的史家与史书，但相对而言，史书对拜占庭文学更加重要。拜占庭史家辈出，史书数量汗牛充栋，是拜占庭文学的重头戏，且与拜占庭国家命运相始终。若无史书，很难想象拜占庭文学会是什么面貌。

拜占庭史书若就其内容而言，借用中国史籍概念，可以分为两大类，即正史（ίστορία）与野史（χρονικός）。但这不是像中国一样以作者的身份划分，而是以其内容划分。中国史籍，若是官方主持编写或者官方承认，则称"正史"，二十四史便是。若是私人编纂，则为"野史"。拜占庭史书，可以说几乎没有中国"正史（官修史）"之说，而只有私人撰写的历史。哪怕是皇帝授意，也是私人撰写，而且皇帝或者官家不能干预作者的写作，如尤斯廷尼安诺斯之授意普罗阔皮奥斯，奥斯曼帝国麦赫麦迪二世（محمد ثانى；Mehmed-i sânî）之授意米哈伊尔·克利托波罗斯（Μιχαήλ Κριτόβουλος）①，作品最终写成，对授意立项的皇帝也未必客气，不仅颇有微词，甚至直接谴责亦有之。所以，拜占庭史籍的分类，若为信史，内容严肃可靠，则为正史，一般是当代史。若内容比较随意，逸闻趣事也不妨收入，则为野史；或者说，有点儿像中国的"平话"乃至"演义"，一般是跨代通史。不管作者身份如何，即使一代帝王，作品经不起历史事实与学问的彻底推敲，也不能称为正史；或者有自知之明，或者自谦，都以"χρονικός"（编年史）名之。中国史籍，直接以"编年史"之意命名的，有两部：《春秋》与《竹书纪年》。因此，对这种史书，我们行文中将一律称为"春秋"，以明其"编年"之意。

拜占庭的正史就是当代史。这是尘世史、贵族史、古典类型史，态度严谨，以再现当代为己任，是现实的记录，具有政治史料价值。当代史虽写当代，但也可编年。至于"春秋"（编年史），其内容可以囊括整个中世纪，乃至上溯到上古，具有文化史料价值，多为教会史、修道史、大众史，写作风格粗放。拜占庭的当代史面向社会精英，春秋（编年史）则倾向大众。两者不仅起源、发展和推广方式不同，就连其特征、方法和风格也大异其趣。但尤瑟比奥斯和叶瓦格利奥斯（Εὐάγριος Σχολαστικός，535/536—594年）两人的教会史与普瑟罗斯的《春秋》不在此例。当代史与编年史两者并不对立，倒是可以相互补充，构成拜占庭时期的全史。

---

① 关于麦赫麦迪二世及克利托波罗斯，参见第四章第五节专节介绍。

春秋（编年史）

拜占庭最早的史家不是世俗史家，而是宗教史家。最早产生的不是世俗史，而是宗教史。换句话说，最早产生的不是正史，而是野史；不是当代史（ἱστορία），而是春秋（χρονικός，编年史）。恺撒利亚的尤瑟比奥斯属于被定为异端的阿雷奥斯派，但得到君士坦丁大帝重用，成为皇家枢密。他学贯古今，既有深厚的希腊古典文化修养，又精通基督教教义。他的《教会史》（Ἐκκλησιαστικὴ ἱστορία）于 313 年问世，书写了 1—4 世纪的基督教历史。此书写的虽是基督教历史，但其内容并不仅限于基督教，而是把基督教出现以前欧洲和中东地区各种巫术信仰、原始宗教都归结到基督教历史中，使基督教成为各种古代信仰的最终皈依。其结构则参考了古希腊，尤其是希腊化时期的哲学史著作。此外，他还有两部重要著作《宇宙史话》（Παντοδαπὴ Ἱστορία）和《君士坦丁大帝传》（Vita Constantini），都堪称拜占庭史书的名著。

不过，尽管尤瑟比奥斯的《教会史》问世最早，且迅速在帝国内外宗教界及政界引起注目，被翻译为其他语言，但是，最早得到民众"喜闻乐见"的春秋著作，却是另一部名副其实的《春秋》（Χρονογραφία），叙利亚裔的约安尼斯·马拉拉斯的《春秋》，史上一般也称为《世界春秋》。

马拉拉斯是位希腊化的叙利亚人、基督一性论（μονοφυσιτισμός）神学家。此书原本只是一个城市（安条克）的编年史，后来扩展成了世界史。"春秋"也并非他的首创，其原型可以追溯到瑟克斯图斯·尤利乌斯·阿非利卡努斯（Sextus Julius Africanus）[①]。阿非利卡努斯的《春秋》，从创世一直写到 3 世纪，资料完全来源于东方基督教。马拉拉斯的《世界春秋》也从创世一直写到 563 年，但是，其中不少资料性错误，乱点鸳鸯谱，贻笑方家。不过，尽管如此，马拉拉斯的《世界春秋》究竟是拜占庭第一部通俗史书，纯大众的希腊化文明里程碑，筚路蓝缕之功亦不可没。

---

① 瑟克斯图斯·尤利乌斯·阿非利卡努斯（Ἰούλιος Ἀφρικανός，约 160—约 240 年），利比亚裔旅行家与史家，主要著作有五卷《春秋》世界史，从创世一直写到 221 年。

一般而言，"春秋"类史书与高官显贵没有关联，它的受众只在草根小民的范围里。"春秋"类史书在 9 世纪达到顶峰，而其时恰好是正史的低谷。后来"春秋"类史书突然衰落。剩下不多的平话作家，或是从当代正史讨生活，或是翻古董过日子。到帕莱奥罗果斯（Παλαιολόγος）王朝，就没有春秋出现了。

一般"春秋"虽然"其词不雅驯"，为缙绅先生所不齿，但在中期，却出现了一位大家，其"春秋"一扫其粗服乱发之气，而以堂堂正正的面目出现，那就是米哈伊尔·普瑟罗斯的《春秋》。这部《春秋》虽仍冠以"春秋"之名，其实已是当代史范围的杰作，应当另眼看待。

这样，"春秋"的代表作主要有三部，分别属于约安尼斯·马拉拉斯、忏悔者瑟奥凡尼斯（Θεοφάνης ὁ Ὁμολογητής）和约安尼斯·邹纳拉斯（Ἰωάννης Ζωναρᾶς）[1]。忏悔者瑟奥凡尼斯是 9 世纪小亚细亚的一位僧侣，他的《春秋》在主旨和形式方面比马拉拉斯的略高一筹，成为后世春秋的圭臬。不过，其主要价值在于保存了不少古代已经遗失的资料。12 世纪成书的邹纳拉斯的《春秋》，就文笔而言，胜过瑟奥凡尼斯。其中最有价值的是反映了孔穆宁诺斯王朝时文艺复兴的状况，还引用了不少古典作家的佚文。

"春秋"所书，都植根于民众意识之中，奇闻逸事都染上了绚丽的色彩，转换成了基督教的感受。每个专题之下，都藏着稍加改头换面的古老资源，仿佛五光十色的马赛克。"春秋"对于比较语言学而言不啻一大宝藏，因为其中的用语多是大众腔调。作者和听众的教育，都拜其所赐。它不仅是拜占庭文明史的重要资源，对拜占庭文明的扩展也有贡献，把拜占庭文化推广给了斯拉夫人、匈牙利人乃至土耳其人。

当代史

当代史具有古希腊和罗马的古典传统。无论作史宗旨、处理史实态度，

---

[1]　瑟奥凡尼斯见第二章第四节专节介绍。邹纳拉斯生活于 12 世纪，曾任阿莱克修斯一世秘书，晚年隐居。

或者写作风格，都极其严谨、具体、客观，尽量避免主观情绪，乃至所谓"爱国热忱""个人信念"，都不明显。这类史家往往是当时社会政治生活的积极参与者，如叶瓦格利奥斯、法学家普罗阔皮奥斯、阿噶希亚斯、米哈伊尔·阿塔雷阿忒斯（Μιχαὴλ Ἀτταλειάτης，1022—1080 年）；又比如国家重臣约安尼斯·金纳莫斯（Ἰωάννης Κίνναμος，1143—1185 年）、尼克塔斯·阿阔米纳托斯（Νικήτας Ἀκομινάτος，1155—1217 年）、格奥尔基奥斯·帕胡麦勒斯（Γεώργιος Παχυμέρης，1242—约 1310 年）、劳尼阔斯·哈尔阔孔杜勒斯（Λαόνικος Χαλκοκονδύλης，1430—1490 年）；还有将军和军事家，如小尼克佛罗斯·布吕恩尼奥斯（Νικηφόρος Βρυέννιος，1062—1137 年）、格奥尔基奥斯·阿克罗珀利忒斯（Γεώργιος Ἀκροπολίτης，1217/1220—1282 年）、格奥尔基奥斯·斯弗兰策斯（Γεώργιος Σφραντζής，1401—1480 年）；甚至有加冕人物，如紫微宫主君士坦丁七世、著名的安娜·孔穆宁娜、约安尼斯六世坎塔寇泽诺斯。他们不仅是当时的社会代表，也是知识精英。

　　这些拜占庭史家一般都是古希腊和罗马史家的私淑弟子。有的选取一位古代史家为师，更多的是博采众长，以成一家之言。普罗阔皮奥斯就私淑修昔底德（Θουκυδίδης）和珀吕比奥斯（Πολύβιος）。多数拜占庭史家都追慕希腊化时期的史学。小尼克佛罗斯·布吕恩尼奥斯和约安尼斯·金纳莫斯就崇尚色诺芬（Ξενοφῶν）。总体而言，拜占庭史家完成了一个历史学科的转变，即，把巫术文化的多神教史学传统接过来，改造成了宗教文化的一神教史学。于是，拜占庭史籍就呈现出其独有的特点：古典史学形式承载着基督教政治精神的内涵。

　　至于每一位具体的拜占庭史家，在尚古过程中当然会各有侧重。堪称拜占庭史家第一人的普罗阔皮奥斯就非常推崇珀吕比奥斯"真实应当凌驾一切"[①]的史学主张，而在史料的精确性上，又崇尚修昔底德。所以，拜占庭

---

① Polybius, *The Histories*, With An English Translation By W. R. Paton, V.1, Harvard University Press, rep.1998, p. xii.

当代史的开山之作《战纪》一书，史料非常真实，都是作者常年随军转战的亲身经历与见闻。但这并不妨碍他的文笔绚丽多彩。而后来的史家尚古，却与普罗阔皮奥斯不同。比如格奥尔基奥斯·帕胡麦勒斯就喜欢更加高古的格调，甚至模仿荷马的风格。

除了个人风格不同，拜占庭史家在不同历史时期的倾向也各异。大体而言，拜占庭当代史的发展经历了三个阶段。第一段为6—7世纪，这段时期的史籍具有较高的人种学、民族学价值，代表就是普罗阔皮奥斯和阿噶希亚斯。第二段为9—10世纪，除君士坦丁七世以外，两百年间，可以称道的史家寥寥无几，故有此时"出伟大英雄，而未出伟大史家"之说。[1] 第三段为12—15世纪，这段时期的史籍以文化学价值见长。这段时期的当代史家，虽然大体仍保持着"信史"的传统，但"秉笔直书"已有所削弱，个人情绪难免掺杂其中。如安娜·孔穆宁娜公主的《阿莱克修斯纪》就对她的父亲阿莱克修斯一世（Ἀλέξιος Α΄ Κομνηνός，1081—1118年）的"丰功伟绩"多所渲染；约安尼斯六世的《史记》（ἱστορία），则贻后世以自我辩护和自我吹嘘之讥。造成这种情况的原因，一方面有当代人写当代史，尤其所谓"太平盛世"的当代史，难免自我标榜之意，何况上述这类史家，或者身居高位，或者与宫廷过从甚密，难免粉饰现实。另一方面，则是拜占庭帝国特殊的精神状态所致。前面说过，拜占庭帝国标志着古代的巫术多神教文化向宗教的一神教文化转变。在这种转变过程中，原来处于受压制地位的文化形态，一旦得势，成为主流文化形态，未免"子是中山狼，得志便猖狂"，打击其他文化形态唯恐不够狠毒残忍。而同时，投奔这种文化形态旗下以求一逞者也难免多如过江之鲫。成员既多，成分既杂，人人都想分得一杯羹，尤其是当这种文化形态获得统治者垂青之时，则争宠固爱，钩心斗角，必不可免。拜占庭的基督教文化便是如此，当年遭受压迫之时，前仆后继，不

① 参见 Whitby, M., "Greek Historical Writings after Prokopius: Variety and Vitality", in *The Byzantine and Early Islamic Near East*, NJ: Prinston, 1992, 66f。

避赴死，出了多少无畏无私的圣徒。如今成了国教，加之得到统治者大力支持，如瑟奥多修斯一世（Θεοδόσιος I，347—395 年）消灭异教之时，便真是"杀人如恐不胜，刑人如恐不举"（贾谊《过秦论》）。而教会内部，也派别林立，争权夺势。这种氛围不能不影响史家。所以，拜占庭的历史著作中，尤其教会史中，门户之见、个人倾向便不可能不渗入其中。比如，约安尼斯·金纳莫斯就恨透西欧的一切，排斥不遗余力；格奥尔基奥斯·帕胡麦勒斯在其著作中摆出论战的架势，未免咄咄逼人。

圣徒传略

圣徒传（ἁγιόγραφος；hagiography）也是从 6 世纪一直繁荣到 11 世纪。这类作品源于殉道者事略（Συναξάριον；martyrology）。这类作品原则上集中描写隐修士们的生活。奠基作品是 4—5 世纪阿桑那修斯的《教父安东尼欧生平与日常生活》（Βίος καὶ Πολιτεία Πατρὸς Αντωνίου），描写隐修主义奠基人圣安东尼欧的一生。还有帕拉狄奥斯（Παλλάδιος Ἑλενοπόλεως）的《劳萨纪》（Ἡ Πρός Λαῦζον Πατέρων）[1]，则描绘了埃及最早的隐修士的群像。这两部作品朴素而生动，对于隐修主义的传播以及后世圣徒传的创作，影响极大。只可惜的是，后来的圣徒传渐渐庸俗化了，其中修辞成分与内容的简朴性大相径庭，结果，这类作品文学价值甚微，只有历史价值。

后来比较重要的作家是斯库索珀利忒斯人库利罗斯（Κύριλλος ὁ Σκυθοπολίτης）[2]，他的圣徒与僧侣传记以事实和资料丰富见长。

散文传奇

拜占庭史书中的圣徒传记，实际上恐怕也免不了散文传奇的性质，从4—5 世纪的《教父安东尼欧生平与日常生活》和《劳萨纪》，到 10 世纪苏

---

① 《劳萨纪》见第一章第四节专节介绍。

② 库利罗斯（525—559 年），巴勒斯坦僧侣及宗教史家，主要著作为《圣尤菲米欧评传》（Περί του Μεγάλου Ευφήμιου Συνγραφή）。

蒙·麦塔弗拉忒斯（Συμεών Μεταφραστής）[1]编纂的一系列传记，实际也不妨看作散文传奇。因为其中许多故事不一定都是真实的，虚构想象时时可见。只不过它有教会和帝王们的承认，没有人敢说它不真实。而且，为尊重主人起见，我们也把它们单独放在史书中去介绍。从这里也可看出，我们所说的散文传奇，与其他散文作品的区别，主要在纪实与否这一点上。作品倘若奠基于纪实，我们便归之于史书；倘若产生于想象，则归之于传奇。传奇又因其文体不同，可分为散文传奇与罗曼斯（诗体传奇）两种。这里说的是散文传奇。拜占庭的散文传奇在内容上有个特点，那就是以爱情故事为主。其中最有名的是6世纪的阿里斯泰奈托斯（Ἀρισταίνετος）的《情书集》，以情书的形式讲爱情故事。后来18世纪法国卢梭的《新爱洛绮丝》，追根溯源，其形式应该起源于此。另一部是尤斯塔修斯·马克伦珀利忒斯（Εὐστάθιος Μακρεμβολίτης，12世纪）的《徐思敏嫩和徐思敏尼安的爱》（Τὰ καθ' Ὑσμίνην καὶ Ὑσμινίαν）。此外，不同时期还产生过一些非爱情的短篇故事，成为中世纪整个欧洲短篇故事或者滑稽故事的先声。

比起上述传奇，《巴拉阿姆与约萨伐忒》（Βαρλαάμ καί Ἰοασαφάτ）[2]更加著名，号称基督教禁欲主义的"歌中之歌"。它描绘印度王子约萨伐忒在隐修士巴拉阿姆指引下，放弃荣华富贵享受，作为一个基督徒而遗世独立。这个故事源于印度释典《普曜经》，约萨伐忒的原型就是佛陀。现在此书已跻身世界文学的民间传奇之列。

二、韵文

拜占庭韵文的源头也在古代。但与散文不同的是，散文以古希腊古典文学，尤其是阿提克文学为典范，而韵文则以亚历山大文学为典范。此中

---

[1] 苏蒙·麦塔弗拉忒斯，10世纪后半期政治家、作家。
[2] 见第二章第三节专节介绍。

原因在于拜占庭人很少写个人抒情诗，亦少写戏剧，很少有人去模仿萨福（Ψάπφω，约前 630—前 572 年）、阿尔克罗科斯（Ἀρχίλοχος，约前 680—前 645 年），甚至品达（Pindar，前 522—前 443 年）都缺乏崇拜者。人们模仿的是希腊化时期的诗人，如赫利奥窦罗斯、阿契琉斯·塔提奥斯（Ἀχιλλεὺς Τάτιος）[1]、阿斯克勒皮阿德斯（Ἀσκληπιάδης）、珀瑟狄珀斯（Ποσείδιππος）、琉善、龙格（Λόγγος）。作品则模仿铭体诗、颂歌、教谕诗、讽刺诗、励志诗，还有罗曼斯（传奇）。其中，教谕诗的源头稍早些，可以上溯到伊索克拉忒斯（Ἰσοκράτης）[2] 的《致德莫尼库斯》（Ad Demonicum）。此外，就内容而言，拜占庭人自创了一种诗歌，即乞讨诗；就体裁而言，他们创造了"政治体"、箜塔曲（κοντάκιον）以及卡农（κάνων）。

上面这些诗体并非同时产生。铭体诗与颂诗最早，出现于 4—7 世纪。铭体诗之复活，正值教会文学蓬勃兴起，铭体诗正适合其需要。因而，这段时期也是拜占庭学院诗派鼎盛时期。此后，则是教会诗歌兴盛。12 世纪后，通俗诗歌兴起，讽刺诗和打油诗（παρῳδία）、励志诗继之而起，乞讨诗、罗曼斯和哀歌，则为拜占庭国家的灭亡送行。

铭体诗

铭体诗源于古典墓志铭，一般由哀歌体的双行对句组成，很适合拜占庭的装饰性及机巧性的趣味，能满足对艺术小珍品的要求。它并不要求作者的诗意何等崇高，而重在技巧和孕育尽可能多的警句。拜占庭铭体诗分为两派：一派是异教和人文主义诗派，另一派则是基督教诗派。前者代表是阿噶希亚斯（6 世纪），以及穆提莱奈人赫利斯托佛罗斯（Χριστόφορος ὁ Μυτιλήνη，约

---

① 阿契琉斯·塔提奥斯，2 世纪希腊作家，以《琉基佩和克勒托丰》（Τα κατά Λευκίππην και Κλειτοφώντα）名世。

② 阿斯克勒皮阿德斯（前 350—约前 270 年），希腊诗人。珀瑟狄珀斯（约前 310—约前 240 年），古希腊铭体诗人。龙格，2 世纪诗人，以《达弗尼斯与赫萝埃》（Δάφνις καὶ Χλόη）名世。伊索克拉忒斯（前 436—前 338 年），古希腊演说家。

1000—1050 年）；后者代表是格奥尔基奥斯·皮希德斯（Γεώργιος Πισίδης，7世纪）和瑟奥窦罗斯·斯透狄忒斯（Θεόδωρος ὁ Στουδίτης，759—826 年）两者之间则有几何学家约安尼斯（Ἰωάννης Γεωμέτρης，935—1000 年）。这三代人的作品代表了拜占庭铭体诗发展的三个阶段。阿噶希亚斯惯用古典的六音步长短格诗体。其诗模仿古人，技巧圆熟，有感染力，略显浮夸，尤其是他那些略带色情味道的小诗，但他的诗歌内涵丰富，超过当时其他铭体诗人。其诗部分保存于《帕拉亭文献集》中。瑟奥窦罗斯·斯透狄忒斯与阿噶希亚斯截然相反。他为人真诚，学识渊博，善于观察自然与生活，情感温和；他的作品表达简洁，摆脱了对古人单纯的模仿，其诗有文明史价值。几何学家约安尼斯兼具上述两人特点，他同时担任世俗的与教会的职务。其诗有一种普世性质，既接受古代希腊成果，又有深深的宗教气氛。他最好的诗歌描写了他亲身经历的历史事件和现实，也表现了他自己的气质。

颂歌

歌功颂德，在人类没有进入真正的人类历史以前，大概是免不了的。农耕文化时代，尤其如此。拜占庭也不例外。"颂歌"一语，往往又称"恩括密翁"（ἐγκώμιον），多半是就其内涵而言，可以颂人，亦可颂物，当然，颂物的目的，还是颂人。至于诗体，似乎并无定格，可长可短。如鲍罗斯·希冷提阿利奥斯（Παῦλος ὁ Σιλεντιάριος）[1] 歌颂圣索菲亚大教堂（Ἁγία Σοφία），皮希德斯颂太子，便是如此。不过，歌功颂德并不等于诗人们的人格低下，因为不仅像普瑟罗斯和曼努埃尔·霍罗波罗斯（Μανουὴλ Ὁλόβολος）等宫廷显贵，就连人格比较独立的尤斯塔修斯[2] 和米哈伊尔·阿阔米纳托斯也有这类作品。这是罗马帝国传给拜占庭帝国的修辞学传统，对专制政权做迫不得

---

① 鲍罗斯·希冷提阿利奥斯，见第一章第八节专节介绍。
② 霍罗波罗斯（1245—1310/1314 年），演说家、僧侣，反对与西欧教廷联合。尤斯塔修斯（1115—1195/1196 年），诗人、学者，以注释荷马著名。

已的让步，才不至于冒犯公众趣味。

赞美诗

赞美诗在古代，本来也包括在颂歌里，但后来逐渐分化出来，专门颂神。到了拜占庭时期，基督教统治地位确立以后，赞美诗更成为神的专利品。拜占庭的赞美诗早期包括一切圣咏，如新约福音书里的赞词，也可称作赞美诗。后来逐渐只有新作品才能称为赞美诗。4 世纪劳迪凯利亚会议和 6 世纪布拉格会议，禁止赞美诗用于祈祷以外的其他目的，更确立了赞美诗的崇高地位。现存最早的赞美诗出现在逾越节布道词里，是萨德翁的麦利彤主教（Μελίτων Σάρδεων，逝于 180 年）所作。初期的赞美诗仍然使用古典长短格诗律，后来在叙利亚祈祷诗的影响下，逐渐转向与当时口语结合更紧密的重轻格诗律，规模较小，还保留藏头诗的特点。5 世纪后期，签塔曲兴起，赞美诗便逐渐采用签塔曲的形式，规模渐大。7 世纪以后，卡农取代了签塔曲，赞美诗又逐渐采用卡农的形式。11 世纪以后，规模又有所缩减。但是不管用哪种形式，赞美诗的音乐总是比较优美动听的。赞美诗的名家有皇帝，如"大智"莱翁六世（Λέων ΣΤ΄ ὁ Σοφός，866—912 年）；也有著名学者，如约安尼斯·尤克塞塔（Ἰωάννης Εὐχάιτα；Μαυρόπους，约 1000—约 1092 年）；但能流芳百世的，则是 9 世纪最杰出的女诗人卡西雅娜[①]。

教谕诗

拜占庭的教谕诗脱胎于希腊化时期的诗歌，比如伊索克拉忒斯的《致德莫尼库斯》。就形式而言，教谕诗离抒情诗较远，而更接近叙事诗，格律往往还是使用六音步长短格。教谕诗体有种种分支，其中一种叫"太子之鉴"（specula principum），用于新老皇帝交替之时对皇太子的教谕，有时还要写成藏头诗。比较著名的有巴西雷奥斯一世（Βασίλειος ὁ Μακεδών，811—886

---

① 卡西雅娜，见第二章第六节专节介绍。

年）写给他儿子莱翁六世的教谕。还有一种叫"当头棒喝布道词"（με τις θεολογικές προτροπές；ranting theological exhortations），如对莱翁六世统治即将崩溃的预言就是。除了世俗作品，还有神学教谕诗，最著名的代表作就是格奥尔基奥斯·皮希德斯的《创世六日》（Ἡ Ἑξαήμερος）。此诗总体平平，但在赞美宇宙时，尤其是描写动物时，倒也灵感飞扬，显示了他作为铭体诗人的技艺，以及热爱自然之人洞幽烛微的才能。

箜塔曲和奥伊可思

箜塔曲和奥伊可思（οίκος）是拜占庭对教会诗歌和音乐，乃至一般诗歌和音乐的独特贡献。其奠基人是外号"妙音"（Μελωδός）的罗曼诺斯（Ῥωμανὸς）[1]，历史上就称他为"妙音罗曼诺斯"。他出生于叙利亚。叙利亚的祈祷诗富于音乐性，与学院派诗歌注重语音音节长短节奏不同。罗曼诺斯不仅掌握了学院派诗歌的技巧，而且从叙利亚诗歌中受到启发，首先转向和声和韵律的研究，第一个率先按轻重音规则写诗，创造了箜塔曲和奥伊可思。箜塔曲是礼拜诗歌，描写某个宗教节日，或是某位圣徒的生活。序诗部分让听众做好情感酝酿，然后至少有 18 行诗导入正题。箜塔曲引导奥伊可思，奥伊可思附属于箜塔曲，对诗意展开描写，每支奥伊可思结尾反复呈现箜塔曲的结尾词语，两者构成一个整体。每首颂歌一般由 20—30 诗节构成，每节有 12—21 个诗句。轻重音节的布置表现出丰富多彩的乐音变化，双声、叠韵和押韵等诗歌元素的作用大大提高，在拜占庭诗歌史乃至欧洲诗歌史上，第一次使韵脚成为艺术结构法定的不可或缺的要素。这样的结合，形成既联系紧密又高度灵活的诗歌形式，朴素而又宏伟、严肃而又温柔、盛大而又沁人心脾，接近活泼泼的口语，能被同时代人所理解和亲近，为情绪表达开辟了广阔的前景。

---

[1]　妙音罗曼诺斯，见第一章第五节专节介绍。

卡农

卡农作为一种乐曲形式，最早产生在 8 世纪的拜占庭，而不是中国音乐学者所说的 14 世纪西欧的"民间音乐"。卡农兴起后，不仅取代了黎明时唱的圣咏，同时也取代了笃塔曲。其原因在于，过去的圣咏，包括笃塔曲，都过于细腻烦琐，整体效果被削弱了。卡农由 9 支曲子组成，但一般只用 8 支，因为其中的第 2 支只在四旬斋期间使用。9 支曲子中每支歌曲有 3—4 节。有的歌曲与圣咏主题对相应，比如有的卡农第一曲相当于《出埃及记》第 15 节摩西的感恩曲。卡农可以轮唱，因此也可以称为轮唱曲。一般认为，最早使用卡农的诗人是克里特的安德莱阿斯（Ἀνδρέας Κρήτης，650—740 年）。但年长于他的格尔曼诺斯一世（Ὁ Ἅγιος Γερμανὸς，约 634—733/740 年）已有几支卡农。最有名的卡农是大马士革人约安尼斯的《复活节卡农》。此外，著名诗人还有赞美诗人约瑟夫（Ὅσιος Ἰωσὴφ ὁ Ὑμνογράφος，约 816—886 年）以及约安尼斯的养弟阔斯马斯（Κοσμάς，逝于 773 或 794 年）。卡农中每支曲子包含的诗节虽然一般是 3—4 节，但特例也有，安德莱阿斯的"大卡农"就多达 250 节，以至于德国学者卡尔·克鲁姆巴赫尔说，这是"一个单一的思想被织进了蜿蜒曲折的阿拉伯舞曲之中"[①]。

政治体

政治诗体，意为"市井歌曲""污名歌曲"，说得不客气点，也近乎中国文学中的与正式祭祀相对的"淫祀"歌曲。它与笃塔曲和卡农一起，堪称拜占庭诗歌的三大创造。政治体起源大概在 6 世纪，始作俑者为谁，已不可考，大概是市井文人。说它像"淫祀"歌曲，不是说它色情淫乱，而只是表示它一开始不登大雅之堂，但后来它的发展居然超过古典诗歌乃至笃塔曲和卡农，甚至被苏蒙·麦塔弗拉忒斯用到帝国法庭中。原因在于，它为民众喜闻乐见，而且配合进行曲的旋律，颇有班师凯旋的气势。

[①] Karl Krumbacher, *Geschichte der Byzantinischen Litteratur*, München: Oskar Beck, 1891, s.319.

这种诗体与古典诗体基本的不同在于，古典诗体的节奏以长短音形成，而政治体的节奏以轻重音形成。每一行诗包含 15 个音节，在第 8 和第 9 音节之间有个小的停顿。第 6、8 和 14 音节，必须是重音。每到半行处有短长格（ἴαμβος）的倾向，以强调偶数音节的气势，但结尾处又趋于缓和。这种诗体由于起于市井民间，所以为世俗诗歌所使用。到了后来，不少罗曼斯传奇都用这种诗体写成。我们介绍到这种诗歌译为汉语时，都遵循了 15 个音节的要求。

乞讨诗

严格说来，乞讨诗不能算一种诗体，只是就其内容而言而标举为一类诗歌。但说来滑稽，拜占庭的乞讨诗常用的诗体，竟然是宗教赞美诗。这也许是因为赞美诗是向上帝乞讨，而乞讨诗则是向帝王乞讨，只是乞求对象不同，而乞讨本质并无二致。这种诗歌出现在帝国晚期，往往是饥寒交迫的诗人或者显贵家的门客发出的诗艺哀叹。主要代表是 12 世纪孔穆宁诺斯王朝的瑟奥多罗斯·普罗卓莫斯[1]和13世纪帕莱奥罗果斯王朝的曼努埃尔·菲勒斯（Μανουήλ Φιλης，1275—1345 年）。这类诗歌的价值，在于对史家而言，它们描绘了首都市井生活的情景。

讽刺诗

拜占庭讽刺诗脱胎于琉善的著作，不同于一般以词语刻薄见长的"讽刺"，而是通过玄虚的故事，婉转地揶揄人世。著名的有三种：《帕特利奥忒斯》（Πατριώτης）、《提马利翁》（Τιμαρίων）和《马扎利地府游记》（Ἐπιδημία Μάζαρι ἐν Ἅιδου）。三者都写神游天堂地府的经历，与去世的当代人对话。《提马利翁》风格粗犷幽默，戏谑鞭笞当代人的缺点，腔调通俗，文学价值较

---

[1] 关于乞讨诗的作者，究竟是著名诗人瑟奥多罗斯·普罗卓莫斯，或是另有其人，或者两人同名，至今仍是拜占庭文学史的一桩公案。

高。《马扎利地府游记》则冷嘲热讽，以死者影射活人及现实，尤其是拜占庭宫廷，文笔略显粗俗。

另一类讽刺诗采用动植物故事形式，源自一本基督教通俗读物《生理学》（*Physiologus*）。这类讽刺诗写四足动物、鸟类聚会，乃至植物诉讼，影射神职人员、官僚、小市民以及外来种族。拜占庭教堂诗歌有一种形式叫链条诗（catēna），就是把早期教父们对《圣经》，尤其是《新约》的注释，串联起来，写成诗体形式，便于信徒们记忆，一如中国的顺口溜或打油诗[①]。11 世纪的塞勒斯的尼克塔斯（Νικήτας τῆς Σέρρες）便是此中高手。这种诗歌有时也被用来写讽刺诗。

诗体传奇（罗曼斯）

拜占庭堪称自产的诗体传奇，产生在在散文传奇之后，但其源头却并不晚于散文传奇。它们都受希腊化时期阿契琉斯·塔提奥斯、哈利彤·阿芙洛狄塞乌斯（Χαρίτων Ἀφροδισεύς）[②]、赫利奥窦罗斯及龙格等人的影响，甚至直接模仿这些人的著作，那些实际算不得创作。但除了师承古人之外，拜占庭自己有一类著作也在传奇中大行其道，那就是咏物诗（ἔκφράσις）。君士坦丁大帝定都君士坦丁堡之后，从罗马帝国各地运来不少希腊罗马的雕塑装点首都，加上大兴土木，宫室壮丽，于是，便有一帮诗人以歌咏这些物事为能，产生了咏物诗。传奇故事为了夸张主人公遭遇离奇，就免不了渲染其遭遇的环境之奇特壮丽，咏物诗就派上了用场。这就是拜占庭人给传奇作品的新贡献。拜占庭自产的诗体传奇出现较晚，就现存文献来看，13 世纪无名氏的《拜耳桑德罗斯与赫露桑娃》（Βέλθανδρον καὶ Χρυσάντζαν）出现较早。后来贡献较大的，则有瑟奥多罗斯·普罗卓莫斯等人。拜占庭的罗曼斯一般采用政治体诗写成，内容多是英雄美人之类的故

---

① 参见 D. C. Parker, *An Introduction to the New Testament Manuscripts and Their Texts*, Cambridge University Press, 2008, p.250.

② 哈利彤·阿芙洛狄塞乌斯，约 1 世纪末 2 世纪初作家，有《卡丽尔蕾伊》（*Callirhoe*）传世。

事。晚期影响最大的当数《卡里玛霍斯与赫露娑萝》。但有一首英雄谣曲《阿牟莱之歌》（Ἄσμα τοῦ Ἀρμούρη）也是用政治体诗写成，却没写儿女私情，只抒英雄气概，产生于 9—11 世纪，堪称中世纪一切英雄谣曲的鼻祖。

史诗

拜占庭文学自始至终，都有"史诗"产生。但一般所谓"史诗"，其实都是围着希腊罗马的史诗——尤其是荷马史诗——做文章。或是续写《伊利亚特》，或是跟荷马唱反调，都很无聊。唯有产生于 11—13 世纪的《狄格奈斯·阿克瑞忒斯》（Διγενής Ἀκρίτας），从立意到情节到风格，都面目一新，完全是拜占庭自己的元素，可以说是欧洲中世纪一切封建英雄史诗的开山之作。

三、戏剧

拜占庭戏剧并不发达，演戏甚至被教会和皇帝禁止了。但宗教宣传有时也不得不借助戏剧，于是，便有了宗教剧。5 世纪有一篇对童贞玛利亚的"赞词"，君士坦丁堡主教普罗克罗斯（Ἅγιος Πρόκλος, Πατριάρχης Κωνσταντινουπόλεως，？—436/437 年）所作，具有戏剧的雏形。比较有名的则是 11—12 世纪的《基督受难》（Χριστός πάσχον）、克里特岛的戏剧《厄娄菲莱》（Ἐρωφίλη）和《亚伯拉罕的牺牲》（Ἡ Θυσία του Αβραάμ）。总之，相对于以前和以后的文学体系，拜占庭文学在戏剧方面的建树未免薄弱。

附录　拜占庭文学史研究简况

近代研究拜占庭文学史以英国约瑟夫·伯润通（Rev. Joseph Berington，1743—1827 年）的《中世纪文学史》（*Literature History of the Middle Ages*）为较早，但只是简介式的一章而已。到 19 世纪末，德国学者卡尔·克鲁姆巴赫尔的《拜占庭文学史》(*Geschichte der Byzantinischen Litteratur*)堪称最早的、系统的拜占庭文学史,一直为研究拜占庭文学史的人奉为圭臬。但此书起讫年代为公元 527—1453 年,对拜占庭 4、5 世纪的文学有所忽略。另外,此书体例以文体分类为纲,与文学史之时代顺序为纲似有龃龉,重点作家及作品论融于文体论之中。若以几何术语喻之,则线与面之阐述详尽,而点上研究尚有空间。俄国学者后来居上,俄裔美籍学者 A. 卡日丹(A. Каждан)的两种《拜占庭文学史》(*A History of Byzantine Literature, 650–850, 850–1000*)博大精深,惜乎 4—6 世纪以及 11—15 世纪约 8 个世纪的拜占庭文学未得到检视,应是学术史上的遗憾。卡日丹的体例也不同于克鲁姆巴赫尔,以作家作品论为主,点上的研究堪称精湛,线面研究相对简略。此外,俄国学者阿维林采夫(С. С. Аверинцев)、叶兰斯卡娅(А. И. Еланская)在俄国的《世界文学史》中有专章论述拜占庭文学史,系统全面,简洁流畅。可惜限于篇幅,作家作品论暂付阙如。此外,德国学者格·拜克(H.-G. Beck)的《拜占庭教会与神学文学研究》(*Kirche und theologische Literatur im Byzantinischen Reich*)内容偏于宗教。罗森齐(Jan Olof Rosenqvist)的《论拜占庭文学》(*Die Byzantinische Literatur*)第 6 卷,以时间为序,论述了拜占庭文学各个时期的重大问题,堪称大观,其水平超过一般文学史。但 527 年以前的拜占庭文学,亦未入围。且文如其名,仍属专论性质,距文学史尚有一步之遥。哈佛大学格莱高利·纳吉主编的 9 卷皇皇巨著《希腊文学》的第 9 卷也是拜占庭文学研究,但此书只是其他学者关于拜占庭文学的专论选辑。此外,与拜占庭文学相关专论亦不少,但都不能进入文学史的范围。

鉴于以上研究的得失,我们在前人研究的基础上,亦有所前进。相较于其他拜占庭文学史,我们的工作有以下特点:一、总体内容完整,囊括了拜占庭 1123 年的文学史实。二、体例较合理,点面结合,纵横交错,以时间线索为经,重点作家、作品研究为纬,对拜占庭文学史的发展进行了理论梳理,比较系统深入地阐述了拜占庭文学发展的历史。纵向研究阐明特定历史阶段文学发展的方向和主要脉络,横向研究探讨重点作家作品的艺术成就、独特贡献和在文学史上的地位。这样，便于读者既了解拜占庭文学史发展的脉络，也得到对拜占庭文学特点的具体体验。三、第一次明确阐述了拜占庭文学的历史性质及规律，指出拜占庭文学属于农耕文化时代大一统专制政治体制下以宗教思想为皈依的文学体系，遵循着与政治变化呈正相关或者负相关的发展规律，探讨了拜占庭文学承先启后的作用。四、视野开阔，方法论有所扩展。我们始终把拜占庭文学置于世界文学发展史的背景中进行研究，并适当引入了比较文化学、比较文学以及宗教学的方法，目的在于为读者提供深入理解拜占庭文学的参考坐标，领会人类文学在相同发展阶段的共同特点与规律，了解拜占庭文学对世界文学的贡献。五、独到的艺术研究，意必已出。外国学者的文学史中，涉及具体作家、作品时，除了思想内容的研究，多半侧重于传统修辞学与诗律学的研究；我们则更侧重于文学的艺术精神、艺术思想、艺术流派、艺术主题乃至艺术方法的探讨。针对中国读者首次接触拜占庭文学这种实际状况，再加多年教学体会，外国文学史与作品选分开讲，多有重复，且各自偏枯，不如讲授文学史的同时，适当融入作品选讲，效果更好，因此，我们的课题研究加强了对具体作品的具体研究。尤其在具体的艺术特色研究中，力求发人之所未发，道人之所未道。这是其他文学史所缺欠的，而为我们的研究所特有。这样，在拜占庭文学史的研究领域中，我们既有继承，也有前进；既能融入国际拜占庭文学史研究的共同道路，也有我们自己所走的轨迹。

第一章

4—6 世纪拜占庭文学

第一节　概况

一、政治历史背景

　　公元 4 世纪，罗马帝国东部变成拜占庭帝国，其历史进程包含三个方面：封建经济关系发展，政治专制集权加强，以及基督教影响增长。这些现象在君士坦丁大帝时期（306—337 年）已有苗头。但在 4—6 世纪，这些发展又未能定型。封建经济关系的核心——土地问题——如何解决，尚不明朗。是"溥天之下，莫非王土"①，全归皇帝独占，还是大贵族地主"利建侯"②，实行私有，也不明朗。专制集权已从昔日罗马帝国的"养子继承制"，改为"亲子继承制"的"家天下"。但是，罗马时期军事巨头夺权的习惯并未根除，反而有增强之势。更滑稽的是，拜占庭帝国以基督教为国教，基督教只允许一夫一妻制，皇帝皇后造人功能有误，就后继无人。所以，拜占庭的皇帝一旦无后，就真的是大事了，政权非易手不可。因此，这专制集权也不稳定。基督教呢，虽然一天天成为国教，但一两千年的异教传统，根深叶茂，岂是说倒就倒的？何况基督教初创之时，连耶稣基督也不过山野村夫而已，文化修养不够雅驯，如今成了国教，也得文质彬彬才好。那就不能不继承异教文化遗产，于是，便有个过渡时期。而且，既然成了国教，名利双收，大家都想分一杯羹，便不免起内讧，争夺正统地位，所以，基督教自身也不稳定。这一切，像托尔斯泰说的，"一切都刚刚翻了个身，一切又都还没稳定下来"（《安娜·卡列尼娜》），连疆土都没稳定下来，5—6 世纪后，被波斯人、阿拉伯人抢去不少。过渡时期，万象更新，但又模糊不定，就是

---

① 《诗经·小雅·谷风之什·北山》，《毛诗正义》，十三经注疏整理本，北京大学出版社 2000 年版，第 931 页。

② 《易·屯·初九》，《周易正义》，十三经注疏整理本，北京大学出版社 2000 年版，第 41 页。

拜占庭帝国第一段历史时期的特点，也是这时期拜占庭文学的根本特点。

君士坦丁大帝在位时，主要做了两件大事：罗马帝国新都建成，基督教合法化。

罗马城在 3 世纪已失去往日的辉煌，被北方蛮族打开了大门，经济中心地位也削弱了。皇帝行宫随时搬迁，几乎居无定所。君士坦丁大帝为新首都选定了最合适的地址——欧亚商路和帝国东西两半之间的希腊古镇"拜占庭"。新都落成于 324 年，定都则在 330 年 5 月 11 日。异教祭师和基督教教父都出席了庆典。当天刻在大理石廊柱上的诏书，把新都称为"新罗马"。不久，新都换了个名字，即奠基者的名字"君士坦丁堡"（Κωνσταντίνουπόλις），沿用至拜占庭帝国灭亡。新都的壮丽辉煌，在当时欧洲和中西亚地区，堪称首屈一指。

君士坦丁王朝最后一个皇帝是欧瓦莱斯（Ούάλης，328—378 年），他把行宫建在米兰，帝国东西两半从此明显隔开了，两种相互独立的文化也开始形成。欧瓦莱斯死后，瑟奥多修斯一世建立了新王朝。他临死时（395 年）把帝国分为两半，留给两个儿子。阿卡狄奥斯（Άρκάδιος，377—408 年）得了东半部，奥诺利奥斯（Ονώριος，393—423 年）得了西半部。东半部即相当于拜占庭国家，其规模和疆域至此便明确下来：它拥有巴尔干半岛、爱琴海诸岛、小亚细亚、叙利亚、巴勒斯坦、亚美尼亚、齐壬奈卡、埃及以及黑海的殖民地。这片广袤的领土上住着希腊人、马其顿人、弗拉基人、哥特人、科普特人、叙利亚人、亚美尼亚人、斯拉夫人等。社会阶层也五光十色，不亚于种族的繁多。大地主是罗马奴隶主贵族后裔，与宫廷显贵、帝国官吏、宗教高官一起构成上层。中下层则有一般教士、商人、不同种族的城市居民结成的选民团（curia）、农民、房东等。尽管封建关系有所进步，但某些经济领域依然使用奴隶劳动。军队成分复杂，代表着不同社会集团的利益。其中的雇佣兵更是三教九流都有，不止一次引起国家大变动。

瑟奥多修斯王朝（379—450 年）传了三代，后继无人，便结束了。接着是莱翁王朝（457—518 年），也因后继无人，三世而斩。6 世纪便是尤斯廷诺斯（Ἰουστίνος）王朝（518—578 年）。4—6 世纪的拜占庭文学就在这样的朝代更迭中产生和发展。

基督教在 1 世纪产生于巴勒斯坦，有两百多年处于非法状态，受尽种种迫害。但每受一次迫害，信徒四散逃亡，逃到哪里，就把基督教种子撒到哪里。到 4 世纪初，基督徒俨然成为社会第一大群体。它的救赎理论，以及蔑视财产和社会地位的区别、安抚穷苦人的伦理观，给了下层百姓以希望。而它的基本教义"一神论"又恰恰适合君主专制统治的需要：天上只有一个神，地上当然只能有一个皇帝！皇帝想不承认这种教义也不行，除非他不想当皇帝了！这就历史地导致罗马帝王承认基督教合法。君士坦丁大帝的一些前辈早就明白，宗教纠纷只会削弱濒于灭亡的国家，所以，他们颁布敕令，禁止迫害基督徒，允许自由建筑基督教堂。313 年，君士坦丁大帝及其盟友李锡尼共同颁布《米兰敕令》，规定基督教与多神教一律平等。为此，第一位基督教史家尤瑟比奥斯曾庄严而得意地写道：他们"承认神是他们一切赐福的源泉"，"同心同德颁布了利于基督徒的最完善的法律"。[①] 君士坦丁大帝本人虽然仍长期保持异教徒身份，终生顶戴着异教"大祭司"称号，但又千方百计促使基督教成为国教。321 年，他发起当着主教们的面释放奴隶的仪式；323 年，他禁止强迫基督徒参加多神教祭祀活动；325 年，他在尼西亚（Νικαίας）召集帝国宗教普世大会，制定权威性影响至今的《尼西亚信经》，授予普世大会确认和组建教堂的最高法定权，等于实际确立了基督教的国教地位。临终时，他由曾被定为异端的基督教阿雷奥斯派主持，皈依了基督教。

二、异教文学的延续

尽管基督教成了国教，但希腊人是古代文明的承载者，在哲学特别是

---

① Εὐσέβιος ὁ Παμφίλου, *Ἐκκλησιαστικῆς ἱστορίας*, Λόγος Θ', 9:12, PG. T. XX, col. 824. R. B.

文学领域中，某些体系依然是不可动摇的，缩减的只是其运作范围而已。得其形似的古代约法与规则，与圣经的训诫以及普世教会的规定，不能不共存共荣。由于基督教内部的社会化进程，不仅信徒人数剧增，而且成员质量也明显改观。越来越多的有教养的上层人士皈依，自然也把古代修辞学最精致的形式带给基督教的传道工作。早在 3 世纪中叶，新恺撒利亚的格列高利奥斯（俗名 Θεόδωρος，法名 Γρηγόριος Νεοκαισάρεια，210/215—275 年）布道时，把颂词（Πανηγυρικός）献给自己的老师欧利根。他讲的是自己在亚历山大教会学校学习的岁月，以及自身精神成长的道路。但演讲的形式则把传统诗歌形式与自传体结合起来，精神的崇高、颂词的庄严、自白的亲切、语调的令人信服，相互补充，效果极其动人。[①] 奥林巴斯辅祭麦索狄奥斯（Μεθόδιος Πατάρων，约 260—312 年）是反欧利根的，他的对话式作品《十女宴会，又名论童贞》中，旧的文字游戏与新的内容结合得更明显。其语言和风格、隐喻和观念，都富于柏拉图式的联想。只是其中丘比特（Ἔρως）的地位被基督教的童贞代替了。结尾处，散文叙述中断，转向赞美诗，参加对话的人，为基督与教会的神秘婚姻唱起庄严的颂歌，产生一种匪夷所思的效果。基督教的精神被古典文学的形式提高到了庄严典雅的境界。[②]

　　不过，麦索狄奥斯的创作离严格的"文学"还远。4 世纪 60 年代，有个人名叫劳迪凯亚的阿珀里纳利奥斯（Ἀπολλινάριος Λαοδικείας），据说企图模仿品达、欧里庇得斯和米南德的风格，用古典的六音步诗体转述新旧约内容，不过，他的作品失传了。后来，有一部模仿荷马的韵律和语言改写的大卫诗篇，被归到他名下。但这部作品模仿得太逼真，于文学发展已没多大意义了。

---

① Γρηγόριος Νεοκαισάρεια, *The Oration and Panegyric Addressed to Origen*, ANF06, pp.50–91. 尤其是 pp.63–71。

② Μεθόδιος Πατάρων, *The Banquet of the Ten Virgins; or Concerning Chastity*, ANF06, pp.690–699.

　　4世纪拜占庭文学的情况十分复杂。异教文化回光返照，灿烂一时。哲学领域，3世纪成了新柏拉图主义的一统天下。为了跟基督教竞争，新柏拉图主义逐渐形成无所不包的世界观体系，极力占领精神生活与物质生活的一切领域。4世纪，新柏拉图主义的叙利亚学派和帕加马学派对奇迹和魔法越来越感兴趣，曾一度占了统治地位。其代表人物有杨布利霍斯（ Ἰάμβλιχος ）[1]、卡帕多基亚的艾德修斯（ Αἴδεσιος Καππᾰδόκης ）[2]和皇帝尤利安诺斯（ Ἰουλιανός，331—363年）。5世纪，神秘主义倾向有所淡化，而在逻辑系统化方面颇有建树的雅典学派登上前台。代表人物是人称"继承者"的普罗克罗斯、奈阿珀利特人马利诺斯（ Μαρίνος ὁ Νεάπολίτης，约450—约495年）等人。529年，雅典学院被皇帝尤斯廷尼安诺斯查封，异教哲学才告终结。

　　4世纪，异教修辞派文学盛极一时。自古希腊智者学派开始，修辞学家们就坚信自己的事业有全人类的意义。这种信念在与基督教对立的条件下，有了新的意义。4世纪修辞学扛鼎人物是安条克的李班尼奥斯（ Λιβάνιος，314—约393年），他认为，语言艺术是城邦传家宝。修辞美学与城邦道德相互支撑，传统修辞学与传统公民道德合二而一，而且被希腊异教的权威神圣化了。因此，他倾慕古老的宗教，而且为它的衰落而哭泣。对他而言，基督教与一切不合乎古典精神的现象一样，与其说可恨，不如说可恶。这种情绪明显表现在他规模宏大的自传《生命，又名谈自己的命运》中。这部作品与纳齐安泽诺斯的格列高利奥斯的《自叙诗》以及奥古斯丁的《忏悔录》，堪称中世纪初忏悔文学鼎足而三的里程碑式作品。

　　与李班尼奥斯同时代的，还有一批修辞大家。瑟米斯提奥斯（ Θεμίστιος，约317—388年后）为人慎重而极富哲学修养，希麦利奥斯（ Ἱμέριος，

---

①　杨布利霍斯（约245—约325年），阿拉伯裔叙利亚哲学家，新柏拉图主义者，著作有《励志》（ Προτρεπτικός ）。

②　艾德修斯（280/290—约355年），卡帕多基亚人，杨布利霍斯的学生，新柏拉图主义者，法师，曾任皇帝尤利安诺斯的老师。

315—386 年）娴于辞令。尤其被基督徒称为"叛教者"的皇帝尤利安诺斯，简直就是一位足以跟好战的基督教领袖如亚历山大的阿桑那修斯抗衡的异教对手。此人集皇帝、大祭司、哲学家和修辞学家于一身。古希腊文化的一切，从荷马到李班尼奥斯，从赫拉克利特到杨布利霍斯，对他来说都同样珍贵。他要完完全全复活古典文明。他在位时，撤了基督教徒的高官显职，不许在学校中布道，但他没有直接迫害基督徒。他的文学创作在文体、风格，甚至语言方面，无不显出异教色彩。他的散文体宗教赞美诗，如《献给太阳神》《献给众神之母》，只看标题就知道是异教作品，其中充满哲理的精微性，语调的亲切令人吃惊。他模仿琉善风格的讽刺作品《恺撒对话》，居然敢狠狠嘲笑"与使徒同等的"君士坦丁大帝。檄文《仇恨胡子的人，又名安条克人》通过安条克居民的感觉，绘了一幅自画像。按基督教的传说，尤利安诺斯在劫难逃，这位皇帝在跟波斯人打仗时受重伤，弥留之际说："你赢了，加利利人！"[1] 意思就是说，耶稣基督赢了，因为耶稣是加利利人，也就是说，他死后，基督教就要彻底胜利了。尤利安诺斯的死，可以说在形式上给异教文化画上了终结的句号。他死后，新皇帝尤比安诺斯（Ἰουβιανὸς，331—364 年）取消了限制基督徒权利的规定，基督教重新获胜。此后，异教徒被褫夺了国家职务，异教文化受到无情摧残：391 年异教的瑟拉佩雍（Σεραπεῖον）大教堂连带其巨大的图书馆被焚毁；415 年一群宗教狂热分子、僧侣和市民，打死了亚历山大女哲学家和数学家宇帕提亚（Ὑπατία，370—415 年）；529 年，尤斯廷尼安诺斯取缔了多神教文化最后的避难所雅典学院，最后从政治和社会生活中消灭了异教文化。当然，异教文化与文学并不会因此而彻底消灭，只是采取了表面上与统治者合作的形式，继续发展。6 世纪的诗人阿噶希亚斯与史家普罗阔皮奥斯便是如此。

① 此话最早见于 Θεοδώρητος Κύρρου (393—约 458/466 年), *Ἐκκλησιαστικηςἰστορίας, Λογος Γʹ, Κεφ. Κʹ*, PG. LXXXII, col. 1120. R. A–B; 参见 Swinburne, *Hymn to Proserpine*, lines. 35–36。

三、传记文学的勃兴与停滞

由于帝国初期的统治者如君士坦丁大帝尽管承认基督教为国教，但出于社会稳定的考虑，并没有公开迫害异教徒，所以，4世纪初，基督教与异教曾有一段时间相安无事，基督教文学便在对自身生成历程的回顾中发展起来。其最初的成果就是教会史与圣徒传。

君士坦丁大帝时代最重要的作家，莫过于尤瑟比奥斯。如果说初期基督徒的生活，靠的不是对过去的回忆，而是对未来的向往，那么，现在形势变了，基督教成为占统治地位的宗教了，它需要美化自己的历史。这位恺撒利亚主教生逢其时，担起了这个担子。早在基督教仍被迫害时期，尤瑟比奥斯就编写了《全史年表与简编》（ χρονικοὶ κανόνες ），以"普世"宗教的高姿态，把不同民族的历史归结到基督教的旗帜下。但他最重要的作品是十卷集的《教会史》（ Ἐκκλησιαστικῆς ἱστορίας ）。这部作品最后一版完成于323年，奠定了基督教会史的开端。此书结构是模仿希腊化的哲学学派的历史模式。《教会史》中的主教主管部门沿革表，就像希腊哲学史中的主管部门沿革表。《教会史》一问世，就被译成拉丁语、叙利亚语及其他语言，成为中世纪教会史学遵循的典范。

如果说《教会史》可以称为"学术性的"历史著作，那么，他的《圣君君士坦丁传》（ εἰς τὸν βίον τοῦ μακαρίου Κωνσταντίνου τοῦ βασιλέως ）就属于修辞性的历史著作。就结构和风格而言，这就是一部典型的"赞词"。这种文体的起源，可以上推到公元前4世纪的伊索克拉忒斯的古典传统。瓶子还有点旧，酒却开始换成新的了。老派修辞学家把圣徒们比喻为希腊罗马神话和历史上的英雄。而现在，尤瑟比奥斯却用圣经人物作参照对象，把君士坦丁大帝说成"新摩西"。从这个角度说，尤瑟比奥斯是把君士坦丁大帝当作一个圣徒来写，也不妨把这部著作视为圣徒传记的开端。

由此，名人传记与事略获得高度的独立发展。这种文学形式虽然也植根于异教文学，在拜占庭却成为"群众喜闻乐见"的阅读形式之一。这种文体起初有两条基本原则：一是内容与形式朴素，讲述圣徒生活，点缀些逸闻趣事，很适合在观念一新的基督教徒圈子里流传；二是从 4 世纪开始，伴随着隐修主义发展起来的简朴主义审美情趣，在事略体文学中找到极其合适的土壤，其主人公就是清心寡欲的隐修士。

隐修士产生于 3 世纪末，其基础是基督教苦行主义者。他们不满于教会聚敛财富，反对教士卷入世俗生活。于是，他们利用古埃及瑟拉佩雍隐士社团的传统，创建了两种生活方式：一种是安东尼欧推行的，每个人完全独居；另一种是帕侯米奥斯（Παχώμιος）①提倡的，过社团生活，集中管理，要求严格遵循隐修院规章。尼罗河谷第一批隐修士还不知文学行当为何物。安东尼欧成了新文学主人公，他自己却只懂科普特语，而且几乎不能提笔。过了几十年，隐修士们靠近写作了。彭提阔斯人叶瓦格利奥斯（Εὐάγριος ὁ Ποντικός，345—399 年）②以格言形式，为拜占庭奠定了隐修士道德指南，要求苦行者严格自律。这类文字与印度文学中的苦行戒律，比如《法句经》，颇有相似之处。

描写隐修士最初的代表作是亚历山大的阿桑那修斯的《教父安东尼欧生平与日常生活》。这部传记的文体也颇有特色，是以书信的形式，直接对读者诉说传主的生平。可以说，整部传记就是阿桑那修斯致"身处异域的僧侣们"的信。他的同时代人、小亚细亚的帕拉狄奥斯的著作《劳萨纪》，写的却不是一个隐修士，而是一群隐修士的生活。这是一部奇书，处处显出作者亲见亲历的直接性，叙述异常生动，语调近乎民歌。此书促使基督教徒们熟悉了埃及隐修士的生活。关于这两位作家及其作品，本章都有专节介绍。

居鲁士人瑟奥窦莱托斯（Θεοδώρητος ὁ Κύρου，393—457 年）也是位传记作家。他比帕拉狄奥斯晚 23 年生于叙利亚优弗拉地区。他的《爱神者或

---

① 帕侯米奥斯（约 292—348 年），埃及科普特语僧侣，森诺比（cenobitic）教派创始人。

② 叶瓦格利奥斯（346—399 年），生于黑海南岸依波尔城，曾追随大巴西雷奥斯及神学家格列高利奥斯，后隐居埃及，追随马卡利奥斯，严以修行。著作有《圣事之言》《僧尼之镜》以及根据"七宗罪"写成的《八思》等。

隐修士的故事》(*Θιλόθεος ἱστορία ἤ ἀσκητική πολιτεία*) 讲述了优弗拉地区30位苦行者的生活，每人一章。书中人物多是作者的同时代人，或者距离作者时代不久的人。他的材料都来自目击者。他某些方面也像帕拉狄奥斯，观察具体入微，讲述从容，亲切生动，颇为令人信服。仿佛我们面对的，不仅是当时活生生的人，甚至有他们生活的细节。这样注意细节，力求再造隐士生活的确切氛围，可说是新文学的一种积极的品质，乃至成为塑造人物性格的手段之一。但他缺乏帕拉狄奥斯特有的善意的幽默，时有枯燥和单调之感。帕拉狄奥斯和瑟奥窦莱托斯只用两种叙述方法：一种是作者人称的叙述，这有时也可以是另一个人，一般是目击者的叙述；第二种是隐修士自己的直接叙述。描绘传主时，他们也不使用传统常用的称号，因为那有时带有刻意溢美的痕迹；他们的叙述总是直接而独特，清晰而生动。

6世纪后，传记文学变得越来越整齐划一，最终导致结构程式化、隐喻化，人物形象绰号化、镂空化。6世纪著名圣徒传作家斯库索珀利忒斯人库利罗斯的传记作品《圣尤菲米欧评传》(*Περί του Μεγάλου Εὐφημίου Συγγραφή*)，包括七个巴勒斯坦圣徒的传记，其中最有名的，除了尤菲米欧以外，还有萨巴斯 (*Σάββας*)、许愿不言者约安尼斯 (*Ἰωάννης ὁ σιλεντιον*)、库利阿阔斯 (*Κυριακός*) 和瑟奥格尼亚 (*Θεογνία*) 等人，其宗旨在于歌颂巴勒斯坦地区的圣徒。这些传记显示出那时的传记文体格式传统。开头照例是对圣徒的赞颂，比如："极尽荣耀的xxxx、全巴勒斯坦伟大的荣光、荒原中最明亮的灯烛、最耀眼的主教光芒。"接着交代圣徒的诞生地及其双亲（照例都是最虔诚的基督徒），然后是他如何成为僧侣，以后又如何沿着宗教圣徒的台阶上升，或是远走蛮荒，创建修道院。叙述很平淡，几乎完全没有风格修饰。这种平铺直叙的腔调，有时会插入一个桥段，给叙述增加一点儿趣味性。这些插曲照例都是圣徒们所完成的奇迹，如瑟奥格尼亚驯服狂暴的大海，狮子如何抵抗萨拉森蛮子的进攻，又如何按照约安尼斯的祈祷避开流浪汉，等等。

到6世纪，传记文学出现大量风格修饰语，其中一部分成了象征性的图章，比如灯塔、光芒、儒雅汉子、美人，等等。埃拉多斯的鲍罗斯（Παῦλος της Ελλάδος）编写的《我辈神父瑟奥格尼亚生平事略》堪称典型。其中极力追求繁复精致的表述：

> "你们的光也当这样照在人前，叫他们看见你们的善行，便将荣耀归给你们天上的父。"光荣的主基督这样教导自己的门徒。因此，他们专心致志领受神的福音，以自己的奇迹般的闪电，匪夷所思地照亮整个阳光下的世界，无可挑剔地完成委托给自己的任务，把自己珍贵的身体——神造的武器、古代法律所谓"黑山羊皮"——委之于地，一如往昔那最热情如火的先知伊利亚把自己的肉体委之于地，他们也是如此骄傲地走向一切事物的创造者，勇敢地呈现在非人工创造的君王座前。①

这类文字花哨是够花哨了，但读了之后，会给人留下什么清晰深刻的印象吗？

这样，传记文体的形式显得每况愈下，而且不可能不影响作品内容。早期的传记，如安东尼欧的传记，还写到当时的历史事件，即马克西米努斯（Maximinus）时代对基督徒的迫害，或是阿雷奥斯派和异教徒的敌对行为。帕拉狄奥斯的《劳萨纪》和瑟奥窦莱托斯的《爱神者或隐修士的故事》，都有丰富的历史社会资料。后来的传记作品里，就没有任何类似的内容了，只有隐修士们的活动和奇迹，最多也只涉及教会中的高层人物的活动，像尼西亚大教长伊格纳提奥斯（Ἰγνάτιος，约798—877年）的作品那样，其他的一概阙如。至于阿桑那修斯的传记作品中那种反对异教和异端的论战热情，在后期传记作家作品中，更是荡然无存。

---

① *Житие И Деятельность Иже Во Святых Отца Нашего Феогния*, Православный Палестинский сборник, вып.32, 1892, с.28.

四、论战文字的发展（一）

基督教与一切宗教流派以及思想流派一样，创立伊始，就面临一个重大问题，即确立其创始人或者教主的地位，古今皆然。

上古巫术文化流派，由于种种条件限制，创始者究竟为何人，教主究竟为何人，难于确认。这个问题便不很突出。只要其原始教义依仗歌人或者仙人传唱流布，已算不错。所以，婆罗门教只有蚁垤仙人和广博仙人的《罗摩衍那》及《摩诃婆罗多》赞颂，希腊巫术信仰则得神话传说与荷马史诗传唱。

到了农耕文化时代，广土众民的大帝国，成为世界上社会结构与政治结构的普遍形式，宗教文化取代了巫术文化，人间定于一尊，天界定于一神。宗教，或者说宗教流派的影响和地位，更非巫术流派所可同日而语。成则奄有天下，败则无所立锥。而成败之大端，便在于教主地位的确立。教主地位未立，或者立而不稳，则何以服人？故一种宗教未成为统治性宗教之时，必争取其教主地位超越其他宗教教主。否则，这个宗教流派或者思想流派很难在世间立住脚，即使一时立住脚，也难于传诸久远。基督教还处于非法地位时，为争取耶稣在天上人间的"基督"地位，即"受膏者"的君王地位[1]，确实做出了其他宗教及思想流派所未能做出的牺牲，乃至耶稣本人甘愿被钉于十字架，大彼得被处死钉于十字架时，为尊崇耶稣而自愿头朝下而死。这等舍身取义的精神和悲壮之举，确实不是其他宗教和思想流派的创始人所能企及。而这种牺牲又被解释为"道成人身"为人类赎罪的慈悲行为，以"普世之爱"的普世价值观，取代各种巫术信仰乃至犹太教的上天"选民"的狭隘种族价值观，适应了欧亚非交汇地区广大下层民众"平等互助"的历史要求，所以，最终能够得人心而得天下。

---

[1]　"耶稣"（Ἰησοῦς）是人名，"基督"（Χριστός）意为"受膏者"，即"王""主"，后转为"教主"之意。

基督教对异教的打压，除了政治暴力以外，当然也有理论上的斗争。这催生了诸如哲学神学论战演说、檄文、释经（说明）、渥米利亚（交流，交谈）等文体，乃至诽谤谩骂，也成文章。教会在政治和精神生活中作用的加强，使演说（布道、安慰辞、葬词、圣徒悼词等）发展为教会特产。古希腊演说的另一种体裁"赞词"在 4 世纪基督教文学中也很流行。这类作品的特点与晚期异教修辞学家诸如瑟米斯提奥斯、希麦利奥斯、李班尼奥斯等人的典范相比，变化不大，但是思想感情则完全是基督教性质的了。

4—5 世纪，拜占庭产生了一批基督教作家，历史上统称为"早期教父"，著名的有亚历山大的阿桑那修斯、恺撒利亚的巴西雷奥斯、纳齐安泽诺斯的格列高利奥斯、努塞斯的格列高利奥斯和叙利亚人叶夫莱姆（Ἐφραίμ ὁ Σῦρος）、金口约安尼斯。可以说，这些人都处于当时文化教养的顶峰。他们把新柏拉图主义辩证法的精致手段用到神学论战之中。而精通古代语言艺术，就是他们的智慧标准。

他们与异教徒的论战，主要集中在"道成人身""圣灵受孕""耶稣殉难"等常识难于理解的问题上。论战时，他们照例不容异教徒辩白，若是书面论战，则一般不引用异教徒的原话或者原文，以免"谬种"流传。

"道成人身"是受到怀疑的第一个问题。因为，既然神掌握着万物的命运，那么，赦免人类之罪，神一念便可解决，何必非要"道（圣子）"成人身？这是从一般的赎罪说可以推论出来的。但阿桑那修斯的反驳与阐述远远超出赎罪说的水平。他说，神—道成为人，是为了让我们可以神圣化：

> 道以自己的身体作为牺牲，终止了判决我们的法律，更新了我们生命的开端，赐予了我们复活的希望。
>
> ……
>
> 的确有一种欢乐，存在于战胜死亡的胜利中，存在于我们通过主的肉体而获得的不朽中。因为有主的复活，我们的复活才能得

其所。主不朽的身体成为我们不朽的原因。①

原来，道之所以要成人身，不仅仅是以人的身体为人类赎罪，更重要的是以自己的人的身体作为牺牲，终结人类不能复活的法律，而以自己的人身的复活飞升，给了人类复活的希望和信仰。这样的立意，确实比消极的赎罪说崇高得多了。高屋建瓴，的确是早期教父们论战的一大特色。

"圣灵受孕"，也就是耶稣的母亲玛利亚以童贞之体受孕，这也是常人想不通的事。叙利亚人叶夫莱姆这样来训示愚氓，他把基督化身为人，比喻为珍珠在贝壳中形成：

> ……我举这样的例子，来帮助我说明本质……珍珠——是肉体形成的宝石，因为它是由贝壳中获得的。因此，谁不相信神会从肉体诞生为人呢？珍珠的形成，不是由于珠蚌的许诺，而是由于闪电和水的激荡。基督也是这样无须肉体快感而由童贞孕育。②

在另一篇著作《驳研究圣子本性者》里，他把耶稣称为普世救主和医生，他批评有人竟敢研究基督的本性，因为那是人类理智不可企及的。他规劝这些人不要探讨类似问题。这篇文章开头堪称一首庄严的基督赞美诗：

> 天国君王，不朽主宰，独出之子，圣父所爱——圣父缘唯一恩德，以己之权，由土造人，神圣本质，慷慨慈悲——为神亲手所造之人，你自天而降，拯救一切苦难。源于狡诈，所有人皆在邪恶中

---

① Ἀθανάσιος Ἀλεξανδρείας, *Λόγος περί της Ενανθρωπίσεως του Λόγου και της δια σώματος προς ημάς επιφανείας Αυτού*, PG. T. XXV, col. 113. R. B–C；*epist. XI*, PG. T. XXVI, col.1411.D；*epist.VI*, Ibid., col.1388.A.

② *Творения иже во святых Отца нашего Ефрема Сирина*, Сергиев Посад Типография Св.-Тр. Сергиевой Лавры, Т.2, 1908, с.278.

受苦：病痛日沉，无可救治；无论先知，无论圣徒，皆无力医治满目疮痍。因此，神圣独子，照见现存一切皆在恶中受苦，乃遵圣父之意，自天而降，孕于圣母童贞，依照自身圣意，脱胎而出，来到世上，以慈悲福祉，救治种种羸弱患者，并以自己的语言，治愈一切疾病。祂使所有人摆脱自身疮痍的恶臭。但是，忘恩负义的痊愈者，不知感激医生的治疗，反而去研究不可理解的本质……①

叶夫莱姆以通俗的比喻，讲解深奥的道理，又以对神的庄严赞美，以及对研究神本质的妄想的批评，确立了对基督的坚定信仰。

至于"基督殉难"，也是异教徒们质疑的焦点。基督既然为神，何以无法救自己一命？对这个问题的回答，莫过于金口约安尼斯最为高明。约安尼斯，娴于辞令，人称"金口"。他的创作达到修辞散文的高峰，影响贯穿整个 4 世纪。他的一生充满紧张的悲剧性。他生于安条克，从李班尼奥斯学习修辞，然后加入叙利亚隐修士行列，成为严格的苦行僧；回到安条克后，他凭自己的布道，以及在市民与当局的冲突中坚持独立不羁的立场，而异常受欢迎。398 年，他被召到君士坦丁堡，做了京城宗主教。但是，他之所以大受欢迎，并不仅因为表面的修辞艺术技巧，而是内容。他讲述人类的苦难，揭穿罪恶、虚荣、贪婪、嫉妒、酗酒、放荡。而他在讲话或者布道时，对皇帝与奴隶、俗人与僧侣、富人与穷人不加区别，因此树敌众多。他的刚直不阿与坚定不移的直率，招来宫廷和高层教士的仇恨，上自皇帝阿卡狄奥斯和皇后尤朵吉雅把他流放，下至安条克的富翁们也出钱买他的项上人头。他被褫夺圣职且被流放，后来，在民众动荡的压力下，虽被召回，但他并不屈服，于是，过了几个月又被重新流放，最后逝于亚美尼亚库库兹城。

金口约安尼斯正像这个暴风雨年代的某些作家，比如叛教者尤利安诺

---

① *Творения иже во святых Отца нашего Ефрема Сирина*, Сергиев Посад Типография Св.–Тр. Сергиевой Лавры, Т.3, 1912, с.377.

斯，特点是工作狂。他的多产特别惊人，如果考虑到演说中临场发挥的修饰性修辞，金口约安尼斯思维的敏捷，确实非同寻常。他的演说热情洋溢，若疾风暴雨，扣人心弦。他成为拜占庭每一个传道士高不可攀的典范。他表述问题通俗易懂，对比鲜明而形象，没有多余的辞藻，句式纯朴。他常常把驳斥异教徒跟解经诠释结合起来，采用古典形式，思想明晰，表达简洁。而且他总是能预见到对手可能如何反驳，常常以此为出发点进行阐释，伴之以异教文献的例子，用来跟基督教生活例子相对照。比如他的《四谈哥林多前书》第一章论及基督受刑时说：

> 如果我说基督被钉在十字架上，异教徒就会驳斥说：这怎么合乎理智？他被钉在十字架上受罪时，何以不能自救？以后又何以能够复活去挽救他人？如果祂具备这种力量，就应该在死前显示出来（犹太人的确这样说过）；既然祂不能救自己，怎么可能救别人？异教徒说，这不合乎理智。是的，的确——这超乎了理智。十字架里有不可言喻的力量。遭到折磨，却超乎折磨之上，被捆绑却能胜利，这需要的就是无穷的力量……"祂为什么在十字架没有挽救自己？"因为祂急于以自己的死来结束冲突。他没有从十字架上下来，非不能也，是不为也！ [1]

这段谈话的前半部分，他一直以异教徒的质疑发问，也道出了听众心里的疑惑，直到最后两句，陡然一转，一句"祂急于以自己的死来结束冲突"，把耶稣基督悲天悯人的形象就树立起来了。再加上一句"他没有从十字架上走下来，非不能也，是不为也"，不仅说出了基督人格的崇高，也道出了基督的万能，以及一切伟人和圣神最突出的修为，即坚强的自制能力。这样的论

---

[1] Ἰωάννης ὁ Χρυσόστομος, *Homilia in Kalendas*, PG. T. XLVIII, col.956–957; 参见 *Homilies on First Corinthians IV.3*, NPNF112, p.33。

战与布道，确实有醍醐灌顶之效用。

他还常常向听众设问设答地布道。比如讲视死如归的问题：

> 但是，你们会说，异教徒里不少人蔑视死亡。那是谁呢？你
> 们告诉我。是那喝毒芹汁的（笔者按：指苏格拉底）吗？但是，像
> 他这种人，如果方便的话，我在我们的教会里可以举出上千人；如
> 果在受迫害的时代允许服毒自杀，那么，所有受害者都会显得比他
> 光荣。同时，他服毒之时，他无权决定喝不喝，他想不想喝都得
> 喝。因此，这种事算不上英勇，而是无奈。强盗或者被判处死刑的
> 凶手受的刑罚，比他还多呢。[1]

异教徒们引以为傲的苏格拉底被判处服毒而死，被金口约安尼斯与强盗受刑
相提并论，定性为"无奈"，"算不上英勇"。相反，基督教不允许自杀。如
果允许自杀，则从容就义者将不可胜数。这一比较，立见高下。这样的谈
话，朴素易懂，从容不迫，形象清晰，俗语丰富，贴近百姓的生活，听了不
由人不服。

基督教最终能战胜古代巫术异教，除了历史和政治因素以外，也确实得
力于这一批人格崇高、思维敏锐、语言功力炉火纯青的思想家和作家。

五、论战文字的发展（二）

任何宗教，一旦取得统治地位后，对教主本质的理解，又成为教内各派
争夺之精神权力。一旦对教主的本质理解阐述"正确"，成为"正统"，必然
能获得对天下颐指气使的话语权乃至行政权；而一旦理解阐述"错误"，成
为"异端"，领袖人物轻则流放，重则丧命，信徒亦身家性命难保，作鸟兽

---

[1] *Homilies on First Corinthians IV.7*, NPNF112, p.37.

散。得失如此天渊之别，难怪自古至今，精神领域宗派斗争不断。基督教在拜占庭帝国破天荒取得了统治地位，教内各种宗派的斗争必然随之而至。这种斗争不只发生在正统派与各异端之间，有时，各异端也彼此攻讦不休。

主流当然是正统派。正统派的依据是使徒们（即耶稣的大弟子）撰写的福音书，他们对福音书的诠释，自然也是正统。当然，这里还有个条件，那就是，正统派往往要获得帝王的支持，才是正统。这有如朱元璋把朱熹编的"四书"定为儒生科举考试的唯一必考教材，而且，对四书的解释也以朱熹的《四书集注》为正宗，一直"正"到现在。

基督教正统和异端的争论，集中起来，也是关乎基督的地位问题。如果说早期教父们与异教徒的斗争焦点，是关于耶稣是不是神，有没有神的资格，那么，基督教内部正统派与异端斗争的焦点，就是耶稣基督在神的系统中的地位问题。而基督的地位问题，则离不开对基督教的基本原理"三身一质"（τριάς 或 τριαγμός；trinity）的理解。这个术语，汉译一向是"三位一体"。这是不妥的。"三身"之"身"，希腊文为"ὑπόστασις"，拉丁文为"persona"，英文音译为"hypostases"，原指演员的面具、角色，后转为"化身""身份"，而非"位格"。"一质"之"质"，希腊文为"οὐσία"，拉丁文为"substantia"，英文为"substance"，均无"体"之意。国际宗教界与学术界对"τριάς, trinity"的解释都是"one οὐσία, three ὑπόστασις"，即"一种本质，三种化身"[①]。具体内容则为：圣父、圣子（"道成人身"后即耶稣基督）与圣灵，本质皆为同一神，但有三种不同的化身。此说若证之以释典，则更易理解。释氏有"三身佛"（Trayaḥ Kāyāḥ）之说，谓"一切佛者有三种佛。一应身佛。二报身佛。三法身佛"[②]。而无论基督教之希腊文、拉丁文、英文或佛典之巴利文，"τριάς""trinity""trayaḥ kāyāḥ"之字根皆含"tr"，应当不是巧合。其间渊源，可以深入探讨。此处只略举大概。反过来，字根之一致，

---

① A. Каждан, edi.in chif., *The Oxford Dictionary of Byzantinum*, V.3, p.2117.
② 菩提留支译：《十地经论·初欢喜地第一之三》，《十地经论》卷三。《龙藏》第八六册，第一六四页。

亦可证内涵之相似。故"三身一质"之意才是古今国际之通识。

但"三身一质"何以会译为"三位一体"？这就是文化之隔阂所致。一神一佛何以能化三身？此皆宗教信仰之想象，要在能自信其真，自圆其说。既信其真，则神佛之能，何所不可？其实，何止三身！陆放翁《梅花绝句之一》曰："何方可化身千亿，一树梅花一放翁？"化身千亿，似亦不难。但举凡外来文化，传入中土，非汉化便不能普及。汉化之道，莫如儒化。故利玛窦、汤若望之流，来华传教，亦知衣冠儒服，方能施展。而儒学务实，即所谓"子不语怪力乱神"，神佛变化，当亦在"不语"之列。儒学所重者，在于权位，即"圣人之大宝曰位"[①]，流风所及，凡有人群处，皆须排座次、论交椅。一神一佛化"三身"玄奥难信，一人占几把交椅，集多项实权于一身，现实中却屡见不鲜。因此，"三身一质"之译为"三位一体"，如今虽不知最初出于何人之手，而其源盖出于儒学影响，应当是说得通的。这个问题，本来属于宗教神学范围，但拜占庭文学史的研究，绝对无法绕开宗教斗争，而"三位一体"译文之不妥，不仅是文字问题，实际涉及异端，故不能不适当加以辨析。

基督教内部宗派斗争，其热闹程度较之与异教之斗争，可说有过之而无不及。而所谓"异端"，其学说之"异"，不外乎两方面：一是关乎耶稣基督的神性，二是关乎圣子在"三身一质"中的地位。有的异端，侧重某一面；有的异端，两面都有。4—5世纪，基督教重要的异端如下。

第一种是"格诺斯提派"。"格诺斯提"（Γνωστικός）意为"认知"。作为一个宗教或哲学范畴，格诺斯提派或者格诺斯提主义的界限很模糊。此派得名于比基督教稍早的古代格诺斯提教，后逐渐融入基督教，2、3世纪达于鼎盛。6世纪后消亡，典籍亦尽毁。1945年，上埃及纳格·罕马迪镇（Nag Hammadi）发现可能是格诺斯提教的典籍，亦命名为"纳格·罕马迪典籍"，其教义方重新为世所略知。其教义认为，上帝与恶神"代米欧果斯"

---

① 《易·系辞下》，《周易正义》，十三经注疏整理本，北京大学出版社2000年版，第350页。

（δημιουργός，意为"大匠"。可视为"撒旦"）并存，高级精神世界与低级物质世界并存。物质世界，并非上帝慈悲所创，反而是撒旦造的。这物质世界本性盲目，且与人类相对立。因此，《旧约》与《新约》所说的上帝，其实并非真神。由此，耶稣基督在世间亦不过神之形似而已，形存而实无。人类中能得救者，需赖神特殊"选中"，"认知"真谛方有希望。这种异端几乎把耶稣基督一笔抹杀了，当然不能容于正统教会和信徒。[①]

第二种是多纳提斯主义（Δονατισμός），得名于此派的一位主教多纳图斯·马格努斯（Donatus Magnus，逝于355年）。其实，这个流派产生时间更早。公元303年，罗马帝国的四个共治帝戴克里先（Diocletianus）、马克西米安努斯（Maximianus）、伽列里乌斯（Galerius）以及君士坦提乌斯一世（Constantius I），掀起长达10年的对基督徒的迫害，史称"大迫害"。在这次迫害中，有些基督徒，尤其是教会上层人士，经不起折磨，改换门庭，到万神殿朝拜巫术众神，把教堂典籍和财产献给皇帝。这些人得了个称号"triditor"（投降派）。迫害结束后，这些人回到原来的教区，还想担任教职，便受到另一些基督徒的抵制。这些抵制者，被称为"严格主义者"，也就是多纳提斯派的前身。313年，一个叫凯奇利努斯（Caecilinus）的"投降派"被按立为迦太基的主教，他个人还得到君士坦丁大帝的金钱补偿。这引起当地"严格主义者"们的反对。他们另立教会，并向皇帝请愿，主张担任重要教职、主持圣事者，必须是圣徒，而非投降派的罪人。北非的70位主教另外按立马约利努斯（Majorinus）担任迦太基主教。不久，马约利努斯去世，"严格主义者"们又另立多纳图斯·马格努斯为主教。由此他们又被称为"分裂派""多纳提斯派"。尽管受到皇帝的压迫，乃至希波的奥古斯丁也出面谴责他们，声言圣事的神圣性与主持者个人道德修养无涉，但多纳提斯

---

① A. Каждан, edi. in chif., *The Oxford Dictionary of Byzantinum*, NewYork, Oxford: Oxford University Press, 1991, V.2, pp.856–857; *The Cambridge Dictionary of Christian Theology*, ed. Ian A. McFarland, David A. S. Fergusson, Karen Kilby, Iain T. Torrance, Cambridge University Press, 2011, pp.199–200; M. K. Trofimova, *Gnosticism*, Psb 26(1978), pp.103–126.

派坚持抗议，毫不退让。他们在教义上虽然没提出什么异端主张，但其行为严重威胁到正统教会的权威，因而也被视为异端，受到政教两方面的压迫。直到 7 世纪，北非为伊斯兰势力占领，多纳提斯主义才随着当地基督教势力最终消亡。[①]

第三种是涅斯托留主义（Νεστοριασμός），兴起于 5 世纪前半叶，得名于其创始人涅斯托留斯（Νεστόριος，386—450 年）。其教义称耶稣基督有二性，即神性与人性；亦有二身，即神身与人身。因此是二性二身。且此二性二身之结合，非同质性的，而是个体性的。故圣母玛利亚只是肉体凡胎的耶稣之生母，而非"圣子"之母。此说把圣母玛利亚排除于"神圣"之外，不合乎正统学说以及希腊罗马尊重女性之传统，这姑且不论。单就其把耶稣基督的"性"与"身"各分裂为二，并声言这"性"与"身"中两种因素的结合只是个体性的，也就是临时性、偶然性的，则耶稣基督为人类赎罪而"道成人身"便无必要，肉身的耶稣基督是否有能力挽救人类也成问题，将来人类能否在基督信仰中升华，更是渺茫。追究下去，基督教是否还有理由存在，也在不可知之数。因此，涅斯托留主义不仅被正统派视为异端，连异端中的一些派别，如一性论者，也把它视为异端。其实，平心而论，涅斯托留斯原意未必想挖基督教的墙脚。即使他们说，耶稣是人，亦难免错误，但目的在以耶稣为例，说明人必须严于律己，精进不息，以防罪恶。只是，其思维方法太机械、呆板，绕不过耶稣有"肉体凡胎"这道坎，想保住耶稣基督神性的纯粹而适得其反，陷入异端而无法自拔。431 年的以弗所（Ἔφεσος）大会以及 451 年的迦克墩（Χαλκηδών）大会，两度谴责其为异端。涅斯托留主义者便另立教堂，后来迁往波斯境内的萨珊帝国（Sasanian Empire）。更有一部分人来到大唐，成立了景教。[②]

---

① T. D. Barnes, "The Beginnings of Donatism", *JTHST*, 26(1975), pp.13–22; Michael Gaddis, *There Is No Crime for Those Who Have Christ*, Berkeley: University of California Press, 2005, pp.103–130.

② Seleznyov, Nikolai N., "Nestorius of Constantinople: Condemnation, East–Syriac Christianity", *Journal of Eastern Christian Studies*, 62 (3–4), 2010, pp.165–190.

第四种是一性论，得名于"一性"（μονοφυσίτης）主张，兴起于5世纪前半叶，是对涅斯托留主义的反冲。一性论认为耶稣基督只有一性，即神性。对于耶稣基督"道成人身"而有人性这一点，一性论者的解释是：耶稣基督的神性已把其身上的人性吞没了，故只有神性。一性论者自身又分为两派，一派称为"真实的一性论派"，其主张即如上述。另一派称为"温和的一性论派"，认为耶稣基督原来确实具备两性，即神性与人性，但两性结合后，形成一种新的性质发扬光大，才成为纯粹的神性。一性论若按其核心观点而言，不能算是异端，支持这种理论的人，在正统派中亦赫赫有名，比如亚历山大的库利罗斯（Κύριλλος Ἀλεξανδρείας，376—444年）。其中坚人物尤图海斯（Εὐτυχής，约380—约456年）、狄奥阔罗斯（Διόσκορος，444—451年，任亚历山大主教，454年逝世）也是在反对涅斯托留主义的运动中崛起的。一性论在埃及和叙利亚的隐修院里受到热烈拥护。那里的苦行主义排斥希腊化文化，反对世俗享受与豪奢，把严格无私的道德提到第一位。一性论得到无权民众的拥护而大行其道，以至在被称为"强盗集会"的以弗所大会上（449年）占了上风，反而把正统派首脑弗拉比安诺斯主教（Φλάβιανος）定为"异端"而驱逐和流放。但是，这种理论与其对立的涅斯托留主义，可谓相反而相成。耶稣基督既然只有神性，而无人性，则"道成人身"，为人类赎罪，便是多余的。上帝直接赦免人类的罪过，岂不更简单易行？因此，这种理论也可以威胁到耶稣基督的威望。于是，一性论反而被判为异端。[①]

除了上述流派，还有其他一些"异端"。但影响最大，与正统派斗争最激烈的则是阿雷奥斯主义（Ἀρειανισμός）。该派得名于创始人阿雷奥斯。此人任北非亚历山大城主教。他对基督教"三身一质"学说提出怀疑。他认为，圣子基督与圣父并非同时始终，而是在某个时间点上由圣父所"出"（Γέννηση；begotten），后于圣父；也就是说，基督是造物，而非造物主。基

---

① W. H. C. Frend, *The Rise of the Monophysite Movement*, Cambridge University Press, 1972, pp.ix–xvi; 参见 *The Cambridge Dictionary Of Christian Theology*, ed. Ian A. Mcfarland, David A. S. Fergusson, Karen Kilby, Iain R. Torrance, pp.313–314。

督只是"类神",是"拟神化"的存在,也属于被创造的世界。

就社会历史根源说,阿雷奥斯把世俗精神带进了神学。既然耶稣基督都属于人间俗世,以逻辑推论,必然要肯定世俗生活,肯定世俗权力高于教会。这种教义很便于多神教徒改宗皈依基督教而又不影响其原来的生活方式,因此得到富裕市民、士兵、蛮族雇佣军人等世俗民众的拥护。就是对于皇权而言,肯定世俗权力高于教会权力,显然也是可以接受的。阿雷奥斯又聪明,知道古代基督教苦行主义行不通了,而异教古典传统又太过于学究气和陈腐,因此,传道方式必须转向。他写过一部长诗《萨利亚》,已经失传。据说这是模仿《麦尼珀斯》(Μένιππος)散韵结合的讽刺诗。还有说是,阿雷奥斯模仿了轻浮小曲代表人物索塔德斯(Σωτάδης)[1] 的风格与韵律;又说他的诗是给人做手工劳动或者在路上唱的。这些说法都可能有一定的真实性,因为亚历山大城从托勒密时代就是"谐剧"(μίμος)、"迷迷痒波"(μιμίαμβοι,拟短长格小曲)等轻浮小曲的大本营。阿雷奥斯想把这种低级城市文体的某些形式特点移至基督教宗教诗歌中,也不足为奇。

阿雷奥斯的教义得到广大市民拥护,必然引起正统派的还击,教会内部的争论便不可避免。起初仅宗教人士进行神学争论,后来,几乎全社会都卷进来了。卡帕多基亚三杰之一努塞斯的格列高利奥斯有次布道时形容这种状况说:

> 大街、市场、广场、小巷,人们到处在议论那些高不可测的
> 问题。你问该付多少银币,人家却告诉你"(圣子)诞生还是非诞
> 生"的哲理;你打听面包价格,回答是:"圣父高于圣子";你问洗

---

[1] 麦尼珀斯,前3世纪讽刺诗人,讽刺诗中的麦尼珀体即由他而得名,他的作品对琉善颇有影响。索塔德斯亦公元前3世纪讽刺诗人,生活在托勒密二世菲拉德尔福斯(Ptolemy II Philadelphus)统治的前285—前246年。其作品均已散失,据说它曾讽刺托勒密二世与亲妹妹阿欣诺伊二世(Arsinoe II)结婚,有句云:"你把你的刺扎进一个不雅的洞。"参见 Plutarch, *On the Education of Children*, 11a; Athenaeus, xiv. 621a, trans. from Graham Shipley, *The Greek World After Alexander, 323–30 B. C.*, Routledge, p.185。

澡水备好了吗，人家却说"圣子生于无"。[1]

就教义争论而言，阿雷奥斯主义既涉及基督圣子的神性（类神），也涉及基督圣子的地位（后于圣父）。尤其在圣子的地位问题上，断然认为圣子地位低于圣父。我们在前面说，把"三身一质"译为"三位一体"是不妥的，道理就在这里。"三位一体"之"位"，汉语一般表述是"位格"。既是"位格"，彼此之间就必有先后、高低、尊卑之分。哪怕就是最普通的三把椅子摆在那里，肯定也是中间那把地位最高，古今中外，概莫能外。左右两把，地位肯定低于它。不仅如此，左右两把椅子，也得分个高下。那么，圣父、圣子和圣灵中，必然是圣父地位最尊，圣子其次，圣灵最低。这正是阿雷奥斯派主张的核心。不仅如此，"三位一体"的"体"，并非"质"。"一体"也可能有不同的"质"杂然存在于其间。那么，这"一体"若按质加以区分，也可以分离。所以，另一异端"一性论"中，后来还出来一种主张叫"三神论"（τριθεΐα；tritheism），干脆认为圣父、圣子和圣灵就是三个彼此区别开来的神。因此，"三身一质"译为"三位一体"，确实有非正统的"异端"之嫌，是不妥的。如此下去，"一神论"的宗教的纯洁性、自洽性与完整性必将削弱，甚至可能退回到巫术的多神教中去。

阿雷奥斯主义的确是对正统派最大的威胁。正统派取得君士坦丁大帝的支持，325年在尼西亚召开第一次普世大会，谴责阿雷奥斯派，并制定正统信经《尼西亚信经》，还规定接受和领悟信经是每个基督徒的义务。

但是，批判阿雷奥斯主义最有力，且对阐述"三身一质"原理贡献最大的，当数卡帕多基亚三杰，即大巴西雷奥斯、纳齐安泽诺斯的格列高利奥斯和努塞斯的格列高利奥斯。这三人都受过良好的教育，深谙基督教教义以及古希腊异教哲学，且修辞学修为极深，无论思维能力或表述能力，都堪称一流。他们与异端的论战，可以说构成了4世纪拜占庭散文的主要内容，而演

---

[1] А. В. Карташев, *Вселенские соборы*, Фонд "Христианская жизнь", Клин, 2002, с.158.

说、檄文、论战、书信，以至诠释经典等散文形式，无论单独运用或者综合运用，在他们都是得心应手。阿雷奥斯的学生埃提奥斯（Ἀέτιος ὁ Ἀντιοχεύς，350 年左右走红）是仅次于阿雷奥斯的有影响人物。巴西雷奥斯专门写了五卷本的《反埃提奥斯》批判他。埃提奥斯的弟子则是尤诺米奥斯（Εὐνόμιος，逝于 393 年左右）。努塞斯的格列高利奥斯也写了专著《驳尤诺米奥斯》（共 12 卷）来批判自己这位异端老乡，批判的同时，也对"三身一质"的原理进行了明晰的阐述。

巴西雷奥斯少年时曾准备献身于智者修辞学家的职业，在小亚细亚、君士坦丁堡和雅典最好的修辞学校完成了学业。他与李班尼奥斯相友善，书信往还。但他曾遇到一场当时的人习以为常的心理危机，皈依基督教，受了洗，隐居了一段时间。后来，他当上恺撒利亚城的主教，由于才华不凡，又善于团结和影响他人，逐渐成为整个东方宗教界领袖人物。他的文学活动服从于宗教目的。由于修辞学教养异常高，他的布道几乎可与古代伯里克利和德摩西尼时代的雅典广场修辞学家相媲美。在晚期异教作家中，对他影响最大的是普鲁塔克的循循善诱和实际心理开导。为此，他写过一篇《论年轻人如何从异教书籍中获益》。语言在他口里和手里，重又成为宣传、说服和影响他人头脑的实用工具。他讲道有一特点，即听众没听懂时，可以打断他，要求解释；他讲究布道要有实效，直达人心。他的演讲和文章，气势充沛，典籍故实，奔走笔下，嬉笑怒骂，皆成文章：

　　此题涉及那些断言圣子与圣父不同在，而是晚于圣父之人，亦关乎荣耀同等。

　　我们的对手如此巧妙而恶意地对付我们的论述，甚至都不能借口说是天真。显然，他们对我们恨之入骨，因为我们对独出之子与圣父一起赞美，而且没把圣灵与圣子分开。有鉴于此，他们称我们是标新立异之徒、革命乱党、寻章摘句之辈，以及其他种种可能的侮辱性罪名。但是，我一点儿也不恼怒他们的污蔑，这倒不是因为他们的恶毒使我"大有忧愁、心里时常伤痛"（笔者按:《罗马书》9:2），我甚至要说，我得感激他们的亵渎，因为承蒙他们经手，我才能得祝福。经云:"人若因我辱骂你们……你们就有福了。"（笔者按:《马太福音》5:11）他们气急败坏的根据如下：据他们说，圣子非与圣父同在，乃后于圣父也。用是，荣耀归于圣父，乃"由祂"，而非"与祂"；盖"与祂"表身份同等，而"由祂"则意味下属也。

他们进一步硬说，圣灵不得与圣父及圣子相提并论，而在圣子与圣父之下；非同侪也，乃下属也；不得并举，乃枚举也。①

上来先把对手揶揄一番，新约典籍，正反运用自如，幽默中夹杂着讽刺。绵里藏针，不愧文章高手。同时，直探骊龙颔下之珠，简明扼要地把对手的主张概括出来，以供批判，足见其思维之敏锐深刻。下面，看他的驳斥和正面阐述:

让我们先问他们一个问题：他们说"子后于父"所指何在？是时间之后，或是次序之后，还是地位之后？但是，就时间而言，没有人会麻木不仁到胡说岁月的造物主排在第二位，因为在圣父与圣子自然的同一中，没有任何一点儿间隔距离。其实，就我们人类关系的概念而言，也不可能设想圣子后于圣父，这不仅由于圣父与圣子依祂们之间建立关系而相互接纳，也因为时间上的滞后性，是指它与当前的时间距离较少，而时间上的领先性，是指它与当前时间的距离较多。

例如，诺亚时代发生的事，比索多玛人碰到的事要早，那是因为诺亚离我们今天更远；而索多玛人的历史事件滞后，是因为它

① Βασίλειος ὁ Μέγας, *Περὶ τοῦ Ἁγίου Πνεύματος, Κεφ.Ζ'§13*, PG. T. XXXII, col. 88. R. A–B; 参见 *De Spiritu Sancto*, Chapter VI. §13, NPNf208, p.154; Святитель Василий Великий, *Творения*, T.1, M., 2008, cc.66–67。

们似乎离我们今天更近。但是，这除了是对正教大不敬以外，要衡量一个超越一切时间和岁月的生命存在的长度，用的尺度却是祂与当下的距离，这不是极其荒唐愚蠢吗？难道圣父，以及那存在于一切岁月之前的圣子，是可以用来比较，用来超越的吗，是可以用衡量有始有终的普通事物的同样方式，来描述其谁先谁后的吗？

说圣父的古老性占优势，这的确是不可接受的，因为无论思维或是知识，都不可能超越主的岁月；何况圣约翰已用两个词语精妙绝伦地界定了概念的外围："太初有道。"（笔者按：《约翰福音》1：1）因为思维不可能超出"有"之外，而想象不可能超出"太初"之外。尽管你的思维回溯得多远，你也不可能超出"有"，不管你如何殚精竭虑想看到圣子之外的情景，你也会发现不可能越过"太初"。因此，正教教导我们，思考圣子，必与圣父一起。①

劈头三个问题，就把对方思维的粗糙性揭示出来，可见巴西雷奥斯思路的缜密。这三个问题也揭示了"三位一体"的"位格"范畴之不妥，因为"位格"必有高低、尊卑、上下、前后之分，与阿雷奥斯派的圣子"后于圣父"说混淆不清了。所以我们说，"三位一体"的译文有异端之嫌。接着，巴西雷奥斯指出，所谓"先"与"后"的比较，必有一参照系，那就是人世的"当前"。他进而指出，异端派用有限的人世尺度衡量无限的神的存在，不仅无知，也是大不敬。这些都显示出他娴熟的古希腊逻辑学修养。最后，他以福音书中的"太初"和过去式动词"有"，阐明圣子与圣父同样无限的神性与本质。这既是对异端驳斥的收束，也是对"三身一质"学说的发明，更显出巴西雷奥斯高深的想象"无限"的能力。中国哲人老子曾说："无，名万物之母；有，名万物之始。"②巴西雷奥斯如果知道此言，定

① *Βασίλειος ὁ Μέγας, Περὶ τοῦ Ἁγίου Πνεύματος, Κεφ.Ζ'§14,* PG. T. XXXII, col. 88. R. C–D; 参见 *De Spiritu Sancto,* Chapter VI.§14, NPNf208, pp.154–155。
② 《老子》章第一，《老子古义》，第3页。

当拈花微笑。

卡帕多基亚三杰的另一人，即巴西雷奥斯的弟弟努塞斯的格列高利奥斯，他驳斥异端，更侧重于逻辑范畴的辨析。他不止一次指出，阿雷奥斯的嫡传与再传弟子埃提奥斯与尤诺米奥斯两人的著作"蠢得娴熟"，"极少严肃的生命点"，"在逻辑力量方面无可圈点"。[①] 他自己在论战、阐释经典方面的确非常重视逻辑范畴的辨析。有个叫阿布拉比翁（Ἀβλάβιον）的人问他，圣父、圣子与圣灵，既然是三位，为什么称呼神的时候，不能用"神"这个词语复数，而要用单数。他答道，这是个"棘手的问题"，但也是个"不可谓不重要的"问题，因为这个问题既涉及神学，也涉及语言逻辑。他先从语言逻辑入手，以人们的日常语言称谓为例，说明我们日常语言有个误区，即查点称呼某些有不可分割的共同本性的东西时，用的是复数名词，如"许多人们"（τοίς ἀνθρώποις；many men）。他认为，这无异于说"许多人类的存在"（πολλάς ἀνθρωπίνας φύσεις；many human natures）[②]。如果用这样的称谓去呼叫某个人，比如说叫一声"某人"，那么，听到这叫声的人，都会以为叫的是自己。所以，我们在呼叫某人的时候，一定要用其专有的名字，如"娄卡斯""斯特方诺斯"之类。正因为这样，我们才能用单数或者复数，把"人"这种存在说成某一个人、某两个人，以至许多人。因为这些人是相互不可入、也是不可分解的个体存在。"娄卡斯""斯特方诺斯"是人，但并非任谁一个人都可以是"娄卡斯"或者"斯特方诺斯"。"娄卡斯"也不能既是"娄卡斯"，同时又是"斯特方诺斯"；反过来，"斯特方诺斯"相对于"娄卡斯"，也是如此。

不过，这只是关于人，如果涉及神，就不能这样思考了。努塞斯的格列高利奥斯把辨析的方向一转：

---

① Γρηγόριος Νύσσης, *Προς Εὐνόμιον Ἀντιρρητίκος Λόγος*, PG. T. XLV, col. 244.

② Γρηγόριος Νύσσης, *περί τοῦ μὴ εἶναι τρεῖς θεούς*, PG. T. XLV, col. 132. R. D.

　　　反之，化身的概念承认分身，各各分开考虑其特性而形成的
　　分身，可以用数字手段向我们呈现的分身，但其本性为一，自身同
　　一，绝对不可分割的同一，增之不会多，减之不会少，且其核心存
　　在持续为一，甚至以复数形式出现也是不可分的，持续，完满，就
　　是用包含于其中的个体，也将其分不开。①

原来圣父、圣子和圣灵之名，只是我们人类对神性某一方面的认识，只是我
们人类能认识到的神的不同化身。圣父与圣子的关系，不是我们人世"老
子"跟"儿子"的关系，而是神与道的关系。"太初有道，道与神同在，道
就是神。"(《约翰福音》1：1）所以，不是有三位神。三位神之说是异端，
甚至是巫术异教观念。神有三种化身，但本质是一种。所以，对神的称谓，
可以而且应该只用单数。努塞斯的格列高利奥斯不像乃兄那样揶揄嘲弄对
手（当然，也因这个"对手"是个晚辈，一时糊涂而已），而是心平气和地
讲道理。不过，这种讲法有点儿深不可测，从人神两种逻辑范畴的异同中，
一步步推演出"三身一质"的真谛。我们在前面说过，基督教"三身一质"
的教义，若证以释氏般若，会更容易理解。释氏"三身佛"具体阐明，则有
"法身佛"毗卢舍那佛，"报身佛"卢舍那佛以及"应身佛"释迦牟尼佛。法
身佛者，"无始法性""显法成身，名为法身"，不妨比喻为"圣父"吧；报
身佛者，"真心之体""为缘兴发""证得佛境"，可比圣灵；应声佛者，"众
生机感，义如呼唤，如来示化，事同响应，故名为应"②。就如圣子之道成人
身，救赎世人了。当然，这样比拟只是为了说明"三身一质"的方便，不可
拘泥。因为按照早期正统教父们的看法，神是"超存在"，以"身"而言，
只是为了让我辈凡人易于理解而已。

---

① *Γρηγόριος Νύσσης, περί τοῦ μὴ εἶναι τρεῖς θεούς*, PG. T. XLV, col. 120. R. B–C; 参见 NPNf205,
　　p.616。
② 《大乘义章》卷十九，《大乘义章》CBETA 电子版，中华电子佛典协会（CBETA）据《大正新
　　修大藏经》Vol. 44, No. 1851 制作，2002 年，第 521 页。

努塞斯的格列高利奥斯如此推演"三身一质"的大义，已属不易。但他并未满足于此，而是由神的化身之名再进一步阐述，说明我们人类对神的各种认识，其实都是有局限的。这局限就是我们是被造之物，我们的认识只能局限在被造之物的范围内，而不可能真正认识作为造物主的"神"的本质：

> 显然，运用我们用的任何术语，都表示不出神的本质，而只是祂的某种外延得到认识而已。
>
> ……
>
> 例如，我们说祂是生命赐予者，虽然我们用这个术语说明祂赐予了什么，但并不能说明赐予者究竟是什么。[①]

那么，生命赐予者，或者说，造物主、神，究竟是什么？按照努塞斯的格列高利奥斯的逻辑推论下去，那就是超越一切存在的"非存在"，或者说"无"。后来伪狄奥尼修斯在《论神之名》和《论神秘神学》中推演出洋洋洒洒几大篇基督教经典美学的宏论，其源盖出于此。而努塞斯的格列高利奥斯思维之深沉致密，推演之无余无漏，层层深入，又层层升华，最终达到了然彻悟的境界，无论其思维方式或者文笔，都为后世基督教学者所追慕。

六、经传文学

世界上，凡有占统治地位的思想体系之处，必有"经典"；有"经典"，就必有经学研究。世界三大宗教都有经学，中国则有儒家经学。中国经学重学术义理的阐发，比较难于归入文学范畴。有的经学大师甚至刻意规避乃至防范研究中的文学性。河南二程兄弟任意篡改曲解"子在齐闻韶，三月不知肉味"，指斥老杜"穿花蛱蝶深深见，点水蜻蜓款款飞"之诗为"如此闲言

---

① Γρηγόριος Νύσσης, περί τοῦ μὴ εἶναι τρεῖς θεούς, PG. T. XLV, col. 125. L. C–D; 参见 NPNf205, p.618。

语，道出做甚？"① 便是如此。拜占庭经学却可以归入文学范畴，因为不少经学研究成果都具备文学的特征，即"形象性"，还有语言的艺术性。

拜占庭的经学，不妨称之为"经传文学"，就是阐释《圣经》的文学作品。这种文体同样植根于异教文学土壤，即解释荷马、品达、柏拉图、亚里士多德等古典作家作品的悠久传统。拜占庭的经传文学大体可分三类。

第一类是亚历山大学派的基督教经传训释，方法为寓意，近乎中国的"索隐"派。其代表首推阿桑那修斯，他的《释诗篇》《谈马太福音》《释路加福音》等可为代表。他的解经方法极其烦琐，因为他几乎在福音的每句话里都能看出"寓意"，颇有点儿像庄子说的"屎里觅道"，而其行文也有语言晦涩，句式复杂，刻意拔高之嫌。

第二类的代表是努塞斯的格列高利奥斯，他长于逻辑范畴的辨析，词语内涵的界定。他深受新柏拉图主义影响，自己又倾向于静观哲学思维，力图以抽象的神学方式思考人的本性和世界的秩序。例如《谈〈诗篇〉之书写》，从音乐意义的思考，转向世界结构的宇宙源起和神学问题。他的诠释不拘一格，其中有毕达哥拉斯学派、斯多葛学派、逍遥学派以及新柏拉图学派的思想。在古代向中世纪转变的思想家中，就行文的条分缕析、深刻、细微、缜密、周全而言，正如我们在前面介绍的，他堪称典范。

第三类是安条克历史语法学派，其代表人物首推恺撒利亚的巴西雷奥斯和金口约安尼斯。他们的解经诠释更富于现实性。巴西雷奥斯谈《诗篇》的第一篇谈话，不是从哲学背景的高度展开，而是从现实伦理问题入手，带有强烈的教谕倾向。在解释《诗篇》内涵时，他常常采用从日常生活中拈来的比喻，建房、造船、农夫、商人、流浪汉生活，等等，都可为训。这使他的诠释异常通俗，可说"老妪能解"。同样，他对旧约文本的解释也更"现实"，更通俗易懂。他对圣经经文的诠释中最富于语言艺术因素的，是《创

---

① 程颢、程颐：《河南程氏遗书卷第九·二先生语九》《河南程氏遗书卷第十八·伊川先生语四》，《二程集》，中华书局1981年版，第107、239页。

世六日》(*Ὁμιλίαι Θ΄ εἰς τήν εξαήμερον*)。这是一部布道集，主题讲的是《创世记》中的创世故事。严肃的宇宙探索、有趣的材料、古代晚期的流行学问，跟非常生动的叙述结合起来，使《创世六日》成为中世纪的流行读物。[①] 此书派生出很多译作、改编以及拟作。

七、其他散文

除了剑拔弩张的论战，生活还有很多内容，一饮一啄、生老病死、友谊婚恋、差旅行役、粉墨丹青、说妙谈玄等，都是文学所不可避免的。哪怕是生活方式极其严格的苦行主义者，也必须面对这些问题，或者回答这些问题。所以，4、5世纪，布道、随笔、书信、赞词、安慰辞、葬词、悼词等散文文体，或是单独使用，或是综合应用，也在教会和社会上得到广泛的发展。当然，这类文体，并非拜占庭作家首创，古希腊和罗马文学早已有之。希腊化时期，智者修辞学家诸如瑟米斯提奥斯、希麦利奥斯、李班尼奥斯等人的著作，更直接成为拜占庭作家们的典范。所不同者，这段时期拜占庭作家的散文中，信仰更真诚，情感更单纯。代表作家仍是卡帕多基亚三杰、金口约安尼斯等人，例外独立的则有伪狄奥尼修斯。卡帕多基亚三杰中，纳齐安泽诺斯的格列高利奥斯是巴西雷奥斯的挚友与伙伴，但两人性格迥乎不同。巴西雷奥斯有点儿像霸道的教会王侯；格列高利奥斯则优雅、动人而内向。也就是这种差别，使他们两人的文学进程分道扬镳。写作是巴西雷奥斯控制他人的手段；对格列高利奥斯而言，则是自我表现的途径。格列高利奥斯的遗产范围极广，包括宗教哲学檄文（他的外号"神学家"即由此而来）、修饰精炼的散文，还有书信。巴西雷奥斯逝世时，格列高利奥斯发表了一篇演说：《卡帕多基亚的恺撒利亚大主教伟大的巴西雷奥斯的葬词》。此文堪称他的天鹅之歌。他以朴素的语言，深厚的友情，讲述自己这位青春时期的挚

---

① *Βασίλειος ὁ Μέγας, Ὁμιλίαι Θ΄ εἰς τήν εξαήμερον*, PG. T. XXIX, col. 2–293; 此书有石敏敏据英译本转译的中文译本《创世六日》，生活·读书·新知三联书店 2010 年版。

友，回忆起两人在雅典共度的岁月，以及在异教精神的城市中生活的基督徒的内心世界。此外，他还细致而艺术地再现了当时周围的人物形象、生活细节，以及精神生活的特点，比如雅典青年人对修辞教育强烈的向往。因此，这篇葬词不仅一洗铅华，真挚动人，而且具有巨大的思想史料价值，不愧拜占庭文学的传世之作。[①]

哲理文学也进入高雅拜占庭文学领域。5世纪，异教唯心主义最后一位大师普罗克罗斯把新柏拉图主义关于存在之层级结构学说，发展到高度完美的理性分析境界。在他的影响下，产生了基督教哲理散文的里程碑《阿勒奥巴基特文集》(*Corpus Areopagiticum*)。此书收了四篇论文和几封信，都挂在"大法官"伪狄奥尼修斯名下。"阿勒奥巴基特"意为"大法官"，原指一个雅典人，是使徒保罗的学生。实际上，此书作者是5世纪的人，有说他是叙利亚人或者今格鲁吉亚人的。此人虽不是希腊人，但希腊化文化修养甚深，掌握希腊语可谓炉火纯青，只是有时过于矜才使气。这部著作堪称东西方文化合璧的最辉煌的例子，界定了拜占庭文化机制的特性。其中的论文标题，勾画出中世纪美学关键词语：《论神之名》提出"神即美"的命题；《论天堂层级结构》和《论教会层级结构》，为美分了层级；第四篇文章《论神秘神学》，以否定的复合表现方式，把"神"——即"超存在"——描写为存在和质量方面的"无"，堪称今古奇文。[②] 此书视野宏伟，观照世界结构的思想和理论体系，自洽而圆满。其中提出，应以艺术的直觉，而不是抽象的哲学规定来表现"神即美"的本质。就美学而言，它为拜占庭艺术解决以具象手段表现抽象之抽象（神的本质）的问题，找出了一条行之有效的道路，也对后世基督教艺术乃至西欧文艺复兴时期人文主义，奠定了美学理论基础，对整个中世纪欧洲和西亚的文化都产生了不可估量的影响。因此，后人有诗赞曰：

[①] Γρηγόριος Ναζιανζηνός, *Λόγος ΜΓ', ΕΙς τόν μέγαυ Βασίλειοτ, ἐπίσκοπον Καισαρείας Καππαδοκίας, ἐπιτάφιος*, PG. T. XXXVI, col. 494–606; 参见 NPNf207, pp.785–832。

[②] 参见本书绪论关于拜占庭美学部分。

> 你留下智慧的光辉，以及存在之学，
>
> 去寻找不容泄露的安布洛兹之夜景。①

八、诗歌的兴起（一）

就总体而言，拜占庭的4世纪首先是个散文时代。这个世纪只产生了一个大诗人，那就是纳齐安泽诺斯的格列高利奥斯。关于他的文学贡献，我们将以专门的章节介绍。他的诗都遵循着古代诗歌音韵格律，运用之娴熟可谓炉火纯青。他的诗体多种多样：有铭文，有短小精悍的格言，还有荷马与赫西俄德诗歌的集句，等等。他有3首纯自传性的长诗《我的生活》《我的命运》和《我的灵魂痛苦》，其中充满深沉的心理分析，堪称希波的奥古斯丁的《忏悔录》的先声。他的诗歌的本质特点，是新的世界观通过传统的形式喷薄而出，其中融合了两种元素，即把极其个性化的情感，如孤独、绝望、惶惑等，与基督教普世情感融而为一，把古典的优雅和基督教的"泪痕"融而为一，最早体现了拜占庭文学追求"静美"的审美特质。且看他的一首哲学哀歌的开头：

> 忍着深深的痛苦，昨晚，我一个人
>
> 坐在四围密密的丛林里，远离友人。
>
> 我喜欢用这种手段治疗精神的苦痛，
>
> 和自己哭泣的心灵静静地进行谈心。
>
> 附近吹着轻轻的微风，鸟儿在啼鸣，
>
> 和谐的歌声从枝上流下，催人入梦，
>
> 慰藉着我的苦痛；树叶轻灵的居民
>
> 殷勤的蝉儿那和谐的齐唱，向太阳

---

① PG. T. III, col. 117. 安布洛兹之夜景，语出荷马《伊利亚特》，意即"不朽之美"。

> 发出不停的蝉鸣，响声便充满丛林。
>
> 晶莹的溪水之气让脚掌舒适而清爽
>
> 静静流过草地。但我并没感到轻松：
>
> 悲哀不曾平息，苦恼也没有减轻……

这样宁静优美的诗意境界，在一切古代诗歌里都不能得其仿佛。这里写的景观，虽然仿佛希腊牧歌的原始景观，但是，这一次，"人"进入了其中。而且这"人"不是像忒奥克利特的牧歌那样，来享受泉水的清新，或是吹奏木笛，而是为了彻彻底底地一个人探索那沉重的、朦胧的、关于自身存在的问题：

> 我是谁？来自哪里？要去何处？我不知道，
>
> 我也找不到一个能引导我的人……①

这样的诗，把基督教普世情感与自己个人的感受融而为一，为诗歌的内涵和表现方式探寻着新的方向。这就是格列高利奥斯不同凡响之处。诗中的境界，诗中的韵律，丝毫不输于古希腊的哲人和诗人，但诗中的精神指向，已超越古希腊"物我同一"的混沌境界，在基督精神照耀下，"人"从"物"中升华出来，思索人之何以为人，以及人的使命，既符合拜占庭的审美精神，态度更谦卑，但境界又更清明高远。

到 5 世纪，诗歌活跃起来了。这个世纪的门槛上已经站着一位库莱奈的苏讷修斯，以祈祷诗名世。5 世纪最重要的诗界大事是埃及史诗诗派的活动。这个诗派的奠基人，是来自埃及帕诺珀里忒斯的农诺斯，其生平已无从得知。他的传世作品，有规模宏大的《狄奥尼索斯行纪》（Διονυσιακά）48

---

① Γρηγόριος Ναζιανζηνός, Περί τῆς ἀνθρωπίνης φύσεως, PG. T. XXXVII, col. 755–756. A; 参见 ΕΠΕ.74, Γρηγορίου του Θεολόγου Απάντα Τα Έργα 9, σ.230。

卷，相当于《伊利亚特》和《奥德赛》的总和，是迄今保存下来最完整的中古作品。他还有用六音步诗体转述的《约翰福音》。就取材而言，这两种题材是相互对立的：史诗中是异教神话称雄，转述福音则属基督教神秘主义。但两部作品风格完全一致。农诺斯诗歌的特点是热情怪癖，张力过剩，充满丰富的幻想和扣人心弦的悲怆；弱点则是缺乏分寸感和整体性。他的人物形象时时完全脱离自身的逻辑关系，获得一种独立的生命，谜一样的惊人。在诗歌形式方面，他完成了诗歌格律的重要变革，逐渐抛弃古典诗歌的六音步格，转而采用重轻格，想把传统的学院派韵律跟活的希腊语言协调起来。

　　在农诺斯影响下，5世纪有一批诗人使用新的韵律，创作神话史诗。其中有位叫牟萨尤斯（Μουσαῖος，6世纪初）的，传下一部小史诗（ἐπύλλιον）《希萝和乐安德罗斯》（Ἡρώ καὶ Λέανδρος），讲述两个传说人物的爱情悲剧。其中的形象体系具有古典的清晰性与透明性。

　　虽然尤斯廷尼安诺斯压制古典异教文化，但古典异教诗歌仍然一度占优势。宫廷诗人们虽然极力要根除异教残余，但是一着手写神学诗歌，脑筋就禁不住地急转弯，转到阿纳克瑞翁体的诗歌上去，还是情不自禁地模仿异教诗歌的享乐主义、标准化主题以及技巧的精确性，最多不过有时让感伤情调和色情谐谑泄露一点儿新时代的趋势。铭体诗人楼飞诺斯（Ῥουφῖνος）就有诗云：

　　　　她的双眼是金色，她的脸儿水晶一般，
　　　　她的嘴比红玫瑰更鲜艳。
　　　　她的脖颈大理石雕成，她的酥胸光鲜，
　　　　她的脚比银色的忒提斯更白。[1]

形容美女的脚也忘不了跟异教的海洋女神忒提斯比一比，可见异教诗歌影响

---

[1]　Ῥουφῖνος, Ἐ Ἐπιγράμματα Ἐρωτικά Διάφωρον Ποιήτων—48, AG. V. 1, p.152.

之根深蒂固。另一位以歌颂基督教圣索菲亚大教堂而蜚声于世的鲍罗斯·希冷提阿利奥斯，也一样忘不了异教神话：

> 呀，坦塔罗斯在地狱中受的罪
>
> 　　或许比我受的轻。他从未见过
>
> 你的美，从未被拒绝过一触你的芳唇，
>
> 　　那比盛开的玫瑰更诱人的芳唇——
>
> 坦塔罗斯从未泡在泪水中。他虽担心
>
> 　　头上的巨石，但他不会马上就死。
>
> 而我呢，虽然还没死，
>
> 　　却被七情所伤，缠绵欲死。①

论用典，这个典用得不错，坦塔罗斯在地狱中所受的永恒饥渴之苦，恰如诗人对恋人的饥渴之苦。但诗人用一个比较，就把自己的痛苦说得超过了坦塔罗斯；而且，坦塔罗斯虽有死的恐惧，却注定不会死。而诗人呢，被七情所伤，生不如死，死不如生，死活不得！人间有情，与神的"无情"无法关联，仍然不得不求助于异教典故与诗艺，方能表达。这些诗歌巧妙地玩弄着过时的神话、肤浅的乐天主义以及文雅的色情，在后来的拜占庭文学中一直没有中断，10世纪又重新活跃起来，形象虽离奇反常，但跟僧侣们的神秘主义和禁欲主义居然相安无事。

以旧形式表达新诗意，是过渡时期诗人们特别喜欢尝试的，尤其是以古典六音步铭文体转述福音书的内容。如纳齐安泽诺斯的格列高利奥斯、耶路撒冷的索福隆尼奥斯（Σωφρόνιος Aʹ Ιἑρος ολύμων，560—638年）加工福音书故事的诗歌，便是如此。在这方面影响最大的，是尤朵吉雅皇后（Aἰλία Ευδοκία，约401—460年），她的异教名为"雅典奈斯"（ἡ Ἀθηναῖς

---

① Παῦλος ὁ Σιλεντιάριος, Έ Ἐπιγράμματα Ἐρωτικά Διάφωρον Ποιήτων–236, AG. V. 1, p.246.

Φιλόστοργος），意即"敬爱的雅典人"。她用古典六音步诗体写了一部长诗
《论圣库普利奥斯》（περί Του Ἁγίου Κυπριανού）。这部长诗没有完整保存下来，
写的是一位异教魔法师库普利奥斯，被一位基督教圣女尤斯汀娜（ὁ ἁγιος
Ἰουστίνα）的精神纯洁与坚信所折服，也皈依了基督教，最后一起殉教。[1]后
世的浮士德传说，大概即脱胎于此。

九、诗歌的兴起（二）

也就在这时，拜占庭开始流行一种诗歌，即"咏物诗"。

君士坦丁大帝建国以后，首都从罗马迁往拜占庭，由于防御蛮族和商
业发展的需要，引起城市建设的高潮。君士坦丁堡、亚历山大城、恺撒利
亚、安条克、贝鲁特，以及加沙诸城，都以建筑宏伟著称。每座城市除了图
书馆、大赛场以及作为古代遗产的多神教教堂，还有许许多多古代雕塑、绘
画。从4世纪起，基督教教堂建筑也有巨大发展。早期基督教教堂的原型是
古代的神殿，也就是古典时期的司法和商业公共建筑。这种建筑形式朴素，
含义中性，绝不会令人想起多神教仪式，最适合新的宗教——基督教的需
要。神殿由三排彼此分离的廊柱构成，中间一排的尽头是个圆形壁龛，安放
着一个祭坛，便是敬神之处。神殿前通常有个小院，中有小井或是泉水，象
征每个进入神殿的人，不仅要洗净手脸，也要净化灵魂。基督教初期，神殿
常常建在殉道者的陵墓上。材料常常取自古代建筑物的废墟。而保存完好的
古代神殿就不加改变，直接用来举行基督教仪式。到5世纪，出现了更加符
合基督教精神的新建筑形式。一神原则以及政治上的中央集权，在建筑形式
上得到了表现：中央部分出现了拱顶。这个构件古代已有，但拱顶只是安置
在四角基础上，与基础建筑是分离的，体现不出"一神"和"集权"精神。

把建筑底层与拱顶融为一体的任务，最终是由建筑师米莱托斯的伊希

---

[1] Εὐδοκίας τῆς βασιλίδος, περί Του Ἁγίου Κυπριανού, PG. T. LXXXV, col.832–864.R.

窦罗斯（Ἰσίδωρος τις Μιλήτος，442—537 年）和特拉雷斯的安瑟米奥斯（Ἀνθέμιος τις Τράλλεις，474—558 年）彻底解决的。他们在 537 年完成了君士坦丁堡圣索菲亚大教堂的建筑。这座建筑把古代神殿蓝图与主拱顶集中的力量融为一体。教堂内部豪华的构件、色彩绚烂的壁画与马赛克、五光十色的装饰，吸收了东方情调，显示出拜占庭上层社会生活方式的豪奢，以及拜占庭绘画确立的进程。

其他造型艺术跟建筑一样，也利用了古代传统。古典时代就表示胜利的桂冠和棕榈，被基督教用来表示对凡间诱惑的胜利，以及复活对死亡的胜利。船表示基督教团体，锚表示希望，嘴里含着橄榄枝的鸽子表示和平，丘比特和普赛克（Ψυχή）表示灵魂不死。这些都是为了加强宗教活动的外在效果；而且，在借用古典传统的同时，也给传统打上新的烙印。比如，中埃及小城法尤姆一向以死人蜡画肖像著称。过去的蜡像追求栩栩如生，但基督教要表现自己历史上的艰难，隐修主义、苦行主义更是反对俗世的奢华，于是写实因素逐渐让位给基督教圣像画因素：形体要憔悴，神态要沉静，姿势要谦卑，脸型要狭长，色调要暗黄，以体现静态的美，苦难的美。雕塑主要形式是石棺、墓碑和教堂外墙的浮雕，基本结构与绘画相同。

在 5、6 世纪之交，浮雕和装饰画出现了十字架，也是要人长期记住基督教被迫害的历史，要描绘其流亡情景。艺术第一位的任务，就是要描绘俗世的低贱卑微，揭示人性的罪恶，号召忏悔和精神净化，以期待死后永恒的幸福。

不论套用古典艺术，还是赋予它新的含义与形式，在拜占庭，"物"像确实焕发出与世界其他地方不同的光辉，在亚非欧三大洲交汇处，更是辉煌无比。这当然也会激起文学家与诗人们的灵感。于是，"咏物诗"应运而生，蔚为大观。这些咏物诗，可以歌颂对象的辉煌，也可以哀悼对象的凋残。

4、5 世纪之交最有才华的诗人要数亚历山大人帕拉达斯（Παλλαδᾶς）。他是位警句大师。他的抒情诗的主调是男子汉绝望的自嘲：抒情主人公往往是个乞丐似的学者，其精神自卫的手段，就是自嘲，或者挖苦自己家庭生活的贫困，或者抱怨钱财拮据和老婆的河东狮吼。这在后来，竟成为拜占庭文学的共同主题。帕拉达斯为嘲弄基督教，曾痛哭被推倒的赫拉克勒斯的偶像：

> 我骇然看见十字路口青铜的宙斯之子，
> 从前常常受人祈祷，而今竟倒在路边
> 愤怒中我说："保佑免受贫困之神哟，
> 三个月夜之神哟，从未遭到打击之神哟，
> 现在成了一堆废墟！"夜间，神显圣在我床前，
> 微笑着说："尽管我是神，也得学着迎合时势哪！"①

帕拉达斯的警句诗在同时代人中很流行，为 6 世纪拜占庭警句的繁荣做了准备。

普罗克罗斯也有同样的悲哀，他的 6 首异教之神（赫利俄斯、缪斯、阿芙洛蒂忒、雅典娜、赫卡忒、亚努斯）赞美诗，虽非直接咏物，但在古代走向中世纪的转折点上，是新旧矛盾观念和矛盾情绪最活跃的例证。诗中充满古代史诗的单词和短语，呼叫的是古代俄林波斯诸神的名字，但诸神过去的肉体形象，已经冲淡如无，消失在视觉范围之外的世界里。比如，《赞美缪斯》表现了在基督教得胜的时代，孤独的新柏拉图主义哲人的悲观情绪：

> …………
> 女神们哟，求你们平息我的惊怵，
> 让我畅饮智者们意义深广的典故，
> 别让人间无神之辈使我离开正路，
> 那奇妙神圣、果实累累的光辉之途！

---

① Παλλαδᾶς, Θ ʼΕπιγράmmata ʼΕπιδεικτικά–441, AP. V. III, p.246. 按：希腊神话有云，宙斯与赫拉克勒斯母亲私通，令三昼夜的白昼消失，均成月夜，故赫拉克勒斯乃连续不断的三个月夜中受孕之神。

> 缪斯们哟，请让我流浪的灵魂
>
> 摆脱罪恶的人种，永升圣域！ [①]

6 世纪，"咏物诗"越发繁荣。比如，科普特的赫利斯托多罗斯（Χριστόδωρος Κοπτός）写过 150 首咏物诗，歌咏过 88 尊雕像，其中包括希腊罗马的神祇、英雄、诗人、哲学家和政治家。有一首描写竖立在君士坦丁堡一座公共建筑物里的亚里士多德的雕像：

> ……远远地看得见
>
> 亚里士多德本人，智慧之领袖，静静站着，
>
> 手指交叉，虽以青铜铸就，默默无言，
>
> 他的思想却未消失，似乎在不停地运转，
>
> 忙于永恒的思索。双颊内陷，
>
> 那深思熟虑的劳作重轭，令人如见，
>
> 那洞幽烛微的目光揭示了智慧的高远。[②]

这位诗人已经沐浴在 6 世纪的曙光之中，还取了基督教的名字"赫利斯托多罗斯"，意即"基督赐礼"，但他仍然充分保持着对古典造型体系的敏感，以及对希腊化传统的虔敬。

其他著名的咏物诗，还有埃及的尤利安诺斯（Ἰουλιανός Αἰγύπτιος）的铭文《题伊卡尔铜像》《题米龙的〈母牛〉》，人称"大学问"的莱昂提奥斯（Λεόντιος σχολαστικός，6 世纪）的《题舞女雕像》，外号也叫"大学问"的穆林纳的阿噶希亚斯（Ἀγαθίας ὁ Μυρίνα σχολαστικός）的《题普鲁塔克雕像》《题天使长米哈伊尔画像》，以及鲍罗斯·希冷提阿利奥斯的《圣索菲亚大教

[①] Πρόκλος ὁ Διάδοχος, *Εἰς Μούσας Βʹ, philosophi Platonici opera*, ed. Victor Cousin, Parisiis: Aug. Durand, 1864, p.1315.

[②] *Χριστοδώρου Ποιητού Θηβαίου Κοππιτού–2*, AG. V.I, B, pp.58, 60.

堂咏》。后两人尤其值得注意，本书也将有专节介绍。

　　阿噶希亚斯的"咏物"之出色，在于以诗的形式简明扼要地表述了中世纪艺术任务的全新概念：艺术必须帮助人转向另一个世界，那更崇高的世界，即为宗教服务。

> 无形的天使，无肉体的精神，
> 蜡像师竟敢赋予祂肉体形式。
> 造像不无魅力；构思它时，凡人
> 能为神意调整自己的智慧。
> 他的感觉便不是无所谓了；"心"
> 产生了形象，战栗其前，犹如面对神之真身。
> 观照彻底激动了灵魂。于是，艺术
> 便善于以色彩表达智慧的结晶。①

　　鲍罗斯·希冷提阿利奥斯以六音步诗写成的"咏物"，标志着这种古典诗体已经获得新的品质。《圣索菲亚大教堂咏》长达千行，以宣传为目的。新教堂的宏伟引发的激情，跟拜占庭国家政治生活的基本目的糅合为一体。教堂转化为强盛的新帝国的象征。教堂夜间灯火辉煌，不仅帮助身临其境之人趋向神的本源，也使教堂转化为救生的灯塔。漂流在黑海和爱琴海上的水手，满怀希望地注视着她。换句话说，教堂，对于接近君士坦丁堡的野蛮人而言，就是希望和得救的象征。

十、诗歌的兴起（三）

　　随着时间的流逝，摆脱古代韵律规则的尝试，越来越频繁。到6世纪，

---

① Αγαθίας Σχολαστικός, *Εἰς τήν αὐτήν ἐν Πλάτη*, AG. V. I, A, pp.20, 22.

著名诗人妙音罗曼诺斯的创作已完全摆脱这些规则。罗曼诺斯在移居君士坦丁堡之前，在贝鲁特一所教堂做过执事。叙利亚有祈祷诗的传统，罗曼诺斯在叙利亚诗歌音乐性影响下，摆脱学院派诗学教条，转向和声研究。只有和声能够为拜占庭的耳朵创造清晰动听的语言韵律织体。他第一个按轻重音规则写诗，使教堂歌曲接近活泼泼的口语，能被同时代人所理解和亲近。他的诗提高了双声、叠韵、押韵等诗歌元素的具体作用，在拜占庭诗歌史乃至欧洲诗歌史上，第一次使韵脚成为艺术结构法定的不可或缺的要素。

他为拜占庭文学创造了两种新诗体——笁塔曲和奥伊可思。笁塔曲是礼拜诗歌，描写某个宗教节日，或是某位圣徒的生活。序诗部分让听众做好情感酝酿，然后至少有 18 行诗导入正题。奥伊可思附属于笁塔曲，则对诗意详加描写，常带有说教目的，两者构成一个整体。他不愧为拜占庭诗歌真正的改革家。由于他的诗歌中这种空前的深情和音乐美，人们送给他一个绰号"妙音"。以罗曼诺斯为代表，可以说，在开发诗歌韵律方面，第一发现权属于拜占庭诗歌，而不是西欧拉丁诗歌。只可惜后来的拜占庭诗人不知如何珍惜和发展这些韵律，直到第四次十字军东征，对韵律赶时髦的风气才从西欧传过来。

传说，罗曼诺斯写过一千多首教堂歌曲，传世的有 85 首。他的歌曲常常充满戏剧冲突，展现出深沉细腻心理背景，如《叛徒犹大》《约瑟与埃及女子》《聪明的和愚蠢的女孩》等。他的诗歌主题虽然是纯宗教性的，但是，若论涉及现实生活，那么，他的诗比那些过于学究气的世俗诗歌，其现实因素却多得多了。妙音罗曼诺斯的诗歌精神，不仅是后来拜占庭赞美诗的典范，也是西欧中世纪赞美诗的典范。本书对罗曼诺斯有专节介绍。

十一、戏剧的萎缩

就世界文学而言，诗歌常常是戏剧的先导。古代的戏剧台词就是诗，因此，古代希腊和罗马，戏剧家又称为诗人。拜占庭戏剧并不发达，这与基督教的禁欲主义有关。但是，戏剧消灭不了。这不仅因为古希腊和罗马有过世界上最繁荣的戏剧，传统无法消灭，也不仅因为拜占庭帝国城市生活活跃，少不了戏剧，就是基督教本身的宗教活动，有戏剧因素与没有戏剧因素，其效果也不可同日而语。做弥撒时，领诵跟呼应以及两声部合唱轮流进行，音乐部分形成独奏与合唱的对话式赞美诗。基督教礼仪从希腊悲剧中接受了许多舞台形式和戏剧因素，逐渐形成一种纪念碑式的戏剧活动，福音书中的故事常被改编为戏剧，在重大的宗教节日或者纪念活动时演出，场景故意延缓，体现拜占庭文化追求的静态美特性。西欧中世纪神秘剧可能也导源于此。

　　教堂布道产生出一个特殊的戏剧性分支：布道时，为了活跃气氛，往往加进一个对话小品或是小轮唱。对话小品的代表是5世纪的一篇对童贞玛利亚的"赞词"，君士坦丁堡主教普罗克罗斯（此人不是新柏拉图主义哲学家普罗克罗斯）所作。开场白有点儿冗长，是一首精心修饰的童贞颂，然后安排了一个活跃的小品，那是玛利亚跟约瑟的对话，约瑟以为妻子不忠，没有立即领悟玛利亚有孕这件事的神圣性质。接着是玛利亚和天使长加百列的对话，这个场景常常被复制成教堂马赛克装饰。就在这个关头，两篇独白结束了整篇赞词。第一篇独白是神发出的，揭示了玛利亚的神圣使命，说明了未来的事件；第二篇独白是魔鬼发出的，企图扰乱神恩的实现。当然，最后的胜利属于神的指示。有时，这类带有戏剧性的赞词表演，还用在可称"无遮大会"（ἴανήγυρις）的大型宗教节日活动中。表演参加者也比教堂内的多。古代戏剧载歌载舞的因素，也进入基督教戏剧活动中。复活节庆典上表演的传统舞蹈，就脱胎于古代斯巴达的出征舞。但是，基督教抽象思辨性的审美原则，最终还是削弱了戏剧结构的活力。

　　除了教会节日，古代异教节日也保留下来了。比如朔日（初一）节、新月节，直到7世纪，葡萄收获季节还要庆祝酒神节，举行盛大狂欢，参加者都要戴上悲剧或者喜剧假面具。除了教堂剧院，拜占庭还有一种世俗舞台，6世纪时还能上演希腊悲剧。这些世俗剧院上演的自身剧目都是谐剧和戏拟

剧。这是从古代尤其是希腊化时期继承下来的最有生活气息的剧种。戏拟剧
与杂技和驯兽表演结合起来，是大赛场的公众游艺活动的保留节目。

古典谐剧按主题分为两支：日常谐剧与神话滑稽剧。拜占庭舞台只接
受了日常谐剧。这种谐剧内容首先必须有粗鲁的色情段子。这又引起基督教
首脑人物的敌视。恺撒利亚的巴西雷奥斯提到"戏拟剧演员"时，口吻必含
鄙视味道。金口约安尼斯批判世俗音乐是神经病，把剧院称为"魔窟"，把
戏剧演出称为"群魔乱舞"[①]。在宗教迫害尚不严重之时，世俗的戏剧家们对
这些指责也曾起而迎战。加沙的修辞学家霍利基奥斯（Χορίκιος，4—5世
纪）曾发表过一篇演说《捍卫在谐剧剧院中再现生活的人》，以回敬这些攻
击。加沙是拜占庭文化中心之一，那里上演希腊化时期的悲剧，一直坚持到
圣像破坏运动时期。那里还有著名的修辞学校、谐剧演员学校和酒神剧院。
但是，以后几世纪，正教教会和皇帝对谐剧的迫害越来越厉害，谐剧几乎
绝迹。谐剧某些因素被教堂戏剧吸收，发展成拜占庭特色鲜明的"基督教谐
剧"。其典型出现在7—8世纪，即拜占庭文化剧烈基督化时期，但就总体而
言，这段历史时期的拜占庭戏剧，是个相对薄弱的文学领域。

十二、史地文学的勃兴

这段时期拜占庭的历史与地理文学成就极其辉煌。真正的历史家所关注
的，是他们当代的或是近期的历史。他们都以希罗多德、修昔底德和珀吕比
奥斯为历史叙事典范。

拜占庭当代史的奠基者是恺撒利亚人普罗阔皮奥斯。他的出身和地
位使他能亲历当时重大的政治和军事事件。名将贝利萨利奥斯（Φλάβιος
Βελισάριος）远征波斯、非洲和意大利时，他曾担任随军秘书和法律顾
问；晚年，他被任命为君士坦丁堡长官。亲见亲历使他的叙述清晰而具体。

---

① *Ἰωάννης ὁ Χρυσόστομος, Ὁμιλία Νζ΄*, PG, T. LIV, col.486–487.

545—550 年，他写了两部重要著作：8 卷《尤斯廷尼安诺斯战纪》（简称《战纪》）和《论尤斯廷尼安诺斯的建筑》（简称《建筑》）。《建筑》一书断断续续写了 16 年。《战纪》则是奉旨撰写的王室颂歌。但是，专制政权既能产生奴隶式的官方文字，也必然导致其反面，即揭露专制恶德败行的隐私文学。普罗阔皮奥斯的《秘史》（550 年）就是后一种。《秘史》是君士坦丁堡宫廷丑闻编年史，包含最恶毒的笑话和谣言，以及大臣们众口相传的小道消息。这样，普罗阔皮奥斯著作中的君主形象就双重化了：在官样文章中，他是下属睿智的父亲、基督教强国的伟大建设者；而在《秘史》中，他则是个淫虐狂、色魔，身边尽是坏蛋，皇后瑟奥朵拉（Θεοδώρα）则是出身于色情戏子的荡妇，性格极其残忍。普罗阔皮奥斯的著作，材料的结构组织，都直追古代典范，尤其是追慕修昔底德，其中还带些小说笔法。

　　普罗阔皮奥斯的后继人是小亚细亚穆林纳的阿噶希亚斯，人称"大学问"。他当过律师，也是铭体诗高手，而且把诗人技巧用到了历史著作中。他的《尤斯廷尼安诺斯王朝记》（5 卷）首先是文学，而非历史。他叙事的优美与普罗阔皮奥斯的严峻大相径庭。不过，他的叙事比较自由，这是因为其写作是在尤斯廷尼安诺斯死后。他很赞赏尤斯廷尼安诺斯的思想钳制方针，但对宗教问题又比较平和。这种态度是当时宫廷中自命古典学者的文学家们所特有的。阿噶希亚斯之后，又有外号"大内护卫"的麦南德罗斯（Μένανδρος ὁ Προτίκτωρ），写了毛利基奥斯（Φλάβιος Μαυρίκιος，582—602 年在位）时代的《历史》。他们的著作，视点和内容力求多元化，以便广泛地把握当时的社会、经济和精神生活，叙事风格鲜明自由，善于利用神话形象，常常直接引用某些历史人物的讲话，为后代提供了宝贵的人种学和地理学的资料；同时，又能成功地描绘某些卓越人物的肖像和性格。《战纪》中贝利萨利奥斯的英勇善战、足智多谋，《秘史》中尤斯廷尼安诺斯的嗜血冷酷，皇后瑟奥朵拉的淫荡和冷静，《尤斯廷尼安诺斯王朝记》中爱国者艾埃忒斯（Αἰήτης）的真诚与善于辞令，都跃然纸上。

　　这几位史家的著作，是阳春白雪，下层百姓消化不了。草根小民要的是通俗易懂的史话演义，其作者多为僧侣。他们书写历史事件，是按照编年顺序，从"创世"一直写到他们亲眼见证的时代。这类作品照例只是简单罗列他们觉得重要的事件，有时甚至是传说，形成一种史话演义式的作品。史话演义作家中有米莱修斯人赫苏克修斯（Ἡσύχιος ὁ Μιλήσιος，6 世纪）、安条克的约安尼斯（Ἰωάννης της Αντιόχειας，7 世纪）。最重要的是约安尼斯·马拉拉斯（Ἰωάννης Μαλάλας，约 491—578 年）。他的《春秋》是史话演义的丰碑。这是一部 18 卷的各族历史演义，从开辟鸿蒙一直写到 563 年。马拉拉斯把古希腊、罗马和上古混为一谈。对他而言，把西塞罗和萨鲁斯提乌斯（Sallustius，前 86—前 35 年）称为"炉火纯青的罗马诗人"并没什么不妥；把希罗多德变成珀吕比奥斯的后继者，给独眼巨人库克罗普斯（κύκλοψις）慷慨大方地安上三只眼睛 ①，变成中国的二郎神杨戬，也未尝不可。而且按照说书人的惯例，马拉拉斯信口开河，首先也是利用皇帝和皇后的形象为自己张本。不过，叙事的灵活、优美、生动，保证了他的《春秋》大受欢迎。特别是对后代人而言，上古先祖距离拜占庭已远而又远，什么是真，什么是假，已无足轻重。世界历史通过约安尼斯·马拉拉斯的转述，变成原始乃至荒谬的故事，也无伤大雅，只要有吸引力就行。当然还要加上一点，就是无论世事如何纷纭，总是表现了上帝的意志。模仿马拉拉斯的，不仅有希腊和叙利亚的史家，诸如以弗所的约安尼斯、《复活节史话》的佚名作者，也有西欧 8 世纪的《帕拉亭史话》作者，等等。

　　如果说约安尼斯·马拉拉斯的《春秋》是在时间范畴中描写世界，那么，《基督教舆地志》就是在空间范畴中描写世界。一般而言，此书被归在阔斯马斯·印地阔普莱乌忒斯（Κοσμᾶς Ἰνδικοπλεύστης）的名下。只是此说不一定可信，因为"印地阔普莱乌忒斯"意为"印度漂泊者"，并非一个姓氏。作者不是学者，而是一位普通人、商人和旅行家，亲身到过埃塞俄比

---

①　西塞罗是演说家，萨鲁斯提乌斯是历史家，都不是诗人；希罗多德和珀吕比奥斯都是古希腊历史家，但希氏比珀氏早两百多年；库克罗普斯为《奥德赛》中的巨人族，独眼。

亚、阿拉伯等遥远的国度，晚年为了宗教目的写下见闻。他的世界观还很原始，否认古代科学成就。他说大地是平面的，上罩天穹，跟中国圣人的"天圆地方"说如出一辙。天穹之上，便是宇宙最高的台阶——天堂。他的语言几乎就是民间口语。他的叙述引人入胜、议论天真烂漫，世界图景有如童话，对中世纪读者而言，那是绝对招人喜欢。因此，《基督教舆地志》问世不久，就被译成基督教世界各种语言。

除此以外，禁欲主义的训谕文学也很受底层百姓欢迎，一度非常繁荣。其中最重要的作品是锡安僧侣约安尼斯（Ἰωάννης τῆς Κλίμακος，525—595/605 年）的《梯子》。"梯子"是艰难的精神历程的象征，贯穿全书。约安尼斯不大相信静观和冥思苦想，而最重视极尽努力的自我斗争。《梯子》以很普通的语言，尤其是民间格言、谚语和俗语，从容不迫地阐述严格的自我牺牲的道德规范。其中夹杂着他个人以及他的师兄弟们的经历。此书当时影响很大，约安尼斯因此得到一个尊号"天梯大匠"。

十三、书信的繁荣

4—6 世纪拜占庭的散文，还有一大领域，那就是书信。从形式看，与古典书信并没多大差别：礼貌的称呼，结尾的祝词，一仍其旧。纳齐安泽诺斯的格列高利奥斯在给自己的女婿尼阔布罗斯（Νικόβυλος）的第 5 封信中，提出书信艺术三原则：一是长短得宜，二是词语清晰，三是音节悦耳。他说：

> 有些书信作者写得过长，另一些又写得太短；这两种人都不知分寸，就像离弦之箭……书信的分寸须看必要性：如果内容不多，就不该写得太长；如果内容不少，就不该太短……要想恰如其分，无论如何就要避免没有分寸。若论简明，此即我见。至于明晰，那就要尽可能避免书面语体，而注重口语。简而言之，这样

的书信最为优美，雅俗共赏。对于俗人，是因为适合普通人的观念；对于雅士，则因为它又超越了这类观念……须知难破之谜与难解之信是同样不妥。第三，书信应该令人愉悦。如果我们不想把信写得枯燥、讨厌或者不优雅，如俗话说的丑陋——没有修饰，那就应为此努力；也就是说，我们写信时，不妨引用格言警句、谚语民谣、佳词丽句，以至谐谑谜语，因此，言辞就能变得令人愉悦；但是，这些也不能用得过分，因为前者粗鲁，而后者无礼。使用它们的分寸，应该像织物中的红线。我们允许移花接木，拈连移就，但数量不能多，而且要端庄郑重。至于对偶、排比和等音节（ἰσοσκῶλον）[1]，那就留给智者们去吧。如果我们有用到它们的地方，那就当作文字游戏，不必较真。书信中首要的追求是有节制的简洁，才显得更加自然。[2]

当然，这时的书信可谓内容一新，反映了新的理念、观点、信念，以及新的生活现象。其内容有基督教的开示和劝喻，有跟异端的论战，本身就具有文献价值。大巴西雷奥斯和金口约安尼斯的书信涉及人物圈子极其广泛，有基督徒，也有异教徒。他们的书简抒写心志，颇为优美。巴西雷奥斯以诗人天性，善于感受和传达自然之美，如致纳齐安泽诺斯的格列高利奥斯第 14 书。金口约安尼斯年高德劭，但遭到流放。他致奥林比亚的第 6、9 书，不仅写出流放途中的烈日炎炎，也写出了意志坚定，精神无畏。

这时期的书简大师当推苏讷修斯，他传世有 150 封书信，内容最为丰富多彩：其中有知心之语，如致哲学教师宇帕提亚书、致胞兄叶勃提奥斯（Ἐβότιος）书、致友人奥林匹亚斯（Ὀλυμπιάς）书；也有紧张和悲愤，如致瑟奥菲罗斯主教第 69 书，致胞兄第 89、107 书，讲述自己在彭塔珀尔度过

---

[1]　一种修辞方法，几个短语或句子，音节数相等，且第一个字母相同。
[2]　Γρηγόριος Ναζιανζηνός, *Νά. Νικόβουλωι*, ΕΠΕ. Τ.84, σ.102.

残生之贫困。苏讷修斯的书信异常优雅，时有机智的思想和情感游戏，但下笔无不精心细致。他在致尼坎德罗斯（Νίκανδρος）第 1 书中说："我的书信，就是我的孩子。"[1] 足见他对书信之珍惜。5 世纪末 6 世纪初的加沙智者学派代表埃涅阿斯（Αἰνείας，约 450—534 年）的书信传世 25 封，几乎每封信都充满大量从古典文献中借来的名字和形象，显示出作者古典学养之深厚、基督教智慧之深湛，以及异教修辞之精熟。

6 世纪的书信，出了一部名副其实的世俗言情作品，那就是阿里斯泰奈托斯的《情书集》。作者阿里斯泰奈托斯为谁，仍是拜占庭文坛一桩公案，因为这位作者之名，其实就是书中一个人物之名。这个名字的意思是"吹牛家"。从书中的蛛丝马迹来看，作者大约生活在 5—6 世纪。此书分上下两部，共 50 封信。内容无非男女之情，而且文字有模仿甚至引用古希腊及希腊化时期作家之嫌；但他自己的风格也还是能显示出来的。且看他在第一封信中，对友人菲洛卡洛斯（Φιλοκαλός，意为"爱美者"）描绘自己心仪的女子之美：

> 拉伊达，我的爱，虽是自然的杰作，但也由阿芙洛蒂忒打扮得最美，且列入美惠女神圆舞之中……自然最美的造物，女性之光，活脱脱的阿芙洛蒂忒！她的双颊（恕我用语言难以描摹拉伊达诱人之美）洁白，又透着温柔的晕红，让人想起玫瑰的光辉。双唇温柔微启，颜色红于双颊。双眉黝黑，黑得深不可测，眉间距离恰到好处。鼻子笔直，温柔如双唇。眼睛又大又亮，放射着纯洁的光辉。眼仁之黑，黑到极致，周围眼白，白得有光泽。两种颜色，争妍斗艳，泾渭分明，但又相得益彰。[2]

---

[1] Συνέσιος, Ἐπιστόλη Α΄. Νικάνδρῳ, PG. T. LXVI, col.1321.L. A.

[2] *The love epistles Aristaenetus*, trans. from the Greek into English metre, London: J. Wilkie, 1771, pp.2–4.

辞藻有些艳丽，还有些许俗套，异教色彩也比较浓；不过，就写美人的情书体裁而言，也算当行本色。再考虑到基督教禁欲主义的氛围，这类文字虽卑之无甚高论，却也透出一丝亮色，开拜占庭世俗言情文学的先河。

　　总而言之，4—6 世纪是拜占庭立国之初，也是拜占庭文学建树之初。拜占庭文学不同于上古文学，无须筚路蓝缕，因为有古希腊和罗马文学可以借鉴；但在精神上又必须迥异于上古文学，因为它的内涵是宗教精神，而不再是巫术观念。这样，集借鉴和改造于一身，使这段时期的拜占庭文学起点奇高，但又转圜不灵，有似初熟的少女化妆，得其宜时，丽质天成更加风姿绰约；不得宜时，"晓妆随手抹"，"狼藉画眉阔"①，令人啼笑皆非。不过总体而言，它虽然形神尚未定型，但相对于上古文学和世界文学而言，已经别开生面，气象一新。

第二节　基督教圣徒传记开山作

　　亚历山大的阿桑那修斯（Ἀθανάσιος Ἀλεξανδρείας，293/298—373 年），公元 4 世纪拜占庭帝国埃及地区基督教领袖，曾任埃及亚历山大城主教，去世后被尊为圣徒。他生于亚历山大城附近尼罗河三角洲达曼胡尔镇的一个基督教家庭，自幼即聪慧，虔诚，义气，尽管受的是传统的世俗教育，但他勤奋自学《圣经》。有一次，阿桑那修斯和一群孩子在海边玩，大家决定，要玩一次对异教徒洗礼。阿桑那修斯被指定扮演主教，他虽然年幼，却用自己在教堂所听到的圣言，精确地背诵了洗礼所需要的段落。当时，长老亚历山大从窗子里看到这一切，便约见阿桑那修斯和其父母，说孩子们做的洗礼完全符合教堂的圣事程序，他认可其真实性。而且，自此以后亲自指导阿桑那修斯的灵修，又让他做牧师手下的朗诵者，后来任命他为执事。②325 年，

---

① 杜甫：《北征》，仇兆鳌注：《杜少陵集详注》，商务印书馆万有文库本第三册，卷五，1930 年，第 74—75 页。

② "Athanasius", *New Catholic Encyclopedia*, Washington, D. C: Gale, 2003, V.1, pp.817–820.

阿桑那修斯作为执事，陪伴亚历
山大参加了第一次基督教普世会
议，即尼西亚会议。会上阿桑那
修斯慷慨陈词，批驳阿雷奥斯关
于圣子和圣父是分离的那种异端
邪说，从此崭露头角。这次会上，
阿雷奥斯学说虽遭到批判，但势
力未减。阿桑那修斯继续跟他们
斗争，写了一系列著作，如《反
阿雷奥斯派辩护词》《致埃及与利
比亚众主教的反阿雷奥斯派的地
区咨文》。阿雷奥斯派也开始明
里暗里迫害他。328 年，长老亚

阿桑那修斯

历山大过世，阿桑那修斯被推选为继承人，时年仅 28 岁。他任主教后，拜
访了埃及和利比亚等由他管辖的区域，联系沙漠中的隐修士和僧侣。他任
主教 45 年间，曾被 4 位不同的皇帝流放。336 年，他第一次遭到迫害，君
士坦丁大帝听信谣言，以为阿桑那修斯阻碍每年从亚历山大城往君士坦丁
堡运送谷物，降旨把他流放。337 年，君士坦丁大帝死后，他回到亚历山大
城，重新反抗阿雷奥斯派，又再次被剥夺主教职务，被迫逃往罗马。罗马大
主教全力以赴，力争 341 年罗马会议和 343 年萨尔迪克（今索非亚）会议承
认阿桑那修斯无辜，承认他的学说并不违反正统教义。阿桑那修斯回到亚历
山大城，主持主教讲坛一些时间。但是，支持阿雷奥斯派的君士坦提乌斯二
世（Κωνσταντῖος II；Flavius Julius Constantius）成了皇帝，阿桑那修斯又被剥
夺主教职务。这时，他写了四篇《反阿雷奥斯派》演说，以及《致居住各地
隐修士书，论阿雷奥斯派在君士坦斯治下所作所为》。346 年，君士坦提乌
斯二世请阿桑那修斯回到埃及，受到民众如对国民英雄般的欢迎。361 年，
尤利安诺斯取代君士坦提乌斯二世为帝。此人是狂热的异教徒，幻想恢复异

教文化，消除基督教信仰。有段时间，所有主教都屈从异教，唯有阿桑那修斯坚持正教，因此又被免职。尤利安诺斯命令阿桑那修斯离开埃及，阿桑那修斯假装服从他的命令，实际秘密隐居下埃及，此后好几次，敌人要追杀他。直到尤利安诺斯死后（363 年）又返回亚历山大城。在瓦伦提尼安诺斯朝代，他再一次也是最后一次离开故土之城几乎一年，366 年返回，领导教会 7 年，于 373 年过世，享年 76 岁。他的遗体先是被葬于亚历山大，后移到威尼斯的基迪圣扎，后又移回开罗。阿桑那修斯的纪念日是 1 月 18 日。

阿桑那修斯曾受到不少质疑，比如他任主教时年龄不够格（30 岁）、与阿雷奥斯派论战有捏造之嫌，甚至被怀疑挪用教堂谷物、排除异己等，但都没有确凿的证据。纵观其一生，仍不失为一个信仰坚定的勤奋之人。

阿桑那修斯著作颇丰，其传世作品就文体分，有演说词、论战文章、书信、圣经诠释、传记等。就内容分，可以是两大类，即与阿雷奥斯派的论战和正面阐述基督教正统教义。不论论战或是正面阐述，其核心都是在发扬基督教正统精神。具体而言，与阿雷奥斯论战的著作，代表性作品有《反阿雷奥斯派演说词》《反异教徒》《向君士坦丁提乌斯致歉》《致柯林斯主教埃皮克特托斯（Ἐπίκτητος Κόρινθος）书》等。正面阐述基督教教义的，代表作品有《说童贞》（*Discourse on Virginity*）、《爱与自制》、《论圣灵》、《上帝之道成人身》等，以及他最著名的作品《教父安东尼欧生平与日常生活》。另外基督教三大信经之一《阿桑那修斯信经》（中国基督教会旧译为《亚他那修信经》）虽归在他名下，但学界一般认为，这部作品是 5 世纪产生于今西班牙加里西亚地区。

阿桑那修斯的著作，就其产生时代而言，对基督教教义的贡献，具有划时代的意义。耶稣创教之初，并没有亲手写下宗教文献。初期的宗教文献，不过使徒的福音而已。这些福音书虽然奠定了信仰的框架，但在不少重大问题上，仍然没有准确的界说。因而，虽然基督教当时已被定为国教，但为时尚浅，整个基督教世界在基本教义上，尚未达成共识。尤其在神学方面，对神的，尤其是对基督的本质及其构成，难免众说纷纭。阿桑那修斯的著作，恰恰在这些方面做出了突出的贡献。他始终强调神的自在性、唯一性、永恒性、本源性和创造性，即神不是由其他存在产生的，而是自在的，且是唯一的最高存在、永恒存在，神是宇宙万物的本源，神通过创造产生了万物。至于圣父、圣子与圣灵的关系，他特别强调三者的同一性，明确地坚持"三身一质"。对于基督的本质，他强调圣子是由圣父所出，但圣子为了替人类赎罪而道成人身，经由圣母取得人身与人性，所以，基督兼具神人二性。这些观念，摆脱了初期基督教教义中夹缠不清乃至自相矛盾的因素，也为耶稣作为"基督"的地位的确立，以及基督教在人间的传播，奠定了可以自圆其说的理论基础。他的《论尼西亚会议法令的信》更是基督教重要历史文献，第一次列出了《新约》中27篇文章，也可以说对《新约》的最终成书有定稿的作用。因此，4世纪的神学家纳齐安泽诺斯的格列高利奥斯称他为"教会支柱"，东正教会称他为"正教之父"。后世新教徒也称他为"正经之父"。

从文学和语言的角度说，他是第一个埃及科普特语和希腊语兼擅的作家，或者说是拜占庭文学史上第一个科普特语作家。

《教父安东尼欧生平与日常生活》，通译《圣安东尼传》，堪称拜占庭文学第一部圣徒传记。此书除希腊文本，在5世纪有叶瓦格利奥斯的拉丁文译本。17世纪，本笃会整理出版，19世纪 J. P. 米涅（J. P. Migne，1800—1875年）收入"希腊教父丛书"（Partrologia Graeca）第 XXVI 卷。后世欧美语言译本甚多。中文译本则有施安堂译本及任达义译本，坊间均不易得。1990年，香港恩奇书业有限公司出版陈剑光译本《圣安东尼传》。为便于中国读者查寻，本书即以陈剑光译本为据。

安东尼欧

《教父安东尼欧生平与日常生活》的内容，正如书名所述，是叙述埃及地区隐修主义奠基人安东尼欧的生平。全书除序言外，正文共94节。若按内容划分，全书大概可以分为以下几部分：第1—15节，叙述安东尼欧的家庭出身。父母亡故后，安东尼欧刚成年便受启示，决心抛家舍业，把年幼的妹妹托付于人，孤身隐修。最初隐于家乡附近一墓穴中，后嫌离人世太近，不胜嘈杂，便遁入深山一座为人遗弃的古堡，隐修20年，战胜魔鬼种种诱惑与威胁，初证大道。这是第一部分。第16—44节，叙述安东尼欧外出云游，对各地隐修士讲解隐修之道及自己的体会。是为第二部分。第45—65节，叙述使徒时期基督教遭受的迫害，大彼得殉道后，安东尼欧按上帝指引，改换地点，隐居到荒漠深处，且获得异能，做出不少奇迹，如为人驱鬼治病等。这是第三部分。第66—80节，叙述安东尼欧批判阿雷奥斯派，与希腊异教智者辩论，无往不胜。是为第四部分。第81—94节，叙述安东尼欧晚年生活，直至105岁高龄辞世。这是第五部分。这部分的最后两节，则是作者勉励各地隐修士与教士均需发扬光大安东尼欧的精神。从以上概述可以看出，此书奠定了拜占庭后来一千余年圣徒传的四大基本因素，即坚信、苦修、论战和奇迹，而以灵修作为贯穿始终的线索，以战胜魔鬼及人间异端邪说为主体，以劝人放弃世俗一切，皈依基督，获得死后的天堂永生为宗旨。表述则是应埃及地区广大教士和隐修士之请而写给他们的书信。但除了序言和结尾书信体的痕迹较为明显，其他文本便是第三人称的叙述。

作为人物传记，传主生平资料来源是第一大问题。据阿桑那修斯自己说，他对安东尼欧的印象，由给安东尼欧"倒水洗手"（即为弟子为仆人之意）获得的。但是，从全书文本看，其中材料绝大多数得之于"传闻"。其中有的可能得之于安东尼欧本人，更多的则得之于他人的叙述。前者如第5—7节，安东尼欧初隐于墓穴中，魔鬼以亲情的牵挂、舒适的追求乃至肉欲的引诱，扰乱他的灵修；第41节，撒旦亲自造访安东尼欧；第53节，一个"面貌好像人，但脸却像驴的怪物"来敲开安东尼欧隐居处的门；等等。后者则是那些拜访安东尼欧的客人，经常在夜间听见他与魔鬼打斗的声音，以及安东尼欧为人驱鬼治病的传闻。而关于这些传闻的真伪，阿桑那修斯开卷即告诫读者："不要怀疑所听见的！"[①]这话若放在今日，反会加重读者的怀疑；但在当时，却是天经地义之理。这倒不是今日的强词夺理，而是体现当时基督徒们的信仰。正如安东尼欧对来访的希腊智者们说的，"因为我们用信心所认知的，你们却以辩论来建立。但是，你们经常不能明了我们所见的"[②]。这种思维方式，犹如中国儒家的独断论，听者只能"畏天命，畏圣人言"，反之就要被视为"小人（一般民众）"。人类文化发展，在相同或者近似的阶段，连语气都何其相似乃尔！了解了这种思维方式，才能体会书中许多现代人看来"荒唐"之言，作者讲起来会那么信心十足。比如，第65节写安东尼欧有次晚饭祷告时，忽然发现自己灵魂出窍，被一个领路者提升空中，且能居高临下俯瞰自己的躯体。这样的想象，作者已经注明，符合《新约·马太福音》那句话："你们要小心，不可轻看这小子里的一个。我告诉你们，他们的使者在天上，常见我天父的面。"[③]所以，这是绝对可信的。而这十足的信心语气，正是此书一大风格特点。

传记必定要写人，写人物的性格。与上述一点相仿，此书在塑造安东尼欧的形象或者说其性格时，更倾向于标准化，即按照作者心目中的某种标准来塑造人物形象。这个标准就是圣经中的伦理标准。为了突显安东尼欧是个标准的圣徒，作者往往在叙述他的某种性格特点时，会在这之前或者之后，以圣经中关于这种修养的语句作为参照的坐标。第38节，安东尼欧告诫其他隐修士要细心，善于辨别体察伪善恶灵，说完后，即引用"一切的灵，你们不可都信"，作为锻炼不轻信与谨慎性格的标准。这令人想起中国孟子的名言："尽信《书》，不如无《书》。"第55节则反过来，安东尼欧先引用使徒保罗的话"不可含怒到日落"作为缘起[④]，然后告诫其他隐修士，要严于

---

① 阿桑那修斯著，陈剑光译：《圣安东尼传》，香港恩奇书业有限公司1990年版，第12页。
② 《圣安东尼传》，第67页。
③ 同上，第58页。
④ 《圣经·约翰一书》4:1（和合本，下同）;《圣经·以弗所书》4:26;《孟子·尽心下》,《孟子正义》，十三经注疏整理本，北京大学出版社2000年版，第381页。

律己，时时反省，接着说出他的名言："不可容让任何罪停留在我们里面直到太阳下山。"这也就是他性格锻炼的标准。阿桑那修斯就按照这样的路子，以圣经中的伦理标准为依据，把安东尼欧塑造成一个信仰坚定、性格坚强、勇敢无畏、谦虚谨慎、宽容大度的人。也可能安东尼欧本人在修行时，就是以圣经的告诫为标准要求自己，而阿桑那修斯将其记录下来，但不管怎么说，此书塑造人物性格的特点是理想化、标准化的。

人物性格，不只表现在行动上，也表现在心理中。阿桑那修斯也很善于叙述人物的心理：

> 邪恶的出现和攻击，是混乱的，并且有隆隆嘈杂声和大喊的尖叫声；好像是野孩子（流浪的街童）和强盗造成的骚动。这种动乱立即使灵魂产生恐惧，导致思想上的混乱和不安；在灵修时思想产生沮丧，悔恨，对亲人挂念，忧愁和害怕死亡等。最后便轻视德行，渴望恶事，性情完全变坏；因此，你看见幻影而不恐惧，恐惧便消失，不再害怕，随之而来的是无可名状的喜乐和满足，勇气和体力的恢复；思想安静，正如以上我所讲述的一切，而且有刚强的勇气热爱上主，随后便会愉快的祈祷——因你的喜乐和心灵上的平安，证实了上主的同在。[①]

这段叙述很真实细腻地把隐修士们复杂的心理变化表述出来。道行不高之时，种种内心的彷徨、苦恼、沮丧乃至失望，纷至沓来，化为魔鬼的幻象。等到道行高深、能够自制之时，心中便是一片喜乐祥和。这确实非亲身经历过者不能道。更有意思的是，第41节，写有一次魔王撒旦居然亲自登门拜访安东尼欧，诉说魔鬼被责怪的冤枉。撒旦还说，人们的"烦恼是出于人自己"[②]。这话虽是由魔鬼口中说出，其实何尝不是安东尼欧证道之时曾有过的

---

① 《圣安东尼传》，第40—41页。

② 同上，第44页。

谬误？撒旦的话当然是在推脱自己危害人类的罪责。中土也流传过类似的说法，即"相由心生""境由心造"，而且说这是佛说的。但是，查阅释典，竟找不到这话的出处。看来应该不是佛陀的意思，而是某些"高僧""大德"对释典的误解或曲解。这种说法也是把人的内心痛苦完全归咎于人自己，而掩盖了害人者的罪责。安东尼欧在这问题上的领悟超越了这种水平，认识到"烦恼是出于人自己"这种说法是撒旦的托词。因为神只会给予人以喜乐，而人的痛苦只是在内心软弱恐惧之时，魔鬼乘机造成的。所以，人的得救不应该是糊里糊涂的麻痹自责，而是在清明高远的坚信之中。[①] 这样，由思索到误解，由误解到挣扎，由挣扎到了悟，既是一番证道的过程，从文学的角度看，也是一种很不错的心理描写。

前面说过，阿桑那修斯确立的圣徒传四大因素之一，便是论战，与异端邪说的论战。这部传记也写到阿桑那修斯当时正统派与阿雷奥斯派的斗争，而且写了安东尼欧对阿雷奥斯派的谴责。但是，认真而言，这些对阿雷奥斯派的谴责，其实并没有多少深刻新颖之处，不能引起深广的思考；倒是安东尼欧跟希腊智者们的论辩，有更深远的思考价值。第73节，写几个希腊智者，因为安东尼欧没上过学，不识字，想来嘲弄他一番。不料见面之后，安东尼欧用一个问题就把他们难倒了："你们认为先有思想，还是先有文字呢？谁是因果呢？文字是思想的因，还是思想是文字的因呢？"他们就回答说：思想在先，是文字的发明者。安东尼就说："所以一个有睿智思想的人，是不需要文字的。"[②]

看来，安东尼欧不仅能苦修，而且确实思考过人类的思想与其表述工具即文字的关系。这个故事若是真的，不仅显出安东尼欧有一定的聪明，也显出希腊化时期希腊智者们的肤浅。文字与思想的关系，是内涵与载体的关系，不能完全归结为因果关系。退一步说，即使承认其间确实是因果关系，

---

① 《圣安东尼传》，第 45 页。
② 同上，第 64 页。

产生也有先后，但是，因果与先后并不能与这两个概念的重要性形成正相关的关系，不能说"因"一定就比"果"重要，也不能说先产生的一定比后产生的重要，更不能说有了"因"，就不需要"果"了。事实上，如果基督教文献没有文字记载，安东尼欧如何传承基督教经典？看来，安东尼欧的逻辑思维能力确实有不足之处。阿桑那修斯这样写，主观上是想写出安东尼欧天启的智慧，但是，因为作者本人也没把这问题想通，效果就不那么理想了。

至于安东尼欧与另一批希腊智者讨论的问题，即信仰与逻辑推理孰优孰劣的问题，尽管作者写的是胜利已在安东尼欧这边，其实，问题根本没有解决。且看安东尼欧说的：

> 我们这些基督徒虽然没有拥有希腊人推理的秘诀，却拥有上主借基督耶稣所给予的大能，按证据而言，我们所说是真实的，细心察看，虽然我们没有学习文学，但我们相信上主，知道透过祂的工作万物得着供应，并且按证据来看，我们的信心是有果效的，细心看看，我们信心的依据是在基督里的，但你们的依据是智慧言语之战。你们中间偶像的显现已被世废弃，但我们的"信心"却能广传各地，你们借着三段论及智慧文化并没有使人从基督教中归信希腊文化，但我们借教导基督里的信，除去你们的迷信，因为所有人皆承认基督是上主，是上主的儿子，借着你们动听的言语，你们并没有拦阻基督的教训，但是我们借呼叫被钉的基督之名，驱逐所有的鬼魔，就是你们所敬畏的，当十字架之记号在任何地方出现时，巫术及幻术皆失去其明效。[1]

这里提出了一桩千古公案，即，是信仰优胜，还是逻辑推理优胜。安东尼欧当然是认为信仰优胜。他的理由就是，在他那个时代，人们普遍都信仰基督

---

[1]《圣安东尼传》，第 68 页。

教，而不信仰巫术的多神了，尽管希腊的智者们掌握着逻辑推理的技巧。换句话说，谁得势谁就优胜；或者说，谁得势谁就是真理。这个理由兼结论，应该不仅是安东尼欧的主张，也是作者阿桑那修斯的主张。这种主张具有一种普遍性，或者说是一种普世价值观。诚然，安东尼欧和阿桑那修斯确实看到了宗教取代巫术的历史必然性。宗教取代巫术，这在世界各民族中无不如此，应该也算一种普世规律或者普世价值吧。只不过各民族有早有晚而已。有的民族早已跨越巫术文化阶段，甚至跨越宗教文化阶段，进入了科学文化阶段，而有的民族还在炫耀自己的巫术文化呢。

但这种主张是可以商榷的。基督教之所以能够战胜多神教，并非因为基督教受过迫害，而是因为一神教能适应人间封建大一统的社会制度与政治制度的要求；而巫术信仰适应的是诸侯林立的城邦制社会与政治制度。基督教之能最终得势，关键在于与专制统治者能够互为一体。基督教教义符合专制集权的要求。人间只有一个皇帝，天上当然只能有一个神；反之亦如是，天上只有一个神，人间当然也只能有一个皇帝。作为基督徒的将士们，支持君士坦丁大帝建立了家天下制度，君士坦丁大帝规定基督教成为国教。基督教胜利的具体历史进程，如此而已。至于信仰，并非只有基督教才有信仰，巫术同样讲究信仰。把信仰当作真理，就此而言，基督教信仰与巫术信仰本质上并无多大差异，只不过一个信仰多神，一个信仰一神，但同样都是把神作为真理的象征或者化身。

再就具体内容而言，安东尼欧和阿桑那修斯对希腊古典文化仍处于一知半解的程度。第一，他们把巫术信仰和希腊哲学混为一谈了。希腊哲学恰恰是解构巫术信仰的利器；否则，古希腊当权者也不会以"不敬神"的罪名处死苏格拉底，后又逼得亚里士多德避地而居了。第二，他们把古希腊晚期乃至希腊化时期的智者学派、诡辩学派，跟以苏格拉底、柏拉图以及亚里士多德为代表的希腊哲学混为一谈了；所以，把对智者学派、诡辩学派的批判，转而指向了希腊哲学。其实，他们并不懂得，希腊哲学是哲学，是宇宙观；而智者学说以及诡辩学说只不过是一种辩论技巧。所以，平心而论，安东尼欧对希腊智者们的发难，并没有多少站得住脚的依据。这与 4 世纪基督教刚刚取得思想界统治地位，而又对人类思想史没有多少知识有关。所以，把信仰与逻辑推理对立起来，而且极力反对和贬低逻辑推理，也可以说，贬低理性智慧。

这部作品说，安东尼欧最终胜利了。但是，可以说，直到当今世界，这场公案并非就此结束。就历史情况而言，历代集权统治者都希望草根小民只有信仰，而不懂得逻辑推理，更不要去讲理性智慧。因为一讲理性，一讲逻辑，专制集权制度便有许多不能自圆其说之处。民可使由之，不可使知之也。

但这是一种误解导致的。这种误解就是把信仰与逻辑智慧对立起来，有信仰就不能讲逻辑智慧，讲逻辑智慧就是没有信仰。其实，信仰与逻辑智慧并非天生是冤家；相反，它们是可以相辅相成的。没有逻辑智慧支持的信仰，只不过是盲信或者迷信，适于安东尼欧那样的教育水平很低的人群。但逻辑智慧若不能帮助人建立一种科学的信仰，那也是未尽自己的职责。逻辑智慧之所以重要，正在于它是帮助人类找到科学真理的必要手段和工具。逻辑智慧，加上实验实践，帮助人类找到科学的真理，并把这种真理作为一种科学的信仰，人类必能大踏步地前进。而这些都不是巫术巫师或者宗教神学家们所能理解所能接受的，因为他们还处在人类文化的前两个阶段，即巫术文化或者宗教文化阶段，而没有进入人类文化的科学阶段。

论述这些问题，似乎离文学史的要求远了一些；我们在此也不是要求安东尼欧和阿桑那修斯能够了解现代科学知识。我们在此处谈论这些问题，只是想指出安东尼欧和阿桑那修斯所处的思想水平高度，而给他们一个适当的评价，也是给这部《圣安东尼传》一个适当的评价，能够比较恰当地确定拜占庭文学起步时的高度。

第三节　第一位融个性于神学的拜占庭诗文大师

纳齐安泽诺斯人格列高利奥斯（Γρηγόριος ὁ Ναζιανζηνός，329—390 年）

是4世纪君士坦丁堡主教，人称
神学家格列高利奥斯，被基督教
会按立为圣人。格列高利奥斯拥
有希腊血统，出生于卡帕多基亚
（Καππαδοκία）西南部靠近纳齐安
泽诺斯的阿丽安村。他的父母都
是很富有的地主。公元325年，
他母亲让他父亲皈依了基督教。
后来，年轻的格列高利奥斯和他
的兄弟先在家里师从他们的伯父，
而后又去纳齐安泽诺斯、雅典等
地学习高级修辞学和哲学。他曾
在雅典师从著名修辞学家希麦利
奥斯学习十年。在去雅典的船上，
遇到了暴风雨，惊慌失措之余，
他向上帝祈祷许愿，若能让他安
全抵达，他将奉献一生服务于上
帝。361年，他回到纳齐安泽诺
斯，并被任命为宗教领袖。他发
现当地教会的分裂现象，通过社
交努力和演说使分歧得以消除。

神学家格列高利奥斯

　　当时的统治者尤利安诺斯在
位期间，曾公开反对基督教。格
列高利奥斯反对尤利安诺斯，因此备受迫害。所幸的是，由于波斯帝国的入
侵，据说尤利安诺斯战伤而死，而新皇帝瑟奥多修斯一世是位虔诚的基督徒
和教会支持者。格列高利奥斯得以转危为安。他一生大部分时间致力于反对
阿雷奥斯派异端邪说。372年，他返回家乡纳齐安泽诺斯，辅助其父亲管理

教区，正是在这里发布了他最著名的演说。379 年，经朋友举荐，格列高利奥斯来到君士坦丁堡，领导战胜其他基督教派的神学运动。他把堂妹提供给他个人的别墅改做了教堂，命名为阿纳斯塔霞（Αναστασία，复活，意即"复兴信仰之处"）①。在这座小教堂里，他发表了很多论文和演说，阐述"三身一质"学说的实质和神力的统一性等。格列高利奥斯的布道吸引了大量民众，同时也激怒了他的反对者阿雷奥斯派教徒。他们冲入教堂，杀害了另一位主教并刺伤了格列高利奥斯。瑟奥多修斯一世处置了这些人后，格列高利奥斯才接着被任命为君士坦丁堡的主教。瑟奥多修斯一世想统一宗教以便统一政权，格列高利奥斯也希望统一基督教。因此，格列高利奥斯被任命为更高的宗主教，但是遭到反对，接着他提出辞呈，并发表了一系列最后的演讲。回到家乡后，他又做了纳齐安泽诺斯的主教。尽管身患疾病，他依然与当地的异端做斗争。此后，他开始编写自传体诗集。到 383 年底，他身体虚弱到无法担任主教一职，任命继任人后，便卸任回到自己家乡，与世隔绝，度过了一段平静独处的时光，于 390 年 1 月 25 日逝世。

格列高利奥斯过世前 6 年，创作了大量的传世诗作，包括约 2000 行珍贵的自传体诗，以及 100 首关于他生病时遭受身体和精神困扰的诗。格列高利奥斯过世后，其侄子成为遗著保管人，保存和编辑了他的很多作品。他的表弟于 391 年出版了他的作品。

关于他的作品的数量，一说达几千篇，如果按此推算，那么他的大部分作品都没能保存下来。流传至今的包括演说 45 篇，书信 243 篇，诗歌 507 首，还有 1 部著作权存疑的戏剧《基督受难》。各种语言的译本更是数量有限，充其量分别也只有几十篇，主要是演说稿和书信。其作品失传的主要原因不只是时间久远，也由于很多是口头述说，而非文字记载。

格列高利奥斯的作品主要是神学、诗作、演讲和散文书信。其中，神学方面的影响最深远，以至于他的神学著作中的很多理论，特别是"三身一

---

① 参见 *Vita Sancti Gregorii Theologi § CXXVI*, PG. T. XXXV, col.214。

质"学说，在现代神学中仍有重要影响。

无论在格列高利奥斯当时还是后代，他都被看作首要的基督教演说家。他传世的45篇演说，内容涉及神学、道德、圣徒、英杰、工作、政治、宗教节日庆典等。具体而言，神学演说有36篇，其中神学原理5篇，神学方法1篇，抨击异端2篇，赞颂圣徒与英杰、阐释宗教节日意义等28篇。神学演说之外，还有道德演说3篇，涉及一般道德原理、怜悯穷人、婚姻不可分离等内容；政治演说3篇，主要谈论和平；自然现象和日常生活2篇，讲到冰雹等；告别君士坦丁堡的1篇，则总结了他在首都的工作与生活。

其代表作《抨击尤利安诺斯》2篇，创作于362—363年期间。尤利安诺斯是当时的皇帝，公开支持恢复多神教文化。所以格列高利奥斯著书立说，捍卫基督教，猛烈抨击尤利安诺斯。他剖析了尤利安诺斯非常阴暗的性格特质，分析尤利安诺斯想在耶路撒冷建造多神教庙宇而失败的原因，探讨尤利安诺斯发动反波斯战争的历史。同时，格列高利奥斯论证了上帝的公正，以及上帝在精神和神秘两方面的一体性，阐述基督教将要用爱和忍耐来征服一些不完美的统治者，而这一征服过程就是神明向公众显化的过程。此外，格列高利奥斯还提出用循循善诱的方式教育大众去信任上帝的神圣信条。[1]

格列高利奥斯被按立为神学家，主要在于他的"神学五书"。这是他于380年在君士坦丁堡做的演讲，用"三身一质"的原理驳斥马其顿等地异教徒。

第一和第二篇演说，解释上帝的存在、性质等，以便人类有限的智力能理解领会。他论证了两个原则，一篇用优美的语言，鼓励劝导信仰上帝的人过一种超于自然的生活；另一篇致力于研究远离原罪的纯净的心灵。第三、第四篇主要反对异教徒华而不实、似是而非的论断，并引用圣经中的内容来阐明圣子所具有的圣父的神性。其中第三篇《论圣子》为捍卫"三身一质"原理而作，论证上帝的本源的一致性原则，即，圣子和圣灵外在的存在是延

---

[1] Γρηγόριος Ναζιανζηνός, *Κατά Ιουλιανον βασιχέως στηλιτευτικος δεύτερος*, PG. T. XXXV, col.532–665, 666–720.

续，而其本源是圣父。第四篇主题相同，以基督教原始文献为依据，阐述基督的神性和人性。最后的第五篇同样阐述和证明了圣灵的神性和特质，直接抨击马其顿的异端邪说，因为那种理论否认了圣灵的神圣性。第五篇也有部分是反对另一种异端邪说，即把"三身一质"的内涵，削减为只有不具人格的圣父。格列高利奥斯认为，圣灵并不显现在雕塑或隐晦的只言片语之中，真正伟大的真理，是逐渐显示在圣子的启示中。

我们在绪论和第一章的相关地方曾指出，格列高利奥斯在文学史上的突出贡献，就是把追求静美的诗人个性融入基督教的共同信仰之中，创造了最早的个性鲜明的基督教诗文，卓然独立于 4 世纪的拜占庭文坛。且看他的神学五书的第五篇《论圣灵》中的一段文字：

> 圣父是照耀一切来到世上之人的真光，圣子是照耀一切来到世上之人的真光，另一位葆傅也是照耀一切来到世上之人的真光。原本就是，原本就是，而且原本就是一回事。光重现三次，但是同一道光，同一个神。这就是大卫王久久以前一再对自己说的"在你的光里，我们将见到光"。现在我们既看到了，也简明扼要地宣布为三一之神的信条。领悟了光（圣父）、光（圣子）在光（圣灵）中。拒绝它者，让他拒绝去；造罪孽者，让他造罪孽去。我们宣告我们所领悟的。我们将登上一座高山，如果下面听不到我们［的声音］，我们就舒啸；我们崇拜圣灵；我们不会害怕；或者说，我们若怕了，就保持沉默，而不宣告。①

---

① Γρηγόριος Ναζιανζηνός, *Λογος ΛΑ´ Θεολογικός Πέμπτος* Β: *Περί Τοῦ Αγίου Πνεύματος*, PG. T. XXXVI, col.136R；参见 NPNf207, p.641。又按："光"之典出自《约翰福音》1：9 "那光是真光，照亮一切生在世上的人"；以及《诗篇》36：9 "因为在你那里，有生命的源头。在你的光中、我们必得见光"。"罪孽"典出《以赛亚书》21：2 "令人凄惨的异象，已默示于我。诡诈的行诡诈，毁灭的行毁灭。以拦哪，你要上去；玛代阿，你要围困。主说，我使一切叹息止住"。"舒啸"典出《以赛亚书》40：9 "报好信息给锡安的阿，你要登高山；报好信息给耶路撒冷的阿，你要极力扬声。扬声不要惧怕，对犹大的城邑说，看哪：你们的神"。

玄而又玄的"三身一质"原理，他喻之以光，居然浅显而恰切。休说"光"出现三次，就是累千万次，也依然是光。如此援喻，真是贩夫走卒、老妪能解。但这并不妨碍其出处之神圣，寓意之高深。盖"光中见光"，竟出自《圣经·诗篇》。圣父虽然创造万物，但并不与"存在"为伍，而运行于世间万物者，乃是圣灵。米开朗琪罗之《创造亚当》，谓圣父以指点醒亚当，有如中土武侠小说之传功。其间所灌注传输者，便是圣父之灵，也就是圣灵。人类乃由圣灵而知圣父，此即"光中见光"之理。熔高深与浅显于一炉，堪称文章妙手。而开始就是几个重复句，不仅符合"三一"用三之理，而且颇得诗家一唱三叹之趣。语气虽显几分固执，但也透出几分天真，正所谓"童心未灭"。格列高利奥斯之静中有动、动中有静的个性，也于此见之。

他的道德演说，包括告别君士坦丁堡的演讲是为辞职而作的，内容主要是阐明自己被任命以后辞职，然后又重新就任的动机。他提到渴望退休，但主要是强调神职工作责任重大、困难和危险重重，而自己心中却没有价值感。他说自己之所以重返岗位，原因很多，包括听众对他的尊重、年迈双亲对他的关怀，以及担心使父亲对他的期望和祝福落空。

由于青年时代在修辞学校受过良好的培训，他诚恳忠实的表达能力甚至超越了他卓越的老师。他的天性中没有丝毫的华而不实和自吹自擂，不过他也坦率地承认，他意识到自己非凡的演说天才，并庆幸自己青年时期就能充分培养这种天分。格列高利奥斯被视为基督教辩论的先锋之一。他的演说风格一直受古典大师影响，高贵典雅，持久不变，极富逻辑性，说服的方式刚柔并济，既有犀利的批判、辛辣的讽刺、直接的棒喝，也能层层递进，娓娓道来，深情款款。有时醍醐灌顶，有时又使人如沐春风。他推理的方式，很多都是引用经文，同时又能设身处地，循循善诱，开导和启示听众。

因此，他的作品在当时能打动很多教养良好并喜欢挑剔的公众，能留给人深刻的印象。遗憾的是，他在广泛的不同场合所做的演讲，保留下来的不多。不过，传世之作也都足以展现他高超的演讲水平。当然，他的演说也难免瑕疵，有时偏离话题，过度修饰和对比，有时比喻牵强，偶尔还有恶言谩骂等。但总的来说,优点更胜。任何读到他演讲的人,无不被其纯正的希腊语和高雅的措辞所打动,更不用说其中蕴含丰富的想象力、清晰敏锐的思想、炽热的热情和透明的真诚的意图。这正是他的演说非凡之处。他在一篇演说中谈到自己对信仰的追求时说:

> 没有什么比得上我的追求,那就是,关闭我的感觉之门,摆脱聚之于我的肉体和世界,除了绝对必要之外,与人间事息交绝游,只跟自己和神对语,超然生活于可见事物之上,永葆自身神圣印象之纯洁,不掺杂这低级世界的错误象征,一直而且不断地成长,越来越成为神以及神圣事物真正无瑕的镜子,犹如光加入光,使依旧黑暗的事物更加明朗,愉悦于祝福未来世界的希望,偕天使以遨游,甚至当下就遗世而飞升,依圣灵而驻足高天。[①]

格列高利奥斯的这段话,令人想起中土两位高士在十余年后,以及七百余年后所说的话:

> 悟已往之不谏,知来者之可追。实迷途其未远,觉今是而昨非……归去来兮,请息交以绝游。世与我而相违,复驾言兮焉求?

> 浩浩乎如冯虚御风,而不知其所止;飘飘乎如遗世而独立,羽化而登仙。[②]

东西大哲都有遗世独立之志,文辞之优美讲究,也有同声相应同气相求之

---

① Γρηγόριος Ναζιανζηνός, Λογος Β' Τον αύτον άπολογητικός τής είς τὸν Πόντον φυγής ἕνεκεν, καῖ αύθις έπανόδου έκείθεν, μετά τήν τον πρεσβυτέρου χειροτονίαν, έν φ τί τό τής Ιερωσύνης έπάγγελμα Ζ', PG. T. XXXV, col.413.L–416.R. 又按:"与神对语"典出《新约·哥林多前书》14: 28 "(方言)若没有人翻(译),就当在会中闭口,只对自己和神说,就是了"。
② 陶渊明:《归去来兮辞》,406 年;苏轼:《前赤壁赋》,1082 年。

味。谁说人类没有共同的审美情趣？其间稍有不同者，格列高利奥斯归于圣父之圣灵，而陶渊明与苏轼则追求庄生之逍遥。

格列高利奥斯的神学演说，思想高深而清晰。对这些卓越的作品，德裔美籍学者鲍尔·提利赫（Paul Tillich，1886—1965 年）说，纳齐安泽诺斯的格列高利奥斯"为三一学说创造了确定不移的公式"，总结并终结了整个世纪的论战。其作品的价值和力量在于，后世神学家可以提取其中的智慧宝藏，来阐明和支持他们的宗教深层的神秘性。[①]

而其道德演说，情感真诚，娓娓动人。几乎没有哪一种译文能望其项背，更遑论其表达的美感。最典型的莫过于 379 年他为终身的挚友大巴西雷奥斯逝世所作的悼词。这篇悼词规模宏大，气势宏伟，长达 82 节，不啻数万言，在世界悼词散文中，可谓独树一帜。全文主旨当然是颂扬逝者精神世界之崇高圣洁，但行文所及则包罗万象。其中有对自己能力的自谦，也有对自己责任的自重；有对逝者家族史乃至一般历史的追溯，如说大巴西雷奥斯之先祖为逃避罗马皇帝马克西米努斯（Gaius Iulius Verus Maximinus Augustus，约 173—238 年）之迫害而举家遁入深山，也有对儿童教育的思考，比如他讲到大巴西雷奥斯的父亲对自己的儿子的教育：

> 我们杰出的朋友受到了教育：不是吹嘘一个塞萨利安山洞作为他的美德作坊，也不是吹嘘当时英雄们的导师，那个吹牛的半人马；更不用这种学费去学习射杀野兔，追捕小鹿，或者猎杀雄鹿，或者擅长争战，或者冲击小马阵，还把同一个人同时用作老师和坐骑；他也没有用雄鹿和雄狮的顶级骨髓作滋养；他接受的是普通教育，实践敬拜上帝，说话简明扼要，导向未来的完美。[②]

---

① Paul Tillich, *A History of Christian Thought*, New York: Simon and Schuster, 1968, p.76.

② Γρηγόριος Ναζιανζηνός, *Λογος ΜΓ΄, Εις Τόν Μέγαν Βασίλειον, Ἐπίσκοπον Καισαρείας Καππαδοκιας*, PG. T. XXXVI, col. 509. L. A–B. 按：希腊神话众多英雄的导师都是半人半马的卡戎，它既是导师，又是学生的坐骑，实在不伦不类，故格列高利奥斯顺便揶揄几句。

不用说在格列高利奥斯生活的当年，就是千载之下，人类许多地方的"教育"，仍是以培养野蛮的动物性为主，灌输仇恨的观念，训练杀戮的技巧，讲究以死者的血肉器官作滋补。格列高利奥斯则强调，大巴西雷奥斯受的教育，就是普通的教育，也就是正常人应受的教育，追求的是人性趋向神性的完美，训练的是与人交往的说话逻辑。两相对比，孰文孰野，对于后世人，未尝没有参考价值。

这篇悼词中还讲到雅典青年学子的风气：

> 每当有新人到达，并且，无论是强迫还是自愿，最终都会落入猎捕他的人手中。他们奉行一套阿提克法律，半认真半恶作剧。他首先被带到第一个接受他的人的房间。此人或是他的朋友，或是亲戚，或是老乡，或是诡辩名家，或是证件买办，这种人因此在他们中间特别受尊重。他们的回报就取决于搜罗信徒。然后，新来者就要接受任何一个人的作弄，我猜想，这样做的目的，是给新人来个下马威，把他立马抓在手中。这种作弄，或是比较粗野，或是稍微精致，视作弄者的粗鲁或者文雅而定。这种演戏，对不了解的人来说，似乎非常可怕和野蛮；但对有经验的人而言，却颇为愉快和幽默：因为其中的威胁，是佯装多于真实。接下来，他在一场游行中，通过市场，被送到澡堂。游行队伍由年轻人中指定的人组成，他们分成两行，相隔一定距离，在他前面开道。但接近澡堂时，他们便会大声叫嚣，疯狂舞蹈，像着魔似的，吼叫着说他们不该前进，而要停下来，因为澡堂不接受他们。同时疯狂地敲门来吓唬这年轻人。然后才允许他进去，还他自由，并且在洗澡后平等地接待他，算是他们中的一员。①

---

① *Λογος ΜΓ΄, Εις Τὸν Μέγαν Βασίλειον, Ἐπίσκοπον Καισαρείας Καππαδοκιας*, PG. T. XXXVI, col.516-517.

看来，人类青年学子的恶作剧与集会结社，竟是千余年前希腊人的创举。这让格列高利奥斯的这篇悼词颇具民俗学的价值。不过，他写这些，目的不在炫耀自己杂学旁收，而是为了突出自己已逝挚友的人品学识的出众，以及两人深沉的友谊：

> 但这一次，我不仅拒绝让我的朋友伟大的巴西雷奥斯受辱，而且，出于尊敬他性格的稳重和理性能力的成熟，我还劝告其他不熟悉他的学生也这样尊重他。由于一开始他就受到他们大多数人的尊敬，他的名声也先他而至，结果，他成为第一个打破一般规矩的人，被赋予新来者的地位所未有的荣誉。①

所以，尽管这篇悼词几乎包罗当时社会万象，但并不妨碍处处突出大巴西雷奥斯的精神世界之崇高，而且，可以说，一篇悼词中融入那么多社会历史，正是为了或是丰富，或是升华逝者的精神内涵。孔尚任说，中心之于写作，须如龙护珠，虽千变万化而须臾不离左右。②移之于评价格列高利奥斯这篇悼词，应该是可以的。

格列高利奥斯时代，书信是精美的文学作品。所有传世之作都完整而卓越。格列高利奥斯更对书信写作提出了三条原则，被书信作家们奉为圭臬，我们在本章第一节已做了介绍。他的书信有 243 篇保存下来，其内容清晰、简洁并能振奋人心。其中一些是关于当时的神学问题的，也有写给他的继任人的。然而，大部分都是写给私人朋友的，有时是安慰、祝福、推荐，有时讨论普遍感兴趣的话题。这些书信都发自内心，非常诚恳真实。有些书信堪称完美的典范：简短、清晰、字斟句酌，又很机智、深邃、诙谐、尖锐，并充满深情。

---

① *Λογος ΜΓʹ, Εις Τόν Μέγαν Βασιλειον, Ἐπίσκοπον Καισαρείας Καππαδοκιας*, PG. T. XXXVI, col.516–517.

② 参见孔尚任著，王季思注：《桃花扇·凡例》，人民文学出版社 1982 年版，第 11 页。

他的神职人员朋友瑟欧瑟比亚（Θεοσεβίαν，4 世纪）女士过世，他听到噩耗后，在给一位友人的信中表示了哀悼：

> 瑟欧瑟比亚，你不仅是教堂的荣耀、上帝的装饰、这代人的拯救者，也是同胞中最灿烂、最耀眼的集美于一身者。你是牧师最圣洁的伙伴，拥有等同于圣事的荣耀和价值。未来将应该把你镌刻在不朽的柱子上和所有认识你或将要认识你的人的灵魂之上。大家将来也不要因为我经常提到她的名字而惊奇，因为我总是会充满喜悦地缅怀她。言短情长，就让这成为我献给她的墓志铭吧，也成为我对你们的安慰吧，虽然诸位很擅长用你们自己的哲学方式安抚他人。[①]

赞美和缅怀是贯穿这封信的主线，而赞美的态度是诚恳和圣洁的，时间跨度不仅涉及过去和现在，也涉及将来。对逝者个人的赞美极有分寸，且无疑又与上帝及圣职分不开。于是，使人不仅体会到逝者的圣洁，钦佩他的遣词造句，更被他真挚的情感所打动，确实体现了他的书信三原则：长短得宜，词语清晰，音节悦耳。

有些评论家把格列高利奥斯的诗排在他所有作品之首，认为他作为东方基督教诗人，超越了他作为教父本身的影响。格列高利奥斯创作了自传体诗、讽刺诗、墓志铭等。他晚年以诗歌自娱，而不只限于宗教主题。他的作品不少是诗意的习作，同一题材可以化为变化多端的诗。

据说，格列高利奥斯的诗有 3000 多首，其中大部分都失传了。传世之诗总共有 507 篇，长短各异。尽管其中还有许多不尽如人意之处，但这些诗都能展示出他真实的诗意的情感，甚至有时能升华为纯粹的美感。若按内容划分，其中 38 篇说宗教教条，阐述"三身一质"、上帝造物、天使和人类、

---

① Γρηγόριος Ναζιανζηνός, *Επιστολα.ΡϟΖ' Γρηγόριω Τω Νυσσης*, PG. T. XXXVII, col.324.R. A–B.

人类堕落、摩西十诫、圣人、道成肉身、主的奇迹与预言等。40 篇是有关道德的。206 篇是有关历史和自传的。129 篇是怀旧或悼词，短小精悍。还有 94 篇是讽刺短诗。

格列高利奥斯终生都是大巴西雷奥斯的密友和同仁。但与咄咄逼人的政论家大巴西雷奥斯不同，格列高利奥斯是性情中人，常常自我内省。他把大巴西雷奥斯看成支柱和导师，经常盲目服从，但是，当这位朋友太过专横时，他又会感到孤立无援，心情抑郁。两人的文学创作同样泾渭分明。对大巴西雷奥斯而言，写作只是一种目的明确、影响他人的手段。而对于格列高利奥斯而言，写作则是表现自己生活的乐趣。他首先是位文学家，骨子里都是文学家。大巴西雷奥斯最强有力的篇章都是布道宣传，而格列高利奥斯最强有力的篇章则带有忏悔性。这位卡帕多基亚的圣人的抒情诗，便常常充满沉重的、朦胧的、没有答案的疑问：

> 我是谁？我从哪里来？要到哪里去？我不知道。
> 我也找不到一个能使我明白的人。[①]

顺便提一句，关于人生三问题，大家只能认定是古希腊学者提出的。但到底是谁提出的，至今已无可考。不过，大概可以说，现今有据可查的书面表达，第一次是在格列高利奥斯这首沉思的诗里。

他的一系列铭体诗，情感深沉，充满对亲友的怀念，包括怀念他的父亲和虔诚的母亲农娜。且看他对父母的怀念：

题父亲墓

> 达到人寿极限，百岁高龄，

[①] Γρηγόριος Ναζιανζηνός, *Περί τῆς ἀνθρωπίνης φύσεως*, PG. T. XXXVII, col.755–756.A；参见 EΠE.74, *Γρηγορίου τοῦ Θεολόγου Ἀπάντα Τα Ἔργα 9*, σ.230。

（四十岁便是神职年纪）

上帝娴于辞令的好仆人，

我，格列高利，骸骨在此安宁，

灵魂则振翅飞向神。辅祭们哟，

快唱着歌来吧，光荣属于坟茔。

母亲墓志铭

"农娜，菲塔提奥斯之女。""逝于何处？""教堂里。""如何逝世的？""祈祷之中。""多大年纪？""活到了白头。""哦，一生美满，神佑善终！"[1]

两首诗都以口语体写出。父亲的是夫子自道，母亲的则是在天堂报到的问答。对于人皆畏惧的死亡，非但没有丝毫害怕，反而有归家的喜悦。这是何等彻悟的生死观。尤其对自己的一生献身于为神服务，更有一种愉悦的自豪，比人间所谓"看淡生死"更要高出一层！而语气之逼真与简洁，更是铭体诗的当行本色。

因此，这些诗歌很近似他的诗体自传。《论我的生命》这首诗以饶舌多话闻名，但真诚而从容不迫。可以说，这首长诗以及另外两首《论我的命运》和《论我的痛苦》都是自我心理探索，达到了奥古斯丁的《忏悔录》中那种自我解剖的文化高度，堪称基督教忏悔文学中里程碑式的作品。

基督颂歌《君王，君王，祂永垂不朽》则是另一种气象，显出卓越的非个体性，并进行了修辞探索。这里尤其值得注意的，是格列高利奥斯创造的一种诗艺，即如何用诗歌表述抽象的概念。按照基督教教义，上帝是超越一

---

[1] 分别见 PG. T. XXXVIII, col.38–39 和 PG. T. XXXVIII, col.60。

切具体存在的"超存在"。这"超存在"是一切具象存在所不可企及的，因而也是一切具象存在所不能表述的。那么，对于上帝的化身的基督，如何才能用人类的诗歌语言加以歌颂呢？这是古希腊和罗马诗人所未碰到的，因而也是未曾解决的艺术问题。但这个问题被格列高利奥斯解决了。他解决这问题的灵感，大概源于伪狄奥尼修斯的神性表述原理，即肯定的表述与否定的表述。肯定的表述，又可采取间接的正面烘托，以神之造物肯定"神是什么"。这首诗赞美基督就用了这样的方法，即通过造物歌颂造物主，而圣子基督就是造物主：

> 我们的歌咏经由你，
>
> 天国的合唱经由你，
>
> 时间的流水经由你，
>
> 太阳的光辉经由你，
>
> 月亮的欢乐经由你，
>
> 星辰的光彩经由你，
>
> 逝者的飞升经由你。

诗中的"我们、天国、时间、太阳、月亮、星辰、流水、歌咏、生者与逝者"，都是上帝的造物，而这些造物都必须经由基督才成其为造物，才有了存在的意义。这样，就由造物肯定造物主，由具象美烘托绝对美，这就是通过肯定的思辨与抽象，歌颂了本来似乎无法歌颂的"超存在"。至于否定的表述，则是通过"神非什么"而让人领悟"神是什么"。当然，要说"神非什么"，也不是就用最简单的陈述句，也可以兼用对比、联想等。赞美基督的这首诗同样做到了：

> 光荣啊，三身一质，
>
> 先天而成，珍藏心底，

> 既无肇始，亦无终极，
>
> 不可言传，不可领悟，
>
> 智慧顶峰，神秘无底，
>
> 既无起点，亦无边际，
>
> 宇宙之核心，
>
> 光荣啊！凡眼追踪不到你
>
> 你却洞察一切深邃——
>
> 穿透一切，到达一切——
>
> 无论无底的黑暗，或是天庭的顶峰。①

神无始无终，无中无边，先天而成，无可领悟，非万物所能及……也就是说，"神非种种有限"，由此而让人领悟到"神之无限"，通过彻底的否定，达到彻底的肯定。这既是一种哲学思维方式，也是一种前无古人的诗歌艺术。

至于他的诗歌中对"静美"的追求，可说最早体现出拜占庭文学的审美方向。这在本章的概述中已有论及，这里就不重复了。

最后，格列高利奥斯还有另一种诗才，那就是讽刺乃至怒骂。有位名叫马克西莫斯的宗教哲学冒险家，曾一度获得格列高利奥斯的信任，后来背叛了，当上反卡帕多基亚三杰的敌人手中的工具。这篇咒骂诗用了地道的古代修辞，带有一种像"手势"一样的语言气势，直指其人。比如他用明显的双行对比，揭露此人表里相悖：

> 领袖人物、导师、主教——
>
> 全都无须劳动，无须汗水，无须学识！

---

① Γρηγόριος Ναζιανζηνός, Ὕμνος πρός Θεόν, PG. T. XXXVII, col.508–510.

形式的叠用增强了语言的气势，直面的质疑也更表现出作者刚直不阿的
态度：

　　懦者也会勇敢，我们也会愤怒！
　　难道黑老大真的会兴风作浪，就不许我们勇敢做人？ ①

因为义正词严，所以，嬉笑怒骂，皆成文章！公元4世纪，是拜占庭文学奠
基的时期。但拜占庭文学的奠基过程，不同于其他时代的文学。其他时代的
文学奠基，往往从诗歌开始。而拜占庭文学奠基时，却是从散文开始。具体
而言，是从史书和宗教文章开始。4世纪的拜占庭能诗者不多，以诗鸣者更
少。就在这样的文学背景下，格列高利奥斯却以其诗歌创作独树一帜，成为
4世纪独一无二的大诗人。这是弥足珍贵的。

　　格列高利奥斯被基督教会尊为早期三圣人（还有恺撒利亚的大巴西雷奥
斯以及金口约安尼斯）之一。他在希腊和拉丁语教父中对"三身一质"理论
的形成发挥了举足轻重的作用。在早期教会中，他又是一个成功的布道者和
演说家、宗教领域公认的领袖。

　　格列高利奥斯一生都面临着两难选择：到底是成为修辞学家还是哲学
家？修道院的生活是否比政府部门更适合自己？走自己的道路还是要追随父
亲和好友建议的事业？他的作品表现了这些困扰，既折磨了他，也激励了
他。传记家们也认为，正是这种困扰塑造了他的风格，并激发他去探寻真
理。格列高利奥斯的作品传诵在整个帝国，因而深深影响了神学界的思想。
431年，他的演讲被基督教会誉为最有权威性的布道。到451年，他被尊为
神学家。

　　如果就文学而言，或许没有任何一位教父的作品可以比格列高利奥斯的
数量更多。不管是当时还是后来，他都被公认为教父时代造诣极高的修辞学

---

① 　Γρηγόριος Ναζιανζηνός, *Πρός Μάξιμον*, PG. T. XXXVII, col.1339.L.–1340.R. A–B.

文体家。作为经过正统训练的演说家和哲学家，他把希腊风格注入早期的教堂中，树立了拜占庭神学家和教会官员应当遵循的范例。他精美、圣灵的作品中所体现出的宗教文学的卓越，对后世有无可替代的影响。

第四节　隐修主义短篇故事集的开山之作

4—5 世纪，埃及在基督教世界受到特殊的尊敬，被视为圣地。金口约安尼斯曾说，少年时代的耶稣，其实应该被送往埃及，以避免希律王的迫害。巴勒斯坦迫害耶稣，埃及则会接受耶稣。[①] 这道出了埃及在教会发展过程中所占的地位。这块土地昔日虽然摧残过以色列儿童，顶戴过法老，崇拜过猫，却注定要比其他地方对基督更热切。埃及是隐修主义的故乡。隐修生活源于古埃及的宗教形式，接受过希腊文明中犬儒主义学派的苦行主义生活态度，最终在基督教反身自省精神影响下，获得了新生。它的城市和荒原住着成群结队的圣者，他们过着天使般纯洁朴素的生活。其中尤其值得这块土地夸耀的，是使徒之后最伟大的圣者安东尼欧。最早一批隐修团体产生于 3、4 世纪之交。在尼罗河右岸，圣安东尼欧于 305 年为隐修士们立下了规矩。后来不久，在左岸尼特利亚（Nitria）荒原产生了希克赛特（科普特语 ШiϨHT，希腊语 Σκῆτις）修道院。这个名字，埃及语义为"心之度量"，反映了法老时代埃及神话概念，希腊人读如斯库托斯"Σκῦτος"或"Σκῆτις"，原意为皮帐篷，因为初期隐修者没有房屋，住在皮帐篷中，后引申为隐修所。基督教的国教地位确立以后，隐修主义盛极一时。在尼罗河三角洲左岸，有三个隐修主义中心，即尼特利亚、克利翁（κελλίον）和斯凯提斯（Σκῆτις）。以埃及为榜样，巴勒斯坦、小亚细亚、巴比伦和阿拉伯地区也建立起一些隐修团体。当时的人们都希望细致了解埃及苦行者的活动。香客们从四面八方去那里朝圣，有些人还把自己的见闻写下来。这些作品可以

---

① Ἰωάννης ὁ Χρυσόστομος, *in Matt. Hom.* viii, PG. T. LVII, col.85–86.

克利翁（隐修巢群）

侧身早期基督教最引人入胜的文献之列。帕拉狄奥斯的《劳萨纪》堪称其中典型。

　　帕拉狄奥斯不是埃及人。他出生在小亚细亚的加拉提亚（Γαλατία），约386 年或者稍后一些，即刚过成年，便决心献身于宗教。388 年，他来到亚历山大城。据他自己说，就像保罗去耶路撒冷见使徒彼得、约翰一样，他来埃及，也是为了见见自己心目中的圣人。在亚历山大城期间，他受到教堂医院禁欲主义牧师伊希窦罗斯（Ἰσίδωρος，360—449 年）的款待。伊希窦罗斯把他引见给一位名叫"窦罗瑟奥斯"（Δωρόθεος）的苦行僧，学习苦行生活，与僧侣、教堂教士和禁欲主义者等在一起，遇到阿雷奥斯等著名僧侣。他写道："现在，我花费了三年时间，在亚历山大城附近的寺庙里待了三年，周围居住着两千多最高贵和热情的人，然后我就离开去了尼特利亚。"[1] 大约在

---

① Παλλάδιος Ἑλενοπόλεως, Περὶ τῶν ἐν τῇ Νιτρίᾳ, Ἡ Πρός Λαῦζον ἱστορία, Κεφ. Ζ´, DCO, 0364-0430, col.1019.L. D.

390 年，他到了尼特利亚，一年后，来到荒漠中的克利翁。此地得名是因为有许多像蜂巢（κελλίον）一样的隐修小屋。他在这里度过了 9 年的时光，起初皈依马卡利奥斯。马卡利奥斯去世后，又转到叶瓦格利奥斯门下。后来，健康状况恶化，不得不去气候比较凉爽的巴勒斯坦养病。400 年，他被按立为比苏尼亚斯的海伦诺珀琉斯（Ἐλενοπόλεως τῆς Βιθυνίας）的主教。他的绰号"海伦诺珀琉斯人"也源于此。不久，他卷入围绕着君士坦丁堡宗主教圣约安尼斯·赫吕索斯托莫斯（金口约安尼斯）的冲突之中。他是拥护金口约安尼斯的，因此，在 403 年橡树宗教会议上，被指控为异端欧利根的信徒，被迫为自己辩护，404 年，被判处流放一年。405 年，他到罗马为金口约安尼斯辩护，他还去了坎帕尼亚，拿到了西罗马皇帝霍诺利乌斯（Honorius，384—423 年）支持金口约安尼斯的信。但在归途中，他被拘留在色雷斯（Θράηκ）。然后被流放到埃及南部的苏恩奈斯（Σνένης）和底比斯（Θηβαῖς）。正是在那里，他获得了埃及另一部分地区的第一手资料。412—413 年，在橄榄山（הַר הַזֵּיתִים；Har ha-Zeitim）的僧侣中小住一段时间后，金口约安尼斯复出，帕拉狄奥斯被指定为阿斯旁那（Aspuna）的主教。419—420 年，他应皇帝瑟奥多修斯二世（Θεοδόσιος II，401—450 年）内廷总管（praepositus sacri cubiculi）劳索斯（Λαῦσος，4 世纪后半叶—450 年）之请，写成他最大的作品《劳萨纪》。书名冠以"劳萨"，也就是感念劳索斯之意。另外，还有一部作品《谈谈赫吕索斯托莫斯》据说也是他写的。他在 420—430 年之间去世。

　　《劳萨纪，神圣有福的教父们的故事》写成后，据说在东方的僧侣中很流行。但第一次出版的是 16 世纪法国神学家艮田·赫乌图斯（Gentian Hervetus）的拉丁文译本；其后有荷兰古典学者约安尼斯·缪尔希乌斯（Johannes Meursius）1616 年出版的希腊文"简本"；以及 17 世纪法国神学家弗隆通公爵（Fronton du Duc）出版的"长本"。有些学者认为"简本"是真本，有的学者则认为"长本"是真本，莫衷一是。现行版本有"希腊教父丛书"、"大公教文献丛书"（*Documenta Catholica Omnia*）；英译本有 C. 巴特勒（C. Butler）的 *The Lausiac History of Palladius, I–II*（Cambrige, 1898, ed.

A. Robinson），以及 *Palladius The Lausiac History*（trans. WKL Clarke, London: SPCK, and NY: Macmillan, both 1918），还有俄国"基督生活"基金会（Фонд Христианская жизнь）出版的 *Палладий, еп. Лавсаик или повествование о жизни святых и блаженных отцов*（Каин, 2001）。英译本除作者序言外，包含71篇故事。俄译本则包含132篇故事，此外尚有作者序言、作者致劳索斯的信以及跋。

　　此书分上下两卷，上卷写下埃及隐修士；下卷写上埃及的隐修士。隐修士们的苦行生活，就是此书的主要内容。至于此书的主旨，作者说：

> 　　此书记录了住在荒原中的神圣有福的教父、僧侣和隐修士们善良的苦行以及神奇的生活方式，意在激起那些想实现天堂生活模式、踏上通往天国道路的人的尊敬和效法；也包含对一些女性嬷嬷和虔诚的母亲的回忆，她们以不让须眉的热情，承担起善良苦行的劳作，为希望戴上克制和纯洁桂冠的女性做出了榜样。[1]

也就是说，作者书写这些男男女女的隐修士们的苦行生活，意在通过对他们的赞美，引起人们的尊敬和效法，传播埃及基督教隐修士们的苦行主义。

　　但是，为什么要主张和践行这种苦行主义呢？这种苦行主义就是在后世的基督教徒中，也并未得到认同啊。这就要从他们所处的历史时代去考虑了。这些隐修士们生活在4—5世纪。当时，异教徒们已经把古代伟大的哲人们的理想忘诸脑后，及时行乐乃至生活腐化者，比比皆是。基督教由被迫害的"邪教"一下子成了"国教"，教会也未能摆脱"暴发户"的天性，难免"阔一把"。埃及的苦行主义者们就是为了抗议这种腐化堕落，而以身作则，在沙漠中的炎炎烈日下，过起苦行生活，艰苦到隐修女们也几年不洗澡，以表示对魔鬼的诱惑进行艰苦卓绝的斗争，而且希望把这样的精神，在

---

[1] *προοίμιον, Ἡ Πρός Λαύζον ἱστορία*, DCO, 0364–0430, col.995–996.

基督教经过几个世纪的黑暗压迫终于能抬起头来之时，传给后代。

当然，从目的与手段的关系说，苦行主义并非目的，而只是手段，坚定信仰、净化灵魂的手段，而灵魂的净化，必以圣经所载为圭臬。因此，《劳萨纪》在记载人物的行为，安排故事的结构时，经常与圣经的记载相呼应。这与阿桑那修斯的《教父安东尼欧生平与日常生活》如出一辙。且看亚历山大的马卡利奥斯的故事：

> 有一次，他决定去瞻仰法老时代两位贤士闫诺（Ιαννου）和颜布娄（Ιαμβρου）的陵园……拿了一束芦苇，每隔一里，就插一根作为标志，以便回来时能找到路。这样走了将近9天，接近了目的地。这时，那经常跟基督的勇士捣乱的魔鬼，把所有的芦苇收集起来，等他离陵园一里地睡着的时候，放在他头边。他醒来时，发现这些芦苇，也许是上帝允许继续考验他，这样，他就无法相信芦苇了，但是，他相信那在荒野中引导了以色列人40年的云之柱。[①]

这里所说的"云之柱"，就源于《出埃及记》40：38："日间，耶和华的云彩在帐幕以上。夜间，云中有火，在以色列全家的眼前，在他们所行的路上。"也就是说，马卡利奥斯这段故事，目的是告诉读者，时时刻刻都要像摩西坚信耶和华一样坚信上帝。

另一个马卡利奥斯，即埃及的马卡利奥斯的故事（《劳萨纪》26）也是如此。这位人称"小马卡利奥斯"的教士，意外失手杀了人，心里害怕，躲到沙漠深处。就像《出埃及记》2：11—15所记，"后来，摩西长大，他出去到他弟兄那里，看他们的沉重负担，就见一个埃及人打希伯来人的一个弟兄。他左右观看，见没有人，就把埃及人打死了，藏在沙土里"。后来更逃往米甸避祸。摩西失手杀人，靠坚信耶和华得救。同样，只有相信主，才能

---

① *Ή Πρός Λαῦζον ιστορία*, Κεφ. ΙΘ΄, Κ΄, DCO, 0364–0430, col.1052.A–B.

转危为安。

　　不过，这样与圣经故事相呼应的情节，并不妨碍此书记载基本的、相对的真实性。一是因为这些隐修士的言行的确自觉地践行圣经的记载，或是按圣经的模子讲述自己的遭遇以及幻象；二是帕拉狄奥斯的记载绝大多数都来源于他亲自与这些人交往的所见所闻。他经常在字里行间声明，某件事是他亲眼所见或亲身所历，某件事又是他亲耳从某某人那里听来的。所以，从忠实于原始材料这个角度说，《劳萨纪》的书写可算真实的，虽然有些原始材料的确经过某些隐修士的幻想，已经变得匪夷所思。

　　从文体发展的角度说，《劳萨纪》可说是拜占庭文学史上第一部短篇故事集，比西欧薄伽丘的《十日谈》早了上千年。短篇故事是短篇小说的雏形，因此，也可以从短篇小说的角度来考察它的艺术成就和贡献。《劳萨纪》既是第一部短篇故事集，那么，筚路蓝缕之功当然不可没。而且，尽管此书只是这种文体的开山之作，却没有一般开山作品那样的幼稚或粗糙。相反，它在很多方面已达到相当成熟的境界。整部作品虽然由71个短篇构成，各自具有独立性，但不妨碍全书是一个有机整体。这有赖于以下三方面的原因。一是主旨的统一，即记载和赞颂隐修主义，这体现在对隐修士们共同的追求和相似的生活方式上；二是作者的亲见亲闻乃至亲历贯穿始终，时时有"真实"二字检验叙事的性质，告知读者；三是各个短篇当然各有其主，但有些人物却能穿插其间，使散见各处的珠玉连缀起来。大名鼎鼎的圣安东尼欧就是这样的人物。他或是作为救苦救难的圣人，或是作为隐修士们的精神导师，或是作为某些天赋神性极高者的反衬，活动于全书相关章节中，把隐居于埃及荒漠中一个个小"蜂巢（克利翁）"的隐修士们，结合成一个形散而神聚的整体。这样的处理手法，千余年之后被巴尔扎克用在他的"人间喜剧"之中，而为论者称赞。反观《劳萨纪》，作者未必通过理性的艺术思考，像巴尔扎克那样刻意为之，但正因其自然天籁所致，那么其艺术天分之高，更令人赞叹了。

　　短篇故事或者短篇小说，刻画人物性格，是必不可免的任务。《劳萨纪》

中的人物，虽然都是隐修士，坚信不疑、刻苦自励都是他们共同的当行本
色，但是，每一个人又性格迥异，鲍鲁斯的淳朴憨直、圣安东尼欧的机智应
对、尤洛基奥斯（εύλογίος）的行善苦恼、盲人狄都莫斯（Δίδυμος ό Τυφλός）
的自信执着，等等，让人在阅读之中绝无混同之感。而到了具体人物性格的
刻画，则显示出个性鲜明的效果，这有赖于作者选择典型事例时的苦心孤
诣。帕拉狄奥斯尤其善于选择最能表现人物性格的一两个事件，以平静的文
笔娓娓道来，就把一个鲜活人物呈现在读者面前。还是看一段描写亚历山大
的马卡利奥斯的文字吧：

> 一天清晨，他坐在小屋里，一只蚊子落在他脚上叮了他，喝
> 足了血，他感到疼，伸手把蚊子捏扁了。结果，他竟为此次报复而
> 自责，罚自己在斯克提斯荒原树丛中裸体六个月。那里的蚊子大如
> 黄蜂，甚至能咬穿野猪皮。他就这样一直忍受叮咬，浑身肿得让人
> 以为他患了象皮病。6个月后，他回到小屋，靠着声音才让人认出
> 他是马卡利奥斯。[1]

怎么样？这么一位圣者，这样的一心向善，这样的刻苦自励，常人听了必以
为"疯了"，但又不能不衷心钦佩他的意志坚强，他的艰苦卓绝。这些，都
通过无意间捏死一个蚊子，便以自虐而自我惩罚的故事，以短短几行文字写
出来，令人读后不忘。

有时，《劳萨纪》中还会以一击两响、反客为主之法去塑造人物。这方
面，《傻瓜鲍鲁斯》堪称典范。话说鲍鲁斯生性憨厚，年逾花甲，仍是一片天
真。他的妻子长得漂亮，但水性杨花。有一天，鲍鲁斯干完活回家，没想到竟
亲眼看到他妻子跟奸夫在床上。换了咱梁山好汉岂不要"怒从心头起，恶向胆
边生"，一刀结果了这对狗男女？可鲍鲁斯呢，居然心平气和地对两人说：

---

[1] *Περì τῶν ἐν τῆ Νιτρίᾳ, Ἡ Πρός Λαῦζον ίστορία*, Κεφ. ΙΘ´, Κ´, DCO, 0364–0430, col.1051.D.

喔，怎么，好吧，不过，说真的，这不关我事，凭耶稣起誓，
我用不着她了。走吧，连她带她的娃娃都带走吧。我要离开这世界
当僧人去了。

在常人看来，这岂不傻到家，太没出息了？可是，他的傻事还在后面呢！他
真的出家去了。出家总得有个师傅皈依。他皈依谁去了呢？他去皈依大名鼎
鼎的圣安东尼欧！为此，据说他不吃不喝，一口气跑了八站路，还有说是跑
了八天路的，终于来到安东尼欧的隐居之所。

敲敲门，安东尼欧出来问道："有何贵干？"他说："我要出家
当僧人。"安东尼欧回答他说："你已是个老人，60 岁了，你当不
了这里的僧人。你不如回村去，好好干活过日子，感激上帝。你受
不了这荒漠中的折磨。"老人又答道："你教我什么，我就干什么。"
安东尼欧说："我跟你说了，你是个老人，受不了。你真要当僧人，
可以到弟兄们的团体里去，他们可以帮助年老体衰的你。我一个人
在这儿，5 天才吃一次饭，还不得吃饱。"他想用这些话把鲍鲁斯
吓走，他忍受不了鲍鲁斯。安东尼欧关上门，就因为他，3 天没出
来，甚至内急都没出来。但鲍鲁斯没走。第四天，内急得受不了，
安东尼欧开开门出来，又对他说："你走吧！老头子，你干吗来折
磨我？你不能留在这儿。"鲍鲁斯对他说："不行，除了这里，我死
都不会死在别处。"安东尼欧打量他一番，发现他随身没带任何食
物，既没干粮，也没水，还就这么忍受了 4 天的饥饿，便对他说：
"说不定你真要死在这儿玷污我的灵魂。"安东尼欧收留了他。那
些天里，安东尼欧采取了年轻时从未用过的措施。他泡了些棕榈枝
叶，对鲍鲁斯说："把这些拿去，搓成绳子，照着我做。"老头就卖
力地搓了 9 个小时，搓成了 90 呎。安东尼欧看看，不高兴了，对
他说："你搓得不好，拆了重搓。"安东尼欧把这种烦人的差事强加

给他，指望他恼怒起来，离开了事。不料他竟拆开重搓，虽然这更加困难，因为枝叶全都蔫了。安东尼欧呢，看他既没埋怨，也没恼怒，更没生气，自己反而觉得内疚。太阳落山后，便对他说："要不要咱吃点儿饭？"鲍鲁斯对他说："听你的，教父。"安东尼欧又感动了，因为鲍鲁斯压根儿就没饿唠唠地要吃饭，而且把决定权交给了安东尼欧。于是，安东尼欧摆好桌子，拿出食物。他拿出些小饼称一称，每份6盎司，自己泡了一份（因为是干的），给鲍鲁斯三份。接着，安东尼欧唱起赞美诗，唱完12遍，又做了12遍祈祷，想考验考验鲍鲁斯。不料鲍鲁斯竟热心地跟着祈祷，因为，我猜想，他是宁可让蝎子吃了，也不愿跟一个荡妇过日子。做完12遍祈祷，他们才坐下来吃饭，那时已很晚了。安东尼欧吃完一份饼，就没再动第二份。老人吃得比较慢，仍然在吃一块小饼。安东尼欧等他吃完，说："再吃一块吧，老爷子！"鲍鲁斯对他说："你若吃好了，我也就吃好了；你若没吃好，我也就没吃好。"安东尼欧说："我吃饱了，因为我是僧人。"鲍鲁斯对他说："我也吃饱了，因为我也要做僧人。"然后又站起来，做了12遍祈祷，唱了12遍赞美诗。安东尼欧小睡了一会儿，半夜起来唱赞美诗，直到天亮。他看见老人也热心地效法他的榜样，就对他说："如果你能每天都这样做，就留下来吧。"鲍鲁斯对他说："这儿还有没有别的规矩，我不知道；但我看见的这些，我做起来不难。"安东尼欧第二天对他说："坚持。你已经是个僧人了。"[1]

安东尼欧是隐修主义的鼻祖，公认的十二使徒之后修为最高的圣人。按理说，鲍鲁斯是来皈依他的，他应该像在其他作品中一样为主，而鲍鲁斯则为客。可是，在这篇故事中，我们可以明显地看到，安东尼欧的修为并不理

---

[1] *Περὶ τῶν ἐν τῇ Νιτρίᾳ, Ἡ Πρός Λαῦζον ἱστορία*, Κεφ. ΚΗ΄, DCO, 0364–0430, col.1076.D.

想，虽说人家贸贸然来打搅他，他有权拒绝。但这就落入"俗套"了。三教同源，出家人慈悲为本，方便为门，基督甚至叫人"爱你的敌人"，岂可把人拒之门外三天三夜，连内急都忍着（当然，这种功夫确实了不得）。所以，从一个圣人，甚至从一个基督徒的标准来说，安东尼欧在鲍鲁斯面前，光辉难免黯淡了一些，倒反衬得鲍鲁斯异常虔诚。这还不算，到了后来对鲍鲁斯有意无意的考验，包括吃饭时候的表现，安东尼欧初则显得动了心机，后则显得力有不逮，可是鲍鲁斯呢，反倒显得举重若轻，尤其最后那句"这儿还有没有别的规矩，我不知道；但我看见的这些，我做起来不难"，就把安东尼欧比下去了。抛开心机不说，仅从修炼得道的角度说，安东尼欧的修为不论多高，仍然是靠修炼得来的；而鲍鲁斯的修为则是天生的、自然天成的。安东尼欧极力强制自己才能做到的事，鲍鲁斯只凭一片诚实憨厚的天真"做起来不难"。人皆可为尧舜，佛性神性人人皆有，可是安东尼欧穷毕生精力、天天起三更、趴半夜地修炼，才勉强体会得到，鲍鲁斯却只凭天性的决断就在不知不觉中觉悟了。就人物塑造艺术来说，这就叫一击两响，反客为主。以安东尼欧数十年的修为，反衬鲍鲁斯一旦的彻悟，所以，短短数百字，便能塑造出一个超凡绝俗的人物形象来。1500年前，帕拉狄奥斯便能达到这样的艺术境界，恐怕也是像鲍鲁斯一样，主要是凭一片自然的艺术天分而实现的。

第五节　箜塔曲妙音创始人

罗曼诺斯（490—556年），人称"妙音罗曼诺斯"。这个称呼中的"ὁ Μελωδός"不是他的姓氏名字，而是他的绰号。这个绰号在欧美一般用音译"the Melodist""Melodus""Melodi"等。这些音译都从希腊语原文演变而来，读者一看便知其意。但也有意译的，如"Сладкопевец"。汉语若采用音译"麦罗多斯"，汉语读者便可能莫名其妙。所以，不如采用意译"妙音"，一看便能体会其中含义与韵味，而且"ὁ Μελωδός"与"妙音"都有宗教韵味，不愧知音。像这样的，还有"金口约安尼斯"也是如此，宜意译，而不宜音译。罗曼诺斯后来又被基督教会尊为圣徒，所以又称"圣罗曼诺斯"。

但论其职业和专长，罗曼诺斯属于"赞美诗人"（Hymnographer），也堪称最伟大的希腊颂歌作者之一，人又称之为"律诗品达"，把他与古希腊颂歌圣手品达相提并论。在拜占庭颂歌黄金时代的 6 世纪，他曾经名满天下。不过，他的生平事迹主要保存在《十月米纳伊翁》（Μηναῖον，祈祷书）中。此外，只有两处资料提到他。一处是 8 世纪诗人圣格尔曼诺斯诗中，另一处是拜占庭百科辞典《搜逸达斯》，称他为"妙音罗曼诺斯"。妙音罗曼诺斯生于叙利亚艾木萨城（Emesa，今霍姆斯［Homs］），操叙利亚语，年轻时即受洗，曾在贝鲁特任复活节教堂执事。阿纳斯塔修斯一世时（491—518 年）移居君士坦丁堡，曾在索菲亚大教堂任圣器司事，一直无所建树。他虽然声音听力均不出色，但热心弥撒。主教尤素米奥斯（Εὐθύμιος）喜欢他的虔诚，颇加垂青。但这引起其他执事的嫉恨，有一次，大约是 518 年，在圣玛丽亚大教堂（Θεοτόκος των Βλαχερνών）做圣诞节守夜弥撒时，他被指定朗诵卡西斯玛（κάθισμα，坐唱曲）。他朗诵得很糟糕，以至于另一个朗诵者占了他的位置，还有几个比较刻薄的，甚至为此嘲弄他。他垂头丧气地坐到合唱团的一个位子上，伤心懊恼，不知不觉竟睡着了。刚一睡着，圣母就出现在他面前（另一说，几个执事推推搡搡，把他挤到读经台边逼他唱歌。当时，

圣罗曼诺斯

教堂里挤满信徒，主教本人又
在御用小教堂里为皇帝做弥
撒，无暇顾及此事。罗曼诺斯
吓得不得了，声音抖颤，词语
模糊地当众出了洋相。回到家
中，他彻底崩溃了，在圣母像
前紧张地祷告了很久，以泄心
中悲痛。不料，睡着以后，圣
母居然对他显灵，给他一卷
纸，命他吃下）。这下奇迹出
现了：罗曼诺斯一下子同时获
得了两种能力——妙音和诗
才。他一吃下，便立即醒来，
得到宗主教的祝福，登上诵经
台，即席即兴唱出他著名的箜
塔曲《基督圣诞》：

罗曼诺斯歌颂圣母（西波利西亚圣像，1649）

今日童贞女把生命赋予最高存在的主，

大地为高不可及者奉上洞穴一处，

天使与牧羊人们同声祝福，

星象家在星光指引下踏上路途；

一个婴儿为我们诞生了，永恒的神啊主！ [1]

这一唱，皇帝、宗主教、执事们以及广大信徒都为他的声音清越、洪亮、优

① Romanos Le Mélode, *κοντακιον τής Χριστού γεννήσεως*, Romanos Le Mélode Hymnes, Introduction,
Texte, Critique, Traduction Et Notes Par José Grosdidier De Matons, Paris: Les Editions Du Cerp,
1965, p.50.

美以及颂词的深沉神圣而大吃一惊！据说这就是史上第一支箜塔曲。箜塔曲希腊文意思是一轴卷纸，因此，圣母命他吞下一卷纸，意思就是说，他的创作受到了圣灵的激发。罗曼诺斯第一次创作的情景常常表现在圣像画《庇护》之中。

关于罗曼诺斯移居君士坦丁堡的时间，有两种说法，一种是在阿纳斯塔修斯一世时代；另一种是在阿纳斯塔修斯二世（713—716 年）时代。德国拜占庭学者克鲁姆巴赫尔认为，应在阿纳斯塔修斯一世之时。此说如果成立，那么，罗曼诺斯还有一段时间生活在尤斯廷尼安诺斯时代（527—565 年）。此外还有两位颂诗大家阿纳斯塔修斯（Ἀναστάσιος，570—598 年任安条克主教）与库利阿阔斯。

自此，罗曼诺斯广受崇敬，成为君士坦丁堡圣诗大师，大大提高了正教弥撒的神圣性。由于诗才，他在教堂圣诗作者中占了一席光荣的地位。各种节日的上千套祷文和圣诗都被归在他名下。尤其是大斋节星期五唱的祝福圣母的阿卡吉斯特曲（Ο Ακάθιστος Ύμνος，立唱曲）特别有名，成为阿卡吉斯特曲之圭臬。

罗曼诺斯后来移居凯罗斯（Καιρός，古希腊幸运时刻之神）修道院，于556 年逝世，他的门弟子阿纳尼亚斯（Ἀνανίας，7 世纪，生卒年月不详）与他葬在一起。东正教和大公教都尊他为圣徒，10 月 1 日（10 月 14 日）是纪念他的日子。

据说，他写过 1000 多套颂诗和箜塔曲，传世的有 60—80 套。

"箜塔曲"的希腊文原意是"轴"，上面卷着纸。这一方面是说，妙音罗曼诺斯吞下了圣母赐予的一卷圣纸，这才获得妙音与诗才；另一方面也说明箜塔曲的结构，那就是，一支箜塔曲相当于一个轴，围绕着它，可以展开或多或少的"奥伊可思曲"。换言之，"箜塔曲"一语，有广义狭义之分。广义"箜塔曲"不是一支单独的曲子，而是一个套曲。可以将其比之为中国元代散曲中的"套数"。在这个套曲中，狭义的"箜塔曲"，就是这套曲中的序曲，点明整套曲子的主题，奠定整套曲子的基调。而后面的

"奥伊可思曲"，便围绕着这个主题展开，细致地抒发作为序曲的"箜塔曲"
包含的内容。比如前面所举的《基督圣诞》箜塔曲，便是一个套曲，包括
1支作为序曲的"箜塔曲"和24支"奥伊可思曲"。这些曲子都是能配乐
歌唱的。在作为序曲的狭义"箜塔曲"标题下面，罗曼诺斯还注明了调式，
即"第三调式"。而在这支序曲后面，便依次展开24支"奥伊可思曲"，对
"基督圣诞"这个主题，展开深入细腻的咏叹。比如第一支"奥伊可思曲"
这样唱道：

> 伯利恒打开了伊甸园，我们进去瞻仰吧；
> 我们在这隐蔽之地找到了愉悦，
> 让我们量一量这洞中天堂的欢乐，
> 这里出现了尚未吸收水分的根，将生出宽恕的芽；
> 这里发现了一泓汲之不竭的清泉，
> 大卫王曾急不可耐地要从中饮水；
> 在这里，童贞女带来一个婴儿，
> 他立即消除了那种焦渴，亚当和大卫的焦渴，
> 那么，我们赶紧赶往那里，那里有
> 一个婴儿为我们诞生了，永恒的神啊主！ [1]

这里还要说明"箜塔曲"的另外两个特点：一是每支"奥伊可思曲"的头几
个希腊文字母，合起来是一首藏头诗。比如，第一支"奥伊可思曲"开头
的三个希腊字母是"Τήν"，它将与后面的各支"奥伊可思曲"开头的字母组
成一个藏头诗句"αυτή ἡ ὠδή τοῦ ἐλάχις ου Ρομανον"，意思是说"这套曲子是
最顺服的罗曼诺斯所作"。意思倒不怎么神圣，无非像今日的献词一样，标
明作者对耶稣基督的无限敬仰；同时也像今日各种作品的版权页一样，声明

---

[1]　*κοντακιοω τής Χριστου γευνήσεως*, Romanos Le Mélode Hymnes, p.51.

这部作品是何人所写。但是，从驾驭文字的艺术的角度说，这就颇为不简单了。一套箜塔曲要组成这么一首藏头诗，有一定文字修为的人，下一番功夫，还可以做到，但是，试想一下，罗曼诺斯的全部作品，据说是上千套呢！上千套作品，每一套又包含着少则一两支，多则数十支"奥伊可思曲"，那么，其数量大概要以万计！要把上万首诗歌的开头几个字母，都组成千余句"这套曲子是最顺服的罗曼诺斯所作"这么一句话，那将是何等艰难困苦之事！何况每套曲子的内容又各不同，而这上千套内容各不相同的套数，都要组成这相同的一句"献词"，这岂不要作者的命吗？就不说上千套曲子吧，只以传世的 60 首计，也要把 1000 多支曲子开头的字母组成 60 句话，那也是近乎人力之所不可为。可是，妙音罗曼诺斯竟有这等语言修为，别人似乎死也做不到的事，他居然做到了！光凭这一点，赠他一个"语言大师"的称号似乎都委屈他了，简直就该尊他一声"语言圣人"，即"语圣"！这语圣不仅这一招令人叹服，还有一招，那就是箜塔曲的第二个特点，每套箜塔曲的序曲中的最后那段尾声，有时是一行诗，有时则是几行诗。而这尾声，必须自然而然地用到每一支"奥伊可思曲"的结尾处，也就是说，每一首"奥伊可思曲"的尾声，也就是序曲的尾声。比如这套《基督圣诞》套曲，序曲的尾声是"一个婴儿为我们诞生了，永恒的神啊主！"，后面 24 首"奥伊可思曲"，尾声也全是"一个婴儿为我们诞生了，永恒的神啊主！"中国《诗经》以"重章叠句，一唱三叹"而为人津津乐道。罗曼诺斯的"箜塔曲"的尾声却不止"一唱三叹"，而是"一唱数十叹"！而且每一叹都叹得自然而然，丝丝入扣，这是何等的语言功力！罗曼诺斯为他的神，竟这样呕心沥血，"语不惊人死不休"，这份虔诚，这份功夫，这份修为，在世界文学史上，恐怕是罕见的吧。仅此一点，希腊人把他尊为"圣人"，他应该是当之无愧的！

从传世手稿看，罗曼诺斯是用阿提克化的阔伊奈方言写作，其中丰富的闪语语素说明他大概原属于犹太人。罗曼诺斯的颂诗有一种特殊的体裁，号称"精致体"或"重音体"，其特点是各行诗中，重音节数是固定的，但轻音节数相对自由，更便于婉转地抒情达意。

罗曼诺斯的诗歌，虽然明明白白在歌颂上帝、基督和圣母，但其中深层的内涵则是对人生人性的思索。比如《致圣僧与修道者》，开头的"筌塔曲"确实是歌颂，歌颂上帝的权威和天堂的可爱：

> 您的归宿甜美又可爱，
> 上帝和力量之主宰啊！
> 其中的居民，我的救主啊，
> 他们永生永世歌唱您，
> 赞颂您，祝福您，
> 用那大卫的歌曲：
> 　　"阿来路亚！"[1]

但接下来展开的"奥伊可思"，其中重点便漂移了。漂到哪里？漂到对人生无常的思考上去了：

> 我没见过世上无烦恼的，
> 因为生活的旋涡乱套了：
> 昨天骄傲得不可一世的
> 今天我看他已经垮台了，
> 鲜衣华服的拖着乞食袋，

---

[1] Romanos Le Mélode, *Τω σαββατω της τυροφαγου, κοντακιον πολλην εχον ωφελαιαν και κατανυξιν*, Romanos Le Mélode Hymnes, T. V, Introduction, Texte, Critique, Traduction Et Notes Par José Grosdidier De Matons, Paris: Les Editions Du Cerp, 1981, p.412. 按：此诗标题原只说明用于四旬斋前的"奶酪周安息日"，题旨并不太显豁。故其他国家学者多有意译，若《题逝者》《致圣僧与修道者》等，以明其题旨。今从法国学者译名。又，"奶酪周"者，耶教四旬斋（公历2月4日始，纪念耶稣受难也）前一周。此周期间，信徒可食奶酪、鸡蛋之类，但禁食牛肉，故称。

> 肥得流油的竟饥肠辘辘，
>
> 只有你们，摆脱了堕落，
>
> 在永恒的祈祷中歌唱道：
>
> "阿来路亚！" [1]

这不就是"眼看你起高楼，眼看你宴宾客，眼看你楼塌了"[2]吗？谁说东西方的社会发展没有共同现象，没有共同规律呢？不同的只是语言表述形式和参照系的设置。语言固不必多说，地球村无非巴别塔而已，难免"鸡同鸭讲"。参照系却有所区别，亦有所联系。东方，尤其是中国，好用"渔樵村夫"与达官贵人做对比，对达官贵人的坍台表示幸灾乐祸。罗曼诺斯用的参照系虽然也有坍台的权贵，但与其形成对比的，并非欢欢喜喜"直吃的老瓦盆干"[3]的"白发渔樵"，而是一般的"逝者"，或者说"死人"。权贵的坍台，只不过人生无常的极致而已，草根小民的人生并不因此就快乐多少，而是同样免不了苦恼：

> 没结婚的惶惶不可终日，
>
> 结了婚的一天忙碌到晚，
>
> 没孩子的流不完伤心泪，
>
> 孩子多的操不完那份心，
>
> 婚礼上的满脸印着愁容，
>
> 没婚礼的唯恐膝下无子，
>
> 只有你们嘲笑这种烦恼，

---

[1] *Tω σαββατω της τυροφαγου, κοντακιον πολλην εχον ωφελαιαν και κατανυξιν*, Romanos Le Mélode Hymnes, T. V, p.416.

[2] 孔尚任著，王季思注：《桃花扇》，人民文学出版社 1982 年版，第 260 页。

[3] 贯酸斋：《水仙子·田家》，（元）杨朝英辑：《朝野新声太平乐府》卷二，文学古籍刊行社据商务印书馆版重印，1955 年，第 10 页。"白发渔樵"见杨慎《西江月》，《三国演义》用以开卷。

你们的欢乐才无穷无尽——

　　"阿来路亚！"①

不论对权贵而言，或者对草根小民来说，人生都是苦恼的、痛苦的，都比不上"逝者"的安宁与欢乐。这比起对权贵坍台的幸灾乐祸式的自我麻醉，似乎探索得更广泛一些，思索得更深一些。早期基督教对人生特点的探讨，与释迦牟尼法轮初转似乎有异曲同工之妙，都有视人生为痛苦、视涅槃为解脱的味道。这与华夏"好死不如赖活着"的人生观就不同了。而且，不仅人生观不同，对比手法的细微差别也不同。罗曼诺斯强调死人与权贵苦恼的对照是，死人免去了"堕落"之忧，而权贵逃不脱"坍台"之苦。这种对比含有对权贵的谴责在其中。而死人跟草根小民的对比呢，草根小民没有堕落，但有无尽的生活烦恼，死人则只是欢乐，无穷无尽的欢乐。这种对比没有对草根小民的不敬，而只是揭开草根小民的"不觉悟"而已。罗曼诺斯的褒贬与同情，无论就内涵还是就方法而言，都是很有分寸的。

　　而且，还不止此。罗曼诺斯不是只感叹人生无常而已，他进一步探讨这种"无常"感的根源，那就是人性中的贪婪：

　　　　就为那永无餍足的贪婪，

　　　　人就在大海上四处奔波，

　　　　完成那要了小命的流浪。

　　　　为了满足那口腹和色欲，

　　　　他把命交给了船帆和风，

　　　　就没想过那悲惨的死亡。

　　　　只有你们安宁得无风雨，

---

① *Τω σαββατω της τυροφαγου, κοντακιον πολλην εχον ωφελαιαν και κατανυξιν*, Romanos Le Mélode Hymnes, T.V, p.418.

因为你们有宁静的港湾——

　　"阿来路亚！" ①

这样，诗歌的内涵就从人生现象的层面，上升到了人性哲学的层面。确实，不论争权夺利的权贵，还是忙活衣食的小民，确实都有自觉或不自觉的"贪心"在作祟，因而只见利，而忘了害，四处奔波，漂洋过海，到头来得到的是什么呢？这里除了人生思索以外，大概也包含着对现实的考量在里面。更有甚者，是朝生暮死之外，那种"存者且偷生，死者长已矣"的孤独感、无助感乃至绝望感：

　　此刻理智正黯淡无光，

　　看着兄弟断气没了命，

　　可昨晚、昨晚还聊天呢，

　　能说会道的嘴巴闭上了，

　　明察秋毫的眼光熄灭了，

　　整个身子都僵硬了，

　　按上了上帝的手印，

　　弟兄们，诚惶诚恐唱吧：

　　　"阿来路亚！" ②

那么，这首诗可否称为"哲理诗"呢？当然可以。但"哲理"二字似乎又不能概其全貌。它不仅有哲理的思索，也有人生的感叹，还有内心深处莫名忧惧的呈现，有理语，亦有情语；有表象的点拨，亦有深思的导引。至于参照对比手法的运用，更是驾轻就熟了。"妙音"之名，确实不是浪得的。

---

① *Τω σαββατω της τυροφαγου, κοντακιον πολλην εχον ωφελαιαν και κατανυξιν*, Romanos Le Mélode Hymnes, T.V, p.420.

② *Ibid.*, p.422.

以上只就谈玄抒情而言。罗曼诺斯的诗歌成就不止此，他的不少诗歌，有如古希腊的颂神歌谣，带有叙事歌谣的特点，是他的哲理抒情之外一个更广阔的天地。他的风格通俗而又优雅，他善于捕捉各种意象，以锐利的隐喻和类比先声夺人，大量运用比较和对比手法，时时以格言警句作为压印，叙事过程生动的戏剧化，形成他独特的叙事风格。且看他以"犹大叛卖"为题的一首"笃塔曲"。照例，序曲点出主题：

> 圣父哟，和蔼慈祥的父哟，
>
> 宽恕，宽恕，宽恕我们吧，
>
> 罪责的承担者，忏悔的等待者哟！ ①

这里虽点明"宽恕"之祈求，但真正主题不在"宽恕"或"饶恕"，而在饶恕的罪行，那就是"背叛"。犹大是卖主背叛的典型。第一支"奥伊可思曲"写出事件，那就是耶稣为门徒洗脚。罗曼诺斯这套曲子，就是要以耶稣基督为门徒洗脚的传说，一方面歌颂耶稣的谦卑典范，另一方面则谴责犹大的背主罪恶：

> 主降低身份，
>
> 给恶人洗脚，
>
> 那邪教徒呢，
>
> 却像个奸贼，在偷偷地
>
> 准备血腥的罪恶。
>
> 基督主啊，保佑我们

---

① Ἕτερον κοντάκιον τῇ ἁγίᾳ καὶ μεγάλῃ πέμπτῃ εἰς τόν Νιπτῆρα, Romanos Le Mélode Hymnes, T.IV, p.70. 按："罪责的承担者"，指耶稣基督。人类犯罪，最终替人类担罪赎罪的，是基督，也即上帝。盖圣父圣子圣灵，三身一质，一而三、三而一也。静安先生在《人间词话》中对此等"担荷"精神，极其赞叹。"忏悔的等待者"亦指基督，指上帝，赞其不厌其烦，等待人类觉悟也。

> 远离这污秽和下贱吧，
>
> 我们祈求你，在童贞女家中歌唱你：
>
> 宽恕，宽恕，宽恕我们吧，
>
> 罪责的承担者，忏悔的等待者哟！ ①

犹大背主，罪该万死！但为什么要祈求宽恕"我们"呢？原来这种"污秽和下贱"的勾当，也可能是每个人都会犯的！罗曼诺斯时时不忘人性恶的普遍性。主题与主题的呈现部唱完，该宣叙调了。可是，犹大背主的故事，从基督教草创到罗曼诺斯之时，已经至少传了六七百年，童叟皆知，家喻户晓。这么个老掉牙的故事，怎么讲才能招人爱听呢？罗曼诺斯换了叙事角度，不是用说书人的口气讲，也不是让耶稣基督亲口说，而是让故事中的其他旁观者来看来说：

> 使徒彼得正要祈祷，
>
> 看到救世主在做准备，
>
> 要去做洗沐之事，
>
> 彼得祷告道："别出事呀，主哟！"
>
> 但海绵已吸满水，
>
> 主准备去工作，
>
> 以奴隶的姿态干活。 ②

这段叙述，是旁观者大彼得的反应。福音书中说过大彼得的故事，耶稣要给他洗脚，他先是不敢接受，但耶稣告诉他，这是师徒之缘。他接受了，但又不知分寸，竟还要耶稣给他洗头洗手。不过，罗曼诺斯这里不是要说这个桥段，而是话里话外在暗示，大彼得可能猜到了犹大要背主的罪行，但又拿不

---

① *Ἕτερον κοντάκιον τῇ ἁγίᾳ καί μεγάλη πέμπτη εἰς τόν Νιπτῆρα*, Romanos Le Mélode Hymns, T.IV, p.70.

② *Ibid.*, p.76.

准，不敢揭出来，只好祈祷"别出事"。与大彼得相比，耶稣难道不知这事吗？当然知道。但耶稣仍然若无其事地要伺候自己的学生，这等感情，这等定力，这等谦卑，就不是世人所能想象了。罗曼诺斯不仅借大彼得的内心活动，交代了这件事，还让读者或听众借助大彼得的内心活动，更深切地体会耶稣的伟大牺牲精神，以及泰山崩于前而色不变的定力。19世纪美国作家亨利·詹姆斯提出叙事的角度说，为后来的作家和文学批评家所崇奉。其实，罗曼诺斯的叙事诗里，已经早就自觉地在运用这种手法了。除了借助第三者的感受叙述，罗曼诺斯还善于描写一种场景，来达到古希腊悲剧的一种效应：

> 天使们吓得不知所措，
>
> 天使长们以翅膀掩面，
>
> 从天庭看着那不可企及者
>
> 在尘土面前降低身份，
>
> 在灰尘面前卑躬弯腰，
>
> 加百列忍不住大吼道：
>
> 天庭之主哟，您看看，
>
> 这闻所未闻之事多吓人：
>
> 那血肉和世界的奠基者
>
> 竟给使徒擦脚，
>
> 给恶棍洗身子！
>
> 不仅仅给彼得洗，
>
> 还舒舒服服伺候犹大！
>
> 宽恕，宽恕，宽恕我们吧，
>
> 罪责的承担者，忏悔的等待者哟！[①]

---

① Ἕτερον κοντάκιον τῆ ἁγια καί μεγάλη πέμπτη εἰς τόν Νιπτῆρα, Romanos Le Mélode Hymnes, T.IV, p.78.

这种效应就是，旁观者（诗中的旁观者和读者）似乎都明白一个阴谋、一场悲剧正在酝酿，而诗中的主人公却对此似乎毫无察觉，还在认真地从事自己的善行，不知危险已一步步逼近。这样，主人公越是沉静从事，读者就越是替他着急。这正如索福克勒斯的《俄狄浦斯王》一样。在罗曼诺斯这首诗里，天使们，甚至天使长加百列都急得大吼，主耶稣对犹大卖主的阴谋却似乎浑然不觉。唱到此处，听到此处，唱诗的人与听诗的人，谁不替耶稣捏一把汗，谁不更加感到耶稣的伟大呢？把一个古老的家喻户晓的故事讲得如此简洁，如此打动人心，罗曼诺斯真不愧上承古希腊悲剧艺术、下启中世纪叙事歌谣的圣手！

第六节　拜占庭当代历史文学的奠基人

普罗阔皮奥斯（Προκόπιος ὁ Καισαρεύς，490/507—560/561？年）是拜占庭帝国尤斯廷尼安诺斯时代（527—565 年）最伟大的历史家，出生于巴勒斯坦的恺撒利亚（Καισάρεια）。拜占庭帝国不少城市叫"恺撒利亚"，此城则是一座滨海历史名城，在今以色列，是希律一世（Ἡρῴδης；Hordos I，前 74/73—前 4 年）在古城皮尔果斯·斯特拉托诺斯（Pyrgos Stratonos，意为"斯特拉托之塔"）旧址上建立的。希律一世为讨好罗马皇帝奥古斯都屋大维而将此城命名为"恺撒利亚"，其港口则名为"奥古斯都港"。因为这个地方是奥古斯都赐予的，而奥古斯都正是恺撒的侄儿和养子。

关于普罗阔皮奥斯早年生活，没有确切的资料。大概他在故乡学过修辞，以后到贝鲁特学过法律，到君士坦丁堡当过律师。其生平可以系年之事，最早的是在 527 年被任命为贝利萨利奥斯的秘书兼法律顾问（ξύμβουλος）[1]。因此，其生年也是后世学者据此推断的。

527 年，他随同贝利萨利奥斯出征波斯，驻美索不达米亚 4 年。532 年，

---

[1]　普洛科皮乌斯著，王以铸、崔妙音译：《战争史》，商务印书馆 2010 年版，第 41—42 页。

在君士坦丁堡见证了"尼卡暴动"[1]。翌年，他又随贝利萨利奥斯赴非洲，发动汪达尔战争。他在那里留守了4年。536年他去西西里同贝利萨利奥斯会合，参加攻打东哥特人和意大利人的战争。540年底，随贝利萨利奥斯返回拜占庭，然后又东去对付波斯人。542年他返回君士坦丁堡，遇到鼠疫。以后随贝利萨利奥斯再次到意大利，出征东哥特人，直到546年左右返回首都。因受贝利萨利奥斯失势拖累，他一度落魄，重操律师旧业。后来又被尤斯廷

普罗阔皮奥斯

尼安诺斯起用。但他把心思主要用在创作上。550年，他出版《战纪》前7卷。554年，补写《战纪》第8卷，对前7卷做了综合，并把史实一直记叙到553年。同时，他秘密地写了《秘史》，又名《随笔》，出于安全考虑，未曾面世。560年，秉承尤斯廷尼安诺斯的旨意，写了《论建筑》，对象是拜占庭各地尤其是君士坦丁堡的建筑，用意则是歌颂尤斯廷尼安诺斯的"丰功伟绩"。

　　普罗阔皮奥斯作品最早的印本（editio princeps）是1607年由霍舍留斯（Hoeschelius）在德国书籍出版中心城市奥格斯堡出版，主要是8卷《战

---

① 尼卡暴动：君士坦丁堡建有大赛场，为公共集会场所。年节庆典，常举行赛车。观众立场不同，依其服饰颜色分为四派，后逐渐并为蓝绿两派。皇帝利用其矛盾加以操控。532年1月赛车，两派又起矛盾。执事官吏蛮横粗暴，左右掉阄，引起两派公愤，遂爆发起义。民众高呼"尼卡（胜利）"，史上因称"尼卡暴动"。数日之中，除王宫外，全城尽陷于起义者之手。皇帝尤斯廷尼安诺斯几欲弃王宫逃走。其妻瑟奥朵拉则力主镇压，一面收买蓝派，一面调集异域蛮族雇佣军镇压，不分老弱妇孺，杀人三万余，平息了事端。

纪》。关于《秘史》，最早是 10 世纪拜占庭百科辞典《搜逸达斯》有云："他另有一种作品，题为《随笔》。两种作品合计共 9 卷（《战纪》8 卷加《秘史》1 卷）"，"这卷《随笔》嘲讽批判皇帝尤斯廷尼安诺斯及其妇瑟奥朵拉，兼及贝利萨利奥斯夫妇"。[①]《秘史》1623 年首次由阿列曼努斯（Alemannus）在里昂出版单行本，附有拉丁文译文。普罗阔皮奥斯的第一部完整的全集，是 1661—1663 年巴黎克劳狄乌斯·玛尔特列图斯（Claudius Maltretus）版，全部附有拉丁译文，1729 年在威尼斯重印。1833—1838 年，卡尔·威尔海姆·丁铎尔夫（Karl Wilhelm Dindorf）在波恩出版的《拜占庭历史文库》（Corpus Scriptorum Historiae Byzantinae）中，普罗阔皮奥斯部分收入的便是这个全集本。

　　普罗阔皮奥斯的三部主要作品《战纪》《秘史》和《论建筑》全面记载了公元 527—560 年的尤斯廷尼安诺斯时代的历史。其中史学价值最高的是包括《秘史》的 9 卷本《战纪》。《论建筑》在政治史方面无足取，作为建筑科技史却有很高的参考价值。从文学史角度说，主要应考察《战纪》。其中，第 1、2 卷记载波斯战争（527—531 年）；第 3、4 卷叙述汪达尔战争（533—534 年）；第 5、6、7 卷记述哥特战争（535—550 年）；第 8 卷将各条战线的战事归结到 553 年；第 9 卷《秘史》则揭露专制君主"雄才大略"背后的卑鄙邪恶。《战纪》虽以军事斗争为主线，实际全面涵盖了时代的政治、经济、文化和社会生活，还有尼卡暴动、大瘟疫等非常事件，乃至神话传说、自然现象、风土民俗等，堪称 6 世纪东欧、南欧、小亚细亚、中东以至北非的百科全书。

　　先看创作宗旨，这是任何一个大作家必须明确的。普罗阔皮奥斯说，他写《战纪》，"其目的则在于不使时间的长河由于缺乏一个记录而淹没了那些格外重要的事业，不使它把这些事业引入忘却之乡，从而使它们泯灭

---

① "προκόπιος", *Syidae Lexicon*, pars 4, Edidit Ada Adler, München, Leipzig: K G-Saur, 2001, pp.210–211.

得无影无踪"。这就是说，要保存一代史实，免得被人遗忘。但为什么要令人不忘呢？他说："因为这种记述揭示了早时人们在同类斗争中取得的最后结果并且至少对最谨慎地制订计划的人们来说，它预示当前的事件也许会产生的后果。"这就是希罗多德说的，"是为了保存人类的功业，使之不致由于年深日久而被人们遗忘，为了使希腊人和异邦人的那些值得赞叹的丰功伟绩不致失去它们的光彩。特别是为了把他们发生纷争的原因给记载下来"[1]。也就是《战国策》说的"前事不忘，后事之师"，或者司马光说的"资治"吧。这个创作宗旨虽不新鲜，也没上升到历史哲学的高度，但绝对符合历史的"经世致用"的实际目的，也符合"文学为生活"的目的，是放之百代而皆准的。这里应该稍微深入探讨的是，既然《战纪》可说全面写出了一个时代的史实，何以只把战争作为主线呢？他说："显而易见，在历史上没有比在这些战争中干出的事业更重要、更伟大的了……因为在这些战争中人们做出了更加出色的业绩。"[2]换句话说，人类的主体创造精神，在战争中得到了最高表现。确实，人类生活形式不过两种：战争的与和平的。此所以托尔斯泰把自己的鸿篇巨制命名为《战争与和平》，而且把"战争"放在"和平"前面，因为"兵者，死生之地，存亡之道也"[3]。在战争中，人性及人的创造力可说发挥到了无以复加的极致。战争是残酷的、野蛮的，但也集中、尖锐、强烈地表现了人类品德的正邪善恶、智慧的利钝贤愚、技巧的真假高低、肉体的强弱生死。所以，普罗阔皮奥斯把战争作为表现人类历史的主线，实在有一定的道理，也符合游牧文化与农耕文化时代弱肉强食的人生观与价值观。

其次看他遵循的创作原则。他说："作者深信，他特别有资格为这些事件撰写历史，即使没有任何其他理由，单举出如下一点也便够了，这便是，当他被任命为贝利撒里乌斯这位统帅的顾问时，他有幸成为实际上他要记述

① 《战争史》上册，第2页。
② 同上，第1—2页。
③ 孙武：《孙子·计篇》，《曹操集》，中华书局1974年版，第139页。

的所有事件的目击者。因此他的信念便是：聪慧伶俐的人适于搞修辞学，有创造力的人适于写诗歌，只有实事求是的人适于写历史。遵照这一原则，他甚至不隐瞒自己最亲密友人的失败，而是完全如实地记下在有关人物身上所发生的一切，而不论他们做的是好事还是坏事。"[1]这意思就是史学的"秉笔直书"，文学中的"真实"，只是他把这真实强调到了"事件的目击者"这样的高难程度，而且以自己作为历史事件的目击者而自豪。这就不是一般史家所能企及的了。

他虽然是一介书生，但亲身随军赴敌，甚至参与出谋划策，躬亲实施，两次解决了军事上的难题。一次是 533 年汪达尔战争中，贝利萨利奥斯派他从西西里出发，侦探汪达尔人虚实。他居然不辱使命，找到最了解汪达尔人情况的线人，让贝利萨利奥斯知己知彼，一战而胜。另一次是在意大利，贝利萨利奥斯兵力不足，派他外出招兵买马。他也成功地带领新招来的雇佣军驰援贝利萨利奥斯，让贝利萨利奥斯的处境转危为安。所以，他记叙战争，不是纸上谈兵，而是行家高手。他叙述每一次战役，先从大处着眼，双方所占的天时地利、装备精粗、将军智愚、战略正误、兵力多寡、士气高低，都是他首先关注的。所以，每次战役的胜负，虽然他有时也以宗教时代不能不讲究的"上帝旨意"为说辞，因而遭到某些"无神论"学者的诟病，但是，他所写出来的胜负是不能不令人信服的。

虽然他善于从大处着眼写战争，但细部描写较之史家高手也不遑多让。且看一段佩特拉战役的描写。波斯守军有 2300 人，拜占庭约 6000 人。拜占庭的将军是贝撒斯：

　　自己身穿胸甲并且使全军武装起来的贝撒斯开始下令把许多梯子搭到下沉的这部分的城墙上去。在他对他们讲了只有简短几句不致使他们错过时机的鼓励的话之后，他便完全用行动来取代其余

---

① 《战争史》上册，第 2 页。

激励的言辞了。要知道,虽然他是一位年过七旬的老人而且早已经过了盛年,但他却是第一个爬上梯子的。

于是,双方在城头展开了激战,死伤累累。这时出了意外:

　　许多要同上面的敌人进行战斗的罗马人被杀死了,将领贝撒斯也倒卧在地上了。这时,也就是当蛮族士兵从四面八方冲过来并向他投射,而他的身穿胸甲并戴着头盔的卫士们赶忙把他围起来的时候,从双方的军队同时发出巨大的一声呼喊。这些卫士把他们的盾牌在头顶上紧紧地接合到一处并且身贴身地挤在一处,这样便在他们将领身上形成一个屋顶,使他藏身于其下而得到充分的安全,同时又全力抗击投向他们的长枪。在不断投过来的长枪撞击到盾牌和其他甲胄上时发出巨大的音响,而与此同时每个人又在呼啸、重重地喘气并且发挥自己最大的力量。在这期间,极力想保卫自己将领的罗马所有的士兵一刻也不停地向城上射击,从而扼制住了敌人的势头。

　　在这一危急时刻,贝撒斯做出了非凡的行动。虽然碍于沉重的甲胄并且还因为身子不轻便(因为此人身子胖并且如上所述年事已高)他站不起来,但他即使陷入这样大的危险,他仍然不屈服于无助的绝望状态,而是立即想出了这样一项对策,而由于这一对策,他竟得以拯救了自己和罗马的事业。原来他命令他的卫士抓着他的脚把他拖到离城墙很远的地方,卫士们于是按他的命令做了。而正当某些人这样拖着他的时候,另一些人也随他一道撤退,这部分人从上面并且面对面地用盾牌遮住他,并在他被拖动时以同样的速度行进,这样他就总是在盾牌的掩护之下而不致为敌人所击中。随后,一旦贝撒斯到达了安全地点,他立刻站了起来,一面鼓励他的士兵,一面自己向城墙进攻,而在踏上云梯之后,再次赶忙登了上去。于是所有的罗马士兵跟在他的后面，在对敌战斗中表现了真正的英勇精神。波斯人这时吓坏了，于是他们请求敌人给他们一些时间，为的是在他们把城交出来的时候，可以打起行囊来走路。①

这段描写细致、生动，尤其准确，但文字并不花哨，更不夸张，而是朴实、清晰、通达。不要说与希罗多德相比，就是置诸荷马史诗中，也应毫无愧色，而且避免了诗人惯用的煽情，保持了史家的客观。生死存亡、千钧一发之际，却写得如此从容，如此镇静，大手笔的气度自然溢出。而更能说明其态度诚实客观的，是后面同样对贝撒斯的交代：

> 至于贝撒斯，则一旦他攻占了佩特拉，他便根本不想再战斗下去，而是退到彭提奇人和阿尔明尼亚人那里去，尽可能密切地注视着他的领地上的收益，而由于他的这种斤斤计较的作风，他再一次毁了罗马人的事业。要知道，如果在我前面描述的那一胜利和他攻占了佩特拉之后，他立即去拉吉卡和伊伯里亚的边界地带并封锁那里的山路，在我看来，就绝不会有任何一支波斯军队再次进入拉吉卡了。但事实上这位将领由于轻视了这项任务，并且一点没有想到皇帝会发怒，结果几乎亲手把拉吉卡送给了敌人。②

真像他自己说的，"不隐瞒自己最亲密友人的失败，而是完全如实地记下在有关人物身上所发生的一切，而不论他们做的是好事还是坏事"。完全没有"为尊者讳，为亲者讳，为贤者讳"那套世故哲学，不溢美，不隐恶，正是一个刚正不阿的史家的气度。

由于崇尚真实客观，普罗阔皮奥斯也没有不少史家的通病，那就是念念

---

① 《战争史》下册，第826—827页。
② 同上，第835页。

不忘自己在作品中的地位。《战纪》堪称普罗阔皮奥斯亲闻亲见亲历的实录，但不论是记叙描写，或是适当的评论，他都没有在其中炫耀自己，而是除了叙事中绕不开自己的地方以外，基本把自己排除在文字之外。这种谦虚客观的创作态度，确实最大限度地保证了《战纪》的真实可信性。

　　这还是就局部记叙而言，若就总体而言，《战纪》的最大真实性在于显示了游牧农耕时代，众王之王以及统帅将军们的战争的非正义性与破坏性。不论写拜占庭军队或是其他"蛮族"军队的军事行动，普罗阔皮奥斯都毫不留情地指出他们获胜之后就大肆烧杀掳掠，把城市夷为平地，就是吃了败仗，仓皇逃命之时，也不忘沿路抢劫，杀人放火。不要说中世纪的史家，就是21世纪的某些史家，能有这样的见识与胆略吗？这一点，普罗阔皮奥斯跟荷马相似。荷马写战争从不偏向某一方，而是对双方都加以歌颂，但有一条原则，那就是要符合他心中的"英雄主义"精神，即为了名誉和掠夺财富而勇敢不怕死的精神。只要有这种精神的"英雄"或"英雄行为"，他都加以歌颂，而不管是希腊人还是特洛亚人。普罗阔皮奥斯呢，不管是拜占庭人或是什么"蛮族"，只要祸害了老百姓，他都要记下账来，虽然他绝对不具有民主思想或者至少是民本思想，但他同情老百姓却是真的。

　　人们都承认，普罗阔皮奥斯是位渊博的古典学者，他之崇拜希罗多德与修昔底德，也是人所共知之事。《战纪》开篇就模仿希罗多德来一段声明，这已如前述。但是，这并不是说，他就五体投地跪倒在古人脚下；相反，他对一味崇古复古的风气很不以为然。他说："有这样一种人之常情：如果人们先发现一个古代的论据，他们便不再想费气力去探索真实情况，也不再想去学习手头人们提出的有关这一问题的某一较新的说法，而在他们心目中，比较古老的看法似乎永远是有根据的、值得尊重的，并认为当前的意见是可以忽略的并把它们归之于荒谬的一类。"从文学角度说，一个作家最应注意的，就是他身处的现实。而对现实的研究，不是盲目崇拜古人，更不是混淆古今，而是"要知道，验证的东西就在眼前，并且亲眼看到的事物能以提供最充分的证据，并且我以为，对于那些渴望发现真理的人们来说，是不能为他们设置任何障碍的"[①]。立足现实，借鉴古人，探索真理，或者说，"不薄今人爱古人"。这是普罗阔皮奥斯不同于宗教史家或者"演义"作家之处，也是他为拜占庭历史学者所开的风气之先。可以说，有了普罗阔皮奥斯的榜样，拜占庭历史学者才真正有了"annalis"（当代史），而且使"当代史"成为拜占庭辉耀千古的史学主流。拜占庭的"当代史"也才成为真正记叙现实变化的历史文学作品。

由此，就可以讨论另一桩与《战纪》相关的公案，那就是《秘史（随笔）》的问题。前面说过，普罗阔皮奥斯写《秘史》，真是秘而不宣，甚至在他"最亲密的亲属中间"，也深藏不露。[②]以致《秘史》的问世，还有一段近乎传说的逸事。据说，此书稿本的发现，得力于梵蒂冈图书馆的一位管理员。此公某次整理存书，发现一本希腊文稿，一读之下，大吃一惊。因为，此书完全是在揭露拜占庭历史上赫赫有名的皇帝尤斯廷尼安诺斯及其爱将贝利萨利奥斯，乃至他们的老婆的淫邪、贪婪与暴虐。欧洲中世纪虽有政教之争的传统，但在对付老百姓这一点上，政与教倒是团结一致的。所以，草根小民无论是有损教皇或者皇帝的尊严，都是大逆不道的。而此书居然赤裸裸地暴露皇帝、皇后、将军、贵妇人的无耻与凶残，岂不骇人听闻？但此书又似乎有种魔力，任何人只要一读，便忘不掉，甚至放不下。这位图书管理员就在这种恐惧犯罪与偷尝禁果的双重心理作用下，得了抑郁症，几乎精神失常。后来，他实在忍不住，把这事告知一位好友，两人共同"犯罪"，偷阅此书，且将它译为拉丁文。不料，他们果然遭到天谴，友人得病，一命呜呼，临死前，谆谆告诫这位管理员，绝不可让此书流入民间。可是，伏尔泰的《老实人》有云，上帝创造世界以后，就把世界交给魔鬼去管了。而魔鬼的主意与勾当，凡夫俗子休说阻挡，简直就是防不胜防。所以，这本"罪恶的"著作还是流入民间，败坏了草根小民淳朴的天性。正如前面说的，至少

---

① 《战争史》上册，第172—173页。
② 《战争史》下册，第929页。

在 10 世纪，就已被收入著名的百科辞典《搜逸达斯》，而且，人们也渐渐知道，这粒禁果的生产者，居然是尤斯廷尼安诺斯和贝利萨利奥斯大名鼎鼎的吹捧者普罗阔皮奥斯。于是，一本正经的学者们受不了了。把历史大人物写得如此不堪，实在有违"温良恭俭让"的圣训，此乃其罪之一；一个史家，左手大书特书皇帝的"丰功伟绩"，右手却在细揭深揭皇帝的梅毒恶疮，这岂是大学者所应有的作态？此乃其罪之二。于是，谴责其揭人隐私壮夫不为者，有之；否认《秘史》为普罗阔皮奥斯所作者，有之；声言普罗阔皮奥斯人格分裂精神有病者，亦有之。纷纷扰扰，这桩公案吵了数百年，至今未了。

其实，用苏轼的话说，这些论调，未免"见与儿童邻"①。皇帝贵族隐私有何不能揭的？奄有天下，君临众生，予取予夺，用昔日话说，是为民之天，用今日话说，是公众领袖，其好其坏，何以不能让草根小民知道？莫非伏尔泰说得真对，这世界真是由魔鬼来管理的？ ②魔鬼当然不愿意人知道它是魔鬼！至于说此书非普罗阔皮奥斯所作，则已有学者深入至文字、文风的研究，证明《战纪》与《秘史》确实出自一人之手，不必为他开脱了。而把他写此书说成人格分裂，若出于恻隐之心，则未免误解，若出于憎恶之心，那就是用心险恶了。普罗阔皮奥斯自己说得很清楚，他写此书，曾经有过思想斗争。首先，他考虑过：

> 如果可能的话，最黑暗可怕的勾当不要叫后人知道，否则这事传到君主们的耳朵里去，他们是会群起效尤的。因为在大多数掌权者的情况下，正是他们的没有经验总是使得他们易于模仿他们的前人的卑劣行为，并且他们总是更加容易和方便地转向前一时期统治者所犯的错误。③

① 苏轼：《书鄢陵王主簿所画折枝二首》，《苏东坡集》，第 63 页。
② 伏尔泰著，傅雷译：《伏尔泰小说选·老实人》，人民文学出版社 1980 年版，第 130 页。
③ 《战争史》下册，第 930 页。

这是怕谬种流传，也算是菩萨心肠了，但也显示普罗阔皮奥斯对皇帝者流的堕落本性认识非常清楚。后来为什么又写了呢？他说：

> 但是后来我所以又拿起笔来记述这些事件的历史，是因为我又有了这样的想法，这就是：今后掌握统治大权的那些人肯定清楚地知道，首先，正如同我记述的这些人的遭遇一样，他们的罪行十之八九同样会遭到惩罚；其次，他们的行为和品格同样会记录下来给整个后代，结果也许人们会更加厌恶犯下这样的罪行。如果不是当代的作家把许多事情记录下来留给后代，后代的人怎样会知道谢米腊米斯的淫乱放荡的生活或撒尔达那帕路斯和尼禄的发疯的行为呢？[①] 并且，撇开这些考虑不谈，如果有谁恰巧也受到他们的统治者的相似的对待，这种记录对他们来说也不是完全无用的。因为遭到不幸的那些人习惯于从如下的想法得到安慰，即不仅仅是他们自己才遭到残酷的灾难。因此，出于这些理由，我还是着手记述首先是贝利撒里乌斯的全部卑污勾当，然后我还将揭发优斯提尼安和提奥多腊所干的全部卑污勾当。[②]

原来有这么三层目的：一是让后代人知道，高高在上者，不乏禽兽不如的家伙。这也算是唤醒民众吧，虽然他对所谓"民众"者并不十分看好。二是警告专制暴君：尔等"罪行十之八九同样会遭到惩罚"！普罗阔皮奥斯修《秘史》，是要让专制暴君惧。三是对古往今来受暴政迫害者的安慰与鼓励，让后世的自由思想知道，自由思想而遭迫害，并非一代一人之事，由此内心

---

① 谢米腊米斯（Semiramis），本名萨玛·拉玛特（Sammu-Ramat），公元前9世纪亚述王后。谢米腊米斯是她的希腊名，意为"半神话人物"。传说她要求丈夫给她5天统治权，她丈夫答应了。她一掌权，就把丈夫处死，夺取了王位。撒尔达那帕路斯（Sardanapalus），公元前7世纪亚述国王，传说他放纵无度，喜扮女装，娈童美妾无数。后被玛代人围在尼尼微两年，自焚而死。尼禄（Nero），史上著名残暴淫乱的罗马皇帝。
② 《战争史》下册，第930—931页。

便有安慰；而自由思想虽遭迫害，但终究会发扬光大。此即《正气歌》所咏："哲人日以远，典刑在宿昔，风檐展书读，古道照颜色。"所以，普罗阔皮奥斯绝没有人格分裂，也没有精神病。他之所以秘密写作《秘史》，原因他自己说得很清楚：

> 而这样做的理由则是，只要干事的人还活着，这些事情就不可能以它们应有的方式记录下来。要知道，当事者既不能逃脱大批间谍的警惕的目光，并且一旦被侦知，也不能避开一种最残酷的处死方式。老实说，甚至在我最亲密的亲属中间，我都无法感到有不会出事的信心。[1]

很简单，就是要避免专制暴君的文字狱迫害！欧洲有些学者大概以为，"我不同意你的意见，但我誓死捍卫你的发言权"是放之天下古今而皆准的原则，所以对一个人说话小心很不以为然。其实，17 世纪以前，欧洲教皇和国王们也搞文字狱。所以，骨头坚硬如鲁迅，也告诫年轻人：人家喊"你敢走出来"，你可别傻乎乎地就真走了出去。[2]柏林墙倒塌以后，东德人在告密档案中才发现，一家人也在互相告密。难怪

尤斯廷尼安诺斯，拉文纳教堂镶嵌画

---

[1] 《战争史》下册，第 929 页。
[2] 瞿秋白：《鲁迅杂感选集·序》，《瞿秋白文集》卷三，人民文学出版社 1989 年版，第 118 页。

1500 余年前，普罗阔皮奥斯就说："甚至在我最亲密的亲属中间，我都无法感到有不会出事的信心！"

普罗阔皮奥斯写《秘史》的意图及考虑既已如上述，下面看看《秘史》中最值得一提者为何物。关于皇后瑟奥朵拉和贝利萨利奥斯的老婆安托妮娜之出身低贱，淫荡无耻，贪婪邪恶，以及尤斯廷尼安诺斯的贪婪狡诈、刚愎暴虐等，那些个人性格与公众事务品德混在一起的丑恶，往昔的作家已经写过，一目十行扫过就可以了。如果《秘史》只写了这些，可以说就没有什么可供思考的东西了。可是，《秘史》有令人思考的东西在。

其一，关于皇帝的"雄才大略"问题。不少历史学家有个习惯，一提到哪个喜欢发动战争对外扩张的皇帝，都要赞一句"雄才大略"！拜占庭的尤斯廷尼安诺斯至今在不少学者笔下仍然顶着这个耀眼的光环。可是，普罗阔皮奥斯怎样看待这人呢？其出身之微贱、性格之贪狠姑且不论，只说他的"雄才大略"吧。在没有任何理由的情况下，他会"毫不犹豫地发布命令，要求攻占市镇、焚烧城市并奴役整个民族"。此人的统治史就是一连串的战争史：波斯战争、汪达尔战争、哥特战争……直到他去世。这些战争死了多少人？先看被侵略的地方：

> 比起这个皇帝所杀害的人的巨大数字来，我认为毋宁说要数清所有的沙粒会更快些。但是约略地估计一下已经荒无人烟的土地的面积，则我应当说死的人有亿万之众。首先，国土如此广大的利比亚（笔者按：指当时北非一带）已经被毁得如此彻底，乃至对于一个进行长途旅行的人来说，要遇到一个人绝不是一件容易的事情……至于曾经不下三次拥有利比亚土地的意大利，那里到处荒无人烟的程度甚至要超过利比亚。[1]

---

[1] 《战争史》下册，第 1015、1017 页。

作为入侵者的拜占庭人呢?

> 许多罗马士兵和从拜占庭随他们出来到那里的人们也都长眠
> 于地下了。因此,如果有人说死在利比亚的有五百万人,则我以
> 为,无论怎样说他的看法也是符合事实的。[①]

普罗阔皮奥斯总结尤斯廷尼安诺斯的"雄才大略"的结果就是:

> 因此,如果有人想对从远古以来罗马人所遭受的不幸作一估
> 计,然后拿它们来同今天人们的不幸相权衡的话,则我以为他会发
> 现这个人屠杀的人比先前所有时期里屠杀的人还要多。[②]

但是,普罗阔皮奥斯并没有停止在对尤斯廷尼安诺斯一人的指责上。如果这样,他就只是一个狭隘的持不同政见者而已。不,他看到了所有当时具有"雄才大略"的皇帝们的共同本质:

> 科斯罗伊斯本人品格同样邪恶,而且正如我在适当的地方所
> 指出的,优斯提尼安还提供给他发动战争的一切动机。

当时的欧洲和近东地区,由于各种各样原因,原先的所谓"大国"衰落或者混乱了,小国尚未崛起,剩下的大国就两个:波斯和拜占庭。两个国王尤斯廷尼安诺斯与科斯罗伊斯彼此争霸,又互相勾结,需要时候还彼此送礼。尤斯廷尼安诺斯为了全力进行汪达尔战争,竟用110肯特那里乌姆(合11000磅)黄金向科斯罗伊斯购买和平![③] 由此又引申出另一个问题,即打仗要花

---

① 《战争史》下册,第1017页。
② 同上,第970页。
③ 《战争史》上册,第83页。

钱。尤斯廷尼安诺斯当政是花了多少钱呢？据国库官员们说，皇帝阿纳斯塔修斯逝世时，"在国库里留下了3200肯特那里乌姆的黄金"。尤斯廷尼安诺斯的叔父尤斯廷诺斯执政9年，又以种种"非法手段收入国库的；有4000肯特那里乌姆"，总计7200肯特那里乌姆（720000磅，约合32.7吨）黄金。但这笔财富还没等尤斯廷诺斯身亡，就被尤斯廷尼安诺斯花光了。[①] 除此以外，"他从来不曾中止把大量的钱财作为礼物送给所有的蛮族"，或是换取"和平"，或是收买他们帮助自己镇压国内百姓。"尼卡暴动"最后被残酷镇压下去，靠的就是外国雇佣兵的野蛮。所以，"蛮族"听到尤斯廷尼安诺斯"的本性之后才自动从世界各处川流不息地来到拜占庭以便见到他的"，"在他全部掌权时期他得以罪恶地为自己侵占、然后又花了出去的钱总起来有多少，那是任何人用任何办法也无法算定或计算或列举出来的"。[②] 由于穷兵黩武，劳民伤财，耗空国库，尤斯廷尼安诺斯一死，内忧外患立即爆发，国土沦丧，山河破碎，拜占庭从此失去非洲的土地。这就是他的"雄才大略"！

说到战争史，中国有句话，叫"春秋无义战"。其实，岂止中国的春秋时期，就是整个人类史上，游牧文化时期以及农耕文化时期，都可以说"无义战"！这两段文化时期，一切战争都是统治者发动的争夺土地资源的战争，根本没有什么正义可言！因为游牧文化时代和农耕文化时代，统治者占有的一切可用资源，衣食住行，主要来源于地表三尺土中。因此，一个统治者要想尽量多地占有资源，就必须尽量多地占有土地以及耕种土地的劳动力。此所以"帝国"的概念便是"广土众民"：土地越广，资源越多；民越众，平时供剥削的对象以及战时士卒就越众。而冷兵器时代，打仗是全靠人多势众的。因此，所谓君主的"雄才大略"，就表现为敢于穷兵黩武，不断发动战争，不断侵略扩张。古今中外，概莫能外。当然，如果战胜了，将士们也可以肆无忌惮，杀人放火，掳掠财富，抢男霸女。正如鲁迅所说："中

---

① 《战争史》下册，第1022页。

② 同上，第1024、1023页。

外的杀人者却居然昂起头来，不知道个个脸上有着血污。"[1] 这就是君王们的
"雄才大略"，这就是大国天威！普罗阔皮奥斯虽然没能从理论上说明这个道
理，但已从史实上勾勒出了这些"雄才大略"的君王的嘴脸。仅此一点，就
是前无古人的了。

　　尤斯廷尼安诺斯为当时和后世学者赞扬备至的另一丰功伟绩，就是《尤
斯廷尼安诺斯民法法典》(*Corpus Juris Civils*) 的制定。确实，在他的授意和
支持下，529—534 年，拜占庭的法学家们先后编纂了《尤斯廷尼安诺斯法
典》(*Codex Justinianus*)、《法学学说汇编》(*Pandectae* 或 *Digesta*)、法学教材
《法学阶梯》(*Institutiones*)，以及最后的《新尤斯廷尼安诺斯法典》(*Novellæ
constitutiones*)。就整理 295—438 年的各项罗马法典而论，这确实是一项浩大
的法学工程，功不可没。但是，论及"革新"，那就主要是把他个人的法律
意志强加进去了。尤其所谓《新尤斯廷尼安诺斯法典》，完全是为了加进他
的 168 条法律规定而作的。这种把皇帝个人的意志作为法律规定，并非什么
新东西。这种主张，也是从前罗马法学家们的主张。所以，尤斯廷尼安诺斯
在法学上并没有什么"革新"。这种观念，不用说跟现代法学观念比较，就
是跟 18 世纪启蒙运动的法学观念比较，也显然有本质不同。启蒙主义者们
认为，立法司法行政三权应该分立，而不是由皇帝一人专断。另外，法律的
制定，首先要以全民公认的"契约"即宪法为依据，而不是以皇帝一人的意
志为基础。所以，某些学者吹嘘尤斯廷尼安诺斯开后世法统之先，实在有点
混淆古今之嫌。

　　大道理分清，就可以看看普罗阔皮奥斯如何看待尤斯廷尼安诺斯的"法
治建设"了。首先，他的"法治"完全就是"人治"，不是"rule of law"（法
律的统治），而是"rule with law"（用法律统治）。而且，完全变成他个人尤
其是他老婆瑟奥朵拉的"人治"。瑟奥朵拉出身妓女，与他勾搭上以后，无
法结婚。因为拜占庭法律规定，贵族（更不用说他是国家二把手"共治帝"）

---

① 鲁迅：《记念刘和珍君》，《鲁迅全集》卷三，人民文学出版社 2005 年版，第 292 页。

不能跟妓女结婚。但是，他连蒙带逼，让他叔父把这条法律废了，为他与瑟奥朵拉结婚铺平了道路。此后，拜占庭贵族娶妓女为妻，就光明正大了。瑟奥朵拉更利用这一点，逼着她讨厌的贵族男子娶妓女，逼着她讨厌的贵族女子嫁流氓，也是天经地义的了。成文法以及不成文法，碰到瑟奥朵拉，都形同废纸。有个叫瓦西努斯的青年贵族背地骂过瑟奥朵拉。瑟奥朵拉得知后，便要收拾他。他闻讯躲到天使长大教堂。按古来传统，一个人躲进教堂，即受上帝保护，不能逮捕。但瑟奥朵拉根本不管这一套，命令民众事务官员捏造瓦西努斯犯鸡奸罪名，硬把此人从教堂拖出来。僧侣们也不敢干涉。此人被捕后，遭受各种酷刑，以致民众觉得不忍，呼告上天，为其求情。结果，瑟奥朵拉更加愤怒，命人将瓦西努斯生殖器割了，虐杀致死，还不忘没收其全部财产。[1] 这岂是法治制度下所应有之事？

至于立法机构的元老院，更被这两口子玩弄于股掌之间：

> 元老院开会就像画片里所画的那样（笔者按：意即做样子），对于它要表决的事情没有任何控制的力量，也始终没有任何影响，它的集会只是一项古老的法律所规定的一种形式，因为参加集会的不管任何人根本不可能甚至发表自己的意见，只是皇帝和皇后一般装作使他们要讨论的对事务有不同意见的样子，但结果哪一方占上风都是由他们在私下里安排好了的。[2]

有论者云，这是尤斯廷尼安诺斯代表新兴地主阶级利益，在政治上大刀阔斧进行改革，剥夺贵族们的政治特权。可是，尤斯廷尼安诺斯及其叔父出身兵痞，靠枪杆子夺取了国家政权，他的老婆瑟奥朵拉出身下等妓女，同属于流氓无产者。他们的行径也恰恰是流氓无产者惯用的无赖伎俩。流氓无产

---

[1] 《战争史》下册，第1008页。
[2] 同上，第998页。

者其实是最崇拜威权主义的，古今不乏其例。元老院制度带有古代贵族民主
因素，对执政官起着一定的制约作用。尤斯廷尼安诺斯两口子当然要把它架
空，让其形同虚设，同时又假其名以售自己之奸。若论政治手腕之高明，确
实令人佩服；若论此乃"改革"，"改革"可以扫地矣！因此，当时拜占庭之
"法"竟是变幻莫测，无日可宁：

　　　　如果违反了法律的任何人看到对胜诉没有把握的话，这个人
　　就可以把更多的黄金抛向皇帝，这样他立刻便可以使同先前制订的
　　一切法律抵触的一项法律得到通过。如果还有什么人怀念已经被取
　　消的这一法律，皇帝也完全不反对再把它找回来重新加以制订，任
　　何事物都不是固定有效的，正义的天平摇摆并向每一个方向转动，
　　这要看是否有更多的黄金压在上面从而使它摆向一方或另一方；正
　　义是在市场上确立的，而尽管它一度曾在皇宫里居住过，情况也还
　　是那样，在市场上人们可以找到售货室，人们可以在那里出一个价
　　钱不仅买到法庭的判决，而且还有立法。①

而尤斯廷尼安诺斯两口子如此玩弄法治，也并不只是游戏开心而已，其最终
目的，则是流氓无产者念念不忘的金钱。拜占庭的法治，实际成了他们捞钱
的工具。他们只要看中谁家的财产，便可以用尽各种手段，给其人加上种种
莫须有的罪名，比如信奉多神教啦，信奉异端啦，鸡奸啦，勾引圣女啦，煽
动叛乱啦，等等，既置其人于死地，又夺取其人的财产。对有些极其谨慎的
人，无法扣上这类罪名，这两口子又会以另一种手段巧取豪夺其财产。他们
常用的手法，就是制造自己对这些人的财产的继承权，"使自己成为某些死
者的继承人，或者，如果会发生这样的事的话，甚至成为活着的人们的继承

---

① 《战争史》下册，第998页。

人，因为他已扬言自己被他们过继了"[1]。

普罗阔皮奥斯以铁的事实，揭穿了尤斯廷尼安诺斯所谓"法治"的下流性。若说世界上或者人类历史上，有哪个作家最早揭穿了所谓"法治"的虚伪性，那就是普罗阔皮奥斯！19世纪的巴尔扎克说，法律就像蜘蛛网，专门捕捉小虫似的草根百姓，若碰上大牛虻，这网就被撞破了。这话不错，但是比起1000多年前普罗阔皮奥斯对虚伪的"法治"的揭露，那还差得远呢。更不说那些把"法治"看作万应灵丹的书呆子。仅此一点，普罗阔皮奥斯也可以傲视古今了！

如果说尤斯廷尼安诺斯玩弄法律，只是捞取钱财也还罢了。问题是，他玩弄法律，还导致了拜占庭社会的分裂。拜占庭大赛场自古有车技比赛。车迷们各着蓝绿红白四种服装，以示对自己崇拜的选手的支持。后来，这种差异逐渐发展为对社会问题的意见分歧。四派逐渐合并为蓝绿两派。但很长时间，两派分歧仅限于精神领域，并未酿成大祸。尤斯廷尼安诺斯跟他老婆瑟奥朵拉原来都属于蓝派。两人掌握国家大权后，竟利用手中的政权，支持蓝派打击绿派。这种打击从口头压制发展到肉体消灭。蓝派暴徒甚至可以白昼杀人于闹市！最后，不仅杀害绿派人物，连蓝派稍有异议者也会被杀害。杀人者逍遥法外，无人敢过问。有一个官员激于义愤，依法判了几个凶手的死刑。可是，没多久，这个官员就被加上莫须有的罪名判处死刑。虽然经人救助改判流放，但皇帝还是派人去暗杀他。[2] 所以，蓝派暴徒越发嚣张。绿派的人当然不甘于引颈就戮，也尽力之所能，以暴抗暴。社会就此彻底分裂。纵观古今历史，社会分裂，其实都是这样造成的。统治者公开支持自己的铁杆儿派，打击反对派，人为激化矛盾，故意把观念分歧激化为武装杀戮，以达到专制宰割天下的目的。尤斯廷尼安诺斯奉行的就是这种政策，结果导致尼卡暴动，最终以血腥镇压收场，建立起他和瑟奥朵拉的专制统治。普罗阔

---

① 《战争史》下册，第1023页。
② 同上，第975—976页。

皮奥斯不仅在《秘史》中，而且在《战纪》前几卷中就已揭发出这种历史现象，留给后人深思。

中国唐代史学家刘知几说，史有三长：才、学、识。[①]论才，普罗阔皮奥斯不输于古典作家；论学，则为当时第一流学者；而论识，则远远高出前代与当时史家及作家。在人类历史上，最早揭示所谓"雄才大略"的暴君涂炭生灵的罪行，揭穿流氓"法治"的虚伪。这等远见卓识，不仅前无古人，就是很长一段时间，也可谓后无来者。

第七节　拜占庭民间春秋史话创始人

约安尼斯·马拉拉斯，其姓名中"Μαλάλας"意为"雄辩家"，这个外号是大马士革人约安尼斯首先用来称呼他的，后来君士坦丁七世则把他称为"马来拉斯"（Μαλέλας）。据此推测，他可能操过辩护律师之类职业。其故乡可能是安条克，532年移居君士坦丁堡（又一说是540年波斯人入侵安条克之后）。他大概还去过塞萨洛尼卡和潘尼亚斯（בניאס，在今戈兰高地以北）。他一生经过了四位皇帝：阿纳斯塔修斯一世、尤斯廷诺斯一世、尤斯廷尼安诺斯和尤斯廷诺斯二世。由其作品《世界春秋》（Χρονογραφία）看，马拉拉斯积极为基督教张本，支持基督一性论，敌视多神教，拥护专制制度。所以，讲到古代城市奠基，他都不忘指出人牲献祭之非。他非常注重罗马的独裁统治，而对整个共和国时期罗马史，却装聋作哑，故意绕开。

他的传世作品《世界春秋》，在拜占庭史学、文学两方面均有创造性的贡献。"Χρονογραφία"一词，字面翻译应该是"编年史"。译为"春秋"，符合其编年之意。又因马拉拉斯雄心勃勃，要写一部世界史，故一些学者在其书名前冠以"世界"二字，不仅明其首创之功，也便于与其他众多的同名"春秋"相区别。这种编年史所记载的，往往可以跨时代，又近乎华夏的"通

[①]　欧阳修、宋祁：《刘子玄传》，《新唐书》卷一三二，中华书局1972年版，第4522页。

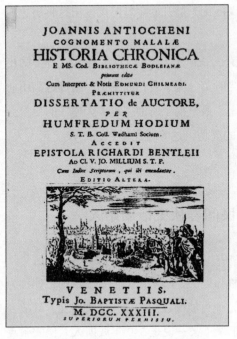

1733 年版《世界春秋》

史"，与另一种历史著作"当代史"不一样。但这种编年史，并不具备华夏编年史之正史身份，而是近乎"史话""演义"之类，有点不登大雅之堂。

马拉拉斯的《世界春秋》就是流传至今的第一部拜占庭编年史，或者说第一部"史话""演义"。现存最早的版本是 12 世纪的手稿，存于牛津大学图书馆，首尾皆佚，记事时间截至 563 年。但有的手稿截至 565 年，亦有 568 年及 573 年之说，所存亦止片段。从现存手稿看，此书始于埃及神话，终于尤斯廷尼安诺斯的侄儿马基安诺斯

（Μαρκιανός）563 年进军罗马非洲地区的史事。此书前 17 册以尤斯廷诺斯掌权结束。第 18 册的一部分是 540 年以前在安条克写成。当年安条克转入波斯胡斯劳（husraw，531—579 年）之手，马拉拉斯迁居君士坦丁堡，写完第 18 册，即尤斯廷尼安诺斯时代。也有一说，即最后这部分作者不是马拉拉斯本人，而另有其人。传世文本缺乏固定的、权威的版本。此书第一次正式出版是在 1691 年，后来的波恩版仿此。

《世界春秋》引用了不少前代作家作品——诸如鲍桑尼亚斯（Παυσανίας）[1]、尤利乌斯·阿非利卡努斯、恺撒利亚的尤瑟比奥斯、涅斯托留斯[2]等人。不

---

[1] 鲍桑尼亚斯，2 世纪古希腊作家与地理学家，著作有《希腊记》。

[2] 涅斯托留斯，安条克神学派代表，428—431 年任君士坦丁堡宗主教，431 年以弗所会议上被定为异端。

过，马拉拉斯像其他拜占庭史话作家一样，引用前人著作，一般都不书其名。所以，他的古代资料究竟从何而来，至今还无法彻底弄清。

全书分为18册，具体构成如下：第1册已佚失，现存手稿替代的是一份《大事年表》。第2册写亚述（Aššur）、埃及和弗里吉亚传说。第3册以《福音》《五书》为基础，讲述以色列古史。第4册转向希腊（Ἑλλάδα），讲述俄耳甫斯（Ὀρφεύς）和阿尔贡英雄故事。其中多神教神话与基督教神话往往混为一谈。第5册以克里特的蒂克图斯（Δίκτυς ὁ Κρής）的《特洛亚战争日志》（Ἐφημερίδα του τρωικού πολέμου）为底本，讲述特洛亚战争。第6、7两册写埃涅阿斯族的产生、罗慕鲁斯与莱姆斯（Romulus；Remus）奠基罗马，以及塔昆纽斯（Tarquinius，逝于前495年）以前罗马诸王。第8册写亚历山大大帝（Ἀλέξανδρος Γ' ὁ Μέγας，前356—前323年）远征、托勒密王朝（Πτολεμαῖοι βασιλεία，前305—前30年）和塞琉古王朝（Σέλευκος，前312—前64年）。第9至第12册写尤里乌斯·恺撒（Gaius Julius Caesar，前102—前44年）到瓦莱利乌斯·康斯坦提乌斯（Flavius Valerius Constantius，250—306年）之前的罗马。其中第9册写共和国时期，第10册写奥古斯都帝政和基督教产生，第11册写特拉扬（Traianus，53—117年）诸帝，第12册写科莫度斯（Commodus，177—192年任罗马皇帝）。从第13册开始讲拜占庭历史，写完君士坦丁大帝执政以后，余下5册，从尤斯廷诺斯一世一直讲到尤斯廷尼安诺斯为止。第18册是在尤斯廷尼安诺斯死后才补充问世。从芝诺（479—491年）称帝开始，马拉拉斯用当代人和目击者语气说事，《世界春秋》由此才被看成珍贵的历史资料。

就叙事风格而言，《世界春秋》可分为两部分，第一部分收束于第14册，其文献来源为旧约、新约、希腊史家著作、希腊古典时期俄耳甫斯诗歌、古代晚期和基督教早期史家著作、欧里庇得斯的悲剧、蒂克图斯关于特洛亚战争的著作，还使用了埃及、亚述、希腊和意大利的传说故事。这部分的风格往往不加修饰，有时还模仿史诗。叙述往往重复，过于琐碎。从第15册开始，语言有了较细致的修饰，同时也更富于个性化。这部分特别有趣的是写安条克和君士坦丁堡。

　　马拉拉斯写作使用的不是古希腊语，而是中世纪早期普通希腊语，虽然也有一定的书卷气，而且渗透着拉丁语和近东闪米特语语素。但他不大懂古希腊语，更不用说拉丁语和其他语言。书中许多词汇和表达形式都让人感到在向"德莫提克"（δημοτική，民间口语）即新希腊语过渡。希腊化时代才为人所知的民间口语，在马拉拉斯的史话中，已占了上风。尤其是他喜欢使用一些技术术语和官场公文术语，反映了公文语言由拉丁语向希腊语过渡的历程。除了希腊语，他也使用一些外来语。除了转述其他著作，马拉拉斯自己的语言风格简单明了。这反映了当时日常买卖所用的书面语言要求直来直去的趋势。当然，这样一来，《世界春秋》的语言无形中就构成了对传统文学语言的挑战，与传统文学语言大相径庭，引起当时一些学者的愤怒。

　　在拜占庭，此书受人喜爱，流传甚广。究其原因，在于它是一部地地道道的供民间阅读的"历史"。德国著名拜占庭文学史家克鲁姆巴赫尔认为，马拉拉斯是想创作一部"普通民众的"书，既不伤及"御座和祭坛"，又能吸引民众，为民众所理解。[①] 马拉拉斯并不追求修昔底德和希罗多德的桂冠，他大胆地打破拜占庭早期教堂史家中尚存的希腊史学传统，不讲究材料的运用和布局。他所面向的不是有教养的挑剔的上层读者，而是中下层僧侣和普通市民。史话和演义风格又允许他不是写严肃的历史著作，而是饶有兴趣地讲历史故事，以便普通人读得懂、听得懂。为了满足口味不高的读者的兴趣，他常讲些匪夷所思、稀奇古怪的故事，只要引起普通人的好奇心就行。他精心地描写地震、日食等。他喜欢停留在事物的正面和外表上，而不去探究其本质，而且常常从基督教的立场去解释古代历史和神话。因此，原始著作的内容往往被歪曲，神话形象和历史人物混为一谈。逗乐子的事被曲解成历史事件。这部作品依据的是大量彼此各异的古代文献，但马拉拉斯却把它

---

① Karl Krurnbacher, *Geschichte der Byzantinnischen Literatur*, Aufl. 2, Miinchen: Oskar Berck, 1897, s.326.

们当作罗马乃至拜占庭时代的资料汇编去使用。毫无批判的引用以及任意的转述，加上教养不足（与同时代的普罗阔皮奥斯以及阿噶希亚斯相比），导致书中不时发生历史时代错误，乱放黄腔，重大事件与梦呓混为一谈。比如，《奥德赛》中的独眼巨人库克罗普斯居然成了欧里庇得斯剧中人物，而且不是独眼，是三只眼。女诗人萨福仿佛生活在开天辟地的第二代神克洛诺斯（Κρόνος，宙斯的父亲）时代。哲学家德谟克利特（Δημόκριτος，前 460—前 370 年）被说成生活在泊罗普斯（Πέλοψ）时代。泊罗普斯是神话人物，坦塔罗斯之子，比前 12 世纪的特洛亚英雄还要高出三辈人，时间错了近千年。他把希罗多德（Ἡρόδοτος，前 484—前 435 年）置于珀吕比奥斯之后，前后颠倒了几个世纪。他还把西塞罗和历史家萨鲁斯提乌斯说成诗人。公元前 2000 年中叶小亚细亚西南沿海古国卡利亚（Καρία）之得名，按他的意见，是因为被千余年后才出生的罗马皇帝马可·奥勒留·卡鲁斯（Marcus Aurelius Carus，282—283 年在位）所征服，如是云云。总之，从孤陋寡闻这个角度看，《世界春秋》简直就是一堆杂乱无章的琐屑事例的堆砌，有人用 16 世纪法国人文主义者斯卡里格（Joseph Juste Scaliger，1540—1609 年）的一句名言"一堆垃圾"（quisquiliarum stabulum）[1] 来形容此书。

尽管不少地方出错，但不能不承认，多亏马拉拉斯这部作品，中世纪的拜占庭普通读者，乃至其他民族的读者（通过翻译）才获得了古代文学、科学和文化的一般知识，比如柏拉图和亚里士多德的哲学，埃斯库罗斯和维吉尔，以及"世界七大奇迹"，等等。就普及古代文化知识而言，他还是功不可没的。《世界春秋》第 5 册纯文学趣味较浓，神话传说比比皆是。讲神话故事，本来就是希腊文化的普遍特点，但中世纪接受古典文化有新的特点。每个故事都远远不是原模原样，而是打上了新时代的印记。《世界春秋》就

---

[1] *Православная Богословская Энциклопедия*, Составлень Под Редакциею Н. Н.Глубоковскаго, СПБ.1905, Т. VI , c.998.

是最明显的例子。希腊诸神不再像荷马史诗中那样直接下场参赛，甚至似有
若无。诸神的名字也用得很少，大多数只提到他们的祭坛、庙宇和牺牲。比
如，在希腊神话中，阿伽门农的女儿伊菲革涅亚被选作出师祭神的牺牲，后
来，是月亮女神阿尔忒弥斯救了她。但在《世界春秋》中，月亮女神不再起
作用了。伊菲革涅亚之得救，完全是牺牲品们自愿的行为，一头母鹿自愿代
替了这女孩。马拉拉斯这样改造伊菲革涅亚的故事，使人想起《旧约·约伯
纪》中上帝以羊代替约伯之子作牺牲的故事。

　　后来的拜占庭史话作家几乎更是拜他所赐，7—10 世纪的后起作家处处
引用《世界春秋》。如大马士革人约安尼斯、瑟奥凡尼斯（8 世纪）、格奥尔
基奥斯·哈玛透罗斯（Γεώργιος Ἁμαρτωλός）[①]、约安尼斯·斯库里茨（Ἰωάννης
Σκυλίτζης，约 1040—1101 年）、格奥尔基奥斯·克德莱诺斯（Γεώργιος
Κεδρηνός，11 世纪），都是如此。740 年，他的同名人和老乡，即著名的大
马士革人约安尼斯，在自己的著作《论圣像》第三章中就转述过马拉拉斯讲
的一个妇人的故事。这个妇人大流血，幸亏摸过基督的衣服才得以痊愈。病
愈后，为了感恩，把基督的雕像移到巴勒斯坦城市恺撒利亚。此外，当时修
道院史正在发展，《世界春秋》也成了后起的基督教作家的圭臬。有趣的是，
有一串作家跟约安尼斯·马拉拉斯同名，比如以弗所的约安尼斯、安条克人
约安尼斯，以及尼西亚的约安尼斯等。这些人往往被人跟约安尼斯·马拉拉
斯混为一谈，夹缠不清。不过，正是由于引用此书的人太多了，无形中降低
了它在读者眼中的价值。11 世纪后，此书就没以前那么流行了。

　　在叙述特洛亚战争时，他虽然以传说中的人物克里特的蒂克图斯的《特
洛亚战争日志》以及寇斯岛的西素佛斯（Σίσυφος Κως）的叙述为依据，但
并没有亦步亦趋跟着他们走。马拉拉斯很重视伪经圣徒事略，常常讲述跟圣
徒的活动相关的各种奇特现象。似乎他观察一切历史事件的中心点就是他的
故乡安条克，所以，有时他的这部史话简直就好像安条克史话，在这种背景

---

① 格奥尔基奥斯·哈玛透罗斯，9 世纪拜占庭史话作家，作品《史话》。

上，这里那里地穿插一点宇宙其他地方的插曲。到这部史话的结尾，活动中心又转变为君士坦丁堡，相应地，这部分叙述便成了首都编年史。所以，总体看，马拉拉斯观察"世界"的眼光，是有局限的。但是，从哲学与历史学角度看，他仍是拜占庭第一个有"世界眼光"的史家，虽然他的"世界"只局限在欧洲、小亚细亚和北非，但究竟算是有了"世界"的概念，而不是只看到东罗马。

当然，他的"演义"内涵的结构，也是想证明拜占庭是古代世界的直接的与合法的继承者。在当时，马拉拉斯这种观点适应了拜占庭政治和精神领域的需要。拜占庭继承了罗马帝国的"奥古斯都"（augustus，至尊）制度，但把这种制度中原来残存的一点"民主"因素一扫而光。"奥古斯都"虽然"至尊"，但只是荣誉称号而已，其实际职称"imperator"（执政、统帅）只是表示其人居于此位之时，有统帅或执政权利，并非"普天之下，莫非王土。率土之滨，莫非王臣"。一旦被解职了，与一般公民便无所区别。另外，由于天下与政权都不是imperator的私家财产，所以，罗马帝国时期的政权传递，往往是传给imperator的"养子"，即在国家建设或战争中功勋卓著、由imperator收为"养子"之人。到了拜占庭时期，这imperator则是靠"打江山"，即抢来的，而且要传给与自己有血缘关系的人了。君士坦丁大帝虽然开了这头，但尚未绝对专制独裁化。他死后，政权还一分为二，由两个儿子分别继承，国家分治。到了尤斯廷诺斯时代，尤其是尤斯廷尼安诺斯时代，其人出身低微，皇后出身亦无异于倡优，私欲特重，国家权力从此就无所谓分权之说，而由一人专制了。这种政治制度当然就要求意识形态为其张本，把原本丰富多彩的世界历史，说成一家独大、一脉相承的历史。历史上，能得这种专制独裁风气之先的，倒不一定是上层贵族，而往往是小贵族，或是下层小生产者，乃至丐帮。马拉拉斯之出身，与尤斯廷诺斯家族相去不远，所以，虽然地位不高，但体验这种专制独裁的欲望，却并不难。发而为史，把世界历史发展归结为一国中心、一家中心之论，可说是天性使然。另外，当时欧洲历史、拜占庭历史，就精神领域而言，亦进入"一言堂"时期，即基督教观念占统治地位的时期。虽然在拜占庭，基督教内部对"神"的观念还多有争论，但总体是趋向于"正统"一家独大，"异端"（基督教内部派别）与"异教"（非基督教）必须取缔。这种意识也是血缘观念及权力欲极其旺盛的小贵族与小生产者所特有。马拉拉斯生于这种时代以及这种阶层，在其"历史"著作中，鼓吹一术独尊，也可谓天性使然。

从文学技巧角度看，《世界春秋》虽然也想继承荷马的史诗风格，但由于缺乏荷马时代自由吟唱的历史背景和自由歌人的修养，便呈现出与荷马不同的"春秋笔法"。今略举二端如下。

荷马写人，大处着眼；马拉拉斯写人，则细处着手。比如写海伦，此女是当时第一美女，也是特洛亚战争的直接祸端。特洛亚战争本质是古代人类对财富的争夺。但一场战争起因于美女，则更符合艺术须有一定程度的浪漫这条规律。所以，能否写出海伦之美，也就是史诗成败或高低的关键。荷马不愧此中老手，深知审美趣味之众口难调。故写海伦之美纯以虚写出之，具体而言，即以几位特洛亚长老的评价出之。海伦随巴里斯私奔至特洛亚，深居简出，他人难于一睹芳容。所以，战争期间，特洛亚人上上下下对海伦颇有微词。但有一日，征战间隙，几位特洛亚长老坐在城头观敌，其间说起海伦，也有红颜祸水之叹。不料其日海伦亦离宫外出散心，无意间散步至城墙附近，被一长老偶然回首所见，这长老一时便呆住了。其他长老循其所见，也见到了海伦，一时皆不由得屏住呼吸，然后异口同声叹道："为这女子，打十年仗是值得的！"此叹若出于年轻后生之口，便无足论。因为年轻后生精力充沛，欲望极盛，见异性都觉着美。而年高德劭的长老们已是血气干枯，行将就木，能激起这等老朽甘愿为之拼命的女性，将美至何等程度，就是非人类语言所能形容了。荷马任由读者听众各人按自己的审美趣味去想象海伦，如此处理，深得后世赞叹。马拉拉斯却不如此，他是逢美人若不具体描摹便必定心有不甘。且看他写海伦（Ἑλένη）：

　　海伦身材匀称，胸脯美丽，色白如雪，眉毛精致，鼻梁端正，脸儿圆圆，头发蜷曲，色泽淡红，动作轻俏，声音甜蜜——女中尤物！①

这完全是马拉拉斯自说自道，跟中国宋元时期"说话人"的习惯差不多，提到某人，无论情节需要与否，都要介绍一番，以期读者或听众跟着他的思路和趣味走。至于他的审美标准是否为读者听众所认可，比如海伦的头发被写成"淡红"色的，那就在不可知之数了。不仅写海伦如此，每逢一个女子，马拉拉斯都要描写一番。且看莱斯波斯岛的狄奥美丹（Διομήδαν）：

> 她是个白皮肤的女孩，圆脸，顾盼生光，小鼻子挺直，身材
> 匀称，头发流金，约二十二岁。②

黑海边的阿斯图诺美（Ἀστυνόμη），这已是为人妻的女性了，而且是太阳神阿波罗的女祭师，马拉拉斯还是要写上几笔：

> 她身躯柔软，皮肤洁白，头发金黄，鼻子美丽，胸脯小巧，
> 才十九岁。③

还有勒郭麦奈城（Λεγόμενη）的希泊达美亚-布丽斯尼达（Ἱπποδάμεια Βρίσνιδα）：

> 身材高挑，胸脯美丽，衣冠楚楚，双眉连接，鼻子秀丽，眼
> 睛大，双颊丰满，卷发披肩，性情活泼，二十一岁。④

---

① Ἰωάννης Μαλάλας, *Χρονογραφία, CSHB,* MDCCCXXXI, ex recensione Ludovici Dindorfii, Bonnae: impensis ed. Weberi, 1831, p.91.

② *Ibid.*, p.100.

③ *Ibid.*

④ *Ibid.*, p.101.

忒乌斯兰塔（Τεύθραντα）的忒克美萨（Τέκμησσα）：

> 身材匀称，皮肤微黑，眼睛漂亮，鼻子细细，黑头发，容颜
> 优雅，十七岁。[①]

一场特洛亚战争，死了那么多人，马拉拉斯都是一笔带过，唯独写到希腊人
虏获的美女，他必定要描写一番。这可以显出 5—6 世纪君士坦丁堡人一般
的审美情趣以及讲故事的习惯：一提到美女，不论合适与否，必定要描摹一
番。比如，写希泊达美亚被人俘虏了，理应极其悲惨。可是，马拉拉斯却来
一句"性情活泼"。一个美女，而且是公主，被人俘虏了，此情此景，试问
如何"活泼"得起来？另外，对美女们的描写，当然也有点儿各自的个性特
征，比如头发有红色的、金色的、黑色的。但总体而言，却大同小异，不能
脱离君士坦丁堡市民们的审美习惯。从这些方面看，与其说马拉拉斯是个历
史家，倒不如说是个市井"说话人"，甚至可以说，他就是拜占庭市民文学
的开山祖。这是他的长处，也是他的短处。

　　不仅如此，马拉拉斯在基督教理性主义影响下，还喜欢较真。比如，写
到俄底修斯漂流到魔女喀尔刻岛（Κίρχη）上的传说。荷马史诗说，喀尔刻
对来到岛上之人，都热情款待。除了美酒佳肴，还有一种魔枣，味极鲜美，
人见了，便垂涎欲滴。但一旦吃下，就会随喀尔刻的意愿，变成种种牲畜，
供其役使。荷马时代的人，无论王公贵族或贩夫走卒，听了绝不会有人怀疑
这故事的真假，必定人人信以为真！这本是巫术时代"正常"的观念。马拉
拉斯不明此理，写到喀尔刻这些故事，一定要为她找出一些"可以理喻"的
原因，比如，说喀尔刻与仙女卡里普素本是姐妹，但自幼便受卡里普素的
气，没有帮手，只好出此下策，收集马仔，好跟姐姐抗衡。至于人喝了她的
魔汤（马拉拉斯叙事时还不用"魔汤"一语，而是说"绿色植物"），变成牲

---

① Ἰωάννης Μαλάλας, *Χρονογραφία*, p.103.

畜，马拉拉斯忍不住加了一段"科学"解释：

　　　　大智的荷马在诗中写过喀尔刻如何用魔汤改变俘虏的外形——他把一些人变狮子，另一些变狗，还有的变猪，有的变猪崽，有的变熊。前面提到的柯林斯的费达里奥斯（Φειδάλιος ὁ Κορίνθιος）这样解释，他说，喀尔刻把人变动物，这说法实在荒谬。诗人只是想借此显示相思病人的特点，好比喀尔刻激起了他们的欲望，把他们变得像动物一样。他们咬牙切齿，发疯失常，狂躁不安。这原本就是相思病人的天性：追求恋爱对象，乃至生死置之度外。相思病人就是这样：他们变得跟野兽一样，脑袋里什么理智也没有，靠近他们欲火中烧的对象时，他们容貌都变了，外貌性情都变得跟动物一样。大自然就是如此安排的，相思病人彼此相互视为野兽，以血相扑，常常一些像狗，另一些像狮子，只想满足欲火，有的脏得跟熊一样。费达里奥斯在自己的著作里把这解释得明白无误。[1]

荷马时代自然天成的巫术信仰，人人听了，舒畅已极。到马拉拉斯这里，却成了修辞学的比喻和心理分析。这种解释真给人一种焚琴煮鹤、大煞风景之感！不过，这也不能全怪马拉拉斯不解风月，而是时势使然。当时正值拜占庭封建意识巩固时期，作为统治思想的基督教教义，尽管内部异议歧出，争论不休，但有一点似乎是各派都公认的，那就是作为上帝神性体现的"圣灵"是偏向理性的，或者干脆就是理性的。圣父和圣子，都是大智慧的化身。秉承此义，世间的宗教就该以理性教育信徒。因此，当时种种宗教作品无不带有训谕的色彩。作为虔诚的基督徒，马拉拉斯写书，当然也必须按此轨道前行。所以，他觉得，荷马笔下写事，有时不可"理"解，必须正之以

---

[1]　Ἰωάννης Μαλάλας, *Χρονογραφία*, p.120.

理性，在常情常理上说得过去，这才不惮繁难，对荷马史诗中的神话传说，加这么一番"科学"的解释。虽然在旁观旁听者那里，这种解释令人倒胃口，吃力不讨好。但从大时代的变化角度看，这也未始全无益处。这益处就是开了理性思索风气之先，遇有自己觉得说不清的事，必须找个说得清的理由，而不是像荷马时代那样懵懂自得、悠然陶然了。后来的文艺复兴强调理性，并非跟基督教完全对立，倒是继承了基督教教义中的理性思维的因素。而马拉拉斯把这种因素引入他的史话演义之中，无形中对民众心智也有那么一点儿启迪之用。这就是他的功德了。

第八节　长篇咏物诗的奠基者

鲍罗斯·希冷提阿利奥斯（575/580 年逝于君士坦丁堡）是阿噶希亚斯的好友。阿噶希亚斯说他富裕，是尤斯廷尼安诺斯一世的宫廷司礼官，负责宫廷的安静和秩序，他的名字中的"希冷提阿利奥斯"（Σιλεντιάριος）便是此意，也就成了他的外号，有如《水浒》中蔡京称为"蔡太师"，宋江称为"宋押司"一样。他也以铭体诗名世，《希腊文献集》保存了他的诗约 80 首。其中 40 首是情诗，2 首答阿噶希亚斯，1 首悼阿噶希亚斯的学生寇斯的达摩哈利斯（Δαμόχαρις ὁ κως）。他还写过一首诗咏普希娅（Πυθία）温泉（普希娅原为德尔菲阿波罗神庙女祭司）。

他的铭体诗对于这种诗体的发展与贡献，与阿噶希亚斯堪称伯仲，不过，有时更幽默。比如，他有一首诗写金钱在恋爱中的作用，出之以宙斯化为金雨的神话：

> 宙斯化作金雨，才能钻进铜铸的大殿，
> 从达那厄身上扯掉那少女的腰带。
> 这则神话告诉我们，铜墙和锁链——
> 一切都得服从黄金管。

《德尔菲女祭司》，约翰·马勒·科利尔（John Maler Collier）

　　黄金能破除一切机关，什么锁都没用。

　　黄金能让女人低下高傲的嘴脸，正如收服了达那厄的心。谁带着钱，在情场就无须库普丽达来助拳。[1]

库普丽达就是希腊神话爱神阿芙洛蒂忒的别名。确实，自古至今，爱情之事，只要有财神出手，就用不着爱神来添乱了。莎翁戏剧《雅典的泰门》中有段著名的"黄金台词"："金子……这黄色的奴隶……可以使鸡皮黄脸的寡妇重做新娘……恢复三春的娇艳。"（朱生豪译）此诗与之相比，有异曲同工之妙，但比莎翁早了近千年，而且无须前面的戏剧情节铺垫，直接就从宙斯化作金雨、情场得手入题，在离古代不远的拜占庭时代，可谓老妪能解。

　　但使他能在文学史上立足的，则是他的一首"咏物诗"，描写562年尤斯廷尼安诺斯一世重建圣索菲亚大教堂。

　　《圣索菲亚大教堂咏》（ Τοῦ Ναοῦ Τῆς Ἁγίας Σοφίας ）属于拜占庭文学中的"咏物诗"，而且可以说是这类文体的开山之作。"咏物诗"在其他语言中多音译为"艾克弗拉西斯"。汉语若如此音译，则使人茫然不知所以，故今意译为"咏物诗"。其实，这种文体就其内容而言，相当于中国汉赋中的大赋，如王延寿的《鲁灵光殿赋》之类，以歌咏雕塑建筑之类艺术作品为主。但若论其体裁，则与汉赋相差甚远。它也用诗歌形式，讲求韵律抑扬，但篇幅不一定像汉赋那么鸿篇巨制，而是可长可短，当然也没有汉字的对仗骈偶之类

----

[1]　AG. V.1, B. V–217, p.236.

要求，亦无汉赋固定格式或者"百喻一讽"之类的规则。在世界文学中，除了汉赋以外，以笔者之孤陋，在其他国家文学尚未见如此发达的咏物文体。而鲍罗斯则堪称拜占庭文学"艾克弗拉西斯"之祖，想必当之无愧。

《圣索菲亚大教堂咏》第一点引人注意的，是在他所有作品中，此诗是唯一有准确创作日期的。圣索菲亚大教堂在 557 年大地震中受损，此诗即为其重建开光而作。传世手稿标明的完成时间是 562 年 12 月，据编年史记载，庆典日期是 563 年 1 月 6 日。

全诗共 1029 行，其中第 497—505 行在传世版本中已残缺不全。此诗在咏物诗中堪称鸿篇巨制。其韵律和结构相当复杂而精致，但都服从于主旨的需要，即皇帝的专制、第二罗马帝国的强盛与基督教的光明精神是"三身一质"，一而三，三而一的。此诗分为两部分，即序诗与正文。序诗 353 行，以三音步重轻格诗句写成；正文 676 行，则以古希腊荷马史诗的六音步短长格诗句写成。

序诗又分为两部分：第一部分献给皇帝尤斯廷尼安诺斯，在宫廷朗诵；

圣索菲亚大教堂

第二部分在为大教堂开光的宗主教尤图海斯（Εὐτυχής，552/565—577/582年）家中朗诵。长诗正文的思路是从总体向局部、从外向内、从大部向细部，逐步转换过渡。正文也可以分为三部分：第一部分是教堂总体外观描写（354—616行），第二部分是室内和用具描写（617—920行），最后结尾是对皇帝和基督教精神的赞颂（921—1029行）。

综观序诗和正文，基督教的"三身一质"的神学观念，转化为"皇帝专制伟大、国家强盛和基督教光明"政教合一的政治观念，贯彻始终。先看皇帝专制伟大和国家强盛。序诗的两首赞颂为全诗定下基调，说这次重建"带来了卡皮托琉（Καπιτωλίου）的光荣"[①]。卡皮托琉为罗马七座山峰之一，建有裘皮特神庙。此句意即此次重建大教堂，堪比罗马帝国的奠基工程。接着叙述教堂的第二座建筑及其重建计划的产生，修辞上采取皇帝和罗马对话的形式，为新建筑正名。诗人把重建大教堂形容为尤斯廷尼安诺斯最伟大的功绩，而且是一种无私的功绩：

> ……你本不想
> 以奥萨（Ὄσσα）无比的威力续建俄林波斯的顶峰
> 你也不想把皮利翁（Πήλιον）抬到奥萨之所，让凡人
> 也能拾级而上那空灵缥缈的高空……
> 不，但是你神圣的劳作超越了一切期望，
> 筑起了一座雄伟的高山，虽然它于你无用；
> 不料你却以自己的圣德打开了天门，
> 神翅会把你带到天国神圣的居所之中。[②]

这里提到的奥萨为希腊神话语言祈祷之神，居于陆地天空海洋三界的中间，

---

① Παῦλος ὁ Σιλεντιάριος, *Τοῦ Ναοῦ Τῆς Ἁγίας Σοφίας*, PG. T. LXXXVI. B, col.2125.L. B.

② PG. T. LXXXVI. B, col.2131.L. B–C.

可以遍观一切。皮利翁为塞萨洛尼卡一座山峰，地处贝贝湖、加加希湾和爱琴海之间。其地美女库莱娜（Κυρήνη）为阿波罗所爱。这样，把大教堂比喻为可以遍观三界的神圣处所，皇帝一无所求的劳作，反而成为皇帝不朽的功绩，终将为语言祈祷之神奥萨和文艺之神阿波罗所赞颂。诗人还常常利用各种机会赞美皇帝及皇后。在描写御座时，就用了皇帝尤斯廷尼安诺斯和皇后瑟奥朵拉名字的字母组合。描绘祭坛帷幕的刺绣，也以"敬神"和"爱人"为主题，歌颂皇帝和皇后对君士坦丁堡城市建设的关怀。

至于第二罗马帝国（即东罗马帝国，或称拜占庭帝国）的强盛，则以对大教堂拱顶的描写出之。[①] 可以说，大教堂的拱顶就是拜占庭人心目中世界结构的象征。而在这世界结构中，拜占庭帝国就是核心。在世界建筑史和世界文学史上，确实很难找到比拱顶更好的大一统象征了。大一统观念、天朝中心观念，可以说是农耕文化时代世界所有封建帝王的普世价值观念，也是御用文人们极力歌颂的普世价值观念。华夏的天圆地方说，为这种观念提出了巫术宇宙结构学说的理论依据，但华夏的建筑师和御用文人们没能建成也没有找到可以体现这种观念的象征。这一点，拜占庭的建筑师和御用文人做到了。那就是对圣索菲亚大教堂拱顶的歌颂。

圣索菲亚大教堂不仅仅意味着做弥撒的地方，而且意味着人周围的环境，人就是其有机的一部分。教堂就是大千世界的模型，正因如此，拱顶不仅被比作天空，而是就被称为天空、天穹。因此，描写"聚于坚固雄伟的高墙上和广阔地板上的大理石草地"，以及它们的分量和开采的困难，才显得重要；这样，才能把地板称为大地的造物，把墙称为基础不可动摇的山脉。而人群就是这天地之间的大海，或者说大海中的波涛。但这波涛不是混乱的，而是与这天地和谐共生而律动的。所以，诗人用了一个意义非凡的比喻，把读经台比作一座岛屿，是通往后土祭坛的过渡，"人群的波浪击荡着"它，因为"在那神圣隐秘的时刻，为了主的荣耀，所有人都想去亲吻那本圣书"。

---

① PG. T. LXXXVI. B, col.2136.R. B–2137.L. A.

这样，人一进教堂，就变成她的有机组成部分，与其余一切融为一体，同时又保存着自己的个体性。教堂就是宇宙，井然有序，层级分明，但又极其和谐。

而鲍罗斯·希冷提阿利奥斯对拱顶的歌颂，又自然而然导致歌颂和展示基督教一个重要观念，那就是"光明"的观念。

光，是圣索菲亚大教堂最重要的建筑因素之一，渗透于整个建筑结构中。就连拜占庭享誉世界的墙壁装饰马赛克，其实也就是有颜色的光。光是全诗的主旋律。纵观全诗文本，描写光的词语，俯拾即是。诗人最常用的动词就是"放光""闪耀""照耀""辉煌""耀眼"等。光充满大教堂的内部空间，意味着生命：建筑物是肉体，光则是它的灵魂。

> 天空洒满无数星星，开辟大道，
> 要叫悲哀的黑夜快乐和欢笑。
> 大教堂也如此，她无尽的空间，
> 每束光芒都会融入光辉奇妙，
> 这里欢乐天国向每个人敞开，
> 光辉驱除灵魂中阴沉的雾罩，
> 光荣教堂的神圣光辉把一切照耀。[1]

正如教堂的建筑结构一样，此诗的建筑结构中，光也把一切收入自身之中。对充满教堂内部空间的光的感受，跟对这神圣的空间本身的感受联系在一起。对光明的追求和歌颂，也就是基督教文化不同于其他宗教文化的一个显著特点。

为此，诗人刻意描写了大教堂中的灯（πολυκάνδιλα），许多灯形如船舶和树木，拱顶的照明甚至写得有点夸张：

---

[1]　PG. T. LXXXVI. B, col.2151.L. A–B.

> 这里一切都焕发着美，一切都让
>
> 眼睛吃惊；看，光辉多么的耀眼，
>
> 彻夜照耀教堂，难以言说。你会说
>
> 是"法厄松（Φαέθον）让光明流进圣殿"。[1]

按，法厄松是希腊神话中驾太阳车的日神赫利俄斯（Ήέλιος）与海洋女神之子，自幼随母。后来找到父亲，父亲许诺满足他的一项任意要求。孩子不懂事，要求驾驭太阳车一天。赫利俄斯无法，只得允许。法厄松驾车升空，控制不住，神马乱窜，神车散架，两辕变为地球南北极，烈火流光遍布宇宙。鲍罗斯在此以法厄松的典故极力渲染大教堂的灯光辉煌。

教堂中一切宏伟的装饰，归根结底都是把目光引向拱顶，同样，诗中教堂的光辉，最终将化为神的光辉，化为对皇帝的歌颂：

> 看，伟大的皇帝给主上帝的奉献，
>
> 除诸多献礼，还有教堂光荣的光辉，
>
> 他遵照神意，作为灵感激发的礼物，
>
> 献给创世者，仁慈、光辉、永恒的神。
>
> 神圣的、赐予生命的创造者哟，
>
> 向永恒之城罗马，向居民和执权杖者，
>
> 向壮丽的教堂，显示你无限的仁慈吧！[2]

于是，皇帝专制伟大、国家强盛与基督教的光明精神三者融而为一，体现在生动的、欢乐的、诗意的描写中，形成《圣索菲亚大教堂咏》的创作主旨，使此诗成为那个时代最重要的思想观念纪念碑。

---

[1] PG. T. LXXXVI. B, col.2150.R. A–B. 参见 col.2145.L. A–B。

[2] PG. T. LXXXVI. B, col.2158.R. B.

这块纪念碑不仅主旨崇高，艺术上也极其精致。此诗的结构，与教堂的拱顶结构一样，是一种向心聚顶型的结构。这种向心聚顶结构，不是平面的向心，而是立体的聚顶。教堂的一切建筑因素，都是为了拱顶的形成而设，同时又从拱顶下面的四面八方，逐渐向拱顶聚集升华，去迎接那象征基督精神的灿烂的光明。正如大教堂的结构以拱顶为中心，此诗的中心也是对拱顶的描写。于是，此诗的结构与大教堂的结构直接互相呼应。这样，作为一种文体，此诗的预定目的就不是描写教堂建筑学的结构，而是创造一种符合而且配得上建筑结构的语言象征形象。这也正是此诗与普罗阔皮奥斯的《论建筑》对大教堂的描写根本不同之处。《论建筑》是工程学历史著作，《圣索菲亚大教堂咏》则是诗歌艺术著作。

诗中各个部分，围绕着拱顶的描写，形成一级比一级高，同时又一级比一级小的同心圆，向拱顶聚集。这些同心圆中的相应部分，用一般比喻说，便具有一种对称对应的关系。以拱顶描写为界，诗中前后两部分对柱廊的描写，都彼此呼应，而且涉及拱顶中央的画廊；前一部分对马赛克的描绘，与后一部分对印章的描写，又遥遥相对；总主教的座椅与皇帝的御厢，对于中心部分，也具有对应的关系。总体建构各部分的描绘，也时时不忘与拱顶建筑的轮廓相呼应。尤其序诗与结尾，先后遥相呼应，把全诗的宗旨反复咏叹，既庄严宏伟，又遗韵深长。而在这结构的严整之中，各部分并非决然划分，泾渭分明，而是时有穿插，相互勾连，浑然一体。

而对于墙壁和地板，诗人喻之为"绚丽多彩的大理石草地"，其描写更使严整的结构蕴含着丰富多彩的变化，成为此诗传诵千古的名段：

> 这些是玫瑰红融入了淡白色，
> 那些是紫色和种种银光色调。
> 这里，斑岩的光辉充盈斑斓，
> 运送它们的船只成队航行在
> 阳光灿烂美丽的尼罗河支流。

那里是拉阔尼亚碧玉的光辉，

这藏于雅思达山谷的大理石

种种色调巧织的线条闪白光

时而混着血红，时而混着蔚蓝。

利底亚山支脉发现的大理石

淡黄色与淡红色融而为一体。

还有一种大理石，利比亚东方

骄阳似火，使它发出金色宝光，

在毛里塔尼亚顶峰遥遥突起的山肩。

看这石头，像凯尔特悬崖崛起，

乳白中涌出丰盈的黑色溪流，

在石板的表面奔流，闪闪发光。

这边的宝石，呈现正黄色色调，

半透明，出产在奥尼克斯地心。

看那些石头，产于阿特帕克斯，

高峡之中找不到，而要去平原，

它们颜色各异，时而仿佛翡翠，

时而又织入绀青碧绿的色调。

还有这样的，仿佛白雪的光辉，

又伴随着黑色，色彩浑然一体。①

　　这种绚丽多彩的描写，不只仅此一处，在描写内部柱廊时也有。这种绚丽多彩的风格，与上古文学流行的纯净和单色调是大相径庭的。而这也不仅是鲍罗斯一人的爱好，其实是拜占庭文学的总体倾向，而且在各式各样的文体中都有。约安尼斯·莫斯霍斯（Ἰωάννης Μόσχος，550—619 年）训谕性作

---

① PG. T. LXXXVI. B, col.2143.L. A–2144.R. A.

品《灵魂草原》的开篇、英雄史诗《狄格奈斯·阿克瑞忒斯》的宫廷描写、爱情故事《德罗希兰与哈丽克莱亚》(*Tα κατά Δρόσιλλαν και Χαρικλέα*) 的外景描写都是如此。只是这种审美趣味在此诗中得到了淋漓尽致的体现。

但这种风格的变化，并不影响此诗对古典史诗的继承。鲍罗斯非常敬仰荷马，他在歌咏"大理石草地"之前，就说：

> 是谁开口，用荷马歌曲语言，
>
> 歌唱聚于坚固雄伟的高墙上
>
> 和广阔地板上的大理石草地？ ①

这无疑是夫子自道，以荷马继承人自居了。诗人有没有这种资格，姑且不论，但对荷马的敬仰却是确定无疑的。此诗何以用荷马史诗的六音步抑扬格诗体写成？其实也是为了用史诗的气派描摹圣索菲亚大教堂的宏伟。而全诗的发表，虽然是用诗歌惯常的朗诵，但在宫廷中朗诵，在宗主教家朗诵，以及最后在大教堂开光典礼上对着大庭广众朗诵，都具有古代史诗歌唱与悲剧独白的崇高气势。而且，大教堂的开光庆典本身可以看成一场程序复杂的戏剧演出活动。诗人仿佛是一个导游，引导读者听众一边沿着教堂而行，一边解释所看到的一切是用什么、为什么、因什么而建造的。这样，在深入描写细节时，更能加强直接接触的即兴印象，以至于有时诗人似乎进入一种忘我状态，遽然惊觉，还不得不阻止自己一下，免得绕远，而回归正题：

> 我这是要去哪里？仿佛在海上，是什么风
>
> 吹偏了我的叙述？让它们从边上绕过了
>
> 教堂的中央空间。我的歌声哟，转回去吧，

---

① PG. T. LXXXVI. B, col.2143.L. A–B.

　　　　　转向那个视与听打开宏伟奇迹的地方。①

　　鲍罗斯的语言也继承了荷马的语言风格，句子结构复杂，修饰语是饱和性的、合成性的，乃至"沉重的"，比如"美到极致的""众声齐唱的""虬曲蛇行的""勉强美丽的""甜美如蜜的""生意盎然的"等。诗人毫不隐瞒地表示，荷马就是他的榜样。

　　于是，此诗不仅成为呈现当时思想观念的里程碑，也成为"艾克弗拉西斯（咏物诗）"这种文体的奠基石。一个诗人，哪怕他是一个御用文人，只要他能严肃认真地表达时代的精神，哪怕是统治者的精神，又能创造或者奠定一种文体的基础，那么，他也是值得文学史记载的。维吉尔如此，鲍罗斯·希冷提阿利奥斯也如此，尽管他们的成就有着大小高下之差。而此诗创作时间的精确标记，则成为文学史上一件趣事，就是说，它准确地记载了一种文体是什么时间产生的。在世界文学史上，除了拜占庭的艾克弗拉西斯，好像别的文体还没这么幸运。

　　此诗除了文学上的贡献，也有建筑艺术学上的贡献。1453 年，土耳其人攻陷君士坦丁堡，对索菲亚大教堂也进行了致命的劫掠和破坏。但到了后世，索菲亚大教堂又得到重建，如今成为伊斯坦布尔著名的博物馆。这种重建工作之所以能成功，一方面得力于建筑师们的科学研究，另一方面也得益于鲍罗斯这类长诗。因为室内布局、装饰、用具等的艺术效果，那就不是仅凭建筑图纸便可恢复得了的。人说索菲亚大教堂的重建，哪怕小到一盏灯的外形，都可以得到恢复，其原因就在于像鲍罗斯的《圣索菲亚大教堂咏》这样的诗歌，为后人留下了当时真实的风流遗韵。

① PG. T. LXXXVI. B, col.2136. R. B–2137.L. A.

第九节　融诗与美于一体的诗家与史家

铭体诗（’Eπίγραμμα）产生于古希腊晚期，约公元前 4 世纪，最有名的，莫过于西摩尼德斯（Σιμωνίδης ὁ Κεῖος）的《温泉关将士铭》：

Ω ξείν', αγγέλλειν Λακεδαιμονίοις ότι τήδε
κείμεθα, τοις κείνων ρήμασι πειθόμενοι.
过路人哟，请转告拉克代蒙尼奥斯父老乡亲：
我们长眠于此，恪守着他们的命令。①

简洁，隽永，深沉，是铭体诗突出的特点。这种诗体几经流变，到公元 6 世纪，在拜占庭达到鼎盛。其间有两人功不可没，一是外号"大学问"的阿噶希亚斯，一是鲍罗斯·希冷提阿利奥斯。

阿噶希亚斯生于小亚细亚西部艾奥里斯（Αἰολίς）的穆林纳（Μυρίνα）。他的父亲是一位修辞学家，名叫门农尼欧（Μεμνονίου），母亲名叫裴丽克蕾娅（Περίκλεια）。他出生不久，举家便迁往君士坦丁堡。但是，不知什么原因，似乎他在 3 岁以前就跟他母亲分开了。这在他的诗中有记载：

"旅客哟，你在哭？为什么？你认识我？"

"不。但我见证了你悲惨的结局！对不起，请问：你是谁？"

"我是裴丽克蕾娅，我的朋友！"

"你是谁的妻子，能告诉我吗？"

"门农尼欧的。他是个好人。小亚细亚出名的修辞家。"

"那么，你怎么会满面博斯普鲁斯（Βοσπόρου）的尘土？"

① *Greek Lyric Poetry*, ed. David A. Campbell, London: Macmillan Education Limited, 1976, p.98. 按：拉克代蒙尼奥斯，古希腊传说中的国王名，又为拉阔尼亚与斯巴达之合称。此处则代指希腊。

"莫伊莱（Μοῖραι）说，我的坟墓该在异乡！"

"你有孩子吗？"

"三岁了！他被断了奶，现在找不到妈妈！"

"愿他平安！"

"是的，朋友。等他长大了，请告诉他，要记住我，流一掬痛苦的泪！"①

这首诗记载了他的母亲跟一位异乡人的谈话。对于自己流落他乡，与孩子分离，她当然痛苦，只有以命运三女神（莫伊莱）的安排来排解。可能这次谈话后不久，他的母亲就去世了，阿噶希亚斯从何而知这次谈话，已无可考。但这应该是他终生的遗恨。

虽然家搬到了君士坦丁堡，但他读中学却在亚历山大城。中学毕业后，他进入当时三大公立学院之一的贝鲁特法学院学法律。551 年，亚历山大城地震，学院一度迁往斯东城（Σιδών）。当时，他与同学正在游寇斯岛（Κως），还到索森纽姆向天使长米哈伊尔献祭，"祈求前途辉煌"。后世学者据此推断他生于 530 年。大学毕业，他返回君士坦丁堡，557 年又见证了一次大地震。初返首都，他曾做过法院见习律师、公众发言人。后来大概还做过斯穆尔奈（Σμύρνη，今土耳其伊兹密尔）市政官员，曾为当地修建公共厕所，颇得市民称赞。据说他还帮助过故乡建设，乡亲父老曾为他父亲、他弟弟以及他本人立碑纪念。他的《尤斯廷尼安诺斯王朝记》提到的最后一件事，是波斯皇帝胡斯劳一世之死。这说明提拜留斯二世君士坦丁（Τιβέριος II Κωνσταντίνος，578—582 年）执政时他仍然活着。而弗拉比奥斯·毛利基奥斯从未被提及，这说明阿噶希亚斯逝于 582 年左右。

他一生似乎并不贫困，因为与鲍罗斯·希冷提阿利奥斯以及当时皇帝枢

---

① AG. V.II, B.VII–552, p.297.

密顾问尤图夏诺斯（Εὐτυχιανός）友善，故而能接触当时社会上层。但他的兴趣却一直在精神领域，尤其重视智慧。他在《铭体诗之环·跋》中说：

> 根根石柱、幅幅图画、篇篇石刻法令，
> 只在占有者活着时，能让他们高兴，
> 至于人世虚荣，对逝者精神
> 却很少安慰，没多大用。
> 唯有美德和智慧伴我们终生，绵延永存。
> 所以，无论柏拉图或荷马，都不可能
> 在图画或石头中获得光荣，
> 唯有智慧，才能给他们永生。
> 祝福那些人，对他们的纪念，
> 不在空空雕像里，而在可敬的书中。①

由于他学识渊博，埃及科普特主教尼丘的约翰（John of Nikiû）送给他一个绰号，叫"大学问"或者叫"学术泰斗"，因此，后人称他"大学问阿噶希亚斯"。而在精神领域，他尤其喜欢诗歌。他在《尤斯廷尼安诺斯王朝记·序》中说，他"从小就醉心于英雄的韵律，十分喜爱诗歌细腻的甜美"，"用六音步格写过些小诗，命名为《达弗尼阿卡》（Δαφνιακά），其中点缀着一些神话色情人物，充满各种魔幻故事"。②只是，这部《达弗尼阿卡》后世已经失传，只有两首诗存于《帕拉亭文献集》中。

他又说："后来我觉得，收集尚未民俗化、四处散见的清新铭文，也值得自豪。"因此，他曾不惮繁难，"一首一首抄写，加以整理。那时，我抄写了许多作品，不是为了利益，只为了愉悦"。因为他体会到，"诗歌的确是

---

① AG. V. I, B. IV–4, p.124.

② Ἀγαθίας σχολαστικός, Ἱστοριῶν, Προοίμιον, PG. T. LXXXVIII, col.1271.L.

一种庄严神圣的事业。在诗中充满灵感（μοῦσαι，缪斯），渗透热情。灵魂会渗透热忱，惊起真正的美"。他把这看成"青春的、快乐的工作"，以至于"没考虑过德尔菲著名的预言'要有自知之明'"。[1] 也就是说，根本没考虑过自己干得了干不了，初生牛犊不怕虎，就干上了，而且还真干成了。那就是他编辑的《铭体诗之环》（κύκλος τών επιγραμμάτων）——又名《阿噶希亚斯之环》七卷。这部诗集的编选，显示出阿噶希亚斯对同时代新晋诗人的关注，因为除了他自己的诗歌外，其他入选诗人的诗歌，都是"在他处不得发表"的作品。这部诗集的编排也颇具新意，不是一般的按字母顺序编排，而是按内容分类，同一位诗人的诗歌，往往不在同一地方出现，倒是因其内容之差异而常常出现在不同地方。中国宋代的《草堂诗余》与此相仿佛。这种编排方法，不仅便于读者遍赏同一内容的诗歌，也便于学诗者左右逢源。看来，阿噶希亚斯不仅珍惜同时代无名诗人，更要给学诗者开一方便之门。其用心可谓良苦。所以，阿噶希亚斯青史留名，其中一种名誉，便是别具只眼的选家和编辑。这种名誉，在拜占庭文学史上并不多见。只是这部《铭体诗之环》并未传下来，但据学者们考证，其中大部分诗歌都收入了后来的《帕拉亭文献集》，现今则保存于《希腊文献集》中，成为研究拜占庭诗歌的重要资料。阿噶希亚斯保存拜占庭诗歌功不可没。

　　阿噶希亚斯生活的时代，正是尤斯廷诺斯二世（Ἰουστῖνος Β'）当政的时期（565—578 年）。他对尤斯廷尼安诺斯直至尤斯廷诺斯二世富国强兵、开疆拓土的政策是拥护的。本来他只想以诗文自娱，但是，历史的变化远远超出了他的预期。他说：

　　　　但是，我那时代，大战突然全面爆发，许多野蛮民族完成了迁徙，令人难以置信的秘密事件结果出人意料，命运危机杂乱无章，民众死亡，城市被抢劫，居民流亡，仿佛全人类都在动荡。这

---

[1]　Ἀγαθίας σχολαστικός, Ἱστοριών, Προοίμιον, PG. T. LXXXVIII, col.1271.L.

些事件发生时，我开始担忧了，对于这些令人吃惊而又可能有益的伟大事件，是否默默绕开，不加记述呢。因此，我觉得，不论用什么方法把它们记下来，不会无益，还免得我的生命在舞文弄墨和无益的嬉戏中虚度，而是能带来某种必需的东西。①

这就是说，他之所以撰写历史，是出于历史的责任感，不肯让当代值得记忆的人和事湮没无闻。当然，除了个人的责任感，还有亲友的鼓励：

> 许多亲友以劝告和催促唤醒和加强了我对此事的热忱。他们中有年轻的尤图夏诺斯，他第一个对我做出训示……这位伟丈夫很关心我的事业、我的荣誉和我的利益。他不停地提醒我这件事，鼓起我善良的愿望，他说不能把此事看得太难和完成不了，不应该害怕尝试一下，别像不熟悉大海的人害怕航海。此外，他肯定历史与诗歌区别不大，两者是近亲，其间的区别，可说只是韵律而已。他要我鼓起勇气走这一步，好比搬一次家，热心十足地干。他一再说起此事，还巧妙地使我相信，是我自己也想成为历史家。我就这样干起了这事。②

这位尤图夏诺斯绝非常人。阿噶希亚斯说，其人出身名门望族，"聪明理性，教养极好，无可挑剔"，尤其是皇帝的首席枢密。后世史家说，大概因为有此人之庇护，阿噶希亚斯这个"异教徒"才得以安然无恙。"能干成点儿符合"自己愿望的事，"尽可能不辜负所写事件的伟大"。就这样，他写成了自己的著作《历史》(Ιστοριων)。因为这部著作记载的史实，起自552年，迄于558年，正是尤斯廷尼安诺斯当政时期，所以，国际学界又把此书通称为

---

① Ἀγαθίας σχολαστικός, Ἱστοριῶν, Προοίμιον, PG. T. LXXXVIII, col.1271.L. C–D.
② Ibid.

《尤斯廷尼安诺斯王朝记》。

如何才能不辜负伟大的历史事件呢？阿噶希亚斯有自己的史学原则：

> 我写历史将不像当今他人那样（因为当今也有他人在做此事）。他们最不关心真实，以及要写的事件的来龙去脉。相反，他们公然囚首垢面，阿谀奉承，博取权贵们的宠幸，以至于说真话时也无人相信。
>
> …………
>
> 他们总是效劳于强者，只关心自己的好处，甚至连他们赞美描写的人，也没弄明白。这不很招人喜欢，因为那些人明白，明目张胆地吹捧不可能支撑他们的荣誉。不过让他们尽其所好与习惯去写吧，我则要追踪真实，尽可能达到真实。[1]

所以，真实，尽可能地真实，是阿噶希亚斯奉行的基本史学原则。为此，他一反此前人们对所谓"野蛮人"的成见，写出野蛮人的尊严。比如，关于世代居住黑海东岸的拉吉人，一般人都视之为"蛮族"，他却说：

> 拉吉人是个人数众多、能征惯战的民族。他们统治过其他许多民族。他们以"阔尔西斯人"（Κολχίς）的称号自豪，他们虽然有点夜郎自大，但并非毫无根据，在处于异邦政权治下的诸民族中，我没见过哪一个能这样声名隆盛，富裕幸福，日用充盈，风习高尚直率。就在当今，阔尔西斯人一有可能便不辞海上跋涉，经商获利。对他们，无论如何绝不能称为野蛮人。[2]

---

① Ἀγαθίας σχολαστικός, Ἱστοριῶν, Προοίμιον, PG. T. LXXXVIII, col.1275.L. A–B.
② Ἀγαθίας σχολαστικός, Ἱστοριῶν Γ', Κεφ.Ε', PG. T. LXXXVIII, col.1409.L. A–B.

当然，在拜占庭史家中，真实的原则，并非自阿噶希亚斯始。他的前辈普罗阔皮奥斯的《秘史》也很真实。但那是在当时的皇帝已经去世，而且是"私密之史"，才能求真。阿噶希亚斯很尊敬普氏，公开宣称自己的《尤斯廷尼安诺斯王朝记》就是接着普氏的史书往下写的。普氏停笔于 552 年，他就从552 年往下写到 558 年。他原计划要写出尤斯廷诺斯二世退位以及汉斯人衰落。但书中均未出现。大内护卫麦南德罗斯说，阿噶希亚斯没得到机会完成其著作就逝世了。

《尤斯廷尼安诺斯王朝记》首先注意军事政治活动，各族的历史地理描写，旁及自然灾害，还保留了宗教生活的重要资料，比如日耳曼人抢劫意大利基督教堂（第 2 卷第 1 节），圣索菲亚大教堂地震之后的重建（第 3 卷第 9 节）。尤斯廷尼安诺斯关闭重建的柏拉图（实际是新柏拉图主义）学院（529 年），被史学界看作古典时代终结的日子。这件事，此书（第 2 卷第 31节）是唯一的权威典籍。

他所描写的时代，是尤斯廷尼安诺斯当政的年代。阿噶希亚斯肯定了尤斯廷尼安诺斯的历史功绩，即力图恢复往日罗马帝国的辉煌，并把利比亚、西西里、意大利从蛮族统治下夺回来，降旨组织人力编纂法典。因此，他说"在所有朝代中"，尤斯廷尼安诺斯"第一个显示出自己不仅在口头上，而且在事实上是罗马皇帝"（第 5 卷第 14 节）。但他并不回避尤斯廷尼安诺斯晚期滥用权力、穷兵黩武给国家和其他弱小民族带来的灾难。只不过他把这些归咎于其人年老昏聩、无力理事而已。至于拜占庭将军们的倒行逆施，他则毫不留情加以揭露。拜占庭在拉吉卡地区的军事行动，是《尤斯廷尼安诺斯王朝记》的重点历史事件，也是拜占庭帝国与波斯帝国冲突的焦点。这场战争对于拜占庭与波斯而言，不过是所谓"国家利益"攸关而已。但对于拉吉民族而言，则事关民族尊严与存亡。因此，就总体与历史传统而言，拉吉人站在拜占庭一边，是拜占庭的属国。但拜占庭的盘剥与军人的横行又引起拉吉人的不满，一有机会他们就要争取独立。5 世纪下半叶，苟巴则斯（Γουβάζης）登位，利用拜占庭内外交困的机会，宣布独立。但不久又受到波

斯帝国的威胁，不得已再次求助于拜占庭。拜占庭要求其重新承认拜占庭的
宗主权，以后不得自行指定王储，并要苟巴则斯亲自到君士坦丁堡输诚。除
了亲自到君士坦丁堡这一条之外，苟巴则斯接受了其他条件。此后，拜占庭
出兵帮助拉吉卡抗击波斯军队。带军者即拜占庭权贵格尔曼诺斯（Γερμανός）
之子尤斯廷诺斯（Ἰουστῖνος）。这位将军到拉吉卡后，居然跟投机商非洲人
约安尼斯勾结牟利。约安尼斯狐假虎威，到处进行赤裸裸的无耻敲诈，把小
亚细亚人的税负提高一倍。阿噶希亚斯写道：

> 他来到阔尔西斯人的国度，又故伎重施。此外，不知他用什
> 么方法，弄到一批货船，不择手段搜刮地方产品，三文不值两文地
> 买了许多东西，然后运到其他地方出卖……这个投机倒把的奸商
> 获利无数。他从利润中把从尤斯廷诺斯那里拿的钱连本带利还给尤
> 斯廷诺斯，同时供给他佳肴。尤斯廷诺斯知道事情原委，但很少关
> 注被害者的哭泣和眼泪，尽管民众常常来拜见他，投到他脚下，请
> 求他救救他们免遭敲诈。他却只管很不光彩地获取不义之财，而且
> 乐此不疲，享受着买不到的佳肴，让自己的钱包越发鼓起来。[1]

不论就历史还是文学而言，以"真实"作为叙事文体的标准，在拜占
庭，应该说是由阿噶希亚斯率先公开地、严肃地树立起来并加以实践的。
除了"真实"，因为热爱诗歌，阿噶希亚斯还有一条原则，就是把优雅三
女神（Χάριτες）和诗神（μοῦσαι）结合起来。在希腊神话中，优雅三女神更
趋近于"美"，而诗神更趋近于"思"。这与现代中国人心目中把诗神想得
很浪漫不同。所以，阿噶希亚斯的历史书写，就不仅追求"思"的严肃，
也追求"美"的优雅。且看一段战争的描写。这是写拜占庭统帅纳塞斯
（Ναρσής）率军在意大利战争中的一段插曲。拜占庭军队中有一支赫鲁人的

---

[1] Ἀγαθίας σχολαστικός, Ἱστοριών Δ΄, Κεφ.Κβ΄, PG. T. LXXXVIII, col.1516.R. B–1517.L. C.

队伍，首领是新近上位的弗尔卡利斯（Fulcaris）。大概是民族观念与个性使然吧，此人不太注意行军韬略，而以无畏前进、英勇杀敌为美，于是，不管统帅的部署，带兵贸然进击帕尔玛城，结果陷入法兰克人的伏击圈，伤亡惨重：

> 军队四散奔逃，只剩下弗尔卡利斯和他的卫队。他认为自己绝无逃跑的可能，决心宁可光荣死，绝不苟且生。因此，他尽可能安全地站在一座陵墓附近，以免背部受敌，时而向敌人冲击，时而面向敌人退却，杀了很多敌人。这样，他还有一丝逃走的机会，他的部下也劝他这样做。"可是，我怎么承受得了纳塞斯对我没脑子的训责呢？"他答道，似乎谴责比敌人的短剑更可怕。他就这样原地不动，不停战斗，直到被众多敌人包围，胸前中了数枪，终于倒下，但还跟死神抗争，挥舞着盾牌，头上中了一斧。他贴身的士兵，或是自愿，或是被敌人所迫，一一都被杀害。这样，弗尔卡利斯，这赫鲁人选出的领袖，拥有这称号不久，享受这样的幸福不长，有如春梦中转瞬即逝的欢乐，他很快就结束了自己的指挥，以及自己的生命。[①]

如此生动而又简洁的战斗描写，一个蛮勇英雄的形象便立在读者眼前。他把荣誉看得比生命更可贵、把担责看得比死亡更重大，宁可光荣死，不愿苟且生，令人不禁肃然起敬。但史家并未忘记他的原始淳朴却又头脑简单的过失，可是对他的牺牲又确实惋惜乃至赞叹，于是，一段诗意盎然的史评自然而然从笔端流出，行文若有天助，优雅女神所司的文笔之"美"，与诗神所司的诗歌之"思"，融为一体，令人读之，不能不击节赞赏！

《尤斯廷尼安诺斯王朝记》历史价值很高，《天主教百科全书》评价道：

---

① Άγαθίας σχολαστικός, Ίστοριών Α', Κεφ. ΊΕ', PG. T. LXXXVIII, col.1309.L. C–1310.R. A.

"他的作品充满哲学沉思。他有才而且可信，虽然他的信息都来自目击者的见证，而不像普罗阔皮奥斯那样来自位高权重的政治军事活动家……他写的许多事件均为其他著作所未见，因而，他被看成他所写的时代的历史权威。"当然，基督教人士"有理由怀疑他是个基督徒，似乎可以把他看成那个时代晚期的天才异教徒"①，又由于他写作之时，参考过很多波斯史料，所以，这部作品也是前伊斯兰伊朗的信息源泉，成为菲尔多西（فردوسی）的《沙赫纳麦（شاهنامه 列王记）》的基础，为阿尔-塔巴里（محمد بن جریر طبری）的《历史》提供了大量的伊朗史料。阿噶希亚斯去世后，大内护卫麦南德罗斯继承他的著作，写了 558—582 年的拜占庭史。

比起史书来，阿噶希亚斯的铭体诗另有一番韵味。他的诗歌现存 108 首，大多保存在《希腊文献集》里。就内容而言，这些诗多半是情诗。阿噶希亚斯也堪称情中圣手。他最推崇那种可以为之生，亦可以为之死的痴情。而且，写到这种痴情，他往往以古希腊神话传说为佐证。他最爱用的典故就是希萝（Ἡρώ）和乐安德罗斯（Λέανδρος）的故事：

> 别闪烁了，我的小夜灯，灯花对我预兆不祥，
> 夜雨已妨碍情人再来我这里。
> 你嫉妒帕菲雅，想想希萝和乐安德罗斯的事吧。
> 哦，忘了那结局，再也别想它！
> 看来你要做赫菲斯托斯（Ἥφαιστος）的奴隶，而在塞浦路斯岛
> 你一生气，就会把他的嫉妒引进一场骗局。②

这首诗是用一个女子的口吻写的。这里，诗人用了希腊神话，希萝与乐安德罗斯相爱，乐安德罗斯每夜渡过海峡去与希萝幽会，希萝则点亮一盏灯为他

---

① Charles G. Herbermann, *The Catholic Encyclopedia*, V.1, New York: Robert Appleton Company, 1907, pp.555–556.

② AG. V. I, B. V–263, p.264.

《希萝和乐安德罗斯》，让－约瑟·泰拉松（Jean-Joseph Taillasson），波尔多美术馆藏

导航。一夜，风浪大作，灯光闪烁，乐安德罗斯迷航，死于海中。翌日，海浪将他的尸体冲至希萝所居的岸边，希萝见之，亦悲痛而死。又，爱神帕菲雅（即阿芙洛蒂忒）风流成性，其夫火神赫菲斯托斯妒而生恨，往往对人间痴男怨女也横加惩罚。灯火亦归其管，故灯光闪烁，导致乐安德罗斯溺海而亡。诗中女子的灯光亦闪烁不定，应也是不祥之兆。

元遗山有词云："问人间情为何物？直教生死相许！"阿噶希亚斯此诗写的，正是这种生死相许的痴情，令神都嫉妒的痴情！如果说一首诗尚不足为证，那么还可以用阿噶希亚斯自己的情感为证。他写过一首诗赠好友鲍罗斯·希冷提阿利奥斯。诗中先说，春光明媚：

> 这里，大地泛绿，嫩芽怒生
> 枝条扶疏，预示子满枝
> 这里，鸣声清越，隐在柏枝间，
> 母鸟照看着爱雏，金翅雀啼声清亮，

斑鸠咕咕轻叫，在黑莓丛中选址做窝。

春光惹起春情，诗人禁不住想念友人和心仪的女子。但是，因为自己被法律约束，便与伊人相隔：

但法律阻止了我，把我和我轻捷的羚羊分开了。

看来，诗人这感情可能带有婚外恋之嫌吧。鲍罗斯怎么回答呢？有点儿骇人：

要是法律和规范完全占有了你，
那说明，你胸中没有疯狂的爱情，
窄窄一泓海峡，就能把你
和你的姑娘分开，那还算爱情？
乐安德罗斯对我们显示了爱情的力量，
他蔑视危险，这英勇水手，黑夜航行在黑浪之间。[①]

是呀，那种以生死相许的爱，才称得上真正的爱。鲍罗斯的回答其实也就是阿噶希亚斯的心意。正因为有这种爱，所以，阿噶希亚斯竟是"寤寐思服，辗转反侧"，而且，把那女孩的名也点出来了：

我一夜醒着，始终在哭泣，
等到黎明，才有甜甜的睡意。
但燕群四处飞舞，不停呢喃，
祛除了睡意，带来泪水。
我的眼睛依然含着泪，因为

---

① AG. V. I, B. V–292, 293, pp.282, 284.

脑海中还有对罗丹思的爱思；

都是这群饶舌的敌人惹的！

不是我让菲洛梅莱（Φιλομήλη）变哑的：

你们该去找真正的山峰，为意图斯哭泣，

或是在戴胜鸟陡峭的窝里嗫啼，

让甜美的睡眠守护我们一个时辰，

或许会做个梦，我们会有福气

梦会让罗丹思显得楚楚可怜，

并把我们带到她胸脯的天堂里。[①]

这里，诗人又用了典故。根据希腊神话，菲洛梅莱是雅典王潘狄翁一世（Πανδίων I）的女儿，被她姐夫色雷斯王泰留斯（Τηρεύς）奸污，还被监禁，割了舌头，不能说话。菲洛梅莱将泰留斯的罪行织成图案，秘密送给姐姐普罗克娜（Πρόκνη）。普罗克娜为了报仇，将自己和泰留斯所生的儿子意图斯（Ἴτυς，又称 Ἴτυλος）杀了，蒸肉给泰留斯吃。泰留斯发觉后，想把姐妹俩都杀了。但宙斯把他们仨都变成了鸟。泰留斯变为戴胜，普罗克娜变为夜莺，菲洛梅莱变为燕子。诗人想念自己的所爱罗丹思，不料却被燕子吵醒，美梦难成，对燕子有些气恼。但燕子不过自己呢喃诉冤而已，并非有意惹人。所以，诗人只能祝祷她们诉得其所，自己亦可再续美梦。世间第一个写出恋爱全过程的，应推罗马帝国时代的卡图卢斯。但卡图卢斯的情诗难免让人读出矫情不真之感。阿噶希亚斯的爱却是真的。只有有真爱的人，才会原谅燕子呢喃的打扰，何况其中还含有对菲洛梅莱、对无辜而死的意图斯的同情！以上引诗也显出阿噶希亚斯铭体诗的特色。他的铭体诗不再像古希腊的那样简短，规模扩大了，几乎成了小型叙事。他喜欢掉书

---

① AG. V. I, B. V-237, pp.246, 248.

袋，用典故。但不能不承认，它的典故确实用得恰到好处，论性质，与诗人自身的感情古今一致；论分寸，称得上丝丝入扣，增一分便多，减一分便少。而且，正由于这些典故的应用，使诗人的感情升华了，纯洁了，感人更深了。

当然，在那古典时代的余波即将全部逝去，基督教时代的严肃即将全部取而代之的时候，阿噶希亚斯的诗也不免还有古典时代的诙谐和顽皮，有时甚至授人以逢场作戏追求女性的秘籍：

> 女人最是看不起过分的骄傲，
> 但又喜欢嘲笑过分的胆小。
> 最得志的情人会把这两者合而为一，
> 死死的追求结合高傲的巧妙。[①]

对于女性由追求野性健硕的古典美转向中世纪名媛贵妇的财富美，他也极其敏感，借一个名叫尤露诺美（Εὐρυνόμη）的女子之口，纪之以诗：

> 我，酒神女尤露诺美，惯于翻山越岭，
> 曾制服把狮子挑碎的公牛群，
> 洋洋得意，野性十足地甩开
> 那可怕得不能更可怕的凶猛脑袋。
> 但现在对不起，酒神，我跟维纳斯打得火热，
> 只能辜负你的期望，把我的棍棒抛舍，
> 脱下装饰我手腕的常春藤花圈，
> 改用黄金做我的护腕。[②]

---

① AG. V. I, B. V–216, p.234.

② AG. V. I, B. VI–74, p.338. 按：古希腊晚期与罗马时代，有酒神崇拜。崇拜者中亦有女性，人称"酒神女"或"巴克斯狂女"。巴克斯（Bacchus）即酒神狄奥尼索斯（Διόνυσος）的罗马名字。

对为老不尊的假道学老醋坛子，则嘲讽有加：

> 你年事已高白了头，心猿意马应已收，
> 青春时光如水逝，烈火热情已凉透，
> 似乎你已该懂得，年轻儿女何以愁。
> 女孩青春有烦恼，对之心胸应宽厚，
> 无论如何不该再为俗事发雷霆——
> 你却磨快大镰刀，紧紧握匕首。
> 你的名分是"义父"——女儿称你为"爸爸"，
> 如今却像一"义兄"——叫你"打手"才对头。①

但他又不是只在世俗事上打转转，他的诗不乏终极的沉思：

> 你们怎么这么怕死？她可是安宁的开始，
> 是我们的病痛、贫困和生活忧愁的终结。
> 只要她拜访人一次，
> 就没人见过死亡来第二次。
> 活着呢，霉头却常常花样翻新，
> 成群结队，接二连三追逼我辈。②

基督教的灵魂不死、天堂幸福之说，看来还没能影响我们这位诗人。所以，他把死亡看成一种解脱，倒颇有点儿中国庄生鼓盆的味道。难怪基督教神学家们不承认他是基督徒，但这并不妨碍他当之无愧是铭体诗的巨擘！

---

① AG. V. I, B. V–220, p.238. 按：古希腊语 Αντιπάτερ 意为"代父（义父）"，阿噶希亚斯自创"ἀντίπαλ"，义应为"代青"，人老了还跟年轻人一样火爆。汉语无此词，姑译为"义兄"。

② AG. V. IV, B. X–69, p.38.

第十节　基督教第一部海图舆地志

阔斯马斯·印地阔普莱乌忒斯，就字面意思而言，意为"航行到印度的阔斯马斯"，甚至连"阔斯马斯"是否是他的真名，也成问题。因为"阔斯马斯"（Κόσμας）一词在希腊语中就是"宇宙"之意。而他的《基督教舆地志》（Χριστιανικὴ Τοπογραφία）主要就是讲他的基督教宇宙学。所以，"阔斯马斯"可能也是他的绰号吧。他的生平很少为人所知，生卒年月不详。幸好《基督教舆地志》保存着一些关于他个人的资料。他原籍大概是亚历山大城，可能具有希腊血统。他只受过初等教育，刚好够他早年的职业——经商所用。但是，尽管没有师承[①]，他仍然充满好奇心，通过自学，达到当时的普遍文化水平之上，被看作基督教信仰的传播者和捍卫者。

阔斯马斯经商，当然要离乡背井，漂洋过海，游历异国。他说，他曾经驶入三个从大洋楔入陆地的大海湾，即地中海、红海和波斯湾，到过瓜达富伊角外的艾鲁斯拉·萨拉萨海（Ἐρυθρὰ Θάλασσα，即厄立特里亚海），向南直达大洋（印度洋）沿岸。518—520 年，他到过埃塞俄比亚。他研究阿杜里提刻王座铭文偶尔留下的附注，说明他曾纵向和横向穿越过埃塞俄比亚。[②] 埃塞俄比亚的首都当时是阿克苏姆，靠近安斯利海湾，那是个重要商业中心，也是宗教和教育中心。阿克苏姆的海港是阿杜尔，又名阿杜里斯，即今日安尼斯荔湾附近的祖拉（Zulá）或茹拉（Thulla），距首都大约120 英里，八天的路程。他走了大约 120 英里，于 525 年抵达这里。他受到国王隆重接待，可以在王国内自由行动。国王厄莱斯鲍斯（Elesboas）准备远征阿拉比亚的荷美莱特人。阔斯马斯受国王之托，和他的朋友瑞素修道院（Raithu）僧侣迈纳斯（Menas），复制了在通往阿克苏姆路上一个小镇外的

① *The Christian Topography of Cosmas, An Egyptian Monk*, ed. J. W. Mccrindle, Cambridge University Press, 2010, p.23.

② *Ibid.*, pp.39, 58, 60, 67.

大理石碑和和碧玉岩王座上的希腊语铭文。[1]

阔斯马斯去过埃塞俄比亚的其他地方，包括阿罗马提刻国，即非洲大陆东部的大地角，终端即瓜达富伊角。他也可能去过非洲西北部，拜访过如今苏丹的首都喀土穆，当时叫麦罗埃王国。研究《基督教舆地志》的学者蒙福孔（Bernard de Montfaucon，1655—1741年）在他所写的序言中还证实，阔斯马斯发现，名为阿高的阿比西尼亚省，才是尼罗河真正的源头。但那不是他发现的主流的源头，而是青尼罗河的源头。[2] 这一点，千载之后，由葡萄牙人和更晚近的苏格兰旅行家布鲁斯所证实。阔斯马斯还描述了一处有趣的地方，即位于红海边的西奈沙漠。那里散落着一些刻有碑铭的石头碎片，他推断是以色列人迷路于荒野时镌刻的。[3]

《基督教舆地志》中，还记载了伊朗、阿拉伯地区、印度、锡兰（斯里兰卡）的风土人情，甚至还有中国的消息。552年，他访问过南印度的马拉拉滨海地区。他第一个提到，在今日印度的喀拉拉邦有叙利亚基督教徒。"在拓扑若般岛（锡兰），有一座基督教教堂。"从记载的真实详细程度看，学者们认为，除了中国以外，他应该还到过上述地区。

阔斯马斯可能还拜访过耶路撒冷。后来，他收起生意，回到亚历山大城，放弃了世俗生活，入了西奈的一所寺院，成为东叙利亚主教阿巴一世（Aba I，540—552年在职）的弟子，静心写作地理学和宇宙学著作，注释《圣经》。但只有《基督教舆地志》传世。其他作品如《宇宙形象和恒星运动的描述》《给虔诚的执事的论文集》《圣歌评论》《圣咏集解释》等，都失传了。蒙福孔说，这是使人惋惜以至泪下的损失。

公元1世纪起，罗马帝国与印度之间便有贸易来往，在奔波于其间的商人中，阔斯马斯是少数亲身到过印度并进行报道的人。《基督教舆地志》的写作时间是6世纪40年代，550年写完。

---

[1]　*The Christian Topography of Cosmas, An Egyptian Monk*, pp.54, 359, 55, 56, 51, 53.

[2]　*Ibid.*, p.52.

[3]　*Ibid.*, p.viii. 按：《圣经》载，以色列人因不敬神，曾被神罚在荒野中迷路，游荡了40年。

《基督教舆地志》传世版本主要有三种：第一种是梵蒂冈版，成书于 8 或 9 世纪，字体是精美的安色尔字体，还附有阔斯马斯的亲笔手稿。第二种是 10 世纪羊皮纸手稿，存于翡冷翠的美第奇·洛伦佐图书馆（Biblioteca Medicea Laurenziana），除了最后一页遗失，算是完整的作品。此外，在维也纳图书馆也有此书的几页残篇。第三种是西奈版，出于 11 世纪。传世全书共有 11 卷。历史上最早提到此书的是拜占庭学者缶提奥斯，其后此书几乎被完全遗失。[①]直到 17 世纪后半期，法国著名学者埃默里克把其中重要和有趣的内容公布于众，才又引起学界的注意。1706 年，翡冷翠法典提到此书，介绍用的是富于学术性的希腊语，文本则是优雅而准确的拉丁语。1864 年，此书在法国出版发行。现在较好的文本是由 J. W. McCrindle 翻译编辑注释的英译本。我们对《基督教舆地志》的讨论、引文、注释，即以此版本为准。《基督教舆地志》包括 2 篇序言和 12 卷正文。目录如下：

序一

序二

卷第一：驳那些想成为基督徒，但又相信并宣扬天是球形的人

卷第二：基督教关于整个宇宙的形状和层次的理论，从圣经中获得证据

卷第三：神圣的经文都真实并值得信赖，它们揭示事物彼此和谐而且整体自洽，旧约新约都是如此，并指出整个宇宙形状的功用

卷第四：概述宇宙形状，并附插图，以《圣经》为据，并否定球形

卷第五：对天幕（笔者按：耶稣降生处）的描写以及先知与使徒们的协议何在，此书由我辈题曰《包含全宇宙的基督教舆地志》

卷第六，补充：太阳尺度

---

① *Cosmas Indicopleustes Notitia*, PG. T. XXCVIII, col.11–14, 17–18.

卷第七：献给阿纳斯塔修斯，并证明天国不灭

卷第八：论希西家（笔者按：古犹太王）的颂歌，兼及太阳重生

卷第九：众星轨道的设计

卷第十：引证教父文字，印证我辈著作

卷第十一（另一书）：图说印度动物、植物以及拓扑若般岛

卷第十二（仍是另一书）：阐述古典作家们证实摩西和先知所作的经文之古老性，并说明希腊人学会写作，包括经文，要比其他人都晚，原因在于它们根深蒂固的怀疑性

把目录包含的内容稍微展开一些，每部分的要点大概如下：

序一正告读者要勤奋和精读，并踌躇满志地声称自己破除了异教哲学的反基督教学说，即认为世界是球形的且有两极的学说。序二请求读者原谅他作为作家的缺点，同时慷慨陈词，提出所有基督教徒都应接受的理论，即，地球是平的，东西长，是南北宽的两倍。

进入正文后，卷一，阐述宇宙处所与形状；批判异教的天球与彼岸学说；说是异教错误引起洪水和地震。卷二，讲地球位置、形状、长和宽；天堂场景；埃佛罗斯（Ἔφορος ὁ Κυμαῖος）的希腊语铭文以及古代诸帝国；人的堕落及其对天使的影响；天使、魔鬼和灵魂的环境。卷三，坚持《圣经》的权威与和谐，讲了巴别塔、摩西对以色列人的戒律、《创世记》注释以及各族皈依基督教。卷四，概述他的基本理论、日食，并谴责天球学说。卷五，描写耶稣降生的天幕；阐述先知和使徒们关于基督和未来之国的预言；继续抨击天球理论。卷六是补充，在阐述太阳理论时，为基督教树立一个绝不妥协的反异教观点。不过，这一卷的阐述，甚至在基督教内部也引起质疑和反对，特别是他对世界形状的描述。比如，他说，太阳比地球大好几倍，有人就问："太阳比地球大好多倍，太阳如何能藏在北极的山后，海拔得多高啊？"卷七献给阿纳斯塔修斯，论述天堂存在的期限问题，驳斥一个基督教

徒的观点，即天堂是不停旋转的球形，但会分解消失。阔斯马斯则坚持天堂不会分解消失。人类和天使在重生之前都不可能进入其中。卷八献给好友皮特，因为皮特让他解释希西家的颂歌；还叙述日影在日晷上倒退，给巴比伦人留下深刻印象；以及居鲁士读了以赛亚的预言后，解除了犹太人的巴比伦之囚。卷九，叙述太阳、月亮和其他天体的轨道；把天体运动归功于天使，认为天使们辛勤劳作，不是为自己，而是为人类的福祉着想。因此，如果他们没看到即使亚当堕落之后，上帝对人类依旧仁慈，让人可以主宰自己的命运，他们就会深深陷入沮丧之中。后来，他们看到使徒保罗升入了第三天，便备受鼓舞，欢庆主的荣耀。卷十，引用很多教父之言，以证明他的理论与教会是最和谐亲近的。卷十一，阔斯马斯把这部分看作自己著作的"另册"，其实这部分才真正是地志，描写了他在印度所见的动植物，以及拓扑若般岛（锡兰）、波斯，甚至提到与中国的贸易。卷十二也是另册，以几个古代的异教徒的证词，说明旧约记载的真实性。

　　总而言之，《基督教舆地志》实际包含两方面的内容，一是阔斯马斯的宇宙论，二是他经商游历之地的所闻所见与所历。就篇幅而言，主要是宇宙论，具有一定的思想价值；就史料价值而言，则多半在见闻与经历。

　　先来看他的宇宙论。阔斯马斯声言，他写此书，目的就是要推翻托勒密的宇宙结构学说，而树立基督教的宇宙学说。那么，托勒密的宇宙学说究竟如何呢？

托勒密天球示意图，刘圣雨
绘制

托勒密的宇宙学说主要体现在他的《天文学大成》中，此书原本后来失传，后世所见的，是阿拉伯文译本，称为《至大论》（*Almagest*；المجسطي）。托勒密在此书前言中概括叙述自己的宇宙学说："……天宇是球形的，并作球体运动，大地就形状而言，显然是球状的……就位置而言，它恰在天宇中央，像几何中心一样；就大小和距离而言，（大地）与恒星比较，就是一个点，它本身完全没有运动。"更具体地说，托勒密认为，宇宙是个大球，中空而透明，分层。地球居于宇宙天球中心，静止不动。太阳系五大行星，还有月亮和太阳，各居于天球的不同层次。月球、火星、木星和土星，都在自己的"本轮"上匀速转动，太阳直接在本轮上绕地球运动。而水星和金星则绕着太阳的均轮运动，并随着太阳绕地球运动。所有恒星都位于天球最外层的"恒星天"上，并随"恒星天"每天绕地球转一周。恒星天外，是"原动天"，由上帝推动，带动恒星天。恒星天又带动其他各层天，于是，日月和五大行星因此而得以运动。[①]

阔斯马斯认为，托勒密之说大谬。他问道：如果大地是球形的，那就有上下，有些人岂不就是头朝下了吗？而且，下雨时，雨水不就可能是从下往上"降落"了吗？阔斯马斯此问，直到今日之东方，恐怕还能引起共鸣。看来，人类的认识，真有不谋而合之处，也算普世价值吧。

那么，阔斯马斯认为宇宙形状如何呢？他说：

天为拱形，其四维与地之四维紧紧连接；两头是墙，由地直通天穹。其间还有苍空，与第一天相接，据圣经所说，其上有水。其形态则是平展的。地之四维，与天之四维紧紧相接，形成一立方体，据说为四角形，上有椭圆形弧面覆盖，实则形成

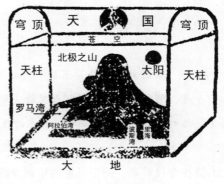

阔斯马斯宇宙示意

---

① *Ptolemy's Almagest*, Translated and Annotated by G. J. Toomer, London: Duckworth, 1984, pp.38, 39, 41, 43.

一天棚。中部苍空与其紧紧相接，于是形成两个处所。

> 由地至苍空为第一处所，即此世，天使与人与整个现存之国在焉。由苍空往上至拱顶是第二处所，即天国，基督首先进入，待到祂重生，将为我辈准备一条新的活路。①

换句话说，阔斯马斯的宇宙，总体像个长方形大箱子，上盖则是弧形的拱顶，那是宇宙的第一层天，天堂即在其中，就是天国，也是未来之国。盖子与箱体之间，有第二层天，即我们日常所见的苍空。这第二层天是平展的，所以，不能译为"苍穹"。苍空上有水，便是地上雨水的来源。苍空及其下的箱体，就是天使与人类共居之处，便是现实之国。现实之国的四维，与天堂的四维相互连接，把天堂、苍空与陆地连成一个完整的宇宙。大地什么样呢？大地也是平展的：

> 其南部和东部低下倾斜，北部和西部海拔高，但坡度平缓，感觉不到悬殊。大地的北部和西部的海拔等于它的宽度。

大地之中，有一山峰：

> 周围大洋环绕，有四个可以航行的港湾，插入大地，即罗马湾、阿拉伯湾、波斯湾和里海（即宇卡尼亚 [Ὑρκανία]）。大洋较远的一边又被土地环绕，其东边还有乐园。②

不管在今日看来，阔斯马斯的宇宙学说如何没有事实根据，甚至荒唐可笑，但从文字的角度说，不能不承认，他居然能自圆其说，把宇宙说成一个有

---

① *The Christian Topography of Cosmas, An Egyptian Monk*, pp.129–130.
② *Ibid.*, p.131.

机的整体。这足证他的空间想象力不错，造型能力很强。这不仅是地理学家或者宇宙学家所需要的，也是文学家所需要的。而且，他阐述宇宙结构，线索清楚，自上而下，由天堂至苍空，由苍空至陆地。三界说完，集中说陆地，先占据制高点，标举出陆地之最高峰，然后居高临下，俯视大地，俯视海洋，乃至洋外之陆地以及乐园，而且更进一步，指出四大港湾。读着这些文字，确实能看出阔斯马斯思维有序，发而为"科学"说明文也就层次井然了。不仅如此，他对自然现象的某些观察，还是细致入微的。比如太阳的运行，古今中外都是说"东升西落"，阔斯马斯却这样描述太阳的升沉：

> 太阳在东方升起，公转过程中向南穿越，当它照亮大地顶峰乃至大地本身时，海洋以及洋外陆地常常便是黑夜。然后，他又转到大地顶峰之西和北，便把我辈留在黑暗之中。直到重启它的圆圈行程，出现在地势较低的东方，爬上南边的天空，重新照亮这一边。[1]

虽然他对太阳升沉及其与昼夜交换的关系，只依据《圣经》的只言片语顺势敷衍而成，但是，就直观印象而言，他说，太阳升起后，不是一条直线往西，而是先转向南，然后再往西。这里确实看到了太阳运行的细微之处，有点儿夸大但形象地描述了太阳在黄道带的摆动。这种细致的观察，是地理学者应有的，也是文学家应有的。有了这种宏伟而又细致的想象能力与观察能力，一旦真的作文学的描写，就不会不生动了。且看他写自己的一次海上经历：

> 只有这些海湾可以航行，因为大洋不能航行，洋流众多，浓雾升起，遮断了阳光，而且广阔无边。正如前述，我是从神之

---

[1] *The Christian Topography of Cosmas, An Egyptian Monk*, p.131.

人那里得知这些事实，现在指出来，也符合我个人的经验，因为我自己为了生意的需要，曾旅行过这三处海湾——罗曼湾、阿拉伯湾和波斯湾。我从当地人或是海客那里，获得了这些不同地方的准确信息。

有一次，我们驶进这些海湾，它们跟前面的印度接壤，几乎横跨巴尔巴利亚，再过去就是金吉乌姆（Zingium），按他们的术语，叫作大洋之嘴，我看到，在我们航线的右边，飞着一大群鸟，他们叫"飕斯筏"（Souspha，笔者按：即信天翁），形如风筝，但尺寸要大两倍多。这里天气很糟糕，我们全都很忧虑。船上所有有经验的人，无论旅客或是水手，都开始说，我们靠近大洋了，都向舵手喊道："掌好舵，向着海湾，不然我们就要被洋流卷去，带进大洋，就没命了！"因为大洋涌进海湾，狂澜怒涛的规模大得不祥，同时，洋流却把船只从海湾引入大洋，合在一起，景象十分恐怖，我们都害怕得要死。那一大群叫作"飕斯筏"的鸟，一直跟着我们，总是高高地飞在我们头顶上，这些情景就是我们靠近了大洋的预兆。[①]

这段文字，初看似乎就是一段有惊无险的旅游日记，但细细体会一下，不难发现其中还有商人舍命求利的冒险性格，以及一个地理学家对环境的了解，那就不是一般吟风弄月的才子所能写出来的了。它算不上文学中的上乘文字，但绝对够格称独特的文字。这几乎是《基督教舆地志》的基本文风。为获得更深印象，再看一些描写风土人情的文字吧：

从尼尔边界到阿克索米特有十二至三十天的行程；从阿克索

---

① *The Christian Topography of Cosmas, An Egyptian Monk*, pp.39–40.

米特到埃塞俄比亚最高地区，即名为巴尔巴利亚的乳香国，它靠海，不近，远离萨苏国，是埃塞俄比亚最遥远的地区——大约要五十天的行程。

这个生产乳香的地区，虽然坐落在埃塞俄比亚最高处和最深处，但另一边却沐浴着海水。邻近的巴尔巴利亚的居民，从这里深入内陆，跟当地居民贸易，带回各种香料、乳香、决明子、菖蒲，以及其他许多产品，然后渡海卖到阿杜勒（Adulê）、霍迈里茨（Homeritc）、中印度和波斯（Persia）。据《列王记》记载，示巴女王（Queen of Sheba），即霍迈里茨女王，后来我们的主在福音书里称之为南方女王（the Queen of the South），就是从这里邻近隔海相望的巴尔巴利亚，给所罗门带去埃塞俄比亚的香料，还有乌木、猩猩和黄金。埃塞俄比亚与示巴虽被阿拉伯湾分开，但仍是近邻。我们从主的话里看到，主把这些地方称为"大地的尽头"。主说："南方的女王，要起来定这世代的罪，因为她从地极来，要听所罗门的智慧语。"（笔者按：《马太福音》12：41）

由于霍迈里茨离巴尔巴利亚不远，它们之间就是隔着一片海，两天时间就可以横渡，而在巴尔巴利亚之外更远处就是人称"金吉乌姆"的大洋。而人称萨苏国的地区跟大洋的距离，也就是大洋跟乳香国地区的距离。里面有数量众多的金矿。因此阿克索米特人的国王，借阿高王之助，每隔一年就派特使去那里获取黄金。陪伴他们的，还有其他许多商人，据说在五百人以上，也负有同样的使命。他们随身带去牛、盐和铁。他们来到这附近时，就停留在指定的地点，扎下营帐，周围用荆棘做栅栏。他们就住在里面。然后，他们杀了牛，切成块，挂在四周的荆棘栅栏上，还有盐和铁。然后当地居民就来了，带着黄金，金子形如叫作"淌哈拉子"（tancharas）的豆子。摆上一两颗，或是更多点，摆在他们喜欢的东西上，那或是一块肉，一块盐，或是一块铁。然后他们就走开一段距离。这时，牛肉的主人就靠近前来，如果满意，就收起金子。看见这样，金子的主人就会走过来，拿走肉，或是盐，或是铁。但是，如果卖家不满意，就把金子留（在原地）。当地人看他没拿金子，就会走过来，或是加上点儿金子，或是收起他所放的金子走开。跟当地人的买卖就是这样，因为他们的语言不同，很难找到翻译。他们在这个国家的时间大约五天左右，这要看来做买卖的当地人是否把他们的货物全买走。回程他们都认真武装起来才走，因为他们经过的沿路有些种族会袭击他们，想抢他们的黄金。这经商旅程耗时六个月，包括来回路程。去的路上，他们走得很慢，主要因为牲口。但回程就急急忙忙，免得路上遇到冬天和冬雨。因为尼罗河的一些源头就散布在这些地方，冬天大雨，河川横流，阻断旅人的道路。当地人的冬天来时，正是我们的夏天。它始于埃及人的埃匹菲月（Epiphi），直到道斯节（Thôth，笔者按：埃及知识与写作之神，相当于中国文曲星），在这三个月中，大雨如注，形成许多河川，全都注入尼罗河。[1]

这几段文字，最有趣的当然是原住民以金豆买肉盐铁那部分。原住民的憨厚诚实、商人们的辛苦和几分狡黠、交易场面的原始而有序，令人身临其境。但毫不夸张，也没有那种自命文明的傲慢，纯粹是一个见多识广的老商人介绍一种鲜为人知的交易方式。说它是商业史资料，是民俗史资料，是海客游记，都可以。但是，若没有前前后后地理知识和民风民情的铺垫，乃至政治环境的介绍，这段文字就只会是少见多怪的猎奇。尤其在介绍商人们交易完后急急赶路的原因中，自然而然带出了一个地理上的大发现，即尼罗河

---

[1] *The Christian Topography of Cosmas, An Egyptian Monk*, pp.50–54.

源头的确定。换个场合，换了他人有此发现，岂能不大书特书，标榜自己的功劳？而在阔斯马斯这里，只是作为一种商业形态、商业活动的原因介绍而已，轻轻拿起，轻轻放下。这正是一个见闻丰富、学识渊博的人必然会有的态度，也才符合前后行文的需要，不至于喧宾夺主。介绍、叙述、描写、说明、解释、补充，种种文体因素，融而为一，成就一篇拜占庭文学中独特的人文地理"科学"普及文字。阔斯马斯虽然说自己受教育少，不善修辞，但这种质朴无华的文字，却又是刻意的修辞难达其境的。这不仅显出阔斯马斯驾驭文字的天分，也显出其铅华弗御的淳朴天性。

第二章

7—9 世纪拜占庭文学

第一节　概况

一、政治变动与精神冲突

14 世纪翡冷翠诗人彼特拉克（Francesco Petrarca，1304—1374 年）曾把拜占庭的一段历史时期称为"黑暗时代"[①]，这段时期大约从尤斯廷尼安诺斯去世到 843 年君士坦丁堡普世大会，长约 300 年。后世欧洲不少学者也沿用了彼特拉克这个说法。其实，这段时期并不"黑暗"，而是拜占庭历史的大转折，但的确是艰难的转折。

先是地理疆域、种族、政治和经济。由于兵痞出身的尤斯廷尼安诺斯野心勃勃，穷兵黩武，四处发动战争，弄得民穷财尽，人口锐减，国力空虚。他死后拜占庭急剧衰落，大大小小的城镇充满冲突、暴乱和瘟疫。内忧既繁，外患必至。半个世纪多，拜占庭在意大利的领土，一半被伦巴底人占领；美索不达米亚、叙利亚、埃及归了波斯人；亚历山大城、大马士革这些基督教中心都转入穆斯林手中。717 年，阿拉伯人甚至兵临君士坦丁堡城下。斯拉夫人、阿瓦尔人（Ἀβαρείς）在巴尔干半岛建立居民点，虽也有过毁灭性冲突，幸得最终被拜占庭文化所同化，与本土居民相安共处。海拉克雷奥斯一世（Φλάβιος Ἡράκλειος，610—641 年在位）从埃及入主君士坦丁堡后，改行省制为军区制，寓兵于农，国家经济实力和军事实力才逐渐增强。经过这一系列变化，拜占庭帝国缩小了，不那么辉煌了，但更加组织有序，与尤斯廷尼安诺斯时代那个民族大杂烩不可同日而语，获得了数十年的稳定。不过稳定时间也不太长，海拉克雷奥斯一世逝世后，其继承人走马灯式换了四五个，后来军区将领夺权，又换了四五个，到 717 年莱翁三世建立了伊扫隆王

[①]　参见 Theodor Mommsen, *Petrarch's Conception of the 'Dark Ages'*, *Speculum* 17 (April 1942), pp.226–242。

朝。这个王朝延续了一百余年，换了 8 个皇帝，其中还有一位篡位女皇伊莱娜（Εἰρήνη η Ἀθηναία，797—802 年在位）。后期也是宫廷阴谋不断，最后在 820 年被米哈伊尔二世篡位，建立了弗里吉亚王朝。这三个王朝虽然内讧不断，但都坚持推行大军区制，军事力量有所增强，小农经济得到发展，社会比较稳定，国家力量逐渐恢复，为后来的马其顿王朝复兴奠定了基础。

精神方面，隐修观念与正统神学极力扩张，影响遍及一切知识领域。在 7 世纪，大主教塞尔基奥斯（Πατριάρχης Σέργιος Α΄，610—638 年在位）逐步集教权于一身，但他也平息了君士坦丁堡军队和市民的冲突，626 年曾把首都从阿瓦尔人包围中解救出来，因此颇有威望。隐修主义则自命为各阶层的代表，修道院人数大增，财产雄厚，逐渐成为繁荣的文化中心。

但从 7 世纪中叶起，拜占庭面临一场内部观念冲突的危机，其形式仍表现为教会正统路线与"异端"之争。"异端邪说"有时甚至能得到教俗上层支持。塞尔基奥斯就曾一度接受"唯一意志论"（μονοθελητισμός）。唯一意志论是一性论（μόνοφύσις）的分支，主张基督化身多样，但意志唯一。不过，这种学说没能挺多长时间。海拉克雷奥斯一世和塞尔基奥斯曾希望借助这种教义，让一性论跟正统和解，结果无功而返。

但另一场思想冲突和动乱却长得多，危害也大得多，那就是"圣像破坏运动"（Εἰκονοκλασία）。这场动乱席卷全国，涉及社会一切阶层，长达百年之久。"圣像破坏运动"的核心问题就是：人造圣像能否表现神的本质？

其实，挑起这场冲突的是伊扫隆王朝的皇帝。其源出于世俗权力与宗教权力的原初性对抗，也显示出朝廷对教会庄园和外省封建领地尾大不掉的恐惧。但从宗教哲学而言，可以上溯到前段历史时期关于"三身一质"和基督本质的争论。争论集中体现为两种主张：一种否定对人而言神的可知性，异端人士即持此说；而正统派则肯定通过物质生活现象，尤其是艺术，人可能部分认识神的本质。就艺术而言，这涉及艺术与对象的关系，以及艺术手段能否表现艺术对象的问题。何况此时的艺术对象，并非现实生活现象，而是超乎物质现象之上的抽象的神的本质，也就是抽象之抽象，比现实生活高出两个层次，近乎中国《老子》说的"玄而又玄"了。因此，这种辩论涉及了人类艺术史上一个空前的基本艺术原则问题。由于迷信常跟圣像崇拜混为一谈，在民间大行其道，这就加剧了问题的尖锐性，引起宗教界某些人士的反对。圣像破坏者（Εἰκονοκλάστης）们把"圣像崇拜"看成不可饶恕的"分裂"行为，即把神的本质"分裂"成了物质的和精神的两种东西。因此，他们呼吁纯理性地认识神性，这就成了对正统教义采取批判态度的胚胎。皇帝想大权独揽，便借此打击教会势力。726 年，莱翁三世降旨捣毁圣像。但是，圣像破坏运动遭到隐修主义最激烈的反对。圣像崇拜者把对手称作"烧毁圣像犯"，人家回敬他们的外号则是"安涅摸牛特"（ἀμνεμόνεωτ，不齿于人者）。双方冲突常常越过神学争论的界限，有时酿成流血斗争。圣像破坏者得势时，教堂里的圣像和圣徒像，被换成花草动物题材的装饰性图案，修道院被查封，改作俗人旅馆，坚持隐修主义要受瞽目之刑，刺瞎双眼。

但最终是圣像崇拜者胜了。站在他们一边的，有修道士及其近亲——教会，还有农民和市民群众。9 世纪中叶，一些皇帝也为他们撑腰。最后一位破坏圣像的皇帝瑟奥菲罗斯一死，其未亡人瑟奥朵拉便坚决支持圣像崇拜，于是，圣像崇拜者势力大盛，843 年发动决定性"起义"，横扫君士坦丁堡。全国各地圣像崇拜者起而效尤，杀人放火，无所不用其极，彻底打垮了圣像破坏者。既然失败，圣像破坏者的文献当然全部被毁。但是，他们主张神的本质不能由人造圣像表现，世俗现象只能表现世俗生活，却打破了教会艺术独占天下的局面，为拜占庭的世俗艺术打开了发展之门。

当然，圣像崇拜者的胜利，除了教俗两界高层势力的支持，也得益于他们中间有当世最杰出的才智之士，比如大马士革人约安尼斯、瑟奥窦罗斯·斯透狄忒斯、君士坦丁堡大主教尼克佛罗斯一世（Νικηφόρος Α´，758—828 年）。

他们的论战檄文中，有许多观念已经成为专门的宗教哲学范畴，就艺术本质、对象与表现的相互关系、艺术对受众的作用等方面而言，已成后世共识。他们肯定了物质形象的原初性质，说明只有在物质基础上，才能过渡到对精神实质的认识。这样，一方面肯定了拜占庭造型艺术外在的拟人性质，同时又坚持了作为最终目的的唯灵论原则。

破坏圣像与崇拜圣像两种主张，表面看水火不容，其实，它们都对文学提出了新的要求，那就是，文学的任务必须以表现神的终极本质为目的。神的观念，已是超越物质现实的抽象；神的终极本质，又是超越神的一般概念的更高的抽象，而文学艺术的外在基本特点却是具象的。以具象的手段，表现抽象之抽象的对象，这是古希腊罗马的文学没有遇到的问题，甚至可以说，就是到了 21 世纪的今天，仍然是人类没有完全解决的艺术问题。因此，古典传统失去了意义，传承古代文化，已经不那么迫切，铭体诗创作急剧下降。连大学中的古代哲学和修辞课程，也被基督教教义取而代之。在这种特殊的精神框架中，拜占庭文学的进化不可避免地要为基督教所驯化。就文学形式而言，教会与修道院的文体，在前一历史阶段被边缘化，此时却占据了中心位置。占头等位置的是神学和传记文学，还有与教堂和修院生活最相关的长诗。

但是，尽管复古的兴趣明显降低，正是这个时期，拜占庭却成为古典文学及其形式的继承者与保护者。因为，拜占庭就建立在古希腊原地，又以"罗马"自居，而且，希腊语此时已成为拜占庭的通用语，就每一种文学形式而言，接受起来极其方便。

二、诗歌的发展与创新

7 世纪，格奥尔基奥斯·皮希德斯的创作堪称古典世俗诗歌最后的回声。他生活在海拉克雷奥斯一世时代，曾任"哈托夫拉斯"（χαρτοφύλαξ，宫廷枢密）。海拉克雷奥斯一世的改革曾使国力一度增强，人们以为尤斯廷尼安诺斯军事胜利的时代又回来了。格奥尔基奥斯把自己的三部史诗《海拉克雷奥斯一世抗击波斯人长征颂》、《阿瓦尔人进犯记，兼写君士坦丁堡城下阿瓦尔人与公民之争吵》、《海拉克雷奥斯一世颂》（又名《波斯王胡斯劳最终灭亡》）都献给这位庇护者。此外，宗教长诗《创世六日》显示他在古典文学方面颇有继往开来之功力。为了描写创世，皮希德斯大展修辞才华，使用出人意表的绰号、隐喻和比喻，引用亚里士多德、普鲁塔克的著作，以及艾利安诺斯（Αἰλιανός，约175—约235年）的《动物故事》。全诗虽然有点冗长，却给人一种豪华高贵的印象。

皮希德斯还写了一系列铭体诗，对三音步长短格的运用，达到炉火纯青的地步，意境明晰，风格高雅，情感抒发极有分寸，有古典遗韵，以致300年后的11世纪，大学者米哈伊尔·普瑟罗斯还以专文《谁的诗更胜一筹——是皮希德斯还是欧里庇得斯（Εὐριπίδης）？》讨论之，让皮希德斯与古希腊悲剧诗人欧里庇得斯一较短长。皮希德斯诗歌中的宫廷及军事主题，在文法学家瑟奥多修斯（Θεοδόσιος Γραμματικός，8世纪）的诗歌中得到延续。他描写了阿瓦尔人第二次围攻君士坦丁堡（673年）。

教会诗人们也热衷于从古典形式中有所吸收，比如阿纳克瑞翁（Ἀνακρέων）体以及长短格三音步的格律，以致妙音罗曼诺斯创立的箜塔曲，逐渐被排挤掉。君士坦丁堡主教塞尔基奥斯名下有部希腊语作品赞美诗《圣母颂》（Ἀκάθιστος της Παναγίας）很值得一提。[①]此诗的著作权虽有疑问，因为妙音罗曼诺斯、宗主教格尔曼诺斯一世，甚至皮希德斯都写过这种颂诗，但归于塞尔基奥斯的主张更有力。此诗的出现，还牵涉到一则传说，说的是阿瓦尔人包围君士坦丁堡时，童贞圣母玛利亚奇迹般地救了君士坦丁堡，并且激发塞尔基奥斯写出这首崇高的教堂颂歌。因为前面已说过，挽救首都，塞尔基奥斯确实与有力焉。此诗表达人类的情绪时，相当坚定自信。但它最受人称道的是其形式的严整美。全诗遵循着大小诗节匀称循环的原则：小诗节是箜塔曲，大诗节是奥伊可思。其中，所有的奥伊可思都是呼告的升华，开始都是同一句呼告："欢呼吧！"诗行两两成对，由韵律和句法的排比结为一

---

① Trypanis C. A., "Fourteen Early Byzantine Cantica" (WBS V), *Wien*, 1968, pp.29–39.

个整体，而且广泛地运用了谐音和韵脚的技巧，词汇与乐音（Euphonie）的结合，极其丰富多彩。奥伊可思与答塔曲这两种形式，每一种都是 12 节，每一节都按希腊字母顺序排列，从"阿尔法 α"开始，至"奥美噶 ω"结束。结果就形成一首按希腊字母排列规律构成的诗章，就像一颗结构繁复的 24 面体的钻石，晶莹灿烂，熠熠生辉，而里面又隐藏着变化万端的阿拉伯式藤蔓花纹。这是一种庄严的静态美，蕴含着与希腊语相呼应的自身内部变化规律。后世天主教把精神创造理解为紧张的动态进程，而此诗不同，它体现出东正教早期和中期对神的"超存在"的本质和"精神完善"的思索，体现出拜占庭文学对静态美的追求。文学修饰的灵活娴熟在《圣母颂》里达到了独一无二的完美境界。因此，号称天梯大匠的约安尼斯评价此诗说，谁达到精神的完善，"谁的内心深处就立起一根不可动摇的擎天柱"[①]。后来西欧文艺复兴时期，但丁的《神曲》结构上的严整性，实在是这首《圣母颂》遥远的回声。

7、8 世纪之交的门槛上，站着克里特的安德莱阿斯。他与前辈妙音罗曼诺斯，以及后辈大马士革人约安尼斯，都是叙利亚人。他从罗曼诺斯手里接过答塔曲的形式，加以繁复变化，创造了卡农的形式，把颂歌跟其他音乐文字单元（答塔曲、卡西斯玛、卡塔巴希亚、瑟奥托曲）融为一体。卡农允许无穷无尽的复杂结构，可以随意扩大容量。一支卡农由八九支歌曲组成，歌曲由"希尔莫斯"（ειρμός，单独的插曲结尾）分开，其中每支曲子虽然主题不同，结构形式上隔开，但结尾都是一致的，或者以一行叠句与主题呼应。安德莱阿斯的《伟大卡农》（又名《忏悔卡农》）特别出名，是四旬斋期[②]唱的。此诗规模宏大，长达 250 支歌曲，每支歌曲又以 12 行韵律诗写成。每支歌曲诗意地转述旧约的一个故事，跟基督教的教训优雅地编织在一起，虽然不乏僧侣的废话、套话，但不少地方也表现出巨大的艺术感染力。

---

① *История Всемирной Литературы*, Том Второй, Москва: Наука, 1984, c.350.

② 四旬斋（Lenten），春分月圆后第一个星期日为复活节，复活节前 40 天，即为四旬斋，纪念耶稣在旷野中修行，抵御魔鬼诱惑而 40 天不进食，一如释迦牟尼之抗拒诱惑。

可以说，安德莱阿斯既追慕着妙音罗曼诺斯，但又远离了罗曼诺斯。

　　在教义争论中，诗歌也被用作武器。据说，忏悔者马克西莫斯（Μάξιμος ὁ Ὁμολογητής，580—662年）就写过不少这样的论战性诗歌，只是没有留存下来。另一位耶路撒冷的索福隆尼奥斯也有这种诗作。至于经院式教堂赞美诗的繁荣，那是在8世纪，这要归功于大马士革人约安尼斯和他的义弟玛育玛主教阔斯马斯以及他年长的同时代人瑟奥窦罗斯·斯透狄忒斯以及伊格纳提奥斯执事（Ἰγνάτιος ὁ Διάκονος，785—约847年）。大马士革人约安尼斯有500首卡农，神学与诗歌融为一体，把哲学原理引进了教堂圣歌。不过，由于结构复杂，修辞晦涩，难免有点儿阳春白雪的遭遇。但其诗中的理性并不妨碍其中语调朴素却富于和谐的表现力。兄弟同心，阔斯马斯的诗歌创作也如此。他不仅是诗人，也是教堂诗歌评论家。拜占庭著名百科大辞典《搜逸达斯》称他为"才气绝顶的男人，浑身都散发着音乐和谐的气息"。大马士革人约安尼斯的诗虽然曲高和寡，毕竟有几首诗歌，尤其是他的套曲（ἰδιόμελον，即卡农的一种形式"独立圣歌"）直至今日还保留在教堂安魂弥撒的曲目中。大马士革人约安尼斯在宗教抒情诗中重新恢复了古典诗律，把精致的韵律和当时的希腊语充分融为一体，把卡农的结构发展到异常精致的高度。因此，《搜逸达斯》说："约安尼斯和阔斯马斯的《卡农》，在本世纪结束前，没有也不可能有类似作品。"①

　　8世纪末的重要诗人当数圣像崇拜者的首领瑟奥窦罗斯·斯透狄忒斯。斯透狄忒斯是他所主持的修道院名，是圣像崇拜者的文学活动中心。这得力于他的组织才干和坚定。他22岁开始为僧，为修道院的利益跟破坏圣像的宫廷进行了直接斗争，三度被流放，但毫不屈服。修道院集体精神形成了他的信念和理想，修道院生活就成为他的诗歌的主题。古希腊的铭体诗，在箜塔曲和卡农等新诗体出现以后曾一度消沉。但到了斯透狄忒斯手上，铭体诗

---

① "Ἰωάννης ὁ Δαμασχηνός", *Suidae Lexicon*, pars 2, Edidit Ada Adler, München, Leipzig: K G-Saur, 2001, p.649.

重新放出了光辉，而且得到了根本的改造。在第一章中，我们说过，异教诗人们以铭体诗歌颂古代神话和传说中的神祇，宫廷和教会的诗人们，一写诗仍不由自主地回到异教传统上去。铭体诗能否革新、如何革新，这是拜占庭文学发展的第二阶段必须回答的问题。斯透狄忒斯以自己的创作完成了这个文学史的任务。他彻底抛开了一切神话与传说，而把目光转向普通百姓，转向他们的日常劳作和生活，使普通百姓的劳动成为诗歌新的主题。而且，他歌咏普通百姓的劳作生活时，不是居高临下的猎奇，而是表现了对劳动的尊重，甚至把普通百姓的劳作与基督教宗教传说中的历史人物挂起钩来，提高了普通劳动百姓在文学中的地位。修道院中的敲钟人、厨师、鞋匠，都成了他歌颂的对象。这不仅在拜占庭诗歌史上，就是在欧洲乃至中世纪世界诗歌史上，也是一种革新。且看他的《咏厨师》：

> 哦，奇怪，厨师怎么
> 不该得终日勤劳的桂冠？
> 克勤克谨——其中就有天国的光荣；
> 厨师的手脏——但心地纯然
> 他一点火——该隐之火就点不燃。
> 一忙炊事，就精力充沛而谦虚，
> 一吹着火，就忍着诸般困难，
> 给弟兄们做饭……①

他喜欢用长短格的铭体诗形式。这种形式在以后几世纪能够繁荣，瑟奥窦罗斯贡献良多。他的诗中，内在情绪异常深沉激动，但表现得有节制，在十分传统的修道院诗歌的框架中，可谓别开生面，成为特定时期特定环境中新的诗歌结晶。

---

① Θεόδωρος ὁ Στουδίτης, *Εἰς τόν ὀψοποιόν*, PG. T. XCIX, col.1786.L. B.

三、戏剧的基督化

卡农形式的发展完全符合教堂和教堂戏剧表演中造型艺术的庄严宏伟性。圣索菲亚大教堂里 6000 支烛光灿烂，宝石装饰的《诗篇》重 80 公斤，与真人等高的圣徒肖像，仿佛会从墙上走下来，参加以戏剧形式表现的圣事活动。忆起这些往日盛典，后世史家们还禁不住激动不已！在特鲁罗大会（Σύνοδος ἐν τῶ τρούλλω，692 年）禁止世俗表演，尤其是禁止戏拟剧（μιμικός）演出之后，这些西方宗教神秘剧的原型，就更有意义了。但是教堂戏剧的材料，其实很多是在戏拟剧基础上创造的。据瑟奥弗拉克托斯·希莫卡忒斯（Θεοφύλακτος Σιμοκάτης，580—630 年）说，早在 6 世纪末毛利基奥斯（Μαυρίκιος）王朝时期，"大内护卫"麦南德罗斯 ① 就写过一个剧本，讲的是一个波斯魔术师皈依基督教，竟被同胞钉死。圣像破坏时期保存下来两个三部曲剧本，写的是福音书主题。据说大马士革人约安尼斯也写过一个剧本，叫《苏珊娜》。但影响最广的还是归在宗主教格尔曼诺斯一世名下的一些作品片段，其结构已比较完整，接近所谓"日常戏拟剧"，写的是约瑟吃玛利亚的醋。如此下笔，在宗教剧中还属少见。类似作品保存最完整的，是伊格纳提奥斯执事的剧诗《诗说亚当》（Στίχοι εἰς τὸν Ἀδάμ）。序幕中，作者讲到惩罚撒旦，天国力量与世间邪恶原则对立，以及天堂生活，然后是夏娃与蛇、夏娃与亚当、亚当与神的三段相当生动的对话。但总体而言，拜占庭文学中，戏剧始终是相对薄弱的环节。这可能与习惯于沉思冥想的时代宗教精神有关吧。

四、论战文字与书信

由于宗教论战剧烈，神学檄文特别受重视，这个时期的散文最为流行。这

---

① 瑟奥弗拉克托斯·希莫卡忒斯，拜占庭史家、作家。关于麦南德罗斯，见本书第一章第一节。

种文体继承了古典哲学对话体。西奈的阿桑那修斯（Ἀθανάσιος Σιναΐτης，约630—约700年）的《问答》、大马士革人约安尼斯反保罗派（Παυλικιανοί）的《与摩尼教徒对话》，都有这种特点。这种文体的流行著作还有耶路撒冷的约安尼斯的《长者教训》，语言通俗，对话形式活泼。还有为狭隘的实用目的写的辅助读物，帮助平信徒们消化基督教基本伦理观念，比如宗主教塔拉修斯的法言（ἀφορισμός）集《论幸福与克制》。其结构为四个世纪的形式，即每百首法言为一个世纪，而每首法言都是一首藏头诗，以形式的优雅弥补内容的单调。

论战性著作有一点很重要，就是或多或少有些普通哲学的内容。当时最独特的哲学著作就是大马士革人约安尼斯的《智慧源泉》。此书受亚里士多德的著作，特别是《范畴学》的影响。古典逻辑学的成就被用到了神学里，因此，《智慧源泉》在西欧那些探讨学术方法的圈子里大受欢迎。从哲学史的观点说，其中最珍贵和最有趣的，是学科分科问题、描写心理现象的尝试、对可知性的分析、感觉的作用，以及意志自由问题，等等。其文体介乎神学哲学和小说之间，又掺杂了修辞学、书信和历史文笔。这些作品与前代同类作品不同之处，就是异常强烈的倾向性和论战性，有时几乎把艺术任务都置诸脑后了。

但有趣的是，到7世纪上半叶，这类著作还保存着加沙修辞学派的传统，其代表人物就是瑟奥弗拉克托斯·希莫卡忒斯。他是埃及生人，极有教养和才气，编过两本小册子：虚拟书信集和故事集《莫名其妙的自然现象》。根据大量传世手稿可以断定，这两本小册子内容生动感人，在中世纪享誉极高。一本以艾利安诺斯的《动物故事》为蓝本；另一本则效法2—3世纪归在阿尔基福隆（Ἀλκίφρων）和大费罗斯特拉托斯（Φλάβιος Φιλόστρατος）名下的书信体小说。瑟奥弗拉克托斯借用了阿尔基福隆的一种格式，就是把这些书信挂在历史人物乃至神话人物名下，比如"苏格拉底致柏拉图"。有时，连书信末尾感伤落款也借来了。当然，这部著作免不了纯基督教的说教。比如，在一段伊索寓言之后，作者插进了一段道德说教："抛弃财产和肉体的烦恼吧，要关心灵魂，因为它无影无形而且永远不朽。"①

瑟奥弗拉克托斯精通古典文学，他写毛利基奥斯王朝（582—602年）的8卷本《历史》可以为证。前言就是一篇辞藻华丽而范围广泛的"历史"与"哲学"的对话，显示作者热爱修辞、模仿和寓言；后序则炫耀荷马、柏拉图、修昔底德和悲剧家们作品的引文。② 瑟奥弗拉克托斯喜欢生造词汇，风格结构复杂，有时甚至夹缠不清。这些曾惹恼了9世纪文学行家和鉴赏家宗主教缶提奥斯（见《万卷书库》章65）。瑟奥弗拉克托斯·希莫卡忒斯之后，直到马其顿王朝，长达两百年间，拜占庭文学再没出过一部像样的历史著作。历史领域里大行其道的是"春秋（史话）"体。"春秋"作家们一方面延续约安尼斯·马拉拉斯的传统，力图囊括上帝开辟鸿蒙以来的一切事件；另一方面又改变了马拉拉斯的方向。马拉拉斯对材料是来者不拒，毫不苛刻。而此时，《逾越节史话》、安条克的约安尼斯以及自号"罪人"的格奥尔基奥斯·孙克罗斯（Γεώργιος "Ἁμαρτωλός" Συνκέλλος，逝于810年后）的著作，却打上了明显的修道士世界观的烙印。神意被看成监控万物万象的唯一元素；人类活动没有任何独立价值。因此，这些"春秋史话"中充斥着神迹描写。直到8—9世纪之交，忏悔者瑟奥凡尼斯的《春秋》才有改观。就编年时间而言，瑟奥凡尼斯是接着格奥尔基奥斯·孙克罗斯的《春秋》写的，即从戴克里先开始，但是，对特定材料的处理方式完全不同。瑟奥凡尼斯的特点，是对所描绘的人物事件态度偏颇。他的描绘是高度情绪化的，特别是对他所痛恨的圣像破坏者。这样，尽管写作动机是偏爱奇迹的传统观念，但下笔时注意的中心却是人及其活动。这样的处理，埋下了一条历史文学发展的伏线，后来在马其顿（Μακεδών）王朝涌现出来，成为普瑟罗斯等作家著作中的前人文主义倾向。

① Theophylacti Simocatae, Θεμιστοκλῆς Χρυσίππω, Epistvlae, ed. Joseph Zanetto, Leipzig: Bsb B. C. Teubner Verlagsgesellschaft, 1985, pp.20–21.

② The History of Theophylact Simocatta, An English Translation with Introduction and Notes, by Michael and Mary Whitby, New York: Oxford University Press, 1986, pp.3–7.

五、传记文学的神迹化

另一种重要散文著作就是传记。7世纪初，由于连年不断的战争、瘟疫，以及帝国居民不平等的加剧，理想化的文学中，无私、慈悲、关心穷人的献身的苦行主义的形象，得到了肯定。这种形象一部分属于真实的历史人物。这段时期，底层圣徒行传最杰出的作者是塞浦路斯的奈阿珀勒欧斯的莱昂提奥斯（Λεόντιος Νεαπόλεως）。他的《大慈大悲约安尼斯（Ἰωάννης ὁ Ελεήμων）生平》，描写亚历山大城宗主教——外号"大慈大悲"的约安尼斯，把主人公描写为伟大的博爱者。约安尼斯良心敏感，不愿享受他的地位应得的豪华生活，用自己的财产赎买波斯入侵时的俘虏，把自己的财产全分给了穷人。最后，他死在去君士坦丁堡的路上，那是在波斯人进犯非洲领土时，他是去求救兵的。

稍后写成的《慈悲菲拉列特》重复了这部传记的主题，也很出色，充满民间故事插曲和日常生活细节，以灰姑娘故事的形式，描绘了君士坦丁七世的婚介故事。另一部传记《索拉斯的苏蒙生平》（又名《圣愚基督》），描写既圣且愚的苏蒙（Συμεών）的古怪言行；环境则是叙利亚埃德萨城的街道、酒馆、饭店和暧昧去处。

7—8世纪之交，奇迹主题在传记作品中更突出了。学校和大学教育的缩减，为下里巴人所能接受的通俗作品的流行，创造了适宜的土壤。属于慈悲约安尼斯圈子的，还有两位7世纪圣徒传的代表人物——约安尼斯·莫斯霍斯，以及耶路撒冷的索福隆尼奥斯。约安尼斯·莫斯霍斯是萨巴僧侣，可能是莫斯霍斯或麦斯豪斯（今格鲁吉亚）人；他写成了著名的《雷牟纳利翁》（Λειμωνάριον），意即《灵魂草原》（Λειμών）。这是一部故事性的苦行僧传记集。

《灵魂草原》收文219篇，无论就文体或内部结构而言，都是模仿海伦诺珀琉斯人帕拉狄奥斯的《劳萨纪》。但两者的差别却十分明显。帕拉狄奥斯的写作比莫斯霍斯早得多，那时，苦行隐修主义理念还处于酝酿之中。因此，帕拉狄奥斯的叙事方式与风格都很独特，实事求是、从容不迫与心平气和融为一体。这种史诗般的风格，在莫斯霍斯那里却踪影皆无。莫斯霍斯时代，隐修主义十分得势，甚至处于顶峰，他又是一位抒情诗人和教士。所以，比起帕拉狄奥斯的《劳萨纪》那种彻底的历史性质的著作，他的作品更富于抒情性和情绪化。若说帕拉狄奥斯主要是心平气和地描写简朴生活，那么，莫斯霍斯注意的中心，就是对于破坏基督教伦理和偏离正统的惩罚。莫斯霍斯在简短的故事中，苦心孤诣地织入基督教的伦理条规，但又怕落下"好为人师"的口实，便时时改换影响读者心理和情绪的手段，避免直接开药方，避免空想性的、教训式的插曲。这样就产生了文体的内部变形。且看两例：

章第二十

有个神父向我转述了一个龙旗手告诉他的故事：

"我们在非洲跟摩尔人干了一仗，我们被这些蛮子打败了，撵着跑。他们就这样脚跟脚撵着我们，杀了我们不少人。有个蛮子，"他说，"就追着我，长矛瞄准了要扎穿我。我一看这样，就呼告上帝，这样说：

'上帝主啊，对你的仆人一显荣光，让他躲过邪教徒的黑手，躲过这场攻击，救我脱离这场痛苦的死亡。我许愿远赴荒野，出家为僧。'"

"说完一回头，"他说，"一个蛮子也没看见，我毫发无损地回到这阔普拉忒修道院，蒙上帝之恩，在这山洞里住了三十有五年啦。"[1]

拜占庭文学第一段时期即4—6世纪的圣徒传记，多半记载圣徒其人的坚定

---

[1]　Ιωάννης Μόσχος, *Λειμών–XX*, PG. T. LXXXVII–C., col.2868.R. B.

信仰，艰苦卓绝的毅力，到莫斯霍斯这里，神迹和奇迹开始占据故事情节的主要地位了。叙事口吻也往往采用第一人称的口吻，就像这篇故事，虽经两度转述，但仍保留了故事主人公的说话口吻，以增加故事的真实性和生动性。而且，这些故事不一定非要囊括主人公的一生，选取一个精彩片段，达到宗教宣传的目的，令听者从此双手合十自愿皈依就行了。不过，希腊人究竟是个好思索的民族，哪怕有了"上帝的旨意行于一切"这种宗教口头禅，还是免不了在故事中露出哲学思辨的基因来：

章第一百五十六

　　有两位哲人去拜访一位老人，求他赐一句金玉良言。老人却沉默不语。哲人们重又趋前道：

　　"您一言不答，何也？"老人这才对他们说：

　　"看来你两人太饶舌，我算是见证了哲人无真理。你两人喋喋不休说到现在，难道就不明白话语为何物？原来你们的哲学就这么回事——不停地思考死亡。还是沉默安静就知足吧。"①

这位宗教圣徒否定了两位智者哲人的哲理讨论，甚至否定了他们对人生的哲学思索，斥之为"思考死亡"。但是，他这种否定，本身不也是一种哲理思索吗？希腊人爱知识、爱思索的精神基因并未湮灭。只不过思索方向与哲人们相反而已，而且其思索不仅无时停止，甚至没有阶段性。所以，一直思索下去，而不愿用语言把自己所证到的某种境界表达出来，因为语言一出口就是废话，离上帝反而远了。这是起源于埃及隐修主义的赫素暇主义，认为只有在沉默中才能真正认识上帝。短短一个小故事，居然涉及人生的思考方向

---

① Ιωάννης Μόσχος, Λειμών–CLVI, PG. T. LXXXVII–C, col.3024.R. D–3025.L. A.

以及语言作为认识工具的哲理问题，可谓雅俗共赏，但并不肤浅。

这种非希腊而又仿希腊的色彩，显示出拜占庭文化东西方合璧的特色。而莫斯霍斯的学生，后来成为耶路撒冷大主教的索福隆尼奥斯所作的《草原》比较贫乏单调，他的《奇谭七十年》就是埃及游记，但按照《使徒行传》的模板写成，偶尔加点地理学和人种学的题外话。

这段时期，由于修道院成长起来，修道院中还开办了普通学校，就为精致的修辞学渗入传记文学提供了机会。所以，有时传记会整个地采用"恩括密翁（颂词）"的形式。一般作者都很注意自己的修辞技巧。莱昂提奥斯的《圣愚基督》修辞极为优雅，而且与当时的民间语言相生相成。在这方面最突出的是 8—9 世纪之交的尼西亚大教长伊格纳提奥斯。他所写的阿马斯特罗斯的格奥尔基奥斯、宗主教塔拉修斯和尼克佛罗斯一世的传记，其特点是刻意堆砌修辞装饰，而不大推敲结构。

9 世纪初，出了本《新斯特凡诺斯（Στέφανος ὁ Νέος）生平》[①]，写的是在君士坦丁四世朝代因崇拜圣像而遭难的一位僧侣。基督教历史上，第一位殉道者就叫斯特凡诺斯，所以，这位遭难僧侣名字前加了"新"字。这篇传记是破坏圣像时代多种文体合一的唯一例子。尽管作者十分尊重传记模板，虚构了人物对话，乃至夸大地描写拷打折磨的过程，但是，其中仍然充分描写了 8 世纪宗教和社会斗争最尖锐的一段时刻。其中的活动场所并不只限于隐修士集结之处，作者把主人公引入了宫廷，也描写了他在城市监狱中的经历。坚持写实，不加修饰地描绘现实，足以令这部作品堪称传记和历史回忆录之间的一种新文体。另一部传记作品《普萨马瑟史话》（Ψαμαθία）（又名《尤素米奥斯主教生平》），也用了这种文体。

---

① В. Васильевский, *Русско–византийские исследования*, вып. 2, СПБ: Тип. бр. Пантелеевых, 1893, cc.313–392.

六、中篇小说体裁的萌芽

这一时期，几乎所有传记的主题都是表现基督教超越东方宗教的优越性。但是，这个主题在中篇故事《巴拉阿姆和约萨伐忒——荣耀得福的生平》中，其文体形式更加有趣。这部故事的手稿中说是"来自一个名为印度的埃塞俄比亚国家的核心，在圣城（即耶路撒冷）得到的"。这里的地理位置说得有点颠三倒四，但说明它是印度佛陀传说中某些情节的基督教改编本。它说的是一位王子约萨伐忒的故事。这位王子善意地拒绝了一切奢侈豪华，皈依基督教，并让自己的亲人也走上这条道路。这部警世小说包含了东西方许多故事模板的细节，比如王子降生时对他命运的预言，周围的人企图以宫廷的豪华对王子隐瞒现实的残酷，还有以商人面目云游的僧侣，等等。有些情节很符合基督教特有的意识，比如对隐修士的刑罚，异教徒与基督教徒的辩论，两种王国的描写——基督教王国繁荣昌盛，异教王国垂死消亡。

小说的开头和结尾，阐述了基督教教义和基督教伦理，但做得巧妙，不勉强，特别是描写王子与他的老师初遇时听到老师讲的寓言，表现了东方传奇的简洁与优雅，不愧为小说最好的章节。生动、实用和教化融为一体，使这部作品一出世就传到东方、斯拉夫和西方国家，获得了世界上广泛的声誉。整个中世纪，改编它的作品不计其数。尽管第一眼看去这部中篇小说应该归于传记文学（标题中有"生平"一语），但是，就其结构的复杂和某些情节线索的连接而言，它无疑可以归入中篇小说，而这种文体的真正发展，那要到下一个世纪了。

七、中世纪最伟大的女性诗人

7—9世纪的拜占庭文学最后值得一书的，应该是学养深厚而又极富独创性的修女卡西雅娜的诗歌。说到她的生活，还有个东方传奇式故事。830年左右，皇帝瑟奥菲罗斯的母亲为儿子举行了一次选妃会，帝国一流秀女都出席了，其中当然有卡西雅娜。瑟奥菲罗斯就特别喜欢她，拿着预定给当选秀女的苹果，径直向她走去。哪知在对答中，一心向道、满腹经纶的卡西雅娜大胆自由的回答，把这位求婚的皇帝吓坏了。结果，卡西雅娜当然落选。她后来自建了修道院，全力投入诗歌和音乐创作，歌颂基督救世的圣德和责备人类的愚蠢，而成为中世纪世界最伟大的女性诗人。卡西雅娜诗歌中这种纯世俗的气息，标志着圣像破坏运动后向新时代的过渡，即拜占庭正走向马其顿王朝和孔穆宁诺斯王朝的"复兴"。我们将以专节介绍这位女性诗人。

7—9世纪，尽管这一圣像破坏时代矛盾重重，有时甚至阴暗郁闷，但这是拜占庭艺术不可或缺的过渡时期。若没有它，后来的艺术将是不可想象的。这段时期绝不是"黑暗时代"，而是一个从不稳定走向稳定、从不明确走向明确的时代。

第二节　基督教奇迹文学的发轫与成型

人类在巫术文化和宗教文化阶段，都必须制造和相信奇迹，以便使自己的信仰与周围世界的变化能够协调一致，自圆其说，使自己和他人建立自信或是巩固信仰。

只是巫术阶段的奇迹，与众神的任性相一致，一般不考虑这些奇迹的伦理道德性质，不考虑奇迹的善恶性质，这与人间不辨是非、只讲得失的野蛮英雄主义精神一脉相承。宙斯变牛、变鹅、变金雨去玩弄人间美女，便是如此。而且，这些奇迹的出现，非常容易，非常自然，水到渠成，随物赋形；事前无须策划，事后无须证明；言者不是姑妄言之，而是认真言之；听者也不是姑妄听之，而是认真听之亦且信之。此无他，只源于巫术时代的初民，对这些奇迹故事是完全信以为真，不信反倒不自然了。巫术奇迹是不能证伪，也不兴证伪的。巫术时代的人是最有文化自信的。

宗教既是对巫术的否定，同时也是对巫术的继承。继承的内涵之一，就是创造奇迹。否则，信仰巫术奇迹已经习惯了的芸芸众生怎么会相信你的宗教呢？所以，基督教创教之初，也必然要有奇迹的创造。只是如今已经到了宗教时代，奇迹必须也必然上升为神迹。能创造神迹的，当然只有神。耶稣的七大神迹，或者说三十六神迹便是。创造神迹的目的，当然在于建立或者巩固对神的信仰。尽管从宗教理论上说，宗教之神的全智全能，并不亚于或者说甚至会超过巫术众神。令死人复活，让盲人复明，五个饼和两条鱼喂饱五千人，驱逐附人体之鬼。福音书这些妇孺皆知的神迹故事，岂是巫术众神所能望其项背。但更重要的是，宗教之神创造神迹，完全不像巫术众神那样率性而为，只图自己方便，随时随地，无所不用其极。耶稣的神迹，完全是为他人，且往往是应人之求而为，蕴含着道德之善。这与宗教创教之初，多为下层百姓互助互救的宗旨相关。尤其重要的是，神迹之说，虽然经师们百般证其为实、为真，信徒们听了也深信不疑。但仅这"证实"之事一项，便包含着质疑之意在其中。若无质疑，岂需"证实"？允许质疑，便是人类思维的一大进步，是人类对自身能力的一大反思，是后来理性主义的萌芽。虽然后来宗教的发展并非一条直线上升，尤其在成为统治阶级思想体系以后，巫术借尸还魂，神之权威不再允许人质疑，甚至以刑杀相威胁，但究其初始，并非如此。而且，真正的宗教，具备自我净化的能力；于是，发生了宗教改革，清除巫术复辟之弊端，乃至忽略神迹之说，使神复归理性之化身，宗教神迹说亦随之湮灭。要说宗教对人类精神发展的贡献，这应该是其一吧。

虽然对宗教神迹的证实包含着未来的理性思维的萌芽，但神迹的制造确实不是为了理性的思维，而是为了巩固信仰。所以，当神的肉身消灭以后，或者说神升天以后，神迹仍然不能中断；于是，便有了神可以通过使徒而创造神迹之说。福音书里，彼得、保罗和约翰都是能行神迹的高手。不过，他们所行的神迹，与耶稣所行的神迹有所不同。耶稣神迹涉及范围甚广，而使徒们的神迹主要在治病。看来，古今中外，对下层草根小民而言，治病恐怕是除了吃饭之外的第一大事。使徒们悟出了这个道理，集中力量在为信徒治病上下功夫，找到了传教的最佳切入点，垂两千年至今而依然有效。谁能为草根小民治病，或者能为草根小民找到治病之道，谁就能得到草根小民的拥护和信仰。

后来，使徒也走了，神迹由谁来继承呢？不一定由教阶地位高的人继承，所以，哪怕贵为主教、宗主教，也不一定有行神迹的能力。行神迹的能力，是由圣徒继承的。而圣徒之所以成圣，甚至有行神迹的能力，按初期教会心理看，只在于他们信仰虔诚，用基督教的话说，就是圣灵住到了他们心里。后来，马丁·路德倡导宗教改革，提倡"因信称义"。这并非他一时灵感焕发，追根溯源，教父时期已经有了这粒种子。一个人，只要信仰虔诚，便可能成圣，具备行神迹的能力，甚至平信徒也如此。这正是拜占庭的宗教文化精神不同于其他基督教派的地方。而对神迹的记载，也由福音书中的寥寥数语顺便提及，发展而为初具规模的故事，乃至系统成书。这也是拜占庭文学对宗教文学，乃至对一般文学所做的贡献。在这里，我们以两个人的神迹为例，一窥基督教奇迹文学。这二人，一个是地位崇高的主教圣尼阔劳斯，另一个是是由异教徒改宗的平信徒圣阿忒米奥斯。

圣尼阔劳斯（Ἅγιος Νικόλαος，270—343年）[①]的奇迹可以作为拜占庭基督教早期奇迹传说的代表，既上承了古希腊巫术神话的传统，又开启了基督教圣人神迹传说的先河。不过，圣尼阔劳斯是否实有其人，在历史上还是一桩公案，至今未

圣尼阔劳斯铜像，乔治·恰普卡诺夫（Георги Чапкънов），福克兰立法议会厅

---

① 圣尼阔劳斯在浮雕像中抱着一条鱼，表示怀抱对基督的信仰。新约希腊文组成"救主耶稣是神的儿子"这句话的五个单词，其首字母合在一起，即"ἰχθύς"，恰好是"鱼"的意思。故基督徒以"鱼"表示对基督的信仰。又，福克兰群岛以渔业为主，故此雕像又兼保佑渔业之意。

决。① 就文学而言，这不是个大问题。我们先承认实有其人吧。据说，他出生于利西亚一个小镇帕塔拉（patara，希腊名 Ἀρσινόη）。他的生卒年月也各说不一，大概生于 260 或 280 年，去世年月则有四种说法：341 年，345—352 年之间，450 年，以及 564 年。大概还是第一、第二种说法比较实际。若按第三种说法，他就活了 170—190 岁；按第四种说法则活了 280—300 岁。恐怕不大可能。

关于他的传说，最早出现于 5 世纪初，大概是军人的记载。著名的有《三军官》，说的是君士坦丁大帝手下三位军官遭人陷害，被捕入狱，还判了死刑。这三人因以前见过尼阔劳斯挽救另外三人的性命，因而在狱中祈求尼阔劳斯也救救他们的性命。圣徒果然有求必应，尼阔劳斯夜间托梦给君士坦丁大帝，力辩其冤，且警告大帝，若冤案实行，大帝也将不祥。② 又据说，他在 300 年左右，曾代表米拉百姓到君士坦丁堡，要求君士坦丁大帝减少米拉的税负。这故事后来被编为《税负》。生活于 6 世纪的君士坦丁堡的尤斯特拉提奥斯（Ἐυστράτιος）引用过相关文字，足见圣尼阔劳斯生活时代之早，亦见关于他的传说形成之早。但后来记载他的奇迹传说的，主要有三种：一是 9 世纪上半叶大方丈米哈伊尔（Μιχαήλ ὁ ἀρχιμανδρίτης）的《圣尼阔劳斯传》（*Vita per Michaëlem*），希腊篇名颇长，英译简化为《奇迹制造者圣尼阔劳斯生平》（*The Life of St. Nicholas the Wonderworker*）；二是 9—10 世纪无名氏的《圣尼阔劳斯全传》（*Vita Compilata*），希腊篇名长达数行，英译简化为《姆拉的尼阔劳斯传记集》（*The Collected Life of Nicholas of Myra*）；三是 10 世纪著名传记作家苏蒙·麦塔弗拉忒斯的作品《圣尼阔劳斯传》（*Vita per Metaphrasten*），希腊文篇名也较长，英译同样简化为《奇迹制造者圣尼阔劳斯生平》。三书内容各有不同，但编排相似，都是由一个个独立的故事组成。如今还有个网站"圣尼阔劳斯中心"（Saint Nikolas center）是专门宣

① Adam C. English, *The Saint Who Would Be Santa Claus*, Texas: Baylor University Press, 2012, p.3.

② *Hagios Nikolaos*, Vita Per Michaëlem, Texte und Untersuchugen von Gustav Anrich, Iæipzig: Druck und Verlag von B. G.Teubner, 1913, ss.67–77, 97–98, 129.

传这位圣徒的。由这些线索，后人可以一窥圣尼阔劳斯的奇迹。而对圣尼阔劳斯传记资料搜集研究最深入的，当数德国学者古斯塔夫·安里奇（Gustav Anrich，1867—1930年），他编纂的《圣尼阔劳斯传》（*Hagios Nikolaos*）可谓集大成之作。

圣尼阔劳斯的家庭当然富裕，父母都是虔诚的基督徒，只有他一个孩子，起名为尼阔劳斯，意思是战胜国家者，显见教权高于政权，与希腊的神和英雄出身必须高贵一样，倒是跟耶稣基督出身贫苦不大相同。但他似乎天生便具有一定的神性，这又与基督乃上帝之子有几分仿佛。据说他出生后他母亲的疼痛就停止了，在他能吃食物前就会品尝食物。他刚出生做洗礼时，竟然能独自站立3个小时。他只吸吮母亲的右乳，这意味着他将来只站到主的右边，与正义为伍。每周三和周五，他只吃一次奶，这也预示着他后来一直严格地在每周这两日斋戒。[1] 当然，他天生的这种圣灵之性，也不像巫术众神的本领那样，生来就会用，而是犹如柏拉图主义者说的那样，要经过一番"唤醒回忆"的功夫，那就是接受《圣经》的教育。果然，他的父母对他"教育有方"，他也冰雪聪明，一点即化。他一接触《圣经》，领悟就极高，犹如基督船舶上的娴熟舵手，也像优秀的牧羊人。

孔夫子"十有五而志于学，三十而立，四十而不惑，五十而知天命"，而圣尼阔劳斯，大概在孔夫子才志于学的年纪，就知道人生的方向了。他在年轻人中是完美的典范，不参与政治和染指商界，绝不轻易交友和陷入无意义的闲聊。[2] 有诗人赞美他："在上帝的圣庙，他整日整夜集中精力祈祷、阅读圣作、思索神圣的知识，丰富自己对圣作的理解。正如圣经所言'你是上帝的精神住所'。他完全不像他的同龄年轻人，他闪耀着精神的光芒，在道德情操方面，像位老者。"尼阔劳斯的叔叔是当地的主教，建议其父母让尼阔劳斯从事神职工作，服务于上帝，并预言他将很有建树。尼阔劳斯父母过

---

[1]　*Hagios Nikolaos*, ss.235–236.

[2]　*Ibid.*, s.117.

世后，他把所有遗产都捐赠给了穷人。他说道："上帝啊，请扬升我的灵魂，请教导我您的旨意，我从母亲的子宫来到您的尊前。"①

围绕他的故事很多，有的有迹可循，可以称为历史故事，特别是讲到他总是慈悲为怀，帮助穷人。比如，当地有个富翁忽然陷入贫困，衣食都成问题，打算把房子改作妓院，让三个女儿挣皮肉钱。圣尼阔劳斯打算把他们从贫困和罪恶中拯救出来，但又不想伤害这位落魄富翁的自尊心，便在深夜偷偷地往他房子里扔了一袋金子。落魄富翁用这袋金子给大女儿做了嫁妆。圣尼阔劳斯又同样扔进去第二袋、第三袋，希望其他两位女儿也可以有嫁妆。当这落魄富翁发现他的行为以后，圣尼阔劳斯反而恳求他保密。②

他还救助过无数受困者，把溺水者从深海中拉出来，解放囚徒，为有剑伤者治疗，让盲者重获光明，失聪者重获听力。这类奇迹带有《新约》中基督与使徒行善的痕迹。

当耶稣升天以后，基督的神迹人世间便无复再现。但圣徒们的奇迹，却在其死后还能延续。这又是拜占庭奇迹文学的新贡献。圣尼阔劳斯便是如此。当他寿终正寝后，他的墓地发生了很多奇迹。墓地旁长出一株没药树，治愈了很多身体和灵魂有问题的病人。有一次，利西亚闹饥荒，圣尼阔劳斯托梦给一个在意大利的商人，给他金币，请他把谷物用船运到利西亚卖给灾民。商人梦醒后发现了枕边的金币，立即照做，拯救了利西亚的灾民。③

除救死扶伤、解危济困外，圣尼阔劳斯的奇迹更集中在"卫道"方面，几乎成了个"圣斗士"。基督教徒被迫害时，圣尼阔劳斯也被打入地牢。但他英勇地鼓励大家坚守信仰。他还劫法场，亲自踢飞刽子手的刀，救了无辜民众。他拯救破败的庙宇，以祷告把盘踞庙中的恶魔打得烟消云散。在宗教理事会上，他对异教徒展开言语甚至肢体上的攻击，乃至上帝都显灵显像对他加以支持。这些故事，除了恶魔消散、上帝显灵以外，大体还是真实的。

---

① *Hagios Nikolaos*, ss.216–217.

② *Ibid.*, ss.119–122.

③ *Ibid.*, ss.132–133.

这也反映出，在教父时代早期，尽管基督教已被尊为国教，但除了在政治和行政领域以外，在精神领域，其统治地位尚未巩固，依然受到各种巫术信仰的挑战，因此不得不奉行斗争哲学，甚至大打出手。[1]

这种卫道斗争的需要，促使经师教父们在编撰圣徒奇迹故事时，忍不住加以夸张。虽然未免缺乏真实性，但对虔诚的教徒，应该更有说服力。比如，有一次，圣尼阔劳斯坐船去巴勒斯坦朝圣，在船上他预言会有暴风雨，他已经看到恶魔进入船舱，打算把大家掀到深海里去。结果预言成真，大家都恳求他救命，他就鼓励大家要对上帝存有信心，然后开始祷告，大海立刻恢复平静。有水手从桅杆上掉下来摔死在甲板上，圣尼阔劳斯的祷告使他起死复生。又比如，他在耶路撒冷朝圣，教堂的门会自动为他打开。他打算去沙漠闭关修炼，听到上帝让他回故乡利西亚的声音。他便听命乘船归去，但船员欺骗他，向别处航行。忽然暴风雨大作，把船往利西亚吹去，圣尼阔劳斯最终顺利抵达家乡。

不仅如此，有时圣尼阔劳斯甚至到了来去自如、变幻莫测的地步，比中国的孙大圣有过之而无不及。有一次，一个幽灵想要给乘船朝圣之人制造麻烦，变身为一个老太婆，请朝圣者替她带一罐油去敬献，其实那罐油是加了诅咒的，会使船无法航行。这时圣尼阔劳斯出现了，告诉朝圣者们把油扔掉，船就顺利起航了。还有一次，一批乘船游客遇到飓风和暴雨，船也坏了，生还的希望极其渺茫。这时，有人想起圣尼阔劳斯，虽然没见过他，但知道他是救苦救难的圣徒，就马上开始祈祷。结果，圣尼阔劳斯忽然出现在船上，还说："你们吁请我，我就来帮助你们。不要害怕！"他开始掌舵，命令暴雨停息，并要求大家和他一起祈祷，大家照做了。结果，风从逆转顺，把大家安全送达目的地。大家向他跪拜致谢时，他以通天圣眼辨别出他们中有人犯了通奸罪，就劝诫道："孩子，我恳求你，内观你的心灵和思想，是否使上帝欢喜？因为即便我们瞒得过很多认为我们圣洁的人，也瞒不过上

---

[1]　*Hagios Nikolaos*, ss.124–130.

帝。因此，即刻保存灵魂和身体的圣洁吧，你就是上帝的圣殿，如若圣殿被毁，你也被毁。"说完后，圣尼阔劳斯让他们静静地独处，因为圣徒如慈爱的父亲，面容恰似上帝的天使，闪耀着优雅的圣光。罪人光是凝视圣徒就足以安抚自己的悲伤，幡然悔悟，改邪归正，赞颂道："他如乌云中的晨星，如满月，如最高圣殿上的明月，如河边的百合。"①

这些故事，无不显出巫术时代神话传说的遗迹，折射出基督教初创时期与巫术和其他宗教斗争的现实。人世间的精神斗争，其实对立双方并非泾渭分明，倒是往往相互渗透，彼此趋同。因此，圣尼阔劳斯跟妖魔鬼怪战斗一生，免不了也沾染上对方气息，倒像个异教神灵，而不十分像后来基督教的圣人。因为，他身上缺乏宗教圣人的两种核心因素：一种是对经典教义的阐释或者建树。终其一生，我们几乎看不到他对基督教神学有何独到的见解。他之所以被尊为圣徒，有点儿像《西游记》中的孙大圣，虽然最后被封为"斗战胜佛"，但究其实，仍不过一起赳武夫，不知大彻大悟（成佛）为何物。圣尼阔劳斯缺乏的另一种因素，是殉道精神，是为信仰而受苦受难乃至牺牲生命的精神。这与奇迹编撰者们的处境与想象力有关。圣尼阔劳斯的奇迹传说形成之时，基督教虽然还受到种种异教以及异端的挑战，但毕竟在政治上已取得统治地位，对种种邪说所要施行的，无非剿灭而已。所以，圣尼阔劳斯一生几乎没有碰到什么生命危险，只管剪除异端就是了，很像中国那种手仗桃木剑降妖伏魔的老道。而这些缺欠，正是拜占庭奇迹传说早期不够成熟的标志。

不成熟没关系，只要不盲目自信，故步自封，夜郎自大，而是能自我反省，精进不息，自然会成熟起来。而这种反省和精进，恰恰是拜占庭的教父们所禀赋的，因为他们不仅是基督教的思想家，更是伟大的希伯来文化和希腊罗马文化的继承者。基督教神学的创立，不是平地起家，而是希伯来反省精神的发展，是希腊罗马思辨性多神信仰的升华。从拜占庭立国之日起，基督教思想家人才辈出，源源不绝。对神学研究越来越精深，对宗教文学与世

---

① *Hagios Nikolaos*, ss.135–137.

俗文学影响也越来越强烈。因而，就奇迹文学而言，也必然摆脱巫术传说的影响，终归纯净的圣徒精神。这方面，最早成熟的代表，应该就是圣阿忒米奥斯的奇迹传说。

圣阿忒米奥斯（Ἅγιος Ἀρτέμιος）出生于埃及，是君士坦丁大帝的首辅大将。君士坦丁大帝去世后，君士坦提乌斯继位。356 年，派阿忒米奥斯去取回最初的传道者提摩太（Τιμόθεος）的遗物；357 年，又派他去带回安德鲁（Ἀνδρέας）和路加（Λουκᾶς）的遗物；360 年，阿忒米奥斯被派去埃及做总督。据说，当他看到十字架时，他就决定皈依基督教并接受洗礼，成为热忱的基督教徒。作为统治埃及的封疆大吏，他执政期间，帝国的疆土得到了保护。

君士坦提乌斯去世后，其堂兄异教徒尤利安诺斯继位。尤利安诺斯决心推翻基督教，恢复异教信仰。他向波斯帝国宣战，派圣阿忒米奥斯到安条克（古叙利亚首都）。当圣阿忒米奥斯看到尤利安诺斯迫害当地的两位牧师时，他愤怒极了。他救了他们，并对尤利安诺斯说："你为何如此残忍地迫害这些无辜且忠诚的人啊？你为何要逼迫他们改变其信仰呢？"尤利安诺斯怀恨在心，诬蔑圣阿忒米奥斯毁坏了异教的庙宇，推倒了偶像，最终把他迫害致死。圣阿忒米奥斯的纪念日是 10 月 20 日，纪念地在君士坦丁堡的圣约翰教堂。

关于圣阿忒米奥斯之死，还有种说法是卡帕多基亚的格列高利奥斯（Γρηγόριος Καππᾶδόκης）挑唆的，人们因此杀了格列高

圣阿忒米奥斯

利奥斯。但历史上格列高利奥斯死于圣阿忒米奥斯之前，所以这种说法并不可靠。

关于圣阿忒米奥斯的故事来源于两份手稿，其记叙都简单而直接：第一份出现于 769 年，第二份于 1468 年。有人猜测，两份手稿都出自专门纪念他的圣约翰教堂。虽然大部分材料都相同，但仍有些重要区别。比如将领的名字不同，等等。而且，不论哪一种手稿，成型似乎都较圣尼阔劳斯的传说要晚。现在流行的是 Virgil S. Crisafuli 和 John Nesbitt 编辑的希英文对照本 *The Miracles of St. Artemios*。

据 4 世纪（一说 6 世纪）的历史学家马尔采利努斯（Marcellinus）记载，圣阿忒米奥斯作为教徒的烈士，被冤冤枉枉扣上实行暴政的莫须有的罪名，死于尤利安诺斯之手。据意大利语译的受难曲"Passio"记载，尤利安诺斯是异教徒，要屠杀叙利亚的基督教徒，圣阿忒米奥斯赶到叙利亚，声称皇帝已经被恶魔附身。尤利安诺斯恼羞成怒，当即降旨褫夺他的官服，鞭挞他的肩膀，并威胁道："若不听从于我，立即剁碎你的头颅。"他拒绝了，尤利安诺斯命令用铁三叉戟插烂他的脊背，用钩子刺穿他眉毛，用加热的金属物刺穿他的肋骨。民众看到如此残忍的情景，都呼告："为何如此残忍对待圣洁之人？"尤利安诺斯才住手。圣阿忒米奥斯说："我不会遵从于你，我只信奉上帝。"尤利安诺斯就断他食粮 15 天，他依然说只信耶稣。据说，在监禁中，他祈祷时，天使簇拥着的耶稣对他说："圣阿忒米奥斯，充满信心吧，我与你同在，保护你免于受伤和受苦，我已经准备好了给你的荣耀之冠。你将在我的国度与我同在。"

尤利安诺斯命令石工把巨石劈开，把他放进去挤压，直到他的眼珠子被挤出来，尤利安诺斯才放他出来，又逼迫他改变信仰，他依旧说："请安详地接受我的灵魂并长眠于圣人旁吧！"当刽子手举起屠刀时，他听到神的声音："你的请求已获准，治愈的礼物已赋予你。"圣阿忒米奥斯殉难后，一位女执事向尤利安诺斯索要了他的遗体，入殓到一个铅棺材里，运送到君士坦丁堡圣地，安葬了这位最圣洁的烈士，据说棺材至今犹存。[①]

　　从上述圣阿忒米奥斯的生平事迹看，他与圣尼阔劳斯的显著区别就是，他具备殉道者的精神。而这正是基督教圣徒修为最核心的因素。可以说，从圣阿忒米奥斯的奇迹传说开始，拜占庭的奇迹文学才确立了以殉道精神为核心的原则，虽然圣徒们的结局不一定都是被迫害致死，但具备这种精神，随时准备为自己的信仰献出生命，却是圣徒们须臾不可或离的。后来的圣徒圣女传，都遵循了这条原则。这也是西方圣徒与东方圣人不同之处。东方圣人讲究"知足以周身"[②]，即其聪明足以保全自己的性命；而西方圣徒却是随时要准备拼却性命、万死不悔。

　　有了这种殉道精神，便也被赋予了创造奇迹的能力，讲故事者因此信心十足，听众也才觉得满意而合十顶礼。所以，从艺术的逻辑说，圣阿忒米奥斯既然能为基督教而殉道，自然也就会拥有施行奇迹的能力。他的第一种能力就是预言的能力。圣阿忒米奥斯曾预言尤利安诺斯会死于非命。果然，尤利安诺斯后来发动了对波斯帝国的战争。他被一个波斯叛徒骗到荒地，饥寒交迫，还有无形的武器袭击他，最终死无葬身之地。其实，这种能力有其现实基础，即圣阿忒米奥斯阅人观世的洞察力。以他的一生戎马倥偬、执掌一方的阅历，看到尤利安诺斯倒行逆施的结局，并非不可能之事。只是，说故事的人把这归于他作为宗教圣徒的一种能力，那是有《新约》中基督的预言故事在前，信徒听众们也乐于后继有人的。从此以后，拜占庭的圣徒圣女们，也多多少少具备这种能力，成为奇迹文学不可或缺的一个因素。

　　圣阿忒米奥斯的奇迹真正产生，是在他的身后。纪念他的圣地也充满了许多惊人的奇迹。当然，基督教的奇迹文学起源于《新约》，拜占庭奇迹文学也必然继承《新约》的传统。而在《新约》中，最受信徒崇拜的，就

---

① Virgil S. Crisafuli and John Nesbitt, *Introduction, The Miracles of St. Artemios*, Koln: E. J. BRILL, 1997, p.1.

② 《河南程氏遗书卷第十八伊川先生语四》，《二程集》，中华书局 1981 年版，第 209 页。

是基督和使徒们为贫苦百姓治病的神迹和奇迹。这在前文已有叙述。所以，圣阿忒米奥斯作为一个殉道者和奇迹创造者，必然也会治病，而且可以说他的奇迹主要就是给人治病。他给人治病有个特点，那就是专业性极强。他当然赶不上基督那样包医百病，甚至连使徒们那种全科医生式的本事也没显示。他治病的专业性非常明显，那就是几乎专治疝气。圣阿忒米奥斯可说是圣徒中第一个疝气专科医生，或者，准确点儿说，还包括男性疾病。

有位患者睾丸有病，但不想找医生做手术，而是把自己托付给上帝和殉道者。于是，他梦到圣阿忒米奥斯穿着屠夫装，拿着刀和水，切开了他的下腹，把肠子清洗了后用棍子挑起来。这人哀叹："天哪，我不愿把自己交给医生，可是看看你做的好事！把我的肚子都掏空啦！"但圣徒也不理他，继续洗肠子。不料此人梦醒后，病居然痊愈了。故事结尾是质问一般医生是何等无用："自大的外科大夫啊，你们的合同都被取消了，刀也都生锈了，咨询的座位多么无用。上帝倒是把治病的才能赋予圣徒啦。"[①] 这则奇迹传说包含着比较丰富的现实内容。其一，它说明，在当时的拜占庭，疝气和睾丸疾病是常见病、多发病；其二，当时的外科医生已掌握了睾丸切除术，只不过，医生不同，医术也有高低不同，而圣阿忒米奥斯恰恰是个高明的外科医生；其三，当时庸医肯定不少，人们才寄希望于能够妙手回春的圣徒。

不过，既然是圣徒，具体的医疗手段也不能跟人世间一般医生一样，而必然要有非同寻常的特殊治疗手段。一位医生的儿子睾丸出问题，病入膏肓，被送到圣阿忒米奥斯的圣庙，晚上他就梦到圣阿忒米奥斯用手挤他的睾丸，梦醒后，他痊愈了。圣徒毕竟是圣徒，外科手术刀也可弃之不用，光凭圣手便可回春。再进一步，圣人动手都不必了。有个商人得了疝气，来圣地求医，出海时却被飓风刮到一个港口。他爬起来时，发现一个蜡做的图章，

---

① *The Miracles of St. Artemios*, pp.144–146.

上面刻有圣阿忒米奥斯的像。他把这蜡化了，涂在病处，很快痊愈。[①]

　　有时，圣徒还会像今日的医生一样，介绍患者转院。一位订了婚的姑娘得了疝气，她母亲带她去圣阿忒米奥斯的圣地，祈祷了15天，没有结果。但圣徒托梦给她，让她去找另外一位过世的嬷嬷。祭拜过嬷嬷后，这位母亲梦到嬷嬷用石膏涂在其女儿的患处，梦醒后石膏犹在，病已痊愈。[②] 这个故事里，圣阿忒米奥斯大概不是治不了这女子的病，而是碍于男女之大防吧。治吧，男女授受不亲；不治吧，不合乎悲天悯人之大德。所以，犹豫15日，大概是在找女性医生商量。商量妥了，介绍患者转院治疗。这种男女之大防，不单圣阿忒米奥斯要遵守，就是前面说的圣尼阔劳斯也一样。圣尼阔劳斯一生就尽量避免和女性对话，甚至看都不看她们一眼。农耕文化时代，无论东方或者西方，圣人们似乎都视女性为祸水，避之唯恐不及！这是否也是一种普世性的价值观呢？

　　从文学发展的角度说，圣阿忒米奥斯的奇迹传说中，对后世影响较小的，大概就是他的医术的这种专业性。从医学角度说，医术越专越好。但从文学的角度说，医术太专业了，患其他病症的听众未免失望，对宗教的威望应该有损。所以，圣阿忒米奥斯的奇迹传说，虽然奠定了拜占庭奇迹文学的模式，但奇迹的专业性狭窄这一点，却被后来的追随者们扬弃了。

　　当然，圣徒也并非只是好好先生。圣徒对人也是有底线的，那就是圣徒的个人尊严以及宗教的尊严不可侵犯，犯者必究。有位演员在他的墓地小便，结果得了前一位病人的疝气。当然，如果犯者情有可原，圣徒也会给个转圜的余地。有位疝气病人和他的同伴来朝拜圣地，晚上同伴找不到出口去小解，就在教堂的入口处方便了。结果那个病人的病好了，却移到这个同伴身上。不过，消息传出去不久，大概那位同伴知错了吧，他的病也突然消失了。这些传说虽然有点匪夷所思，却使圣人带上了几分人之常情，既对

① *The Miracles of St. Artemios*, p.108.

② *Ibid.*, pp.140, 142, 144.

信徒起了警诫作用，也使圣人无形中与信徒亲近了几分。因为我们凡人不就是这样处理彼此关系，讲究分寸感吗？所以，西方谚语有云："keep your distance！"（注意分寸）

至于其奇迹的叙述，一般都是平铺直叙，关键处略做描写，交代得倒也简明扼要，很便于一般平信徒听取和记忆。比如，《奇迹第一：圣阿忒米奥斯和首席医生的儿子》：

> 有个首席医生名叫安吉莫斯。他有个儿子，大约20岁了，睾丸病危，连自己上厕所都没力气。他父亲用担架把他抬到先知教堂，那里放着神圣的阿忒米奥斯灵验的遗物，对于闹这种病的，圣徒是有求必应。于是，一天夜里，圣烈士托梦给他，样子像他父亲，对他说："让我看看，你得了什么病。"安吉莫斯的儿子就脱了衣服给他看。衣服刚脱下，圣阿忒米奥斯就紧紧握住他的睾丸，尽力一挤，把他疼得大叫，醒了过来，依稀还在这可怕的梦中。他担心病情加重，摸摸疼处，发现不疼了，睾丸已经复原了。[①]

文字不多，数行而已，但居然首尾俱全，过程交代得清清楚楚。尤其有趣的一点是，不仅写圣徒医术奇高，以"挤"之手法治睾丸疾病，而且宅心极其仁厚，梦中给孩子治病，还考虑到孩子是否惧怕陌生人，因此化为孩子的父亲形象出现，让孩子在完全信任的心理状态下治疗，免除精神恐惧的痛苦。至于治疗过程，则迅雷不及掩耳，患者尚未明白，治疗已经结束。这样的圣徒，可谓心细如发，处处为患者着想，也隐隐暗示出当时的医生大概都是粗糙从事吧。

总而言之，从圣尼阔劳斯到圣阿忒米奥斯，拜占庭的奇迹文学，经历了一个仿古到独立的过程，由模仿巫术神话传说到建立基督教自身的模式。这

---

① *The Miracles of St. Artemios*, p.78.

个模式概而言之，就内容而言，必须表现殉道精神，为宗教理想视死如归；其次则能救苦救难，解民于倒悬，尤其能治疗贫苦百姓的疾病。就其构成成分而言，则从圣阿忒米奥斯的传说开始，奇迹文学都由两部分构成：一部分是历史性的，即圣徒生平，有史可查，有简历可寻，比较真实，圣阿忒米奥斯可谓最早的典型；另一部分则是虚构性的，即奇迹传说部分，这部分一般安排在圣徒去世之后，大概因为哲人或者伊人已逝，可以任由后人打扮吧。这不仅在中世纪基督教如此，就是今日，所谓关于伟人英雄者流的事略回忆中，不还可以看见这样的模式吗？至于具体叙述圣徒奇迹，则文字不必过繁或者花哨，而以简明朴实为上，因为言多必失，难免被人找到漏洞。所以，只要交代清楚即可。叙事线索则以平铺直叙为主，适应广大平信徒的接受水平。这种模式，上承《旧约·列王记》以及《新约》福音书传统，下启后世宗教传说乃至英雄传说的先河，至今在世界文学中，尤其是宣传性的文字中，依旧痕迹宛然。所不同者，只不过圣徒奇迹往往出现在身逝之后，而伟人英雄们的奇迹则常常完成于身死之前。看来，伟人英雄们比圣徒厉害多了！

第三节　基督教的佛陀故事

《巴拉阿姆与约萨伐忒》，"企鹅丛书"英译本另加了个副标题，即"基督教的佛陀故事"（*Christian Tale of The Buddha*）。此书创作于何时，由何人所作，至今仍是文坛上的一桩公案。副标题是原有的还是后加的，若是后加的，又是何人所加，何时所加，也无定论。

此书故事开始在欧洲流行的几个世纪，欧洲人只知约萨伐忒，而不知有佛陀。

到 14 世纪，《马可·波罗游记》斯里兰卡一章中提到了佛陀，这是在大元帝国学到的，以蒙古名字称之为"萨加莫尼·博尔坎"（Sagamoni Borcan），并说此人若是基督徒，那将是伟大的耶稣基督，因为此人的生平太美好、太纯洁了。在佛陀与基督之间产生联想，这似乎是现存的最早的信息。后来，葡萄牙人迪奥戈·德·库托（Diogo de Couto，1542—1616 年）说，他在印度游历，见到了阿毗尼王为王子约萨伐试建造的宫殿。这就把约萨伐试直接说成印度人了。尽管如此，此书与印度文献之间的联系仍未成为一门学问。

　　1853 年，德国学者西奥多·本菲（Theodor Benfey，1809—1881 年）注意到此书中的一个寓言（见"阿毗尼王忽略他的众神"一节），可以在印度著名的梵文寓言《五卷书》（Pañcatantra）中找到。这揭开了此书与印度文献关系学术问题。1859 年，法国学者爱德华·拉布莱（Édouard Laboulaye，1811—1883 年）认为，约萨伐试驾车出游，与佛经故事直接相似。1860年，德国学者菲利克斯·李布莱赫（Felix Liebrecht，1812—1890 年）确认此书中的三个重要故事，即王子命运的预言、驾车出游以及美女诱惑，都出自佛典《普曜经》（Lalitavistara Sūtra），就连后来王子说服父王皈依基督，也与佛陀成佛后点化全家相似。随着语言学的发达，"约萨伐试"的词源也被逐渐寻出。在欧洲影响最大的是拉丁语中的"Josaphat"，往前是希腊语中的"Ιοασαφάτ"，再往前是格鲁吉亚语的"Iodasaph"，而在阿拉伯语中是"Budhasaf"，在梵语和巴利语中则分别是"bodhi-sattva"与"bodhi-satta"。汉语则译为"菩提萨埵"，简称"菩萨"。[①] 这样，此书故事源于佛典便可称定论了。由此看来，副标题"基督教的佛陀故事"应该是在 19 世纪以后加上的吧？

　　那么，此书又由何时由何人传入欧洲呢？一说是 6—7 世纪的波斯基督教徒，因为那时佛教在波斯也颇为兴盛。另一说是 7—8 世纪大马士革人圣约安尼斯所译，最早用希腊文记录下来，盛行于 8 世纪。后来由格鲁吉亚僧侣阿托奈利的尤克基麦（ექვთიმე ათონელი，约 955—1028 年）传讲开去。第三说是由另一位翻译的：也许是格鲁吉亚裔基督教僧侣伊布隆的

---

① Donald S. Lopez, Jr., *Introduction*, Gui De Cambrai, *Barlaam and Josaphat*, trans. Peggy Mccrackena, New York: Penguin Random House Company, 2014, pp.X–XII.

尤素米欧（Εὐθυμίου Ἰβήρων，卒于1028年），他曾任阿薮斯山一座修道院的住持。德国学者赫尔曼·佐滕贝格（Hermann Zotenberg，1836—1894年）最反对大马士革人约安尼斯所作一说。但不少学者由种种证据推测，大马士革人约安尼斯对此书之成型，应该确有贡献。所以，法国学者米涅编的"希腊教父丛书"以及"洛布古典丛书"（The Loeb Classical Library）仍将此书置于大马士革人约安尼斯名下。[①]

14—15世纪《巴拉阿姆与约萨伐忒》抄稿

此书版本很多，传世手稿有140种，日期最早为1021年。按语言分，有希腊、希伯来、阿拉伯、东方诸语言、乔治王时代英语等版本；按宗教分，有犹太教、基督教、其他个人崇拜的教种等。希腊文版是西方世界的第一版本，其中很多内容都多于别的版本，"洛布古典丛书"收入。另一个著名版本是由法国学者圭·德·坎布莱（Gui De Cambrai，12—13世纪）从拉丁文译为古法文，近年由佩吉·麦克拉克娜（Peggy McCrackena）教授译为现代英语，收入"企鹅丛书"。译文之优美、简洁、流畅，堪称一时无两。

故事叙述王子约萨伐忒在隐修士巴拉阿姆教导下，成为基督徒的过程。印度有位阿毗尼王（King Abenner，或 Avenier），迫害国内由使徒多马建立的基督教会。国王生了个儿子，一位占星师预言，王子将会成为基督徒。因

① T. E. Page, *Preface*, *Barlaam and Ioasaph*, The Loeb Classical Library, London: William Heinemann Ltd., Harvard University Press, Mcmxxxvii, pp.X–XI.

此，阿毗尼王将王子约萨伐忒孤立起来，不让他跟外界接触。[1]但约萨伐忒仍然遇见了隐修士——巴拉阿姆，并成了基督徒。面对他父王的暴怒与迫害，约萨伐忒仍然保持他的信仰。最后，阿毗尼王被王子感化，将王位传给约萨伐忒，自己成为隐修士，进入沙漠独自修行。约萨伐忒登位后不久，也自愿退位，浪迹天涯，千辛万苦寻到老师巴拉阿姆。两人一同隐居而去。在中世纪，巴拉阿姆与约萨伐忒都被视为圣徒，东正教会以 8 月 26 日为他们的纪念日，而天主教会则以 11 月 27 日纪念。

《巴拉阿姆与约萨伐忒》和《普曜经》相似之处很多。就根本宗旨而言，两部作品都在阐释这两大宗教的核心观念：世间富贵荣华不仅不值得留恋，甚至恰恰是灵魂最终得救的障碍。人只有追求永生与灵魂的救赎，才能得到真正的、永恒的幸福。就情节而言：都有主人公出生时关于他们的预言，父王为避免预言应验，为王子在偏远地方建了豪华宫殿，严禁不美好的事物出现，以免引发王子的思考。尽管如此，王子依然看到了老人和病者而引发思考，还有隐修士启迪他入教。两种作品目的都一样，方式也极其相似，感官享受和掌权的骄傲，都是通向智慧和美德的障碍。就线索结构而言，都是以

13 世纪壁画《约萨伐忒》，阿薮斯修道院手稿，希腊文化部藏

---

[1] *Barlaam and Ioasaph*, pp.12, 33, 35.

主人公王子的故事为主线：从王子出生、无辜者被屠杀而引起的刺激、抗御外界诱惑，直到最终皈依及坚信等。对寓言的使用也很类似。在描述物质的富有、对精神的追求、内心的纯净和灵性等，程度上都如出一辙。

但是，《普曜经》属于释典，《巴拉阿姆与约萨伐忒》则属于基督教精神范围，它们分属于两个不同的思想体系，当然会有很多不同。

就思想对比而言，值得注意的有以下几方面：

1.《普曜经》中菩萨（佛陀）投胎，是一个自身必不可免的轮回成佛程序，体现"自性缘起"的原理，即佛陀成佛，根本原因在于其自身具备佛性，投胎过程则是"因缘和合"。《普曜经》中说，菩萨有"众德之本。从兜术天降神母胎"。所以，菩萨自身便具佛性，而且，正因为如此，降生之时，"先现瑞应三十有二"，而且是从母亲"右胁生"出来的。一生出来，就"忽然见身住宝莲华。堕地行七步显扬梵音"[①]菩萨的佛性及其象征的觉悟，在约萨伐忒身上，可说一点儿没有。就其本性而言，他仍然是亚当的后代，秉承着亚当的遗传，也是一个罪人。

那么，菩萨为什么要降生呢？因为这是"净居天子及诸眷属"礼佛时的请求，"愿为一切重演普曜大方等典"，"惟愿正士，究竟菩萨，一生补处，所可降神"，"令诸群生，普蒙其恩"。[②]这里，除了其降生尘世与耶稣基督相同的救世性质外，菩萨的降世实在有因缘的触发，即尘世诸天子及眷属的请求。若无这请求作为因缘。菩萨何时降世，就暂且无法确定了。约萨伐忒的出生，则没有这种因缘和合。而是一种命中定数，由占星师宣示出来。这不仅不是佛教的观念，甚至也不是基督教的观念，而是佛教和基督教早期都残存的巫术观念。

2.《普曜经》中菩萨（佛陀）的觉悟是不忘自身来历，是自身的觉悟；约萨伐忒则是靠他人（巴拉阿姆）的启蒙。这也是佛学与基督教修炼的依

---

① （西晋）竺法护译：《普曜经·降神处胎品第四》，《龙藏》第三五册，第一二八、一二九页。
② 《普曜经·论降神品第一》，第一〇六页。

巴拉阿姆与约萨伐忒谈心

据、宗旨和途径的不同。因为所谓"佛性"，其实就是觉悟。菩萨的觉悟，是自觉。而约萨伐忒的觉悟，则是"他觉"，是在他人启发下的觉悟。非得接受他人所传的福音启示不可。

《普曜经》写王子三次出游，分别见到"老人""病人"和"死人"形象，便悟得人生之"苦"，而追求永生。[①]出游所见是悟道的"缘"，而能悟的"因"则是菩萨的自性。

约萨伐忒则不一样。他被关在宫殿里，必待巴拉阿姆化装成商人进宫布道后，才能悟道而皈依基督教。第一次听老师布道时，"他的灵魂之上出现了一道光，他满怀欣喜地从椅子上站起来，拥抱了巴拉阿姆"，说：

　　"最尊贵的先生，您这无价之宝一定是保密的，只展示给精神意识强的人。这些词语进入我的耳朵，就像甜美之光进入了我的心灵，长久裹住我的心的那些沉重的悲伤，瞬间灰飞烟灭。"但同时他还有一连串疑问："正如您所讲的，为何不受洗礼是不可能真正抵达真正的希望？上帝之国是什么样的天国？你为何能知道上帝的

————————
① 《普曜经·四出观品第十一》，第一五三、一五四页。

显现？死亡的确切时候是何时？……我们是注定要死而归于虚无，还是我们死后还有来生？"①

由此可见，约萨伐忒经历了从无到有的过程，而且与他老师的启迪是分不开的。

所以，佛陀的觉悟是"自性缘起"，而约萨伐忒的觉悟皈依则是经过导师开示，释疑解惑，最终接受福音的"他觉"。

3.《普曜经》与《巴拉阿姆与约萨伐忒》中觉悟的目的和境界也有所不同。《普曜经》中，菩萨（佛陀）觉悟境界有两个层次。较低的层次是看到人间"老病死"之苦，而追求自身超越生死六道轮回，获得精神（灵魂）的永生。菩萨说："万物无常，有身皆苦。生皆有此，何得免之。吾身不久，亦当然矣。不亦痛乎？有身有苦，无身乃乐。生当有此老病死苦。"因此，当父王劝阻他出家时，他提出三个条件，即"不老，不病，不死"。他甚至明确地说："吾不能复以死受生，往来五道，劳我精神。"②佛教继承而又革命性地改造了婆罗门教的"转世再生"说，指出生命都在"天、人、阿修罗、畜生、饿鬼、地狱"六道中轮回。而超越轮回的途径就是通过修行，超越肉体死生，从而获得精神的永生。

而约萨伐忒则是追求死后入天堂。他的老师巴拉阿姆曾对他说，圣徒们的灵魂"都在天堂里——此岸受损失，在彼岸将得同样补偿，荒漠中修行的隐士们将在天堂得到冠冕，那是神为他们的修行与牺牲而赐给他们的"③。

就灵魂的归宿看，《普曜经》尚未提出后来佛经中所说的"西方极乐世界"。而《巴拉阿姆与约萨伐忒》在基督教几个世纪教义理论发展的基础上，已明确提出"天堂"说。就个体灵魂归宿而言，似乎比《普曜经》要高出一筹。

---

① *Barlaam and Ioasaph*, pp.96–98.
② 《普曜经·四出观品第十一》，第一五三、一五四页。
③ *Barlaam and Josaphat*, p.100.

但是，如果从更高的觉悟境界看，菩萨比约萨伐忒又更高了。因为菩萨不仅看到生命之苦，还看到世人不知轻重，贪恋生命，"莫不热中，迫而就之。不亦苦乎？"因此，菩萨觉悟之后，还要"思度十方"①，为人类着想。这就远远超乎个体灵魂升天堂了。

4.《普曜经》中的思想始终不离"苦集灭道"的宗旨。《巴拉阿姆与约萨伐忒》有些思想则既非佛学的，也非基督教的。《普曜经》始终围绕佛教的教义进行叙事描述和说理。而《巴拉阿姆与约萨伐忒》涉及的内容更多。

约萨伐忒听到的箴言故事涉及广泛的人生哲学范畴，甚至是所谓"聪明"的处世之道。比如，借夜莺之口说："不要试图去获取无法企及的；不要懊悔过去消逝的；不要相信无法相信的。你若能坚持这三个箴言，定能安好。"②很明显，这种观念与基督教"道成人身"为人类赎罪的精神相去不可以道里计，很像今天我们社会中自欺欺人的心灵鸡汤。另外，书中语言效果修复师说："我可以修复任何对话和演讲中的伤害或破坏，以便邪恶传播不远。因为我们的愉悦会偿还我们以七倍的悲伤。快乐和悲伤都比影子还虚弱，正如在大海上的船只，也像天空中的飞鸟，稍纵即逝。"③其中虽然涉及语言的社会功用，但不仅没有宗教的说教，反而充满了比喻的文学色彩和深度的哲学感叹，使内容充满深沉的思辨性和诗情画意。

可见，《普曜经》思想比较纯粹，而《巴拉阿姆与约萨伐忒》思想比较驳杂，有些观念近乎印度《五卷书》里只讲利害、不分是非的处世哲学。

就艺术而言，《巴拉阿姆与约萨伐忒》与《普曜经》也有一定的异同。由于两种宗教都提倡鄙弃尘世生活，追求永生或者天堂幸福，因而就文学艺术的根本特性即审美特性而言，两者都超越了人类童年时期天真烂漫、吵吵闹闹的动态美，而追求青年奋发时期探索沉思、冷冷清清的静态美。叙事都

---

① 《普曜经·四出观品第十一》，第一五四页。

② *Barlaam and Ioasaph*, p.136.

③ *Ibid.*, p.39.

以"前世命定"为依据，而且都不避讳事先声明结果，然后再展开叙述的原始叙事方式。《普曜经》中是菩萨尚未投胎，未来的一切便已说明；《巴拉阿姆与约萨伐忒》则以预言方式出现。这种叙事方式在现代必然被人视为幼稚，但在人类宗教产生发展的初期，却是当时普遍的思维方式。若不如此，听众反会觉得没有道理，不合规矩。

两部作品究竟产生在不同的时代、不同的地区，艺术上必然也有差异。总体而言，虽然两部作品叙事都以"前世命定"为依据，但《巴拉阿姆与约萨伐忒》产生在基督教教父时代以后。而教父时代是一个充满神学理论辩论的时代。其辩论的核心，可以说，就是要从逻辑上阐明超人的神与神性的本质、价值、存在的必要性与可能性。流风所及，拜占庭的文学作品必然注重事件发展的逻辑性。佛学虽然也有自己的逻辑体系，即因明理论，但在《普曜经》产生的时代，尚未达到基督教教父时期那样的思维高度和深度。因此，《普曜经》写菩萨的出家修行成佛，只是按照必定如此、自然如此的理念去写，并未多作逻辑上的考虑，而《巴拉阿姆与约萨伐忒》则在约萨伐忒一生的每一个重要节点，都以一定的情节写出主人公行为的逻辑必然性。比如，约萨伐忒虽然最终会皈依基督教，但若无巴拉阿姆的启发，则不可能实现。因为，他究竟是人，而人性又是有罪的，亦即愚昧的，如果没有以教父为载体的圣灵引导，必然不能觉悟。

从线索结构看，《普曜经》是纯粹的单线索结构，即按照菩萨投胎成佛普度众生的线索组织材料。《巴拉阿姆与约萨伐忒》则受阿拉伯民间故事《一千零一夜》"故事套故事"的"框架结构"影响，虽然故事整体是单线索的，以约萨伐忒的精神成长为线索，但插进了其他寓言故事。比如，在主体线索之外，插进了一个婆罗门教富人的故事：他庆丰收时，有位基督徒来乞讨，富人生气地说，自己是先耕耘后收获，所以，基督徒该去工作。基督徒答曰："我播种的是信仰，工作是用雨露去浇灌。"既与约萨伐忒的追求相呼应，也渲染了早期基督教一定的神秘氛围。

在文体方面，《普曜经》带有早期佛教"讲经"的特点，散文与韵文结合，讲一段菩萨故事，必定要用"偈语（韵文）"总结重述一遍。我们前面所引用的经文，许多便是偈语。《巴拉阿姆与约萨伐忒》则是供人阅读的书面作品，完全免除了韵文"偈语"的重复，注意文字的前后连贯。比如，在讲到王子碰到老人，顿悟老死之苦时，《普曜经》即使是叙述文字，译经师也译成整齐的四言文："万物无常，有身皆苦。生皆有此，何得免之。吾身不久，亦当然矣。不亦痛乎。有身有苦，无身乃乐。""生当有此，老病死苦。莫不热中，迫而就之。不亦苦乎？便回车还，思度十方。"① 而《巴拉阿姆与约萨伐忒》则使用自然的散文："当王子看到一位老人弯腰驼背，步履蹒跚，皱纹满脸，腮帮无牙，他问这意味着什么。答曰：由于年纪大了。'那接下来呢？''无异于死亡。''所有人皆如此吗？''王子明白了人迟早都会死。'"② 文字连贯，一气呵成，读来朗朗上口，容易让读者接受。

环境描写方面，《普曜经》喜欢富丽堂皇，有时到了极度夸张的地步。比如，写白净王为了以声色享受包围王子，让他想不到出家修道，便供给他"两万采女"，大臣们又送来两万女儿，民间也进贡两万美女，合起来共六万美女，显然是极度夸张了。但这也正显出古代印度奴隶主重物质享受的审美情趣。而在《巴拉阿姆与约萨伐忒》中，很难找到对物质或场景上的描述，更找不到金碧辉煌的文字内容，显示出中世纪拜占庭基督教重精神轻物质的审美取向。

文学作品，不能不写人。《普曜经》中菩萨性格较单纯，是一种坚定的修道信念的体现。佛陀从出生前就已不是凡人投胎，从出生开始就是坚定和美好的佛教徒的崇拜对象，其思想也自始至终都是佛教教义的完美体现。《巴拉阿姆与约萨伐忒》中的人物性格则有一个发展变化过程，虽然与后世文学比较，也还简单，但到底是发展变化了。约萨伐忒从出生被关在宫中、懵懂无知到看到老人和病人的疑问、思索，再到巴拉阿姆装成商人给他布道，最后

① 《普曜经·四出观品第十一》，第一五四页。
② *Barlaam and Ioasaph*, pp.56, 58.

成为基督徒，且信仰极其坚定，宁死不渝，这是一个循序渐进的过程。

又如，阿毗尼王问一位隐修士为何要信仰基督教时说："为何你宁愿要一鸟在林却放弃一鸟在手？"隐修士回答："我年轻的时候，听到个又完整又好的谚语，它就像一颗神圣的种子，深植在我心中，并生根发芽，开花结果。谚语的内容是：对于愚蠢者来说，鄙视事物的真实性似乎是件好事，好像它们不存在似的，但紧紧抓住些不真实的，却好像它们是存在的。所以没有尝过真实的甜蜜，将无法理解不真实的本质。既然从未理解过又如何能鄙视呢？真实的是永恒的，不真实的是我们尘世的生活：奢华、虚假的繁荣等。"[1] 这段对话与其说是辩论和反驳，不如说是有目的地讲故事。国王并不咄咄逼人，而是以谚语的比喻追问，显出一定的机智和诙谐。隐士的回答虽然也有比喻，也有谚语，但那是思辨性的谚语，比国王的类比式谚语要高出一头。但并非死板强硬地说教，而是循循善诱地开导，用种子来比喻具有真理的谚语，既有时间脉络，也有逻辑推理，再加上亲身经历的验证，更显得真实，是感性和理性的结合，近似于道家的以柔克刚，看似柔和却充满力量。两人的性格和修养境界，就在一段对话中显现出来。

一般而言，拜占庭的戏剧发展比较薄弱。但是，《巴拉阿姆与约萨伐忒》的情节安排却颇富于戏剧性。阿毗尼王早年让王子与世隔绝的部署失败已经有这种效果。失败后不甘心，听从谋士阿拉辛的主意，举行一个大辩论会，找人假扮巴拉阿姆，装作辩论失败，以求王子放弃基督教信仰，重归巫术信仰。不料，他们绑架来的这位人物纳霍尔，虽然不是基督徒，但极富智慧与知识，而且不乏正义感。加上辩论开始之前，王子就对他说，你若辩论失败，证明你是个骗子，那么，我将亲手杀了你，让你死得极惨，挫骨扬灰，永绝后患。纳霍尔听后，既被王子的真诚感动，也惧于后果之严酷，决心站在王子一边。辩论便与谋士阿拉辛的设想背道而驰了。尽管国王那边"学

---

[1] *Barlaam and Ioasaph*, p.20.

者""贤哲"云集，王子这边只有两人，且巴拉阿姆还是假扮的，结果这些御用学者仍然一败涂地。比如，一个学者问纳霍尔（即假扮的"巴拉阿姆"）是否不承认大地是神，纳霍尔笑答道：

> 你别说胡话。大地没有本事，因为人类为其一己之私可以粗暴地羞辱她。她哪里形式完整，人类就在哪里伤害她。他们毫不怜悯她，用脚踩她。他们用种种愚蠢的方式，榨取她的赎金。他们耕犁她，撕裂她，我觉得，大地往往被伤得血肉模糊。她成了死人的坟墓，她被死尸沤烂了。她也可能死亡，再也不复结出果实。在这样的地方播种简直是愚蠢。由此，我可以证明，大地不是神——不论她乐意不乐意——大地肯定会受伤致死！ [1]

这段话以大地被人类侮辱残害而无力自保的事实，证明大地不是神，逻辑上可说无懈可击。就自然哲学而言，不用说在千余年前惊世骇俗，就是在千余年后天地崇拜的巫术仍大行其道的今天，不也能振聋发聩吗！纳霍尔这番话，不仅证明大地不是神，同时也包含着对大地的怜悯，可说是人类早期自觉的环保宣言。

从艺术的角度说，纳霍尔这样的转变，可说是对欧洲喜剧艺术一个承先启后的贡献。古希腊戏剧艺术中有"悲剧弄人"之术，即悲剧情节朝着主人公努力的反方向发展，而主人公尚不自知。他越是努力要避免悲剧，却越是接近悲剧，似乎是被悲剧作弄了。索福克勒斯的《俄狄浦斯王》便是典范。后来，阿里斯托芬在自己的喜剧中开始借用这种这种悲剧艺术手段，使它染上喜剧色彩。他的喜剧《云》中，主人公为了赖债，让自己的儿子学习诡辩术。不料，他自作自受。有一次，父子二人吵嘴，他打了儿子，儿子居然敢还手打他，并用诡辩术说出一番儿子打老子的大道理来。但这只是戏剧中的枝节，不是整

---

[1] *Barlaam and Josaphat*, p.119.

体。《巴拉阿姆与约萨伐忒》的大辩论这一场，却是一个整体。"悲剧弄人"
演变成了"喜剧弄人"。千年之后，莫里哀把这种艺术用得出神入化。他的
《夫人学堂》中的老商人德·拉·树桩先生，唯恐自己年轻无知、天真烂漫的
未婚妻被花花世界勾引学坏，便把未来的夫人送进修道院关门教育，以为万
无一失，哪知正是这种禁闭式教育，使夫人越发天真无知，不会装假，一出
修道院就爱上一个帅哥，而且毫不隐瞒，理直气壮地告知树桩先生。树桩先
生机关算尽，最后是满盘皆输。这种艺术手法，不能不说有《巴拉阿姆与约
萨伐忒》的风流遗韵。这可说是《巴拉阿姆与约萨伐忒》对欧洲叙事艺术的
一种贡献。

　　叙事文学除了情节设计应该巧妙以外，还应关照人物心理。《巴拉阿姆
与约萨伐忒》在这方面也有其独到之处。它尤其善于表达人物矛盾不已的心
理状态。阿毗尼王千方百计不让王子受到外界精神污染，不料，他万无一失
的设计还是失败了。当他听到儿子居然皈依基督教后：

> 　　国王沉默着。他感到的懊悔与愤怒，夺走了他心中的语言。
> 他变哑了，费尽天大力气，才压下他的愤怒。他心中满是泪水。他
> 的获得转为失落，他的愉悦转为愤恨，他的快乐变成了受罪。他看
> 出，他的富裕转为贫穷，他的富足转为匮乏，他感到他的生活变成
> 了一种死亡。他看出，他的快活转为沮丧，他的高贵转为卑贱。他
> 不禁蔑视起他的王国和他的王冠，他感到他失去了他的力量，因为
> 他失去了他儿子带给他的快乐。国王把自己抛弃在麻木的愤怒中，
> 他的怒火逼他说话，顾不上他的懊悔。①

国王心中冰炭同炉，静燥搏击，冷热交战，人天对垒。想不到自己会失败，
可又看到自己确实失败了；不想承认自己失败，却又不得不承认自己失败。

---

① *Barlaam and Josaphat*, p.94.

这种矛盾的心理，用三个排比长句一气呵成，八组反义词两两相对，再辅以首尾两处的"沉默而哑、愤怒麻木"的点睛之笔，把这种少有的怪异心理渲染得淋漓尽致，不愧为心理描写的高手，也不愧为驾驭文字的高手。而这种戏剧性与心理描写，却是《普曜经》里比较薄弱的。

除了与佛典的相似外，《巴拉阿姆与约萨伐忒》也借鉴过其他古典著作，部分还受了《奥德赛》的影响。它流行于中世纪，被收入《金色传说》，其中的故事情节和寓言寓意影响了薄伽丘、莎士比亚等作家，如《威尼斯商人》。也有作家把它扩展成 16000 行诗，其主人公被赋予了圣人般的光环。17 世纪，此故事被拓展为通过静思来寻找内心平静和自由意志的范本。现在，它则成为著名的儿童读物。

第四节　春秋史话变革的里程碑

拜占庭的历史文学在 6 世纪后，消沉了 100 多年。到 8 世纪，才重新繁荣起来。历史文学中兴的代表人物和作品，就是忏悔者瑟奥凡尼斯以及他的《春秋》。瑟奥凡尼斯生平资料，除他自己作品中的线索外，主要保留在两部作品里。一部是忏悔者麦索狄奥斯一世（Πατριάρχης Μεθόδιος Α΄ ὁ Ὁμολογητής，788/800—847 年）的《圣忏悔者瑟奥凡尼斯生平》[1]；另一部是他的遗体移往阿格罗斯（Ἀγρός）修道院时，瑟奥窦罗斯·斯透狄忒斯所写的颂歌。[2]

忏悔者瑟奥凡尼斯约于 760 年生于君士坦丁堡一个拥护圣像派的贵族家庭。他父亲伊萨阿基奥斯（Ἰσαάκιος）与莱翁三世伊扫隆是亲戚。尽管在宗教信仰上有分歧，还是得到君士坦丁五世（Κωνσταντίνος Ε΄，718—775 年）的信任，被任命为爱琴海战区司令（στρατηγός）。瑟奥凡尼斯 3 岁丧

---

[1]　Θεοφανής ὁ Ὁμολογητής, *Χρονογραφία, CSHB, MDCCCXXXIX*, ex recensione Ludovici Dindorfii, Bonnae: impensis ed. Weberi, 1839, pp.xiii–xlii.

[2]　*Ibid.*, pp.xliii–liv.

父，君士坦丁五世为纪念他父亲，仍把
他称为"伊萨阿基奥斯"。"瑟奥凡尼
斯"是他后来出家后的法名。少孤的瑟
奥凡尼斯得到君士坦丁五世关心，受到
良好的教育。大约10岁时，由他母亲
瑟奥多忒（Θεοδότη）做主，与拜占庭
帕特里夏（πατρίκιος）莱翁的女儿麦嘉
罗（Μεγάλο）订婚。据说他年轻时迷
恋运动，帅气，有点儿魁梧，性情随
和，慷慨大方。他跟父亲一样，年轻时
选择了仕途，而且一帆风顺：在"哈
扎尔"莱翁四世（Λέων Δ' ὁ Χάζαρος，

忏悔者瑟奥凡尼斯

750—780年在位）朝代，18岁就被任命为"皇室司马"（στράτωρ），不久
又获得"司剑"（σπαθάριως）头衔。在母亲催促之下，出于孝顺之情，19
岁结婚。但准备婚礼之时，他母亲却去世了。他跟新娘两人都有很深的宗
教情绪，所以，两人约定，婚后都保持童身，因而也没有子女。他的一个
仆人金匠普兰狄奥斯（Πράνδιος）也劝他为僧。拜占庭当时有如中国齐梁
时期，以"僧"为宝、为荣。女皇伊莱娜听说此事，大加赞赏。但是，他
的岳父极力反对，皇帝莱翁四世听说此事，曾威胁道，如果他出家，就
要刺瞎他的双眼。为了让他没时间想出家的事，皇帝还派他到库兹阔斯
（Κύζικος）去修筑要塞。途经小亚细亚西格利安奈斯（Σιγριανῆς）地区时，
夫妻二人朝拜了当地的修道院，遇到长老格列高利奥斯·斯特拉忒基奥斯
（Γρηγόριος Στρατήγιος）。长老对他夫人说，她的丈夫将来必能获得忏悔者桂
冠；又嘱咐瑟奥凡尼斯，出家之事不可操之过急。因为莱翁四世和他的岳
父都将不久于人世。老僧的话在他21岁时果然应验。不久，他夫人就在君
士坦丁堡附近的太子岛（Πρίγκηπος）上的比苏尼亚修道院剃度为尼，法名
伊莱娜。瑟奥凡尼斯则由长老剃度为僧（另一说是由人称"独臂瑟奥窦罗

斯"[Θεόδωρος ὁ μονο-μπράτσος] 剃度的)①，法名瑟奥凡尼斯。而且，两人约定，以后不再相见。

遵照长老的祝福，瑟奥凡尼斯在马尔马拉海的卡娄努莫斯岛（ Καλώνυμος ）盖了一座修道院，闭关斗室之中，抄写神学著作为生。英国学者西里尔·曼戈（ Cyril Alexander Mango，1928—2021 年 ）说，瑟奥凡尼斯没受过正规教育，拼写技巧就是在这里学会的。②此说当存疑。以后，瑟奥凡尼斯又在西格利安奈斯的"大村"建了一座修道院，就在库兹阔斯与伦达阔斯河口（ Ῥύνδακος ）之间。他从独臂瑟奥窦罗斯的修道院请来一些僧人，组成一个僧团，委任其中经验丰富者担任方丈（ ἡγούμενος ）。那位方丈去世后，大家促请他任领袖。他婉拒了，但亲自参加修道院的一切工作，勤劳俭朴，堪称典范。甚至出家为僧了，也不辞在一处时髦的温泉（ 大概在普柔萨 ）运水。他不像游方僧四处走动，而是一直守在君士坦丁堡和比苏尼亚。787 年第二次尼西亚会议审讯圣像破坏运动，瑟奥凡尼斯参加了会议，但签字的方丈和主教名单中，没有他的名字。他的宗教立场似乎比较温和。当时，君士坦丁六世休了母亲包办婚姻的妻子玛利亚，另与别人成婚，被教会中的斯透狄欧派视为大逆不道。瑟奥凡尼斯却与比较温和的宗主教塔拉修斯（ 764—806 年在任 ）站在一起，主张宽待君士坦丁六世的婚姻。

瑟奥凡尼斯 50 岁时得了重病，一直病到去世。皇帝亚美尼亚人莱翁五世（ Λέων Ε' ὁ Ἀρμένιος，775—820 年 ）重新挑起圣像破坏运动，815 年，把瑟奥凡尼斯抓到君士坦丁堡，烧了他在"大村"的住处。莱翁五世不愿亲审病人，把他交给"正字官"约安尼斯（ Ἰωάννης Ζ' Γραμματικός，? —约 867 年 ）拘押。约安尼斯用神学审问他道："基督躯体在陵墓时，他的圣灵安在？"瑟奥凡尼斯答道："圣灵无处不在，只除了你这神之敌人的心里！"③莱

---

① *Introduction, Chronicle of Theophanes Confessor*, Translated with Introduction and Commentary by Cyril Mango and Roger Scott, Oxford Clarendon Press, 1997, p.xlv.

② *Ibid.*

③ *Introduction, Chronicle of Theophanes Confessor*, p.xlvi.

翁五世得知后，勃然大怒，把他移到更加荒漠艰苦之处。瑟奥凡尼斯坚韧不拔地在监狱里待了两年，后被流放萨摩斯拉克（Σαμοθράκη），22天后，即818年3月12日便去世了。直到820年莱翁五世死了，瑟奥凡尼斯的遗体才得以运回他的修道院安葬。东正教和大公教教会都把他立为圣人，尊号"忏悔者"，纪念日即其忌日3月12（25）日。据说逝世后仍有治病驱魔的法力。

瑟奥凡尼斯唯一的作品就是《春秋》，副标题是"从戴克里先到米哈伊尔一世及其子瑟奥弗拉克托斯的编年史"。

他在此书的序言中说，这是应好友格奥尔基奥斯·孙克罗斯的坚请，对好友著作的续写。尽管他强调自己写此书有点儿偶然性，是接受临死的朋友之托而为，但此书可以侧身拜占庭最有价值的历史著作之列，是拜占庭三大《春秋》中的第二种（第一种为马拉拉斯的《春秋》，第三种为普瑟罗斯的《春秋》）。

此书内容，正如其副标题说的，其记叙开始之处，也就是格奥尔基奥斯停笔之处，即284年罗马元首戴克里先登位，然后一直写到813年米哈伊尔一世拉加贝（Μιχαήλ Α' Ραγγαβέ，770—844年）退位。除了格奥尔基奥斯·孙克罗斯现成的资料，瑟奥凡尼斯还引用了"大学问"索克拉忒斯（Σωκράτης ὁ Σχολαστικός）、索左麦诺斯（Σωζομενός，400—450年）、瑟奥窦莱托斯的著作。曼戈认为，此书虽署名瑟奥凡尼斯，其实他的贡献不大。他只是把孙克罗斯原来比较粗糙的材料整理有序而已。但此说只能作为一家之言，并非定论。不过，尽管曼戈对瑟奥凡尼斯稍有微词，但对《春秋》研究之精深宏大，仍当以曼戈为最，其译文之忠实流畅，现代仍无出其右。

瑟奥凡尼斯的《春秋》的价值，首先在于记载了7—8世纪拜占庭的历史资料，由于稀缺而特别珍贵。若从史学和文学的角度说，此书可以说是拜占庭第一部真正的编年史。我们在介绍马拉拉斯的一节中已说过，拜占庭史书中的"编年史"也可理解为"通史"，即其中所记史实，是跨越大的历史时期的，甚至可以从"创世记"一直写下来。这与侧重记载拜占庭当代史实的"当代史"（ίστορία）不同。而编年史之所以为编年史，关键在于史料的组织必以准确的年代顺序为经。拜占庭的编年史，在孙克罗斯和瑟奥凡尼斯之前，重要的有两部：马拉拉斯的《世界春秋》和《复活节春秋》。马拉拉斯的《世界春秋》距离严格的编年史尚有一箭之遥。不要说精确的逐年顺序，就是小纪（15 年）、纪（30 年）、世纪（100 年），在马拉拉斯的《世界春秋》中，亦有颠三倒四、张冠李戴之嫌。《复活节春秋》稍好一些，但也不尽如人意。因此，缶提奥斯的《万卷书库》里提都没提到《复活节春秋》。

所以，从这个角度看，在瑟奥凡尼斯的《春秋》出现之前，拜占庭可说尚无严格意义的编年史。严格的编年原则，在瑟奥凡尼斯的《春秋》中才真正树立起来。从戴克里先登位到米哈伊尔一世逝世，528 年，一年不差，一年不乱。哪怕某一年无事可记，这一年也必定列出。这是其一。不仅如此，瑟奥凡尼斯的《春秋》，总体分 12 册，每一册不分章，只分节。每节的标题，就是该年的年代名称。这一点颇似中国的《春秋》，年代名称即为该年一切史实的标题，如"隐公元年"。瑟奥凡尼斯的《春秋》也是如此，如全书开宗明义第一节便是"AM5777"。而且，这在拜占庭历史文学中称为"红字标题"（rubrica），很醒目的。这是其二。其三，也与中国史书一样，纪年体系不止一种。《左传》"隐公元年"是鲁国纪年体系，但下面一句"王春正月"，就是另一个体系了，即周天子的计时体系。后来的中国历史亦如此，既有干支纪年，还有帝王年号顺序。瑟奥凡尼斯的《春秋》纪年体系，堪称世间一绝。它用了 9 种纪年体系：一是"创世"体系，以 AM 表示；二是"主的年代"体系，以 AD 表示；三是"道成人身"体系，即"圣灵受孕"（ενσάρκωση）体系；四是罗马帝国（Rōma）体系；五是波斯帝国体系；六是罗马主教体系；七是耶路撒冷主教体系；八是亚历山大主教体系；九是安条克主教体系。其中，第二种和第三种其实都以耶稣基督诞辰为标准，但由于历史上基督教士推算不一，故相差 7 年。下面以《春秋》第一年标题为例：

创世 5777 年［主后 284/285 年］

道成人身 277 年

罗马皇帝戴克里先元年

波斯皇帝瓦尔拉齐斯 2 年

罗马第 29 任主教盖乌斯（Gaius）7 年

耶路撒冷 4124 年，第 28 任主教格门奈奥斯（Γμέναιος）13 年

亚历山大第 16 任主教瑟奥纳斯（Θεονάς）11 年

安条克第 19 任主教图兰诺斯（Τύραννος）2 年 [①]

这样多的纪年体系除了独特以外，还有什么意义呢？从 8、9 世纪开始，拜占庭社会逐渐变得只关心自己的事，用当今的话说，有点儿孤立主义的味道。当代历史的叙述不再重视广阔的世界背景了。但是，瑟奥凡尼斯的《春秋》仍然在世界背景下考虑当代史。这 9 种纪年体系里，虽然大部分都是基督教体系的，但毕竟还有犹太教纪年体系与波斯帝国的纪年体系，说明他仍然坚持"世界眼光"。所以，《春秋》记载的史事中，除了拜占庭本身的事件往往与波斯人、阿拉伯人和其他民族的事件安排在一起，很便于互相参照。尤其在当时，除了波斯帝国这个生死冤家以外，阿拉伯人也已强大到对拜占庭虎视眈眈，那么，《春秋》中重视波斯帝国和阿拉伯帝国的情况，说明瑟奥凡尼斯确实有现实的历史眼光。因此，他在记叙拜占庭帝国内部的捣毁圣像运动时，往往同时记叙周边国家的史事，让读者比较明确地感到，拜占庭的统治者们真是缺乏忧患意识，醉生梦死，忘了 6、7 世纪之时，由于内耗外斗，国力空虚，边防不修，丧失埃及、叙利亚等地区大片领土的惨痛教训，不知利用外部环境相对稳定的历史条件发愤图强，反而只为自身一己私利，挑动内斗，祸国殃民就是不可避免的了。

关心现实，书写现实，在瑟奥凡尼斯这里，确实是"春秋"这种编年史

---

① Θεοφανής ὁ Ὁμολογητής, Χρονογραφία, PG. T. CVIII, col.63.R. A.

体裁作品一大转折。在瑟奥凡尼斯以前，"春秋"这种体裁，近乎中国历史上的"小说家"者流，也就是后来各种"演义"的滥觞。其作者大多为市井文人，文化教养不高也没受过多少学术训练，考证辨析，一般沾不上边儿，作品大多是道听途说，敷衍成文，只可姑妄言之姑妄听之，当不得真。马拉拉斯及其《世界春秋》便是如此。但是，瑟奥凡尼斯与马拉拉斯不同，他为人较真。这从他的婚姻状况便可看出，夫妻两人约定各葆童贞，就真的各葆童贞，直至各遁入空门而分手。这种较真性格在世界作家中倒是罕见。当然，他为何会这么较真，可以是另一个值得研究的问题。我们在这里不作探讨，但他的忠于真实，却是无疑的。所以，他的《春秋》与马拉拉斯的《世界春秋》比起来，最大的不同，不在于编年体系以及世界眼光，而在于马拉拉斯不较真，而他求真。这一点，从他们两人的《春秋》第一年的记事就看得出来。马拉拉斯的《世界春秋》是这样开始的：

> 亚当是神用泥土做的，或者说创造的第一个人。他的身高，从头算起，是6脚掌，也就是身高96指厚，双手14指厚，双脚16指厚。他活了930岁。[1]

上帝造人，包括犹太教、基督教在内的许多宗教都这么说，就不议论了。只是这亚当的身高，怎么就那么巧巧的"6脚掌"或者说"96指厚"的长度呢？但马拉拉斯就这么说了。当然，这也不是由他开创的。不过，作为一个史家，总应该考证一下吧。即使不考证，马拉拉斯生活的时代，度量衡制度已有国家规定，换算一下也不行吗？你这"脚掌"单位，是谁的"脚掌"啊？这些，马拉拉斯一概不管。怎么听来的，也就怎么说。这就是勾栏

---

[1] Ἰωάννης Μαλάλας, Χρονογραφία, CSHB, MDCCCXXXI, p.3. 但译文有校改，据 The Chronicle of Jonh Malalao, trans. Elizabeth Jeffreys, Michael Jeffreys and Roger Scott, Melbourne: The Australian Association for Byzantine Studies, 1986, p.2; 以及 Иоанн Малала, Хронография, Книги I–V, Сост. Н. Н. Болгов, А. М. Болгова, Белгород: НИУ«Белгу», 2016，p.47。

瓦舍说书人的脾气。姑妄言之姑妄听之吧。

瑟奥凡尼斯的《春秋》开头就不一样了。第一、二、三年都没记载。第四年就一句话：

> 这一年，戴克里先指定马克西米安努斯·赫尔库留斯作为他的共治帝。这是他登位的第四年。[1]

谁都得承认，瑟奥凡尼斯这句话绝不是信口开河，而是一句现实的真实的历史纪实；而且，前三年没什么值得记载的事，就宁可空着，什么也不说，宁缺毋滥。这才是一个史家够格的态度！所以，有了瑟奥凡尼斯的《春秋》，拜占庭的《春秋》才从说书人的"说话""演义"成长为真正的历史，可以跟学者士大夫的"历史"并驾齐驱，既为信史，也是严肃的文学作品。这是瑟奥凡尼斯对拜占庭史学和文学的贡献。

因为较真，他的《春秋》中并不因私人关系而回避历史事实。前面说过，他三岁丧父，亏得君士坦丁五世照应，才得以比较顺利地成长。用中国话说，这是"恩同再造"；但是，他并不因为这再造之恩而回避君士坦丁五世镇压拥护圣像者时的残忍：

> 这一年，第四小纪[2]11月20日，不虔诚不敬神的皇帝，对所有敬畏神的人恼羞成怒，降旨把新的大殉道者斯特凡诺斯[3]拉到街上。军校学生和其他兵营的军人（他们都参与皇帝的暴行，拥护皇帝观点），逮住斯特凡诺斯后，把他的脚捆在一支船桨上，拖出审判大厅，拖到佩拉郊斯（Pelagios）广场，在那儿把圣人大卸八

---

[1] Θεοφανής ὁ Ὁμολογητής, Χρονογραφία, PG. T. CVIII, col.63.R. B.

[2] 拜占庭以15年为一财政纪。

[3] 大殉道者斯特凡诺斯（Στέφανος，715—765年），隐居于达玛斯垂山附近的奥克散诺（αὐξάνω）修道院。

块，把遗骨扔到一个死刑犯坑里，就因为圣人劝导过许多人进入修道生活，蔑视皇帝权威和金钱。斯特凡诺斯被众人尊为圣人，因为他在草庵里生活了近 60 年，德行深广。皇帝也对许多拥护圣像的官兵施以种种惩罚和残酷的折磨。他强迫全国各行各业宣誓，要无人再敢敬仰圣像。

他更进一步，逼迫冒名顶替的宗主教君士坦丁登上读经台，举起神圣赐予生命的十字架，发誓说他不崇拜圣像。他干脆强逼他不经剃度就承认牧师资格，吃肉，在皇帝宴会上弹筝搏髀，载歌载舞。

第四小纪 8 月 21 日，他在大赛场（ἱππόδρομος）举行大会，公开蔑视和侮辱修道习俗，命令每个僧侣牵着女人的手，穿过大赛场，让所有的人咒骂和侮辱。同样，在同月 25 日，19 个显要贵人被带到大赛场示众，说他们恶毒地阴谋反对皇帝。他们被加上莫须有的罪名，其实是皇帝痛恨他们，因为他们仪表堂堂，受人称赞。其中有些人因为皈依上面提到的那位隐士，对他的遭遇公开表示同情，就被杀害了。[1]

从这段引文也可以看出，瑟奥凡尼斯对待历史人物的态度，跟他的宗教信仰直接相关。他生活在拜占庭历史上一个很荒唐的时代，就是所谓“破坏圣像运动”时代。皇帝当局出于集权的考虑，要打击教会势力，掀起“破坏圣像运动”，前后几起几落，长达一百余年，彻底撕裂了整个社会。而瑟奥凡尼斯是拥护“圣像敬仰”主张的，而且因为性格的执着坚定，最后为此牺牲了生命。那么，他在《春秋》中，揭露和谴责拜占庭皇帝们摧残拥护圣像者生命的恶行，也就是自然的了。当然，如何评价这段历史，另当别论。但作为一个史学家和文学家，他表现出一个突出的特点，那就是他的文字具有强烈

---

[1] Θεοφανής ὁ Ὁμολογητής, *Χρονογραφία*, PG. T. CVIII, col.880.R. B–881.L. A–C. 参见 *The Chronicle of Theophanes Confessor*, pp.604–605。

的情感倾向，他不回避直接表现自己的态度和情感。就如这段文字，一开头就直截了当给君士坦丁五世冠上"不虔诚""不敬神"两个限定语，然后再举证他"不虔诚""不敬神"的"败德恶行"。由他举证的这些史实看，他对君士坦丁五世行为的定性，实在还客气了点儿。不过，在一个宗教人士看来，"不虔诚""不敬神"也够罪孽深重的了。所以，瑟奥凡尼斯虽然身为僧侣，但接受朋友之托，书写当代历史，那是一个世俗史家的行为，但他遣词造句还是拗不过内心深处的宗教感情，这就形成了他亦僧亦俗、亦俗亦僧的特殊文风。

对国内史实如此，对国外史实亦如此，作为一个史家，他忠于现实的态度是一贯的。且看他记述与波斯、阿拉伯相关的一件史事，写的是一个叫"阿布德拉斯"的人如何巧计篡位：

> 至于阿布德拉斯（Αβδέλλας），他使用诡计，夺取伊斯（Ἰσέ；Ἰσέβιν Μουσέ）的权力。正如我们前述，伊斯继他之后得到第三次掌权的委任。阿布德拉斯观察到伊斯患了偏头痛，眩晕不已，就劝告伊斯说，如果伊斯往鼻子里注射他的医生摩西炮制的喷嚏药，肯定药到病除。摩西是安条克教堂执事，已经受他贿赂，炮制了一种猛药，能起麻醉剂的作用。伊斯就这样被他说服，尽管提高了警惕，不跟他同桌共食，以防阴谋，但还是接受了鼻腔药。伊斯一接受头部注射，便失去了知觉，神经系统麻痹，躺着说不出话来。接着，阿布德拉斯便召集他一族的头人和显贵，说："关于未来之王，你们意下如何？"众人异口同声要废黜伊斯，保证拥戴阿布德拉斯之子人称马蒂的莫纳姆（Μονάμ Μαδί）。至于伊斯，他们就趁着他毫无知觉，把他送回家里。三天后，伊斯复原醒来，阿布德拉斯给这倒霉鬼准备了 100 塔兰特黄金，捏了些理由安慰他一番便算了事。①

---

① Θεοφανής ὁ Ὁμολογητής, *Χρονογραφία*, PG. T. CVIII, col.877.L. B–C. 参见 *The Chronicle of Theophanes Confessor*, pp.602–603。

客观地说，这位阿布德拉斯篡权手段真够聪明。他不是攻人之所不备，而恰恰是攻其所不得不备，却又能让人家接受，这份眼光，这份心机，不能不令人叹其高明！不要说兵不血刃，根本连强迫都不必用，略施连普通人都想得出的"下药"之法，就把篡权这等生死大事处理了，令人不能不叹其举重若轻！并且，篡权以后还仁至义尽，没像中世纪通行的把对方干掉，也没戳瞎人家眼睛，而是全须全尾地保存了人家的身体和生命，最后甚至给人家准备了 100 塔兰特黄金作为赎买的报酬。古今政变有这么艺术、简洁而又仁义的么？此无他，是他把对方彻彻底底看透了！但不论如何"仁义"，政变就是政变，篡权就是篡权。瑟奥凡尼斯并不因其"仁义"而掩饰其根本性质。另外，从上面两段引文也可以看出，瑟奥凡尼斯行文之时，一直是用第三人称的叙述口气，或者说介绍口气，而非目击者或者亲历者的第一人称描写口气。这里的原因，当然是因为他没有亲见亲历这些历史事件，为人又较真，所以始终坚持转述的口气。但这无意中又符合古希腊人对"历史"的定义：历史者，"对打听到的情况的叙述"也。[1] 瑟奥凡尼斯一生离开君士坦丁堡没几次，最远足迹不过小亚细亚西格利安奈斯而已。他的一切资料当然都是"打听"来的，所以，他不用亲历亲见的第一人称口气描写，而只用听说者的第三人称口气叙述介绍，遵照古训，做个老老实实的历史家。

由于老实，《春秋》记载的历史资料当然珍贵，尤其其中记载了其他著作中阙如的尤斯廷诺斯二世的资料，就更加弥足珍贵了。后来的拜占庭史书大多拜他所赐：藏书家阿纳斯塔修斯（Anastasius Bibliothecarius，810—878年）把《春秋》译为拉丁语。翻译家苏蒙（10 世纪后半叶僧侣、历史家和政治家）时常引用《春秋》。紫微宫主君士坦丁七世的《帝国行政论》也到《春秋》中寻找论据。13 世纪以前的编年史家，都以《春秋》为依据。此书还有续编，是由几位佚名作家撰写的，史称"瑟奥凡尼斯后继人"，主持者

---

[1] 参见罗念生、水建馥：《古希腊语汉语词典》，商务印书馆 2004 年版，第 408 页。

则是拜占庭史上以文治著称的君士坦丁七世。瑟奥凡尼斯的《春秋》不仅使大众读物式的"春秋"类作品，上升为可与当代史分庭抗礼的严肃作品，而且是拜占庭历史文学中兴的里程碑式作品。一个作家，只要有其中一方面的贡献，便足以在文学史上占一席之地了。无怪乎乌克兰裔美籍学者伊·谢甫琴科（Ihor Ševčenko，1922—2009年）说，瑟奥凡尼斯的《春秋》是"拜占庭中期历史著作的一颗珍珠"[①]。

第五节　神学美学第一次严格的逻辑阐述

公元726—843年，拜占庭发生了一场宗教斗争，时间长达117年，状况之惨，在世界文化史上，恐怕是空前的了。

这场斗争，史家名之曰"捣毁圣像运动"，因为开始的表现，就是捣毁基督教各种圣像，无论是绘画的、雕塑的、铸造的，甚至象征的，统统都在捣毁之列。是谁正式挑起这场冲突？伊扫隆王朝的莱翁三世（685—741年）。为什么？跟所有帝王的斗争一样，为了争权夺利。基督教在拜占庭立国之前，是"非法邪教"。313年，君士坦丁大帝与李锡尼为争取军队中占大多数的基督徒的支持，共同颁布《米兰敕令》，承认基督教的合法性，进而把基督教定为国教。以后数百年间，基督教教会的势力急剧膨胀，凭借各种政治特权，获得了富可敌国的财富，政治上足以跟皇帝分庭抗礼，成为欧洲政教之争的滥觞。皇帝们对此当然不能忍受，必欲打击教会势力而后快。教会内部，对于"圣像"态度也有分歧。欧洲地区的教会，仍然崇拜圣像。东部地区，尤其小亚细亚一带，许多宗教人士及教会组织都反对偶像崇拜。而东部地区是当时抗击阿拉伯入侵的前线，皇帝政府不能无视东部地区的社会心理。居于以上原因，到了8世纪初，条件具备，莱翁三世在

---

① I. Ševčenko, *The Search for the past in Byzantium around the year 800*, DOP46, 1992, p.287.

726 年发动了对基督教教会的打击，颁布《禁止偶像崇拜法令》，取缔各地各种宗教偶像。反对"偶像崇拜"者有了皇帝撑腰，不仅到处捣毁偶像，进一步更对崇拜圣像者施行政治、经济乃至肉体攻击。崇拜圣像者官职被撤，书籍著作被焚毁，教会与修道院财产被没收，僧侣、修士、修女被迫游街示众，被迫还俗结婚，否则要被刺瞎眼睛，流放荒岛，甚至被打伤打死。反抗的贵族被无情镇压。就这样，整个社会一直折腾到 775 年左右，君士坦丁五世去世，君士坦丁六世继位，皇太后伊莱娜摄政。伊莱娜支持圣像崇拜，于是，整个形势大翻盘。崇拜圣像者重新得势，向捣毁圣像者反攻倒算，以其人之道还治其人之身，出手毫不留情。802 年，尼克佛罗斯一世发动政变，夺取了皇位，流放了伊莱娜。813 年，莱翁五世（*Λέων Εʹ ὁ Ἀρμένιος*，775—820 年）继位，再次对"偶像崇拜"者，大举清算。直到后面两个皇帝米哈伊尔二世（Μιχαήλ II，770—829 年）以及瑟奥菲罗斯，虽然还反对"偶像崇拜"，但态度已趋温和。到米哈伊尔三世（Μιχαήλ III，842—867 年）继位，皇太后瑟奥朵拉（不是尤斯廷尼安诺斯王朝的瑟奥朵拉）摄政，坚决支持圣像崇拜。于是，圣像崇拜者势力大盛，843 年发动了决定性"起义"，横扫君士坦丁堡，全国各地圣像崇拜者群起效尤，杀人放火，无所不用其极，彻底打垮了圣像破坏者，将他们的文献全部烧毁，以致后世无法一窥其貌。好在瑟奥朵拉还较明智，最终实行宗教安抚政策，确立皇权对教权的控制，"捣毁圣像运动"才告结束。经过这场百年冲突，虽然教权受到致命打击，不能不乖乖服从皇权，但拜占庭国家和社会也受到巨大伤害，历史的发展被延缓推迟。

这场冲突再一次证明，社会分裂的罪魁祸首，其实都是上层统治者。社会舆论有分歧，并不奇怪。但上层统治者一旦拉一派，打一派，必然导致社会分裂乃至冲突，给国家和社会带来巨大灾难。现在，拜占庭国家早已灭亡，这场冲突的政治意义和社会意义，除了可以给后世一点儿教训以外，已无多少实际价值。但是，对于艺术哲学而言，却具有划时代的意义，至今仍能引人深思。

从精神角度而言，这场冲突源于宗教哲学或者说神学的分歧，源于关于上帝"三身一质"和基督本质的争论。基督教成为国教后，其内部对于神，尤其对于耶稣基督的本质，便有观点分歧。这些分歧，归纳起来就是两种学说：一性论和二性论。一性论认为，圣子耶稣跟圣父一样，只有一性，即纯粹的神性，是我辈凡人无法以尘世手段所能认识、所能表现的。换句话说，对于人类而言，神是不可知的，当然也无法表现的。异端派如阿雷奥斯派即持此说。二性论则认为，圣子耶稣基督为救赎亚当后代的罪过，秉承圣父之意，道成人身，通过童贞女圣母玛利亚生而为人，因而圣子既具神性，也具人性。正因为圣子兼具二性，才能与人沟通，留下福音，教诲人类放弃尘世，追求天国。因此，通过圣子耶稣基督，神对于人，是部分可知的，因而也是用人间手段可以部分表现的。正统派便持此观点。

由此转入艺术哲学，这场辩论就涉及人类艺术史上一个空前的基本艺术原则问题：艺术手段与艺术表现对象的关系问题。按照一性论的观点，神既然是人类无法认识、无法表现的，那么，作为人类认识手段之一的艺术，也就不能认识和表现神的本质，包括不能认识和表现圣子耶稣基督的本质。这种观念，其实可以上溯到柏拉图的理念说与模仿说。柏拉图认为，艺术模仿现实，现实又模仿理念（真理）。因而，艺术与真理隔着三层，不能表现真理。

再深一层说，古代艺术，包括希腊罗马的艺术，都是具象的艺术。其艺术手段是具象的，其艺术对象，包括巫术众神，其实也都是具象的。所以，表现手段跟表现对象是一致的、同质的，因此是可以相互进入的。但基督教的"神"这个对象就不一般了。神是抽象的，或者说，"神"这个概念是抽象的，超出一切具象事物之上，与具象的艺术手段是不同质的，不一致的，因此，艺术不可能进入"神"的范畴。何况，现在涉及的问题是"神"的"本质"，那就更是抽象的抽象，比现实生活又高出两个层次，近乎中国《老子》说的"玄而又玄"，那就更非艺术所能进入的范畴了。如果用柏拉图的话打比方，艺术与"神"隔着三层，那么，艺术与"神"的"本质"这个抽象的抽象的范畴，隔着就不止三层，而是三层的无数倍了。

破坏圣像与崇拜圣像两种主张，表面看似水火不容，其实，它们都对文学提出了新的要求，那就是，文学的任务必须以表现神的终极本质为目的。神的观念，已是超越物质存在的抽象；神的终极本质，又是超越神的一般概念的更高的抽象，而文学艺术的外在基本特点却是具象的。以具象的手段，表现抽象之抽象的对象，这是古希腊罗马的文学没有遇到的问题，甚至可以说，就是到了 21 世纪的今天，也是人类没有完全解决的艺术问题。

圣像崇拜者的胜利，除了教俗两界高层势力的支持，也得力于他们当中有当世最杰出的才智之士，如大马士革人约安尼斯、瑟奥窦罗斯·斯透狄忒斯、君士坦丁堡大主教尼克佛罗斯等人。他们的论战檄文中，有许多观念已经成为专门的宗教哲学范畴，就艺术本质、对象与表现的相互关系，艺术对受众的作用等方面而言，对后世影响深远。在这些人中，大马士革人约安尼斯堪称最杰出的代表。

大马士革人约安尼斯

大马士革人约安尼斯，生于大马士革"曼苏尔"（al-Mansŭr）家族，属于阿拉伯基督教卡尔布部落。他的全名为尤哈纳（亚纳赫）·伊本·曼苏尔·伊本·萨尔俊（Yuhanna [or Yanah] ibn Mansur ibn Sarjun），与其祖父同名。"约安尼斯"是他的基督教名字。其祖父在拜占庭政权下以及波斯占领期间，做过地方民政大臣（λογοθέτης），参加过向阿拉伯人移交政权的工作。他父亲曾在阿布德·阿尔–马利克·伊本·马尔万哈里发（عبد الملك بن مروان，646—705年）的宫廷中效劳，管理国库。后来，约安尼斯接替了父亲的职务。

约安尼斯和他弟弟阔斯马斯，跟一个被俘的卡拉布里亚僧人（也叫阔斯马斯）学习精确知识（数学等）和音乐。大约在706或710年，约安尼斯在圣萨巴大寺院（Ἱερὰ Λαύρα τοῦ Ὁσίου Σάββα τοῦ Ἡγιασμένου）接受剃度，被按立为牧师。

在捣毁圣像运动期间，他挺身保卫圣像敬仰主张，写了《三驳诋毁圣像者》，把捣毁圣像看作异端行为，并首次把只用于神的"崇拜"跟用于种种事物（包括圣像）的"敬仰"区别开来。因此，在捣毁圣像派得势时，754年的宗教大会，曾四次诅咒约安尼斯。圣像敬仰派胜利后，第七次普世大会肯定他的学说是真理。他大约逝于753年（另一说为780年），葬于圣萨巴大寺院，就在圣徒萨巴的骨灰盒附近。在安德罗尼阔斯二世帕莱奥罗果斯（Ἀνδρόνικος Β΄ Παλαιολόγος）当政时期（1282—1328年），他的遗骨被迁往君士坦丁堡。如今据说他的遗骨分别存放在圣萨巴大寺院、塞浦路斯的格列高利·阿拉曼修道院、希腊帕特莫斯的神学家约安尼斯修道院，以及威尼斯的圣乔治·德伊·格列奇教堂等处。

8世纪末，耶路撒冷人约安尼斯已写出他的第一部传记。11世纪，安条克被塞尔柱人占领后，郊区的圣西门修道院有个精通希腊语和阿拉伯语的僧人米哈伊尔，说是自己积累了很多史料，用阿拉伯语写成了《大马士革人约安尼斯的生平》。历史上，跟大马士革人约安尼斯相关，有一个很有名的"三手圣母"传说。

据说，因为拜占庭皇帝莱翁三世支持捣毁圣像运动。约安尼斯便写了三篇长文寄给这位皇帝。莱翁三世大怒，但又没办法，因为约安尼斯是哈里发的臣子，不归莱翁三世管。因此，莱翁三世不惜进行阴谋陷害，命人以约安尼斯的名义伪造了一封给莱翁三世书信。信中说，自己愿帮拜占庭皇帝夺取叙利亚首府。这封信以及皇帝的回信当然都被送给了哈里发。哈里发一看大怒，立即撤了约安尼斯的职，还砍了他的右掌，挂在广场上示众。后来，有人帮约安尼斯偷回了这只手掌。他关起房门，把手掌接在手臂上，开始在圣母像前祈祷。不料祈祷之中，他竟睡着了，梦见圣母告知他，已替他修复了断手。醒过来时，他发现右手奇迹般地长好了，只是接驳之处有一丝红线。为表感恩，他献了一只银制的手在圣母像前，这圣母像因此被敬为"三手圣母"。那以后，许多圣母像中都有复制。为了感激救治之恩，他还写了一首歌曲《欢唱你……》。

大马士革人约安尼斯被公认为把基督教教义系统化的第一人。基督教东西方教会都把他视为圣徒。大公教会（天主教）把他称为教会圣师（Doctor of the Church），特别尊敬他对"圣母升天"学说的贡献。他的主要作品是《智慧源泉》，包括哲学著作《辩证法》、诘难著作《论异端邪说》以及阐释教义著作《正教信仰确解》。此外，他写过一系列论战性著作，有反对捣毁圣像的《三驳诋毁圣像者》，还有反涅斯托留主义者、一性论者，包括"无首领派"（ἀκέφαλοι）、"雅阔巴派"（得名于叙利亚僧侣雅阔巴 [يعقوب البرادعي]）、唯一意志论、摩尼教（Μανιχαϊσμός）等的文章，可能还有反伊斯兰的《萨拉森人和基督徒的谈话》。至于经典训诂，他做得相对较少，传世的有对使徒保罗福音的讲解，但还不是独立完成的。拜占庭著名的佛陀小说《巴拉阿姆与约萨伐忒》也曾

希兰达尔三手圣母像，希腊阿薮斯山希兰达利欧修道院

被归在他名下，但据俄裔美籍宗教学者弗洛罗夫斯基（Гео́ргий Васи́льевич Флоро́вский，1893—1979年）考证，那是7世纪另一个也名叫约安尼斯的人写的，其人也在圣萨巴大寺院住过。大马士革人约安尼斯还写过一些巴勒斯坦风格的卡农曲，从9世纪以后被东方教会用于早祷。他还写过复活节、圣诞节及其他基督教节日用的卡农，据说，他还写过星期日的"奥克透伊霍斯"（Όκτώηχος，八音书）。有几篇晚祷文和圣餐礼祷文也出自他名下。

但他影响最大、贡献最大的还是关于圣像敬仰的著作。从艺术史角度看，这涉及具象的艺术手段与抽象之抽象的艺术对象之间的关系问题。关于这个问题，我们将以他的《三驳诋毁圣像者》和《智慧源泉》第三部分《正教信仰确解》为主要依据，略加分析。

从艺术哲学的高度看，大马士革人约安尼斯提出的艺术对象，即"神"或者"上帝"，尤其是"神"这概念中的"父"，是人类无法彻底认识并表现的。狭义地说，在这点上，他与异端的一性论者并无多大区别。他也说，"除了子，没有人知道父，除了父，没有人知道子"，"没有人知道神，不仅是人，就是天上的掌权者，基路伯，撒拉弗也不知道"。[1] 上帝是"无形的，看不见的，摸不着的，无界定的，无限的，不能认识的"，"不是我们能力范围内所可说的，甚至不是可以想象的"。[2] 他指出，关于上帝的一系列名称，"并未指明祂是什么，而只说祂不是什么"。而这所谓"不是什么"，极而言之，甚至可以说，"除了在子之内，圣父没有理性，没有智慧、能力、意志；而子是父的唯一能力，是创造万物的直接起因"。[3] 此语堪称惊世骇俗，因为就一般教义所论，上帝，或者说"父"，是"尽善尽美全知全能"。而今、他居然敢说"除了在子之内，圣父没有理性，没有智慧、能力、意志"，岂非大逆不道！其实，若论对上帝的认识，约安尼斯堪称大哲！他继承了伪狄奥

---

[1] 沈鲜维桢译：《正统信仰阐详》，《基督教历代名著集成》第一部第八卷《东方教父选集》，香港东南亚神学教育基金会、基督教辅侨1964年版，第303页。

[2] 同上，第305、306页。

[3] 同上，第335页。

尼修斯的神学美学思想（参看本书绪论相关部分），但思索表述得更彻底。试想，所谓"智慧"，所谓"能力"，所谓"意志"，不都是我们渺小的人类争权夺利时所炫耀的本事吗？上帝超越一切，甚至超越存在，"智慧""能力""意志"之类玩意儿，在上帝那里算得了什么？自古至今，对"上帝"，对"道"能达到这等认识境界的不多。中国的老子说"道"："其上不皦，其下不昧，绳绳不可名，复归于无物。是谓无状之状，无物之象，是谓惚恍。迎之不见其首，随之不见其后。"又说："大道废有仁义；智慧出有大伪。"①与约安尼斯叙说"上帝"，可谓异曲同工，只是境界比约安尼斯更远大。所以，约安尼斯不是对上帝不敬，而是对上帝有非同凡响的认识。因此，他认为："在解说上帝时，是不可能说明祂的本体，我们只宜于就祂与万物绝对是分离的这一点去推论，因为祂不是在现存的万物中之一个。这并不是说祂没有存在，而是说祂是超越乎一切存在物之上，甚至亦超越于存在自身。""简言之，一切对上帝所作含有身体之意的说话都有某些含义，是借那些我们所熟悉的去教我们了解那超越于我们的"，"神既是不可思议的，亦是的确无名可名的。因此，我们既然不知道祂的本体，就不要为祂的本体找一个名称"。②难怪老子关于"道"之名也说："吾不知其名，强字之曰道，强为之名曰大。"③

既然上帝不可知，那么我们干脆不求知不行吗？不行！约安尼斯的人生哲学认为，上帝造了人，同时赋予人以"自由意志"，让人可以自由选择人生道路。而这"自由意志"是把双刃剑，既可利人，也能害人。世间万物，拥有"自由意志"的，只有两类：天使与人。天使因为有"自由意志"，所以既有加百列，也出了撒旦。人也有"自由意志"，所以，亚当有虔敬，得居伊甸园；也有堕落，逐出伊甸园。既然"自由意志"有此遗患，不给人不行吗？不行！因为向善应该是自由的，而非强迫的。"强迫"能叫"善"吗？

---

① 《老子》章十四、章十八，《老子古义》，第 17—18、21 页。
② 《正统信仰阐详》，第 311、333 页。
③ 《老子》章二十五，《老子古义》，第 27 页。

再者，一旦没有自由，人大概不会"向恶"，但同样也就不会"向善"！浑浑噩噩，善恶不知，动物是也！约安尼斯虽然没有明确指出这一点，但其人生哲学中有此仿佛。所以，基督教提倡要认识上帝，目的在于引人懂得"我是谁？我从哪里来？我到哪里去？"

我们必须认识上帝，但上帝又不可认识，怎么办？除了用"言辞"布道，大概就只有用"形象"布道了。圣像就是"形象"中的一种。他说："设计圣像，是为了伟大的认知，为了展现和普及神的秘密，并且，作为一种纯洁的好处，有利于救赎，以便凭借着对事物的显示，使其可为人知，我们就可以抵达隐秘之处，追求和模仿善良，耻于并痛恨邪恶。"[1] 尤其考虑到，"世人未必都有识字的知识，有时间读书，所以教父们许可用形像来指点这些事，制成简明的纪念物"，这更"是伟大的义勇行为"，使人通过"对形像的尊敬"，"达到它的原型"。[2]

可是，"映像是对某个存在的模仿和再现，其中包含着被模仿者。映像不一定是原型的准确再现。映像是一回事，被再现者又是另一回事；区别一般是可以察觉的"[3]。那么，圣像能真正代表"神"吗？或者说，圣像这种具象的艺术手段，能真正表现"神"这个不可表现的抽象之抽象的艺术对象吗？约安尼斯的回答是：能，但不全能。为什么能？因为，"神并没有让我们绝对地不知道祂，因为祂已经将天然的知识灌输给人们，使之知道祂的存在"[4]。这是先验的认识，是神的恩典，不必辩论，信徒们也不会质疑。其次，神"所创造的万有及其受保护与管理，都在宣告神性的威严"[5]。这是由"果"溯而推到"因"。万物为神所造，所以，万物可以反证神的存在，并由万物的状态可以知道"神性的威严"，即神的意志与能力。因此，用造物可

---

[1]　St. John Damascene, *On Holy Images,* trans. Mary H. Allies, London: Thomas Baker, 1898, p.94.

[2]　《正统信仰阐详》，第 495 页。

[3]　*On Holy Images*, p.93.

[4]　《正统信仰阐详》，第 303 页。

[5]　同上，第 303 页。

以表现造物主。再次，"在原始时上帝是照着自己的形像造了人。我们为什么彼此互相尊敬呢？岂不是因为我们全是照着神的形像所造成的吗？"①既然人是照着上帝的形象创造的，以人的形象模仿神的形象，就算不是"神似"，起码也够"形似"的吧？

最后，也是最有力的理由是，耶稣基督具备人性和人格："祂是同时具有神格和人格而为完全之神及完全之人；这两种性格具有理智，意志，元气，自由等；总之，是依照适合于神性，人性，及由二性结合而成的一个复合位格的至善。"②耶稣基督既是"神子"，也是"人子"，"真正有人的本质，居住在地上，与众人相通（巴录4：1），行奇迹，受痛苦，被钉十字架，又复活，被迎接回到天上；因为这一切事情曾经真正发生过，为人所看见"③，那么，以"人"的形象表现耶稣基督，应该是合适的。而且，耶稣基督是由圣父"产生"的，是上帝的"道"化为人身，祂"所表现的属性是与上帝的属性相同，所以道与上帝有同样的体性"，"是父本格的真像（来1：3），有活能力和活智慧的（林前1：24），祂是具有自存性的道，是那看不见的上帝之本像，完像和活像（西1：3）"。④因此，能表现"子"的"圣像"，也能表现"父"。

这样，大马士革人约安尼斯不仅仅是依靠基督教作为国教的政治威权判定圣像及圣像敬仰的合法性，而且利用古希伯来文化和古希腊文化遗产，亦如他自己所说的，"一方面我们采取了犹太人所说神性一致的观念，另一方面我们用了希腊人所说本格上有区别的观念"⑤，这样，他以严格的逻辑推理，彻底阐明了圣像及圣像崇拜的合理性，解决了具象艺术手段表现抽象之抽象的艺术对象的根本理论问题，在人类进入宗教文化时期后，为艺术哲学

---

① 《正统信仰阐详》，第 495 页。
② 同上，第 306 页。
③ 同上，第 496 页。
④ 同上，第 314、319 页。
⑤ 同上，第 317 页。

以及艺术的新发展，奠定了理论基础。有了他的理论根据，米开朗琪罗才能以人的形象画出上帝《创造亚当》（*Creazione di Adamo*），拉斐尔才能画出那许多令人敬仰的圣母以及《基督升天》（*Trasfigurazione*）；近代象征主义诗人才能提出诗歌要表现"最高内心真实"；现代派作家才能在自己的创作中脱略形迹，以具象艺术表现种种抽象的人生感受。在神学美学中，艺术对象与艺术手段之间的关系，第一次得到了严格的逻辑推论和阐述，反过来又影响了以后百代的艺术发展。

第六节　中世纪第一女诗人

世界各民族中，希腊人创造了世界文学中出现最早、数量最多、颜体最美、境界最高的女性形象。而从古至今，希腊也的确涌现出世界第一流的现实女性，在上古和中古文学中，最早产生了世界第一流的女性大诗人。上古时期有萨福，中古时期则是卡西雅娜。

卡西雅娜（约815？—约865年），在东正教礼仪书中，她的名字还以其他拼写形式出现，如 Kassianh，Cassia（Κασσια），Cassian（Κασσιαν），Eikasia（Εικασία），Kessia，Kessiane，Cassias，或 Ikasias（Ικασία）等。她是拜占庭著名的女修道院院长、诗人、作曲家，现代学者认为她是中世纪第一女作曲家。[①]

卡西雅娜出生于君士坦丁堡一个富裕的贵族家庭，非常美丽聪慧。据说，她曾参加过当时皇太后尤弗罗苏娜（Εὐφροσύνη）为养子，即年轻的皇帝瑟奥菲罗斯举行的"秀女选"，时间在830年（一说821年）。皇帝若对哪个女子有意，便把手中的金苹果授予她。当时，瑟奥菲罗斯看上了卡西雅娜，走到她身边说："由女性导致更坏（Ἐκ γυναικὸς τὰ χείρω）。"意指夏娃引

---

① 2009年，德国著名古典乐队"沃卡米"（Vocame）发行一张卡西雅娜（Kassia）赞美诗专辑，包含18首赞美诗乐曲。题目赫然便是"Kassia—Byzantine hymns of the first female composer in the Occident"。

卡西雅娜

起原罪。卡西雅娜马上答道："由女性也导致更好（Καὶ ἐκ γυναικὸς τὰ κρείττω）。"意指圣母玛利亚带来耶稣的降生和人类救赎的希望。这两句话是 5 世纪金口约安尼斯布道宣扬圣母福音时讲过的话，上层有教养的人应该熟悉。但能够用于如此自然天成的对话中，确实显出卡西雅娜的智慧与机敏。但因为这番对话，瑟奥菲罗斯放弃了卡西雅娜，而选了瑟奥朵拉。至于这番对话何以会导致这样的结果，学者们说法不一。甚至对于这件事的真实性，也有学者提出质疑和辩驳。① 但有一点是明确的，即卡西雅娜的宗教立场与瑟奥菲罗斯不同。瑟奥菲罗斯以皇帝身份主张捣毁圣像，而卡西雅娜则敬仰圣像。另外，卡西雅娜在这次选秀之前，早已立志献身于宗教事业，这有瑟奥窦罗斯·斯透狄忒斯致卡西雅娜的信可以为证。② 后来，卡西雅娜在君士坦丁堡西郊利廓斯河谷创办了一所修道院，遁入空门，亲任院长。足见卡西雅娜心之所向乃是宗教和艺术。

瑟奥菲罗斯当政时，正值圣像破坏运动卷土重来，虽然他较之以前几任反对圣像敬仰的皇帝，稍微温和一些。但圣像敬仰派所受的压制仍是非常巨

① Т. А. Сенина (Монахиня Кассия), *Dialogue Between Theophilus And Kassia: Literary Fiction Or Reality?*, ScriniumII (2006) Universum Hagiographicum, pp.242–270.

② *Theodori Studitae Epistulae, epist.217, 370, 539,* CFHB, V. XXXI/2, Edt. H.–G. Beck, A. Kambylis, R. Keydell, Berolini Et Novi Eboraci: Walter De Gruyter, MCMXCII, ss.339–340, 501–502, 813–814.

瑟奥菲罗斯与卡西雅娜

大的。而卡西雅娜恰好是个坚定的拥护圣像者。据说她因此曾受过鞭刑。但她勇敢地说："在该说话的时候，我讨厌沉默！"[1]

　　虽然她的宗教信仰受到严酷的压制，但她以多元文学和音乐手段表达自己的信仰和感情，获得了巨大的成就。她天赋诗才，写了很多铭体诗、赞美诗和卡农曲；她的音乐天赋也极高，能为自己诗歌配乐。她曾经写过一首赞美诗，后来配上乐，教修女们歌唱，赞美修道生活。时隔不久，她的诗歌和音乐作品不仅引起教会和各大教堂的重视，也受到社会的称赞，确立了中世纪赞美诗作者的地位。教会和各大教堂邀请她为各种宗教节日创作赞美诗和音乐，作为东正教唯一一位女性赞美诗及乐曲作者，她的名声很快传遍东正教世界，连西欧大公教会也对她刮目相看。学者萨瓦斯说，对于东正教的赞美诗来说，她是一个"特殊和罕见的现象"[2]。传说皇帝瑟奥菲罗斯始终忘不了卡西雅娜，有一次到过她的修道院。当时，她正在创作一首赞美诗，听

---

[1]　*The Lives of the Spiritual Mothers,* Buena Vista CO: Holy Apostles Convent, 1991, pp. 374–381.

[2]　Savas J. Svas, *Hymnology of the Eastern Orthodox Church*, Byzantine Melodies (1983), p.108.

到皇帝驾临声音，便躲到壁橱里。瑟奥菲罗斯进了她的斗室，没见到卡西雅娜，却猜到了她藏身之处，见到桌上诗稿，不禁感慨系之，提笔加了一行："这双脚，夏娃在乐园的黄昏听到它的足音，竟吓得躲起来。"瑟奥菲罗斯走后，卡西雅娜出来，觉得这行诗加得合适，便接着他续写的那行诗，一气写完了这首赞美诗。此诗是她最有名的作品，出之以一个风尘女子对基督的忏悔语气，只在每年大圣周周一弥撒时才演唱。届时，平时一般不进教堂的性工作者们也会成群结队来望弥撒，听着这首赞美诗，祈求上帝赐予她们救赎。此诗我们将在后面具体分析。

842 年，瑟奥菲罗斯去世，米哈伊尔三世继位，终止了第二次圣像破坏运动。卡西雅娜的生活才得以最终平静。她一生最远只去过意大利。晚年定居希腊卡索斯岛（Κάσος），最后在那里逝世。她的坟墓则在圣母大教堂里。

作为中世纪的女诗人，卡西雅娜的诗歌就内容可分为宗教诗歌与世俗诗歌两类，就文体则分祈祷诗、赞美诗、卡农和铭体诗几种。她的赞美诗大部分收在东正教礼仪书中，年代久远，难以确切计数，估计现存约 49 首。其中有 23 首肯定是她的作品，其他 26 首存疑。她的非仪式经文诗歌据说有789 首。[1]

我们在本书绪论中说过，就美学而言，希腊艺术对世界艺术有两种相反相成的贡献：古希腊艺术主要歌颂人类物质的美、感性的美、肉体的美、意志的美、动态的美、现象的美；而拜占庭艺术则歌颂人类精神的美、抽象的美、灵魂的美、智慧的美、静态的美、本质的美。两种美学观念和审美态度，相反相成，构成人类完整的美学体系，缺一不可。而这两方面的审美理论与审美实践，都是由希腊人完成的。若无古希腊和中世纪拜占庭这两方面的贡献，人类的美学可能至今都将是若明若暗，模棱两可，甚至残缺不全的。研究人类文化史与艺术史，确实不能不"言必称希腊"。除了希腊人，世界上没有哪个民族能在这两方面做出开创性的、全面而完整的贡献。这两

---

[1] *The Lives of the Spiritual Mothers*, pp.374–381.

方面的贡献，就女性诗歌而言，就体现在萨福和卡西雅娜的诗歌中。先看一
首萨福的诗歌《给所爱》：

> 他就象天神一样快乐逍遥，
> 他能够一双眼睛盯着你瞧，
> 他能够坐着听你絮语叨叨，
> 好比音乐。
>
> 听见你笑声，我心儿就会跳，
> 跳动得就象恐怖在心里滋扰；
> 只要看你一眼，我立刻失掉
> 言语的能力；
> 舌头变得不灵；噬人的感情
> 象火焰一样烧遍了我的全身，
> 我周围一片漆黑；耳朵里雷鸣；
> 头脑轰轰。
>
> 我周身淌着冷汗；一阵阵微颤
> 透过我的四肢；我的容颜
> 比冬天草儿还白；眼睛里只看见
> 死和发疯。①

抒发的是对同性女儿的渴望，是意志范畴的追求，是肉体的躁动不安，是生
理的神经激昂，是六欲的动态美，是古希腊健康儿童时期的美。

下面看看卡西雅娜的《卡农》选段：

---

① 周煦良主编：《外国文学作品选》第一册，上海译文出版社 1979 年版，第 36—37 页。

贪得无厌的地狱，你这老疯子，你打个哈欠，就收了所有人的生命，一边吞吃，一边把以前吞下的义民的灵魂吐出来。主，要毁掉你，因为祂光辉荣耀。

耶稣，我的神，我歌唱你的慈悲，因为你自愿为一切人的生而死，让我们得以安葬于赦免与平和中。我要赞美你的灵柩，歌唱你的复活。（曲1）

你哟，坚韧不拔的救主哟，犹太人把你放进坟墓和静影里，是你，凡人中的自由人，捣毁了地狱的关卡，让死人复生。（曲3）

对铐在还不完的地狱债务中的一切人，主宣布："欠债的出去吧，黑暗中的自由吧"；我们的君王，拯救地上万物。

主哟，献出生命，出于慈悲现身地下，对死者发出神的光辉，消灭了黑暗的力量。（曲4）

基督哟，由于你的恩惠，你曾对我们显圣，看到那不灭的光辉，以赛亚在夜间高呼，让死者复活吧，让墓中人站起来，让地上人人都欢欣鼓舞。

赐福者哟，你被钉死在十字架上，但你蔑视灵魂的骚扰者，下达地狱，毁掉地狱关卡，扶起先知，作为神，以自己的死，赐给信徒和平、生命和欢乐。

与身处地狱者共处，赐予死者生命，你在黑暗之中说："出去吧！"对负债者说："自由吧。我来是要毁灭敌人，复活先前的死者，唤起新生。"（曲5）[1]

这里抒发的是宗教的感情，是对超肉身超自然存在的赞美，是精神的颂歌，属于理智领悟的范畴。其中对基督的描写，包含着对"道成人身"这条教义极其深刻的、极富逻辑推理的理解。卡西雅娜在这里写了一个中国基督徒不

---

[1]　Ευστρατιάδης Σ, "κασσιανή ή μελωδός", *Εκκλησιαστικός Φάρος 31*, 1932, σσ.96–100.

熟悉的宗教神话，即耶稣基督下了地狱！一般基督教经典和宗教神话中都是说，基督死于十字架上，以自己的肉体的生命替人类赎了罪，完成了圣父的使命，三天后即复活升天了。这其实只解释了"道成人身"一半的神学哲理。而卡西雅娜告诉我们，基督没有升天，基督下了地狱！少见多怪的教士和教徒听到此话，恐怕会认为卡西雅娜如此亵渎基督，真是放肆，罪该万死！可是，卡西雅娜诗中的基督，比通常人们所说的基督更要伟大！为什么？因为祂不仅为人类赎罪，祂还要捣毁地狱，解放地狱中的冤魂，让人类从此没有后顾之忧，获得彻彻底底的解放！这难道不比仅以一死为人类赎罪更加伟大吗？而耶稣基督要下地狱，就必须借助于人类的肉身。因为地狱是藏污纳垢之所，基督作为圣子、作为神，不应去，也不能去这种地方。所以，基督要下地狱，必须借助人类的肉身才合适。这就是基督之所以要"道成人身"的另一半理由，而且是更伟大的理由！这让人不禁想起释典中光目女的誓言："愿我自今日后，对清净莲华目如来像前，却后百千万亿劫中，应有世界，所有地狱及三恶道诸罪苦众生，誓愿救拔，令离地狱恶趣、畜生饿鬼等，如是罪报等人，尽成佛竟，我然后方成正觉。"[①] 此语后来在中土被传为地藏王菩萨的名言："我不入地狱，谁入地狱？""地狱不空，誓不成佛！"真正悲天悯人的神，其价值观都是一样的。这一曲颂歌的精神境界，就神学哲学领域而言，其中所含的普世价值与逻辑推理，远远超出一般神学家和哲学家。何况这支"卡农"的曲子，还是卡西雅娜自己创作配上的呢！她的见识与才华，在中世纪女性诗人中，确实无人能出其右！

　　在宗教诗歌中，卡西雅娜写得最出色的，当数赞美诗。赞美诗，可说是希腊基督教最早的宗教诗形式，其历史可以追溯到公元4世纪。卡西雅娜的赞美诗多是对圣徒以及宗教节日的赞美，具有"明显的赞美和抒情性"。她的赞美诗规模有大有小，最长的赞美诗包含32节，在每周六的修道院墓地

---

① 实叉难陀译：《地藏菩萨本愿经·阎浮众生业感品第四》，《龙藏》第六二册，卷上，第六六六页。

追思会上吟唱。她的圣颂赞美诗，在礼拜仪式中都有固定位置和特定功能。比如复活节要唱她的这首赞美诗《自成一统（ἰδιόμελον），β调》：

> 奥古斯都成为世上君王时，
>
> 无数人间王国就结束了。
>
> 当你，唯一之神，道成人身时，
>
> 无数偶像之神就倒下了，
>
> 世上各城邦都归入
>
> 一个普世的王国，
>
> 世上各种族都尊奉
>
> 一个上帝的真理。
>
> 一般民众要由恺撒的法令登记，
>
> 我们虔诚，则记在神的名义里。
>
> 哦，你是我们道成人身的主，
>
> 你的慈悲伟大，光荣归于你！ [1]

而她最著名的赞美诗则是在大斋期唱的《赞歌》（τροπάριον），用的是拜占庭音乐的第四声调，人称东正教圣周音乐的最高成就：

> 主啊，感受到你的神圣，
>
> 一个罪过累累的女人
>
> 她自愿担起责任
>
> 做个送没药的人；
>
> 预算着你的葬礼日期
>
> 在深深的哀悼中

---

[1] Raffaelle Cantallera, *Poeti Bizantini*, V. primo, Milano: Casale Monferrato (AL), 1992, p.626.

把香油带到你跟前；放声悲吟：

"我遭殃了！夜晚降临我身，

就是黑暗而无月的发疯，

兽欲的发泄，罪恶的色情。

你，能把海水聚集到云中，

那就请接受我的泪如泉涌；

你哟，你神圣的虚己曾使天空俯首，

那就请俯身向我，听我忏悔的心声。

我将吻净你完美无缺的双足，

用我一卷卷头发把它擦净；

这双脚，夏娃在乐园的黄昏，

听到它的足音，竟吓得躲起来。

谁算得清我众多的罪行

或是你审判的深沉，

我灵魂的救主哟？

请别忽略你的婢女我呀，

你的慈悲是浩瀚无垠。"[①]

　　这首赞美诗用了《路加福音》第七章中风尘女子玛丽亚·抹大拉的故事，也用到腓立比书中使徒保罗对耶稣"虚己"（也译"自我排空"或"倒空自己"，其意就是彻底的"虚怀若谷"）的赞美，而其大旨则是鼓励人类自我忏悔，以求救赎。这样的选材和视角，是卡西雅娜的开创。之所以用抹大拉的典故，则是因为千百年来，妓女被视为堕落最深、罪孽最重的人。那么，既然妓女都知道忏悔，其他人还有什么自鸣得意的资格呢？并且，倘

---

① Spyros P. Panagopoulos, "Kassia: A female hymnographer of 9th centure Byzantium and her hymnographie poem on the Vesper of Holy Tuesday", *De Medio Aevo 7* (2015/1), p.120.

若人尽可夫的妓女一旦忏悔也能得救，人间还有什么罪孽是上帝不能宽恕的呢？重要的在于自我忏悔和信任基督，而无须皈依人间什么圣人。16世纪，马丁·路德打起宗教改革的大旗，喊出"因信称义"的口号，否定教皇代表上帝的资格，揭开近代宗教与社会改革的新纪元。其实早在七百余年前，卡西雅娜此诗已透出这种主张！

　　这首诗的艺术也极值得称赞。它是由两个场景和四位女性的言行构成。第一个场景是女诗人向耶稣基督引荐那忏悔的女子。其引荐的语气极其得体，首先说明这女子是感受到主的神圣，诚心而来的，为主接受这女子的祈祷做了信仰上的铺垫。其次，老老实实说明这女子罪孽深重，以天使的诚实赢得主的颔首。再次则禀告此女子在主的肉体生命结束之际才敢来见主，为主的遗体涂抹乳香油膏，以尽自己对主的尊崇敬爱，足见此女有自知之明以及心地诚恳。如此诚实而又慈悲、说话极其得体的引荐，肯定会得到主的恩准，但结果不必明说，没有一丝一毫居功自傲的痕迹，便直接转到忏悔女子觐见的场景。古今引荐词语，写得如此谦虚、如此简洁、如此平和而又如此动人的，大概不多，令人不禁想起拉斐尔《西斯廷圣母》中的大天使圣芭芭拉（Ἁγία Βαρβάρα）的形象，足见卡西雅娜的文字功力之深。甚至不妨说，卡西雅娜就是一位引荐天使。引荐完毕，天使就退出了，场景一转，便是此诗的主题：堕落女子的忏悔与求救。

　　于是，第二位女性登场，就是那位忏悔的女子。虽然没有点明是谁，但略通经史的人都知道，那就是玛丽亚·抹大拉，一个曾经恶名昭著的妓女。这位忏悔女子姓名的隐与显之间，既因其显而给此诗增添了历史的真实性与古老性，又因其隐而给此诗增加了现实的普适性与切身性，即此诗所言，不仅涉及抹大拉，也关乎世上每一个人。但这位风尘女子的出场，并不是以其皮肉生涯身份出现，而是以忏悔者身份出现。因此，这个女性形象，其实包含着两个女性，一个是过去的堕落者，另一个是如今的忏悔者，而以忏悔者为主，因为此诗主旨在引人忏悔。所以，我们才说，此诗有四位女性，原因就在于这位忏悔女子的双重性。

接下来，读她的忏悔。开宗明义就是一句自己对自己的当头棒喝："我遭殃了！"古往今来，看一个执迷不悟者是否已经警醒，只要看有没有这句当头棒喝就行了。若有，证明此人确实已经警醒；若没有，证明此人还在梦中！卡西雅娜对人类的执迷不悟与幡然醒悟确实洞若观火，独具只眼！再深入一步，这句"我遭殃了"不仅是对未来的警惕，也是对过去与现在的认识。一位风尘女子，未来肯定是悲惨的，但过去与现实就幸福吗？不用另找答案，她自己就说了，夜晚对于她而言，就是"兽欲的发泄"而已！这是觉醒，也是认罪。上来就直截

《玛丽亚·抹大拉》，巴尔托洛·迪·弗莱迪（Bartolo di Fredi），纽约大都会博物馆藏

了当认罪，足见忏悔的真诚。这是第二层。

但主接受不接受这忏悔，还在不可知之数。于是，通过两句歌颂请求主的接纳。一句说主能"聚海水而为云"，那么，接纳"我"这点儿泪泉，便不是额外负担，表明了造物主和他的创造物两者之间的一种无限接近。这里有对于原罪的忏悔，以及对圣子耶稣拯救人类有全身心的信奉。忏悔的风尘女子流的泪，带着内疚、悔恨和希望，融入海洋，而被耶稣升华为云，解除罪过的负担。其次，主以道成人身的圣德，可令天穹俯首顶礼，那么，祈求主垂听一下"我"这肉体凡胎的忏悔，正符合主挽救世间罪人的初衷。画家有"移步换景"之说，兵家有"步步为营"之论。此女子向主的忏悔祈祷，亦深得此法。以主之光明睿智，当然识得此等小儿科伎俩。但也正是此等小儿科

伎俩中的聪明诚恳，必然会得主之欢心，犹如童稚调笑，必得长者之莞尔。这是第三层。

接着，当然是主同意了，便恳求主允许以吻足礼，为主尽最后的服务。盖人之一身，最卑贱最艰苦者，莫过于足。支撑全身，风尘仆仆，四处奔波，何处可以离足？故世界几大宗教，莫不以吻足礼为最高礼节。施行此礼，于施礼者乃最高之顶戴；于受礼者，则为最高的认同。此女何幸，终于得到主之接纳！此为第四层。

行吻足礼时，顺便想起人类祖母夏娃。当年夏娃受魔鬼蛊惑，怂恿丈夫背主偷吃禁果。此虽为罪，但并非十恶不赦之罪。主得知此事，下降伊甸园。夏娃当时若是对主认罪忏悔，未必不会得主宽恕。只是她愚昧无知，听到主的足音，竟躲藏起来，形成人类与造物主之间的第一次断裂，使人类失去原初的忏悔机会，终至失去乐园，成为人类千古之恨。这个愚蠢的"老祖母"就是此诗中第四个女性形象。第一个接引天使和第二个忏悔女子是一组；第三个堕落女子与第四个愚昧女性是另一组。前一组是实写的形象，后一组则是虚写的形象。一实一虚，一觉醒，一愚氓，两相对照，良知未泯者当何所取舍，不是很清楚了吗？这里，卡西雅娜展示了一系列精美的圣经场景，很富于绘画美感。

最后，这位忏悔的女子再次表示自己罪孽深重，几乎在不可赦之列，但主的慈悲无限广大，求主不要"忽略"自己。何以用"忽略"一语呢？因为自己实在渺若微尘。这叫有自知之明，善颂善祷。全诗至此结束了。主是否宽恕了她呢？可能宽恕了，也可能没宽恕。我们还能否回到乐园？也许能，也许不能。让我们这些活着的"罪人"自己去想吧。此诗也就结于不结之中，深得作诗警世之法。若从遣词造句的角度看，后一场景之语言是一个忏悔的风尘女子之语言，与前面接引天使的语言迥然不同，但又同出于卡西雅娜一人之手。卡西雅娜洞彻人心，随物赋形的语言功夫，不能不令人赞叹！

这就是深刻的反省，精神的探求，静态的美，理智的诗，当然也是形象的诗。

前面说过，传说此诗中有一句"这双脚，夏娃在乐园的黄昏，听到它的足音，竟吓得躲起来"是瑟奥菲罗斯写的。瑟奥菲罗斯对卡西雅娜始终未能忘情。但他到时伊人却不见了，所以情不自禁而哭了，并在卡西雅娜的诗稿中添了这一句，其本意是想说卡西雅娜像夏娃躲避上帝一样躲避了他。等他走后，卡西雅娜从藏身之处出来，发现这一句非常适合全诗诗意，便保留下来。中国有"文章自天成，妙手偶得之"的说法。这个传说如果属实，那就是"伤心偶得之"了，倒不失为文坛一段佳话。

过去曾有一说，即卡西雅娜这首赞歌是受了"七忏悔诗"的影响。所谓"七忏悔诗"是历代教会从《圣经·诗篇》中选出的七首诗，包括第6、32、38、51、102、130和143篇，表示各种忏悔之意。但是，比较下来，虽然七忏悔诗与卡西雅娜的赞歌都有忏悔之意，但那只是基督教共同的主题，而非直接的继承效法。卡西雅娜的赞歌主旨更崇高，思考更深沉，比如对夏娃错误的思索就与七忏悔诗显然不同。至于诗歌的结构，就更加复杂，心理描写更加精细，也更加灵动。七忏悔诗的作者都是男性，他们习惯从宏观角度歌颂神，而无法触及女性信徒敏感纤细的内心；他们惯于使用象征寓意的手法，因而作品比较晦涩，不像卡西雅娜把对神的爱，勇敢地体现在一名具体的女性身上。卡西雅娜的诗不仅一改基督教常常藐视女性的传统，而且把女性改恶从善的决心与毅力写得胜过须眉。所以，从主题而言，说七忏悔诗对卡西雅娜有所影响，当然可以，但就诗意的崇高和诗艺的精致娴熟而言，七忏悔诗的影响就微乎其微了。

除了宗教诗歌，卡西雅娜还写了不少铭体诗。古希腊的铭体诗一般很短，但拜占庭的铭体诗有时很长。卡西雅娜的铭体诗一般有1—4行，每行12音节，句法和结构则由内容决定。她的铭体诗就内容而言，多是愤世嫉俗的格言警句。比如说《蠢材》三首：

69.

蠢材一般没药好医，

除了死，无可救治。

蠢材受尊敬对众人就作威作福，

若再受赞扬，就更加厚颜无耻。

就像大柱子不会弯腰，

愚蠢的人叫你无计可施。

71.

蠢材有知——蠢上加蠢！

73.

蠢材插手科学就够吓人啦，

若是插手荣誉更十分可怕，

而年轻蠢材，再加是当权者——

唉，哎呀；哦哟，唉，啊！ [①]

第71首真有振聋发聩之力。一般认为，蠢材若受点儿教育，学点儿知识，当不会再蠢了。但卡西雅娜告诉我们：蠢材若有点儿知识，会蠢上加蠢，更加可怕。千百年来，这种蠢上加蠢的事还少吗？第73首的结尾尤其巧妙，一连串的感叹语，说明有权有势的蠢材真叫人"无计可施"！这比其他的文字说明内涵更丰富深沉，留给读者异常广阔的想象空间。卡西雅娜另一些铭体诗则凝聚着人生的宝贵经验，也举三首为例：

16.

要爱一切人，但别信一切人。

32.

别求富，可也别找穷——

① E. Э.Липщиц, *К Вопросу Светских Течениях В Визатийской Культуле IX В.(Кассия)*, BB. T. IV, c.138.

一个蔑视智慧和知识；

另一个是无尽的屈辱。

128.

女性容光焕发，恶尚有节制，

因为美到底还能予人以安慰

但女性若再加上没教养，

那就完全是苦命，恶命。①

第 32 首尤其精辟。基督教要人安贫乐道。卡西雅娜却告诉人，贫富都是可怕的。土豪无知傲慢，这尽人皆知。但贫穷却要忍受无尽的屈辱。这话只有卡西雅娜敢说，也只有她能说。第 128 首对女性的命运寄予深切的同情与忠告，尤其其中的"苦命""恶命"二语，对于女性是兼指人我双方而言，即，没有教养的女性，既给自己带来痛苦，也给他人带来痛苦。所以，这种女性就是人间的"苦命""恶命"的化身。语重心长，晨钟暮鼓，闻者足戒。有时，她的格言诗就像连珠炮。她有以"恨"字开头的格言诗数十首，今举十首为例：

45. 我恨凶手议论二愣子。

46. 我恨色狼胡说女人淫。

47. 我恨蠢材偏爱谈哲理。

50. 我恨该说话时装哑巴。

52. 我恨啥也不懂装聪明。

87. 我恨法官死死盯着人。

88. 我恨富翁自叹穷。

89. 我恨穷人爱夸富。

101. 我恨左右逢源八面玲珑者。

---

① BB. T. IV, cc.136, 143, 139.

> 106. 我恨与人为敌者，
> 因为他们不爱神。①

一个恨字，滔滔汩汩，一气而下，若长江大河，势莫能当！每一行格言诗都揭露人世间一种败德恶行：凶残、淫邪、愚蠢、贪婪、虚荣、陷民于罪、装聋作哑、不懂装懂、与人为敌。态度斩钉截铁，语气非常犀利。而这揭露更有一个特点，即每一种败德恶行，又加上其自吹自擂的虚伪嘴脸，成了双重的邪恶与无耻，于是令人更加恶心。这样的格言诗，置诸世界一流的铭体诗之列，应当毫无愧色！

卡西雅娜的格言诗和铭体诗，若从所谓"现实主义"的角度看，似乎视野不够开阔，诗材也不够具体，用王国维先生的话说，即"阅世不深"。这原因容易理解。她出生于簪缨之家，钟鸣鼎食，除了传说的因宗教信仰挨过鞭子，一生没受过什么贫困煎熬。如果"秀女选"传说属实，那么她出家为尼之时，也不到 20 岁，从此便隐居修道院，与世无争。这样的人，当然阅世不会深。与李后主"生于深宫之中，长于妇人之手"是殊途同归，属于观堂先生所说的"主观之诗人"。但也正因为是这种纯洁的"主观之诗人"，因而其诗歌同样是以血书写而成，同样具有担荷世人罪过之感，加上她的真诚直率，无所畏惧，令人不能不感动钦佩。

卡西雅娜不愧为拜占庭第一女诗人，也堪称中世纪世界第一流的女诗人。尤其在妇女地位极其低下的农耕文化时代，除了少数男性化的女道德家拼命争当男性的应声虫以外，全世界绝大多数女性都沉默无语，卡西雅娜却以其无畏的勇气和绝代的才华，唱出了女性的崇高，抨击了人间的不义，说她是中世纪世界第一女诗人，似乎也不为过。可以说，不知道卡西雅娜，就不知道拜占庭的女性，也不知道中世纪世界女性诗歌。卡西雅娜在世界文学史上必将永垂不朽！

---

① BB. T. IV, cc.140–141.

第三章

9 世纪下半叶—13 世纪初
拜占庭文学

第一节 概况

从 9 世纪下半叶到 13 世纪初约 350 年的时期，被史学界称为拜占庭封建主义彻底形成和繁荣时期，其界限极其明显：以 843 年君士坦丁堡普世大会圣像崇拜确立始，至 1204 年君士坦丁堡被十字军占领终。这段时期，拜占庭经历了两次政治和文化高潮，中间有数十年的衰落。

第一次高潮从马其顿王朝（877—1075 年）开始，到 11 世纪上半叶；第二次高潮发生在孔穆宁诺斯王朝（1081—1185 年），贯穿整个 12 世纪。

一、马其顿王朝时期的文学

1. 马其顿王朝时期的历史背景

在阿莫利翁王朝（Δυναστεία των Ἀμόριον，又称弗里吉亚王朝 [Δυναστεία των Φρυγία]）和马其顿王朝（Δυναστεία των Μακεδών），文化繁荣的苗头在圣像破坏运动时期已有显示，但大转折则是圣像崇拜的复兴。其内部政治背景，是世俗政权与宗教权力的妥协；外部政治背景，是在与阿拉伯世界的对抗中，拜占庭国力稳固了；其观念和文化背景，则是希腊正教战胜了渗入拜占庭的东方因素。

但席卷全帝国、延续百年之久的圣像破坏运动，不可能毫无痕迹就过去了。就学术而言，其影响在于确立了论战的方法，而这又与利用古典遗产相关；就艺术而言，则表现为唯灵论原则得到强化，宫廷艺术与民间创作泾渭分明。

这一切倾向都在马其顿王朝掌权伊始的经济政治高潮中找到了适合的土壤。皇帝权力和教会权力的妥协写进了法典，以法律形式肯定了这种政治倾向。这是巴西雷奥斯一世，以及他儿子"大智"莱翁六世统治的显著特点。

圣像破坏运动过后，拜占庭社会结构发生了深刻变化。从 9 世纪开始，外省封建贵族的影响有了本质上的增长。宫廷贵族和宗教高僧，这下碰到了真正的对手。为数众多的外省名门望族拥有大片地产，散居帝国全境。后来几个王朝，都是从其中产生的。宫廷贵族和宗教高僧为一方，外省军事贵族为另一方，两大社会集团争权夺利的斗争，从此成为拜占庭帝国全部历史的标志，直至它衰亡。

早在 9 世纪中叶，外省贵族就取得了重大的胜利：伊扫隆王朝（Δυναστεία των Ισαύρων）末帝"醉鬼"米哈伊尔三世时的恺撒（共治帝）、摄政王巴尔达斯（Βάρδας）以及宗主教缶提奥斯就是他们的党羽。但 867 年的改朝换代表明，行政权依然掌握在宫廷集团手里。正是在他们支持下，马其顿农夫巴西雷奥斯成功夺取了王位；巴尔达斯被杀，缶提奥斯被流放。巴西雷奥斯一世想通过最大限度的集权以巩固国势。

9 世纪最后 25 年，城市手工业和商业活跃起来，建筑和装饰艺术随之繁荣。城市凭借自己的文化优势与修道院竞争，结果世俗教育得到发展，对书籍的需求增加了。因此，原来字大疏朗的安色尔字体，由于制作价格昂贵和缺乏羊皮纸，在 9 世纪初，就被微型字体取代了。

君士坦丁堡大学经过两个世纪的中断，又由皇帝瑟奥菲罗斯重新在大王宫（Μέγα Παλάτιον）开办，再次成为知识生活和教育的中心。恺撒巴尔达斯任命当时最杰出的学者——数学家莱翁（Λέων ὁ μαθηματικός，约 790—870 年，又号"大哲"莱翁）——为大学校长。[①] 此人学识广博深湛，其藏书有柏拉图、新柏拉图派的著作，古代伟大数学家和希腊化时代诗人的著作。他设计了王宫中的照明信号，第一个以希腊字母作为代数符号。

这时拜占庭国力和文化成就也激活了周边民族的宗教活动。863 年，

---

① 本章有几个人都名为"莱翁"，且外号亦相近，容易混淆。提醒如下，敬请读者留意：莱翁六世乃皇帝，外号"大智"；莱翁·霍伊罗伐克忒斯乃其大臣；数学家莱翁，外号"大哲"，为瑟奥菲罗斯时期宫廷重臣。又，数学家"大哲"莱翁，容易和"几何学家"约安尼斯混淆。约安尼斯生活在君士坦丁七世时期，晚了约一个多世纪。

学者僧侣麦索狄奥斯（Μεθόδιος，825—885 年）和库利罗斯（Κύριλλος，827—869 年）兄弟二人受教会委托，前往摩拉维亚大公国传教。他们以希腊字母为基础，为斯拉夫民族建构了文字体系，并把新旧约全书译为斯拉夫文。这样，君士坦丁堡成了希腊—斯拉夫世界唯一的文化中心。

2. 古典文化研究的复兴

经过三个世纪的断裂，这时好古又蔚然成风。领袖都是名流，比如宗主教缶提奥斯及其学生阿雷萨斯（Άρέθας，850—932 年），还有阿雷萨斯的对手莱翁·霍伊罗伐克忒斯（Λέων Χοιροσφάκτης，850—919 年）。训诂学也复活了，诗人阔麦塔斯（Κομήτας，10 世纪）甚至专门写了一首铭体诗，点明训诂注释的重要性：

题校注荷马史诗（之一）

心胸伟大的荷马哟，阔麦塔斯发现，
　　你的书已上了年纪，便让他们恢复青春；
刮去书上古老的岁月，让他们发出
　　新的光辉，给那些内行的饱学之人。

题校注荷马史诗（之二）

　　阔麦塔斯发现份荷马手稿，
错讹甚多，没标点符号；
　　　他便认真着手校勘，
删除错讹曲解不少，
　　　正确注释加以补造。

　　　　从此为热心的传抄者，

　　　　　准备了份可信的资料。①′

　　古典文化复兴最典型的标志是宗主教缶提奥斯的启蒙活动。他是外省贵族思想家、宗教政治家，掌过权，也被流放过。他天性杂学旁收，教养极好，但并不懂也不想懂拉丁语。他坚定拥护拜占庭宗教独立，867 年，发起了东西欧教会第一次分治。

　　缶提奥斯有座巨大的图书馆，藏书中除了早期基督教文献，还有大量古典作品。他吸引了一批青年在家中聚会。他们不仅讨论神学问题，也讨论哲学和文学问题，在中世纪希腊文学史上，开创了文学批评之风；而在欧洲文化史上，则开创了知识分子聚会交流的先河，后来在西欧文艺复兴时期蔚为风气。

　　缶提奥斯尽管生活如疾风暴雨，却居然还有时间细致评论古代异教和基督教书籍。他的读书笔记，即所谓《万卷书库》，评点了各式各样古典散文作家的作品。其中有柏拉图和亚里士多德，有苏格拉底和德摩西尼，有希波克拉底和鲍桑尼亚斯，还有第二代智者时期（2—4 世纪）希腊小说家，如赫利奥窦罗斯，以及古代末期作家，如李班尼奥斯。他的探讨，主要集中在文学风格方面。且看他分析李班尼奥斯的风格：“这位作家的贡献，在于他为练习以及种种缘由所写的演说词中所做的研究，而不在其他。关键在于，在其他方面，过多的、毫无节制的修饰扼杀了从容不迫的——如果允许这么说——无须回应的音节的优美，并令人不知所云，这有时是由于不必要的补充，有时则由于本来就不当的删节。尽管如此，他的演说词仍是古典修辞学的尺度和支柱。”② 缶提奥斯就这样评论了 280 种各式各样的著作。但他跟他圈子的成员一样，时不时把学术研究和诗歌技巧混为一谈。

---

① Κομήτας, *Εἰς Τήν ὑπ αὐτου διωρθωμινην Ὁμήρου ποίησιν*, AG. T. V, B. XV–37, 38, p.142.

② Φότιος, *Λιβανίου ἐν τεύχεσι β λόγοι καί Ἐπιστολαι*, PG. T. CIII, col.296. R. C.

缶提奥斯的学生阿雷萨斯有诗才。他是位训诂学者、政治家，做过恺撒利亚主教。柏拉图、欧几里得、琉善和其他古典作家的孤本善本手稿能传到今日，多亏他下令抄写。这位理论家很注意早已为人抛弃的铭体诗和挽联的形式。

此时，消化和利用古典遗产，形成两种基本倾向，成为拜占庭文化直至其终结的特殊现象。缶提奥斯及其学生研究古典文化时都拥护亚里士多德。其实，早在前一时代，大马士革人约安尼斯就继承亚里士多德注释家珀弗利奥斯和阿牟尼奥斯（Ἀμμώνιος，5世纪）的传统，把亚里士多德的逻辑学和辩证法用于神学实践。缶提奥斯走的也是这条路。他认为，若要练习形式逻辑思维，古典作家的著作应该是首选材料，但绝不允许用于情感领域，因为那是属于教堂的领域。因此，他的《万卷书库》不评价古典诗歌。

莱翁·霍伊罗伐克忒斯是"大智"莱翁皇帝的宠臣、宫廷祭师（即皇帝枢密）兼外交部部长，写过一系列纯书卷气的铭体诗，如论塔兰提诺斯人阿胡塔斯[1]、论柏拉图、论亚里士多德及其诠释学、论珀弗利奥斯等。他描写"大智"莱翁婚礼的长诗充满古典怀旧情绪——皇帝的未婚妻被称为"可爱的帕涅罗帕"，即荷马史诗《奥德赛》中的女主人公，诗人则以"俄耳甫斯的竖琴歌咏她及其未婚夫"，即自命堪比希腊神话传说中的大音乐家兼诗人俄耳甫斯；他还吁请"带来光明的赫利俄斯"（日神）下凡，光临这场盛大的婚礼。[2]

他和他的同仁，如赞美诗诗人阿那斯塔修斯·蒯斯托（Ἀναστάσιος κυαίστωρ，9世纪下半叶—10世纪上半叶）研究的首先是柏拉图。他们想复活古典文化精神，复制和研究希腊抒情诗人和悲剧家的文本，对希腊音乐也感兴趣。缶提奥斯及其信徒把这类倾向看作脱离基督教的企图。阿雷萨斯在自己的小册子《霍伊罗伐克忒斯，又名恨世巫师》中攻击霍伊罗伐克忒斯，说："没法说你堕落到何等的无神论地步，你背离了圣经，甚至背离了希腊学术中你所珍视的东西——参透了智慧的纯洁语言的，都知道这一点——你

---

[1]　阿胡塔斯（Ἀρχύτας ὁ Ταραντίνος，前428—前347年），古希腊数学家、音乐家。

[2]　Лев Хиросфакт, *Два стихотворения на свадьбу императора Льва VI с Зоей Зауциной*, Сочинения, пер. с греч. комм. вступ. СТ. Т. А. Сениной, СПБ: Алетейя, 2017, cc.86–90.

却不知！”[1]意思就是说，莱翁·霍伊罗伐克忒斯背离了圣经和亚里士多德都
重视的智慧。

其实，在复兴古典文化的运动中，这敌对双方都有功劳，那就是出版大
量有注释的古典作家的手稿。10世纪的书单，对于研究古希腊文献的科学
版本而言，直至今日也未失去价值。

3. 第一次文化复兴的高潮

“紫微宫主”君士坦丁七世[2]统治时期，被后世称为“黄金时代”。史
家说，他终其一生对国家权力都很冷淡。但这并不妨碍他的勤政廉政。他
极有教养，也珍惜人才，吸引了一批学者到身边，而且庇护他们。他有
个宏大的图书馆，读过很多书，搜集过许多手稿。他首先对拜占庭历史
和文化感兴趣：他著有《军区论》（ *Περι θέματων* ）、《帝国行政论》（ *De Administrando Imperio* ），亲自参加编纂《拜占庭宫廷礼仪论》（ *De Cerimoniis Aulae Byzantine* ）。此书保存了10世纪下半叶及更早的材料，表述了拜占庭生
活和艺术中极其重视的礼仪审美观。比如其中说，皇权伊始，即帝王登基，
必须有“必要的韵律和程序”装潢，才能真正反映上帝创造的宇宙和谐的运
动。[3]直至今日，此书仍被视为珍贵的历史资料。

---

① Хиросфакт, *сочинения*, *Приложение II*, Т. А. Сенина, СПБ: Алетейя, 2017, c.245.

② 马其顿王朝第二代皇帝“大智”莱翁六世生前与先后逝世的三位皇后均未能育子，不得已与
外省军事贵族女子“黑眼睛的”邹埃（ Ζωή ）结婚，生君士坦丁七世。但这次婚姻受到君士坦
丁堡宗主教尼阔劳斯一世（ Νικόλαος Α΄ Μυστικός，852—925年）的反对，未能成为合法婚
姻。因而，君士坦丁七世的皇位继承权也长期未得到承认。但他确实生于皇宫紫色产室，故
其名字之后，缀以“ὁ Πορφυρογέννητος”（紫色产宫出生）一词，明其确实是皇族血统。国外
学者翻译君士坦丁七世之名，均以音译，盖其读音均可表示“紫色”。汉语若以音译，将令人
不知所云，故译为“紫微宫主”，则汉语读者可豁然开朗。又因“紫色产宫出生”之缀语，一
如人之别号，意译并不妨碍本名。君士坦丁七世长期未得主政，由宗主教尼阔劳斯一世监国。
后来，其母邹埃联合军阀罗曼诺斯一世，打败尼阔劳斯一世，入主宫廷。但罗曼诺斯一世也
觊觎帝位，任命其二子身居要职。教俗贵族共同起而反对，拥立君士坦丁七世，其“紫微宫
主”之别号，则是号召的旗帜。而其时他已年届四十了。

③ Κωνσταντίνος Ζ΄, *De Cerimoniis*, PG. T. CXII, col.73L., 76.R., 77L., 80.R.

君士坦丁七世时，还有根据古典资料编写的大量范围广泛的目录学著作。其中最重要的是古代农业著作大全《农事》，以及百科全书辞典《搜逸达斯》。此书内容的时间跨度从古代直至圣像破坏运动前的拜占庭。

这段时期的文学作品中，语法学家君士坦丁·凯法拉斯（Κωνσταντίνος Κεφαλᾶς，10世纪）所编的古代和拜占庭铭体诗集占有特殊地位。这部诗集唯一的稿本保存在德国海德堡帕拉亭图书馆，因此名为《帕拉亭文献集》（Ἀνθολογία διαφόρων ἐπιγραμμάτων；Antologia Palatina）。凯法拉斯不仅收集前代铭体诗，如麦勒阿格罗斯（Μελέαγρος）、菲利珀斯（Φίλιππος της Θεσσαλονίκης）、阿噶希亚斯①等人编辑的作品，也收集同时代人的墓志铭和诗歌，如伊格纳提奥斯执事、阔麦塔斯、罗德岛的君士坦丁（Κωνσταντίνος της Ρόδου，870/880—931年）的作品，他真正的功劳就在于此。今存《帕拉亭文献集》收诗约3700首，分5部15卷。卷1为基督教铭体诗；卷2收科普特诗人赫里斯托窦罗斯的咏物诗150首；卷3收库兹阔斯教堂勒石诗，以及19首母子恋的神话诗；卷4收麦勒阿格罗斯、菲利珀斯和阿噶希亚斯3人的诗选与前言；卷5为上古情诗；卷6为上古颂神诗；卷7为上古墓志铭；卷8为纳齐安泽诺斯的格列高利奥斯的铭体诗；卷9为上古纪事颂神诗；卷10为上古教谕诗；卷11为上古即兴诗与讽刺诗；卷12为前2世纪萨德翁诗人斯特拉同（Στράτων ὁ εκ Σάρδεων）的"咏儿童"诗；卷13为各种格律的铭体诗；卷14为上古神谕诗与谜语诗；卷15为各类杂诗。此作堪称上古与中古希腊铭体诗之渊薮，其文献价值与艺术价值至伟无疑。

君士坦丁七世时，世俗倾向在君士坦丁堡大学很兴盛，除传统三学科（哲学、文法和修辞学）以外，增加了四门学科：算术、几何、天文和音乐。

---

① 麦勒阿格罗斯（约前140—前70年），希腊诗人，生于叙利亚加达尔城，曾模仿前3世纪下半叶加达尔诗人麦尼珀斯风格写过讽刺诗，今已佚。尚存130首铭体诗，均言情之作，风格精致优雅。公元前70—前60年曾编铭体诗集。菲利珀斯亦为希腊诗人，公元前60年编过铭体诗集。阿噶希亚斯为5世纪拜占庭大诗人，本书第一章有专节介绍。

4. 人文主义理性的萌芽

君士坦丁七世以后的皇帝，已达不到这样高的水平。三位军阀皇帝尼克佛罗斯二世缶卡斯（Νικηφόρος Β' Φωκᾶς，912—969 年）、约安尼斯·茨米斯克斯（Ἰωάννης Α' Τσιμισκής，925—976 年）和"保加利亚人屠"巴西雷奥斯二世（Βασίλειος Β' ὁ Βουλγαροκτόνος，958—1025 年）[1]都轻视文化。尼克佛罗斯二世缶卡斯从 963 年登基起就开始残酷的宫廷阴谋斗争，同时也对外发起旷日持久的战争。但只有巴西雷奥斯二世成功地顶住了外来威胁。11 世纪前半叶，君士坦丁堡的大学生活消沉，除了修道院学术机构以外，教育集中在首都的私立学校里。这些学校只教贵族和知识分子的孩子，思想则受古典崇拜者约安尼斯·尤克塞塔主教影响。

君士坦丁堡大学的第二次繁荣是在 11 世纪中叶，君士坦丁九世朝代。从 11 世纪下半叶起，神秘主义浪潮低落了，拜占庭文化的世俗倾向却高涨起来，激起比缶提奥斯时代更全面的好古高潮。当时，"哲学泰斗"（ὕπατος）米哈伊尔·普瑟罗斯主持哲学系，法学系则是约安尼斯七世克希菲利诺斯（Ἰωάννης Η' Ξιφιλίνος，1005—1075 年）。

普瑟罗斯是著名哲学家、修辞学家、历史家、政治家、外交家、历经八位皇帝的百科全书式学者，马其顿王朝最重要的文化人。他是新型学者，跟过去的书袋子们不同。他创造性地接受整个古典文化，不仅直接消化古典哲学，甚至为实用目的，研究古典艺术语言技巧。他在一封致友人书信中说："如果充满荣光并不止一次被歌颂的希腊，诞生过马拉松战士、菲利浦人和亚历山大人的希腊，还值不得你注意，那么，世上还有什么能满足你呢？"（第 26 信）足见他对古希腊文化的重视。他开创的中世纪希腊文化时期，就历史时间而言，仿佛是连接两次拜占庭"复兴"的环节——他逝于马其顿王朝末年（1077 年），4 年后，另一次"复兴"的孔穆宁诺斯王朝开始。他是

---

[1] 巴西雷奥斯二世曾击败保加利亚人，将俘虏分为每百人一组，每组之中，只给一人留下一只眼睛领路，其余人通通刺瞎双眼，在独眼人带领下返回保加利亚。因此他得了"保加利亚人屠"这个绰号。

一位惊人的全才，兴趣之广在拜占庭前无古人：神学、法学、医学、农学、宇宙、音乐、哲学、历史，应有尽有，诗歌领域他也当仁不让。

就文化史和哲学史而言，普瑟罗斯的学术研究中最重要的是，他企图革新新柏拉图主义传统，并对形式逻辑三段论进行确切的推演。他多年钻研希腊各派哲学，激发了对数学与逻辑的热情。这正是他的理性主义的基础。当然，除了理性观念，他也有神学的、神秘主义的甚至迷信的观念。但理性主义显然占上风。他断言，即使是超出直观和理性认识界限之外的东西，借助数学也是可以认识的；基本科学方法，就是几何学证明方法；按照几何形象，可以构建无穷无尽的逻辑证明链条，用以证明任何抽象的，乃至永恒存在的世界。他说，大自然的存在与运行，是神无处不在并引导万有的象征，而理智可以理解大自然，于是，世间就没有超自然的现象。这样，就打破了宗教的神秘主义观念。

10—11世纪，拜占庭理性主义更热烈的信徒，则是普瑟罗斯的嫡传弟子约安尼斯·意塔罗斯（’Ιωάννης ὁ ’Ιταλός，1025—1085年）。意塔罗斯曾在君士坦丁堡大学教授哲学课，把对古典唯心理性主义的向往，推进到直接跟基督教和教会正统派冲突的地步。据同时代人说，他十分受学生欢迎，后来却不得不离开教席。1082年，宗教大会认定他的学说是异端，对他进行了诅咒。

意塔罗斯的传世著作大部分仍是手稿，包括修辞教材、辩证法论文、对亚里士多德某些著作的注释，以及一般哲学问答。但让意塔罗斯遭到惩罚的那些观点，只能从《赦罪录》（Συνοδικός）中得知。《赦罪录》是拜占庭教会定期发布的谴责"异端邪说"的官方文件，其中提及"异端邪说"时，一般都语焉不详，以免"谬种流传"，扩散消极影响。但对意塔罗斯却一反常规，谴责过他的那份《赦罪录》共20章，其中竟有11章提及他的罪状，足见教会对他的仇恨。其罪名如下：（1）企图重新审视道成人身的既定信条。（2）否定死后灵魂复活的信条。迷恋希腊哲学：承认新柏拉图主义的灵魂迁居理论，承认柏拉图的"理念"。（3）假定永恒的无始无终的物质的存在。（4）否定圣母和圣人产生的奇迹。（5）优先肯定人的道德价值及其相互认识的可能性。《赦罪录》甚至转述了意塔罗斯的一个论断："希腊智者和首批异端人士，即被普世大会所驱逐的一族，在末日审判时，比起那些虽然虔诚坚信，但由于人欲和愚昧无知而犯罪的汉子，将会优秀得多。"[①]

这些罪状说明，意塔罗斯的学说把基督的神圣超越性几乎给扒光了。

意塔罗斯的生命怎样结束的，已经不得而知。但他的影响及于 11 世纪末和 12 世纪前半期，使得宗教会议不得不限制对理性主义的研究。1117 年，他的学生——尼西亚的尤斯特拉提奥斯（Εὐστράτιος Νικαίος，1050/1060—约 1120 年）——也受到审判，罪名是篡改正统的"道成人身"学说，把基督的神性降低为人性。

但是，学术界对古典文化的向往，世俗教育的活跃，并非当时文化的主流，其实，拜占庭生活各个领域都充满了矛盾现象。甚至个别领域和个别作家的创作本身，也是矛盾的。与君士坦丁堡大学唱对台戏的，有教会高等学府——君士坦丁堡主教学园。两种教育体系免不了时不时发生冲突。

尽管隐修主义从 9 世纪下半叶逐渐失去主导作用，但在许多场合影响仍不小。10—11 世纪苦行主义出现增长之势，其代表人物就是"新神学家"苏蒙。他坚称只要恪守既定伦理规范，常常完善内心静观能力，人就可以达到精神完美的崇高境界，那时就可以直接感受神恩，接近只有直觉能达到的超然世界。苏蒙的学说是拜占庭长达千年的唯灵论哲学不可或缺的一环。当时极其流行的天梯大匠约安尼斯（7 世纪）的《天梯》一书对苏蒙影响极大，这本书寓言式地描绘了灵魂通向真正完善的三十级阶梯。但苏蒙与这位前辈有所不同，他把注意力集中在个体主义苦行之上，因此被比作使徒约翰（יוחנן）和教父神学家格列高利奥斯，由此获得"新神学家"的荣名。

尽管如此，在 11—12 世纪，他的学说并没有特别流行，隐修士们提到他已是下一百年。那时，他已被西欧接受，尤其对德国神学和埃克哈特大

---

① Ἄννης τῆς Κομνηνῆς, Ἀλεξιάδος Λόγος Ε΄, PG. T. CXXXI, col.428–450；参见 Ф. И. Успенский, *Делопроизводство па обвинению Итала в ереси*, ИРАИК, Т.2, 1897. cc.1–66。

师（Meister Eckhart）^①的神秘主义产生显著影响。苏蒙是位天才的演说家和诗人，善于吸引听众，但他的观念之激烈和独立，以及对待下属的专制，导致他与修道主义上层产生严重冲突，不得不一再更换修道院，后来更遭到流放。晚年，他在小亚细亚的波斯珀尔河畔建立了自己的修道院。

12世纪中叶发生了一场神学大辩论。起因是对教堂祈祷文的理解。大巴西雷奥斯和金口约安尼斯拟定的祈祷文中有这么一句："你是与者，也是受者；是聚者，也是散者。"有个也叫巴西雷奥斯的教堂执事布道时说，这是指耶稣基督既是为世间罪过的牺牲者，也是受牺者。此说引起一些名人的批判。批判者中有修辞学大师塞萨洛尼卡的米哈伊尔，以及主教学院的修辞学家兼使徒福音学者尼克佛罗斯·巴希拉克斯（Νικηφόρος ὁ Βασιλάκης，12世纪中叶）。他们责备巴西雷奥斯，说他这样做是把基督分成了两个化身。支持责备者的还有尼西亚的尤斯特拉提奥斯、索特利霍斯·潘透格诺斯（Σωτήριχος Παντεύγενος，1097—1157年后）、尼克佛罗斯·巴希拉克斯。他们发现祈祷文中的矛盾，便加进批判性的注释，试图理性地多方面地重新思考基督教教义，很像西欧的洛色林（Roscellinus，约1050—约1125年）和阿伯拉尔（Petrus Abaelardus，1079—1142年）。^②他们都是些学者型文学家，孜孜以求地想把异教古典文化与基督教神学调和起来，为分隔两个世界的深渊搭上一座桥梁。他们认为，牺牲只是献给圣父的。而他们的对手、执事巴西雷奥斯最主要的保护人，则是神秘主义者尼阔劳斯·麦松奈斯（Νικόλαος Μεθώνης，? —1160/1166年）。他认为，牺牲是献给上帝整体的。为解决这个问题，基辅宗主教康斯坦丁提议，1156年召开了宗教大会。会上虽然没有谴责谁是异端，但通过了一项决议，认定牺牲是献给三身一质的神的总体。还说谁若反对这项决议，将受到诅咒。会后，尼西亚的尤斯特拉提奥斯和尼克佛罗斯·巴希拉克斯都放弃了自己的见解。唯独索特利霍斯以皇帝未参加为理由，继续质

---

① 埃克哈特大师（1260—1328年），德国神学家、哲学家、神秘主义者。
② 洛色林，法国哲学家、神学家，唯名论奠基人；阿伯拉尔，法国哲学家、神学家、诗人，概念主义代表，认为知识不是由经验中产生的，而是与经验同时存在的。

疑会议决议。1157 年，又开了一次宗教会议，皇帝和许多僧俗两界高官都参加了会议。会议肯定了 1156 年会议的决议，索特利霍斯受到谴责，原定他要担任的圣索菲亚大教堂主教资格被取消，连执事也不能担任了。[①] 客观地说，这次辩论，认为基督既是牺牲者，也是受牲者的解释，才是维护了基督教一神论，维护了基督的神人二身一性统一的教义。倒是这些提出责难的学者，认为受牲者只有圣父一说，把三身一质的教义分裂了。因为按照这种说法，耶稣基督只是牺牲者，而非受牲者，则圣子便被排除于"神"的范畴之外。可以说，经过这次辩论，拜占庭的基督教教义，就更加自洽完足；作为占统治地位的思想体系，对文学艺术的内涵和思维方式当然会产生重大影响。

5. 诗歌创作的复兴与变革

拜占庭的社会文化生活的多样性，与当时文学作品形式的多样化以及本质的复杂性是相应的。文体方面，主要仍是纪传、史话、演说、碑铭、宗教和世俗诗歌。新文体虽然不多，但意义不小。不少作家修辞上模仿琉善，而外省封建贵族实力增强的后果，则是产生了军事史诗；世俗文化的传播又激活了新的、形式独特的后古典爱情传奇。

马其顿王朝"复兴"的特征充分表现在诗歌创作中。跟以前时代相比，诗歌创作堪称洋洋大观，丰富多彩。在这方面进行探索的，有阿雷萨斯、皇帝"大智"莱翁六世及其廷臣——数学家、医学家、占星家"大哲"莱翁。甚至宗主教缶提奥斯对当时宫廷颂诗的繁荣也做出了贡献。尽管他与巴西雷奥斯一世的关系不大好，而且就是在这位皇帝当政时遭到流放，但他写的诗歌三部曲中的第一部就是巴西雷奥斯一世对上帝的独白，第二部赞美诗则是教堂对巴西雷奥斯一世的独白，第三部的结尾则是对皇帝的赞词。这些赞美

---

① J. Dräseke, "Der Dialog des Soterichos Panteugenos", *Zeitshrift für wissenschaftliche Theologie*, 29, 1986, S. 224–237；参见 Бирюков Д. С, Николай Мефонский, "Полемика с латинянами и Сотирихом", *Антология восточно-христианской богословской мысли*, М., СПб: 2009, cc.341–370。

诗的艺术成就并不高：一大堆印玺式的、毫不动人的称号，用单调的阿纳克瑞翁四音步长短格诗句打扮起来——这就是这类诗歌的共同特征。值得注意的还有阿雷萨斯的诗歌，他的铭体诗作品复活了早已被人忘却的希腊对句，充满对友人和亲人真挚的悲哀。

　　阿纳克瑞翁体在缶提奥斯手里有点笨拙，在新神学家苏蒙的诗作中音韵效果却完全不同。苏蒙出身于富裕家庭，家里为他准备了仕宦的远大前程。他后来也确实成了主教团成员，但他被苦行主义理想所吸引，28 岁进了首都最大的修道院之一——斯透狄欧修道院（Μονή Στουδίου），从此走上苦行思想家之路。苏蒙鄙视世俗教育，更愿在冥思苦想中去认识神。且看他表现对神之爱的四行诗，其实表现了他对神的行为的深沉思考：

> 　　你既是熊熊之火，
> 　　　　怎么又是盈盈之水？
> 　　你烧成灰烬而愉悦，
> 　　　　怎么又慢慢燃烧？
>
> 　　你以诸神造人，
> 　　　　怎么又把黑暗引入光明？
> 　　你把凡人救出地狱，
> 　　　　怎么又让他蒙受不死？
>
> 　　你把黑暗引向光明，
> 　　　　怎么又让黑夜延长？
> 　　你光辉照耀心灵，
> 　　　　怎么又只改变我一人？
>
> 　　你与人类融为一体，

怎么又让他们成为神的子嗣？

你燃起对你的爱，

怎么不用箭又令人伤心？

你长久地容忍罪行，

怎么不立即加以惩罚？

你超越一切存在之上，

怎么又注视着人类活动？

你远远离开我们，

怎么又盯着每个人之所为？

赐给你的奴仆们以坚韧吧，

别让卑贱毁了他们！　①

他对神提出一连串的问题，姑且不论这是否对神的大不敬，因为在某些文化体系中，不要说对神提问，就是对人间的"圣人言"也不允许质疑妄议，正如孔子说的："君子有三畏：畏天命。畏大人，畏圣人之言。小人不知天命而不畏也，狎大人，而侮圣人之言。"②苏蒙的提问，看上去似乎揭示了神的道与行之间的悖论，何以还能说表现了他"对神的爱"呢？其实，这正是苏蒙的深刻之处。耶稣在《登山训众》中说：

要爱你们的仇敌，为那逼迫你们的祷告。这样就可以作你们

天父的儿子。因为他叫日头照好人，也照歹人；降雨给义人，也给

① Симеон Новый Богослов прп, *Божественные гимны*, Свергиевъ Посадъ: Типография И. И. Иванова, 1917, c.44.

② 《论语·季氏》，《论语注疏》，十三经注疏整理本，北京大学出版社 2000 年版，第 259 页。

不义的人。你们若单爱那爱你们的人，有什么赏赐呢？①

苏蒙诗中所要阐释的，正是这种"天无私覆，地无私载"的博大胸怀。他对神的爱，正是他自己所追求的这种无私的爱，但出之以询问的口气，便令此诗的震撼力量不同凡响，深入人心。再看他另一首歌颂苦行者自我忏悔的诗，使拜占庭典型的神秘主义发展到了极限，但与同时代人堆砌辞藻故作高深不同，他的诗相当朴素，明白如话，情感效果反而更强：

> 我坐在我的斗室里，
>
> 整夜整夜，整日整日。
>
> 有爱与我，无影无形
>
> 高不可测，共存共生：
>
> 超然物外，遗世独立，
>
> 但又无处不在，是物皆居，
>
> 时而如火，时而如光焰，
>
> 时而如灿烂的云霞，
>
> 最终则是太阳的光辉……②

就信仰而言，苏蒙不仅恪守隐修神秘主义传统，而且接受新柏拉图主义以及古代晚期宗教内心世界的体验传统，但就文学而言，他又疏远当时活跃的古典传统，而把普通民众的审美尺度引入诗歌，使用当时兴起的重轻格十五音节诗体，即"政治体诗"。而所谓"政治"，意即"市井民众"。这样，他的诗情真意切、楚楚动人，"老妪能解"，列入拜占庭最优秀的诗歌之列，可说当之无愧。

---

① 《马太福音》5：44、45，和合本《圣经》，中国基督教三自爱国运动委员会、中国基督教协会，2002 年印行。

② С. С. Аверинцев, *Многоценная Жемчужина*, Δυχίλιτερα, 2004, c.147.

前几代铭体诗人都志大才疏，但在 10—11 世纪之交出现了一位真正的诗人，他把传统形式与创造性的个性融而为一，这就是库里欧忒斯人约安尼斯（Ἰωάννης ὁ Κυριώτης，约 935—约 1000 年）。他精通数学，人称"几何学家"，曾任宫廷御医。尽管他暮年当了僧侣，而且当到了宗主教，但一生充满政治热情。他的创作题材与韵律都丰富多彩。他在五首圣母颂里运用了哀歌对句；其中第四首采用了回旋曲（ἡ ἀναστροφή）的形式，每个六音步诗行都以"欢呼吧"开始，类似于教堂赞美诗。还有一首规模宏大的长诗以重轻格三音步诗句写成，是献给马克西米安努斯皇帝时代神圣的大慈大悲（Παντελεήμων）殉道者的赞歌。这首长诗只保存下来一小部分。

约安尼斯的铭体抒情小诗收集为两大册：《宗教与历史杂诗》（*Carmina Varia Argumenti Sacri vel Historici*）和 99 首四音步哀歌体对句的《天堂》（*Παράδεισος*）。两册内容包括圣经插曲和格言、基督教道德评论，以及哲学思考。他见证过约安尼斯·茨米斯克斯的宫廷政变，痛恨专制。他的理想人物是军人出身的皇帝尼克弗罗斯·缶卡斯。他认为只有像缶卡斯那样的统帅，才能反思诸如俄罗斯人入侵这样的灾难。所以，他对自己心仪的英雄说："尔虽凡人，但可拯救无量数忠于基督之臣民。"古希腊文明度极高，曾繁荣一时，但约安尼斯深刻反省了其衰亡没落。他曾这样批评一个在希腊得到一块份地的拜占庭人：

> 你见过希腊，那非野蛮人的国度，
> 你自己的言行精神却成了野蛮人。①

类似的情绪浸透在抒情诗《雅典哲学家》中，因为到了中世纪，古希腊留给哲学家们的安慰，只有世界闻名的宇蜜托斯（Ὑμηττός）蜂蜜了。所以，他接受希腊化文化，并不皮相肤浅，不像一般拜占庭作家只膜拜希腊哲学家们

---

① Ἰωάννης ὁ Κυριώτης, *Εἰς τίνα κατελθόντα εἰς Ἑλλάδα καί ἀγροικισθέντα*, PG. T. CVI, col. 922. R. B.

的权威。他赞赏索福克勒斯，可谓罕见：

> 以甜蜜的词句描写痛苦，
> 索福克勒斯把悲苦和蜜完全融在一处。[1]

　　他的某些抒情诗里有神秘主义形象，类似新神学家苏蒙。其中一首艺术成就特别高，简短然而精致，描写斯透狄欧修道院入口的灯。他的生命就是在这修道院结束的。他的格言诗以古典形象体系的匀称见长：

> 生命跳板，大海深渊：苦咸，微波
> 怪物和阴暗；港湾的宁静转瞬即过。
> 要躲开大海；但恶魔对每个人都会掀起
> 俗世风雨——唉，那比天风海雨可怕得多。[2]

又如：

> 无辜的男子汉应神圣地保持三种幸福：
> 心里是纯洁；眼神是宁静谦虚；
> 娓娓的谈话中是克制。谁若做到这些，
> 他一定比里底亚的克罗伊索斯富足。[3]

　　他的对句《酒颂》堪称中世纪文字游戏典范。第一行的每个词汇，在第二行同样位置有个对应的反义词，颇像中国楹联。而其"酒壮怂人胆"的立意，与"酒壮英雄胆"大异其趣，写出酒的麻痹与兴奋作用，幽默中

---

① Ἰωάννης ὁ Κυριώτης, *Εἰς Σοφοκλέα*, PG. T. CVI, col.946. R. A–B.

② Ἰωάννης ὁ Κυριώτης, "Οτι τά ἐγ θαλασσῆ Καῖ ἐγ τω παρόγτι βιω", PG. T. CVI, col.873.L. D.

③ PG. T. CVI, col. 873. L. C. 克罗伊索斯（Κροίσος，前 595—前 546 年），里底亚最后一个国王。

透着悲哀：

> 对那些懦夫、老者、病人、乞丐和流放犯人，
> 你就是勇气、青春、健康、财富和故国家园。①

　　主教约安尼斯·尤克塞塔（毛罗珀斯）的文学创作含有拜占庭文化的两方面特点：其书信表现拜占庭文明的精致优雅，其铭体诗则体现对古典的真诚。他在一首名诗中，请求基督接受柏拉图和普鲁塔克的灵魂进天堂。这在中世纪基督教氛围中，可谓另类：

> 如果你决定挽救哪个异教徒
> 基督啊，出于你的仁慈，那就替我
> 挽救柏拉图和普鲁塔克吧！
> 须知他们两人以语言和行动
> 矢志不移地支持你的法律。
> 如果他们还不懂你是创造之神，
> 你也该对他们显示仁慈，
> 当你想挽救所有人免于死亡之时。②

　　毛罗珀斯还写过大量即兴诗、谜语，以及《新约》改编诗。但都平平。比较值得注意的，是他的文学批评诗《反失败的诗匠》、自传体诗，以及用重轻格三音步格律写成的词源词典。
　　"大哲"莱翁会写新古典主义"学术诗"，题材颇为多样。他为《蛙鼠之战》（*Βάτραχος-μῦς μάχη*）的作者琉善，以及阿尔克苏塔斯、柏拉图和亚里士

---

① R. Cantarella, *Poeti bizantini*, v.2, Milano: Casale Monferrato(AL), 1992, p.680.

② Ιωάννης Εύχάιτα, *Επίγραμμα Είς τόν Πλάτωνα καῖ Πλούταρχον*, PG. T. CXX, col. 1156. R. B–C.

多德等三位哲人所作的铭体诗，乃至为他自己的学说下定义、为珀弗利奥斯作注所写的铭体诗，都很有趣。不过，他因此遭到责备，罪名是对基督教冷漠，他赶忙写了一部长诗《大哲莱翁道歉，谨以此高扬基督，贬抑希腊》以表对基督教的忠心。[①] 由此也可以看出，基督教的思想统治对文学艺术的影响，已明显地显出负面作用。

"大哲"莱翁的学生西西里的君士坦丁（Constantine sicilianu，9 世纪）表面恪守传统框架，但其诗歌内容已远离宫廷。他用阿纳克瑞翁体写过一首哀悼海难亲人的长诗，还用了字母表藏头诗的形式。他的诗歌里还是出现了思考全人类命运的主题，对后来几十年拜占庭抒情诗的内容有所影响。

罗德岛的君士坦丁出身于公证人，后来做到"紫微宫主"君士坦丁七世的宫廷教士。他有首上千行的长诗《罗德岛阿斯克里·君士坦丁之诗》（Στίχοι Κωνσταντίνου ἀσηκρίτη τοῦ ῾Ροδίου），属于拜占庭的"咏物诗"之列，歌颂正教世界的首都君士坦丁堡及其无与伦比的教堂、光宗耀祖的仙境。当然也歌颂了"学者皇帝"君士坦丁七世的天才和仁慈。不过，这位诗人描写城市美之后，忍不住大骂希腊人粗鲁，说希腊艺术只配给儿童玩耍——在他看来，正是为给儿童开心，君士坦丁大帝才把希腊雕塑引入首都。他对荷马评价十分之低，称之为"无赖"（θράσος）[②]。他用铭体诗公开攻击莱翁·霍伊罗伐克忒斯，还模仿阿里斯托芬风格，给人家取了恶毒而古怪的绰号。

10 世纪中叶另一个宫廷诗人瑟奥多修斯执事（Θεοδόσιος ὁ Διάκονος，10 世纪），在规模宏大的长诗《占领克里特》（Ἅλωσις Κρήτης）中，跟《伊利亚特》和《奥德赛》展开论战。按瑟奥多修斯之见，荷马编的是些幼稚可笑的故事，阿开亚人一点儿也不伟大，而是低贱，他们的领袖软弱无能，他们的功勋被夸大了，就连特洛亚战争这个题材也不足挂齿。但这位诗人自相矛

---

① *Απολογια Λέοντος Φιλοσόφου Καθ᾽ήν Χριστόν Μὲν Σέβει, Τα Ελλήνων Δε Φαυλίζει*, PG. T. CVII, col.659–664.

② Constantine of Rhodes, *On Constantinople and the Church of the Holy Apostles*, ed. Liz James, With a new edition of the Greek text by Ioannis Vassis, lines.133, 171.

盾，写到自己的主人公军人出身的皇帝尼克佛罗斯·缶卡斯时，却毫不吝惜赋予他一堆荷马式的称号。

马其顿王朝最后一位大诗人是穆提莱奈人赫利斯托佛罗斯。他身经四个皇帝：罗曼诺斯三世阿古罗斯（Ρωμανός Γ΄ Αργυρός，968—1034 年），米哈伊尔四世帕弗拉恭（Μιχαήλ Δ΄ Παφλαγών，1010—1041 年），米哈伊尔五世卡拉法忒斯（Μιχαήλ Ε΄ Καλαφάτης，1015—1042 年），以及"角斗士"君士坦丁九世（Κωνσταντίνος Θ΄ Μονομάχος，1000—1055 年）。他的生平细节已不得而知。但传世手稿中的称号和职务显示，他出身于贵族家庭，有过执政官称号，后来是主教，当过皇帝秘书，被任命为帕弗拉果尼亚法官。他的经历复杂，为他提供了丰富多彩的创作材料，也使他运用的文体和韵律丰富多彩。他的创作反映了那惊慌紧张的时代：上述四个皇帝，有两个死于暴力。比较有创造性的是他的讽刺诗。其中写到刚愎自用的官吏、食言自肥的僧侣、书写差劲的文法教师、失手的车夫和戴绿帽子的丈夫。他写过一个同僚克塞洛斯的巴西辽斯，此人当过"福海"地区总督，走后却留下一片沙漠。他甚至挖苦啃坏他的书的老鼠以及妨碍他睡觉的猫头鹰。还有一首诗，挖苦一位圣物收藏家居然收藏得有成套的圣徒遗骨和遗物：

> 流言蜚语——人们的胡说八道，
> 正在平息，但流言也有真理——
> 说是公正的父啊，当卖家向你
> 推荐圣徒可敬的遗骨，
> 你似乎高兴到了极点；
> 又说你所有的百宝箱都装满了
> 还常常打开——给朋友们看
> 圣普罗阔比奥斯的手（一打），
> 瑟奥多罗斯的脚踝（算来竟有七个），
> 涅斯托留斯的下巴是二十，

再加格奥尔基奥斯的下巴八个。[①]

古往今来的古董骗子们，都可以来这里照照镜子，或是学学吹牛皮的技巧！透过人类种种命运，他看到同一种尘土，亚当的子孙们来自这种尘土，也归于这种尘土。因此，他常常感叹生活无常，人间不平，幸福虚幻。但是，这位怀疑主义诗人绝不与教会发生冲突，甚至为教堂题材和奴才主义做出了贡献。他有些抒情诗，尤其是铭体诗，照例遵循着既定的模板而写，描写典范的教堂节日、圣经和福音书的故事。

最能表现其才华的，是其对自然和生活现象，比如时间、雪花、彩虹精炼的描写。他喜欢描写艺术品，比如大赛场的青铜马雕、描绘40位殉道者的绘画、地毯上复杂的刺绣图案，等等。这类诗歌常常提及古代神话和工艺形象。他赞赏蜘蛛网建筑技艺，在描写一幅有十二生肖符号的地毯时，把女工比作海伦（Ἑλένη）和帕涅罗帕（Πηνελόπη），还提到阿基米德（Ἀρχιμήδης）、塔兰提诺斯人阿胡塔斯[②]和欧几里得（Εὐκλείδης）。有的绘画，被他比作伟大的希腊艺术家——菲狄亚斯（Φειδίας）、帕拉修斯（Παρράσιος）、珀吕克雷托斯（Πολύκλειτος）[③]的作品。这些都显示，他对希腊古典文学以及希腊化科学的修养根底很深厚。但是，他给妹妹写的墓志铭中，写到丧葬仪式时，又把多神教习俗描绘成"对灵魂一无好处"的怪物。在这位中世纪诗人心中，基督教礼拜的象征意义仍然是神圣不可侵犯的。

整体而言，赫利斯托佛罗斯的创作属于下一个时代，属于12世纪，那个世纪产生了许多视野开阔的诗人，比如瑟奥多罗斯·普罗卓莫斯。

[①]　G. Soyter, *Griechischer Humor*, Berlin: Akademie–Verlag, 1959, s.92.

[②]　阿基米德（约前287—约前212年），古希腊数学家、物理学家、天文学家。阿胡塔斯（前428—前347年），古希腊哲学家、战略学家、数学家、工程师。

[③]　菲狄亚斯（前500—前430年），古希腊雕塑大师。帕拉修斯（前5世纪），古希腊大画家。珀吕克雷托斯（前5世纪），古希腊青铜雕塑家。

马其顿王朝时代，与"高雅"作家相对立的，是那些半文盲式的，甚至不学无术的普通修道士，以及各种世俗居民群众。市民、农夫和士兵们附庸风雅，照例是从教堂布道学来的，因此，神学和伦理被绝对化了，基督教神话跟异教迷信古董时时混为一谈。传世拜占庭手稿中，保存着数量众多、显然流传很广的判词和咒语。从文学角度看，咒语可称为口占的演说词或打油诗，通俗易懂，有韵，便于记忆重复。其语言只有很小一部分古典词汇，但不标准，绝大部分是民众口语。据说借助这些神术，不仅可以消灾免病，还能防止小偷进屋，教会奶娃娃掌握大学问，改变老婆的愚蠢，等等。这种作品赞扬的人物，据说能根除一切邪恶，有时是以莫名其妙的组合形象出现。除了基督和圣母，经常提到的旧约和新约的人名有所罗门（Σολωμών）、摩西（Μωυσής）、彭提奥斯·皮拉托斯（Ποντίος Πιλάτος）[①]、使徒，也有教会教父——恺撒利亚的巴西雷奥斯、金口约安尼斯等。总体而言，这种文学虽然难登大雅之堂，但在民间确实如鱼得水，而且与拜占庭文学另一重大现象有关，那就是军事题材作品的产生。

6. 中世纪欧洲英雄歌谣与史诗的奠基

9—10 世纪对阿拉伯人成功的征伐，是在约安尼斯·寇尔寇阿斯（Ἰωάννης Κουρκούας，900—946 年）、尼克佛罗斯·缶卡斯、约安尼斯·茨米斯克斯治下取得的，夺得了克里特、塞浦路斯、基里基亚，以及叙利亚和巴勒斯坦一系列省区，这成为巩固边疆戍区（θέμα）的动力。这些地区驻扎着享有特权的军人，即所谓"阿克瑞忒斯"。歌咏阿克瑞忒斯们的军歌出现了，长期以口头形式流传。这些歌曲没能博得有教养的拜占庭阶层的青睐。阿雷萨斯曾轻蔑地说，"这些叫花子和骗子——该死的帕弗拉果尼亚人，编些小曲，吹嘘勇士和好汉的功勋，为了俩小钱（ὀβολός），挨家挨户去唱"[②]

---

① 彭提奥斯·皮拉托斯（26/27—36/37 年），罗马帝国犹太省总督，主持判处耶稣死刑。

② A. Я. Сыркин, *Византийская Эпическая Поэма*, Дигенис Акрит, Москва: Наука, 1960, c.156.

但就是在这些谣曲的基础上，产生了拜占庭史诗的纪念碑式作品。这就是用十五音节"政治体诗"写成的谣曲《阿牟莱之歌》和大史诗《狄格奈斯·阿克瑞忒斯》。两部作品都是歌颂拜占庭贵族青年。他们仪表堂堂，力大无穷，足智多谋，道德高尚，有"慨当以慷"的情怀，也有"天下归心"[1]的丰功伟烈。

14—15世纪手稿中保存下来的歌谣《阿牟莱之歌》就是中世纪希腊"英雄歌谣"。其情节简而言之如下：勇士阿牟莱之子、年轻的阿牟莱（父子同名），被阿拉伯人奴役了20年。他请求母亲放他"走"。他接受母亲的考验，掰弯父亲留下的矛枪，证明自己有力，然后骑上父亲留下的马上路了。过幼发拉底河时，他看见一支萨拉森人队伍。出于勇士的荣誉感，他没有进行偷袭：

> 年轻人想了想，说：
> "我不打手无寸铁的人，不然人家会说，
> 我抓了手无寸铁的人，那就没脸了。"
> 他就大声吼道，尽可能地大声吼道：
> "去找武器，萨拉森脏狗们，
> 快点穿上铠甲，快点套好马，
> 别再磨蹭打主意：在你们面前的
> 是阿牟莱，阿牟莱之子阿牟莱斗士！"

接下来，战斗就以英雄谣曲常见的方式展开：

> 他从银剑鞘里抽出宝剑，
> 扔到天上，又接在手中，

---

[1] 曹操：《短歌行》，《曹操集》上册，中华书局1974年版，第8页。

……

> 他潇洒地投入战斗，这孤胆英雄，
>
> 摧垮两翼，策马直冲中路。
>
> 他以慈悲太阳王和太阳王之母发誓，
>
> 从黎明到黎明一整天，他把他们杀到河上，
>
> 从黎明到黎明一整夜，他把他们杀到河下：
>
> 有的劈了，有的刺穿，一个也没活下来。①

年轻的阿牟莱就这样消灭了埃米尔的整整一支军队；但有一个萨拉森人居然躲起来，偷了英雄的马和棍，逃回去见到埃米尔。受尽折磨的阿牟莱爸爸看见马和棍，不禁为儿子担忧。殊不知，他儿子那时已追到叙利亚。这个逃得狗命的萨拉森人讲了发生的事；埃米尔听后，就放了做父亲的，并向做儿子的求和，还把自己的女儿许配给他。这支英雄颂不长（201 行），但英雄情调表达得很完整。它的历史象征意义，除了儿子为父雪耻，就是表现了破天荒初胜阿拉伯人的兴奋情绪。

大史诗《狄格奈斯·阿克瑞忒斯》有多种传世版本。一般以按学术性史诗标准加工而成的作品为主。"狄格奈斯"的希腊语意为"混血儿"，表明其出身与东方有关：他是一个希腊女子和因爱而皈依基督教受洗的埃米尔的儿子。按照勇士传统，狄格奈斯童年就创造了丰功伟绩：徒手掐死一头母熊，打断一头公熊的脊梁骨，一剑砍下狮子的头。长大后，他独自一人与一伙名震遐迩的希腊山强盗厮杀。他也凭短剑给自己找到了一个未婚妻。婚后，由于珍视自己的独立，他远走帝国边疆，当上了"阿克瑞忒斯"（戍边屯垦军人）。

皇帝有次召见狄格奈斯，但他婉言谢绝了传召，只同意由一位王室近侍跟他谈判。但那人颟顸，谈判方式不当，遭到狄格奈斯的拒绝。这就可能导

---

① Roilos, *Του Αρμούρη*, Guy Smoot, Modern Greek Oral Literature, May 2010, σσ.68–75, 81–82, 85–90.

致决裂。皇帝担心国土分裂，人口减少，只好纡尊屈贵，亲自来见他，共商国是。然后，便轮到描写他的功勋，以及相当粗鲁的色情插曲。这些地方颇像古希腊英雄赫拉克勒斯。但与赫拉克勒斯不同的是，狄格奈斯是基督教徒，因此，每次行为不轨之后，他都会有犯罪感。这虽与东方英雄"不近女色"相去甚远，但显示了他活生生的人性。然后是写他宏伟的宫廷，其中修辞之老到，堪称典范。最后就是叙述他的双亲之死，以及他自己和妻子之死。

《狄格奈斯·阿克瑞忒斯》的情节，与《一千零一夜》中奥马尔·伊本·安–海默的阿拉伯故事，与土耳其史诗《赛义德·巴塔尔》、波斯史诗《鲁斯特姆与左拉巴》、亚美尼亚史诗《达维德·萨松斯基》以及其他中世纪史诗，有各种平行对应关系。史诗主人公的许多特点、与主题相应的情节动机，也是当时流行的，比如与敌人单打独斗、妹妹被绑架、弟兄们寻找妹妹等。但就文学欣赏而言，没有必要去追究孰先孰后，谁影响了谁。因为它们都表现了文化环境的近似：冲突地区动荡不安的生活，造成双方边境民众之间的敌对关系和苦难。但民众的兴趣很少囿于国家和信仰的界限，他们之间完全一致的是追求幸福的愿望，《狄格奈斯·阿克瑞忒斯》中对各种宗教信仰的宽容态度盖源于此。

两种文化——正教的与穆斯林的——并非势不两立，反倒是相互影响，相互补充，有时令人忘记了天生的敌意。这正是狄格奈斯史诗最为鼓舞人心的观念之一。这在世界文学中，可谓绝无仅有！所以，在狄格奈斯的葬礼上，汇集了四面八方不同种族的人，尤其是颇具"外邦"之感的小亚细亚及其以东的人。

可以说，这部史诗是欧洲一系列封建英雄史诗的开山之作。早在12、13世纪，在西欧便有了回声，那就是弗兰德斯史诗。文艺复兴初期，此诗由希腊传入意大利。欧洲15世纪前后的英雄史诗，都有模仿它的痕迹，但若论心胸之开阔，与它相比则弗如远甚。在希腊本土，阿克瑞忒斯的形象至今仍活在人民心中。对于这部史诗，本书将有专节介绍。

在教谕性文学中，11世纪有部里程碑式作品《兵法》。这部作品的作者是一个叫凯考门诺斯（Κεκαυμένος，约1020—1081年）的人，他出身贵族，是个职业军人。这部著作宣传了《狄格奈斯·阿克瑞忒斯》中同样的伦理标准。但是，《兵法》并没有停留在军人阶层的伦理中，而是描写了人在各种生活条件和社会地位中的行为。行文直截了当，不惜笔墨，时时引用《圣经》和《黄蜂》格言集。作者不止一次用各种方式表达了一个思想，即做人要小心谨慎，不要相信任何人。11世纪下半叶封建主与皇帝斗得你死我活，有此想法，不足为奇。

7. 历史文学的再度繁荣

除诗歌外，历史文学异常繁荣。9世纪，君士坦丁堡主教尼克佛罗斯的《简史》（ίστορία Σύντομοι），又名《纲鉴》（Breviarium），率先摆脱传统模式。《纲鉴》从毛利基奥斯之死（602年）写起，直写到"垃圾"君士坦丁五世（Κωνσταντίνος Ε' Κοπρόνυμος，718—775年）的长子、皇储莱翁四世结婚为止。尼克佛罗斯对什么都感兴趣：宫廷政变、皇室阴谋、神学争论，乃至与拜占庭接壤的各国。他对有意义和无意义的事件不加区分，叙述平缓流畅，风格匀称而洗练。书中人物常常高谈阔论，也有自然描绘、风景描写。尽管常常有教训人之感，《纲鉴》仍不失为一部有趣的作品，读起来很轻松。

尼克佛罗斯还保留着与圣像破坏者斗争的余音。因此，他就像前辈大马士革人约安尼斯，以及同时代人瑟奥窦罗斯·斯透狄忒斯一样，不得不涉及艺术理论问题、艺术描绘与再现对象的关系问题。在文集《拒绝与反驳》（Άντιρρήσις Και Άνατροπή）中，尼克佛罗斯规定了艺术创作的步骤：（1）创作伊始（ποιητικόν）；（2）动力（όργανικόν）；（3）对象细节（παραδειγματικόν）；（4）材料（ύλικόν）；（5）创作顶峰，即复制（τελικόν）。这一切因素相互联系着。[1] 他以手工艺人和现实现象作为自己的论据。他这种对艺术的新态度，

---

[1]　Πατριάρχης Νικηφόρος Α΄, Άντιρρήσις Και Άνατροπή, PG. T. C, col. 409, 420, 432, 444.

对生活与自然的兴趣，使史学更接近马其顿王朝时代精神，而不属于此前的文学宗教化的时代。

比《纲鉴》稍晚，出现了苏蒙·罗果瑟忒斯（Συμεὼν λογοθέτης）的《春秋》。苏蒙·罗果瑟忒斯生活于10世纪，曾任君士坦丁七世民政大臣。其史话纪事上自842年，下迄948年，传统部分带有明显的汇编痕迹，但描述圣像破坏运动时代的动荡，描述瑟奥菲罗斯时代，却很有趣，甚至引人入胜。他一改尼克佛罗斯的修辞废话和风景描写，在某些场合应用了戏剧性的叙述，带有内部张力和刻意为之的传说韵味。苏蒙引用的事实尽管是真实的，其他史料（比如为瑟奥菲罗斯选妃）可以为证，但这并不妨碍他修订的传记作品具有高度的文学性，因为这些史实都是以讲故事的方式写成的。

这段时期最优秀的历史文学典范，还有莱翁执事（Λέων διάκονος，生于950年）的《历史》。他描写了拜占庭与阿拉伯海盗在克里特岛的战争、在亚洲抗击萨拉森人的战争，以及对保加利亚的征伐。

作品主要人物和他心仪的英雄是尼克佛罗斯·缶卡斯和约安尼斯·茨米斯克斯。据他自己说，他写作不仅依据书面材料，也依据见证者的叙述和一些个人印象。莱翁执事是个肖像画大师，他对人物外貌那种细致生动的描写，在拜占庭可说前无古人。且看对约安尼斯·茨米斯克斯的外貌描写："茨米斯克斯长得不错，他的脸白里透红，胡子棕红色，头发也如是，两鬓稀稀疏疏的，大秃顶，蓝眼睛，目光大胆，鼻子细细的，形状优美。"总体而言，这位史家兴趣广泛，对地理学和民族学也有涉及。比如，他说到多瑙河："这是从天堂花园流出来的河流之一，发源于东方的伊甸园（גַּן עֵדֶן；Gan Eden），很快就潜入地下，无影无踪地流了段距离，然后在凯尔特人的群山中迸涌而出，浩浩荡荡流过欧洲，分五个河口，注入蓬托斯·尤克塞诺斯（即黑海）。"[1] 莱翁执事继承了尤斯廷尼安诺斯时代的风格：他的语汇中充满

---

[1] Λέων διάκονος, ίστορία, CSHB, V.14, Bonnae, 1828, pp.96, 129.

荷马式的表达方式，那是学校文法的通用材料。他也按当时习惯，引用圣经"七十士译本"。但他对古典作品并不特别感兴趣。

除这些遵循传统的作品外，10 世纪出现了第一部堪称实录性的作品，虽然其中还有传统史话痕迹。这就是《塞萨洛尼卡沦陷记》(*Εἰς τὴν ἅλωσιν τῆς Θεσσαλονίκης*)，作者是受教育不多的教士约安尼斯·卡敏尼阿忒斯 (*Ἰωάννης Καμινιάτης*, 活跃于 10 世纪)。他写作的动机，实在是因为其故乡被阿拉伯海盗在拜占庭叛徒莱翁·特里珀里斯 (*Λέων Τρίπολις*) 指挥下抢劫，印象太深而为之。公元 904 年 7 月 13 日，帝国这座仅次于首都的城市被敌军抢劫。宏伟的建筑被破坏，市场、商店和私人住宅被洗劫一空。卡敏尼阿忒斯和他的全家成了俘虏，在阿拉伯人那里过了几年。

他的叙述，具有深沉的人性和悲剧性。这种印象由于对次要事物的细致描写而大大增强。在他的理想主义的背景下，世界一分为二——真诚的罗马基督徒王朝和邪恶附身的阿拉伯人殖民的反基督王朝。因此，在他看来，战争就是统治世界的善与恶斗争的必然结果。

在语言和风格方面，《塞萨洛尼卡沦陷记》也为拜占庭文学指出了新方向。除了以《圣经》为基础的传统编年史笔调外，此书常常会突然插进一些普通口语。对塞萨洛尼卡以及城市被抢占的描写，体现了作者不凡的文字功力。

历史文学发展的下一重大阶段就是米哈伊尔·普瑟罗斯的《春秋》。昔日的春秋（史话）传统，这时只是徒有虚名。普瑟罗斯的《春秋》才是名副其实历史实录，开创了拜占庭历史文学的新纪元，在中世纪同类作品中堪称里程碑式作品。普瑟罗斯思想严峻，眼光犀利，也不乏玩世不恭。他的语言明晰，富于表现力而又轻松，对读者的态度异常随便，几乎成了卖弄，仿佛他就是历史剧的导演和全权主宰。

《春秋》囊括了 976—1077 年的史事，无情地揭露了拜占庭宫廷生活的消极面——阴谋、虚伪、贪婪和嫉妒。皇室人物、朝廷显贵都失去神圣的光辉，变成普通恶棍，纵情任性。比如，老迈而又故作娇媚的女皇邹埃，总是烂醉如泥，放纵其宠臣"孤儿总监"约安尼斯 (*Ἰωάννης ὁ Ὀρφανοτρόφος*) 等人染指国家大事。《春秋》写人异常复杂精微，写得准确、冷漠而宁静。对"孤儿总监"约安尼斯的描写，显出大史学家眼光的深刻和细微：

> （约安尼斯）拥有清醒的判断力，聪明无比，这点，他洞幽烛微的眼光可以为证。他热心供职，异常热忱，对任何事都有无比丰富的经验……他的这些特点，应受赞扬。但是，矛盾来了：他灵活多变，见人说人话，见鬼说鬼话，可以让自己的精神在同一时间显出不同的假象……每逢跟他同宴席，我都常常惊讶，这个酒鬼的双肩怎么担得起罗马帝国沉重的担子。但他即使酩酊大醉，也在认真观察着席间每个人的行为，仿佛要捉他们一个现行犯，以后好追究他们在席间的言行，让他们承担罪责。因此，人们怕他烂醉，更甚于他清醒之时。[①]

普瑟罗斯堪称好奇心重的观察者、宫廷阴谋的狡猾参与者、内阁重臣、雄辩家和求知若渴的学者。除了真正的独创性著作，他还能操作多种机械，秘密爱好巫术，又能做出理性的批评，还能相当虔诚地把两者糅为一体，需要时伪善，假话连天。他不仅是11世纪文化高潮的核心人物，也是整个拜占庭文化总体的化身。他跟新神学家西蒙的反差，就是拜占庭精神生活的核心反差。对于普瑟罗斯，本书将有专节介绍。

8. 传记文学的回潮与发展

历史文学中的一支：传记文学，这时也有了巨大的发展。"忏悔者"瑟奥凡尼斯的佚名后继人，写出了巴西雷奥斯一世的生活史。这部传记的结构，遵循着此前修道院艺术繁荣时期的艺术原则：叙述要有纪念碑的庄严

---

① Michele Psello, *Gronografia*, Fondazione Lorenzo Valla, Arnoldo Mondadori Editore, Borgaro Torinese: presso la G. Canale & C. S.p.A, 2012, V. I, p.130.

性，不动感情。与此相近的，还有君士坦丁七世时代的人约瑟夫·格涅修斯（Ἰωσήφ Γενέσιος，10 世纪）。他曾奉皇帝旨意写过太上皇们的传记。

就史传文体而言，比较杰出的是无名氏的《普萨马瑟史话》，又名《尤素米奥斯主教生平》。这既有地名又有人名的双重书名，显示出此书具有地理和历史双重文体的特点。此书叙述普萨马瑟修道院创始人尤素米奥斯的生平，重点是 10 世纪围绕着皇帝莱翁六世的第四次婚姻（未成）而燃烧起来的政治宗教斗争。尤素米奥斯是见证人，甚至可说是直接参与者。此书结构完整，有的叙述达到真正的戏剧性的高度。

苏蒙·麦塔弗拉忒斯给 10 世纪带来"传记文学黄金时代"名声。他受过极好的文学与修辞教育，在三朝皇帝——尼克佛罗斯·岳卡斯、约安尼斯·茨米斯克斯和"保加利亚人屠"巴西雷奥斯二世——宫廷里，地位显赫，也具有百科全书式学者倾向，喜欢藏书。

他收集并从文字上加工过几百种传记故事。他的贡献，未过百年就受到后人的高度评价。普瑟罗斯就说，麦塔弗拉忒斯之前的传记文学，因为风格粗鲁，结构凌乱，几乎被有教养阶层唾弃。而麦塔弗拉忒斯加工传记作品，遵循了一条原则，即情节改变要最大限度的谨慎，但又最大限度接近独创。①

由于原始的、"前麦塔弗拉忒斯"版的传记已经佚失，普瑟罗斯的话是否可信，已无从断言。但有一点是明显的，麦塔弗拉忒斯确实在古代传记文学情节材料基础上，创造了风格更复杂、更细致的作品。

麦塔弗拉忒斯的主人公生活在不同时代，他描写的事件在不同程度上恪守了历史的可信性。这里有早期的基督教人物——使徒和福音书作者，也有真实存在的金口约安尼斯，或是生活道路复杂的神父约安尼基奥斯（Ἰωαννίκιος，752—846 年）。比如约安尼基奥斯，此人是个坚定的圣像破坏者，后来转变为正统派领袖，最后当上比苏尼亚一所修道院院长，直至去世。

---

① M. Ψελλοῦ, Ἐγκώμιον εἰς τὸν Μεταφραστὴν κύριον Συμεώνα, PG. T. CXIV, col.183–196.

麦塔弗拉忒斯改编的史传，与古代和早期基督教文学保持了连续性，而且对原作词语赋以小说性质。比如《迦拉提翁与厄琵琶斯忒蜜（Γαλακτίωνος Και Επιστήμης）生平》，头几章是按照阿契琉斯·塔提奥斯的小说《琉基佩和克勒托丰》的笔调写的。两个主人公都是皈依基督教的异教徒。他们的儿子迦拉提翁更加完美，是个神圣的苦行主义者，与厄琵琶斯忒蜜举行了苦行主义婚礼，而且亲自给她行了洗礼。正如阿契琉斯·塔提奥斯的小说一样，厄琵琶斯忒蜜终其一生都忠于迦拉提翁，最后自愿与他一起殉教。传记结尾写的殉教，是故事最悲哀的时刻。在这里，作者采用了传记文学普遍的模式，即出现了奇迹：刽子手的残忍招来上天的报复——士兵们都失明了，而且最后皈依了基督教。[1]麦塔弗拉忒斯还创造了超越时空的传奇情节，写了厄琵琶斯忒蜜的两个梦：一个在受洗礼后，另一个在殉教前。两个梦境都跟此时定型的拜占庭圣像画传统相呼应："合唱队"身着黑衣，妇女形象都有燃烧着的翅膀，而在第二个梦里，男人和妇女"头上都戴着皇冠"，仿佛沿着宫室散步。时至今日，这些描写仍会令人想起拜占庭的圣像画。后世那些喜欢通过梦境表现某种观念的作品，像班扬的《天路历程》乃至车尔尼雪夫斯基的《怎么办？》中的主人公的梦，寻根溯源，都可以找到拜占庭文学这里。

浮士德的原型巫师库普利奥斯（κύπριος）的故事，6世纪已在拜占庭流传，还成为女皇尤朵吉雅的长诗的主题。但尤朵吉雅的长诗侧重心理展现，主体是写跟魔鬼谈判的库普利奥斯的忏悔。麦塔弗拉忒斯也改编过这个故事（《库普利奥斯和尤斯汀娜》[Κυπριανοῦ καὶ Ἰουστίνης]）[2]，其特点却是宏大的动态叙述，插曲一个紧跟一个，立足点则是殉道者必胜，迫害者必败。

麦塔弗拉忒斯改编的传记作品中，偶尔能见到中世纪小说类型的短篇故事，内容十分现实，几乎没有奇迹题材。篇幅不长的《尤根奈斯及其女儿玛

---

① Συμεών Μεταφραστής, *Γαλακτίωνος Και Επιστήμης*, PG. T. CXVI, col.94–108.

② Συμεών Μεταφραστής, *Κυπριανοῦ καὶ Ἰουστίνης*, PG. T. CXV, col.845–872.

利亚的生平》（βίος Εὐγενίου καὶ Μαρίας τῆς θυγατρὸς αὐτοῦ）就是如此。这篇传记写一个女孩名叫玛利亚，早年丧母。父亲把她养大成人后，让她自立，而自己则准备进修道院为僧。但玛利亚也要祝发为僧，改名玛利英，随父亲进了一所男性修道院（κοινόβιον）。父亲死后，她孤身一人仍居住在修道院。玛利英虽然女扮男装，但容貌秀美，而且律己极其严格，因此获得神的赐福，可以为人治病，还得了"阿爸"（abba）称号。一次，修道院长派她和几名修士去一个驿站做义工。驿站长的女儿与一个军官私通怀孕，却说是玛利英强暴了她。玛利英并不辩解，因此被逐出修道院。她仍在修道院附近露天存身。驿站长的女儿生下孩子，也抛给玛利英。玛利英接下孩子，四处乞讨，把孩子养到三岁。修道院其他弟兄看不过去，向院长乞求，让玛利英回修道院存身。玛利英以负罪之身，住在阴暗潮湿的小屋，干着脏活累活，仍然无怨无悔。直到有一天，院长觉得几天没看到玛利英了，叫修士们去看看她。修士们进入她的小屋，发现她已去世。大家为她下葬，给她洗身子，才发现她是女儿身。院长知道后悔恨不已，这时驿站长的女儿才说出实情。玛利亚悲惨的命运令人泣下，而她忍辱负重的人格又令人起敬。[1]中国禅宗也有类似故事，但主角是男性长老，只是背着黑锅不说，而且后来事情澄清，还宽恕了坏人，其命运并没有玛利亚这样悲惨动人。

　　这篇小传预告了后麦塔弗拉斯时代传记作品的出现。那些传记不仅完全没有奇迹，而且，对主人公的描绘本身也没有通常的神圣光环。这种传记被称为死于丈夫嫉妒暴力的"新玛利亚生平"，或是终生流浪的"新伊利亚传"。对圣徒流浪的描写，更像古代晚期的罗曼斯，而非纪传体的情节。在更晚一些的传记中，值得特别注意的，首推《新巴西雷奥斯生平》。其有趣之处在于描写此书作者（一名叫格列高利奥斯的人）梦幻时那种神秘主义的情调。对已故的瑟奥多罗斯的灵魂的考验，以及末日审判的描写，也很传神。

---

[1]　Συμεών Μεταφραστής, βίος Εὐγενίου καὶ Μαρίας τῆς θυγατρὸς αὐτοῦ, PG. T. CXV, col.347–354.

11世纪上半叶，生平事略类的典型作品，是宗教大法官"蠢货"安德雷阿斯（Ανδρέας ὁ Σαλός）的故事。全书245章，有220章讨论科学和末日的主题。而在作者原定为情节主线的几章里，保留了一些喜剧性的情节：这位宗教大法官醉话连篇，喜欢安抚大街上的群众；他光着身子来到街上，被一个顽童捉弄。更滑稽的情节是，他在一家妓院附近等自己的狐朋狗友时，居然还想去挽救一个碧眼金发的妓女的灵魂。就结构的完整性和对话安排的娴熟而言，这段插曲接近希腊化时代和拜占庭早期的谐剧。依样画葫芦写成的《安东尼奥斯·考莱阿斯（Ἀντώνιος Καυλέας）生平》的风格则是华丽花哨，以碑铭体赞词写成。

上述生平事略作品可说是纪传体最后的典范，在当时的文坛上，一度很有生命力，占有重要地位；但在后来几个世纪，却像宗教诗歌一样，成为牧师们布道的附属品。

马其顿王朝时期的拜占庭文学，其体裁主要是诗歌、史书和生平事略。其中每一种都经历了巨大的变化。诗歌中出现了绝对明显的世俗化倾向。史传文学本质变了：代替传统的史话作品，出现了历史实录。生平事略则耗尽了传记文学的资源，接近了尾声。这些特征在下一次盛世复兴中才得到延续。

二、孔穆宁诺斯时代的文学

1. 孔穆宁诺斯王朝的文化背景

拜占庭在11世纪后半叶，内况不断恶化，外部面临巨大危机，政权终于出现更替。1081年，外省封建主掌握了政权。新王朝的奠基人是阿莱克修斯一世孔穆宁诺斯。阿莱克修斯一世与其子约安尼斯二世（Ἰωάννης Βʹ Κομνηνός，1118—1143年），以及其孙曼努埃尔一世（Μανουήλ Αʹ Κομνηνός，1143—1180年）统治时，帝国生活全面复兴，跟此前几十年形成鲜明对照，史家们至今仍觉得是个"谜"。于是，帝国经历了短暂但规模空前的文化和教育高潮。

这个时期最特殊的文化现象，就是出现文学团体活动：皇族从阿莱克修斯开始，就支持和庇护学者，努力让他们靠近皇室。有三个团体名传后世。一个是君士坦丁堡主教学园的哲学圈子，其首领是修辞学家和哲学家米哈伊尔·意大利阔斯；第二个圈子围绕在阿莱克修斯的女儿安娜周围，以历史学家和古典大家闻名；第三个圈子稍晚一些，由皇帝曼努埃尔一世的亲戚"塞巴斯托克拉托丽萨"（Σεβαστόκρατορίσσα，荣誉授予者）伊莱娜召集起来。

就外部特征而言，这些团体都有点像 9 世纪缶提奥斯的圈子。但他们的活动很复杂。圈里的诗人、修辞学家和学者们，不只是局限于一般地谈谈学术问题，他们必须为自己的庇护者在各个知识领域献计献策。因此，他们的文章有时用书信形式写成。

此前三百年间，拜占庭哲学走过一条漫漫之路。从缶提奥斯开始，就不停地搜寻和抄写古代手稿。最大的抄写中心往昔都是修道院，雅典、帕特莫斯岛（Πάτμος）和莱斯波斯岛（Λέσβος）的男性大修道院占着头等地位。但是，修道学校的作用，跟世俗学校比起来，就大大不行了。教育中心向来都是君士坦丁堡，虽然大学似乎站在反对新皇帝的立场上，其地位已被圣索菲亚大教堂附属主教学园所取代，但组成学园委员会的 20 位学者，不仅有神学家，也有修辞学家。学园还开设了医学院。

孔穆宁诺斯时代，哲学和神学继承了前一时期传下来的理性倾向。但皇帝们翻手为云，覆手为雨，态度变幻不定。阿莱克修斯一登位，就想平反意塔罗斯的案子。但过了几十年，王朝又重新审判异端。1117 年，取消主教圣号，此前得到皇帝庇护的学者尼西亚的尤斯特拉提奥斯遭到审判。但安娜·孔穆宁娜在《阿莱克修斯纪》中介绍他时，却不乏欣赏之意："参议员尼西亚的尤斯特拉提奥斯，神学和世俗科学最有智慧的男子，把斯多葛和学院派的辩证法引入艺术。"[1] 他还曾以亚里士多德专家而闻名，注释过《尼各马可伦理学》（Ἠθικὰ Νικομάχεια）和部分《第二分析论》（Ἀναλυτικὰ ὕστερα）。

---

① Αννη Της Κομνηνης, Αλεειαδος Λογος ΙΔ′, PG. T. CXXXI, col.1101. L. B.

孔穆宁诺斯时代对古典文化有新的研究，在史家著作中特别明显。古代历史散文著作依然是拜占庭作家的源头活水和风格基础。他们的大部分著作都公开模仿古代典范。小尼克佛罗斯·布吕恩尼奥斯的著作中，很容易看出对色诺芬的模仿；他的妻子安娜·孔穆宁娜公主的偶像则是修昔底德和珀吕比奥斯；金纳莫斯则效法色诺芬和希罗多德。这几位作家体现了语言纯净化的倾向。安娜堪称散文史诗的历史著作《阿莱克修斯纪》，其词语远离当时活的语言，以致需要用口语表述时，她还得像用外语一样加以说明和解释。

另一些作家则与此相反，他们为了艺术效果，不止一次尝试使用民间语言。在这方面最勇敢也最成功的，就是曼努埃尔一世时代米哈伊尔·格吕卡斯。他的《春秋（史话）》有点儿像马拉拉斯的著作，充满民间词汇和谚语。

就艺术描绘力量而言，最有价值的历史著作之一出现在12世纪末。其作者是神学家和哲学家、著名荷马注释家塞萨洛尼卡人尤斯塔修斯。他经历了1185年诺曼人对塞萨洛尼卡的占领和抢劫，写下了独一无二的实录《拉丁人掳掠塞萨洛尼卡城》。其中，对事件和人物的描绘与道德的说教交织在一起。这部作品以深刻的戏剧性描写了战争的恐怖，引人入胜，堪称典范。其中虽然对古代修辞典范心慕手追，却不妨碍其描绘的真正悲剧性。

跟从前一样，追慕古典文化也经常遇到某些神学家的反对。尼阔劳斯·麦松奈斯在自己的《致摇摆不定者》（πρὸς τοὺς Διστάζοντας）中尖锐地批判古典文化崇拜者，指责他们"嘲笑基督教的天真和朴素，就像嘲笑什么怪物似的；狂热地接受异教的色彩，就像接受什么值得尊敬的东西"[①]。

学界对亚里士多德依然表现出种种敬意，而对柏拉图依然抱有偏见。亚里士多德种种著作的影响痕迹，在上述任何一个作家那里都看得到。

孔穆宁诺斯时代还有一个特点，就是出现了学识异常广博的学者，他们常常把自己学术活动与诗歌创作融而为一，有时干脆用诗歌表达自己的学

[①] Νικόλαος Μεθώνης, πρὸς τοὺς Διστάζοντας, PG. T. CXXXVII, col.509–518.

说。比如曼努埃尔一世时代著名的书痴哲学家约安尼斯·蔡策斯（Ἰωάννης Τζέτζης，1110—1180 年）。他加入了"荣誉授予者"伊莱娜的圈子。他把学术研究与文学艺术创作融而为一。他致朋友的书信有许多文学批评附记，有时干脆就是对古典文学的评论。后来，他把这些作品以"政治体诗"加工成规模宏大的历史文学教谕性长诗，名曰《契利亚特》（Chilliades；Βιβλίον ιστορικής；史记），长达 600 章，12674 行，任意炫耀自己的学识。比如，他在一封信里偶然提到一个叫提马侯（Τιμάρχου）的人，那是公元前 5—前 4 世纪阿提克演说家艾欣讷斯（Αἰσχίνης）的对手。蔡策斯立即为提马侯写上一首 185 行的多音节诗。

蔡策斯学识异常渊博，深谙古典，因而能为希腊化时代诗人吕阔弗隆（Λυκόφρων，前 320 年—前 3 世纪中叶）名下的长诗《阿列克桑德拉》详加注释。但是，他关注的中心依然是荷马。《伊利亚特》和《奥德赛》之所以能吸引他，首先是因为对这两部作品可以做寓言式的解释。蔡策斯以诗歌形式表达自己对《伊利亚特》和《奥德赛》中每个插曲的寓言式的解释，写成一首长诗，规模近一万行，分为三部：《前荷马时代纪（海伦的情夫巴里斯的青年时代）》《荷马时代纪（简述〈伊利亚特〉）》和《后荷马时代纪（特洛亚的毁灭）》。最后这部分，他参考了 3—4 世纪埃及诗人特利菲奥多罗斯（Triphiodōrus）的《伊利昂故事》、4 世纪希腊诗人昆托斯·斯穆奈奥斯（Κόϊντος Σμυρναῖος）的史诗《荷马之后》（Τὰ μετὰ τὸν Ὅμηρον），以及约安尼斯·马拉拉斯的作品。但是，他的这部作品只有纯粹的形式参考价值。

蔡策斯也研究过赫西俄德、阿里斯托芬、奥皮安诺斯（Ὀππιανός）[1]。他所做的渊博的训诂，时至今日还常被引用。

2. 世俗文学的繁荣

尽管上层社会努力从古典文化中寻求文化复兴的道路，但孔穆宁诺斯王

---

① 2 世纪诗人，主要活动于马可·奥勒留·卡鲁斯统治时代。

朝文学的另一个更突出的特点，却是世俗文学空前繁荣。其繁荣的程度，无论就数量或者质量而言，甚至在拜占庭历史上第一次超越了上层社会的文学。而且，世俗文学的这种繁荣与古典文化的复兴并不矛盾，甚至还从古典文化中汲取了许多营养。这种文学的代表，当然有下层普通百姓出身的作家，如那些写乞讨诗哭穷的诗人，但这并不妨碍有些作家也能置身于上层社会，或者是在上下层社会之间颠簸。

伊莱娜圈子的另一个成员——诗人学者瑟奥多罗斯·普罗卓莫斯——堪称世俗文学大家。他学富五车，而其文学遗产，文体异常丰富多彩。除诗人们惯用的宗教诗歌和铭体诗，还有诗体和散文的对话、小型重轻格史诗、教谕性长诗、规模宏大的罗曼斯《罗丹森和朵茜克莱亚》（Tὰ κατὰ Ῥοδάνθην καὶ Δοσικλέα），甚至有春宫故事。

普罗卓莫斯探讨了伦理问题、社会不平等，但他又为封建贵族辩护。他还探讨过曼努埃尔一世朝代繁荣的占星术。他像蔡策斯一样，也喜欢荷马，但从不滥用。比如，诗体对话《放逐友谊》（Ἐπὶ Ἀπόδημου Τῇ Φιλία）："友谊"（Φιλία）被其配偶"美"所放逐，远离人寰。而"美"则由女仆"愚鲁"（Μωρία）陪伴着，找"敌意"（Ἔρις）做了情人。有位好客的"主人"接待"友谊"，鼓励了他一番，证明"友谊"在人间不可或缺的好处和必要性，也讲了"敌意"的厄运。直到这时，诗中才举了古代神话传说的人物，比如俄瑞斯忒斯和普拉德斯（Πυλάδης）、厄托克勒斯（Ἐτεοχλῆς）和珀吕内克斯（Πολυνείχης）。[1]

由于教会作威作福，普罗卓莫斯还把他们作为嘲弄对象。他的散文《硕鼠》中，有只老鼠司祭落到猫爪子下，便引安魂曲说："啊，大人，别凶巴巴地瞪着我，别恶狠狠地收拾我！我胆都吓破了，我真怕死呀！我无法无天冲昏了头！"猫的回答，也改头换面地引用圣典中先知欧西亚（‏וׂיה‎，前

---

[1] Κύρου Θεοδώρου Τοῦ Προδρόμου, *Ἐπὶ Ἀπόδημου Τῇ Φιλία*, PG. T. CXXXIII, col.1321–1330. 俄瑞斯忒斯是特洛亚战争希腊联军首领阿伽门农的儿子，普拉德斯为其好友，后娶其妹厄勒克特拉为妻。厄托克勒斯和珀吕内赫克斯均为俄狄浦斯与伊俄卡斯忒之子，七雄攻忒拜的英雄。

752—前 721 年）的话说："老子要的是食物，不是祭祀品。"① 先知的预言，到了这只猫口里，竟变成了黑老大的口吻！

除了借助动物影射人生，他也追求直接描写人生，于是，他的散文便接近生活散文，后来在西欧文艺复兴时期发展为城市奇谭。他在散文幽默集《刽子手和医生》里，直接转述一个修道士的苦恼。这修道士因为鸡毛蒜皮的小事而常常被大和尚责骂惩罚：

> 但愿让我哪怕稍稍、稍稍离开修道院
> 不做早祷——做得还少吗！——
> 说不完、说不完的唠叨和责备：
> "点香时你去哪儿啦？罚磕一百个头！
> 坐唱（καθίζω）时你去哪儿啦？罚没面包，立马坐下！
> 唱六诗篇时你去哪儿啦？罚没葡萄酒！
> 晚祷时你去哪儿啦？你滚，万事大吉！"
> 甚至会这样："站住！唱！大声点！用心点！
> 嘀咕什么？别偷懒！别白长个嘴！
> 别抓，别挠痒痒，别抠爪子！"②

这可真是替出于无奈而祝发为僧的下层修士们一诉冤屈。

对于当时社会的拜金主义，普罗卓莫斯也批判不余毅力。他在《阿马兰托斯》（Ἀμάραντος，又名《被爱的老头》）中，写到一位老医生跟朋友聊及园丁女儿的婚事，说出一段千古名言："看来她宁可跟父亲一起料理花园，跟风信子一起受穷，跟桃金娘一起挨饿，跟夜莺一起歌唱，在梨树下安睡，也不要去陪黄金大粪吃饭，跟白银烂泥上床。"③ 有人说，这是在影射宫廷御医

① σχέδη μυός, Anecdota Graeca, ed. F. Boissonade, V. I. Paris: Dumont, 1829, σσ.429, 431, 433.

② История Всемирной Литературы, Т.2, Москва: Наука, 1983, с.58.

③ S. D. Papadimitriu, Feodor Prodrom, Odessa: изд. новороссийского унив–та, 1905, pp.231–234.

尼阔劳斯·卡里克勒斯（Νικόλαος Καλλικλης，1080—1150年）。此人在阿莱克修斯一世晚年患病时负责治疗，享有大学问家的名声。卡里克勒斯也是位诗人，但可能是他诗中奴才精神太露骨了，惹恼了观念比较独立、眼里不揉沙子的普罗卓莫斯。

普罗卓莫斯还在诗歌中描绘知识分子命运悲惨：满腹经纶，却没饭吃，只能嫉妒地嗅嗅目不识丁的邻居手艺铺老板家飘出来的香味；听不完的老婆的叱骂，就因为从结婚那天起他送不起老婆礼物。这位乞丐诗人时而痛哭自己的哀伤，时而嘲笑自己的傲慢。这副面具其实很适合绝大多数拜占庭诗人，甚至适合同时代的西欧流浪歌手（clerici vagantes）。他们借这副玩世不恭的假面具作掩护，在权贵面前，放任自己，逗点儿惊世骇俗的乐子。

也正因此，普罗卓莫斯有不少模仿者和继承人，形成了一派"普罗卓莫斯文学"，有些人对此的模仿，几乎可以乱真。有的作者干脆把自己的作品署上他的名字。这是拜占庭文学一道重要的风景线。这些仿作中最有趣的是署名"乞丐普罗卓莫斯"（Πτωχός-Πρόδρομος）的一组乞讨诗。但普罗卓莫斯最重要的作品，除了名列传世的拜占庭四大罗曼斯的《罗丹森和朵茜克莱亚》，就是诗剧《卡塔姆斯马赫》（Καταζ-μῦς μάχη，《猫鼠之战》）。我们将在专节中介绍。

与《卡塔姆斯马赫》文体相同的，有无名氏的诗体悲剧《殉教者基督》（不同版本还有其他名称，如《欧里庇得斯风格戏剧，向我们讲述我主耶稣基督的完美体现及救赎苦难》），剧中一半是编译欧里庇得斯的诗句。不过这位不知名的作者一上来就声明了：

> 跟随欧里庇得斯，
> 我要讲述救赎世界的痛苦。[1]

---

[1]　*Χριστὸς πάσχων*, PG. T. XXXVIII, col.133.

实际上，对欧里庇得斯的模仿，演变成稍加改头换面的直接套用。圣母嘴里干脆置入了美狄亚的保姆、赫卡柏、卡桑德拉、安德洛玛克等人的插话。作者也利用了埃斯库罗斯和前 4 世纪希腊诗人吕阔弗隆的长诗《阿列克桑德拉》的诗句。尽管这部作品模仿不少，但其长达 2640 行的诗中，仍然有自己的创造。悲剧的基调是悲哀的，结构是静态的。它在文学史上比较早地把宗教中圣母的悲痛，体现为人间妇女的悲痛。在名为"宇宙"的核心一幕中，圣母玛利亚伏在耶稣尸体上哭道：

> 唉！唉！我看到了什么？摸到了什么？
>
> 为什么这牺牲在我手里的安然不动？
>
> 现在在痛苦和恐怖中我要给他
>
> 喂奶吗？要为他痛哭一场吗？
>
> 别了！最后一次祝福你，
>
> 长眠不醒的、生于痛苦的、
>
> 被杀害的、死而无憾无畏的！
>
> 让妈妈吻吻你的右手。
>
> ……
>
> 我用什么样的痛哭来款待你，主哟？
>
> 我用什么样的哭泣向你呼吁，神哟？
>
> 从内心深处流出的是什么歌哟？
>
> 你就这样躺着，尸衣裹着你，
>
> 我的孩子哟，就像裹在襁褓中一样！ ①

这不就是人间一个失去孩子的女性的悲哀与痛哭吗？两百余年后，米开朗琪罗的著名雕塑《哀悼基督》不就是沿着这条艺术思维的路线发展而来的

---

① *Χριστὸς πάσχων*, PG. T. XXXVIII, col.172–174.

吗？当然，这部在拜占庭难得的戏剧仍然免不了"基督胜利"的观念。剧情后来发生了突变：天使出现，告知基督的复活，于是，复活节庆典开始。这样，整个戏剧由两个抒情部分撑起，表现出悲哀和欢乐的两极情绪。每种情绪自身并不发展，悲喜之间的转变是瞬息即成，动作与动作全然相反。虽然作者说他模仿的是欧里庇得斯，但就戏剧冲突而言，却回到了埃斯库罗斯及其以前原始的静态悲剧了。这部作品曾被长期误置于纳齐安泽诺斯的格列高利奥斯名下，19世纪以后学者们才改正过来。

此外，还有对阿里斯托芬的《财神》的模仿作品《德拉马提翁》，共120首诗，作者是米哈伊尔·阿普娄赫莱斯（Μιχαήλ Ἀπλουχέρης，12世纪）。后世学者和文言雅语崇拜者常常提起他。但是，这些戏剧只供阅读或小范围朗诵，而非上演。因为从692年特鲁罗大会禁止谐剧后，帝国内就没有戏剧演出了。

3. 诗体传奇罗曼斯的发展

跟普罗卓莫斯的名字相关的，还有一种重要文体的产生——"罗曼斯"（诗体长篇传奇）。这种文体源于爱情冒险小说的古典形式，但做了实质性改造，从散文转换为诗歌。

对古代晚期即第二次智者时代的"罗曼斯"进行初次改造的尝试，是尤斯塔修斯·马克伦珀利忒斯的《徐思敏嫩和徐思敏尼安的爱》。其模仿的是阿契琉斯·塔提奥斯的《琉基佩和克勒托丰》，但是用散文写成，文风花哨，修辞讲究节奏，还有对《阿里斯泰奈托斯（Ἀρισταίνετος）书信集》的模仿。

普罗卓莫斯则模仿赫利奥窦罗斯的《埃塞俄比卡》，写成《罗丹森和朵茜克莱亚》，但用的是三音步重轻格诗体，有四千多行，叙述罗丹森和朵茜克莱亚惊险悲欢遭遇。他尚未摆脱书卷气，还滥用古代回忆录和修辞技巧。后来的罗曼斯摆脱了这些生涩因素，依靠民间创作特有的词汇和艺术手段，得到了丰富。

这种品质一新的拜占庭罗曼斯的榜样，当推尼克塔斯·尤根奈安诺斯（Νικήτας Ευγενειανός，12 世纪）的《德罗希兰与哈丽克莱亚》。尽管结构线索基本借自于普罗卓莫斯，但不能说是盲目模仿，其写实特征很吸引人：故事发生在乡村，作者写的是普通人，又时时强调他们精神崇高。

拜占庭罗曼斯的情节结构依然忠于古典典范：中心是美丽英俊、天真未凿的一对，多愁善感，一见钟情，热烈如火，升华为爱，但又遭到贫困折磨以及无法想象的惊险，最后幸福结婚。不过，拜占庭作家向这种传统补充了一些民间插曲，作为点缀，还有一些中世纪口味的符号和语言游戏。修辞性描写（咏物）在作品中起着特殊的作用。比如尼克塔斯·尤根奈安诺斯描写女主角的美：

> 姑娘就像天上的星星，
> 斗篷放着金紫色光辉，
> 搭在肩上出来过节；
> 苗条优雅，手如白玉；
> 艳若玫瑰，唇红齿白；
> 眼如点漆，轮廓完美
> ……
>
> 鼻子高雅；牙齿整齐，
> 光亮洁白，像串珍珠；
> 眉毛弯弯，譬如弯弓，
> 搭上爱神之箭，充满欢乐；
> 又似混合牛奶与玫瑰，
> 大自然犹如画家，
> 凭权力画出这个完美之体……①

---

① Νικήτας Ευγενειανός, *Τα κατά Δροσίλλαν και Χαρικλέα*, Scriptores erotici Graeci, V. II, Lipsiae: Ex Typographia societatis 1859, lib.I, lines.120–125, 143–149.

希腊化时期对肉体美的狂热，创造了流传千载的修辞表现传统，现在交织在这种咏物诗里，显出拜占庭对豪华奢侈、富丽堂皇、语言洪流的追求，可说已经过分了。与古典长篇小说相比，拜占庭罗曼斯的特点是：大量的抒情，少量的叙事；行动被推到后台，而表现性的描写、夸张性的抒情几乎成了写作宗旨。

比尤根奈安诺斯年长的君士坦丁·马纳瑟斯（Κωνσταντῖνος Μανασσῆς，1130—1187 年）有长篇《阿利斯坦德罗斯和卡丽塞雅》（Ἀριστάνδρος και Καλλιθέα），其中的艺术手段相当单调呆板，但已经是用"政治体诗"写成的了，预示了帕莱奥罗果斯王朝罗曼斯的发展方向。

普罗卓莫斯和12世纪其他罗曼斯作家的功绩还在于他们开辟了民间词汇通向书面诗歌的道路。这种语言进步也包括其他文体，比如米哈伊尔·格吕卡斯在狱中写成的580行的长诗《学者米哈伊尔·格吕卡斯的诗，他因查找某个歹徒而身陷囹圄时写成》。此诗写于1159年后，当时作者被施以瞽刑下狱。这首诗是用"政治体诗"写成，充满活的民间语言词汇和短语。诗中写出了当时诬告成风、学者人人自危的社会心理：

> 我曾以为是凭空胡说，根本不相信
> 老百姓在民间谚语贤文中所说的：
> "若是老鸹落在你身旁大声聒噪，
> 那就预兆着死亡或是痛苦的别离。"
> ……
>
> 三天前，老鸹就落在我屋脊上
> 大声聒噪，预兆凶险，
> 它对我说些什么，不明不白，
> 尽管我不愿胆怯，像先前说的，
> 但很快人们中间便有了流言蜚语，
> 我所听到的一切都叫我胆战心惊，
> 到最后我被害怕和恐惧所控制，

心怦怦乱跳，四肢打战，

头脑昏昏，痛苦不堪，吓得发抖，

莫名的恐惧混在一起，攫住了我，

我不由得到处看见不祥的征兆。

而这一切，都起源于邻居的告密诬陷：

魔鬼哟，恶毒的诬告者，满心敌意的老鸹嘴，

我蓄意狠毒的邻居，谎话连天的舌头，

当下怪罪我不合乎正道的舌头，

把我希望的源泉彻底吸干的舌头，

只给我留下一池苦水做饮料，

把不幸和灾难混着倒进我碗里，

把我的一切无情地踏为齑粉的舌头，

编的谎话连天，虚伪无耻透顶。①

最后当然是诗人受了笞刑，被投入监狱。而监狱更是可怕无比：

你问什么是死亡，你想知道阴间？

监狱号子就是阴间，比阴间还可怕，

这种黑暗超过了阴间所有的恐惧。

据说在阴间彼此还看得见，

这让在那里受折磨的人感到安慰。

而在这看不透的黑暗中，在深深的地下，

---

① *Στίχοι Γραμματικού Μιχαηλ Τού Γλυκά οὖς Ἔγραψε καθ' όν Κατεσχέθη Καιρόν εκ Προζαγγλιας Χαιρεκάκου Τινός*, Bibliotheque grecque vulgaire, ed. Em. Legrand, T.1, Paris: Legrand, 1880, lines.18–21, 46–56, 70–77.

却没有一丝光线，也听不到一句话；

只有烟雾缭绕，浓黑包围一切，

不让人彼此看得见，也不准打听。①

如果说在 10 世纪，民间创作与宫廷创作泾渭分明，那么，在孔穆宁诺斯时代，它们之间形成了交互作用、相互融合的状态。12 世纪对民间故事的喜爱，还表现在大量翻译文学作品的出现，尤其是东方作品。拜占庭翻译家们并不追求翻译的准确，原著对他们而言只是情节基础的主要模板。12 世纪此类文学作品最有趣的便是医生苏蒙·瑟斯（Συμεών Σηθ）翻译的收于《五卷书》的印度寓言集《卡里莱和狄木奈》（拜占庭标题为《斯特方尼特和伊赫尼拉特》），还有一个名叫米哈伊尔·安德列珀罗斯（Μιχαηλ Ανδρεπώλος）的人翻译了源自印度的《七哲之书》（Ο φιλοσοφοσ συντιπασ ή οι πανουργιεσ των γυναικων）。

拜占庭文学这种紧张的发展被下个世纪初一系列悲剧事件打断了。君士坦丁堡被第四次东征的十字军包围和攻陷，遭到前所未闻的抢劫（1204年）。拜占庭文学从 13 世纪进入最后阶段，尽管它离 1453 年的悲惨结局更近了，但在帕莱奥罗果斯王朝，还是经历了一次"复兴"。

第二节　欧洲纯文学欣赏与文学批评的开山之作

君士坦丁堡的缶提奥斯虽是拜占庭文化史——尤其是宗教史和文学史——上的重要人物，但其生平并没有确凿的资料，就连他的生卒年月和出生地点也是后世学者们推测的。传说，他曾在君士坦丁堡的主教学园任教。但是，就连这所学园是否存在，后世学者的意见也不一致。如今，关于缶提奥斯的生平资料，多半是后世学者从他的著作中钩稽出来的。

---

① *Στίχοι Γραμματικού Μιχαηλ Τού Γλυκά οὖς Ἔγραψε καθ' όν Κατεσχέθη Καιρόν εκ Προζαγγλιας Χαιρεκάκου Τινός*, Bibliotheque grecque vulgaire, ed. Em. Legrand, T.1, Paris: Legrand, 1880, lines. 86–94.

据说，缶提奥斯 810 年生于君士坦丁堡，893 年逝于亚美尼亚博迪（Bordi）。858—867 年、877—885 年两度任君士坦丁堡宗主教，被东正教奉为圣大缶提奥斯。他被公认为金口约安尼斯之后君士坦丁堡最有权势、影响最大的宗主教，也是当时最重要的知识分子，"9 世纪复兴的导引之光" [①]。无论是涉及斯拉夫人皈依基督教，或是当时东西方教会的分裂，他都是核心人物。

关于缶提奥斯生平的材料，多数都是对他怀有敌意的人写的。现代学者在使用这些资源提供的信息时，都比较小心谨慎。有些学者认为，缶提奥斯至少有部分亚美尼亚血统，而另一些则说他是 "希腊拜占庭人"（the Greek Byzantine patriarch Photios）。拜占庭作家曾说，皇帝米哈伊尔三世有一次大怒，骂缶提奥斯长着哈札尔人（Χάζαροι）的脸。不过，这话是一般性的侮辱，还是指缶提奥斯的种族属性，那就不清楚了。[②] 因此，缶提奥斯的祖籍与早年生活，很少人知道。只知道他出身于一个君士坦丁堡世家，他大伯塔拉修斯在皇后伊莱娜和尼克佛罗斯一世两朝（784—806 年）曾任君士坦丁堡宗主教。在第二次破坏圣像运动中，缶提奥斯的父亲塞尔基奥斯是著名的拥护圣像者（εἰκονόδουλος），因此，他家曾遭到迫害，直到 842 年拥护圣像派复辟后才恢复了名誉。

缶提奥斯说，他年轻时就向往僧侣生活，但没想到竟以世俗日子开张。这条仕途大概是他兄弟塞尔基奥斯跟皇后瑟奥朵拉的妹妹伊莱娜的婚姻带来的。皇后在丈夫瑟奥菲罗斯刚死，就取得了摄政权。缶提奥斯成了侍卫队长（πρωτοσπαθάριος），后来又成了帝国枢密顾问（πρωτασηκρῆτις），参加过出使巴格达阿拔斯王朝（اَلْخِلَافَة اَلْعَبَّاسِيَّة）的使团。缶提奥斯的宗教途程开始于恺撒巴尔达斯及其侄子——皇帝米哈伊尔三世——当政之时。858 年，巴

[①] Andrew Louth, *Renaissance of Learning: East and West, Greek East And Latin West: The Church AD 681–1071*, New York: St. Vladimir's Seminary Press, 2007, p.159.

[②] Fortescue, *The Schism of Photius, The Orthodox Eastern Church*, London: Catholic Truth Society, 2001, pp.146–147.

尔达斯被宗主教伊格纳提奥斯拒之于索菲亚大教堂门外，因为据说他跟自己寡居的侄女有染。作为回敬，巴尔达斯和米哈伊尔三世发动倒伊格纳提奥斯的活动，且以叛逆罪对其加以禁闭，于是，宗主教位置出现空缺。这个位子很快就被巴尔达斯的亲戚缶提奥斯填补了，他在858年12月20日接受剃度，4天以后被按立为诵经师、下执事、执事和牧师，在圣诞节被奉为宗主教。

伊格纳提奥斯被废除，缶提奥斯突然被拥立，引起了丑闻以及普世规模的宗教分裂，教皇和西欧的主教都关注伊格纳提奥斯案件。伊格纳提奥斯被废除，并未经过正式的宗教审理，这就意味着缶提奥斯当选非法，以至于教皇尼阔拉斯一世也不惜卷进来，评判这次替换是否合法。教皇派了个特使团前往君士坦丁堡调查，发现缶提奥斯藏起来了。但使团人员一开始误解了教皇的意图，在861年一次宗教会议上默许了对缶提奥斯的选举。回到罗马，他们才发现这根本不是尼阔拉斯一世的意向。863年在罗马的一次宗教会议上，教皇废除了缶提奥斯，重新任命伊格纳提奥斯为宗主教，触发了宗教分裂。4年后，缶提奥斯重新归位，召开会议，居然以异端罪名，开除教皇的教籍。再加上教皇对整个教会的权威问题以及对新近改宗的保加利亚的管辖权备受争议，形势变得更加复杂。

但是，缶提奥斯的保护人巴尔达斯在866年被谋杀，米哈伊尔三世在867年被共治帝马其顿人巴西雷奥斯谋杀并夺取了王位，缶提奥斯被罢免了宗主教职位。这倒不是因为他是巴尔达斯和米哈伊尔的亲信，而是因为巴西雷奥斯想跟教皇以及西欧各国结盟。缶提奥斯不仅被免职，还于867年9月底被放逐。伊格纳提奥斯于11月23日重新复职。缶提奥斯在869—870年的会议上遭到诅咒，教会分裂至此告一段落。但是，伊格纳提奥斯在第二任期间所奉行的政策，与缶提奥斯并无多大差别。

缶提奥斯被诅咒不久，又得到巴西雷奥斯的重用，成了太子太傅。缶提奥斯隐居斯科皮修道院写的传世书信，以及伊格纳提奥斯的传记作者所言都显示，缶提奥斯使了点儿手腕，使皇帝重新重用了他。据说他伪造了一份巴西雷奥斯的家谱，通过一个图书馆的朋友，放进了帝国图书馆。据这份家谱说，巴西雷奥斯的祖先，不像人人所相信的那样是农夫出身，而是亚美尼亚阿沙库尼王族（Aršakuni，52—428 年）的后裔。无论真假，这件事恢复了巴西雷奥斯在精神事务方面对缶提奥斯的信赖。缶提奥斯被重新召回后，伊格纳提奥斯跟他见了面，公开表示和解。伊格纳提奥斯在 877 年 10 月 23 日去世，缶提奥斯 3 天以后就接替了他的宗主教地位。

于是，缶提奥斯在 879 年 11 月君士坦丁堡宗教大会上重新得到基督教世界，包括教皇约翰八世的承认。但巴西雷奥斯晚年与继承人莱翁六世不和，缶提奥斯站在巴西雷奥斯一边。不料巴西雷奥斯 886 年去世，莱翁六世继位，缶提奥斯从此彻底失势，消失于社会政治地平线之外。他一生表现出支持拜占庭内部力量统一，要求脱离罗马教廷而独立的倾向。正是这种倾向构成后来数百年拜占庭国家生活的重要特征。

缶提奥斯是整个拜占庭史上最有名的人物之一。但是，他之赢得声名，不仅因为投身于宗教冲突，也因为他的知识渊博、热心教育，是当时最有学问的人物之一，甚至他的某些对手也承认他是当时最多产的神学家之一。他的书库拥有神学、历史、文法、哲学、自然科学和医学等书籍，证明他博学多识。美国学者瓦西里欧斯·N. 塔塔克斯（Vasileios N. Tatakes，1896—1986年）曾说，缶提奥斯即使当上了宗主教，仍热心教导青年，他家成了青年学者的学习中心。多亏缶提奥斯，人文主义才能融入东正教，成为整个拜占庭民族意识的基本因素，缶提奥斯了解这种民族意识，才会在与西欧教会的论战中，表现为希腊民族及其精神独立的捍卫者。[①] 英国天主教神父阿德里安·福特斯库（Adrian Fortescue，1874—1923 年）把他看成"整个中世纪最奇妙的人物"，说"他的名字不应属于伟大的分离主义者，而应该经常记住，他是他那时代最伟大的学者"[②]。缶提奥斯的书信遗产中保存着对这些聚会兴

[①] Tatakes, *Byzantine Philosophy*, Indiana: Hackett Publishing Company, 2003, pp.102–103.

[②] Fortescue, *The Orthodox Eastern Church*, London: Catholic Truth Society, 2001, p.138.

趣盎然的回忆。在 861 年致教皇尼阔拉斯一世书中他说："我留在家中时，看到学生专心致志，便感到最大的愉悦：他们争先恐后提出问题；他们持久地练习谈话艺术以获取知识；他们求解最艰深的数学问题；他们坚忍不拔地学习逻辑方法以寻求真理；他们钻研神学以使理智归于神性。更何况这些活动和合唱正是发生在我的家里！"[①]

缶提奥斯一生著述甚多，著名的有《万卷书库》，以及阅读古代作品必备的《辞典》，神学著作最重要的为《安菲罗希奥斯》（*Αμφιλόχιος*），是写给库兹阔斯大主教安菲罗希奥斯的，回答了 300 个神学问题。其他神学著作还有反对摩尼教和格诺斯提派的著作，与拉丁人争论圣灵生发的著作、给保加利亚国王鲍里斯一世讲神学的长信，以及两篇《太子之鉴》，一篇写给保加利亚的鲍里斯-米哈伊尔，一篇写给"大智"莱翁六世。

这些著作中，最重要的就是《书库》（*Βιβλιοθήκη*），又名《万卷书》（*Μυριόβιβλος*），我们把它们合并，译为《万卷书库》。据缶提奥斯自己的题词说，此书包括 279 篇札记（传世本有 280 篇），是对古典作品（手稿）的引用、摘要和评论。其中许多原作如今已大多失传了。比如，前 5 世纪希腊史家克忒希阿斯（*Κτησίας*）、前 1 世纪希腊史家狄奥窦罗斯·希克利欧忒斯（*Διόδωρος Σικελιώτης*）、1 世纪的门农·海拉克雷亚（*Μέμνων Ἡράκλεια*）、奥古斯都时代的孔农（*Κόνων*）等人的著作，大多

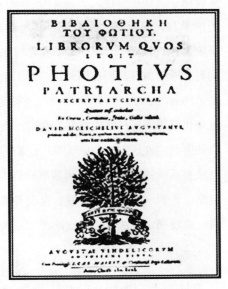

《万卷书库》书影

---

① *Φώτιος, Ἡ απολογητική επιστολή τού Φωτίου προς τον πάπαν Νικόλαον*, PG. T. CII, col.597.R. C.

失传，都是通过缶提奥斯的《万卷书库》才得以为后人所知。因此《万卷书库》不仅具有文学价值，也具有珍贵的史料价值。

据统计，《万卷书库》中，有 122 篇文章评述了 99（一说 101）位世俗作家的作品。其中 39（一说 41）篇涉及历史著作，3 篇涉及传记，22 篇涉及修辞学，6 篇涉及传奇，只有 2 篇涉及哲学。此外还涉及地理、医药、农业、词典和文法。诗歌则付之阙如。[①] 究其原因，可能是古典诗歌及哲学，在拜占庭广为人知，缶提奥斯觉得没有必要再去评论。至于涉及宗教作家的札记，则篇数稍多，有 158 篇。

虽然就世俗与宗教两大领域看，《万卷书库》更偏重于宗教文献，但是，若就一种文献而言，缶提奥斯显然对古典历史著作最感兴趣。他之所以重视历史，大概是想从历史中寻找现实问题的答案吧。他特别关注罗马在东方的战争以及帝国政权的性质。这是因为他那个时代，伊斯兰的威胁已经是现实问题了。他在评述阿皮安（Appian）的《罗马史》时，特别注意第一章七王的结局：除努玛·彭皮留斯（Numa Pompilius）以外，3 个被杀，1 个死于雷击，1 个病死，还有 1 个被夺权和驱逐。[②] 为什么要注意这些帝王的结局呢？原来缶提奥斯在探讨这些帝王上台和执政的方式。他评述赫罗狄阿努斯（Herodianus）的《历史》时，特别强调，依靠军队暴力上台的皇帝，反过来也落得同样被暴力推翻的命运。[③] 在札记 209 中，他更指出："皇帝身边应该有好的谏议官，他应该听从他们的劝告，而不是一意孤行。"[④] 此外，他在致首席大法官赫利斯托佛罗斯的信中说："祂（上帝）并没有考虑过统帅、营垒、士兵、战争或者战役；也没考虑过买卖和商店；祂没指定过市场监督官，也没指定过法官或是立法者"，"人们已获得足够的经验，现实状况给他

① Baldwen, B., "Photius and Poetry", *Studies on late Rome and Byzatine History, Literature and Language*, Amsterdam, 1984, pp.397–402.

② Φώτιος, *Βιβλιοθήκη, Cod.57*, PG. T. CIII, col.100. R. A–C.

③ *Cod.99*, PG. T. CIII, col.365.L. D–369.R. C.

④ *Cod.209*, PG. T. CIII, col.685.R. C–D.

们提供了必要的手段，过去的迷误会使他们避免未来的错误"。[①] 换句话说，上帝并没有赋予任何人特殊的地位与权力；人类在发展过程中会走弯路，会吃苦头，但这不需要什么特殊人物来操纵他们的命运，人类自己会从失败的教训中走上正途的。如果说拜占庭文学中有人文精神的萌芽，缶提奥斯这些观念应该就是萌芽之一，他把人文主义精神织进了基督教的教义之中。

《万卷书库》的题词，实际上是给他堂弟塔拉修斯的信。其中说，《万卷书库》是"登记和罗列了我们读过的书籍，共 279 篇，我亲爱的弟弟塔拉修斯希望有个总结"[②]。实际上每篇札记不仅仅是作者、书名和主题的登记，而是还有三种内容：作者小传、内容简述和批评。从文学的角度说，《万卷书库》的意义在于它是拜占庭——甚至可以说是欧洲——纯文学欣赏与批评的开山之作。德国学者 E. 奥尔特认为，缶提奥斯的文学批评已经超出了他应该很熟悉的古典批评。[③] 希腊学者 G. 库斯塔斯认为，缶提奥斯在基督教美学原则影响下，已脱离了古代先哲。[④] 也就是说，缶提奥斯的文艺批评，不再是古典的附着于哲学研究的文艺批评，而是一种独立的文学批评了。这应该是欧洲文艺批评史上的新时代的标志。

在文艺批评的各个领域，缶提奥斯关注最多、境界最高的，应该是文学风格。这当然与古希腊、罗马以至希腊化时期源远流长、成果辉煌的修辞学研究传统有密切的关系。缶提奥斯很熟悉古代"风格"学，对于相关的概念和术语，用起来可谓驾轻就熟。但他并没有跟在古人后面亦步亦趋，而是别开生面。在札记 239《普罗克罗斯文学指南》中，他引用普罗克罗斯关于文学风格的观点。普氏按"风貌"（πλάσμα）把文学作品分为三类："华丽的""枯寂的"和中间的。缶提奥斯转述了普氏的每一种风格概

① Photius, *Epistulae et Amphilochia*, ed. B. Laourdas et L. G. Westerink, V. II, Leipzig: B. G. Teubner Verlagsgesellschaft, 1983–1985, ep.187, p.83.

② Φώτιος, *Βιβλιοθήκη*, PG. T. CIII, col.41.R. A.

③ Orth, E., *Die Stikritic des Photios*, Leipzig: B. G. Teubner Verlagsgesellschaft, 1929, p.56.

④ Kustas, G., "The Literary Criticism of Photios", *Hellenika 17*, 1962, pp.132–169.

念的定义。但缶提奥斯在自己批评中，却一次也没有使用普氏的"πλάσμα"概念标准。他常使用的是另一个术语"φράσις"，现代学者一般将这个术语译为"风格"。这个术语的首创使用权当然属于缶提奥斯，但他没有给这个术语下定义。这个术语从感情色彩说，褒义的有"光辉"（λαμπρός）、"纯净"（καθαρός）、"崇高"（ύψηλος）、"灿烂"（άνθηρός）、"明朗"（σαφής）、"有序"（εὐκρινής）、"易懂"（εὐκατάληπτος）、"凝练"（πυκνός）、"包容"（κεφαλαιώδης）、"警策"（ἀφοριστικός）、"愉悦"（ἡδύς）、"美丽"（ἐπιχαρίς）、"优雅"（καλιεπής）、"朴素"（ἄκομψος）。[①] 这不禁令人想起几乎同时代的中国唐代诗人司空图（837—908 年）的二十四诗品：雄浑、冲淡、纤秾、沉著、高古、典雅、洗炼、劲健、绮丽、自然、含蓄、豪放、精神、缜密、疏野、清奇、委曲、实境、悲慨、形容、超诣、飘逸、旷达、流动。[②] 所不同者只是司空图对每一种风格都做了诗意的描述，而不涉及具体作家作品；而缶提奥斯没有专门集中地对每一种风格进行描述，但实际贯穿于他对每个作家及其作品的鉴赏与批评的分析之中。我们试以札记 128 对琉善的评析为例：

> 读了琉善对法拉利斯的揶揄和他的种种死人以及烟花女子的对话，还有其他题目的作品。异教徒们的种种观念，他几乎全都嘲笑了。他攻击他们装神弄鬼的愚蠢，他们粗俗放荡的情欲和缺乏节制；他们的诗人们云山雾罩的瞎吹和胡侃；他们治理国家必然的错误；他们生活中乱七八糟的程序和变化无常；哲学家们自吹自擂的习惯，除了废话和病人说梦，便一无所有。总之，正如我们说过的，他的目的就是把异教徒们捉来散文中嘲弄。他似乎也属于那种人中的一员，他们玩世不恭，对别人的见解冷嘲热讽，却从不声明

---

① 参见 А · П · Каждан, *История Византийской Литературы(850–1000гг)*, СПБ: Алетейя, 2012, p.26。

② 司空图：《诗品》，《全唐诗》卷六三四附录，中华书局 1960 年版。

自己所持的见解，或者说，他的见解就是谁也不知到底为何物。

　　但是他的风格是漂亮的，他的词语清晰、恰当、富于表现力；他似乎特别喜欢明晰纯净与辉煌庄严融而为一。他谋篇布局极其和谐，令人读了似乎不是在读散文，而是在听一首优美的歌曲，自然而不刻意做作，却声声入耳。总之，正如已述，他的风格迷人，但与他预定嘲弄的题目不太协调。他属于那种没有定见的人，这部作品的题词可以为证：

> 这是我琉善所写，我熟悉旧物和愚蠢；
>
> 因为人以为聪明的，其实是粗野；
>
> 所以，人之所思没有什么可以当真；
>
> 你赞叹不已的，别人却觉得是瞎扯。[1]

这段文字确实能显出缶提奥斯作为一个风格审美大家的境界。托尔斯泰在他的《何为艺术》中说过，审美活动的一个主要特征是其精微性。他还举俄国画家布留洛夫（К. П. Брюллов，1799—1852 年）为学生改画之事为例："布留洛夫修改一个学生的习作，在几个地方稍稍动了一下，原本枯燥的、死气沉沉的习作一下子就活了起来。'哟，动了一点点，整个就变了！'一个学生说。布留洛夫说：'艺术就是从一点点那里开始的。'"[2]托尔斯泰用这个例子说明，艺术，或者说审美，其高低差别的确就是那么"一点点"，或者说，就在其精微性。没有精微的审美眼光，根本就谈不上什么叫美。这就是艺术与宣传的根本区别。从这个角度看，缶提奥斯的确不愧为文学风格审美大家。

　　先看他如何分析琉善的作品。就我们习惯说的"作品思想"而言，缶提奥斯一眼就看出琉善"没有定见"，而且对此颇有微词。这并不奇怪。缶提

---

① *Cod.128*, PG. T. CIII, col.412.R. B–C.

② Л. Н. Толстой, *Собрание Сочинений В 22 Томах*, Москва: «Художественная литература», 1983, T.15, c.143.

奥斯生活在一个"信仰"，尤其是基督教"信仰"高得可怕的时代。谁若没有"信仰"，或者说没有基督教的"信仰"，那就与魔鬼无异了。所以，琉善对一切神话鬼话的怀疑以及刨根究底的拷问，缶提奥斯便觉得这是"没有定见"。他没有说琉善不信上帝，已经算是客气了。正是由这一点，他引出对琉善文章风格的一个评价："他的风格迷人，但与他预定嘲弄的题目不太协调。"用今日通俗的话说，就是形式与内容不一致。如果只就表面看，不能不承认缶提奥斯确实看到了琉善文章的一个突出的风格特点，即以炉火纯青的文字，去嘲弄那些不值得嘲弄，而应该直接废黜乃至消灭的异教诸神。何况这样的嘲弄导致一个消极的结果，那就是嘲弄者最后变得"没有定见"，用更直白的话说，就是"虚无主义"。而这是作为君士坦丁堡正教宗主教的缶提奥斯感到痛惜，乃至不能接受的，但是，若就人类思维发展史说，缶提奥斯这种痛惜大可不必。在古希腊哲学对人类思维发展的杰出贡献中，"怀疑"应该是其中之一。怀疑主义，亦即皮浪主义，是古希腊哲学浩浩荡荡的一大潮流，不少流派都与此有关，皮浪主义不用说，就连柏拉图主义也与怀疑脱不了干系。怀疑其实是对真理一种永恒的探究，没有怀疑，人类对宇宙和自身的认识便无法进步。此所以马克思也推崇"怀疑"[1]。其实，基督教之胜利，也得力于琉善等思想家对异教诸神的怀疑。若没有他们的怀疑，巫术异教诸神怎会崩溃？基督教何由得势？所以，缶提奥斯对琉善"没有定见"的责备是不妥的，而琉善能把异教诸神嘲弄垮台，也恰恰是其文字艺术与内容之间的表面的不一致所造成的。形式与内容不协调，便是滑稽。琉善辉煌的文字与异教诸神的粗俗不一致，这才使异教诸神显得滑稽可笑。应该说，琉善的艺术风格和他的作品内容，是另一种更高明的一致。所以，缶提奥斯对琉善的作品风格与内容的关系的认识，可以说是由于他基督教"信仰"的偏见而领悟不深。但是，对琉善的风格特色的界定，不能不说他的眼光是敏锐的。

---

[1] 瓦·奇金著，蔡兴文等译：《马克思的自白》，中国青年出版社 1983 年版，第 209 页。

若就纯风格范畴而言，缶提奥斯对琉善作品的风格的界定，就更值得称道了。他将其总结为一句评价，琉善的"风格是漂亮的"。怎样"漂亮"呢？他比喻为"令人读了似乎不是在读散文，而是在听一首优美的歌曲，自然而不刻意做作，却声声入耳"，使人能从感性上体验琉善风格之美。这种"漂亮"的风格又由哪些因素形成呢？一是"词语清晰、恰当、富于表现力"，即遣词造句的表达功底；二是"明晰纯净与辉煌庄严融而为一"，即文字产生的效果，给人的感觉；三是"谋篇布局极其和谐"，即篇章结构。这又使人从逻辑上明白琉善风格之美何在。我们不妨说，千载之上缶提奥斯就能从感性、理性两方面，把风格说得这样动人，这样清晰，千载之下，不少风格研究者也未必能臻于此等境界。

再看看缶提奥斯自己的风格，可以说，他对琉善风格的概括，堪称夫子自道。遣词造句，极其准确、简洁而又委婉。说琉善"没有定见"便是如此；说琉善的文字"清晰、恰当"，也是如此。这篇文字虽不能说"辉煌"，但"庄严"是当之无愧的。庄严不是故作高深，更不是仗势凌人，而是"公正平和，与人为善"。缶提奥斯对琉善艺术风格的得失的评价，就他的宗主教的地位而言，应该说是"公正平和，与人为善"的；再就文章的谋篇布局而言，也是和谐的。文章以琉善的嘲弄始，也以琉善的嘲弄终，不仅总起总收，首尾呼应，体现了诗家"诗意如环"的美感，而且结尾比起开头来，另有一番余意不尽的韵味。中间则论琉善嘲弄异教诸神的手段、方式和特点，是分别的探讨，但又与总体的界说相呼应。感性的比喻与理性的分析，相辅相成，也像一首优美的小歌。可以说，缶提奥斯不仅是一位艺术风格鉴赏大家，也是一位艺术风格创造大家。

第三节　中世纪欧洲英雄史诗的开山之作

希腊人两度为世界文学贡献了伟大的史诗。一次是游耕文化时代的荷马史诗，另一次就是农耕文化时代的《狄格奈斯·阿克瑞忒斯》。

《狄格奈斯·阿克瑞忒斯》，希腊文名为 Διγενῆς Ἀκρίτης。主人公全称为
"巴西雷奥斯·狄格奈斯·阿克瑞忒斯"（βασίλειος Διγενῆς Ἀκρίτης）。"巴西
雷奥斯"是他的真名。"狄格奈斯"意为"混血儿"，"阿克瑞忒斯"意为戍
边将士，"狄格奈斯·阿克瑞忒斯"就是"混血边塞英豪"。这两个词，有
译为"Digenes Akritas"的，也有译为"Digenis Akritis"或"Digenes Akrites"
的。拜占庭时期的希腊语，原本就有雅俗之分，再加各地方言亦有不同，所
以"阿克瑞忒斯"之译音也有几种。这部史诗讲述一位英雄巴兹尔（Βαζίλ）
的故事。他的父母分别来自阿拉伯地区和拜占庭，所以他是阿拉伯和希腊的
混血儿。史诗第一部分叙述他父母的故事。他父亲是位阿拉伯的埃米尔，在
一次突袭卡帕多基亚时绑架了他母亲，即卡帕多基亚长官的女儿。但两人
因爱成婚。婚后他父亲皈依了基督教。其余篇章多以诗中人物第一人称的口
吻，叙述巴兹尔在拜占庭边疆的英雄事迹。

这部史诗产生的历史背景，就是 7—11 世纪拜占庭帝国与阿拉伯帝国
之间争霸的斗争。拜占庭帝国，也就是东罗马帝国，自君士坦丁大帝奠基
后，经过几个朝代的积累，到 6 世纪，国势大定。但兵痞出身的尤斯廷诺斯
叔侄夺取政权后，尤其是尤斯廷尼安诺斯登位以后，野心勃勃，想重做昔日
罗马帝国的独裁者。于是穷兵黩武，四处发动战争，不仅给欧亚非三洲交汇
地区带来无穷的灾难，也使拜占庭国力一落千丈。他死后不久，西亚大片土
地便被阿拉伯人占领，北非领土尽失，连帝国核心地区也岌岌可危。

此时，幸得原埃及地区总督海拉克雷奥斯一世提兵进入首都，建立新的
王朝，大力改革内政，方才稳住局势。改革的一个重大项目，就是实行大军
区制，尤其在边疆地区军事与行政权统归总督负责，实行屯垦制度，寓兵于
农。这样，激发了边疆将士和农民的积极性，国势逐渐强盛。

在阿拉伯世界，公元 7 世纪，穆罕默德创立伊斯兰教，统一了阿拉伯
地区，随即向外扩张。7—11 世纪早期，倭马亚王朝和阿拔斯王朝时期，阿
拉伯帝国已很强盛，直接占领了拜占庭帝国的西亚和北非不少领土。拜占庭
和阿拉伯之间的冲突，为英雄史诗提供了素材。边境地区也逐渐产生了歌颂

边疆贵族英雄的谣曲以至史诗。其中，《阿牟莱之歌》便是英雄谣曲的代表，《狄格奈斯·阿克瑞忒斯》就是英雄史诗的典范。

现代希腊学者苏格拉底·寇格亚斯（Σωκράτης Κουγέας，1877—1966 年）认为，9—10 世纪的史诗是由一篇主教谴责当地人的演说引发的。这位主教责备人们不赞颂圣人和上帝，却喜欢事事诉诸武力。苏格拉底还指出，诗中所说事件发生在小亚细亚地区——希腊文学的摇篮。当时，入侵和还击、女俘的命运和竭力逃脱之类的事件，都激发了诗人灵感。诗人们常常咏唱绑架者最终会跟被绑架的女子和解并结婚。这些诗歌叙事大多采用目击者直接陈述的语气，语言生动，节奏明朗，简单易记，信息丰富，情感充沛，一般都贯穿着对上帝的赞美，并极力维护东正教，还讴歌爱情。《狄格奈斯·阿克瑞忒斯》正是在这些民间史诗的基础上形成的。

由于原来是民间口头创作，没有原始文本，所以，现今的不同版本，除了特拉帕宗塔斯本（Τραπεζούντας，简称特本）和安德罗斯本（Άνδρος，简称安本）可能来自同一口述外，其他版本都来自不同的吟游诗人的口述，因此无法重塑史诗原型。

现在传世的《狄格奈斯·阿克瑞忒斯》希腊版本有六个，其中五个是诗体的，一个是散文的。还有一个版本混杂了斯拉夫语，保存在俄罗斯文学中，而最古老的版本是厄斯科里尔本（Escorial，以下称厄本）和格罗塔费拉塔本（Grottaferrata，以下称格本）。尽管其中保存的已不是原始的口述形式，但还是相当程度地保存了最初的口语特点。这两个版本手稿的核心内容发生在 12 世纪。厄本和最初的文稿更接近，格本则有明显的改编痕迹。两个版本都对当时帝国边区的军事动乱极尽描述之能事，而狄格奈斯的传说中也包括其他英雄人物。就战争场景的描写力度和白描的浓缩力量而言，厄本更胜一筹，但厄本佚文较多。

此外，可能还有晚至 18 世纪的版本。有个修道士说，在他隐修的修道院里看到过另外两个版本。除了这部史诗，还有大量歌咏巴兹尔的民歌谣曲，与史诗相互生发。

《狄格奈斯·阿克瑞忒斯》抄本

这样，《狄格奈斯·阿克瑞忒斯》共有七种版本传世：

1. 特拉帕宗塔斯本，有 3182 行，分为 10 册。开头已遗失，中间内容有跳跃。特本手稿不会早于 16 世纪，1858 年在特拉帕宗塔斯一座修院发现，1875 年在巴黎出版，1887 年在君士坦丁堡面世。原稿已佚。

2. 安德罗斯本，又叫雅典本，有 4778 行，分为 10 册。几近完整，但也几乎是特本的翻版，可以互相参校。安本成书于 16 世纪，1878 年在安德罗斯发现手稿，1881 年出版。原稿今存雅典国家图书馆。

3. 格罗塔费拉塔本，有 3709 行，分为 8 册，除第 6 册有 1 页被撕毁，总体是完整的。手稿出于 14 世纪，多半是诗人吟诵出来的。1879 年发现于意大利格罗塔费拉塔修道院，1892 年在巴黎出版。

4. 牛津本，共 3094 行，分为 10 册，很有韵律，是一位抄写员抄录希腊开俄斯岛一位修道士 1670 年的手稿，1880 年在剑桥出版。

5. 厄斯科里尔本，不完整，仅 1867 行。语言类似民谣，但故事更令人困惑，句子长短不一，有的扩展为散文。似乎是由一位老人努力背诵出来的。手稿被德国学者卡尔·克鲁姆巴赫尔发现，于 1912 年出版。原稿今存马德里图书馆。

6. 散文体，共 10 册。似乎是安德罗斯本的散文体，相传是开俄斯的麦勒提奥斯·弗拉斯托斯（Μελέτιος Φλάθτος）写于 1632 年，1898 年发现，1928 年出版。

7. 斯拉夫语本，1922 年由 18 世纪的手稿汇集而成，其中引用了俄罗斯史学家的作品。两种手稿都是 13 世纪用斯拉夫语创作的，而俄罗斯史学家的手稿在1812年莫斯科大火中被烧毁，因而史诗内容不够完整。此本于1922年出版，1935年译成法语，1941年译为现代希腊语。

第三个版本，即格罗塔费拉塔本的语言相当精美，得益于《新约》甚多。手稿已有损毁，拼写、标点、重读和换气等都有很多错误，可能是抄录员知识欠缺所致。然而与《新约》相比，现代口语的趋势很明显，采用第三人称叙述，使用了古代词汇。其他版本在现代口语方面更有所发展，所有版本的韵律都比较现代。

这部史诗尽管有不同版本，但总体而言以下几点是共同的：第一，都有基于这个传奇的趣闻；第二，在书面和口头流传过程中添枝加叶；第三，吟游诗人各有艺术加工；第四，更正、改动早期版本的谬误。至于口语的传统版，当代学者阿尔伯特（Albert Lord，1912—1991年）的《传说之歌者》深有研究。①

这部史诗的内容包括两部分。第一部分是"埃米尔之歌"，具有更鲜明的英雄歌谣特征：一位阿拉伯埃米尔入侵卡帕多基亚，并掳走了拜占庭将军的女儿，爱上了她，娶她为妻。为了她，他愿意皈依基督教，并与他的人民迁徙到罗马尼亚（非今日之罗马尼亚，而是指东罗马帝国，即拜占庭帝国），然后生下了儿子巴西雷奥斯·狄格奈斯·阿克瑞忒斯。

第二部分涉及这位青年英雄巴兹尔的成长和他勇武超人的功勋，分为三段时期：幼年、成长和过世。他童年时候常随他父亲打猎。长大后，曾赤手空拳打死两头熊：扼死母熊，打断公熊的脊椎。他曾把一只雌鹿撕成两半，还徒手打死一只狮子，杀死一条龙。像他父亲一样，他也掳走了另一位拜占庭将军的女儿尤朵吉雅，并和她结了婚。仅在一场战役里，他就击败了三个土匪头领。在击败所有敌人之后，他控制了帝国东部大片地区，名声大振，连皇帝（也名为巴西雷奥斯）也惊动了。皇帝降旨召他觐见。他婉言谢绝

---

① Paolo Onoiuco, *Introduzione, Διγενής Ακρίτες, Poema anonimo bizantino*, a cura di Paolo Odorico, Firenze: Giunti Gruppo Editoriale, 1995, pp.xxi–xxiv; Albert Lord, *The Singer of Tales*, New York: Atheneum, 1965.

陶片：狄格奈斯与龙（左13世纪，右12世纪）

了，只愿在驻地与皇帝使者会谈。不料来使颟顸无能，会谈几乎破裂。皇帝无奈，只得御驾亲临，与他共商国是。狄格奈斯达到生平事业的顶峰。他在幼发拉底河畔建了一座奢华的宫殿，在那里平静地度过了余生，被所有东方伟人所敬仰，过世时年纪尚轻。

《狄格奈斯·阿克瑞忒斯》与先前的上古荷马史诗，中古早期的《尼伯龙根之歌》《贝奥武夫》等蛮族史诗，以及以后的《罗兰之歌》《熙德之歌》等中古后期史诗，同属于英雄史诗，同样歌颂诗人心中的英雄主义。但其英雄主义内涵并不相同。上古时期的荷马史诗歌颂巫术时代野蛮的英雄主义，即为了财富和荣誉而不怕死的精神，善恶不分，人神同一。中古早期蛮族英雄史诗开始接触和接受基督教，但原始巫术的影响并未完全消除。诗中人神开始分离，善恶功罪观念开始厘清，但巫术命运悲剧的色彩依然浓厚。《尼伯龙根之歌》虽然具有了明显的封建意识，但仍然充满对人类罪行不可避免的思索，对正与邪、光明与黑暗力量无止境交锋的描写，弥漫着命运悲剧色彩。《贝奥武夫》讲部落首领斩杀三大奇异妖魔的故事，神魔色彩和巫术气氛较浓，是封建主义黎明时期一个蛮族社会向文明过渡的故事。至于《罗兰之歌》《熙德之歌》等后期封建史诗，其英雄主义则以"忠君、爱国、护教"为核心。

《狄格奈斯·阿克瑞忒斯》的英雄主义则与之不同。此诗酝酿传唱成文之时，基督教，或者说东正教，已经成为国教，而且有正统教义。无论是英雄出征的惊天动地、为爱牺牲的可歌可泣，还是家庭的平凡生活，抑或是个人前途的生死未卜，都无一不歌颂着对上帝的恳求和信任。巴兹尔的外祖母听说女儿不仅活着，而且与阿拉伯埃米尔订了婚，便由衷地赞美道：

> 我们的主基督啊，谁坚信你，
> 谁就能万事成功，诸事如愿！ [①]

当埃米尔因为要带妻子回家，中间闹了点儿误会，夫妻几乎反目。但误会澄清后，他感慨道：

> 我的基督哟，神之子和之言，
> 是你指引我知晓上帝之光，
> 是你把我从黑暗和怀疑中救出，
> 是你懂得心灵的一切念头和秘密！ [②]

无论是原本的信徒，或是皈依的埃米尔，都在发自肺腑地、由衷地、自下而上地感激和赞美上帝，赞美基督，把一切荣耀都归于上帝，而非其他神、魔或人。所以，就作品宗旨而言，《狄格奈斯·阿克瑞忒斯》已彻底抛弃巫术多神教观念，而歌颂基督教信仰，可以说是欧亚非三洲交汇地区中世纪第一部护教史诗，是巫术英雄史诗向宗教英雄史诗转变的里程碑，是封建主义英雄史诗的奠基作。

但同时，它又保存着希腊古典史诗的一种传统，其观世的眼光并不是

---

① *Διγενής Ακρίτες*, σσ.38–39.
② *Ibid.*, σσ.251–254. 神之子和之言（道），均指圣子。

道德性的，而是文化性的；诗中宣扬的宗教观念不是排他性的，而是开放式的。正如荷马史诗对特洛亚战争双方，不管是希腊联军还是特洛亚战士，只要表现出"英雄主义精神"，就都加以歌颂。《狄格奈斯·阿克瑞忒斯》中对各种宗教信仰，都抱着一种宽容的，甚至开放的态度。信仰的融合与改变，主要不是靠上帝的威严或者战争中的神佑来体现，而是靠文明的感召，尤其是女性所体现的文明的感召，多是通过爱情和自然的陶冶来实现。史诗中的人都有坚定的信仰，但都不偏执，热诚但不狂热。主人公巴兹尔，即狄格奈斯（混血儿），就是希腊女子与叙利亚埃米尔的儿子。埃米尔为爱妻而皈依了基督教。狄格奈斯的舅舅们跟尚未改宗的穆斯林埃米尔谈话时，都以尊敬的口吻表示，对于朝拜穆罕默德的陵墓不胜向往。[①] 史诗中阿拉伯人被写得有吸引人的一面，说到他们时，语调都是友好的。两种文化——正教的与穆斯林的——并非势不两立。人们对另一种宗教信仰的人不抱仇恨，反倒是相互影响，相互补充，有时令人忘记了天生的敌意。这正是这部史诗最为鼓舞人心的观念之一。这在世界文学中，可谓绝无仅有！

作为这种观念佐证的是，在狄格奈斯的葬礼上，汇集了四面八方、不同种族的人，尤其是颇具"外邦"之感的小亚细亚及其以东的人，象征着或者说暗示了宗教合一思想。

不仅正教与伊斯兰关系如此，作者甚至对巫术信仰也态度宽宏。狄格奈斯的舅舅们寻找妹妹而不得，却见到山沟里被阿拉伯人杀害的女性的头颅身躯、残肢断体，以为妹妹也惨遭毒手，不禁悲从中来，对时日和太阳都发出了诅咒：

> 最凶险的时辰哟，最痛苦的日子哟，
> 愿你永远见不到黎明，见不到阳光，
> 愿神使你永远沉入黑暗，因为我们的妹妹

---

① *Διγενής Ακρίτες*, σ.103.

　　被那帮无法无天的家伙罪恶地杀害了！

　　……

　　太阳哟，你为什么嫉妒我们的妹妹，

　　在她能与你争辉的时刻把她杀害了？　①

　　这显然是异教信仰的余音和回声。比起其他正统基督教倾向的史诗，这部史诗引用《圣经》少很多，反倒是古典形象用得更多、更直接，如荷马的赛伦鸟和俄底修斯都被用作比喻的象征符号。这显示民间意识在宗教信仰问题上偏见很少。

　　即使引用《圣经》，也显出希腊传统色彩。与基督教崇尚谦卑蒙昧不同，诗中充满对勇气和力量的崇拜，表现为对参孙、歌利亚、大卫、阿契琉斯、阿伽门农、柏勒罗丰、马其顿的亚历山大的描绘；而对智慧的崇拜，则表现为对摩西、约书亚、扫罗和俄底修斯的描写。

　　所以，这部史诗写出一个理想战士的品质：没有偏见，宽宏大量，同情穷人，以保护弱者为己任，赦免罪行，反对一切邪恶和诽谤。这是一个理想的外省王室贵族形象。这个理想的战士形象，是拜占庭特有的。这种观念集中体现在名为巴兹尔的主人公身上。虽然巴兹尔具体是哪一位历史人物，尚不清楚。拜占庭历史上僧俗两界有过不少名人巴兹尔，如圣徒"伟大的巴兹尔（大巴西雷奥斯）"、战功赫赫的皇帝巴兹尔二世（巴西雷奥斯二世）。但他们的身世与史诗的主人公相去较远。唯一的可能性就是确实有位边塞英雄名为巴兹尔，其名字又能与圣人之名挂上钩，能激励人们去歌颂这位既是东正教代表人物，又是英勇战士的性格和行为。史诗中的主人公就带有拜占庭帝国大军区总督的影子，是拜占庭特有的军事贵族首领。他虽然也像一切英雄史诗中的主人公那样孔武有力，英勇无畏，战功卓著，但是，他不像《伊利亚特》中的英雄那样蛮勇，也不像罗马的埃涅阿斯那样局限于种族的天命，更不像中世纪蛮族英雄那样混沌。他有明确而坚定的信仰，他的一切英

――――――――――

① *Διγενής Ακρίτες*, σσ. 249–254.

雄行为都是为维护东正教信仰。他行事有时也率性而为，但总体不失上帝的
理性指导。他的一生虽不乏征战，但不是战争狂人，他最后的归宿是和平宁
静的生活。且看他讲自己的故事时，有段抒写理想生活的文字：

> 若有人想选月份之王，
> 五月肯定会君临一切月份，
> 五月青春是大地最可爱之美，
> 是植物之眼，是花儿之光，
> 是姹紫嫣红，是青青牧场，
> 它呼吸成爱，唤醒遐想，
> 能使大地媲美光明的天堂，
> 铺满玫瑰，点缀着水仙。
> 就在这美妙甜蜜的月份，
> 我决定带着我的旅伴，
> 美丽的妻子，窦卡斯将军的女儿，
> 到达一片美妙的草地，
> 我在草地上支起帐篷和床，
> 四周栽上树木花草，争妍斗艳，
> 那里还长着芦苇，高高挺起，
> 草地上一泓清泉如银铃叮咚，
> 水流滋润着那片土地，溪水潺潺，
> 丛林中栖息着各式各样的鸟儿：
> 可以遇到孔雀、鹦鹉和天鹅，
> 听到鹦鹉在树枝头歌唱，
> 天鹅在水里游泳，庄严地踱步，
> 孔雀垂下翅膀，在花间漫步，
> 翅膀上圈出一朵朵鲜花，

　　其他鸟儿爱去哪儿就飞哪儿，

　　在树上和枝头无忧无虑飞舞。①

　　这不是此前与此后的军事首领们的追求，而是看破世间厮杀掳掠之无聊后的觉醒。这与东正教初期强调基督之爱与苦，追求静观的美，应该有精神上的渊源，与各国边疆民众盼望和平生活的心愿息息相关。他是西方和中东史诗中空前的上层英雄形象，一个理性的英雄。尽管千百年来，巴兹尔的身份仍旧是个不解之谜，连拜占庭流行的"史话""演义"之类稗官小说也没有关于他的记载，但人们对他的印象极其深刻，以至于直到1922年，在小亚细亚的一系列战役中，本都（黑海南古王国）的农夫们还想用他使唤过的狼牙棒和虔诚的祈求去唤醒他。

　　后来欧洲的封建英雄史诗，如法国的《罗兰之歌》、西班牙的《熙德之歌》，就不像这样义薄云天胸怀广阔了。其中的基督教国王和将军们，被写得光明磊落，勇敢刚毅，战无不胜。相反，异教徒则被写成了"邪教徒"，阴险狡诈，怯懦残暴，最终死无葬身之地。宗教矛盾不是以和平的、文化的方式解决，而是以你死我活的战争解决。宗教狂热与种族主义偏见非常明显，偏离《狄格奈斯·阿克瑞忒斯》的观念越来越远。

　　正由于这种信仰的宽宏，史诗更没有中世纪普遍的狭隘种族主义。后来那种所谓忠君和"爱国"的观念也不明显，甚至可说淡到如无。尤其是狄格奈斯和皇帝会见，以及皇帝册封他的故事，简直是犯上作乱、宫外逼宫之态，遑论"忠君爱国"！所以，这部史诗中，不仅主人公可以是阿拉伯人与希腊人的混血儿，还有亚美尼亚人、其他混血儿等。这在当时和后来的东西方文学中都是罕见的。这当然与拜占庭帝国种族组成的多元化直接相关。此外，也与各国边疆地区人民的愿望有关。边境冲突归根结底是统治者们造成的。动荡与冲突，造成双方边境民众无穷的苦难。但边境民众的兴趣很少囿于国家和信仰的

---

① *Διγενής Ακρίτες*, σσ.4–28.

界限，他们之间完全一致的追求是和平幸福的生活。阿克瑞忒斯们是深知此理的。《狄格奈斯·阿克瑞忒斯》中对各种宗教信仰的宽容态度盖源于此。

除了这种宽容的宗教观念以外，这部史诗另一个重大内容是对女性的尊重与爱情。虽然西方史诗中，女性形象和男女之情自古有之，如《伊利亚特》中赫克托耳告别妻子上战场，亦能催人泪下。但安德洛玛克与丈夫诀别时，更多的担心是丈夫一旦捐躯，她与孩子将无所归依，甚至沦为奴隶。《奥德赛》中俄底修斯的妻子帕涅罗帕恪守妻子义务，令人起敬，但也正是这义务把她的爱淹没了。何况俄底修斯漂流海上时，还逢场作戏，跟仙女卡里普索有那么一段肉欲之恋。至于《埃涅阿斯纪》中，狄多的女儿之情最终成为政治义务的牺牲品。而《狄格奈斯·阿克瑞忒斯》中的爱情虽然仍有古代史诗的遗迹，如狄格奈斯与阿玛宗女首领的私情。总体而言，这里的爱，与古代史诗中的义务与情欲不同了。它已上升为一种两性之间的相互之爱与承诺。狄格奈斯的父亲埃米尔曾经想回故乡一趟，中间却起了波折。埃米尔误以为是妻子告发了他，满含悲愤和不解地说：

> 你为何如此？（他满含热泪），
>
> 这就是你的爱和你的承诺？
>
> 难道我没把我所有愿望都呈于你面前？
>
> 难道你不是欣喜地答应？
>
> 难道是我强迫了你或使用了暴力？
>
> 而不是你让我带你走？
>
> 双双相伴同去同回？ [①]

这里提出了爱的新原则与观念，即夫妻之间的爱，是自愿的，有相互的承诺和奉献，而非妇女单方面的服从，摒弃了强迫和暴力。自从美狄亚发出"天

---

① *Διγενής Ακρίτες*, σσ.178–184.

底下命运最悲惨的就是妇女"这绝望的呼声，并以杀子的反常行为，对男权进行了最后一次反抗后，妇女便沦为男性的奴隶，而且，几乎是毫无得救希望的奴隶。但是，经过千余年的演化，男性和女性的人性复归有了希望。这就是在上帝面前人人平等，妇女重新有了做人的希望，且在精神方面似乎还要高出男性一点儿，以致可以凭自己的人格魅力和坚定的信仰，让位高权重尽可横行的男性改宗皈依。这里面尽管写的是宗教的胜利，但也体现了妇女解放的新原理。这不同于东方圣人权威的确立，只是在政权、族权、夫权之外，再给妇女加上一副巫术精神的新镣铐。《狄格奈斯·阿克瑞忒斯》中的妇女，重新获得了与男性平等的希望。而且，这种平等，并非由男性赐予，而是女性自身的人格所应当得到的。在这种人格当中，最主要的就是理性，与信仰合而为一的理性。所以，当丈夫告诉妻子，自己要回故乡一趟，希望妻子同行，以免相思之苦，新娘便答道：

> 哦，亲爱的丈夫、导师和保护人，
> 你永远不要说伤心话，
> 什么情况能改变我对你的爱？
> 甚至哪怕要我死，我也不会拒绝你！
> ……
> 我的主啊，我将和你欣然前往，
> 无论你去往何处。所以不要发愁。[①]

面对未知的将来，新娘不像传统的儿女情长乃至为情所困的女子那样哭哭啼啼，她不仅不惧怕分离，反而鼓励丈夫安心远行。这种离别前的乐观态度和欢欣鼓舞，在之前和之后的史诗中，都是罕见的。所以，这也是一种新的女性形象：理性但不失温柔，有信仰，前所未有。

---

① *Διγενής Ακρίτες*, σσ.120–124, 132–133.

另外，史诗中对爱情的赞美，从来不是顺境中直接歌颂"同甘"，而更多的是描写"共苦"。因为只有在逆境当中，才真正考验得出何为真爱。假如这种爱的逆境再加上爱人之间的误解，主客观因素一起压下来，爱的真谛能否经得起这种考验，就更令人忧心了。所以，史诗中写夫妻二人由于误解而争执：

> 埃米尔已经几近疯狂，急欲自尽
>
> ……
>
> 他的妻子撕扯着头发，跑向她的兄弟……①

这正是所谓"爱之深，责之切"，两个贵族男女竟如此不顾自己的形象甚至生命，几近癫狂。这不正是以爱的反面来衬托爱的正面吗？因此，当误会澄清，两人和解后：

> 埃米尔搂着妻子，
>
> 进入屋内，泪如雨下，
>
> 两人心里激荡不已，
>
> 此起彼伏。轮流叹息，
>
> ……
>
> 两人被涟涟的泪水打湿，
>
> 忍受不了彼此的分离，
>
> 在人们面前毫不掩饰，
>
> 因为自然之爱是无愧无羞的。②

尤其最后这两句，可谓中古时期爱情观的绝响：爱，应该是"自然"的，爱

---

① *Διγενής Ακρίτες*, σσ.196, 237.
② *Ibid.*, σσ.265–268, 282–285.

人之间"彼此"的，而非造作的，也与他人无关。情到深处，怎会在乎旁人的眼光呢？他们活在只有彼此的世界里。只可惜中世纪后来的时间里，这种观念是越来越模糊，乃至消弭于种种清规戒律里。

就艺术而言，这部史诗也有其独到之处。

不可否认，这部史诗借鉴的资料是多种多样的：荷马史诗、旧约、新约、地方传说、古代国王逸事，乃至《一千零一夜》中的阿拉伯和波斯故事，甚至可能借鉴了土耳其的英雄史诗，以及希腊的爱情神话。其他不说，光是狄格奈斯前期的功勋，就颇似赫拉克勒斯的十二大功绩。但是，这部史诗并未像罗马帝国时期某些诗人那样简单地模仿古典史诗的情节和形式。《狄格奈斯·阿克瑞忒斯》无疑属于"英雄史诗"的范畴，也塑造了一个诗人心目中的"英雄"。但它不像《奥德赛》那样故事多样，形式多变；也不像神话那样人物众多，情节复杂，进展快速，少不了旅行和冒险，最终美德必胜。这部史诗人物不多，情节单一，发展缓慢，也缺乏戏剧性，明显地带有宗教性、赞颂性。总的来说，古典和浪漫的资料只是被用来额外添加色彩而已。史诗中的情节，既不是历史的也不是戏剧的。它只是简单明了、直截了当地歌颂东正教的英雄行为和爱情，不需要情节上的任何铺垫和对比，而笔法上也是直抒胸臆，直接赞颂。主人公的"英雄形象"当然少不了通过他的行为即叙事来塑造，但更多的是通过他的精神、观念与语言来塑造。巴兹尔之成为英雄，不仅由于他身材魁梧，当然也因为他屡建功勋。但是，他的所作所为并不是推动故事情节变化发展，而是展示性格特质。所以可以说，这部史诗可以不划归"叙事史诗"的范畴，而可以进入"抒情史诗"的行列。更具体地讲，它是一部"英雄赞美诗"。就这点看，它在欧西史诗史上，是空前的。

但是，说这部史诗主要应该归于"抒情史诗"，并非说它的叙事便无足取。相反，它的叙事自有特色。一般说来，史诗叙事范畴，可分两种。一种是诗人以叙述者的身份所作的叙事，即第三人称叙述；另一种是诗人以人物的身份所进行的表述、表白和对话，即第一人称叙述。亚里士多德称第一种形式为"描述",称第二种形式为"表演"。上古史诗多以第三人称歌咏,但和《伊利亚特》相比,《狄格奈斯·阿克瑞忒斯》两种形式都用了。这要视诗中当时当地的情景需要而定。一般而言,当需要从外部特征去塑造主人公时,往往采用第三人称的叙述,虽不无夸张,但写实性较强;而一旦要表现人物内心世界,更多的就采用第一人称的叙述,让人物自己咏叹内心情绪。当狄格奈斯的父亲埃米尔计划回家,只跟妻子商量,而没即刻通知妻子的家人,消息传出,自然会引起妻子家中众人的不安和猜测。众人这种内心活动,不便明言,便由年纪最小的五舅老爷自述的梦境显现出来:

> 我坐在房里,看群鹰在拉阔派忒拉① 上空盘旋。
> 有只心怀不轨的猎鹰在追逐一只鸽子,
> 追上后,它们飞进一间屋里。
>
> 那正是我们的妹妹和妹夫的房间……②

作为舅老爷,他不好直接阻拦他臆测中的"阴谋",但又不能置之不理,因为事关他亲妹妹的幸福和家国的名声。于是,这种矛盾的心情,便转化为梦,转化为一个他觉得危险,但又不明就里,一时无法干预的怪梦。反思和叙述这个怪梦,就使这位舅老爷深沉复杂的内心世界呈现在读者面前了。有时,两种叙述干脆融而为一。且看埃米尔回家接母亲的路上的一次遭遇:

---

① 拉阔派忒拉（Λακκοπέτραν），为希腊半岛阿开亚地区东北部一村镇。而狄格奈斯母亲的故乡卡帕多基亚则在小亚细亚半岛,两地相距甚远。这位五舅老爷所言之拉阔派忒拉当另有其地。

② Διγενής Ακρίτες, σσ.141–144.

> 有次他们穿越一条无人走的小路，
>
> 埃米尔走在四周，掩护着他的伙伴，
>
> 看见头可怕的狮子正抓住头小鹿，
>
> 伙伴们吓得立刻往山头直奔，
>
> 埃米尔却悲天悯人地对狮子说：
>
> "危险的野兽啊，你怎敢这样？
>
> 拦着灼热的爱情之路，
>
> 我会给你应得的奖赏！"
>
> 说完，他用狼牙棒奋力拦腰一击，
>
> 那猛兽便断了气倒在地上。
>
> 他立即命令同伴们说：
>
> "拔下牠所有的牙齿，
>
> 还有右前爪的指甲。
>
> 蒙上帝恩惠，等回到罗马尼亚，
>
> 我要把这些送给我可爱的儿子，
>
> 卡帕多基亚的狄格奈斯·阿克瑞忒斯！"[①]

诗人的叙述，简洁地描述主人公的义气、保护弱者的善良和勇武；而人物自身的言语，则显出其临危不乱的从容和自信，对野兽的质问还颇有戏剧色彩。至于情节的设计，诗人也注意了其间幻想的逻辑关系，环环相扣，又不乏变化，紧凑集中，惊险、生动、细致、深情，以便在必要的叙述中，使人物性格鲜明而完整。所以，故事的描述既具有传奇性，又充满写实性；人物既具备民族英雄的共性，又展现了鲜明的个性特征。有时，为了使史诗宗旨显豁，诗人还不惜冒险使用情节重叠的手法。埃米尔回来时，带回了自己的母亲，并让母亲也皈依了东正教。

---

① *Διγενής Ακρίτες*, σσ.89–106.

> 语言无法形容他们的欢愉，
>
> 他们围成圈跳起舞来，
>
> 喜上加喜，有人宣布他的母亲也来了
>
> ……
>
> 谁能不惊奇，谁不觉得匪夷所思，
>
> 神圣的爱怎会获得如此强大的力量，
>
> 能把异族人团结起来，引入一个信仰之中。[①]

就情节设计而言，这确实是同义反复。但这同义反复就主题而言，更证实了东正教的感召能力和爱情力量的神奇，竟然能把信仰不同的人团结在一起！那么，这种反复就是可以接受的。

此外，史诗在描述场景方面也有其独特之处，笔法简练，描述生动。前面引用狄格奈斯的理想抒情诗句可以为证。许多场景寥寥几笔，并未使用比喻、夸张等修辞手法，就可以形象地向读者展示出场面的真实、宏伟和现实的动感。史诗采用了中古希腊语，语言的细微之处无不闪烁着平凡的光彩。史诗中不仅有宣叙调，也有咏叹调。咏叹的歌词显然比叙事诗句要短许多，但这并不妨碍叙事的诗句与抒情的歌曲交相辉映，而其韵律的音乐美感和内容的高贵优雅，受到世界的瞩目。可惜，那只能从希腊语原著才能体会了。

总之，《狄格奈斯·阿克瑞忒斯》是拜占庭英雄史诗的典型，也是欧洲中世纪英雄史诗的奠基作。后世史诗除了在情节设计上与它有所不同外，从史诗精神，到人物塑造，到抒情咏叹，乃至音韵格律，无不受它的影响，继承它的遗产。不仅史诗，就是中世纪西欧骑士文学的滥觞，不妨也可从这里找到源头。《狄格奈斯·阿克瑞忒斯》中的人物，是中世纪拜占庭帝国和小亚细亚一代传奇式的英雄，他们对信仰的忠诚，对爱情的坚贞，以及对和平生活的向往，成为永恒精神的象征。狄格奈斯的故事影响尤深，其个人魅力

[①] *Διγενής Ακρίτες*, σσ.312–322.

的影响比较久远，以至于在其之后，其他国家才出现了类似的英雄人物。他影响的范围不只是一个国家，不仅是拜占庭，就是在欧洲也闻名遐迩，甚至扩展到亚洲、非洲。可以说，若没有狄格奈斯，《熙德之歌》《罗兰之歌》是否会是我们现在看到的样子，尚未可知。他的故事一直被人们所传诵和喜爱，直到 17 世纪都还有不同版本的文本流传下来。

这部史诗不仅影响了中世纪史诗，对现代希腊生活和希腊文学影响也颇深，成为大家心慕手追的典范。在其稍后的版本中，狄格奈斯最后是在大理石的打谷场上一场残酷的战役后，被以死神和冥王形式出现的死亡打败的。他的死亡过程被俄罗斯的民谣《战士阿尼卡》所采用。直到现在，希腊裔加拿大作家克里斯特斯还在《君士坦丁堡》一书中运用这些情节。希腊当代大诗人寇斯忒斯·帕拉马斯（Κωστής Παλαμάς，1859—1943 年）去世之前，在历史学家康斯坦丁·帕帕莱果波罗斯（Κωνσταντίνος Παπαρρηγόπουλος，1815—1891 年）影响下，以拜占庭作为希腊更广阔的历史背景，完成了他自己的《狄格奈斯·阿克瑞忒斯》的新版著作。"二战"后，希腊现代诗人尼阔斯·卡赞特扎凯斯（Νίκος Καζαντζάκης，1883—1957 年）筹划以阿克瑞忒斯为原型创作新的史诗。而此时的狄格奈斯·阿克瑞忒斯不仅仅是国家的象征，而是更崇高和坚韧的精神斗士。看来，《狄格奈斯·阿克瑞忒斯》在希腊人民心中的确是不朽的！

第四节　拜占庭政论文学的典范

君士坦丁七世出生于 905 年，卒于 959 年，是莱奥六世和其第四任妻子的儿子。他出生时，父母的婚姻尚未得到教会承认，还不"合法"。但他是莱奥六世唯一的男性子嗣，而且生在皇宫紫色的婴儿室，即紫微宫，有继承王位的合法资格。因为拜占庭色尚紫。他的称号"紫微宫主"（Πορφυρογέννητος，紫色的）也由此而来。908 年 3 月 15 日，他三岁时，他父亲和叔父还象征性地授予他皇冠。莱奥六世去世，其弟亚历山大继位仅

基督祝福君士坦丁七世

13 个月便于 913 年也去世了。亚历山大临终时，虽然没有反对君士坦丁七世继位，但设了 7 人摄政委员会，由宗主教摄政。他母亲联合罗曼诺斯一世（Ρωμανός Αʹ Λακαπηνός，870—948 年），驱逐了宗主教，由他母亲摄政。920 年，罗曼诺斯一世成为共治帝，大权独揽，并把自己的女儿嫁给君士坦丁七世，而且觊觎帝位。直到 945 年，罗曼诺斯一世被教俗贵族集团联合打倒，君士坦丁七世才真正成为皇帝。几个月后，他委任自己的儿子罗曼诺斯二世（Ρωμανός Bʼ，939—963 年）为共治帝。实际上，他从未真正使用王权独裁国事，而是一直潜心于自己的学术追求，把权力适当地给予了将军和官员们，以及他精力充沛的妻子。949 年，他曾派 100 艘船的舰队，去围剿克里特岛的阿拉伯海盗，结果跟他父亲 911 年一样失败了。但东线战绩较好，时有成功。他在外交上比较活跃，与西欧基督教的国王们，乃至伊斯兰的哈里发均有来往。957 年秋天，基辅摄政女王奥尔加（Княгиня Ольга，920—969 年）拜访了他，接受了基督教洗礼，改名海伦娜，并请基督教传教士去她的国家传教。传说君士坦丁七世爱上了奥尔加，但奥尔加故意把他认为教父，委婉地拒绝了他。君士坦丁七世卒于 959 年 11 月，由儿子罗曼诺斯二世继位，有说君士坦丁七世是被他儿子和女婿毒死的。他与妻子情投意合，也是位慈父，但是，他对自己的独生子过于溺爱，以至于有人说他的儿子身心懦弱，24 岁就过世了。

现代英国史家约翰·朱利叶斯·诺里奇（John Julius Norwich，1929—2018年）在他的《拜占庭简史》中把君士坦丁七世称为学者皇帝："就我们所知，他是一位热诚的收藏家：不只是书和手稿，还有各种艺术品，就他的地位而言是相当卓越了。他似乎还是个优秀的画家，他也是慷慨的赞助者，赞助作家、学者、艺术家和手工艺人。最后，他是位杰出的帝王，是位能干、尽责、勤政的管理者，善于鼓舞委任的官吏，包括军事、教会、行政和学术人员。他任命官员很有想象力，且很成功。他发展了高等教育，并且在对司法的管理方面充满浓厚兴趣。"[①]作为皇帝，他满心慈悲，尽职尽责，深受人民爱戴。他去世出殡时，有大量民众自发地为他哀悼送行。

君士坦丁七世执政期间最大的贡献，除外交方面，在内政上的建树也不少。947年，他命令无偿偿还农民土地，激发起农民的生产热情，为帝国的经济和军事力量奠定了坚实的基础，使帝国力量远远超越前一世纪。同时，他不遗余力地发展高等教育，建设艺术、文学和历史学科，大力保护古代文物。

在文化教育领域，他的贡献尤其巨大。他提倡通过训诫来进行教育，以中世纪的格言智慧作为首要的教育基础，复活了古典教育的传统，也影响了欧洲中世纪后期和文艺复兴时期的教育。而要教授实际的智慧，必须有教育资料，但这在当时是非常稀缺的。他便热情地组织学者队伍，搜集整理大量的资料。其途径有三种：1. 搜索研究和整理古代典籍；2. 不畏枯涩艰难，编选古典作家文集和百科词典；3. 针对近期事件，整理各个商业和管理部门的技术指导手册。他亲率一群历史学家，分工负责管理每个学科分枝的文件。这样，不仅从物质层面上，也从精神层面上切实地发展了高等教育，为帝国培养了不少人才。他的官员和宗教界领袖，许多都是从大学毕业生中挑选的。

在学术方面，他感到人们严重忽略了历史研究，主要是因为历史内容

---

① John Julius Norwich, *A Short History of Byzantium*, New York: Alfred A. Knopf, 1997, p.181.

过多。因此，他决定，组织君士坦丁堡著名的历史学家，精选了53个题目，对相关作家的作品进行精选，把每位作家作品最有价值的部分选出来，加以编纂研究。可惜这53个题目的资料，现在只有6个幸存下来。

他自己学习和研究也很有建树，堪称卓越的作家和学者。他著作颇丰，最著名的有四种：《帝国行政论》《拜占庭宫廷礼仪论》①《军区论》，以及《巴西雷奥斯生平》（ Βίος Βασιλείου）。

《拜占庭宫廷礼仪论》写于963—969年，是君士坦丁七世编译的著作，描述皇宫各种礼节、仪式和程序；还有对他祖父巴西雷奥斯一世（ Βασιλείου I）的回忆。此书只有两种手稿保存下来，第一种包含97个章节，而第二种包含56个章节。第一种取材于各种史书和档案资料，其中1—37章描述宗教节日的各种程序；38—83章叙述各种非宗教仪式；84—95章是6世纪的贵族手册；96—97章是尼克佛罗斯一世（ Νικεφόρος Α΄ ）统治时期的状况。第二种的1—24章记录当时的口语、书面历史资料，及晋升仪式等；25—56章展示和上述仪式相关的图片，还有针对克里特岛和意大利的军事动员、官员薪俸和外交公文等。

书中的很多章节都充满真实的仪式细节或事件的描述。外交事务在7—10世纪的拜占庭帝国发挥着很大的作用，因此关于外交礼节和仪式的叙述尤其细致。比如书中介绍了如何接待从波斯、东哥特王国以及罗马等地来的使节。总之，《拜占庭宫廷礼仪论》在当时具有很高的实践指导意义，为后世留下了珍贵的历史资料。

《帝国行政论》写于948—952年间，讲述帝国行政管理，希腊语标题为 "Πρὸς τὸν ἴδιον υἱόν Ῥωμανόν"，意思是 "给亲爱的儿子罗曼诺斯"，也就是说，是就治理多种族的帝国内外政策，给王位继承人提出忠告。不过还有一说是，此书写于约956—959年，君士坦丁七世并未给此书命名，只是书

---

① 《帝国行政论》有希腊文题词："Πρὸς τὸν ἴδιον υἱόν Ῥωμανόν"（给亲爱的儿子罗曼诺斯）；《拜占庭宫廷礼仪论》也有希腊文题词："Περὶ τῆς Βασιλείου Τάξεως"（论王室秩序）。

的开头称呼比较正式："基督教永久的君主、罗马人的皇帝君士坦丁，给他的儿子紫微宫主出身、上帝加冕的皇帝罗曼诺斯。"这都说明，此书主旨就是教育王储如何为君，如何治国：

> 讲到生活中的风俗习惯、气候、地理描述以及在罗马和不同国家之间发生的事件，以及此后，我们国家和罗马帝国所做的改革，我用自己的智慧发现这一切，也希望你能了解，我亲爱的儿子，并方便你了解这些国家之间的不同，以便你明白如何对待和驯服他们，该否对其发动战争……万能之主会用盾牌掩护你，造物主会理解和保护你，祂将指引你的步伐，并给你奠定坚实的基础。祂将注视着你，保护你免受伤害，因为祂选择了你，从你在母腹时起。[1]

为此，他谆谆嘱咐道：

> 儿子，你的眼睛要盯住我的言辞，学习我要你学的东西，你就能在适当的时机，把古老的珍宝转变为智慧的财富，变得无限机智。因此，要知道所有北方部落，都贪财好利，不知餍足，什么都要，什么都贪，欲壑难填，总是得寸进尺，只想着一本万利。[2]

字里行间，望子及早成龙，懂得世事艰危，以及异族人心险恶，以便未雨绸缪，及早有以应付，那种为人之父的急切心情，表现得淋漓尽致。

此书的手稿和版本，最早幸存下来的版本产生于11世纪晚期，后来由篡位者约安尼斯·窦卡斯（Ἰωάννης Δούκας，1193—1254年）的机要秘书米

---

[1] Constatine Pophyrogenitus, *De Adeministrando Imperio*, Greek text ed. GY. Moravcsik, English trans. R. J. H. Jenkins, Dumbar Oaks Center for Byzantine Studio, 1967, p.47.

[2] *Ibid.*, p.65.

哈伊尔做的副本，简称"P本"，现存巴黎法国国家图书馆。1509年，手稿又被一个叫安东尼·埃拉库斯（Antony Eparchus）的人再次复制，简称"V本"，现存梵蒂冈博物馆。此版本有后来读者加的大量希腊语和拉丁语的注释。第三个完整复件是第二个版本的复制，安东尼开的头，由大马士革人米哈伊尔（Μιχαήλ Δαμασκηνός，1530/1535—1592/1593年）完成，简称"F本"，也存巴黎法国国家图书馆。第四版不完整，是1560—1586年期间，安德里亚·达玛利（Andrea Darmari）就第三版复制的，简称"M本"，现存意大利摩德纳市。

此书的希腊语完整版第一次出现在1611年，由荷兰学者约安尼斯·缪尔希乌斯基于V本出版的，称为"珍本原版"（editio princeps），6年后再版。1711年，安瑟莫·班杜利（Anselmo Banduri，1671/1675—1743年）校对了原版后，出版了两次。法国学者米涅对班杜利版做了一些更正后再版。

《帝国行政论》第一种拉丁语译本是缪尔希乌斯所译，1611年出版，1617年再版。乔凡尼·拉米（Giovanni Lami，1697—1770年）又出版了缪希乌斯版的修订本。1711年，安瑟莫·班杜利又做了比较重大的改动。1840年出版贝克尔（Bekker）版本，1864年出版米涅版。至于节选章节，则有多种语言译本。1949年，匈牙利学者尤里乌斯·莫拉西克（Gyula Moravcsik，1892—1972年）整理的第一个希腊文的现代版本和甄金斯（R. J. H. Jenkins，1907—1969年）的英文翻译版在布达佩斯发行。1962年伦敦阿思隆出版社出了新版。1967、1993年，哈佛大学敦巴顿橡树园拜占庭研究中心再版这个希语注释的英译本，可说是目前最好的版本，本书引文即以此本为依据。

《帝国行政论》共53章，分4部分：1. 当时政治上最危险和复杂的区域——北部和西塞亚的外交政策及关键问题；2. 同一区域处理外交政策的教训；3. 附近大部分国家的综合地理和历史调查；4. 帝国内部历史、政治和组织总结。

第1—8章、10—12章解释对待土耳其和佩切涅格（Pechenegs）的政策。第13章是他亲笔写的有关外事政策的总指示。第12—40章，是早期作品，是10世纪40年代编译的历史和古典学者的论文，内容是传统故事，讲述过去帝国周围的疆土是如何被斯拉夫人、威尼斯人等现住民占领的。第43—46章，是关于东北部的亚美尼亚和格鲁吉亚的最新政策。第49—52章，讲述帝国新省份的合并和税收，以及内部行政和军事。第53章及附录是给王储罗曼诺斯二世的实际指示，而且很有可能是为庆祝罗曼诺斯二世的14岁生日，在951—952年加进去的。综合观之，全书主要内容分两方面：第一方面涉及历史和古文物；第二方面是政治和外交。对历史学家而言，最有价值的在第二、第三部分，因为里面保存了10世纪拜占庭周边很多国家唯一的、最早的资料，因而这部分译本众多，如第39章就是如此。

君士坦丁七世直接使用中世纪希腊语写作，比起典型的福音书希腊语更精美，对现代受过教育的希腊人来说浅显易懂。唯一的困难是技术术语频繁出现，虽然在当时是标准用语，但会让初读此书的现代读者感觉困难。比如，当君士坦丁七世写到皇室成员被频繁地派到远方谈判，他介绍这些人的身份时，用了"βασιλικοί άνθρωποι"一语。此语意为"皇室成员"，但在书中的意思是负有特殊使命的"皇室特使"。初阅此书的读者，对这些地方会感到不明就里。除了这些地方外，整部书的用语是明了易懂的。君士坦丁七世在序文中指出，他故意避免复杂的表达方式和高贵的古雅典希腊语，叙述方式也尽量平铺直叙，"正如每天的日常生活那样普通和平实"。这样，在10世纪的君士坦丁堡，他儿子和当地官员们读起来就轻松不费力了。

此书包括早期的论文《论国家和多种族的管理》，涉及邻国的历史和特征，包括土耳其、佩切涅格、基辅罗斯、南斯拉夫、阿拉伯、伦巴底、亚美尼亚、格鲁吉亚等。还有《军区论》，涉及当时帝国的一些省份所发生的事件。所有这些构成了给他儿子的独特的政治指导。且看他如何分析俄罗斯人、佩切涅格人、土耳其人跟拜占庭之间的四方关系：

俄罗斯人也不能到罗马人的领地，不论是贸易或战争，除非他们和佩切涅格人和平相处，因为当俄罗斯人乘船到了水坝，便无法过去，除非从河里抬起船来，用肩膀扛着运输，那么佩切涅格人便会袭击他们。而他们又无法同时立即做两件事，就很容易被跟踪并被打败。

只要罗马皇帝和佩切涅格人和平相处，那么，不管是俄罗斯还是土耳其都不能武力攻占罗马领地，也不可能以和平为筹码，从罗马讹诈钱财货物，因为他们害怕在和罗马交战时，这个国家会乘机攻击他们。对于佩切涅格人来说，如果他们和罗马皇帝友好相处，并通过信件、礼物赢得他的信任，就能很容易攻占俄罗斯和土耳其，然后奴役他们的女人和儿童，踩蹦他们的国家。[1]

别看君士坦丁七世以学者身份闻名于世，其实，他一点儿书呆子气也没有。他深知俄罗斯人与佩切涅格人的贪婪和凶残，同时也深知这两个族群之间的矛盾和缝隙，因此，教导他儿子如何利用这些敌对种族的矛盾，联合敌人的敌人，争得主动。而且，他不仅从政治上分析四方形势，更能把注意力集中到战争的攻防进退上考虑问题，心无旁骛，所以，能以短短几行文字，便把形势分析、利害关键、生死存亡的机遇，说得一清二楚，其思维之周严，眼光之犀利，言辞之简洁，可谓集政治家、军事家和学者文人于一身，堪称曹孟德之流亚。

此外，此书也是 817 年后帝国重要事件和历史资料节选，包括从前代历史学家的作品节选出的四个方面的资料：论特使（De legationibus）；论德行与腐化（De virtutibus et vitiis）；论埋伏（De insidiis）；论建议（De sententiis）。这些历史学家的很多作品都已佚失，幸得此书保存了不少。此书还颂扬了他祖父的统治和成就。作为研究拜占庭邻国的资料，尤其是中世纪巴尔干半岛地区首要的资料，还有研究帝王本身的资料，此书颇多真知灼见，非常难

---

[1] *De Adeministrando Imperio*, p.51.

得，因而一直吸引着历史学家、社会学家和人类学家。有时，甚至其中的几个句子，都会引起学者们关注。不妨从外交和学术角度看看他对阿拉伯人和穆罕默德崛起的分析：

> 法忒姆（Φατέμ）是穆罕默德（Μουχούμετ）的女儿，法忒米通人（Φατεμίτων）的名字由此而来。但并非源于利比亚的法忒米（Φατέμη）地区。他们居住在麦加北部地区，在穆罕默德的陵墓后面。他们是阿拉伯国家，对战争和战役训练有加，在这种部落的帮助下，穆罕默德投入了战争，使得很多城市和国家卷入其中。因为他们都是英勇的战士和男人，所以如果队伍是由这样的人组成，那他们将无法被击倒或打败。他们骑着骆驼而不是马，不穿铠甲或外套，而是粉色斗篷，带着和人一样高的长矛和盾牌，还有巨大的几乎无人能拉开的木弓。[①]

君士坦丁七世看到阿拉伯人崛起的两大因素：宗教与军事互为依靠，法忒米通人得到穆罕默德的宗教信仰，有了强大的精神支柱；而反过来，他们的军事力量又支撑了穆罕默德的战争。伊斯兰教义使他们视死如归，打起仗来，几乎不用防护器具，而集中全身力量于进攻，所以武器之巨大，超过常人。因此才战无不胜攻无不克。读了这些文字不能不佩服君士坦丁七世看问题独具只眼，而文字的平和朴实，非但不会削弱其说服力，反而因为内容的正确易懂，更具力量。

君士坦丁七世虽然身为帝王，以政治为主业，但其文笔颇具大作手勾魂夺魄的才气。且看一段他引用前人著作，探讨犹太上层与土耳其人勾结的文字。这段文字从引用瑟奥凡尼斯的《春秋》入手：

---

① *De Adeministrando Imperio*, p.79.

　　6139 年，萨拉森人的主要的伪先知穆罕穆德过世，指定他的
亲属阿卜拉萨尔（Ἀβουλαθάρ，又名波帕克托［Βουπακτορ］）作
为替身。他一出现，受到蛊惑的犹太人就把他当作他们期待的耶稣
基督，所以，有些领袖就靠近他，接受了他的宗教，而放弃了摩西
创立的自己的宗教。但是当他们看到他吃骆驼肉，他们意识到他们
看错了人，但是他们却教他犯下反基督徒的邪恶罪行，并继续与他
为伍。正是他们教他接受了与割礼等相关的部分法典。萨拉森人
首先跟着他遵守了这法典，他宣布他将成为先知……他告诉自己
的追随者，无论他杀死敌人或被敌人杀死，在升天堂的路上都没
有任何障碍，在天堂里，可以大口吃肉喝酒，有淌着酒和蜂蜜和
牛奶的河流，有女人陪睡，我们凡间所知的女人，根本无法和那
些女人相比。①

引文中的 6139 年，是拜占庭基督教会的一种纪年方式，以传说中的上帝创
世为纪元元年，算到拜占庭的时间，故已达 6000 多年。君士坦丁七世说完
瑟奥凡尼斯对穆罕默德去世和指定接班人史实后，便转入历史的分析。这分
析包含两方面：一方面是犹太上层人物认贼作父、借力打力、反对基督教的
伎俩，几句话就说得清清楚楚。第二方面便是阿卜拉萨尔的吹嘘。这部分文
字不仅其内容粗俗荒唐，更有趣的是，君士坦丁七世以间接引用的方式，模
仿其吹牛皮的口气，居然惟妙惟肖，令人如见其形，如闻其声，确实有勾魂
夺魄之力。

　　但若是涉及历史地理的考证，他的行文又会显出学术研究应有的细致、
准确和朴实。看看他有关意大利的考证吧：

　　古时候，意大利的整个区域包括那不勒斯和卡普亚、贝内文

---

① *De Adeministrando Imperio*, p.81.

托、萨勒诺、阿马尔菲海滨、加厄塔，以及整个伦巴底，都受罗马统治。我是说，当罗马是帝国的首都时。但是，在帝国定都君士坦丁堡之后，所有区域都分出了两个政府，因此，君士坦丁堡的皇帝就要派出两个贵族去管理。一个管西西里、卡拉布里亚、那不勒斯和阿马尔菲；另一个定都贝内文托，管卡普亚、帕皮亚和其他地方。①

老威尼斯曾是沙漠，荒无人烟、沼泽遍地。如今我们所说的威尼斯人是从拉圭纳和法兰克王国其他地方来的法兰克人。他们过去住在威尼斯对面的陆地上。但是，当阿瓦尔人的国王匈奴王阿提拉（Ἀτίλα）来到，并一举毁灭法兰克各地后，所有从拉圭纳和法兰克王国其他地方来的法兰克人都开始逃亡，到了荒无人烟的威尼斯岛，盖起小屋，逃避凶残的匈奴王。现在，当匈奴王打败了陆地上的所有国家后，到了罗马和卡拉布里亚，把威尼斯远远甩在后面。那些逃亡到威尼斯岛寻找避难所的人才得到喘息的空间，摆脱内心的虚弱，商议一番该如何做，然后住定下来，直到今天。②

时间的线索、空间的变换、历史的进展、人心的动静，有机地糅在一起，但又条分缕析地叙述出来，不过寥寥数百字，就把意大利尤其是威尼斯的历史考证叙述得清清楚楚。这些文字，置诸良史才和大学者的著作中，也应当之无愧。所以，君士坦丁七世不愧是一位文体大家，他写的是一部治国之书，但其文字确实能随物赋形，千变万化，正如英译者甄金斯说的，有些地方严谨，有些地方随意，有些地方精美，有些地方朴实，有些地方智慧，有些地方笨拙。然而，全书文笔不管怎么变换，却又时时不离主旨，深入而浅出，明白易懂，在拜占庭散文史上，应占一席之地而无愧色。

---

① *De Adeministrando Imperio*, p.113.

② *Ibid.*, p.119.

当然，此书也有些地方不够确切，也不乏其他缺点，但总体说来，应该是中世纪仅存的拜占庭最重要的历史文献。当年成书之时，此书无疑是加密的机要文件。特别是在前 13 章，有许多不足为外人道的信息，比如如何敲诈佩切涅格人；在亚美尼亚如何通过秘密渠道，获得政府并不愿意泄露的信息；还有一些没有公开的、对其岳父罗曼诺斯一世的评论，也是秘密的。这些信息如果公开，当然不符合作者作为君主所应有的体面，而且也有损帝国尊严，因此从未公开发表。但正因为这种机密性，其中便没有任何多余的政治宣传，也没有任何虚构的国内外信息，而是基于日常内外政策的真实情况，进行可靠的分析，因而更提升了其价值。这样，不仅在文学史上，而且在政治史上，此书更显得独特而珍贵。

第五节　文化完人式的大作家

米哈伊尔·普瑟罗斯（1017/1018—1078 年）是 11 世纪拜占庭最博学多才的人物，堪称百科全书式的学者和作家。但其生平资料，多是后世学者从其著作中钩沉稽古而得。他的家族源于尼阔迈德亚（Νικομήδεια，今土耳其伊兹米特 [İzmit]），据他说，其先祖出身贵族簪缨之家。他的教名是君士坦丁，米哈伊尔是他后来出家的法名。"普瑟罗斯"意为"口吃"，是他的外号。

他大约 1018 年生于君士坦丁堡，受过良好的教育。儿时即有神童之目，9 岁就评注荷马的著作。受完初等古典教育后，他被送到一个"瑟马塔"（θέματα，战区）的法院工作，挣钱补贴姐姐的嫁妆。过了一年，姐姐去世，他重返君士坦丁堡入修辞学校，师从约安尼斯·毛罗珀斯。在这里，他结识了一批才智之士。这些人中后来出了一批人物，如著名的语法学家，拜占庭人尼克塔斯（Νικήτας ὁ Βυζάντιον，9 世纪下半叶）；君士坦丁堡的两位宗主教，一个是人称"多面手"的君士坦丁·雷侯德斯（Πατριάρχης Κωνσταντίνος Λειχούδης，10 世纪—1063 年），另一个是约安尼斯七世克希菲利诺斯，还有未来的皇帝君士坦丁十世窦卡斯（Κωνσταντῖνος Ι´ Δούκας，1006—1067 年）。

君士坦丁·雷侯德斯第一个为普瑟罗斯打开了宫廷仕途。开始，他担任米哈伊尔五世（1041—1042 年在位）宫廷大总管秘书（ἀσηκρήτις），到君士坦丁九世执政时，他已做到宫廷大总管首席秘书（πρωτοασηκρήτις）之职，成了宫廷一等人物，皇帝特使成员。这时也是普瑟罗斯教育工作的辉煌时期。他主持君士坦丁堡的哲学学院工作，获得"哲学泰斗"（ὕπατος τῶν φιλοσόφων）荣誉称号。他的讲座囊括了当时全部学科知识。他成为 11 世纪中叶知识和艺术文化觉醒的承载者和表达者。

这场觉醒首先意味着已被遗忘的古典传统以及丧失殆尽的艺术与科学方法的复兴。过去拜占庭修辞学家代代相传的那些古典代用品，现在已不足用，社会的注意力转向了古典源泉本身，古代作品中的古典精神被看成艺术和逻辑唯一完整的、普世的源泉。公元后头几个世纪，教会教父们对古典作品的权威肯定，成为借鉴异教文化的支柱和理由。普瑟罗斯就是这个时代复兴古典文化的先进者。他曾描写过自己兴致勃勃钻研希腊学术的情景：

> 我那时（君士坦丁九世时代）25 岁，我钻研最重要的学科。我最关注两事：一是借助修辞学习演讲术，二是借助哲学磨炼智慧。不久我学会了修辞，便把注意力转向哲学；逻辑学得足够用了，我就开始研究自然科学，然后由此转向最高的哲学境界。我没有给自己找这方面的导师，而是直接寻找古代哲学家和注释家，首先是亚里士多德和柏拉图，然后是普罗提努斯、珀弗利奥斯和杨布利霍斯，之后就直奔怪杰普罗克罗斯，最终仿佛停泊在一个最伟大的码头上。①

---

① Μιχαήλ Ψελλός, *Chronographie, T. Πεμπ, Κεφ.36–38*, texte et traduit Emile Renauld, Paris: Société D'édition Les Belles Lettres, 1926, pp.74–76.

普瑟罗斯（左）与其徒米哈伊尔七世窦卡斯

　　但普瑟罗斯的教育和宫廷工作不久便告中断。君士坦丁九世统治晚期，普瑟罗斯的庇护者君士坦丁·雷侯德斯失势，他也受到政治压力，决心离开政坛，在 1054 年入比苏尼亚奥林普斯修道院，祝发为僧，法名米哈伊尔。但是，这次失势和修道院生活只延续了几个月，君士坦丁九世死后，他又被继任的女皇瑟奥朵拉（1055—1056 年在位）召回宫中。后来的岁月，他仍积极参与政治，成为几任皇帝的政治顾问。1057 年，米哈伊尔六世（Μιχαήλ ΣΤ′ Βρίγγας，1056—1057 年在位，1059 年去世）向伊萨阿基奥斯一世孔穆宁诺斯（Ισαάκιος Α′ Κομνηνός，1007—1061 年）交权，然后是伊萨阿基奥斯一世向君士坦丁十世窦卡斯交权，再后是 1071 年，罗曼诺斯四世（Ρωμανός Δ′ Διογένης，1030—1072 年）又把皇权交给米哈伊尔七世窦卡斯。在这些事件中，普瑟罗斯都起了决定性的作用。拜占庭各种庆典，多亏他辉煌的文采装饰。他为皇帝们拟就公开集会上的致辞，为他们写就致君士坦丁堡历任宗主教的颂词和悼词。作为逻辑辩论的行家和大师，普瑟罗斯肩负起微妙的宫廷外交使命：1057 年，小亚细亚驻军拥戴伊萨阿基奥斯·孔穆宁诺斯为皇帝，也是普瑟罗斯率领使团，从君士坦丁堡去见伊萨阿基奥斯，进行谈判；1058 年，皇帝与宗主教米哈伊尔一世克娄拉利奥斯（Πατριάρχης

Μιχαήλ Α' Κηρουλάριος，1000—1059 年）矛盾白热化，要召开宗教大会，废黜宗主教。谴责宗主教的任务也交给普瑟罗斯。因此当时人称他为"辩才"。

普瑟罗斯的同学君士坦丁十世窦卡斯执政时（1059—1067 年），他在宫中的地位更加巩固，成为帝国首席侍从和太子太傅。但后来的米哈伊尔七世似乎对普瑟罗斯不太看好，所以，11 世纪 70 年代中期以后，有关普瑟罗斯的消息就少了。他的作品中涉及自身的资料，也在这个节点上停止，至于他的晚年，可信的资料就不多了。有学者认为，普瑟罗斯在 11 世纪 70 年代中期又重入修道院。[1] 据后来的史学家约安尼斯·邹纳拉斯说，多数学者认为，1078 年米哈伊尔七世倒台后不久，普瑟罗斯就去世了。也有学者推测其逝世时间要更晚。而真正涉及普瑟罗斯生平终结的资料，是保加利亚的瑟奥弗拉克托斯（Θεοφύλακτος，1055—1107 年）写过一封信给普瑟罗斯的弟弟，吊唁普瑟罗斯之死，其中说："令兄并未去世，只是离去归于上帝，解脱了痛苦的生活和疾病。"[2] 此信的日期大约是在 1078 年，那么，似乎可以说普瑟罗斯逝世于 1078 年。但是，一封信中提到的事，不一定就是写信期间发生的事。所以，1078 年，也只能说是一种概率较大的可能性而已。

普瑟罗斯的文学遗产，除了上述"鸿辞伟论"之外，主要的当数书信（数百封）以及题为《春秋》的回忆录。

普瑟罗斯研究过阿提克古典散文的修辞艺术，而且把古代阿提克语句修辞的精确性，跟第二代智者的雄辩术结合起来，又吸收了吕希阿斯（Λυσίας，约前 459—约前 380 年）、伊索克拉忒斯、德摩西尼（Δημοσθένης，前 384—前 322 年）以及艾利奥斯·阿里斯忒德斯（Ἅιλιος Ἀριστειδης，117—185/189 年）诸家之长，创造了新的语言艺术。同时，他消化了柏拉图主义和新柏拉图主义，把数学和几何证明原则引入哲学方法之中，要求对任何一个命

---

[1] Perikles P. Joannou, "Psellos et le monastère Τὰ Ναρσοῦ", *Byzantinische Zeitschrift 44*, S.283–290.

[2] P. Gautier, *Theophylacte d'Achrida Lettres 132*, CFHB, Series Thessalonicensis 16.2, Thessalonica: Association for Byzantine Research, 1986, p.589.

题都要有逻辑证实或者证伪，由此使自己散文风格具备独特的深邃性。古典修辞艺术及其典范经常奔走于普瑟罗斯笔端，他用文字绘就的色彩斑斓的画卷充满动感，他尤其善于把声音和词序组成一支旋律，辞藻华丽对称，但又区划分明，达到线性的和谐。他在拜占庭散文中复活了阿提克的韵律感，以华彩乐段艺术韵律，创造自己的句式和风格。试举一例《赞意塔罗斯》：

> 倘若一个人美，却掩饰自己的美，且遭到嘲笑，倒像他是个丑八怪似的，那么，要制止嘲笑，他便须充分显示其本色。意塔罗斯便是如此，他敞开自身灵魂幽微的神采，显示给罪犯们看，而且，照例也对他们做了澄清，以自身的典范证明，他本人就是美的化身。他阐述了希腊的智慧，遗憾地说，尽管后辈应该继承前辈的文字财富，但是，智慧财宝却被那些无权继承的人——蛮子、外地人——接受了，而希腊人呢，却跟爱奥尼亚殖民者一起，拒绝了父辈的遗产，让它转给了亚述人、米底亚人和埃及人。一切都翻了个个儿，希腊人野蛮化，野蛮人却希腊化了。今天，若有个希腊人来到苏瑞（笔者注：شوش，古代埃拉姆王国首府，中世纪萨珊王国首府，在今伊朗胡泽斯坦）或者埃克巴塔那（Ἐκβάτανα），即古代大流士的领地，那么，他听到巴比伦人所说的，就是他在母语中没听过的了，于是，他对任何人都会钦佩不已，也许是破天荒头一次明白，智慧才是一切事物的组织者。[1]

这是一段赞赏自己学生的文字，既写出以貌取人的世风之浅薄，也写出意塔罗斯的果敢与坦诚。尤其后半段，借意塔罗斯的悲愤，写出同胞的精神退化，由赞赏学生而不落痕迹地过渡到剖析同胞的国民性。其内心的忧虑与悲

---

[1] Μιχαήλ Ψελλός, *Scripta minora*, V.1, ed. Kurtz, Milano: Vita e Pensiero, 1936, p.51.

哀是非常深沉的，但是，除了"希腊人野蛮化，野蛮人却希腊化了"一句语气稍重以资警醒同胞以外，其他地方都温润蔼如，令人听了受用。最后轻轻点出，同胞们与智慧已经是久违到了不知智慧为何物的可怕地步，再不惊醒，只怕就不是在野蛮化的过程之中，而是真正野蛮了！其苦心孤诣、苦口婆心、言浅而意深，堪称已入化境。

再看一段《百科精蕴·论时间》（Διδακαλια Παντοδαπη·Περί χρόνου）的文字：

> 时间，乃人类思维创造之概念与名词。既然存在着永恒事物，永远存在，且不运动，又有必遭运动与毁灭之事物，哲学家们便把时间称为运动的尺度。因此时间并非自我存在之物，亦非肉眼可见之形体，更非无形体之存在，如自然、灵魂、智慧。否，时间，乃只存在于思维中之事物。与至尊合而为一的圣灵，长存于不变之劫期，而当祂为某人之诞生，暂离永恒，脱略宁静，便把自己之位置让予时间。故曰，时间不过是运动之尺度而已。[①]

时间，乃思维之对象及产物，属于人的精神范畴，而不属于物质性的造物范畴。一个纠缠人类数千年的哲学范畴，他界定得清清楚楚，不愧举重若轻。接着，既是哲学的也是宗教的阐述：在暂存与运动的造物之上，有永恒与不动之造化。此则古今哲学家与宗教家之所共识。但表述如此精要，对比如此清晰，则是普瑟罗斯之专长。造化乃至尊与圣灵合而为一：至尊，本体也；圣灵，则本体之精神也。至尊无所谓动与不动，圣灵则有时而需动亦可动，盖创造即其运动，至尊之造物，即体现于圣灵之运动中。若"某人之诞生"即耶稣之诞生，亦即圣灵之运动。运动必有尺度，人类对此尺度之感受而至领悟，即为"时间"。古今哲学家多矣，宗教家多矣，哲学家兼宗教家亦多矣，但能把一个哲学范畴兼宗教范畴表述得如此水乳交融，行文如此清晰，

---

① Μιχαήλ Ψελλός, Περί χρόνου, PG. T. CXXII, col.734.L. C.

如此简洁，如此有逻辑性，又如此娓娓动人，则并不多。普瑟罗斯思维之精妙，文采之纯熟，才华之天成，铸而为"鸿辞美文"，在拜占庭文坛，乃至世界文坛，谓其上承柏拉图、亚里士多德，下启但丁、康德、歌德，当不为谬。

普瑟罗斯最著名、最流行的作品，大概就是他的《春秋》。这部作品可说是一部当世拜占庭帝王史，从"矮子"约安尼斯·寇尔寇阿斯逝世到米哈伊尔·窦卡斯执政（1071—1077 年），涵盖了 14 位皇帝和女皇的统治。

此书结构分为并不平衡的两部分：第一部分写 1059—1063 年间事，第二部分则直接按照米哈伊尔·窦卡斯的旨意写成。第一部分开始是匆匆描绘巴西雷奥斯二世、君士坦丁九世、罗曼诺斯三世、米哈伊尔四世。这里，个体形象还不甚鲜明，叙述生动处只在于宫廷重要人物的肖像。究其原委，皆因不是普瑟罗斯亲见亲历。到米哈伊尔五世，普瑟罗斯就以目击者的身份进行描写，往后的叙事就变得广阔和生动了。

而整部作品的结构，主要是一系列传记，在拜占庭历史著作体例中，堪称独创。它不像同时代其他历史著作，其描写重点不在于政治和军事事件，而在于人物性格，在于性格冲突的戏剧性场景。他通常借助第二代智者的综合手法，如咏物、寓意、平行对偶以及肖像描写等，创造了一个人物画廊，描绘出色彩斑斓的心理画卷。他极其艺术地在人物的生理特征中显示出他们的精神面貌。而其叙事则尤其善于把种种插曲聚集到一个中心场景周围，而就在这些记载和描写中，自然而然融入普瑟罗斯的自传因素，叙述自己的政治和知识发展历程，特别是在他政治上活跃的那段时期，这又使整部作品染上政治回忆录的色彩。不论是叙述他人还是自己事略，其文字之差遣，则随物赋形，始终让热烈的修辞情绪服从于历史叙事。作为例证，我们来看看米哈伊尔五世的历史，这段历史在《春秋》第五卷。为了欣赏普瑟罗斯的史学，先要熟悉一下米哈伊尔五世登基背景。马其顿王朝传至罗曼诺斯三世，宫廷内外阴谋迭出。罗曼诺斯三世被王后邹埃与"孤儿总监"约安尼斯溺死于浴室。约安尼斯劝邹埃与其兄长米哈伊尔四世帕弗拉恭结婚，以巩固政权；于是，米哈伊尔四世成了皇帝。但米哈伊尔四世冷淡邹埃，邹埃形同入了冷宫，米哈伊尔四世也身患重病，来日无多。约安尼斯为安全计，便与他商量，想立他们家族的侄儿米哈伊尔五世卡拉法忒斯为共治帝。不过，这需要皇后邹埃认米哈伊尔五世为义子。约安尼斯说服了邹埃。于是，米哈伊尔五世成了邹埃的养子，未来的皇位继承人。1041年10月，米哈伊尔四世去世，米哈伊尔五世继位。

米哈伊尔五世有中山狼之性，对义母邹埃立即施以迫害，流放荒岛。邹埃登舟之时，悲从中来，想起叔叔，即英武之君巴西雷奥斯二世，禁不住放声哀唱。普瑟罗斯把这段哀歌记下来了：

> 叔叔和我皇哟，我生之初，你用皇家襁褓包我。你爱我胜过妹妹，因为我长得像你。见过我们的人都这么说。你爱抚我，抱着我常说："健康长大吧，孩子哟，愿你长命百岁，我家的星星，皇室的圣美哟！"你珍爱抚育我成长，期待我建功立业。如今你的希望落空了！我被侮辱，连带我们整个家族！我被栽赃陷害，逐出宫廷，流放蛮荒。恐怖哟，我将葬身兽腹和海底！求你在高天以你全能之力照佑我啊！ ①

普瑟罗斯说，这是他听押送邹埃上船的人说的。虽是耳闻，未曾目睹，但不能不承认，普瑟罗斯一洗政治斗争的肮脏，纯粹出之以亲情，出之以童年回忆，把这篇哭诉记得情辞恳切，悲哀婉转，无论贵贱，百代之下，犹能动人。再参照前面的哲学神学议论，以及赞词，不能不佩服普瑟罗斯才情富赡，的确是文章高手。

米哈伊尔五世不仅流放了义母，还准备再捏个罪名把她干掉。同时，他也把扶他上台的大伯约安尼斯流放了，还戳瞎人家的双眼。这样的心理变态，刚愎自用，心狠手辣，弄得人人自危。于是，老百姓，包括贵族，当然

---

① *Chronographie*, col.99.

要反抗闹事，一场暴动爆发了。对这场暴动的描写，普瑟罗斯可谓独具只眼，他没有多写其他人，而是把注意力集中在妇女身上。且看他如何写暴动中这帮冲锋在前的娘子军：

> 而妇女们呢——正如我说过的，谁不知道她们？我亲眼看着，过去藏在深闺人未识的她们，如今竟冲出家门，大声疾呼，捶着胸脯，为女皇的命运呼号。有些左冲右突，犹如酒神狂女，组成堂堂阵势，去对抗恶人。"在哪里？"她们呼喊着，"那独一无二心灵高尚、容貌美丽的她在哪里？普天下唯一自由的人，民众的女主，王位的继承人，她父亲、父亲的父亲、爷爷的父亲都是皇帝啊！贱种怎么敢凌辱贵种，对她打那种主意，只要是人心，就绝不能容忍！"妇女们就这样喊着，冲去火烧王宫，谁也不愿拦阻她们，因为人人都痛恨暴君的专制。开头她们只是组成几个人一组的队伍，后来竟跟全城的方阵一起行动，反对暴君。[①]

古今中外的史家，写妇女美丽者有之，写妇女苦难者有之，甚至写个别妇女英雄者亦有之，但带头写女性群体超越男性，主持正义，带头起义，冲锋在前者，大概非普瑟罗斯而不能作第二人想！妇女起义，实际情形大概不能不乱，但在普瑟罗斯笔下，她们不仅义愤真挚，动机纯洁，言辞高尚，尤其是带头冲击王宫，将生死置之度外的大无畏，真真愧煞须眉！更令人称奇的是，普瑟罗斯写她们居然颇有军事素养，结为方阵，旅进旅退，与《吴越春秋》写的训练时还嘻嘻哈哈的嫔妃宫女大异其趣！普瑟罗斯这等见识，这等文笔，令人不能不叹服其高人一等。

这一暴动，除了位至"诺拜里希莫斯"（νωβελίσσιμος，意为首辅大臣）的叔叔君士坦丁领着家丁来救驾以外，米哈伊尔五世是众叛亲离，手足无

---

① *Chronographie*, pp.102–103.

措。不得已，他又把邹埃抬出来，想借助她平息众怒。邹埃居然接受了米哈伊尔五世的主意！普瑟罗斯在人生的关节点上，寥寥数笔，就写出了一个胆怯、自私、愚蠢、昏聩的女人的性格！消息传来，民众起初是畏惧皇帝镇压的恐慌，继而是觉得遭遇背叛的愤怒，最后是舍命一搏，哪怕是同归于尽的决心。经过高人指点，他们抬出了邹埃被虐待的妹妹，即修女瑟奥朵拉作为旗帜，与米哈伊尔五世及邹埃相对抗，又有首都宗主教阿列克西斯精神上的支持。这一来，起义民众军威大振，摧枯拉朽，就夺取了政权。米哈伊尔五世跟他叔叔首辅大臣躲进教堂避难。而普瑟罗斯也没忘记写自己，他政治上站在起义者这边，且奉命去和米哈伊尔谈判。他在书中写自己见到垮台的皇帝叔侄两人那种可怜相后，不禁心生感慨和怜悯，打算救他们一命。他的自传因素就这样自然而然融入正史之中，可谓审时度势，行文有方。经过一番奔走，新的执政者同意饶米哈伊尔五世叔侄不死，但必须遵循旧例，刺瞎双眼，以绝后患。最后这一节，普瑟罗斯又以生花妙笔，写出米哈伊尔五世叔侄两人迥然不同的性格。先看身为首辅大臣的君士坦丁：

> 　　首辅大臣十分平静地寻找着负责执行这场悲剧的那人的眼睛，说："喂！你叫这些人从我身边散开，好让大家都看得到我以何等的勇气忍受折磨。"然后，他向那负责捆绑他，免得他受刑时动弹的刽子手说："我要是动一下，你就用钉子把我钉住好了。"说完，躺到地上，摆正头颅。他仿佛一具牺牲，面不改色，一声不叫，一声不哼。他的两眼一只接一只被剜出来……已经盲目的首辅大臣从地上站起来，扶着一个亲戚，拄着拐杖，对走到他身边的人说话。他说，他现在只剩一死，不会再让各种事件来折磨自己了。[1]

首辅大臣君士坦丁并未干什么坏事，他之救驾，也不过尽一个忠臣、一个长

---

[1]　*Chronographie*, col.114–115.

辈之份而已。现在却被这暴君昏君牵连，受此荼毒，居然毫不后悔，毫无怨言。不说别的，仅这份伟大的人格，就被普瑟罗斯写得令人钦佩。这是第一层。剜眼酷刑，古往今来，没有人不恐惧，但首辅大臣竟如此镇静坦然地接受，连刽子手们都不敢与他对视，还要他主动去找他们的眼睛，注视着他们说话。他甚至不要人捆绑他以免行刑时受不了而条件反射地动弹。这是何等惊天地泣鬼神的勇气！这是第二层。躺到地上受刑时，他居然主动摆正头颅，方便刽子手执行。这种视死如归的勇气与镇静，已非常人所能有，可谓超凡入圣。这是第三层。受刑时，一声不叫，一声不哼，任凭两只眼睛被人一只接一只剜出，这种忍耐与定力，可与耶稣上十字架相颉颃。这是第四层。最后，酷刑结束，他居然自己站起来，不哭不哼，不怨天，不尤人，以平静的语气，声明从今以后退出红尘世事。这已是大彻大悟的境界，成仙成佛，亦不过如此。这等大无畏大彻悟的性格，普瑟罗斯是完全从血淋淋的可怕场景中，一层一层写出来，头绪丝毫不乱，与主人公的镇定无畏相一致。作者自始至终，只是静静地描写，而不赞一词。这不仅出于艺术的冷静，也出于对笔下人物的尊重。试想，此情此景，还有什么赞语可以配得上人物超凡的人格与性格呢？千载之下，福楼拜提出"客观、冷静、完美"的主张，成为现实主义文学的金科玉律；其实，千载之上，普瑟罗斯已经把这原则用到炉火纯青的境界，而其中包含的敬佩之情，又比福楼拜的绝对客观要更感动人。

除了首辅大臣君士坦丁，普瑟罗斯同时写了米哈伊尔五世：

> 看到别人的试验，皇帝猜到等待他的，是与首辅大臣一起遭难，不禁乱拧双手，狂抓脸面，放声哀嚎……皇帝吓坏了，忍辱哀求，但是，刽子手见此情景，便把他捆得紧而又紧，死死摁住他，免得行刑时被他挣脱。[①]

---

① *Chronographie*, p.115.

最朴素但也极有效的写作方法，就是对比。通过对比，一个崇高如天神，一个下贱如蛆虫，就明明白白摆在读者面前，不愧如椽之巨笔，哲学之泰斗。

除了书信和《春秋》，他还有部《简史》(σύντομοι χρονικαί)，相当于一部世界史话。此外还有大量学术著作，包括宗教、哲学和科学论著。哲学著作有原本作为讲义的百科全书式的《百科精蕴》《论柏拉图》等著作。修辞学著作则有以政治体诗写成的修辞学，是对海摩根奈斯(Ἑρμογένης，2世纪中叶—3世纪初)修辞学的改编。还有论古代作家风格的论文，以及为学生选编的修辞学案例(赞臭虫、虱子等)。宗教哲学著作较有名的是《魔鬼分类》(Ἐνεργεια Δαιμόνων)，足见普瑟罗斯的渊博。

普瑟罗斯走后，继承其哲学路线的，有约安尼斯·意塔罗斯，以及13世纪的尼克佛罗斯·布莱穆德斯。他的《春秋》则时时被后世史家逐字逐句引用，如小尼克佛罗斯·布吕恩尼奥斯、安娜·孔穆宁娜、约安尼斯·斯库里茨和邹纳拉斯。普瑟罗斯是拜占庭文艺复兴的最具代表性的人物之一，有学者把他与但丁、莎士比亚相提并论。直到今日，对他的研究仍是西方一门显学。

第六节　拜占庭世俗文学第一大作手

瑟奥多罗斯·普罗卓莫斯是12世纪孔穆宁诺斯王朝最多产的作家之一，而且诗歌散文，众体皆备。其生年无法确定，大致在1070—1075年之间。其父亲名字与社会地位均不明确，但他叔叔倒是为人所知，人称赫里斯特(或赫里斯托斯)·普罗卓莫斯(Χρηστός Πρόδρομος)，1077—1088年曾任基辅大主教，法名约安尼斯。

他的生平，曾为拜占庭史家，诸如米哈伊尔·意大利阔斯、塞萨洛尼卡人尤斯塔修斯、尼克塔斯·尤根奈安诺斯等人所提及，但多限于他的晚年。瑟奥多罗斯于1153年逝世，逝世前不久出家，法名尼阔拉斯。

他一生的相当长时间是在君士坦丁堡度过。他早年及盛年生活，只能从他的著作中一窥，但也只是暗示而已。由此观之，他的修辞学文章《反对因贫而胡说天意者》就极其珍贵了。其中说，按理他有充足的理由抱怨命运不公，让他成了穷人，但他并不怨天尤人，因为他知道，人活在地上，就得受苦。由这篇文章，我们不仅知道他少年时的外貌和语言缺陷（口吃），而且知道他的"出身绝不低贱"，受过当时"最好的老师教育"，"努力学习……文法、修辞、哲学，以及线和数的科学（即几何和代数）"。当时，古典文化曾是君士坦丁堡大学的必修课程，他的老师中有米哈伊尔·意大利阔斯、瑟奥多罗斯·斯穆尔诺斯（Θεόδορος Σμύρνος，11世纪中叶—1112年）。他说，他不仅注意亚里士多德和柏拉图的著作，将其称之为"美言的顶峰"，也注意这两位大师继承人的作品。①

　　毕业后，他曾从事教育活动。起初，他没有豪门弟子，但不久竟当上安娜·孔穆妮娜公主的老师，可以步入宫廷。但这老师没当多久，因为在1105年，他以诗歌《告别拜占庭人》宣告，他准备和他的朋友，刚任命的塔拉帕索塔斯大主教斯特凡诺斯·斯库里茨（Στέφανος Σκυλίτσι），一起离开君士坦丁堡。② 这个决定的原因并不清楚。但从他的一首诗可以推想，这是由于他在神学问题上说话不妥引起的。这首诗作于1105年前不久，题为《反对巴里斯，他以异端称呼侮辱我》（Εἰς τὸν Βαρέα τὸν καταφλυαρήσαντα αὐτοῦ τὸ τοῦ αἱρετικοῦ ὄνομα）③。这位巴里斯大概是皇帝身边宠臣。尽管普罗卓莫斯驳斥了他的诽谤，证明自己十分敬神，但看来普罗卓莫斯在宫廷里的处境已经恶化，而且，似乎连在君士坦丁堡的学校教书也成了问题。这导致他生活的拮据，以至于决定离开君士坦丁堡。④

　　但斯特凡诺斯·斯库里茨在接受任命以后两年才得以成行，是一个人

---

① Θεόδορος Πρόδρομος, περὶ τοὺς δια πενίαν βλασφημούντας τήν πρόνοιαν, PG, T. CXXXIII, col.1291–1302.

② cod.Vatic. Graec, 305 fol, 128r.

③ PG. T. CXXXIII, col. 1405–1416.

④ cod.Vatic.Graec, 306 fol. 44r–47v；参见 Anna kommnina, *Alex. XII.7*, ed. Teubn. T. II, p.163.

去的。从他们两人的通信中可以知道，斯特凡诺斯曾以金钱接济过普罗卓莫斯。[①] 但普罗卓莫斯生活依然拮据，直到认识阿莱克修斯·阿利斯忒诺斯（Ἀλέξιος Ἀριστηνός）。此人在阿克塞亚省（Ἀχαΐα）曾官居高位，1107年后成为宫廷中颇有影响的人物：君士坦丁堡孤儿院总监、鳏寡孤独总管。

　　由于阿莱克修斯的庇护，瑟奥多罗斯很快得到宫廷和教会的安排，重操教职，甚至在公立学校教授阿莱克修斯·孔穆宁诺斯（Ἀλέξιος Α΄ Κομνηνός）

1314年普罗卓莫斯手稿，翡冷翠美第奇·洛伦佐图书馆藏

的小儿子伊萨阿基奥斯（Ἰσαάκιος Α΄ Κομνηνός，1007—1060年）。瑟奥多罗斯的好日子一直过到阿莱克修斯统治结束，即1118年。此后，普罗卓莫斯出现在王位继承人约安尼斯·孔穆宁诺斯的妄议者名单中，跟他的朋友阿利斯忒诺斯一起被新皇帝冷落。幸而两人厄运不长，新皇帝不久后既缓和了对妄议者的愤怒，又恢复了瑟奥多罗斯和阿利斯忒诺斯先前的地位。瑟奥多罗斯成为亲王（Σεβαστοκράτωρ）安德罗尼阔斯（Ἀνδρόνικος，1118—1185年）的王妃伊莱娜的老师，伊莱娜是东方人，瑟奥多罗斯专门为她编写了希腊文

----

① 　PG. T. CXXXIII, col.1253–1258.

法，传世至今。

12 世纪 30 年代，瑟奥多罗斯又遭到皇帝和大主教的冷落。冷落原因不明，但从大主教的态度可以推论，那又是瑟奥多罗斯的某个敌人歪曲他的宗教观点所致。瑟奥多罗斯重新陷入贫困，被迫出卖地产。这段时间的书信里满是哀伤，埋怨命运不仅给他带来物质上的，还有精神上的灾难：他病了。这时，他既出于本能，也出于民众需求，为 1134—1135 年讨伐土耳其人凯旋的皇帝写了颂歌，1136 年又为皇帝讨伐叙利亚以及陪同皇帝的重臣（λογοθέτης）写了诗。此后，瑟奥多罗斯处境稍有改善，但困难依旧多多。在 1139 年赞美皇帝讨伐蓬托斯（Πόντος）土耳其人的诗中说，他自己也才刚刚"从冷漠的荒原，即严酷、该死、可怜的贫困中……回来"①。米哈伊尔·意大利阔斯给瑟奥多罗斯的信说，瑟奥多罗斯获得了哲学家头衔，尤斯塔修斯称他是"智者的光荣"。意大利阔斯另一封信中说，1144 年或 1145 年，瑟奥多罗斯栖身于圣保罗教堂，并在那里逝世。

在其漫长的一生中，瑟奥多罗斯创作了大量各式各样的作品，可以分为散文作品与韵文作品。散文作品再分如下：

1. 神学：卡农和弥撒诗的注释、《路加福音》1—17 章阐释、《新麦勒提奥斯（Μελέτιος）生平》、《圣灵源起（反拉丁人）》；

2. 哲学：亚里士多德《第二分析论》第二册和《逻辑学》注释、对话《克赛涅吉姆》；

3. 语言学：《伊利亚特》第一歌注释、《谚语集》、《不可言传时用语集》、《民间谚语阐释》、《希腊语词典》、《文法指南》、《教堂卡农拼写规则》、《政治体诗拼写规则》、《呼吸论》、《重音论》、《音步论》、《演说分部》；

4. 修辞学：为阿利斯忒诺斯再次荣膺孤儿院总监向紫微君伊萨阿基奥斯·孔穆宁诺斯及大主教约安尼斯致辞、阿利斯忒诺斯赞词、《恺撒尼克佛罗斯·布吕恩尼奥斯公子婚礼曲》（ἡ ἐπιθαλάμιος ᾠδή）、《否定谚语"贫必

---

① PG. T. CXXXIII, col.1369.

智"》、《无知，又名自命能文》、《菲罗普拉同，又名皮匠》、《刽子手，又名医生》、《拍卖诗人和政治家之命》、四篇墓志铭，其中一篇为特拉帕宗塔斯大主教斯特凡诺斯·斯库里茨作；

5. 书信；

6. 诗歌：有六音步格言诗，重轻格三音步对话《流放友谊》，几篇政治体诗著作：593行的《星占诗》、抒情诗、颂诗、教谕诗、讽刺诗，鸿篇巨制诗体罗曼斯《罗丹森和朵茜克莱亚》（9册，4614行，三音步重轻格），诗歌作品中最有趣的是戏拟古典作品《巴特拉霍-姆斯马赫》（Βάτραχος-μῦς μάχη，《蛙鼠之战》）的幽默剧诗。

瑟奥多罗斯·普罗卓莫斯一生最负盛名的作品莫过于 Catomyomachia，意译即《猫鼠之战》。故事内容已由标题完全说明。历代研究者提到这部作品，总要指出这是对希腊化时期无名氏的《蛙鼠之战》的模仿或者戏拟。这话当然不错。《猫鼠之战》确实模仿了《蛙鼠之战》。但如果仅限于这个层次的考察，就未免皮相。《猫鼠之战》不论就思想内容或是艺术成就而言，都远远超乎《蛙鼠之战》之上。

蛙鼠之战起因为何？源于鼠王家的老三"吝啬鬼"（Ψιχάρπας）之死。原来，吝啬鬼在池塘边遇到青蛙，大吹牛皮。青蛙客气，请它到自己家串门。它也就老实不客气地跳到青蛙背上去了。不料，途中一个大浪打来，把它打落水中。青蛙还来不及救它，就见一条九头蛇游过来。青蛙吓得潜水而逃。吝啬鬼就这么淹死了。噩耗传来，鼠王差点儿气死，因为它的三个儿子都先后死于非命，于是，点

13世纪壁画《猫鼠之战》

兵遣将，攻打青蛙。这样的战争起因，实在有点儿无聊。

而《猫鼠之战》中的老鼠为什么打仗呢？为自由的生存！且看鼠王"嗜肉"（Κρείλλος）怎么说的：

> 你说说看，为什么我们原来如此显赫
>
> 现如今却躲在各个洞里，再不敢出门，
>
> 任凭恐惧害怕、哆嗦颤抖和惊惶控制？
>
> 为啥在自己窝里却过着惨淡的生活？
>
> 连把鼻子伸到光天化日之下也不敢？
>
> 为啥满心都是令人不齿的胆小怯懦，
>
> 在洞中的黑暗里忍受这可怜的命运，
>
> 在地下发抖，就像俘虏的恐惧在发作？
>
> 为啥我们忘了时间，对于白天的流逝
>
> 只能用单一的黑夜、死亡影子去测算，
>
> 活脱脱就像是传说中的吉美尔族人
>
> 住在黑海沿岸那帮视力不好的居民，
>
> 动辄半年六个月地看不见太阳天光？ ①

造成这种状况的就是猫，时时刻刻在树洞旁转悠的猫。所以，鼠王决心：

> 不惜为亲人和朋友献出自己的生命，
>
> 为妻子，为姐妹，为可爱的孩子，为亲人
>
> 要以一死来追求那永恒不死的荣誉。②

---

① Theodori Prodromi, *Catomyomachia*, Ex Recensione Rudolfi Hercheri, Lipsiae: B. G. Teubuneri, Mdccclxxiii, s.6, zz.1–13. 按：典出《奥德赛》卷 11，其中说，吉美尔人在黑暗中度日，因为"那里无穷无尽的黑夜自古就包围着活人"。

② *Catomyomachia*, s.8, zz.52–54.

这样的抗战决心，显然比《蛙鼠之战》要崇高得多了。再看对于这场战争引起的社会心理动荡的描写，《蛙鼠之战》可说为零，《猫鼠之战》却有大幅渲染，而且成为拜占庭文学的著名文字段落。那就是鼠王出征之后，鼠太后与歌队的担忧：

> **歌队：** 众神哟，众神全体和单独每一位神，
>
> 你们这悲哀的凡俗世界的统治者，
>
> 你们这吉祥升平的歌舞的领导者，
>
> 请你们保佑，哦，请以坚定的右手保佑
>
> 保佑我们那位已经出发远征的主子
>
> 打垮那吃老鼠不吐骨头的猫儿一族。
>
> **太后：** 宙斯哟，请保佑他们从战场胜利归来
>
> 保佑我们的军人、我们的丈夫和后辈。①

当她们从送信人口中得知鼠国两员大将和王储已经战死、丧命猫口之时，禁不住悲痛欲绝，连一直在劝慰鼠太后的歌队也跟着痛哭起来：

> **太后：** 啊也，啊也，呜唉，呜唉，这痛苦的痛苦哟！
>
> **歌队：** 啊，我们的主子哟！呜唉，你哟你哟！
>
> **太后：** 你说你说，你到哪里去了，我的孩子哟？
>
> **歌队：** 你丢了性命，到哪里去了，哪里去了哟？
>
> **太后：** 哪去了，哪里去了？无边无际的痛苦哟！
>
> **歌队：** 真的是无边无际、无边无际的痛苦哟！
>
> **太后：** 呜唉，你再也看不见这朗朗的乾坤了！

---

① *Catomyomachia*, s.17, zz.210–217.

歌队：我们的命算什么？简单说，就是点灰烬。

再说一遍吧：只是影子，再也没有什么！　①

荷马史诗中有妇女痛哭战败后沦为奴隶的命运，《蛙鼠之战》中压根儿就没有妇女的声音，更不用说妇女的痛哭；而《猫鼠之战》中，妇女痛哭了，不仅哭泣她们自身的命运，更是哭泣失去亲人的命运，一种无我的哀伤。这是世界文学中比较早的妇女哭诉战争的灾难和痛苦，这是人类文学抒情的升华！当然，妇女的这种痛哭，并不一定只从瑟奥多罗斯·普罗卓莫斯开始，在他以前和同时，基督教文学便有"哀悼基督"的主题，描写圣母玛利亚在耶稣基督死后哀哀的痛哭，这是世界文学对伟大的母爱和母亲丧子之痛最早的抒写。《猫鼠之战》把妇女的这种伟大的悲痛从神的身上，移到了卑贱的"鼠"的身上。换言之，移到了最底层的动物身上，这是拜占庭文学一种"亲民性"的变化。

若从艺术的角度看，《猫鼠之战》的贡献就更值得一说了。《蛙鼠之战》是戏谑性地模仿《伊利亚特》，除了立意选材把严肃的战争变为鼠辈的残杀以外，在艺术上并无更多的创造，就体裁而言，仍然只是史诗（epoc）类型而已，也就是说，仍然只是单纯的"诗歌"。《猫鼠之战》则不然，它是一种新的体裁，是"剧诗"。它既有史诗的特色，也有戏剧的特色，尤其是悲剧的特色。当然，这两种源头，还是来自古希腊文学。但是，普罗卓莫斯成功地把它们融合到一起了。从表述方式看，它用的是拜占庭文学世俗文学的十五音节"政治诗体"。

而就结构看，《猫鼠之战》则用了希腊悲剧的"结"（戏剧冲突形成）和"解"（戏剧冲突解决）的形式，全剧三起三落，以"嗜肉"为鼠国自由而决心对猫宣战始，以誓师出征终，为第一次结和解。第二次"结"和"解"以女性忧虑始，以信使报丧终。第三次结和解则以太后、歌队和妃子痛哭始，

---

① *Catomyomachia*, s.24, zz.323–331.

以信使第二次报告猫王死讯终，结束全剧。如果把每次结与解看作一幕，那么，每幕又可分为两场。第一幕第一场是嗜肉跟鼠国大臣"偷酪"商议国是，第二场是军事会议及誓师出征。第二幕第一场是女性忧虑，第二场是信使报告噩耗。第三幕第一场是女性哭丧，第二场是信使报告胜利。结构很完整，而层次又很分明，足见普罗卓莫斯形象思维与逻辑思维能力都很强。这在拜占庭文学家中是比较罕见的。当然，全剧最终的结与解，未能完全脱出希腊古典的窠臼，即"戏不够，神来凑"。猫王最终的死，不是被鼠王击毙，而是搏斗中一根房梁掉下来，砸中它的肩颈窝，犹如斗牛士之剑插入牛的肩颈窝一样（罗马人有斗兽嗜好，下笔自然内行），猫王便一命呜呼，大吉大利。这是希腊罗马文化，也是拜占庭文化中没有办法的办法。这种办法，在20世纪现实主义文学中尚且屡见不鲜，那么，中世纪的普罗卓莫斯没有归功于上帝，而是归功于意外，已经跟宗教家思路显然不同，就实属不易了。

虽然《猫鼠之战》就文体而言，仍然落脚于"诗"，但其叙事视角与《蛙鼠之战》迥异，《蛙鼠之战》根本没有脱离诗人第三人称的叙事老套，而《猫鼠之战》则是诗人已完全退出作品，整个事件过程完全由诗中或者说剧中人物叙述。这也就是19世纪福楼拜说的"客观"，作者与作品的关系，有如上帝与宇宙的关系，宇宙是上帝创造的，但在宇宙中哪里也看不见上帝。同样，作品是作者创造的，但在作品中哪儿也看不见作者。因此，《猫鼠之战》的思想倾向，有时会显得有点儿扑朔迷离，即作者对猫鼠双方的态度不是爱憎分明，而是暧昧不清，或者说中立客观。因而，其风格审美特色则介乎悲剧与喜剧之间，但不是中国人说的悲喜交集，而是既有喜剧元素，又有悲剧痛因，是一种复调式结合。比如，第一场"嗜肉"讲话，既有丧亲辱国之痛，也有不知艰难喜欢吹牛之嫌；第二场既有凌云壮志，也有刚愎自用之虞。第二幕则纯以悲剧性取胜，原因在于整幕都以女性视角为转移。第三幕则以悲始，女性哀悼；以壮终，猫王殒命，鼠国得胜。但这种胜利终究掩盖不了鼠国柱石将领和王储之死带来的悲哀。所以，我们无法简单地说这究竟是一部喜剧还是一部悲剧。而它与其他戏剧作品之不同，又恰恰在此！

还有一点，是《猫鼠之战》中虽小但珍稀之处，那就是场次过渡时的台词，颇有清新的诗意。第一场结束，嗜肉和偷酪都回洞睡了。第二场如何开始呢？偷酪说："启明星的光辉透进窗户来了。"嗜肉也说："我也看清了它的光辉。"① 这岂不是两句很清新的写景诗句么？而且符合鼠类的身份情景：鼠类白天不能活动，所以，黎明的尤其是太阳的曙光，那是它们避之唯恐不及的，唯有启明星的光辉在入夜或者黎明之前出现，是最适合鼠类活动的。何况对猫抗战的决心已下，鼠王储与大臣心中一片清明，启明星的光辉正好与此相应。这种场次转换的诗句，既清新贴切，又划分了场次，是后来莎翁特别喜欢用的一种手法。普罗卓莫斯堪称此中先行者。

一个作家在文学史上的地位，当然与他创作数量的多寡有不小的关系，但最终决定他在文学史上地位的，仍是其创作的质量、高度，或者说境界。著作等身，汗牛充栋，但艺术贡献乏善可陈，那就仍然不能入流。创作数量虽少，但粒粒珍珠，便令人不能不重视。普罗卓莫斯一生创作，数量可观，而且艺术上颇多贡献，又有学者兼作家、教育家的经历，其创造对于后世，亦有伏线千里之功；那么，说他在拜占庭文学史以及世界文学史上占有一席之地，应该不是溢美之词。

普罗卓莫斯既是拜占庭文学的俗文学之大家，自然在俗人之中会有心慕手追者。续作仿作之多，以至拜占庭文学史上竟有"普罗卓莫斯群"一语。在这个群里，有一人值得注意，那就是笔名"叫花子普罗卓莫斯"（Πτωχοπρόδρομος）的人。关于此人身份，也是拜占庭文学史上一桩公案，迄今未能彻底判断。有说他与瑟奥多罗斯·普罗卓莫斯是两人，也有说两人其实就是一人。对此，我们姑勿论，只看看他的作品吧。

叫花子普罗卓莫斯名下传世的作品有五首哀歌和一些叫花诗。五首哀歌标签为 ABCDE。A 是控诉家中"母老虎"太凶恶，祈求皇帝约安尼斯二世孔穆宁诺斯救命。B 写给"次帝"祈求施舍，改善生活。C 写给曼努埃尔一

---

① *Catomyomachia*, s.16, zz.198, 199.

世孔穆宁诺斯，是一个年轻僧侣揭露其修道院中的丑闻。D 是 C 的和诗。E 描绘一位拜占庭诗人。这些诗，写的都是日常生活，而且基本是哭穷。其中第一首最为人传诵。这首诗写什么呢？写老婆的可怕。"河东狮吼"，这是古今中外文学永恒的主题。苏格拉底怕老婆，被老婆痛骂一通，还兜头一桶冷水浇下来之后，乖乖地说"雷霆之后，必有甘霖"。宋朝陈季常，剑术与佛学修养天下一流，但苏轼说他"忽闻河东狮子吼，拄杖落手心茫然"[①]。与陈季常稍微先后一点儿的普罗卓莫斯也怕老婆，有诗为证：

> 陛下哟，我怎么忍受这婆娘的脾气哟！
> 动不动就是冷嘲热讽，谴责乃至咒骂：
> 你个汉子，挺什么尸！笨猪，胡说什么呢？
> 说，带过什么回家了？我得过你什么啦？
> 你啥时候送过我一件长衫，一条围巾？
> 哪怕哪次复活节给我买个披肩也行！
> 我嫁了你十二年，活活受了十二年罪，
> 我没见过你给的一根儿凉鞋鞋带儿，
> 没得过你给的一片儿做衣服的料子，
> 手指上没戴过一次你给的一个戒指，
> 更没得过你给的一个手镯出出风头，
> 在街上人都笑话我穿的是一身废料，
> 我都没脸出门，啥也没戴，只有坐着哭，
> 我要是进一趟澡堂子，那就更是丢脸，
> 我若吃了一天饱饭，跟着就要饿两天，
> 我抱怨，我哭泣，我嚎叫，我扭断我的手。

---

① 林语堂：《论解嘲》，《中华散文珍藏本·林语堂卷》，人民文学出版社 2000 年版，第 209 页。苏轼：《寄吴德仁兼简陈季常》，《苏东坡集》，第 36 页。

> 你给我的，全都是旧的，你统统拿回去！
>
> 哪怕那是紫袍，绫罗绸缎，是丝绵织的！
>
> 披风上镶的是古时候的字——想着就气，
>
> 给我把它拿出去，卖掉，随你扔哪儿去！
>
> 还有床上的床单儿，洗澡的那些破烂，
>
> 你要是愿意，就立个遗嘱留给你儿子；
>
> 你从你老祖宗那里继承来的这一切，
>
> 你统统留给你女儿做体面的嫁妆吧！
>
> 要是你啥也不想，那就坐着吧，闷着嘴！
>
> 你个汉子瞪什么眼，像个狼似的看人？
>
> 我出身簪缨世家，你他娘流浪汉一个，
>
> 遇见我人都行礼，你呢，被砖头追着打。
>
> 你叫普罗卓莫斯？叫花子普罗卓莫斯吧！ ①

普天之下，从古到今，少有人能把"母老虎"的口才写得这么细致，这么生动，这么传神，令人如见其人，如闻其声。而且，"母老虎"这一骂，不止我们引用的 27 行，而是一口气足足骂了近 80 行，堪称千古奇文，在世界文学史上占得了一席之地。

第七节　世上第一部女性独立书写的史传

安娜·孔穆宁娜（1083—约 1153/1155 年）是孔穆宁诺斯王朝阿莱克修斯一世孔穆宁诺斯和皇后伊莱娜·窦凯娜（Ειρήνη Δούκαινα）的长公主，在阿莱克修斯一世凯旋之日出生于皇宫的紫微宫（"紫微宫"之意，参见君士坦丁七世章节），又因聪慧机智、敏而好学而成为皇帝夫妇两人的

---

① G. Soyter, *Griechischer Humor*, Berlin: Akademie–Verlag, 1959, pp.95–97.

掌上明珠，由玛利亚·阿兰尼雅（Μαρία
της Αλανίας，1053—1103 年）抚育，玛利
亚·阿兰尼雅是格鲁吉亚公主，拜占庭皇
帝君士坦丁十世米哈伊尔的皇后，在王朝
更迭的斗争中，协助阿莱克修斯一世建立
孔穆宁诺斯王朝，与孔穆宁诺斯家族可谓
过命之交。所以，安娜曾被许配给玛利亚
的儿子君士坦丁·窦卡斯（Κωνσταντίνος
Δούκας，1006—1067 年；1059—1067 年

安娜·孔穆宁娜

在位）。阿莱克修斯一世还把君士坦丁·窦卡斯收为义子，立为共治帝。有
段时间，安娜被认为是未来的皇后，曾在皇宫中，戴着阿莱克修斯一世赐予
的皇冠，接受臣民的欢呼。但后来真正的皇太子约安尼斯二世出世，王位有
了自家血统的继承人，君士坦丁·窦卡斯便逐渐失势，不久去世。安娜则在
14 岁时奉旨嫁给小尼克佛罗斯·布吕恩尼奥斯。好在尼克佛罗斯人还不错，
这场婚姻还算幸福。安娜后来育有四个孩子。

　　安娜自幼崇拜祖母安娜·达拉森娜（Άννα Δαλασσηνή，1025—1105
年），达拉森娜堪称女中丈夫，不仅把阿莱克修斯一世抚养成人，助其取
得政权，就是在阿莱克修斯一世称帝后，依然时时指点其为政。阿莱克修
斯一世远征，国内事务概由达拉森娜主持，甚至以"黄金诏书"肯定达拉
森娜的政治地位。安娜一生的目标，就是做一个祖母那样的女性。何况希
腊与罗马自古有尊重女性的传统，即使到拜占庭帝国时期，皇位继承通行
嫡长子制，但女性的地位仍然较高。而且前朝与本朝，都有女性执政的事
实。安娜从小即有大志，聪明过人，学识富赡。语言文学方面，她精通希
腊古典修辞学和文学；科学方面她学习了四艺，包括算术、几何、天文学
和音乐；她大量地阅读了亚里士多德和柏拉图的论著，对于哲学尤其感兴
趣。而且曾经有过帝国皇后的仪式演练。这些因素合在一起，使安娜从小
就有位登九五治理天下的愿望。所以，在父亲去世后，她认为乃弟不足以

成大事，便想起兵夺权。无奈她母亲不支持她，造反不成，反被约安尼斯二世拿下。好在母亲关照，丈夫又明白表示忠于皇帝，约安尼斯二世才没迫害安娜，只是软禁起来，没收财产。安娜一生大志落空，不能不沉下心来重新思考人生。她不是那种一败就涂地的人，不能创造历史，难道不能书写历史？不能改变历史平天下，那么，书写历史也可垂永远！于是，她把后半生精力全部投入历史的写作，要为世人留下一部阿莱克修斯一世的英雄史。恰好她丈夫布吕恩尼奥斯也是一位历史家，留下一部《历史笔记》未完稿，1136 年溘然逝世，安娜便把两项工作并在一起，既整理丈夫遗稿，也创作自己的历史。约安尼斯二世归还了她的财产后，她隐居到一座修道院中，与世隔绝，潜心写作，终于完成了世界上第一部女性书写的历史著作《阿莱克修斯纪》。

《阿莱克修斯纪》共有 15 卷和 1 篇导语，主要内容就是安娜的父亲皇帝阿莱克修斯的一生事略和 11—12 世纪拜占庭历史。这两方面的内容交织在一起，以阿莱克修斯一世的经历为经，相应的拜占庭史实为纬，织成 11—12 世纪拜占庭、东欧、中欧和中近东国家的历史画卷。阿莱克修斯一世的生平，则从他十余岁参军报效国家开始，到登上皇位，对内平乱，对外征战，一直写到他离世而结束。内政部分有宫廷斗争，宗教纠纷，以及与这些因素相关的叛乱，乃至行政管理和军事管理的变革。对外则更多的是与波斯人、诺曼人以及其他异族人的斗争。这些斗争，有军事冲突，也有纵横捭阖的外交活动。由于安娜长公主的身份，加以她随时留心，便能掌握其他历史家接触不到的许多档案和资料。比如，第一次十字军东征、军区采邑制度的记述，还有《黄金诏书》以及阿莱克修斯一世与敌人签署的和约文献，其历史的真实性和准确性，就非一般历史著作所能企及。此书如今的通行本是 PG 本以及 CSHB 本，较好的译本是伊丽莎白·A. S. 道斯（Elizabeth A. S. Dawes）的英译本（*Anna Comnena, The Alexiad*），以及 Я. 柳巴斯基（Я. Н. Любарский）的俄译本（*Анна Комнина, Алексиада*）。

此书在拜占庭的史学史和文学史上自有其独特之处。就内容和文体而言，此书是一部严肃的"当代史"，其目的在于保存作者深感必须保存的人间事变与记忆。安娜在《阿莱克修斯纪》的导语中开宗明义地说：

> 时光洪流不可遏止，永恒不息，随身带走一切造物。不论微不足道的琐事，或是值得纪念的丰功伟烈，统统抛入遗忘的深渊。像悲剧中说的，它让云遮雾罩的变得清晰明朗，同时又把显然可见的掩盖起来。但是，历史的叙述，是对抗时光洪流最有效的保障，似乎遏止了它不可遏止的奔流；历史收纳了记忆保存的一切，不让它们毁灭在遗忘的深渊。[①]

这与"春秋"类通史演义显然不同。但是，在当代史中，不仅作者安娜是皇室公主，而且其所叙之事，其实也是以皇室故事为主体，因而是一部名副其实的皇室当代史，与一般当代史又不一样。加之这部当代史是围绕着阿莱克修斯一世的一生写出来的，其目的也在为后世保留阿莱克修斯一世一生的功绩，也可以说它就是一个人传记，似乎可以归入纪传体之列。但它是以一人的传记而囊括了一个时代的历史，是个人传记而兼历史，与一般多人传记形成的纪传体史书（比如中国的二十四史）也不同。所以，在史学体裁上，它是一个特例，一种创造。再进一步，从传记的角度看，它也与一般传记不同。一般传记是与书中人物没有什么直接关系的"第三者"书写的，以"客观公正"相标榜。而这部著作却是一个女儿对父亲一生以及其他亲人的记叙，不妨把它看成一部回忆录。所以，她郑重其事、不无自豪地声明：

> 我，安娜，是皇室双亲阿莱克修斯和伊莱娜的女儿……我决心在这部著作里叙述他的功烈，因为没有理由对此沉默，让时光洪流把它们带入遗忘的海洋……

---

① Ἄννης της Κομνηνης, *Αλεξίας*, CSHB, V. XV, MDCCCXXXIX, s.3.

> 我的讲述，目的不在显示自己遣词造句的本事，而是为了让
> 如此宏伟的功烈不为后代所不知。的确，不论多么伟大的事件，若
> 没有历史的继续保存记忆，也将湮没在沉默的海洋中。[①]

因此，其中个人倾向和感情色彩尤其强烈，与纯客观的传记不同，甚至不妨把它看作安娜个人的回忆，看成一部回忆录，一部忏悔录。

但这部历史著作毕竟是以阿莱克修斯一世生平的功烈为主，无论其征战、其治国，安娜以其天资，以其对希腊古典哲学与文学的修养，都能高屋建瓴，气势充沛地加以记述和描写，不乏古典史诗气概。比如，第四章讲述诺曼人和罗伯特·圭斯卡特（Robertus cognomento Guiscardus o Viscardus，1016—1085 年）父子对杜拉希欧城（Δυρραχίου）的进攻。拜占庭守军与敌人相比，力量远不如人，加之此前守城总督尽职不力，形势便颇为危急。但阿莱克修斯一世换上自己的小舅子格奥尔基奥斯·帕莱奥罗果斯（Γεώργιος Παλαιολόγος）守城，防御工作做得不错。阿莱克修斯一世又施展外交手段，争得威尼斯军队的帮助，使圭斯卡特父子遭到失败。这显示了阿莱克修斯一世临危不乱的气度、知人善用的眼光以及精明的外交手腕。后来，有一次阿莱克修斯一世与罗伯特·圭斯卡特意外相逢，阿莱克修斯一世几乎是孤掌难鸣，情况异常紧急。但他沉着冷静，骁勇善战，加上坐骑非常争气，行动迅捷，耐力惊人，结果，阿莱克修斯一世非但没被圭斯卡特抓去，反而杀了几个追兵，安然脱险。这些描写都异常精彩。所以，又不妨把《阿莱克修斯纪》视为一部史诗。[②]

这样，《阿莱克修斯纪》便集当代史、人物传记、回忆忏悔录以及史诗于一身，成为一部体裁独特、前所未有的历史和文学著作。也可以说，在文学体裁方面，它也是一种创造！而尤其可贵的是，这种创造并非安娜刻意为

[①] *Αλεξίας*, s.4.
[②] *Ibid.*, ss.191–197, 202–214.

之，以求标新立异，博取虚名，它完全是一种自然天成的结果，出于一个女儿对父亲的天伦之爱，不如此写不足以缘其情、书其志。结果，就在作者不经意之间，形成一种拜占庭史学和文学领域中前所未有的特殊体裁。这也是"文章自天成，妙手偶得之"吧。

不过，这部作品究竟是以历史著作为其主要性质，那么，其记叙行文，当然也要遵循自古以来历史家所标榜的基本原则，那就是秉笔直书，不溢美，也不讪谤。安娜自己就说：

> 一个人如果担起历史家的任务，他就应该完全忘记友谊与敌意；同时，如果敌人的功勋值得称赞，就应该大加称赞；亲人的行为应该否定，就要否定。因此，无论否定亲人，或是赞扬敌人，都不应该犹豫不决。[①]

话虽如此，但这并不妨碍安娜行文之时情溢乎辞，尤其涉及她的父母，甚至也使人多少有点儿溢美之感。但从文学的角度而言，这并不妨碍对于"美"的表现。我们在前面的章节说过，希腊人堪称史上最爱美的民族，也最喜欢表现美，举凡希腊的文学、绘画以及雕塑，无不以表现美为其最高追求。而在万物之美中，希腊人最喜欢表现人体美。原因很简单，希腊人凭其天性的本能，早就猜到"人是万物的尺度"（普罗塔戈拉［Πρωταγόρας］语）[②]。那么，人当然也是美的尺度。表现美，首当其冲要表现的，就是人的美、人体的美。前面也说过，古希腊人欣赏动的美，拜占庭时代的希腊人欣赏静的美。因此，古希腊人，比如荷马，写人体美采用间接的虚拟，如写海伦的美，而不做实在的具体的描写，用莱辛的话说，是"就美的效果来写美"[③]。安娜继承了古希

---

① *Αλεξίας*, s.5.

② Plato, *Complete Works*, *Theaetetus 152*, ed. John M. Cooper, Indianapolis/Cambridge: Hackett Publishing Company, 1997, p.169.

③ 伍蠡甫主编：《西方文论选》上卷，第 422 页。

腊人爱人体美、写人体美的传统，且对荷马赞赏有加，但她笔下要表现的人体美，却多是静态美。用的手法也跟荷马大异其趣。她用的是实在的具体的描写，我们不妨称之为"就美的本身来写美"。且看她如何描写父母的外貌：

> 两陛下的外貌无所取似，也不可模仿。即使眼看着这美的形象，画家也画不出来，雕塑家也无法使冥顽不灵的自然物如此和谐，对于把珀吕克雷托斯的作品跟这两尊自然天成的雕塑（我说的是不久前加冕的两专制陛下）比较过的人而言，就是珀吕克雷托斯著名的真品，也显得完全不符合艺术原则。[1]

上来就是一段哲学美学的定性，告诉读者一个结论：她父母的美"无所取似"，就是前无古人；"不可模仿"，就是后无来者！还有一点，就是无法再现：画家画不出，雕塑家雕不出。公元前 5 世纪希腊雕塑大师珀吕克雷托斯最著名的雕像，与她父母自然天成的美相比，也不合乎艺术原则了，因为显得不和谐了。作为女儿，如此歌颂父母之人体美，可以理解。但若从客观的写作角度说，这未免有点儿让人怀疑言过其实吧。退一步说，孝女之心姑且勿论，仅从文学角度说，这无疑给自己出了一道难题。荷马写海伦之美，之所以用间接虚拟的笔法，"从美的印象来写美"，目的就在于躲开"众口难调"这个审美难关，而让读者自己想象，以达到普天同庆的目的。安娜把自己父母之美先捧到天上，用绘画雕塑的具象手段都表现不出的美，现在却要用语言这种抽象的符号描写来表现，实在地、具体地"从美的本身来写美"，如何过"众口难调"这一关呢？那就看她的文字吧：

> 阿莱克修斯不太高，肩宽与身高完全相称，他站着，不会对周围产生震撼的印象，但当他双眼雄光闪闪，坐在王座上时，那就

---

[1] *Ἀλεξίας*, s.143.

仿佛闪电了；那种战无不胜的光辉，就会从他的脸上和全身流出。他的黑眉弯成弧形，眉毛下的双眼，看去威严而又谦和。他的眼神、容光，以及红晕流动的双颊上高尚的线条，会同时令人害怕和受到鼓舞。宽宽的肩膀、结实的双手、挺拔的胸脯——他整个的英雄形象会使大多数人振奋和惊愕。

这位男人身上结合了健美、优雅、尊严和无与伦比的伟大。①

我们不能不承认，安娜写得还是成功的！这不是女儿在写父亲，而是换了个角度，是一个女性在写男性，从女性对男性美的要求来写男性！所以，对阿莱克修斯的描写，虽然似乎是直接的、具体的、实在的，但细一体会，就会发现，这仍然是从他人，尤其是一个审美的女性对阿莱克修斯的感受去写其人。人类的审美虽然就个体而言会千差万别，但也不能否认人类有某些共同的审美标准，对人体美的审美标准尤其如此！不管皇帝如何标榜自己比太监崇高伟大多少倍，太监给他挑的美女，皇帝肯定也会接受的。因为在"选美"的标准上，皇帝是人，太监也是人。太监与皇帝之间有审美的普世共同价值存在。男性如此，女性何尝不如此？有男性公认的美女，也就必然有女性公认的美男。所以，只要从女性对男性共同的审美标准入手，把阿莱克修斯符合女性审美标准的特点筛选、比喻、描写出来，而且扣紧其中"生命即是美"这个人类根本的审美标准，那么，女性肯定会承认，阿莱克修斯是美的。男性也不能不表示赞同。再看看她对皇后伊莱娜外貌的描写：

> 我的母亲皇后伊莱娜当时还青春年少，那时未满 15 岁……她像一枝匀称而花开不谢的柔嫩枝条，她全身四肢和器官彼此和谐，丰满清癯适度，恰到好处。注视她、听她说话，是种享受，真的是她的声音百听不厌，她的容颜百看不厌。她的脸儿流露出月亮的清

---

① *Αλεξίας*, ss.143–144.

辉，不像亚述女人那样正圆，也不像斯基泰女人那样长条，只比理想的圆形稍有出入。她的双颊铺开一小片原野，甚至远处看她的人，都会觉得是遍野的玫瑰。伊莱娜的蓝眼睛看去友善而又有点儿威严，其中的友善和美丽会吸引观者的目光，而其中深藏的威严又令人不敢逼视。一眼看到伊莱娜的人，都不能不回头而目送她远去。

我不知道是否真有古典诗人和雅典作家歌颂的女子，但我常常听人相传和重述，说是那时人称雅典娜女皇的那人，差不多真的就是换上人间容颜的天仙下凡，浑身是天国的光辉和耀眼的光芒。更令人惊奇的是她的气质，那是任何其他女人身上找不到的。常常是，只要她一个眼神，就能平息男子的暴戾，鼓起懦弱惊恐者的男人气概。她多数时候闭口不语，她沉默时真的像一尊充满灵气的雕像，活的和谐化身。说话时，她的双手随着话语节奏移动，露出手肘，仿佛她的手指和手臂，都是某位大师用象牙雕成。她双眼的瞳仁，令人想起平静的大海，放射出大海深渊蔚蓝的光辉。瞳仁周围的眼白展现不可抗拒的魅力，给眼光平添了一种无法表述的愉悦。伊莱娜和阿莱克修斯的外貌就是如此。[1]

看来，安娜对母亲的偏爱，比对父亲还要深一些。但是，我们还是不能不承认，她笔下的伊莱娜确实是美的。一般而言，男性对女性美的审查，不会严格到极点，因为有个"欲"字在扰乱男性的审美活动。而女性对女性美的挑剔，那就毫不留情了。虽然这段文字，安娜是在写自己的母亲，但这不是写给自己看的，是写给天下人看的。尤其要经得起天下女性无情乃至嫉妒的审查，最后让她们也不得不说"我见犹怜"这个结论，其难度可想而知。

---

[1]　*Ἀλεξίας*, ss.144–146.

　　安娜怎么写的呢？跟写父亲不一样，上手就先强调伊莱娜的生命之美：青春，刚刚步入成熟的青春，像一枝"花开不谢的柔嫩枝条"。接着强调其和谐。但这和谐不是死守规则的"和谐"，而是其脸型"比理想的圆形稍有出入"，正是一种破除呆板，而又破得极其适度的美。同样，体型也是丰腴适度，所谓"增一分太多，减一分太少"。一般铺垫之后，安娜着力描写伊莱娜的眼睛，瞳仁是人类眼中最美的蓝色，像海渊一样深不可测，但又不是像深渊那样可能蓝到发黑，而是放射出光辉，友善而威严的光辉，令人不能不注视，而又不敢逼视，更不能不"回头目送她远去"。尤其对伊莱娜眼白的补充描写，数百年后文艺复兴时期意大利的费伦佐拉才懂得眼白对眼睛美的重要作用[①]，而至今还为许多选美评委所不知。安娜审美能力的超前性，实在令人赞叹。而对伊莱娜手臂手指质感的描写，出之以象牙白的温暖和细腻，则与中国杜甫的"清辉玉臂寒"[②]，以及托尔斯泰写吉蒂和安娜的手臂那种月光下冷彻的大理石的美感，前后相映成趣[③]。最重要的，仍是伊莱娜的美，尤其眼神的美对人产生的影响。伊莱娜一个眼神，就能使暴者柔而懦者立！这不是肉感的刺激，也不是道德的感化，而是天生的气质，超乎道德之上的生命的气质，近乎宗教圣灵的体验。人类独有而又是共同的美感，在这里被安娜发挥到了极致。安娜对女性美的描写与荷马对女性美的描写，相反而相成，全面完成了人类对美的形象把握。

　　这是身体的、气质的、静态的美，如果是灵魂的、性格的、动态的美又如何呢？可以说，安娜同样写得不错。前面说过，《阿莱克修斯纪》也具有史诗性质。史诗与颂诗风格有个特点，那就是后来17世纪伪古典主义理论家波瓦洛主张的"英雄气直薄云天"[④]。"英雄气"有什么内涵呢？首先

---

① Jacob Burckhardt, *The Civilisation of the Renaissance in Italy*, The Project Gutenberg EBook, 2014, p.345.
② 杜甫：《月夜》，仇兆鳌注：《杜少陵集详注》，第29页。
③ 托尔斯泰著，周扬等译：《安娜·卡列尼娜》，人民文学出版社1978年版，第113页。
④ 波瓦洛著，任典译：《诗的艺术》，人民文学出版社1959年版，第20页。

就是不怕死。荷马史诗里那些"英雄"都不怕死。因为不怕死，所以死便显得悲壮。主人公以死战胜了死！史诗动人之处就在这里。不过，荷马史诗里这些英雄都是搏战而死。他们的死包含着个人的自由选择。那么，倘若一个人的死没有自由选择，而是被迫去死，能不能形成悲壮的审美效果呢？《阿莱克修斯纪》恰恰回答了这个问题。第15卷第10章写了一个名叫"巴西雷奥斯"的人的死。此人属于异端"上帝慈悲派"。这一派有些教义确实有点儿古怪。比如，他们说，圣父不只有一个儿子，耶稣只是圣父的小儿子。大儿子是谁呢？撒旦！这真是骇人听闻！我们这里不去讨论这些教义。只说这个巴西雷奥斯当时大概就是这一教派在首都的小头头。但他们的活动在地下进行。安娜的父亲阿莱克修斯一世是个正统基督徒，当然不能容忍这些异端邪说。经过一番周折，终于抓到一个上帝慈悲派信徒，由他口中问出了其头目的踪迹，于是，找到了巴西雷奥斯。可是，若要判他的罪，必须有证据。阿莱克修斯一世设了个局，在宫中接见巴西雷奥斯，假装要皈依上帝慈悲派。巴西雷奥斯信以为真，便在宫中大放厥词，甚至侮辱了耶稣基督。皇帝接见他的房间，用帘子隔成两半。皇帝跟他在这一半谈话，那半的帘子后边就有一个书记官，把巴西雷奥斯讲的话全都记录下来了。这下，证据确凿，巴西雷奥斯的异端罪名跑不脱了。一般历史书写这种人的下场，都是很凄惨很低贱的，或者就是草草几句收场。一个草根小民中的异端头目，能写出什么来呢？可是，看看安娜怎么写巴西雷奥斯的结局的。首先，巴西雷奥斯居然主动提出，他愿意接受任何一种死刑！不论阿莱克修斯一世怎么劝他放弃异端邪说都没有用。光是这种态度，就让人觉得这厮真有一种殉道者视死如归的英雄气概！于是，宗教行政两方面的当局以及一干圣僧名流，当然就判处他火刑。刑场就在首都的大赛场：

> 挖了个很深的坑，从大树上砍来的一堆木头，像山似的。点燃火堆时，大赛场的看台和台阶上，逐渐聚集起一大堆人，焦急地

等着下一步的事。另外，还钉了个十字架，给这不敬者一个选择的机会，如果他害怕火，改变了主意，可以选择十字架，而避开火刑。在场的还有一群异端派，盯着他们的首领巴西雷奥斯。他似乎蔑视任何刑法以及要他命的危险，站在离火堆不远处大笑着，用神谕愚弄大家的头脑，说是天使们会把它从火堆里救出来，还平静地唱起大卫的赞美诗："这灾却不得临近你，你惟亲眼观看，（见恶人遭报）。"（笔者注：见《旧约·诗篇》第 91）

　　人群散开时，他便有机会看到可怕的大火情景（就是远距离他也感受到火的灼热，看到蹿起的火苗发出恐怖的雷鸣，火星竟升到赛场中央方尖碑的高度）。这个傻大胆似乎胆怯了，一看到火光就懵了，就像一个落得无处可逃的人，开始转动眼睛，拍拍手，敲打自己的大腿。他一见到火就处于这样的状态中，但依旧没有动摇：他那铁石心肠，火熔化不了，专制君主对他的规劝也触动不了……这该死的巴西雷奥斯，完全无所谓似的面对着要命的恐怖危险，一会儿看看火堆，一会儿看看周围的人群。人人都觉得，巴西雷奥斯真的疯了：他既没有靠近火堆，也没有后退，仿佛被钉住一样，一动不动站在一个地方。由于四处流传着种种关于巴西雷奥斯的谣言和奇谈，刽子手们担心袒护巴西雷奥斯的魔鬼们会得到上帝的允许，干出什么意想不到的奇迹来。他们担心这个家伙会毫发无损的从火中走出来，出现在大庭广众之中，结果又会造成新的蒙骗，比以前更糟。因此，他们决定考验一下巴西雷奥斯。因为巴西雷奥斯讲过些浑话，自夸将毫发无损地从火里走出来，刽子手们就抓住他的披风说："让咱们看看，火能不能碰你的衣服。"接着就把披风扔到火堆中心。鬼迷心窍的巴西雷奥斯却大笑着回答说："你们瞧，我的披风飞上天啰。"刽子手们"从布边认清了布面"（笔者注：意即以小见大，认清了巴西雷奥斯瞎吹），便抬起巴西雷奥斯，把他连衣服带鞋袜地扔到火堆中心。火苗仿佛对他也愤怒了，

> 把这不敬者整个烧了，连点儿灰也没留下，火烟也没变化，只是在
> 火苗中心，出现一股细细的烟。①

一个草根小民中异端邪说的小头目，竟被写成了一个殉道者，一个悲壮的英雄？是的，确实没错，在安娜笔下，这个无足轻重的小人物，确实被写成了一个崇高的殉道者，一个悲壮的英雄，而且，比英雄史诗和基督教殉道者的传记更真实。安娜没有回避他的胆怯。他刚见到火刑堆那一刹那确实惊恐了，甚至懵了。他在火刑堆前一动不动，内心里的复杂斗争有谁知道？所以，安娜还推测他可能完全疯了。但他竟然没疯。居然还能唱圣诗，对刽子手的考验，对答如流。不是他屈服，反倒是杀人不眨眼的刽子手们先恐惧了。最后被投入火堆，竟没有一丝挣扎，一声叫喊，迅速地、干净地、彻底地消失了。这场火刑，到底谁胜利了呢？肉体上，当然是宗教与行政当局胜利了，但任谁都会感到，在精神上，是巴西雷奥斯胜利了。他以自己的死，压倒了火焰，也压倒了敌人。古今中外，把一个精神上的敌人和罪人的死，写得这么悲壮的，似乎并不多见。这大概就是安娜说的，敌人的功勋值得称赞的，就要大加称赞！安娜是个正统基督徒，这段文字中也不能不夹杂一些对罪犯的贬低之词，但任何人读了这一段都能感觉到，安娜字里行间赞美了这个异端殉道者！这大概比文艺理论中所谓"真实性战胜了作者的政治偏见"的说辞还要更深一些吧？

不知有意还是无意，这段文字中，安娜成功地运用了聚焦的艺术手段，把巴西雷奥斯置于镜头的中心，把读者的一切注意力都引导到火光映衬中的巴西雷奥斯身上，而其他的一切人物，包括她深深敬爱的父亲，都远去了，模糊了，乃至消失了。天地间，只留下了巴西雷奥斯顶天立地的形象，以及震动六合的声音。于是，这形象和声音必将永远印刻在读者心里。一个草根小民就这样化为一个崇高美的形象，在死刑场上，体现了老子所谓"静胜

---

① *Aλεξίας*, ss.361-363.

躁，寒胜热"的宁静的悲壮美。

在文学史上，创造一种融历史、传记、回忆录和史诗为一体的体裁；以半抽象的文字符号，具体地、实在地从美的本身写美，开辟了文学描写美的另一条途径。一个作家，只要有其中一方面的成就，便可留名青史。而安娜·孔穆宁娜竟兼擅两者，再加上作为人类历史上第一个独立完成一部历史著作的女性史家，名垂后世便当之无愧。

第八节 沉静而深刻的讽刺

世界诸民族中，希腊人可能是最早懂得幽默与讽刺的了。当希伯来人守着约柜反省原罪时，当印度人行着瑜伽冥思玄想时，当中国人板着面孔"惟德是辅"时，希腊人已经在嘻嘻哈哈地拿俄林波斯诸神中的兵痞阿瑞斯和交际花阿芙洛蒂忒开玩笑了。到了阿里斯托芬，更是猢狲们爬到婆娑宝树上胡闹（海涅语意）。接下来，琉善则把诸神弄得跟马戏团小丑似的，以逗乐为天职了。

拜占庭人虽然皈依了基督教，圣徒们脑门发亮，一天到晚叠起两个指头思索神的本质，但总会有几个小沙弥偷着说笑话。希腊人的天性嘛，江山易改本性难移！尤其在10世纪以后，"雄才大略"的皇帝们已养不起那么多"王之爪牙"封人之口，人间的不平，即使耶稣基督来了也摆不平，希腊人的天性就又显出来了。物不平则鸣嘛。况且，远有阿里斯托芬，近有琉善做榜样，就是依样画葫芦，也能画出点儿名堂来，何况希腊人天赋有创造能力，于是，希腊人的后裔拜占庭人就说起风凉话来了。传诸后世就是一批讽刺作品，其中最有名的三种就是《帕特利奥忒斯》（10世纪）、《提马利翁》（12世纪）和《马扎利地府游记》（14世纪）。

这三种作品的作者为谁，至今仍是文坛公案。关于《帕特利奥忒斯》的作者，有说是琉善，有说是普瑟罗斯。书中有句话："普罗彭提斯（Προποντίς，马尔马拉海古称）上起了北风，所以，粮船不得不鱼贯驶入埃克赛诺斯海（黑海，古称 Πόντος Ἄξενος，意即'不好客的海'）。"从这句话可以看出，作者对古典异教作家以及《圣经》都很熟悉，是个君士坦丁堡人，应该是生活在 10 世纪前后。

至于《提马利翁》的作者，一说是 11—12 世纪的诗人兼医生尼阔劳斯·卡里克勒斯[①]；一说是瑟奥多罗斯·普罗卓莫斯[②]。但从《提马利翁》字里行间可以知道，作者受过良好教育，曾师从斯穆尔奈的瑟奥窦罗斯（Θεόδωρος τις Σμύρνη，11 世纪中叶—1112 年后），精通希腊罗马文化，擅长医学和修辞。上述两人是作者的可能性就不大了。

《马扎利地府游记》则作于 14 世纪，大约在曼努埃尔二世帕莱奥罗果斯当政时期。学界推测作者有两个人选：一是做过塞萨洛尼卡法院首席秘书的曼努埃尔·马扎利（Μανουήλ Μάζαρις），二是阿薮斯修道院僧侣马克西莫斯·马扎利（Μάξιμος Μάζαρις），但都没有确凿的证据。

这几部作品内容和形式上都有些共同特征，而且少不了与前辈的牵连。

首先，就故事情节而言，都是神游天堂或者地府。这是从古希腊文学传下来的。古希腊神话中，有赫拉克勒斯、俄耳甫斯冥土之行。荷马史诗中，俄底修斯也在冥土见到了阿契琉斯。阿里斯托芬的《蛙》中，主人公在地府遇到许多著名诗人。《阿卡奈人》中，主人公骑着屎壳郎飞上了天。就是哲学家也未能免俗。柏拉图的《理想国》，普鲁塔克（Πλούταρχος）的《诸神迟到的报复》中也都有这类故事。到了琉善，上天入地，就成了主人公的必然经历。拜占庭人信基督教，上帝在天堂，不登天如何见上帝？魔鬼在地狱，不渡冥河如何见魔鬼？所以，主人公登天入地更是理所当然的情节。这三部作品中，《帕特利奥忒斯》属于登天，《提马利翁》和《马扎利地府游记》则属于入地。

其次，就文体而言，则属于古典传统的对话体。因此，《帕特利奥忒斯》

① Roberto Romano, "Sulla possibile attribuzione del Timarione Pseuiiolucianeo a Nicola Callicle", *Giornale Italiano di Filologia*, 1973, Nov. Ser. IV (XXVI), fasc.3, p.309.

② Hunger, H., *Der byzantinische Katz–Msuse–Krieg, Theodoros Prodromos, Katomyomachia*, Graz: Verlag Hermann Böhlaus Nachf, 1963, p.61–M.

还被冠以对话体大师琉善之名，甚至被收入琉善作品集中。更多时候则被人称为"伪琉善"的作品。

再次，字里行间充满古希腊经典作品的典故、词语，甚至作品楔子乃至行文方式直接模仿古典作品。且看开头。琉善有篇对话叫作《麦尼珀斯》，开头是这样的：

> 菲娄尼德斯（Φιλωνίδης）：你好，麦尼珀斯，你从哪儿来？你好久没在这城中露面了。
>
> 麦尼珀斯：我从死人屋和黑穹隆来到这儿，那里只有哈德斯（Ἀΐδης）称王，离上帝远着哪。
>
> 菲娄尼德斯：赫拉克勒斯呀！我们不知道麦尼珀斯已经死了，然后又活啦？
>
> 麦尼珀斯：我还活着哈德斯就开门啦。
>
> 菲娄尼德斯：可是，是什么叫你去做了这趟非同小可、匪夷所思的旅行呢？
>
> 麦尼珀斯：勇气，大胆智慧的桀骜不驯。
>
> 麦尼珀斯：宙斯在上，赶快说给我听听！ [1]

《提马利翁》的开头，跟这差不多：

> 吉迪翁（κιδίων）：提马利翁，亲爱的！"你呀，我心爱的光，特勒马科斯，你回来了。"可是，怎么会拖到如今呢？你答应过很快就回来的呀。"说出来，让我知道，不要闷在心里"，你得跟自己老而又新的朋友说说。[2]

---

① Lucian, *Μένιππος*, trans. A. M. Harmon, Loeb Classical Liberary, V. IV, London, 1961, p.72.

② *Византийский Сатирический Диалог*, Издание Подготовили С. В. Полякова И И. В. Феленковская, Ленинград: Наука, 1986, c.24.

作品就此开始，跟琉善的一样。而且，这里还显出拜占庭作家掉书袋的习惯。这段话里有两句引文。借特勒马科斯之名，称呼提马利翁，出自《奥德赛》卷16，第23行。[①] "说出来"一句，出自《伊利亚特》卷1。[②] 这是直接引用。有时，拜占庭作家会套用古典作家的文字和句式。《帕特利奥忒斯》第23章，克里提斯讲他跟一伙人上天：

> 我们经过一道铁大门和铜门槛，顺着无穷无尽的阶梯爬上去，
>
> 最后来到一座黄金的宫殿，就像墨涅拉俄斯的宫殿一样。[③]

这门和门槛就是《伊利亚特》卷8的句子：

> 那地方远得很，是地下的深坑，大门是铁的，门槛是铜的。[④]

不过，尽管对古人崇拜如此，拜占庭作家并不是一味模仿古典大师。模仿的同时，也有自己的创造，哪怕就故事情节和文体而言，也是如此。比如，就登天入地的情节说，拜占庭人不一定真的肉身登天，或是灵魂入地，有时可能就是发高烧，烧到发昏做起发烧梦来，就以为自己入地狱了，马扎利入地狱就属于这一类。另外，这种对话体"文学"作品，不仅可用于幽默讽刺，也可以用于颂神布道。拜占庭有许多圣徒升天入地的故事，但并非所有讲故事的圣徒真的就升降天堂和冥土了。他只是在那里讲他升天入地了，而他人其实还在人间，甚至就在听众面前，但说得就像真事似的。他说升天入地的见闻，也与幽默讽刺相去甚远，甚至风马牛不相及，并不能归入幽默

---

① 荷马著，杨宪益译：《奥德赛》，上海译文出版社1979年版，第200页。

② 荷马著，罗念生译：《伊利亚特》，《罗念生全集》第5卷，上海人民出版社2007年版，第19页。

③ *Византийский Сатирический Диалог*, c.19.

④ 荷马著，罗念生译：《伊利亚特》，第183页。

讽刺作品之列。

另外，拜占庭的讽刺文学中，主人公游地府，开始出现了一位导游，此人或是其朋友，或是其师长，最典型的就是《提马利翁》。主人公提马利翁在地狱中，若非遇见昔日恩师斯穆尔奈的瑟奥窦罗斯，可以说，他在地狱中就是两眼一抹黑，什么也不懂，回到阳间，也就什么也讲不出来了。因此，拜占庭的对话体作品，其实是有两重对话：一重是外包装的，亦即主人公与阳间某个朋友的对话。这层对话的作用其实是提起话头、点出重点或者转换话题。另一重则是内核的，亦即主人公在阴间与某人的对话，这层对话的内容才是作者所要让听众和读者知道的主要信息。

最后，拜占庭的讽刺文学中，除了主人公的游历，还有枝蔓旁逸斜出，即见到了与主人公不相干的其他人物，甚至是其他人物的意外相逢。提马利翁入冥土后，就见到了双眼已瞎的拜占庭皇帝罗曼诺斯四世第欧根尼斯。另一种游地府的作品《阿纳斯塔西娅启示录》（ Apocalypsis Anastasiae ）中，拜占庭皇帝尼克佛罗斯二世缶卡斯的亡魂，就遇到了杀他的凶手——"矮子"约安尼斯·寇尔寇阿斯的亡魂。这些都为天堂或地府的作品，准备了模板。

除了上述几点结构与文字形式上的不同以外，拜占庭讽刺作品还有更重要的独创特色。这种对话体的作品，就内容和主旨而言，可以分为两大类：一类是世俗性作品，上述三大讽刺作品便是；另一类则属于教会文学，不妨称为"圣徒离魂记"。这类圣徒离魂记的情节结构也采用了神游天堂地府的模式，但主旨是进行宗教教谕。厨师圣尤弗洛素诺斯（ Ἅγιος Εὐφρόσυνος ὁ μάγειρας ）的故事可作为典型。尤弗洛素诺斯是巴勒斯坦地区一家修道院的厨师，出身贫寒，信仰非常虔诚，努力做好饭菜。但修士中有些人看他出身微贱，便经常挑剔找茬，恶语相向。尤弗洛素诺斯都不以为怪，仍然尽心尽力工作。一夜，一个叫叶莱乌斯（ Ἱερεύς ）的司祭，向上帝祷告，祈求一见天堂的幸福。结果，他在梦里真的到了天堂，而且进了一座花园。他万万没想到的是，厨师尤弗洛素诺斯居然也在这花园里。他问厨师来这里干什么，厨师说，自己负责管理这座花园。司祭要厨师送他点儿纪念品。厨师便给了他三个苹果。第二天早晨，司祭醒来，出到屋外，又碰到了厨师。他大吃一惊，便问厨师昨夜去哪里了。厨师说，我在天堂花园里，而且见到了你。司祭更加吃惊，又问有什么证据。厨师说，我给了你三个苹果。叶莱乌斯这下真的相信厨师非同凡人，已经是圣徒了。他把这事告知其他修士。修士们赶忙去看厨师，厨师圣尤弗洛素诺斯却已鸿飞渺渺，不知所踪。①

世俗对话体神游作品便不如此。以三大讽刺作品为代表，它们不仅没有宗教教谕，甚至还有反宗教教谕之嫌。三大讽刺作品的故事情节，归纳起来，并不复杂：《帕特利奥忒斯》只是讲主人公克里提斯升天的一点儿见闻，似乎连天堂都尚未进去；《提马利翁》讲主人公提马利翁因病而灵魂被两名地狱解差错抓了去，在昔日恩师帮助下，在阴间阎罗殿打赢官司，重回阳间；《马扎利地府游记》的主人公马扎利讲自己发高烧做梦去了阴间一趟的见闻。它们都没有教会的或者官方的色彩，甚至连巫术色彩也很淡薄，倒是愤世嫉俗的特点非常强烈。

《帕特利奥忒斯》前半部分，由两个对话者轮番把巫术神话和基督教教义嘲弄了一番。主人公克里提斯似乎是异教徒，一发誓就指着希腊神话诸神为证。对话人特里耶奉提斯便告诉他，诸神不足凭，甚至宙斯也如此，因为宙斯好色，为了玩弄女性：

> 一下变天鹅，一下变半羊半人，甚至一下变公牛。

然后他告诉克里提斯，起誓要以上帝为凭：

> 起誓，要请天堂至高无上、
> 伟大、不死的神为凭，

---

① "Vie abrégée d'Euphrosynus, le cuisinier", *Revue de l'orient chrétien*, Paris: E. Leroux, 1905, v.10, pp.42–45.

请圣子、圣灵，圣父所生

三而为一为凭。

但是，他所用的诗体却是异教文化的短长格六音步诗句。这岂不是让基督教的上帝披上异教的袈裟？不仅如此，他还从欧里庇得斯那里借用了更要命的一句：

这就是宙斯，你要敬他如神。

如此一来，基督教的神也成了"如神"，即非真神，跟宙斯画了等号。这还不算，作者又通过克里提斯的反驳，把"三位一体"这条"要理"挖苦了一下：

我明白了，你这是教我用算术起誓。你算数，就跟格拉塞诺斯人尼阔马霍斯（笔者按：Νικόμαχος ὁ Γερασένος，1世纪毕达哥拉斯派数学家）一样。只是我不明白：怎么一等于三，三等于一？[1]

然后，克里提斯讲他碰到的一伙人，一个梦见人家免了他的债务，还帮他还了房租和一切欠款；另一个破衣烂衫，冻得牙齿打战，却说梦见有人用黄金铺地。可就是这样一些地痞无赖，居然有资格登天！不仅如此，早已在天上的那些人，也是一帮死了但眼睛还盯着地上、面色煞白的家伙。[2]这是什么天堂啊，简直就是乞丐收容所！

这是在天上，地府里又如何呢？《马扎利地府游记》的副标题中，主人

---

[1] *Византийский Сатирический Диалог*, c.12.

[2] *Ibid.*, c.19.

公告诉我们：

> 地府谈话。马扎利游死人国度，又名死人争论，争论他们曾
> 在宫廷里遇到过的某些熟人。[1]

阴间对话

一般而言，古今中外凡是写到地府中人，没有不牵挂着地面上的人的。仅从这副标题似乎看不出多大的特殊来。但是，我们跟着马扎利下去，看看这些人挂牵着的究竟是什么事吧。马扎利一到阴间，就被一个人注意上了：

> 这人远远看见我一瘸一拐地走着，就神不知鬼不觉地离开住
> 在这山谷里的人群，前来打听他往昔的熟人中，谁还在宫廷里春风
> 得意，谁还继续享受着荣华富贵。他为虚荣和嫉妒而虚火上升，就
> 只想着一件事——更细致地打听上层的生活。[2]

原来他关心的还是宫廷里的荣华富贵和钩心斗角！上帝造人，让人有肉体，也有灵魂，而且让人套着个肉身在阳世走一遭，无非就是《红楼梦》里空空道人说的，让人明白十丈红尘的荣华富贵不过如过眼烟云，因而懂得挽救灵魂要紧。不成想，此人成了孤鬼，与阳世的人已毫无关系，还忘不掉这些。灵魂不死，对这种人还有什么意义？所谓执迷不悟，所谓万劫不复，所谓形同猪狗，不就是这样吗？看来，东正教的教训，对曾经荣华富贵过的人，竟

---

① *Византийский Сатирический Диалог*, c.72.

② *Ibid.*, cc.74—75.

也有时技穷。于是，连富贵带正教，在这里都被不轻不重地揶揄了一下。

《提马利翁》对于东正教天堂地狱说的要理，也不那么毕恭毕敬。按教义说，地狱之中一片黑暗，是罪恶的渊薮，也是苦难的渊薮。可是，提马利翁下地狱后看到的冥府，有两大特征与宗教宣传恰恰相反：一是没有对生前行为不轨的人的惩处，更没有让读者血液凝固的恐怖刑罚；二是没有宗教家们布道时说的"命运平等"。在这里，穷人仍是穷人，富人还是富人，贱民仍是贱民，帝王还是帝王。所谓平等也者，不啻痴人说梦。而且，阴间与其说可怕，不如说舒适：地狱看门狗克白罗斯（Κέρβερος）看到提马利翁的解差，就亲切地摇尾乞怜，吠叫撒娇；守入口的龙也心平气和，咝咝有声；司阍则像江湖老大，绝不凶神恶煞，反倒显得豪爽大度。更让人意外的是居然看到一片世外桃源：

> 　　我们突然发觉一片光辉。我们走得越近，光辉就越明亮。就这样，我们渐渐走出黑暗，来到一片光明的原野。这里沐浴着流水，种种树木丛生，其中流出一条河，水量丰沛。树丛中百鸟啼鸣，地上铺满青青草。瑟奥窦罗斯对地狱中一切早已了若指掌，听他说，这里永远没有冬天，花开不谢，一切如此，而又永不衰老。树木果实累累，压弯了腰，春天永驻，不会变天，永无凋零。[①]

这哪里是地狱？这里比天堂还要天堂！基督教教义一直说天堂是最美丽最幸福的地方。可是，几乎没有一篇作品能给人描绘一下天堂究竟美在哪里，幸福在哪里。除了灵魂"永生"以外，天堂似乎并没有给人间许诺什么。但是，在地狱里灵魂也可以永生啊！既然在地狱里灵魂也能永生，又有这么美丽的去处，地狱还可怕吗？地狱不仅不可怕，可能还更吸引人哩！不必特殊辩论，只要这么一写地狱，宗教教义对人的恐吓，就失去力量了。

---

① *Византийский Сатирический Диалог*, c.53.

　　再看整个《提马利翁》的情节，就更有意思了。这部作品的整个故事情节，概括起来就是，提马利翁的灵魂，被两个阴间解差误抓了去，提马利翁不服，在恩师的辩才帮助下，在冥府的法庭打赢了官司，重新回到人间，而两位解差则被革职。这么说，冥府倒是一个真正"依法治国"的所在了！这样的地方肯定没有特权，当然也没有冤枉；没有恩赐，当然也没有感恩。这不是人类一代又一代追求的社会么？更有意思的是，冥府法庭判案的依据，不是上帝的意志，也不是冥王的主张，而是当时认为最"科学"的道理，即古希腊大医学家希波克拉底（Ἱπποκράτης，前 460—前 377 年）的"体液说"，即人的生命是由血液、黏液、黄胆汁、黑胆汁四种体液维持。失去其中任何一种，人的生命就会结束。提马利翁就是因为偶感风寒，大吐特吐，几乎把黄胆汁都吐完了，阴间两位解差才认为他的生命已经结束，才把他的灵魂捉到阴间的。提马利翁这场官司怎么打赢的，并不重要；重要的是，阴间司法判案的依据，不是什么人鬼神的意志，而是当时人类公认的"科学"原理。丁是丁，卯是卯。一点儿都不含糊！这不要说在千载之上的拜占庭，就是在千载之下的当今世界，哪里有这样的地方？哪里有这样的法律依据？"雄才大略"的暴君尤斯廷尼安诺斯以及他老婆瑟奥朵拉几百年前搞的"法典"，跟阴间这法律依据一比，其自欺欺世的本质，便不攻自破。而上帝在这场司法审判中，似乎也可有可无了。上帝的权威在这里被忽略了，或者也可以说被揶揄了。《提马利翁》的作者是否自觉地达到这样的思想境界，当然不便下这样的结论，但这部作品在客观上确实给人留下了这样的印象。这样的社会思想境界、法学思想境界和宗教思想境界，不说绝后，空前应该是没问题的。

　　这也显示出以《提马利翁》为代表的拜占庭讽刺的特点。这种讽刺并不明显，更不必说剑拔弩张，不像西欧后来《巨人传》那样离奇古怪，甚至也没有《堂吉诃德》那样荒唐滑稽。这种讽刺平心静气，不动声色，不需要夸张渲染，而是就包含在情节的事理之中。提马利翁的遭遇，除了"阴阳"二字不同以外，其实就是人间普通的事实。只不过人间不讲"科学"道理，而阴间遵循"科学"道理而已！这样的讽刺韵味岂不更显绵长，更加耐人寻味？尽管这三部作品都属于世俗文学的范畴，但这样的讽刺风格，与拜占庭以静美为主的审美历史趋向是一致的。

当然，《提马利翁》里也不是完全没有明显的讽刺，只是来得很自然，而且一般不是由作者（或者讲故事人）主动出击，而往往是借由某事，由他人口中引出。比如，古希腊另一位"医神"阿斯克莱皮奥斯（Ἀσκληπιός），在作者眼中似乎够不上"神"的资格，颇有欺世盗名之嫌。但作者，或者说提马利翁并没有直接讥讽阿斯克莱皮奥斯，而是由其恩师斯穆尔奈的瑟奥窦罗斯介绍中轻轻带出来：

> 须知这阿斯克莱皮奥斯尽管名声吹得天来大，还有一副可疑的神圣性，他可是多年没吭过一声了。要是有人去找他请教，他不得不说话时（他自己会想尽办法打消对话的理由），那么，去请教的人就得把自己的问题设计为只能回答肯定的"是"，或者否定的"否"。阿斯克莱皮奥斯呢，就根据自己的判断，肯定地点点头，或者否定地摇摇头。他的预言不过尔尔。[①]

这位太阳神阿波罗的儿子、古希腊人所尊崇的"医神"，原来是个大滑头。顶着"医神"的光环，却奉行"藏拙"的原则，多一事不如少一事。对付来请教的人，能叫人家不开口，就尽力让人家开不了口；实在堵不住人家的嘴，则要求人家提的问题自身就包含着答案，他只要点点头或者摇摇头就万事大吉。这是神圣吗？这里虽然说的是古代的"医神"，其实何尝不是当时拜占庭人间的"圣人"和"泰斗"？何况这部作品的结尾还专门把哲学泰斗意塔罗斯提出来骂了一阵。而意塔罗斯又是米哈伊尔·普瑟罗斯的高足，所以，后世有学者认为，这也是在指桑骂槐，讥刺普瑟罗斯呢。这么看，《提

---

① *Византийский Сатирический Диалог*, c.50.

马利翁》的讽刺可谓"绵里藏针"。

除了讽刺，《提马利翁》里还包含着幽默的风俗画。在主人公提马利翁的灵魂尚未被捉到阴间去时，他是去当时堪称拜占庭第二大城市的塞萨洛尼卡参加圣德麦特利奥斯（Δημήτριος της Θεσσαλονίκης）节日庆典的。古今中外，凡是节日庆典，无不伴随着巨大的集市。提马利翁的六识不是停留在圣徒节日上，倒是贪看集市的热闹了：

> 那么多的马和驴，打着响鼻，从拜占庭（此处指君士坦丁堡）运来他们的货物。这些是我后来下山时看到的。但是，在山上，看到那么多各式各样的牲畜，听到各式各样古怪的声音，我就已大吃一惊了。传到我耳朵里的有：马嘶，牛哞，羊咩，猪崽哼哼，狗吠。这些狗陪着主人，或是防御狼，或是防盗。[①]

这样生动的集市浮世绘，在当时的拜占庭文学中确实不多，令人读了颇有身临其境之感。而且，结尾一句颇含戏谑，以塞萨洛尼卡的第二大城市地位，又是圣徒的纪念日，社会治安本应不错，虽然不至于要"路不拾遗，夜不闭户"，至少商人们的生命财产（须知这是国家重要税收来源）应该得到起码的保障。但是，对不起，治安的责任竟是由狗狗们来承担了。热闹之余，是不是也会叫人苦笑呢？提马利翁或者说作者的文笔确实能生花呀！后世托翁有不动声色的讽刺，虽不一定是直接上承《提马利翁》的文笔，但这种笔法的渊源确实是在拜占庭文学中。

除了上述种种，这部作品对后世还有一大影响，那就是它的叙事模式以及场景设置。提马利翁游地府，主要是由恩师瑟奥窦罗斯陪着。老师不仅后来为他辩护，更主要的是一路为他答疑解惑。百余年后，但丁神游三界，也是由老师维吉尔陪着，一路给他答疑解惑。提马利翁的地府有一片世

---

① *Византийский Сатирический Диалог*, с.30.

外桃源，《神曲》中也有一个林木荟郁的"候判所"，其中住着古代大诗人荷马等人。提马利翁的地府中，统治者并非基督教的神，其最高权力机构是冥府法庭，而大法官则是古代异教神话人物艾阿阔斯（Αἰακός）和米诺斯（Μίνως）。《神曲》中地狱的统治者也不是神，而是魔王路西勿罗（撒旦）。从这些地方，不难看出这两部作品模式上的血缘关系。是否可以说，若没有《提马利翁》的构思，可能就不会有《神曲》的模式？或者说，《神曲》可能不会是现在这般模样？

第九节　别开生面的圣女传

希腊人可以说是世上比较尊重女性的民族，希腊文学因而也显出对女性的尊重。希腊神话中，最古老的神是命运三女神，孕育生产俄林波斯神族的，则是盖亚、瑞亚和赫拉三大女神。就是在俄林波斯神族中，赫拉、阿尔忒弥斯、雅典娜和阿芙洛蒂忒四位女神地位之高，权力之大，影响之深远，也是其他男神所不及。到了英雄传说时期，尽管妇女地位大大降低，但是，美丽的海伦、坚贞的安德洛玛克、刚烈的美狄亚、大气的伊俄卡斯忒、无畏的安提戈涅……都是古代世界文学中无与伦比的光辉形象。而真正的女性萨福则成为世界文学史上第一位女性大诗人，被柏拉图尊为第十位缪斯。

拜占庭文学，作为古希腊文学的延续和发展，当然也继承了希腊文学尊重女性的光荣传统，不仅孕育出了卡西雅娜这样的世界文学史上第二位女性大诗人，而且产生了一系列歌颂女性的文学作品。只是拜占庭文学中的女性，与古希腊文学中的女性，有了很大的不同。古希腊文学中的女性，尽管在英雄传说中，已经逐渐倾向于精神与理性的世界，道德与人格的世界，但总体而言，古希腊文学的女性更多是属于意志的、感性的，乃至肉体的。即使以萨福而言，她的同性恋的体验，更多的是感性的体验。柏拉图式的精神恋爱，在萨福诗里是淡薄的。神话中的女性，就更是任性的了。拜占庭文学中的女性则不如此。卡西雅娜的诗，是精神的诗、信仰的诗、克制的诗、虔诚的诗，当然也有愤怒的诗，对人世败德恶行的愤怒。但不论愤怒也好，忏悔也好，那都是精神世界的活动。感性的、肉体的因素被排除了。至于拜占庭文学塑造的女性形象，也同样是精神崇高、道德纯洁的，她们跟现实中的女诗人卡西雅娜一样，虽然对人世的败德恶行表现出正义的抵制，甚至对暴政亦敢抗争，但一般都是忍让的，乃至富于牺牲精神。她们身上体现的，不是女性对物质权利的欲求，而是对人世的精神引领。

　　女性而能成圣，也并非与拜占庭历史共始终，而是在 6 世纪左右开始有这种现象，当然只能以封建时代男尊女卑观念才能解释。上帝造人，造的是男人。女性只是男人的肋骨变成的。而且，女性还是"脆弱"的代名词，夏娃脆弱，经不起蛇的引诱，缠着亚当偷吃禁果，才导致我们人类被赶出伊甸园，来地球这劳改农场受罪！所以，女性被称为"夏娃的女儿"，意思就是遗传基因不好。但是，女性确实孕育了人类，甚至孕育了主耶稣，成为男性救赎的阶梯。何况女性的吃苦耐劳，忍受牺牲，确实远远超过男性，又不能不为男性所倚重。尤其民间的女性，实在是支撑下层社会生活的擎天柱。草根小民不能不敬爱她们，因此也不能不祭奠她们。这些女性圣人之能成圣，开始实在得力于民间的纪念。某位女性生前为人所敬爱，死后也往往有人祭奠。起初是纪念有画像的，可能是"睹影思人"的心理所致

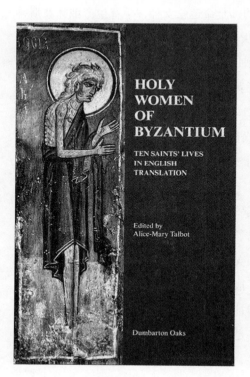

《拜占庭圣女传》书影

吧。后来，没有"影"的也得到了纪念。这种纪念往往始于逝者的周年祭，其后可能成了惯例，逝者在民众心目中便逐渐离开人界，升入圣界。而民众祭奠她们的目的，除了怀念以外，往往还有更现实的目的，那就是求这些圣徒保佑自己顽疾自愈，万难潜消。看来，人世间只要有草根小民看不起病，这种巫术式的医术就无法消除。反过来，一个地区巫术式的医术盛行，也说明这个地方的统治者对草根小民的疾苦是不怎么在意的，古往今来无不如此。当然，草根小民的祭奠还不足以让这些女性正式成圣。正式成圣要经过教堂尤其是主教和宗主教批准，明文公布，方能正式进入圣徒行列。统治者总是要垄断荣誉资源，以便控制民间迷信活动为己所用。在拜占庭，女性圣徒正式得到承认，大约在13世纪。[①]

由于女性圣徒的出现始于民间，所以，拜占庭的女性圣徒标准似乎也比较宽松。出身不论，贵为皇后，贱为妓女，都可成圣；婚姻不论，独身处女，再醮寡妇，一样坚贞；经历不论，遭过家暴，当过奴隶，也可殉道；能力不论，只会家务，能创奇迹，皆是圣女。除了佛教，大概只有希腊人的基督教对女性如此宽宏大量。于是，这些女性的生平事迹，也逐渐有人记录或是渲染，久而久之，好事学者参与其中，厘为定本。一旦某位女性被宣布为圣人，她的事略也就升级成为圣徒传记。现今传世的女性圣徒传记，最早的可以上溯到5世纪。保存的语言也多种多样，除希腊语外，还有拉丁语、斯拉夫语、亚美尼亚语的版本。这方面最典型的，就是《十大圣女传》。

这10部传记，分为5种。分类与书名如下：

1. 扮成修士的修女

《圣玛丽／玛丽诺思传》(*Life of St. Mary/Marinos*)

《佩吉的圣玛特若娜传》(*Life of St. Matrona of Perge*)

2. 女性孤身者

---

① *Holy Women of Byzantium*, ed. Alise-Mary Talbot, Dumbarton Oaks Reserch Library and Collection, Washington, D. C, 1996, p.vii.

《埃及的圣玛丽传》(Life of St. Mary of Egypt)

《莱斯波斯的圣瑟奥克媞忒传》(Life of St. Theoktiste of Lesbos)

3. 修院修女

《奇迹创造者圣伊丽莎白传》(Life of St. Elisabeth the Wonderworker)

《爱琴那岛的圣阿桑娜西亚传》(Life of St. Athanasia of Aegina)

《塞萨洛尼卡的圣瑟奥朵拉传》(Life of St. Theodora of Thessalonike)

4. 虔敬主妇

《圣小玛丽传》(Life of St. Mary the Younger)

《莱斯波斯的圣索麦思传》(Life of St. Thomais of Lesbos)

5. 圣皇后

《阿塔的圣瑟奥朵拉传》(Life of St. Theodora of Arta)

这 10 部传记的作者，已知前 6 部是男性，后 4 部的则不得而知。在当年，这些传记当然不外乎给女性树立榜样，巩固男女信徒的信心。到后世，则成为上窥拜占庭时期基督教经律论三藏的重要依据。近世更变为学者们探索当年社会生活信息的一大源泉。1996 年，美国拜占庭学者爱丽丝-玛丽·塔尔波特（Alise-Mary Talbot）把这 10 部传记汇集成书，请著名的拜占庭专家严格考订，译成英文并出版，成为目前最重要的拜占庭女圣徒系列传记。

这些圣女传写出了类型丰富的女圣徒：有穿上男性道袍的修女；有痛改前非的妓女自己规定在荒漠独居 47 年；有从阿拉伯俘虏营逃出的修女在荒无人烟的帕罗斯岛上隐居 35 年；有能创奇迹制服毒龙的女主持；有把修道院的苦行生活作为避难所的寡妇；有结了婚的平信徒以及被夫君抛弃的皇后。这些圣女的历程显示了拜占庭女性成圣的不同途径：有身心自苦，有绝对服从修道上师，有痛改前非，有行善，有预言和创造奇迹。女修道院院长，原本生于富贵之家，一旦彻悟，便弃富贵如敝屣，遁入空门，而且居然慷慨勇敢，敢于带头反对当时的皇帝阿纳斯塔修斯的基督一性论。皇后瑟奥朵拉（？—1270 年），出身名门，得意时也曾叱咤风云，后来被发配到荒地去除草，居然也毫无怨言。而瑟奥克媞忒的故事则套着故事，充满奇幻色彩：她从小失去父母，在修道院长大，后被阿拉伯强盗掠走。她逃到帕罗斯岛隐居。去世后遗体被猎人发现，猎人砍下她的手做纪念，船便无法航行，直到把手放回原处，再去看，遗体已失踪。

这 10 部传记中，《圣小玛丽传》堪称代表。小玛丽之所以要在名字前加一"小"字，是因为这 10 部传记中有埃及的玛丽，为了区别，故称呼此玛丽为"小玛丽"。据历史记载，圣女小玛丽（St. Mary the Younger，875—903 年）生于亚美尼亚，出身显贵，其父是首批从亚美尼亚到拜占庭朝圣的军人贵族，后来举家迁到君士坦丁堡。她有 4 位兄弟姐妹。她的姐夫想通过联姻，巩固和好友尼克佛罗斯（Νικηφόρος）的友谊，便把小玛丽介绍给这好友。小玛丽结婚时约十二三岁。婚后，随夫迁到色雷斯，最终定居在维塞。她有四个儿子，前两个夭折，另外两个是双胞胎，且应了她的预言，一个成为军人，另一个成了修道士。我们很难评价其历史的准确性，但书中确实包含了当时人们的态度，特别是对家庭、女性及其尊严的态度。

此书作者已无从考证，似乎来自维塞。全书结构简单而直接。开始是篇前序，直接点出道德指向——女性和男性都可以圣洁。作品主体包括主人公的出身背景，有 8 个段落描述她的生前事迹。各种奇迹占了大半的篇幅，也提到了她的两个儿子，特别是成为修道士的儿子，最后是祷文。

作为圣人，小玛丽究竟"圣"在何处呢？首先在于乐善好施，生活简朴，恪守信用。书中说：

> 人们称赞她的乐善好施，品德高尚，是上帝的典范。从未见过她发火，甚至对仆人也充满同情，对向她寻求帮助的人总不会让他们失望而归……当她听说收税官拘捕并迫害了几位没钱纳税人后，她倾囊相助，甚至借了钱把他们赎出来……她勤俭持家，生活朴素。[1]

---

[1]　*Holy Women of Byzantium*, p.239.

甚至在她过世之前，还脱下自己的斗篷，让仆人卖掉去还债，并清楚地说出债主的名字和金额。

她的圣洁同时也体现为虔诚：

> 对教堂充满热爱，不管天寒地冻，刮风下雨，跋山涉水，她都早晚两次要去教堂，除非重病缠身。进入教堂，她会找个小角落，跪拜至汗水滴到地上。[①]

这显示作者的圣徒传观念和选材的一大特色，即圣徒之圣，就蕴含在日常生活的品德修养中，而不一定要不近人情的苦行和自虐。这种观念，即华夏所谓"百姓日用条理处即是圣人之条理处"[②]，也即一般说的"百姓日用即道"。圣人与百姓，原本就该是密切相关、性情一致的。

此外，小玛丽是个女性。前面说过，即使拜占庭继承了古希腊人尊重女性的传统，但对于女性能否成圣这个问题，仍是有保留的。但此书作者在这个问题上，显然态度是很开放的，他说：

> 世俗对抗的竞争，只号召男性参加，以证实他们的体力。但精神领域对女性敞开并不亚于男性，作为奖励者之神所赐予的奖赏和胜利冠冕，对两性都是平等的。

这是从基督教的"在上帝面前人人平等"的观念直接引申出来的。人人平等，首先体现为男女平等。男性能够成圣，女性当然也能成圣。作者发出哲学喟叹：

---

① *Holy Women of Byzantium*, p.257.

② 王艮：《王心斋全集》，中国哲学书电子化计划，https://ctext.org/wiki.pl?if=gb&chapter=385098&remap=gb。

任何生理上的缺陷，性别，命运和生活方式等的不同都无法给那些想要奋斗的人建立任何障碍。小玛丽奋斗的一生不仅消除了人们的偏见和顾虑，而且号召世界上所有的人都加入到这场斗争中来。[1]

再深一层，小玛丽不仅是女性，还是个已婚女性，而且已生儿育女。虽然基督教较之其他宗教和巫术信仰，是更加尊重女性和婚姻，且把婚姻看成上帝作证的严肃行为，但那只是在平常的生活中。至于成圣，一般观念中还是有保留的。而此书作者却写出已婚并且生育的小玛丽仍然可以成圣而毫无愧色。这种观念，不仅在拜占庭，就是在世界上也是开明的。就世界几大宗教和信仰而言，佛教要求女性真要修行，还不用说成圣，就必须离开家庭，成为比丘尼。伊斯兰大概没有女性圣人一说。以巫术信仰为基础的儒术，则自觉或不自觉把女性生子视作是否能成圣的关键。后稷的母亲之所以称得上"圣"，那是因为她"履帝武敏歆"，踩了上帝的大脚趾印，受了神孕，生下一个部落酋长来，母以子贵，所以算得上"圣"。小玛丽却没有这些条件，她只是一个普普通通的已婚女性，生了四个孩子还死了两个，没有完全尽到妇女作为生育工具的责任。但是，在作者看来，这些都并不妨碍她成圣！所以，作者大声疾呼：

> 小玛丽是一代人中的奇迹，这是我们陈述的主旨，即便她是位有孩子女性，也是和男性同一的，没有什么可以阻止她获得上帝的荣光，更不用说她还遭受婚姻的折磨和养育孩子的辛苦。所有这些都是她荣光的基础，对那些认为自己条件不足而不能勇敢的人来说，她就是平息争论的证据，也说明那些人是在为自己的罪恶寻找借口。[2]

---

[1] *Holy Women of Byzantium*, p.254.

[2] *Ibid.*, p.254.

这里甚至暗含着对宗教权威不敬的口吻。当时东正教"教堂的主教认为，宗教的奇迹一般都是发生在男性神圣的僧侣或殉道者身上，不相信会发生在女性，更别说结了婚的女性身上"[①]。但小玛丽的事迹使这种宣传不攻自破。

除了死后的奇迹，作者写小玛丽的结局，并没有西欧圣徒的奇特之处或是殉教的光辉。不仅没有奇特与光辉，甚至有些窝囊。她是怎么死的呢？

> 她对待仆人就如同兄弟姐妹一般。正是因为她慷慨的慈善，使得她丈夫的兄弟姐妹颇有怨言，甚至诬陷她浪费家用，和仆人通奸。她丈夫问："妻子，我听到关于你的信息可并不美好啊。"小玛丽答道："那是关于什么呢？你又是从谁那听到的呢？""我的兄弟姐妹告诉我：家产都空了，更可怕的是你和仆人通奸！"[②]

这哪是夫妻谈话，简直就是在审贼，审淫妇，可是又无证据，这样的丈夫何其愚蠢和鲁莽！但小玛丽并未因此冒火，相反，她仍然称丈夫为"亲爱的"，很理性地说明这种罪名是"莫须有"的，语气温和，甚至不带任何负面情绪。但是，尽管她极力否认，丈夫还是把她关押起来，而且听信挑唆，对她施暴。小玛丽受不了，只好逃跑，不料撞伤头部，不久便过世了。这不是一般圣人轰轰烈烈地殉教，而是死得平常，死得悲惨，死得窝囊！但正是这平常、悲惨与窝囊，显出文学的第一要义：真实。哪怕是作者极其尊敬的人物，也没有向壁虚构，为之捏造假大空的情节。所以，在小玛丽死前，这部作品就是一部普通妇女真实的生平传记。

当然，既然是宗教性的圣徒传记，照规矩免不了也要写奇迹。作者在她生前只提了一件奇迹，那就是"她后来生了双胞胎兄弟，她自己预言一个会入伍，一个会成为修道士，后来预言成真"[③]。这与其说是预言，不如说是

---

① *Holy Women of Byzantium*, p.247.
② *Ibid.*, p.263.
③ *Ibid.*, p.278.

她对儿子前途的安排吧。按宗教标准，真正的奇迹是在她死后。她的身体在死后散发出芳香，全城的鳏寡孤独来参加她的葬礼。把她安葬入墓后，病人们被她芬芳的尸体治愈，盲人重获光明。她的坟墓安葬在教堂附近，她的画像是一位其他城市从未见过她的画家所画，这位画家曾梦中梦到过她。她托梦给丈夫为她建个小祈祷室，他并未执行，眼睛就失明了，直到他按要求盖起了祈祷室，才又复明。而在她丈夫死后，人们给她挪坟，要跟她丈夫合葬时，丈夫的尸体早已腐烂得只剩下骨头，而她的尸体如刚过世一般栩栩如生。甚至当保加利亚军队攻占小玛丽的家乡，"军官听到小玛丽的声音从棺材中传来，当他打开棺材要看小玛丽的遗体时，差点被里面的火烧着"[1]。作者在写这些奇迹时，并未忘记对教会内的假道学和蠹贼进行揭露："很多修道士很嫉妒她被神化，认为她结了婚，也不是嬷嬷，也不受戒却能享有如此的神圣赐福。"[2] 但是，虐待她污蔑她的人都受到了不同的惩罚。她丈夫打猎摔断了右胳膊。诽谤她的人话还没说完，就恶魔附身，跌倒在地，翻白眼，吐唾沫，双手打头，甚至有的是女儿暴病身亡，有的露宿街头，有的饥寒交迫，最终都得病而死。对于这些奇迹的记载，当然是姑妄言之姑妄听之。作者相信与否，已无从考察。但这里面确实包含着民众善良的期望。千余年前的普通民众相信善恶终有报，特别是恶人遭到报应，从文学角度说，带有喜剧效果，让人读来觉得畅快。

由于真实地描写她的生平，作者往往只需用白描的手法，写出她的言行，就可以把她的动人之处呈现于读者面前。一个儿子五岁就过世了，作者只记了她的一句话："上帝赐予并且又带走，逝者如斯，上帝之名将永远被保佑。"没有渲染，没有夸张，就把她看透生死的达观平静写了出来。当受保加利亚侵扰，人们颠沛流离之时，她救助鳏寡孤独和修道士们，跟居无定所者分享自己的财物，她的家门总是对外人敞开着，热情待客。当修道士们

---

① *Holy Women of Byzantium*, p.276.

② *Ibid.*, p.247.

路过时，她把他们当成天使来对待。而自己生活却非常简朴，她认为，"最好的装饰就是不装饰"。寥寥数语，一个看淡了财富，修成正果的人物形象便矗立起来了

这位作者很可能只是位知识渊博的普通民众，他的希腊语纯正优雅，却又是人们耳熟能详的中古希腊语。他不时引用荷马、柏拉图和《圣经》，则又让作品显得深沉古朴。展现了他深厚的古典修养。比如，他赞美小玛丽：

> 贫穷者需要她胜过空气。可敬的玛丽啊，你是世上所有生活美好的女性的点缀，君子的愉悦，受庇护者热爱的甜料，盛满美德的容器，装载着优雅的船只，取之不尽的疗愈宝藏，圣灵恩赐礼物的宝库。①

其中第一句来自对圣母玛利亚的古赞美诗，其他的来自《旧约》和其他古典作品。作者很注意音韵，如押头韵、轭式修饰、同音双关。有时作者直接向"观众"呼吁，期望人们"听"他的作品，而不是"读"他的作品，以获得更佳效果。比如，有个句子："她换了住址，但没改性格。"在希腊语原文中，"住址"和"性格"分别为"τοπος"和"τροπος"，发音类似而意思迥异，对于表现小玛丽性格的坚贞，给人印象很深。这些地方还运用了音乐剧和戏拟剧表演的形式，期望观众能了解一些暗示，引起共鸣。有时，当讲到扣人心弦的故事情节时，如小玛丽被诬陷，作者会插入一个问句："那接下来呢？"或是"后来发生了什么呢？"使紧张的旋律稍微得到舒缓，留下一点儿时间，提醒读者思索，让这段叙事给人留下更深的印象。

作者虽然措辞文雅内敛，但内在的激情却常常袒露出来，偶尔以一连串的排比和反问来代替直抒胸臆：

---

① *Holy Women of Byzantium*, p.287.

　　我无法不提她持家谨慎，热爱劳作，衣着简单，餐桌上的自控力和诚实等优点。但教我如何不写她对教堂的热爱？匆匆略过她坚强的奋斗？如何对她唱圣歌时悦耳谦卑之风保持沉默？

　　她给了多少新娘子嫁妆？救助过多少孤儿？多少寡妇得到过她慷慨馈赠的安慰？喂饱过多少饥饿的人？给过多少无衣可穿的人衣服？给多少干渴的人甜美的饮料？[①]

　　这段用了好几个"多少"开头的疑问句，一气呵成的反问，表现了小玛丽超乎寻常的慈爱之心。而有时，作者叙事的幽默，又会暗含着一种沉痛的悲哀。比如写小玛丽的一个儿子去君士坦丁堡，作者说："他抵达了君士坦丁堡，陪同他的还有他的病。"[②]这句话听去似乎有点儿揶揄，还带几分幽默，但是细细一品味，作者对这孩子的同情便自然会沁出来。

　　总之，无论就作者的创作宗旨、作品的结构、描写的方法，乃至语言修为，《圣小玛丽传》都称得上是一部成功的宗教传记，足可成为拜占庭女性圣徒传的典型。也由于有了《圣小玛丽传》这样的女性圣徒传记，拜占庭对女性的态度得到了一定的改变。不仅民众对女性圣徒的纪念蔚为风气，就连教会也对民众的纪念做了让步，东正教堂把2月16日定为圣小玛丽的纪念日。

---

① *Holy Women of Byzantium*, p.257.

② *Ibid.*, p.285.

第四章

13—15 世纪拜占庭文学

第一节 概况

一、国家复兴与衰落

1204 年，是拜占庭历史上令人哭笑不得的一年。这一年，西欧大公教会组织了第四次十字军东征。但是，这支拉丁人十字军不去攻打"邪教徒"，却在路过君士坦丁堡时，乘拜占庭人不提防，顺手攻下了君士坦丁堡，而且在拜占庭帝国领土上建立了四个拉丁人政权。希腊人在人家攻占剩下的地方建立了三个政权：尼西亚王国，位于小亚细亚西北部，首都就在尼西亚城；埃裴娄王国，位于巴尔干半岛北部，首都先后分别在阿尔塔和塞萨洛尼卡；特拉帕宗塔王国，位于小亚细亚北部、黑海东南角沿岸，首都在特拉帕宗塔城。拜占庭历史就这样拖了半个多世纪。

1259 年帕莱奥罗果斯王朝始祖米哈伊尔八世（Μιχαήλ Η΄ Παλαιολόγος，1223—1282 年）夺取了尼西亚王国王位。很快，他就消灭了埃裴娄王国的军队，跟为他提供舰队的热那亚人订立联盟，1261 年米哈伊尔八世推进到君士坦丁堡，没费多大力气，就取得了对法兰克国王博杜安二世（Baudouin II de Courtenay，1217—1273 年）的军事胜利。拉丁帝国灭亡了。拜占庭国家在古都重建。告成之日，皇帝徒步跟在郝代盖特利亚（Ὁδηγήτρια，引路者）圣像后面，通过金门隆重进城，第二次在圣索菲亚大教堂加冕。史家格奥尔基奥斯·阿克罗珀利忒斯自豪而庄严地宣告："创世纪 6769 年，按照神的意志，君士坦丁堡被拉丁人占据 58 年之后，又重归罗马人了！"[①]

诗人和散文家们在歌唱。米哈伊尔八世帕莱奥罗果斯在《自传》中写道："君士坦丁堡——普世的卫城，罗马人的王都，由于上帝的意志，曾被

---

① Γεώργιος Ἀκροπολίτης, χρονικη Συγγτφη, PG. T. CXL, col.1212–1213.

拉丁人掌握，现在重新在罗马人掌握之中。"①1392 年，有位谦虚的诗人，不想青史留名，用"政治体"写了一首 759 行的抒情诗《意大利人占领王城，后被罗马人夺回》，也是为了歌颂拜占庭帝国的复兴。

拜占庭帝国新生了，但是，她的疆域已今非昔比：除了尼西亚王国的土地，她只有伯罗奔尼撒、弗拉基亚和马其顿的一部分、塞萨洛尼卡城、育安尼翁海和爱琴海的几个岛屿。

西欧侵略者虽被驱逐出君士坦丁堡，但仍占据着相当一部分希腊土地，各式各样的冒险家、海盗和骑士此起彼伏。拜占庭商业落到威尼斯人和热那亚人手中。在君士坦丁堡近郊噶拉塔斯（Γαλατάς），热那亚人的工场达到闻所未闻的宏大规模，竟可以跟古都分庭抗礼。在巴尔干半岛，塞尔维亚国王斯特凡诺斯·杜山（Стефан Душан，1308—1355 年）政权日益巩固，1346 年宣布自己是"希腊人、塞尔维亚人、阿尔巴尼亚人和保加利亚人的独裁者"。而最大的威胁来自东方。14 世纪，原先四分五裂的土耳其埃米尔们的力量，统一到奥斯曼王朝苏丹政权之下，建立了一支绝对能征善战的军队。拜占庭的小亚细亚领地，除了黄金角东岸一小块土地，已经一无所剩。接着，土耳其人出现在巴尔干，迅速征服了弗拉基亚，在马里茨河畔以及科索沃原野打败斯拉夫人。通往君士坦丁堡、中希腊和莫莱亚（伯罗奔尼撒）的道路，向奥斯曼主子敞开了。14 世纪末，君士坦丁堡被土耳其人包围，几乎陷落。只是由于巴耶纪德（Bayezid）苏丹在安卡拉战役（Ἄγκυρα）被帖木儿（Tāmūūr-ē Lāng）打败，不得不解除包围，拜占庭才又得以苟延残喘半个世纪。

拜占庭内部也是矛盾重重。豢养雇佣兵，为显示昔日世界帝国的威风而举办的宫廷奢华庆典，都在无节制地消耗国家财力，而这些财富又是从农村榨取来的，于是，国家根本动摇，国力日渐空虚。为争取西欧的支援，皇帝

---

① Troickij I, "Imperatoris Michaelis Paleologi de vita sua opusculum necnon regulae, quam ipse Monasterio S. Demetrii praescripsit, fragmentum", *СПб: Христианское чтение*, 1885, Т.2, cc.529–579.

们似乎患了健忘症，忘了不久前十字军带来的巨大灾难，从米哈伊尔八世开始，竟想让东西方教会合并，合并不成，干脆让正教教会皈依罗马教皇。这事第一次在1274年里昂宗教会议上宣布，1439年翡冷翠宗教会议上再次表示皈依。1452年，即君士坦丁堡陷落前半年，甚至在圣索菲亚大教堂举行天主教弥撒。曼努埃尔二世等人，不在国内励精图治，却成年累月在西欧求援。这些措施遭到拜占庭民众和僧侣的坚决反对。正教界公议拒绝接受这种皈依。镇压无济于事，内部反而更加分裂。随着土耳其威胁的加剧，反对皈依的激进分子甚至认为伊斯兰还没有罗马教会那么邪恶。小亚细亚的"阿克瑞忒斯（戍边将士）们"，过去世世代代支撑着抗击伊斯兰的国防，曾受到军事史诗的歌颂，如今却不愿再承担兵役，甚至投奔土耳其人。拜占庭灭亡前夕，君士坦丁堡总督娄卡斯·诺塔拉斯（Λουκάς Νοταράς）甚至说："与其在城里看见拉丁头饰，还不如看见土耳其王冠。"[1]

二、赫素暇主义得势

精神领域的矛盾不仅是皈依罗马教会的问题，除了教会内部正统派与亲罗马派的矛盾，更有教会正统与世俗文化的矛盾，这里包含教会正统与古典文化崇拜者的矛盾，教会正统与民间文化的矛盾，甚至世俗文化内部也有矛盾，即古典文化崇拜者与民间文化的矛盾，古典文化崇拜者中亚里士多德信徒与柏拉图信徒的矛盾。帕莱奥罗果斯王朝时代的拜占庭精神已四分五裂，这加速了拜占庭帝国的灭亡，但也导致中世纪文化的新生。

这段时期，教会正统的赫素暇主义膨胀起来。这种宗教思潮源于苦行主义，但并不像苦行主义那样倡导苦行，而是提倡静默冥思。他们断言，长年离群索居，沉默不语，孤独入定，必将达到通神境界，乃至凭借修炼成果，即某种感觉或超感觉，便可以像三位使徒那样，在萨博尔山（הר תבור；

---

① *Византийские Историки О Падении Константинополя В 1453 Году*, СПб: Алетейя, 2006, с.77.

Ὄρος Θαβώρ）看见基督显圣的灵光。[①]

这种观念受到教会内部以及古典文化崇拜者者的质疑。质疑者的代表是意大利裔的卡拉布里亚希腊人巴拉阿姆（Βαρλαάμ，约 1290—1348 年）。此人先从意大利移居塞萨洛尼卡，后又迁到君士坦丁堡，算得上站在意大利和拜占庭之间、拉丁西欧和正教东方之间一个时代象征。他身为僧侣，却讲授过哲学，还教过彼特拉克希腊语。巴拉阿姆以西欧烦琐哲学的理性教义为依据，认为既然除了上帝自身，一切都是"被创造的"，那么，基督显圣这道神光的本性也是"被创造的"，即物质性的，神以这种手段令人信仰祂。甚至神的"恩赐"也是"被创造的"手段，与神的非造物本质，隔着本体论的深渊；所以，赫素暇信徒们否定了神的超越性，破坏了教会生活中属于专业神学家的教义权威，是不学无术和大不敬，是异端。[②]

但是，赫素暇阵营里出了位大学问家格列高利奥斯·帕拉马斯。这位塞萨洛尼卡大主教绝非等闲之辈，年轻时就当着皇帝的面发表过关于亚里士多德学说的演讲。从 1338 年起，他挺身而出，捍卫赫素暇主义。他坚决否认理智有权审判神秘主义体验。他坚称，神同时是不可知与可知的。不可知是对孤立的智慧而言，可知则是通过"神化"（与神实质上合一）实现的；而"神化"则需要人的整个天性在整体上——包括灵魂和肉体——才能承受。为了恢复这种整体性和准备"神化"，就必须在修道单间入定的寂静中，精心锻炼特殊的心理修为。"神化"本身可以借助渗透世界的神之"能"。神之能既是"非创造的"，又与神的本质处于合一与区别的辩证关系中。所以，神与世界之间的本体论深渊，虽然以任何方式都否定不了，但由于"非造物"现实地存在于"造物"之中，却又是能超越的。非一般的神的本质又一

---

① 据《新约》记载，耶稣曾与门徒彼得、雅各和约翰登上萨博尔山，耶稣脸上忽然显出光辉，不久，摩西与先知伊利亚也出现了，且与耶稣谈话。这时，云中又传来声音，称耶稣为自己的爱子。三位门徒惊讶不已，俯伏在地。参见《马太福音》17：1–9；《马可福音》9：2–8；《路加福音》9：28–36。

② 巴拉阿姆的著作已被教会销毁，他的观点只有从其论敌格列高利奥斯·帕拉马斯的著作附录中略窥一二，参见 PG. T. CLI, col.1255–1282, 1301–1364。

般地存在于自己的"能"之中。[1]

帕拉马斯派与反帕拉马斯派之间论战无法调和，几经波折之后，1341年，君士坦丁堡宗教会议把帕拉马斯的神学纳入正教教条级别，巴拉阿姆则遭到审判和诅咒，被永久逐出君士坦丁堡，放回意大利。其学说被宣布为异端，著作被焚毁。他的信徒格列高利奥斯·阿金杜诺斯（Γρηγόριος Ακίνδυνος）与赫素暇主义继续斗争。1351 年，宗教会议再一次审判了帕拉马斯的对手。赫素暇主义得胜了，成为精神领域的统治思想。

从 1347 年起，赫素暇主义信徒接二连三登上君士坦丁堡宗主教宝座。教会对古典文化崇拜者发出严厉警告，而且在每年大斋节后第一个星期日宣布一次："研究异教学术，不仅羡慕其训练方法，且羡慕其谬论者，必遭诅咒（ἀνάθεμα）！"底线很明显，"希腊教育"只允许成为思维训练的工具，却绝不准成为一种世界观，古典研究必须与西欧文艺复兴划清界限。14 世纪神学家、作家尼阔劳斯·卡巴希拉斯（Νικόλαος Καβάσιλας，1322/1323—1391 年）曾指出，在私下场合，最纯粹的赫素暇神秘主义也能容忍温和的人文主义，容忍有节制的而并非对古典传统真正的兴趣。但就总体而言，赫素暇运动对世俗文化乃至基督教内部的理性主义倾向绝不让步，并为自己的信徒规定了严格的思想和行为标准。他们的势力和威望，与皇帝们的无权无势无信仰形成鲜明对照。这些都迫使世俗人文主义者，以及亲罗马的神学理性主义信徒，在拜占庭灭亡前一百年，就不得不转向意大利，去寻求新的安身立命之所。

不过，赫素暇主义在当时也并非只能对内专横。的确，要挽救拜占庭的灭亡，赫素暇主义者跟皇帝们一样无能。但他们在赫素暇主义基础上，奠定了东欧各民族新的宗教文化共同体的地基。在奥斯曼帝国严酷的民族和宗教压迫下，居然显出特殊的生命力，在从雅典到俄罗斯与芬兰之间的空间领域，进行了宗教的甚至部分政治的整合，成为俄国和东欧诸族的精神支撑点

---

[1] Γρηγόριος Παλαμᾶς, Ὁμιλία ΛΔ´, PG. T. CLI, col.428–436.

以及建国立教的开端。

三、古典研究集大成时期

从以上情况看，在帕莱奥罗果斯王朝，世俗文化，尤其是古典文化的复兴与人文主义的诞生，似乎不可思议。但是，世俗文化倾向却抬头了，古典文化居然复兴了，人文主义居然开始产生了。

故国的光复总能带给人希望。拜占庭最优秀的知识分子又重新汇聚于君士坦丁堡，其中杰出的代表，有尼西亚的格奥尔基奥斯·帕胡麦勒斯、瑟奥多罗斯·麦托希忒斯，有塞萨洛尼卡的德麦特利奥斯·库东奈斯，也有前面介绍过的南意大利僧侣巴拉阿姆。皇室为了跟教会势力抗衡，也不能不在某种程度上支持世俗文化倾向。这时的拜占庭，已成为单一的希腊族国家。希腊人在几乎亡国的屈辱之后，希望在古代希腊的疆域上恢复昔日的光荣。而经过千百年的积累，古典文化也到了集大成而复兴的阶段了。君士坦丁堡重新燃起文明之火，新一代学者也跟了上来。普莱松（Πλήθων，1355—1452 年）受到了启蒙教育，万事通学者尼克佛罗斯·格利果拉斯师从约安尼斯·格里卡斯和瑟奥多罗斯·麦托希忒斯，完成了学业。还有普莱松的学生，年轻的贝萨里翁。据乌克兰裔美籍拜占庭学者伊·谢甫琴科统计，拜占庭著名文化活动家约 435 位，其中 91 位出现在 14 世纪，而且有 40 位是俗人，其余 51 位僧侣中也有世俗文化的光辉代表，比如麦托希忒斯和格利果拉斯，他们是在晚年才祝发为僧的。此外，这个时代拜占庭的知识分子中间，出现了活跃的人文主义小圈子，后来在意大利蔚为风气。因此，古典文化的复兴和人文精神的高涨，就成为帕莱奥罗果斯王朝二百年历史的首要标志。①

但此时对希腊精神的崇拜，与昔日相比，具有另一种特点：如果说，前

① Бибиков М. В., "Поздневизантийская культура: декаданс, кризис, ренессанс? Ihor Ševčenko. Society and Intellectual Life in Late Byzantium", *BB*, T.47, cc.265–266.

段时期这种兴趣是由于对拉丁人占领者的仇视所引起的，那么，此时对希腊精神的崇拜，已没有现实意义，而是染上了书斋气。因而，主要局限在两个领域：一是翻译古代作家作品，从希腊文译成拉丁文，以及从拉丁文译成希腊文；另一个是语言学领域。其他方面的成果就屈指可数。事实上，若论向拜占庭人介绍古罗马作家，或是向意大利人介绍古希腊文学的译作数量，任何一个时期都不能与14世纪至15世纪前半叶相比。马克西莫斯·普拉努德斯把老卡托、奥维德、西塞罗、尤里乌斯·恺撒的著作译为希腊语。曼努埃尔·赫吕索娄拉斯（Μανουήλ Χρυσολωράς，1355—1415年）则把柏拉图的著作译成拉丁语。莱昂提奥斯·皮拉托斯（Λεόντιος Πιλάτος，？—1366年）第一次把荷马史诗译成拉丁文，而在1488年，拜占庭史家哈尔阔孔杜勒斯第一次在米兰排版印刷了荷马史诗。15世纪，贝萨里翁翻译了德摩西尼和色诺芬的著作，还有亚里士多德的《形而上学》。虽然有些译作的艺术价值并不高，但有的能保存到今天，比如普拉努德斯翻译的奥维德的《赫罗伊德斯》（Heroides，又称《群媛集》）[①]，就具有难得的学术参考价值了。

古典研究在语言学领域成果更出色。上面提到的拜占庭作家，几乎都评注过古典作家作品。特别是麦托希忒斯对亚里士多德的注释，被认为是拜占庭最好的。还有曼努埃尔·莫斯霍珀罗斯（Μανουήλ Μοσχόπουλος，1265—1316年）、邹马斯·马基忒罗斯（Θωμάς Μάγιστρος，1270—1325年）、德麦特利奥斯·特利克里讷斯（Δημήτριος Τρικλίνης，1280—1340年）等人的译著。此外，还有汗牛充栋的古希腊语辞典、语法书籍、古典书籍和手稿汇编。拜占庭正是在这个时期为后世保存了最丰富的古代文化宝藏。其中誊文工们那无量数的劳动，以及世俗学校（如14世纪的斯巴达）或教会学校（雅典、帕特莫斯、莱斯波斯、安德罗斯等地修道院）的保存之功，都是不可磨灭的。

14—15世纪的哲学文学领域，依旧继续崇拜两大师——柏拉图和亚里

[①] 罗马诗人奥维德著，书信体诗歌集，共21封，假托神话英雄传说中的女性（如帕涅罗帕、美狄亚）或真实历史女性（如萨福）写给她们的爱人的书信，诉说被爱人损害甚至抛弃的痛苦。

士多德，只是两人的轻重位置，与 13 世纪相比，有了颠覆性变化。如果说过去是亚里士多德信徒得势，那么，不论就人数或者影响而言，此时则是柏拉图信徒占上风。14 世纪还知道三位亚里士多德信徒——格奥尔基奥斯·帕胡麦勒斯、尼克佛罗斯·侯穆诺斯（Νικηφόρος ὁ Χοῦμνος，1250—1327 年）和约安尼斯六世坎塔寇泽诺斯；而到 15 世纪，亚里士多德信徒硕果仅存，只有格奥尔基奥斯·特拉帕宗塔斯（Γεώργιος Τραπεζούντιος，1395—1472 年）。14 世纪柏拉图信徒有麦托希忒斯、曼努埃尔·赫吕索娄拉斯、格利果拉斯和巴拉阿姆。到 15 世纪，柏拉图地位空前提高，官方教会已把他看成基督徒，说他只不过误入异教幻觉而已，甚至中学都要讲授"圣柏拉图"。麦托希忒斯对柏拉图很是看重，在《格言式札记与备忘录》中说，在一切研究领域，柏拉图都超过亚里士多德。当然，他没有否定和缩小亚里士多德的功劳，他称赞亚里士多德的《形而上学》《物理学》和《逻辑学》，但在他看来，是柏拉图发现了哲学的一切奥秘，柏拉图已上升到认知神和神圣的境界，不仅伟大，简直就该赞美。而亚里士多德则只能说伟大。

柏拉图和亚里士多德信徒之间，甚至一派信徒之间，还发生了前后长达百余年的论战。14 世纪，格利果拉斯和巴拉阿姆发生争论，其争论甚至引起教会干预，巴拉阿姆受到诅咒，不得不远遁塞萨洛尼卡。格利果拉斯被尊为"大哲"。15 世纪，格奥尔基奥斯·特拉帕宗塔斯与贝萨里翁之间也有论战，不过，此时双方似乎已非水火不容，贝萨里翁的《反对诽谤柏拉图者》学问精深，但语气平和。这场漫长的论战中产生的文字都显出大手笔的气派功力，在拜占庭的论战文中颇为可读。这场论战的社会效果是普及了关于柏拉图和亚里士多德的知识，连贩夫走卒都张口能说两位大师的名字和他们能够理解的某些问题。

四、拜占庭人文主义早期代表

这个时代的人文主义的奠基者是尼克佛罗斯·侯穆诺斯和瑟奥多罗

斯·麦托希忒斯。侯穆诺斯在米哈伊尔八世和安德罗尼阔斯二世时代，担任过高级宫廷职务，在与麦托希忒斯斗争失败后，离职进了修道院。侯穆诺斯的创作直接继承了其师塞浦路斯人格列高利奥斯（Γρηγόριος ὁ Κύπριος，1241—1290年）的尼西亚传统。他的修辞学文章《论如何判断演说以及演说如何起作用》，表现了阿提克文化倾向，以伊索克拉忒斯和艾利奥斯·阿里斯忒德斯①为例，探讨风格问题。他的朗诵文字和书信与他的理论相当贴近。他也研究古代自然学说。他与麦托希忒斯的冲突，就是以关于古代哲学、物理和天文学争论的形式出现的，他赞赏亚里士多德，而瑟奥多罗斯则赞赏柏拉图和托勒密。

　　瑟奥多罗斯·麦托希忒斯比侯穆诺斯有才，但生活道路颇为相似。他在安德罗尼阔斯二世时做到大罗果瑟忒斯（λογοθέτης，民政大臣），但1328年这位皇帝倒台后，麦托希忒斯不得不祝发为僧。拜占庭晚期文化诸多方面都与他的名字相关。比如，对于帕莱奥罗果斯风格的马赛克画杰作，他既是鼓励者，又是内行老主顾。他经常满怀深情地赞叹马赛克卵石烛照明丽，大理石衬里流光溢彩，赞叹作品整体的优雅。因此，在君士坦丁堡救主大教堂画廊里，有幅他的马赛克画像，双手捧着一座马赛克的教堂模型。他在当时的文化生活中，堪称领袖人物。他的学生尼克佛罗斯·格利果拉斯由衷赞美他说："我们的大智勇者，我说的是那位满腹经纶的大吏，担心随着自己（这个一切学识的容器）一起，对他的记忆，以及他对天国现象的研究，对地上、地下、大地周遭的研究的记忆，都会葬诸坟墓。就像苏格拉底一样，若非柏拉图和色诺芬尊重他，忍不住舌绽莲花，对后代人称赞自己的老师，（他就会湮没无闻）。因此，这位大吏让无所事事的人静享沉默，而自己则像世界的裁判一样，以心灵的眼睛注视四周，观察天下，一步步审视开辟鸿蒙以来的一切，研究涉及一切的著作，考察生与死的究竟，诠释生活有理智与无理智的意义，对已逝的过去，他注意稍少，而把全部精力都付诸献身科学

---

①　艾利奥斯·阿里斯忒德斯，第二段智者时代演说家。

的一代，以免他们走上虚伪无聊之路。"[1]

麦托希忒斯的著作中，传统的修道士价值观——离群索居、孤独沉静——并没有失去本身宗教的意义，但又获得了新的知性化的思索：苦行者的简朴在他身上不知不觉地变成了学者的简朴。麦托希忒斯的主要著作，题为《格言式札记与备忘录》，是 120 篇散文集子，主题多种多样，涉及人生、伦理、政治、古典文学。最引人注目的，是大量对古典作家的批注，以及对人生的思考。在这些方面，他似乎代表拜占庭作家，第一次以古代先辈知交的身份出现，摆脱一切冬烘气，自由地表达自己的种种人生感受。且看其中第 44 则描写大海的文字：

> 海也是非常令人愉悦的景色，涟漪轻柔平滑，随岸赋形，拍岸安详，没有汹涌喧嚣，而原先则是咆哮的，像诗人们说的，非常狂暴的海，震耳欲聋，令人惊惧地转开眼睛，完全不可接近，不可接触。当它流动有节时，它就是一个安详迷人、感觉温柔的舞台，几乎没有运动，以实际难以觉察的呢喃细语，拥抱海湾，以儿童的抚摸，轻拍沙岸，态若嬉戏，冲击海岸时，不失优雅，退潮之时，有如性爱的拥抱，饱含愉悦，养精明目，既激起观沧海的大愿，又给予即时的快乐……给眼睛享受那融合了尊贵和威严的超凡的美。[2]

平时奔腾汹涌的大海，被写得如此和蔼可亲，但又如此浩瀚深沉，真是景由心生！而文笔之优雅从容，大器包涵，千载之下，令人如见如晤。温克尔曼

---

[1] *Correspondance de Nicephore Gregoras*, texte ed. et trad. par R. Guilland, Paris: Les Belles Lettres, 1927, p.59.

[2] Theodore Metochites, *On The Human Condition And The Decline Of Rome, Semeioseis Gnomikai 27–60, A Critical Edition With Introduction, Translation, Notes, And Indexes By Karin Hult*, University Of Gothenburg, 2016, pp.102, 104.

《古代艺术史》有云，古希腊艺术风格一言以蔽之：崇高的单纯与宁静的伟大。不知温克尔曼是否读过麦托希忒斯这段文字。倘若读过，必定会说"先获我心"！确实，五百年后温克尔曼所下的结论，五百年前，麦托希忒斯就以诗一般的语言呈现给读者了。但还不止此，麦托希忒斯写海，并不纯粹只是写海，其目的在写人。紧跟在第 44 则后的第 45 则，标题便是：

那些既和蔼又严肃的人，堪比平静时大海的景色 ①

原来，麦托希忒斯希望人都成为平静时的大海那样的人，既浩瀚深沉，又优雅可亲，既严肃又和蔼。这便是学者们津津乐道的人文主义！人文主义的落脚点在人，在人的培养，培养一种既不同于所谓"万王之王"的独夫，也不同于自命"奴才该死"的奴才，而是一种历史上全新的人。瑟奥多罗斯·麦托希忒斯其人是帕莱奥罗果斯时代的象征。他不一定称得上是伟大的作家，他在世界文学史上是否有权占一席之地，都还值得商榷，但他的主要影响，在于一种新的人生观，在于对待古典遗产的新精神和新方法，无拘无束，自由自在，培养个人趣味和个人选择的自由，开启了人文主义风气之先。后来恩格斯所称赞的文艺复兴时期"巨人"的理想，可说萌芽于此。此外，麦托希忒斯也写过诗，但因好古太甚，用的是古代伊奥尼亚方言，只有跟他一样的古典大师才读得懂。

瑟奥多罗斯·麦托希忒斯最杰出的学生、历史家、学者、理性神学家和政治活动家尼克佛罗斯·格利果拉斯，像麦托希忒斯一样，以倡导世俗文化而出名。他的兴趣也极为广泛，他的家几乎成为天文学工具博物馆。这位书呆子跟正在崛起的赫素暇主义发生过直接冲突；他与帕拉马斯的论战，是具有历史文化象征意义的事件。因此，1351 年他也遭到教会的诅咒。他所持的古典理性主义，把世俗哲学与启示录本质上等量齐观，也受到审判。格利

---

① *On The Human Condition And The Decline Of Rome*, p.106.

果拉斯的主要著作是规模宏大的《罗马史》，囊括了 1320—1359 年的大部分事件。此书显示作者是个活跃热情之人，他会从心底痛恨自己的敌人，虽然这种毫不做作的急躁情绪与严格的学术文体并不完全合适。他有意模仿柏拉图的语言和词汇，甚至抛弃当时的民族专用词语，毫无遗漏地把 14 世纪的人改称古代名字，这在拜占庭史家中很罕见，但很像西欧人文主义者对西塞罗的词汇毫无节制的崇拜。

反对赫素暇主义的新一代典型，是库东奈斯兄弟。德麦特利奥斯·库东奈斯与普罗霍罗斯·库东奈斯（Πρόχορος Κυδώνης，1330—约 1369 年）是塞萨洛尼卡人。有趣的是，普罗霍罗斯的同学，就是前面说过的赫素暇主义者尼阔劳斯·卡巴希拉斯。普罗霍罗斯平生距离赫素暇环境也不远：他在赫素暇主义堡垒阿薮斯山（Ὄρος Ἄθως）为僧。但是，兄弟俩坚决反对帕拉马斯的思想体系，而以托马斯（阿奎那）主义与之相对抗。他们掌握拉丁语，翻译了西欧神学文献，尤其是托马斯·阿奎那著作的翻译具有特殊意义。1366 年，普罗霍罗斯离开了菲罗瑟奥斯·阔基诺斯（Ἅγιος Φιλόθεος Κόκκινος，1353/1354—1364 ～ 1376 年）创立的赫素暇派修道院，不久去世。德麦特利奥斯立志完成弟弟遗愿。在随约安尼斯五世访问罗马时，他发表《向罗马人进一言》，呼吁复兴拜占庭与旧罗马在信仰与文化方面原初的共性，也就是主张东西方基督教相容。他跟皇帝一起皈依了罗马教会，但没过多久他就面临着因"拉丁思想"而被放逐的威胁，不得不逃亡西欧威尼斯。他的书信成为晚期拜占庭学术散文的优秀典范。他的生活道路不仅体现了拜占庭精神生活的分裂，也预示希腊智慧将"出走"意大利。这一波"出走"出现在 14 世纪末，曼努埃尔·赫吕索娄拉斯接受翡冷翠共和国和第二代人文主义者萨鲁塔提（Coluccio Salutati）[①] 的邀请，前往意大利讲学。跟随他学习希腊语的意大利人文主义者，有莱昂纳多·布鲁尼（Leonardo Bruni，1370—1444 年）和帕拉·斯特罗齐（Palla di Onofrio Strozzi，1372—1462

---

① 萨鲁塔提（1331—1406 年），意大利人文主义领袖人物之一，与薄伽丘、彼特拉克等齐名。

年）[①]。又过几十年，拜占庭知识分子移居意大利就成了常态。

君士坦丁堡越来越失去吸引智慧的力量。位于斯巴达的半独立的莫莱亚帝国的地位却提高了，其首都穆泽斯拉斯后来成了歌德《浮士德》中浮士德与海伦那一幕的城堡的原型。这片古老的土地，更便于发思古之幽情，而离阿薮斯山的赫素暇僧侣们和君士坦丁堡的主教更远，更适合上演反帕拉马斯学说的终场戏。其主角是格奥尔基奥斯·格米斯托斯（Γεώργιος Γεμιστός）。他为表示自己的"好古"，把自己中世纪的名字"格米斯托斯"（Γεμιστός），改为古典的阿提克代号"普莱松"（两个词语的意义都是"完整"）。"普莱松"当时读为"普莱通"（Πλετων），接近他所崇拜的"柏拉图Πλάτων"的读音）。这次改名预告了拜占庭和西欧人文主义者们后来的一种习俗，就是把自己"野蛮的"名字拉丁化或者希腊化。普莱松的学生，拜占庭衰亡时期天才的历史家哈尔阔孔杜勒斯，也把自己的基督教名字尼阔劳斯（Νικολαός），颠倒字序，改为阿提克式的名称"劳尼阔斯"（Λαόνικος）。

反正统的抗争史上，普莱松是个例外。往昔的拜占庭异端分子，从约安尼斯·意塔罗斯到尼克佛罗斯·格利果拉斯，虽然反对正统势力，但仍然愿做正教教徒；即使是库东奈斯兄弟俩，至少还愿做基督教徒。格米斯托斯·普莱松却跨过了这条界限。他虽然作为正教教会的辩护学者，在翡冷翠大会上与罗马天主教徒辩论，却以人所不及、匪夷所思的轻松劲儿，未经任何过渡阶段，从正教一步跨出去，就否定了作为宗教的基督教。普莱松把他那套再生的、改造过的、纯净化了的异教幻想，表述在其著作《法典》中，几乎复兴了两千年前柏拉图的理想国传统。托马斯·摩尔的"乌托邦"可能与此也有关系。据"大学问"艮纳狄奥斯主教（Πατριάρχης Γεννάδιος ό Σχολάριος，1400—1473年）推测，此书于1460年，或是此后不久，便被付之一炬。不过，残篇断简也留下不少，描绘了一幅管制严格的国家图景。这种国家的基础，就是新柏拉图主义抽象化的哲学国家崇拜：在宙斯名下供奉

[①]　帕拉·斯特罗齐，意大利银行家、政治家、作家、哲学家。

"太一"（ἕν）；在波塞冬名下供奉"智慧"（νοῦς）；在赫拉名下供奉"一中有多"（πλειονότης εις ενότης）；在阿波罗名下供奉"同一性"（ταὐτότης）；在阿尔忒弥斯名下供奉"差异性"（Ἑτερόδοξος）；等等。在这些神面前，人们必须诵读普莱松高瞻远瞩为国民教民编写好的早祷和晚祷文，完成类似正教祈祷的宗教圣事。总之，普莱松的理念，就是建立一个囊括生活一切领域的异教教会，建立一个多神教神权国家。他虽与基督教决裂，却没能摆脱教义和宗教法规的思维定式，只不过在《圣经》和圣父的位置上，供上了柏拉图、新柏拉图主义者和俄耳甫斯主义经文。基督教对奇迹和神恩的信仰，换成了哲学决定论，基督教对童贞的崇拜，换成了作为民法义务的婚姻责任。普莱松与信仰宽容的观念格格不入，所以，此书《刑法》部分规定，除乱伦和兽交外，"故弄玄虚以反对我们的见解的智者，也应活活烧死"。拜占庭优秀的知识分子深知祖国的悲惨处境是由政府的腐败加深导致，他们曾思考过救亡图存的策略，普莱松也是其中之一。他终其一生几乎都住在伯罗奔尼撒，见过拜占庭因复兴古典理念、观点、古代异教信仰以及柏拉图和新柏拉图哲学而得救。他的社会改革方案，虽然只涉及伯罗奔尼撒，但他呈给曼努埃尔二世，提供了行政管理制度、社会阶级地位、军队组织和农业问题（废除私人土地所有制）等方面的根本改革建议。这个方案前受柏拉图《理想国》影响，后来则影响了西欧思想家，如 18 世纪的圣西门。甚至可以说，19 世纪和 20 世纪某些以无神论面目出现但主张思想专制的学派，都打上了普莱松的烙印。

普莱松的主张不仅皇帝知道，伯罗奔尼撒部分居民也知道。无名氏的讽刺散文《马扎利地府游记》似乎就是跟普莱松唱反调，幻想在伯罗奔尼撒建立一种乌托邦，培育另一种"新人"。这种"新人"的特点就是没有智慧，其证明就是伯罗奔尼撒的新名称是"莫莱亚"，据作者说，此语源于希腊语"μωρία"（愚蠢）。这颇似中国老子的"小国寡民"和卢梭的"自然人"观念。关于《马扎利地府游记》及相关作品，本书有专节介绍。

拜占庭理性主义的种种极端变异，只能在西欧才能延续下去。因此，普莱松才能说服科斯莫·美第奇（Cosimo di Giovanni de' Medici）[1]重建翡冷翠学院。他死后不久，骨灰被运到意大利，安葬在罗马圣弗朗西斯科教堂。现代德国拜占庭学者格·拜克说："如果说马西利奥·菲其诺（Marsilio Ficino）[2]在柏拉图画像前点上一盏长明灯，那么，为他加油的就是拜占庭。"[3]拜占庭的新柏拉图主义，为翡冷翠新柏拉图主义的半异教提供了精神给养。从普莱松身上可以看出，拜占庭虽然产生了人文主义的萌芽，但始终未能成长为西欧人文主义的大树。

总体来看，人文主义在拜占庭产生和成长的文化基础，应该比西欧深厚。西欧古代文化早已被一波又一波的蛮族进攻破坏殆尽。西罗马帝国的文明和"卡洛林王朝复兴"，与后来的"文艺复兴"之间有一大段历史的间隔，横亘着几个"黑暗世纪"。拜占庭在 7—8 世纪初也有过城市文明相对的衰落，但世俗文化脉络从未中断。普莱松把古典文化传统称为"父爱培育"，意思是说，拜占庭接受古代遗产时，没有一时一刻的间接性和距离感。古代遗产不是遥远的、生命周期已尽的、必须"死而复生"的古典，也不是已被遗忘而需要寻找的宝藏，而是按照继承权由父传予子的活的财产，古典教育是自然而然之事。拜占庭人接受古代遗产，不是一种外部强加的任务，当然也没有那种费尽艰辛而不能复命之感，没有那种为实现理想而又尚未实现的苦恼，当然也就没有那种激励着西欧人文主义者的抢救遗产的精神紧张。当西欧人文主义者在文化上一贫如洗之时，拜占庭学者却拥有千年的文化财富。塞萨洛尼卡的尤斯塔修斯早在 12 世纪就做的学术考证工作，两百年后，德麦特利奥斯·特利克里讷斯和其他学者才接着完成。尽管如此，

---

[1]　科斯莫·美第奇（1389—1464 年），意大利银行家、政治家。

[2]　马西利奥·菲其诺（1433—1499 年），15 世纪意大利天主教神父，早期人文主义代表，曾任翡冷翠学院院长。

[3]　*История Всемирной Литературы*, Том Третий, Москва: Наука, 1985, c.38.

直到拜占庭即将灭亡时，硕果仅存的知识分子们所掌握的古典遗产，依然不比此前任何时代少。拜占庭文化中，按照德裔美国学者恩斯特·基辛格（Ernst Kitzinger）艺术的说法，活着"世代永恒的希腊精神"①。君士坦丁堡这个"中心"打开的视野，不仅关乎地理空间，也关乎历史时间。拜占庭文化是通往未曾封锁的往昔历史文化的主道。因此，拜占庭人是西欧文艺复兴不可替代的导师和顾问。

先前，拜占庭视西欧人为"蛮子"，因为西欧学者由于语言文字障碍，无法直接接受古典文化，只能靠拉丁文译本，甚至阿拉伯文译本去窥探古典文明。而拜占庭学者阅读古籍，几乎像与生俱来的本能那样方便。因此，他们继承古典文化，既有得天独厚，也有夜郎自大。正是这种与古典遗产"父传子子传孙"的亲密关系，妨碍了拜占庭人拉开距离来客观地研究古典文化。因此，拜占庭的"文艺复兴"，其实代表了古代文化发展的最后阶段，不妨称为"文化闭合"，即最终完成了古典文化发展这个巨大圆圈的闭合工作，使欧洲和中东地区的上古和中古文化成为一个完整的整体。从这个角度看，西欧的"文艺复兴"，其主要意义就不在复兴，而在"创新"，开创了人类文化的新纪元。也正因此，少数敏感的拜占庭知识分子面对西欧人文主义，不能不感到"未几见兮，突而弁兮"②的震动，甚至改宗皈依。德麦特利奥斯·库东奈斯及其他一些人，就是为这种发现而皈依罗马天主教的。

帕莱奥罗果斯王朝与哲学宗教相关的文学大概如此。可以看出，这段时间，拜占庭在宗教哲学艺术领域内，产生了天才艺术家（教堂马赛克艺人）、大语言学家和古典专家（麦托希忒斯、德麦特利奥斯·特利克里讷斯等）、深刻的神学家（帕拉马斯、普莱松等），但就是没有产生前代普瑟罗斯和普罗卓莫斯那样的伟大作家。

---

① *История Всемирной Литературы*, Том Третий, c.31.
② 《诗经·齐风·甫田》，《毛诗正义》，十三经注疏整理本，第 406 页。

五、诗歌的兴衰

1. 抒情诗的消况

至于诗歌，这段时期也成绩平平。曼努埃尔·菲勒斯和曼努埃尔·霍罗波罗斯的创作，充满古代怀旧的痕迹，是当时世俗宫廷诗歌的典型，菲勒斯有的诗又上承了普罗卓莫斯的乞讨诗的传统，哭穷嗟贫，只是其形象之表现力和新鲜度不如普罗卓莫斯。且看他如何向皇帝呼告：

> 强盛之君哟，我一身褴褛！
> 长袍腐朽，破洞累累，
> 受着衣不蔽体的折磨，
> 于是，我来求你！ [①]

菲勒斯的诗有如拜占庭人对圣像的感知，带有装饰性的特点，以及"咏物"诗的传统标志。总的说来，他们两人的诗都离生活较远，情感不够真，有时甚至假，形式有些矫揉造作。

瑟奥窦罗斯·麦利忒尼欧忒斯（Θεόδωρος Μελιτηνιώτης，1320—1393年）写了长诗《论卓尔不群》（政治诗体，3060行），德国拜占庭学者卡尔·克鲁姆巴赫尔称之为"诗怪"[②]，因为其中就是古希腊种种形象和思想溷杂的怪物。倒是皇帝曼努埃尔二世帕莱奥罗果斯写过15首抒情诗，用典比较自然。《致某位目光短浅的外行》的第一行就应用了《伊利亚特》第二卷开头的第246行"θερσῖτ ἀκριτόμυθε"（放肆，语无伦次的家伙），只是由于他这首诗的格律是三音步重轻格，这两个词语的次序便颠倒为"Ἀκριτόμυθε θερσῖτα"（语无伦次的家伙，放肆），也还说得过去。

---

① Barry Baldwin, *An Anthology of Byzantine Poetry*, Amsterdam: J. C. Gieben I Publisher, 1985, p.227.

② Karl Krumbacher, *Geschichte der Byzantinischen Litteratur*, ss.382–384.

修辞学领域对古典传统也极其尊重。汗牛充栋的修辞学著作都带有古代修辞学规则的遗迹。不过拜占庭人消化得很好，用在语言艺术中也颇能青出于蓝，留下了一些漂亮的篇什，如普拉努德斯的《冬春比较》，瑟奥窦罗斯·裴狄阿希莫斯（Θεόδωρος Πεδιάσιμος，14 世纪初）的《赞太阳》《赞夏天》。还有数量众多的对皇帝和"圣徒"们的赞词、悼词，麦托希忒斯为米哈伊尔九世帕莱奥罗果斯、伊莱娜·帕莱奥罗吉娜（Ειρήνη Παλαιολογίνα，1327—1356 年）写的葬词、侯穆诺斯的《赞安德罗尼阔斯二世》《安慰 16 岁即孀居的小女》《论公正，训示塞萨洛尼卡人》，也不乏文采。

2. 叙事诗的流行与溷杂

14—15 世纪的拜占庭文学，有个很特殊的现象，就是诗人们对特洛亚战争与荷马的兴趣空前高涨，解读和改编荷马史诗蔚然成风。但是，他们在接受荷马史诗时，都受到西欧文学影响，带有骑士传奇的痕迹。"日耳曼人"君士坦丁（Κωνστατίνος ὁ Γερμονιακος，14 世纪上半叶）的《伊利亚特》就是如此。他声称要准确地转述荷马，实际上却古今混淆。比如写阿契琉斯除了统帅牟米东人（Μυρμιδόν），还指挥着中世纪才形成的保加利亚人和匈牙利人。无名氏的《特洛亚战争》更是套用法国诗人本瓦·德·圣摩尔（Benoît de Sainte-Maure，？—1173 年）的《特洛亚传奇》：希腊人的后裔名字都改成了拉丁叫法，赫拉克勒斯被称作"埃尔库勒斯"，阿瑞斯被叫作"马洛斯（马尔斯）"！西欧骑士文学韵味在《阿契琉斯纪》里也感觉得到。阿契琉斯这位牟米东人首领被剪裁成了法国人，称自己的夫人为"阔太色"（意大利语"cortese"，贵妇人），还参加竞技，模仿亚瑟王，在身边聚集了十二骑士，最后，还到特洛亚教堂跟巴里斯的妹妹完婚，成了背信弃义的牺牲品。14 世纪拜占庭的希腊人，竟通过西欧对克里特人蒂克图斯和达莱斯·弗吕格斯（Δάρης Φρύγες）的仿作去了解特洛亚传说。蒂克图斯与达莱斯二人均为希腊英雄传说中的人物，曾出现在荷马史诗中。据说克里特人蒂克图斯留下了《特洛亚战争日志》，达莱斯则有《特洛亚的毁灭》传世。可以看出，这时的拜占庭人生活在一个朝不保夕的末世，对生活抱着一种玩世不恭的态度，于是，对待古代遗产，也就像法国佬一样轻佻了。

在这些作品中，流传最广的是《阿契琉斯纪》，其诗艺娴熟，十五音节的"政治体"诗出色地应用了头韵、双关语等技巧。但是，古今混淆、时代错乱也令人哭笑不得。不过，这种现象又使当时的拜占庭人感到生活气息浓厚，其中写到阿契琉斯和特洛亚公主珀吕克塞娜（Πολυξένη）的所谓"爱情"。这位公主与普利阿摩斯之女毫无共同之处，跟特洛亚也无任何关系。她跟阿契琉斯婚姻美满，过了六年，然后去世。其中珀吕克塞娜对阿契琉斯的"爱情札记"的回答真是典型的中世纪骑士情妇口吻。阿契琉斯的"札记"是这样写的：

> 哦，我缩成一团，美人，可爱的姑娘，
> 厄洛斯——是我的代祷者、我爱情的保护人。
> 美人哟，不要用你高傲的残忍毁了我……

珀吕克塞娜则这样回答：

> 与其让厄洛斯们完全控制折磨你，
> 亲爱的，你倒是应该请求他们的宽恕，
> 我跟所有的厄洛斯毫不相干：
> 爱情打不败我，厄洛斯们没那力气，
> 我不懂厄洛斯的箭，也不懂爱人的痛苦。
> 你呢，如果你的痛苦真的受不了，
> 那就独自个了断，独自个跟生命诀别吧！ ①

---

① R. Cantarella, *Poeti bizantini*, V.2, Milano: Casale Monferrato(AL), 1992, pp.972–980.

这不就是典型的中世纪骑士情人之间的打情骂俏吗？拜占庭人面对着亡国的危险，可能曾想借助希腊祖先的英雄主义精神振作一下，不料画虎不成反类犬了！

3. 罗曼斯的尾声

与抒情诗领域的萧条相反，罗曼斯倒是繁荣得很。虽然这种文体早在12世纪就由尤斯塔修斯·马克伦珀利式斯和瑟奥多罗斯·普罗卓莫斯移植到拜占庭文学中，但此时的罗曼斯超越了他们：《卡里玛霍斯与赫露娑萝》草创于12世纪，定稿在13世纪末或14世纪初，用15音节诗句写成。娱乐文学嘛，灵巧的"政治体"诗要比矫揉造作的修辞散文更通俗易懂。《卡里玛霍斯与赫露娑萝》的风格可谓学院书卷气与真正民间文学味儿的中间环节。这部罗曼斯把民间故事起因（《龙堡》[Castell dels Tres Dragons]，生死苹果之类）与一点儿学术常识（经常以厄洛斯和阿芙洛蒂忒起誓）奇怪地结合在一起。《卡里玛霍斯与赫露娑萝》很像一部由共同思想和主要人物结合起来的长诗结集。很可能一开始只是一些现实人物的流行故事，以及一些以抒情叙事形式写成的大事记。这些东西的数量与日俱增，便产生一个加工过程：安排情节，构思插曲，把那些因果相近的片段组合在一起。这样，民间创作发展为罗曼斯，但同时，书面文学又会转化为口头民间故事。两者虽然效果相反，变化却是相应的。本书将有专节介绍。

拜占庭罗曼斯情节冲突机制，正如中国明清的小说一样，是稳定的。那就是一位国王或者贵族青年爱上一个血统极高贵的美人：一眼看到她，就热情如炽。不然，更多的就是，在有预兆的梦里，他走过一条难以描述的艰险之路，终于达到自己寻找的目标——一座监狱或城堡。照例这座神仙宫阙是用黄金、白银、宝石造成的，有坚不可摧的围墙，有时，就像《卡里玛霍斯与赫露娑萝》中一样，还有怪蛇、毒龙、狮子、狡猾的鸟守护着。主人公经过千辛万苦的尝试后，终于进入城堡，大功告成。有些时候（如《李碧斯忒罗斯与罗丹娜》[Λίβιστρος καί Ροδάμνη]），这青年靠着甜言蜜语，尤其是厄洛斯的直接帮助，就获得了爱情的回报；另一些时候（如《卡里玛霍斯与赫露娑萝》），他又以准备自我牺牲、建功立业的勇气获得美人的爱情。总之，罗曼斯讲的首先都是幸福路上的艰难与冒险。年轻人的结合开始都是短暂而坎坷不平的：往往会出现第三者，要么声称在主人公之前就得到了美人的承诺（如《李碧斯忒罗斯与罗丹娜》），要么就是现在，即她已为人妻后，他爱上了她（如《卡里玛霍斯与赫露娑萝》）。这时，还会有个巫婆，即"撒旦附体"的"老妖婆"搅了进来：借着金苹果或金戒指之助，女巫弄死了主人公，夺走了他的妻子。但是，同样是借助于这些法宝，主人公复活了，他重新走遍全世界，直到找到他的所爱；于是，苦尽甘来，主人公成为童话中财富和王国之主，过起罕见的幸福生活，直到永远。不过这种结尾要么读者早已猜到，要么匆匆几句话就结束。

　　拜占庭罗曼斯有个共同特点，就是情节与人物命运的悲欢性质相互转化，而且有点儿夸张。拜占庭罗曼斯也受到西欧儒雅文化的影响。结果就出现了后期的罗曼斯《弗娄利奥斯和普拉吉雅–弗娄拉》（*Φλώριος και Πλάτζια-Φλώρα*），即西欧的《弗洛惹和布朗采弗洛惹》（*Flore et Blanceflore*）的改编本。这部作品与西欧原本联系很紧密，以至于老是写天主教的日常宗教生活，如主人公的双亲去加利西亚孔珀斯台拉的圣地亚哥（Santiago de Compostela, Galicia）朝圣。这类罗曼斯还有《印湃利奥斯与玛佳胧娜》（*Ιμπεριος καί Μαργαρώνα*）（即《皮埃尔和玛格胧娜》），以及《拜耳桑德罗斯与赫露桑姹》。且看《拜耳桑德罗斯与赫露桑姹》中花哨的一小段，描写主人公在温文尔雅的选美竞赛中如何扮演当今评委的角色：

　　　　拜尔桑德罗斯一看到她们，就对她们全体说：

　　　　"既然厄洛斯要我来做你们的评委，

　　　　那就让大家依次在我面前鱼贯而行吧！"

　　　　一个美女走上前来这样说：

　　　　"啊，君主啊，恳请你海涵！"

　　　　拜尔桑德罗斯对她说："我据实评判

　　　　美女，决不能判你胜，

　　　　因为你的眼睛虽美，但浮肿了。"

　　　　听了这话，她赶快走到一边。

　　　　从姑娘合唱队里又走出一个……①

　　这种情景让人想起瑟奥多罗斯选妃子的场景。但昔日强大的拜占庭已是明日黄花，现在只能出现在虚构的罗曼斯里面了。

　　这类罗曼斯的语言很有特色。中世纪希腊语很便于用反义词构成新词，于是就有了"又苦又甜的疼痛""悲喜交集之情"等词语，犹如今日中国网络词语"痛并快乐着"等。诗人们常常运用希腊语言构词的黏合性，以"延伸折叠"方式把几个词语黏合在一起，构成新词，就像当年阿里斯托芬干的一样。比如作品中写到布朗采弗洛惹的美，用的词语结构极长，两个词语就占了 15 个音节："长着玫瑰紫的嘴唇，百合雪花一样白……"前一个词写"嘴"，后一个词写"白"。汉语没有这样的构词法，只能用两个短语来表达。《李碧斯忒罗斯与罗丹娜》有句话"爱神与死神合和而斗"，可说是罗曼斯的情节与语言构造的不二法门。正是死与爱的比邻而居，成为罗曼斯的主题。而语言的夸张，有时到了粗鲁的程度，堪称今日网络夸张词语的老祖宗。我们不妨看看几部著名的罗曼斯中描写"泪水"的词语：

　　1. 马上忍住你泪水的洪流吧

　　2. 泪水的洪流适于女性②

---

① *Βέλθανδρος καί Χρυσάντζα*, Bibliothéque Grecque Vulgaire, T. prermier, Paris: publiée par Émile Legrand, 1880, σσ.551–559.

② *Rhodanthe And Dosikles1*, Four Byzantine Novels, Translated With Introductions And Notes By Elizabeth Jeffreys, Liverpool University Press, 2012, ls.138, 150.

3. 你想用滔天的泪水填满它吗？[1]

4. 清除他滂沱的热泪[2]

5. 这超出了一切泪水的界限多远哪[3]

6. 他们用另一池泪水清洗（父亲们的脚）[4]

7. 花园充满了欢乐和泪水[5]

8. 她们的泪水冲刷着大地

9. 除了一杯泪水，她什么也没喝[6]

10. 为此我流出了呻吟和泪水的海洋[7]

甚至连散文也要夸张：

11. 姑娘眼里谦虚地涌出泪水之泉

12. 我眼里喷出泪水的湍流，冲击冲垮了我的理智，使我沉醉，但又失眠[8]

　　考察罗曼斯在拜占庭的兴起，虽然有古希腊和罗马文学的根柢，传承使然，但在拜占庭千余年的历史中，前半期却未出现，或者说比较罕见，直到10世纪后才蔚为大观。就其历史原因而言，前期国家草创即立业，基督教刚刚统治思想界，两者都有励精图治的要求与动力，而男女浪漫的情怀，由于言

---

[1] *Rhodanthe And Dosikles 2*, 1.165.

[2] *Rhodanthe And Dosikles 3*, 1.529.

[3] *Rhodanthe And Dosikles 8*, 1.279.

[4] *Rhodanthe And Dosikles 9*, 1.275.

[5] *Drosilla and Charikles 4*, Four Byzantine Novels, Translated With Introductions And Notes By Elizabeth Jeffreys, Liverpool University Press, 2012, 1.261.

[6] *Drosilla and Charikles 6*, ls.162, 201.

[7] *Drosilla and Charikles 8*, 1.94.

[8] *Hysmine And Hysminias 4*, 23.1, 25.1, Four Byzantine Novels, Translated With Introductions And Notes By Elizabeth Jeffreys, Liverpool University Press, 2012.

不及义，是为小道，甚至有伤大雅，无论僧俗两界，或是君民双方，都有意无意忽略乃至蔑视之。及至浸浸乎国家形势大定，甚至有过几次"复兴"繁荣，基督教亦已缺乏前进动力，享受主义乃至享乐主义重新抬头，世俗文学浸浸乎日益壮大，男女的罗曼蒂克便成为人们津津乐道的话题。罗曼斯在 10 世纪以后的勃兴，其源盖出于此，此无他，食色，性也，市井小民，尤其如此。到了14、15 世纪，土耳其虎视眈眈，国事日蹙，回天无力，即便上层人物，若无一定修为定力，也必将醉生梦死，沉溺于温柔乡，罗曼斯就一变而为精神的避风港，以英雄救美的故事麻醉自己，亦麻醉他人。审美疲劳，在修辞中亦显现出来。所以，即使有古希腊与罗马的修辞传统，思索与沉静亦逐渐退位，煽情与夸张便大行其道了。修辞事小，但隐乎其后的国运却非小事。农耕文化时代的文学冷热，与国运政治之兴衰，互为发明，于此亦可见一斑。

4. 动物故事诗的繁荣

希腊人自古喜欢动物故事，拜占庭人为其后裔，基因传承，当然也喜欢动物故事，尤其在升斗小民之中。在前一个王朝，普罗卓莫斯等人就创造出了光辉的作品。这个传统在帕莱奥罗果斯王朝继续得到了发扬。而且，与古希腊传统有了更紧密的联系。《伊索寓言》的寓言诗原始地复活了，只不过，此时它创造了规模宏大的作品。重要的有《四足动物故事》、《鸟谱》（ Πουλολόγος ）、《果谱》（ Πορικολόγος ）和《可敬的驴子事略》（ Σθναξάριον τοῦ τιμημένου γαδάρου ）。我们将以专节介绍。

六、史传散文最后的辉煌

拜占庭散文宏大风格最后的典范，是对拜占庭末日的历史记叙。土耳其不断蚕食乃至最后消灭拜占庭的战役，在历史文学中留下了烙印。如 14 世纪的卡纳诺斯人约安尼斯（ Ἰωάννης ὁ Κάνανος，14 世纪后半叶—15 世纪前半叶）写 1422 年土耳其人对君士坦丁堡未能成功的包围，使用了祈求圣母保佑此城的民间传说。这部作品标题冗长：《6930年，君士坦丁堡战役的故事，彼时穆拉德贝伊（Murâd-bey）以强军攻城，若非圣母保佑，则该城几至被占》。卡纳诺斯著作的语言近乎民间口语。同是14世纪中叶的约安尼斯·阿纳格诺斯忒斯（Ἰωάννης Ἀναγνώστης）写土耳其人占领索隆的故事，则以纯古希腊语出之，并严守一切修辞规则。帖木儿进攻小亚细亚以及1444年、1453年和1458年的事，都写进了无名氏的民间诗体故事《帖木儿》《瓦尔纳城（Varna）下之战》《哭君士坦丁堡》，以及《君士坦丁堡陷落》《雅典陷落》。君士坦丁堡陷落还被窦卡斯铭刻在自己的《历史》里，以"轻松的民间希腊语"写成。

这里首推劳尼阔斯·哈尔阔孔杜勒斯十卷本的《历史》，作者堪称帕莱奥罗果斯古典主义最大的代表，他追慕的典范是古代雅典历史家修昔底德。他的文字不仅讲究辞章，而且讲究音韵。他继续把俄罗斯人改称"萨玛特人"，塞尔维亚人改称"特里巴尔人"，保加利亚人改称"米加人"，鞑靼人改称"斯基弗人"，等等。哈尔阔孔杜勒斯的作品里总有一种悲怆氛围，他给自己定的目标是：讲述自己民族的大灾难。其中包含两个内容："我讲述希腊人的大国遭到的毁灭，讲述土耳其人怎样聚集原先没有的力量……"在这种条件下，他为希腊语古典传统唱出真正的赞歌："这种语言不论何时何地都要比其他语言受人尊敬，备极尊荣……就是今日，它也几乎是所有人的共同语言。"[①]在拜占庭灭亡之时，他却表现出永不停息的希望，即"希腊人的大国"还会重生，并治理"希腊王国"。他提及同胞和故国，用语都是"希腊人"，而非"罗马人"。在大灾难的年代，他像年长的同时代人普莱松一样，穿越世世代代的拜占庭历史，转向古希腊，把古希腊看成民族的过去。这是早在尼西亚时代政论家们就有的特点。西欧的人文主义"复兴经典的古代精神"这条线索，与建设民族文化这条线索，是相互补充，而非完全

---

① Λαόνικος Χαλκοκονδύλης, *Ἀποδειξίσ Ἱστοριῶν Πρωτη*, PG. T. CLIX, col.13.L.. 参见 *Византийские Историки О Падении Константинополя В 1453 Году*, СПб: Алетейя, 2006, cc.111–112。

一致的关系。比如，在意大利，维吉尔的同胞和西班牙人马扎尔人走得最近，但军事上势不两立。只有对于希腊人而言，荷马和雅典的词汇才会跟爱国的氛围协调一致。但命运弄人，正是他们再用几世纪也不可能实现自己的民族理想，于是，哈尔阔孔杜勒斯只能生活在过去和未来的幻想中。现实对于他和他的同道是不存在的。

书斋古典主义也出现在茵布罗斯岛的克利托波罗斯身上，而且形式一模一样。他复活了修昔底德的表达方式，有时干脆把成段成段的修昔底德的文字移入自己的著作。但是他的古典主义却不大严肃；他传导的不是恢复故国，而是妥协调和；他歌颂的不是战败者，而是战胜者。对希腊传统的依恋是他的特点，但跟赞美土耳其苏丹结合起来，有点儿四不像的味道。在克利托波罗斯著作里，奥斯曼人成了波斯人和达那厄人的后裔，也就成了真正的希腊人；麦赫麦迪二世的行为就像希腊人的生死之交，而同时在跟希腊人的战斗中，又像一个为荷马史诗中的特洛亚复仇之人。总体而言，克利托波罗斯是个有才能的风格家和有价值的史家。他笔下的发纳里奥特人（住在伊斯坦布尔发纳里奥特区的希腊人）的原型，就是在土耳其桎梏下希腊上层人物的代表，他们聊以自我安慰的，就是指望征服者不会太粗暴。

特拉帕宗塔斯修辞学家约安尼斯·尤根尼阔斯（Ἰωάννης Εὑγενικός，1410—？）为君士坦丁堡的毁灭献上了一支独唱曲（μονῳδία）。这支独唱曲引用荷马和修昔底德的文字，装饰着种种修辞手段，但并不妨碍它的真诚与表现力。

拜占庭结束了，但罗马尼亚政治家、历史学家尼·约尔嘉（Николае Иóрга，1871—1940 年）说，"拜占庭后的拜占庭"（Byzance après Byzance）[1]却延续下来了，那就是拜占庭遗产融入了希腊文化、外高加索和巴尔干文化、古罗斯文化、意大利以及整个西欧的文艺复兴。

---

[1] Иóрга Николае, *Byzance après Byzance, Continuation De L'histoire De La Vie Byzantine*, Bucarest: Association Internationale d'Etudes du sud–Est Européen, 1971.

第二节 皇帝兼僧侣的史家与散文家

约安尼斯六世坎塔寇泽诺斯（1292—1383 年），拜占庭政治家、军事家、皇帝（1347—1354 年在位）、僧侣和历史家，生于君士坦丁堡，其父米哈伊尔·坎塔寇泽诺斯做过莫莱亚（Μορέᾳ，即伯罗奔尼撒）长官。英国学者唐纳德·尼阔尔（Donald MacGillivray Nicol，1923—2003 年）说，约安尼斯六世出生时，他父亲已经去世，他是家中独子。通过他母亲瑟奥朵拉·安格丽娜·帕莱奥罗果斯（Θεοδώρα Ἀγγελίνα Παλαιολογίνα，12—13 世纪）的关系，他跟当时掌权的帕莱奥罗果斯家族搭上了关系，又通过皇帝安德罗尼阔斯三世帕莱奥罗果斯（Ἀνδρόνικος Γ΄ Παλαιολόγος，1297—1341 年）的二堂妹伊莱娜·阿萨尼娜（Εἰρήνη Ἀσανίνα，逝于 1354 年后），他成了安德罗尼阔斯三世的密友。[①] 安德罗尼阔斯三世与其祖父安德罗尼阔斯二世争权，坎塔寇泽诺斯是安德罗尼阔斯三世的主要支持者之一。1328 年安德罗尼阔斯三世即位后，他被任命为最高行政长官，以及当时年仅 9 岁的皇子约安尼斯五世帕莱奥罗果斯（Ἰωάννης Ε΄ Παλαιολόγος，1332—1391 年）的监护人。

皇帝几次想任命他为共治帝，他都没接受，说自己没这心思。皇帝去世后，他坚称约安尼斯五世才是全权继承人，他只是监国而已。尽管他坚决支持小皇帝和他的母亲皇太后萨沃伊的安娜（Anna of Savoy，1306—1365 年），但是，他跟已故皇帝的过从还是引起了君士坦丁堡大主教，以及他自己的门生阿莱克修斯·阿珀考阔斯（Ἀλέξιος Ἀπόκαυκος，？—1345 年）的嫉妒，皇太后也猜忌他是篡位者。1341 年，他离开君士坦丁堡前往莫莱亚，政敌们抓住机会宣布约安尼斯五世登位，并下令解散坎塔寇泽诺斯的部队。消息传到色雷斯的狄度莫忒霍（Διδυμότειχο），军队起而反对，宣布约安尼斯六世才是皇帝，于是，坎塔寇泽诺斯部队与君士坦丁堡统治集团之间的内战爆发。

---

① Donald M. Nicol, *The Byzantine Family of Kantakouzenos (Cantacuzenus) ca. 1100–1460: A Genealogical and Prosopographical Study*, Washington, DC: Dumbarton Oaks, 1968, p.35f.

内战拖了六年，对方请了塞尔维亚人、保加利亚人以及奥斯曼土耳其人做帮手，还有雇佣军。直到坎塔寇泽诺斯跟土耳其人讨价还价一番，战争才算光荣结束。他收复了圣殿，跟塞尔维亚的斯特凡诺斯·杜山结成联盟。

1347 年，约安尼斯六世带领 1000 人的部队进入君士坦丁堡，强迫他的对手签订协议。根据协议，他成为共治帝，以及唯一的行政长官。他在六年内战中的胜利，被现代希腊诗人君士坦丁·卡巴菲（Κωνσταντίνος Π. Καβάφης，1863—1933 年）写入诗歌《约安尼斯·坎塔寇泽诺斯凯旋》（Ο Ἰωάννης Καντακουζηνός υπερισχύει，1924 年）。

这段时间，帝国分裂，疆域缩小，国力全面衰退。地跨君士坦丁堡和金角之间的噶拉塔斯已经是热那亚人殖民地，税收 87% 掌握在热那亚人手里。约安尼斯六世打算收回税权，贷款建了九艘大战舰和近百艘小战船。1349 年，跟热那亚人一仗，全军覆没，以失败告终。他转而跟威尼斯人结盟，1350 年卷入威尼斯与热那亚的战争，再次遭到失败。面对土耳其人的威胁，坎塔寇泽诺斯曾指望正教力量联合起来，并与西欧大公教结盟甚至皈依大公教，在地缘上也结成同盟。但都收效甚微。这时，斯特凡诺斯·杜山夺取了阿尔巴尼亚、马其顿和伊皮鲁斯，坎塔寇泽诺斯不得不跟土耳其人结盟，抗拒杜山。他把卡利珀勒斯（Καλλίπολης）提供给土耳其人使用，为土耳其人提供了进入欧洲的跳板。总之，坎塔寇泽诺斯在位期间，治国方面几乎一事无成。1353 年，他把儿子马载奥斯·坎塔寇泽诺斯（Ματθαίος Ασάνης Καντακουζηνός，1325—1383 年）任命为共治帝。1354 年，约安尼斯五世帕莱奥罗果斯返回君士坦丁堡，逼迫约安尼斯六世退位。

约安尼斯六世退位后，出家为僧，法名约瑟夫·赫里斯托窦罗斯（Ἰωάσαφ Χριστόδουλος）。1367 年，他被任命为东正教代表，跟拉丁大主教保尔会谈，协商东西方教会合并问题，并准备召开东西方宗教大会。但后来被教皇乌尔班五世否定未果。坎塔寇泽诺斯最后逝世于伯罗奔尼撒，由他的儿子葬于拉阔尼亚的米斯特拉。

他过了近30年修道生活，主
要从事文学创作，创造力最旺盛
时当数1360—1370年期间。这
段时间，他完成了自己的回忆录，
亦即《史记》，还有对亚里士多德
的《伦理学》前五卷的评注，以
及一系列论战文章。

他的著作首推四卷本的《史
记》，1603年由德国史家约安尼
斯·彭塔努斯（Johannes Pontanus，
1571—1639年）首次出版。这部
著作涉及的时间为1320—1356
年。说是《史记》，实则近乎个
人史略。史家自己立传，在欧洲

约安尼斯六世，皇帝—僧侣

及中东地区，是古已有之。但大多数史家，尤其是基督教在精神领域中占了
统治地位后，都把自己的传记出之以"忏悔"的形式。圣奥古斯丁的《忏悔
录》堪称典型。约安尼斯六世这部名为《史记》的个人史略却不同，它的着
眼点主要在为自己辩护洗白。在坎塔寇泽诺斯一生中，令其念念不忘而又耿
耿于怀的，莫过于六年内战。对于这场内战的功过，在他生前人们就已褒贬
不一。坎塔寇泽诺斯似乎很在意人们对他的看法。因此，《史记》中的主要
内容，便以他自己为中心而展开。但是，大概是为了说明战争的后果出乎参
战双方的预料，他写了内战中下层老百姓的暴动：

> 民众有时会忍受贵族的粗暴——虽然他们人数不少——因为没
> 有领袖人物来唤醒民众。但有天夜里，一个叫布兰诺斯（Βράνος）
> 的，民众出身，是个挖土工，勉强能糊口，还有两个人，分别叫牟
> 格窦菲斯（Μουγδουφής）和弗拉果珀罗斯（Φραγγόπουλος），他

们走遍民众各家各户，说服他们起来暴动，反对贵族。他们坚称不仅要为自己的屈辱复仇，还要抢夺贵族的财产。召集了不少人后，他们便开始攻击贵族，控制了所有人，除了少数感到末日来临躲起来的。民众把俘虏关进塔里，安排了守卫，天一亮，就到俘虏家里，抢劫他们的财产，捣毁房屋，不仅木质建筑部分，一发疯，连墙都彻底捣毁了。他们收拾坎塔寇泽诺斯的拥护者时所干的事，没有什么比这更可怕了。①

坎塔寇泽诺斯不愧当过皇帝，应该说也是拜占庭史学史上杰出的历史家。他笔下的民众干了什么事不重要，重要的是那句"民众有时会忍受贵族的粗暴——虽然他们人数不少——因为没有领袖人物来唤醒民众"，堪称千古不易之论！比中国那句"水能载舟亦能覆舟"内涵更丰富一些。水是否能覆舟，关键看能否起风浪。而没有领袖人物，这风浪大概是难于起得来的。但一旦人民苦难过于深重，只要有人敢挑头，登高一呼，万众必然揭竿而起，风起云涌，旧王朝的时日就所剩无多了。皇帝们可能有人会认识到这一点，但他们不是历史家，也怕说出来点醒愚氓，所以不会说出来。而历史家们呢，又认识不到这个深度，也说不出这话来。人说史家需具"才学识"三要素，其实还不够，还要加"事缘胆"三要素，必经其事，必遇其缘，必具其胆，才能也才敢发人之所未发，成为独特的史家！坎塔寇泽诺斯具备这六种元素，尤其是身兼皇帝与历史家，而且是下台皇帝，已遁入空门，不必再担心民众起来推翻他的统治，所以才有这份勇气，有这份见识，把一般历史家说不出的这话点出来，警醒人世。

当然，坎塔寇泽诺斯也缺乏伟大史家的一种品质，或者说他也未能免除一般史家的通病，即难免不说真话而说假话。这在一般史家，或许因学识

---

① Ἰωάννης ΣΤ′ Καντακουζηνός, *Ἱστοριῶν βιβλία, Lib.III–28*, CSHB, Bonnae: Impensis ED Weberi, MDCCCXXXI, s.176.

不足，阅历短浅，或是多所顾忌，而在坎塔寇泽诺斯，则未免有文过饰非之
嫌。前面所引的文字中已可看出这种端倪。他把暴动的民众推到他的反对者
那边去，意在说明在长达六年的内战中所发生的种种祸害，不是由他而引起
的，反倒是敌对势力愚弄百姓所煽动的。这里有没有具体所指呢？有。那就
是他的学生阿莱克修斯·阿珀考阔斯。这场内战，敌对方虽有法定皇帝继承
人约安尼斯五世和皇太后，但实际操盘者是阿珀考阔斯。此人曾受过坎塔寇
泽诺斯提携之恩，但忘恩负义，反噬其主了。坎塔寇泽诺斯的《史记》中也
有专节谴责此人的：

　　　　你的信写得如此愚蠢、粗暴和放肆，我们读时，初是吃惊，
不知你哪儿来的这种黑心烂肝；继而明白，你足以挑战你爹，那个
以脏手染指伟大的造福者皇帝，并公然发动战争的魔鬼。你无论
欺诈或是恶语都不逊于你爹。有鉴于此，我们决定以同样方式向你
宣布如下：我们一开始就知道——所有罗马人也都知道——你的肮
脏，你的下流习气，以及你的低贱出身。其实你一开始为点儿小钱
替搜刮农民贡赋的马卡林诺斯效劳，然后又为同操此业的执政官
尼阔拉斯效力，而后就是第三个主子名叫斯特拉基格的，此人那时
管盐和盐业专卖。你在皇帝老安德罗尼阔斯面前，以进贡、造谣、
千百种不实的密告，以及你编造的假咒，把他排挤出局，然后自己
当上了盐官。此后你就财源滚滚了。你这由于粗鲁、作风放肆和巨
额债务甘冒死刑的家伙……是我们的坎塔寇泽诺斯，短时间里把
下贱不齿于人的你，变成显要人物。因此许多贵族曾公正地表示愤
怒，因为一个无足挂齿的人居然成了显要。而你，忍受不了他们的
高傲，竟像撒旦一样，发动战争，反对那把你从垃圾堆里抬举出来
的人，反对那仅次于上帝的人……现在看出来了，你在用人血淹
没罗马人的城市。

　　监狱——虽然你处心积虑地增加新监狱——由于囚犯太多，已经变得逼仄。每天每个城市都在放肆地发生掠夺、抢劫和千百种可怕的事；到处都是眼泪和呻吟，无人幸免。但是，正如撒旦只知道要发动战争，反对忠于上帝的好人，其余一概不管，你也如此，在所有城市毫无人性地惩罚处死好人，那些懂得天理循环报应昭彰的人。一群民众，仿佛不值钱似的，你不把他们当回事，由于怯懦或是对军事无知，竟把他们出卖给野蛮人，或是亲自把他们杀害。你企图消灭罗马民众——但上帝会阻止，他已被你仇恨人类的本性激怒了！ ①

这封信在谴责内战中对方的主要人物阿莱克修斯·阿珀考阔斯，但不是坎塔寇泽诺斯亲自出面谴责其忘恩负义、挑起内战、残害百姓，而是由狄度莫忒霍居民写给塞萨洛尼卡地区长官阿珀考阔斯的。这不仅是"民意"，而且手续程序合法，使人无懈可击。另外，由于是"民意"，说话分寸便可以放肆一些，不仅可以谴责阿珀考阔斯行政之罪，还可以揭老底，把他的出身、为人乃至其父的败德恶行都可以抖搂出来，曝于光天化日之下。这些话如果换了坎塔寇泽诺斯来说，那不免要贻人以挟私报复、揭人隐私之讥。此时，由一个地区的居民出面写给该地区长官，这些责难便落不到坎塔寇泽诺斯头上。但坎塔寇泽诺斯把这封信收入《史记》之中，就让阿珀考阔斯万劫不复，永世不得翻身了。从文章的角度说，这让人不能不佩服坎塔寇泽诺斯在选择行文主体、文笔张弛乃至行文风格方面，确实有写惯了忏悔录的史家所不及之处。从点出民众暴动的关键要素以至以他人之酒杯浇自己的块垒来看，坎塔寇泽诺斯不愧文章高手。当然，由于此书要在为自己的历史行为辩护，就难免有言不由衷、真假不辨之嫌。好在还有同时代另一史家尼克佛罗斯·格利果拉斯的《罗马史》可以参校，两相对照，后人也就可以知

---

① *Ιστοριών βιβλία, Lib.III–46*, ss.278–281.

所取舍了。

坎塔寇泽诺斯在位时，就发生了著名的赫素暇论战。主张静观苦行的赫素暇教派跟人文主义和西欧理性主义展开论战。坎塔寇泽诺斯成为赫素暇运动的显要人物之一。1351 年，他主持了东正教第九次全员大会。会上，格列高利奥斯·帕拉马斯代表赫素暇主义，压倒了卡拉布里亚的巴拉阿姆以及西欧的理性主义思潮。主张静观苦修但精力充沛的赫素暇活动家们甚至登上了东欧国际政治舞台。坎塔寇泽诺斯在这场运动中的贡献就是，他不仅让这场运动在修道院的斗室中进行，而且有了理论的表述，那就是"神力论"①。这种理论成了泛东正教理论。赫素暇运动像所有发展成熟的运动一样，要求对旧的问题做出新的回答，或者至少要对旧的答案做出新的表述。这更推动退位皇帝僧侣约安尼斯六世-约瑟夫去进行口头论战。据追随他的菲罗瑟奥斯·阔基诺斯说，他"准备把教义教给一切愿意学习的人，并跟他们交谈"②。他跟教皇特使、西欧希腊人、土耳其逃亡者中的"异议"以及"异教"人士进行过一系列谈话。由于社会面广，活动积极，他对当时的知识界产生了巨大影响。1367 年，教皇使者保尔到达君士坦丁堡，曾把他比作一个"陀螺，上面挂着的一切，好比是肉"，只要他一动，一切就会旋转起来。③ 忒拜城的拉丁主教西蒙·阿透曼诺斯（Σίμων Ατουμάνος）还写过一首短长格的诗赞扬他，说他具有肖像画家的准确性，发音恰到好处，以至于他现在以慈悲智慧的语言所获得的成就，不亚于当年以武器获得的胜利：

> 你曾以利器制服众人的桎梏，
> 以力量压倒桀骜不驯的脖颈

---

① 参见本章第一节对帕拉马斯的介绍。

② A. Παπαδοπούλου–Κεραμέω, *Ἀνάλεκτ Ἱεροσολυμιτικη Σταχυολογίας, Τ. Ε´, Ἑ Πετρουπόλει: Εν Πετρουπόλει Αυτοκρατορικόν Παλαιστινόν Σύλλογον*, 1898, σ.337.

③ J. Meyendorff, *Projets de Concile oecumenique en 1367: Un dialogue inedit entre Jean Cantacuzene et la Paul*, Dumbarton Oaks Papers, Waschington, 1960, T.14, p.174.

> 对周围的所有人都广施恩德，
>
> 无论那是男人女人、平民达官，
>
> 现在，你又占了上风，神之仆哟，
>
> 凭先知预言的笼头管理一切。
>
> 凭语言获胜的那人该有福了！
>
> 在另一些时候，他曾经听到过
>
> 为他增福增寿而祈祷的声音，
>
> 那就在时光的无穷无尽之中
>
> 祝福战士、兵家坎塔寇泽诺斯，
>
> 那位曾名叫约安尼斯的君王，
>
> 现与圣神正直同居的约瑟夫
>
> 在一切等级都闪着智慧光辉。[①]

像西蒙·阿透曼诺斯诗中说的一样，他"用先知预言的笼头"，"让那些人的下巴转到必要的方向"。坎塔寇泽诺斯挑选的论战对手涉及面很广：其中有跟他信仰相同而且与他争论的人，也有对待大公教的西欧与他同样具有独立判断的"罗马人"，还有东方穆斯林以至犹太人，等等。

他的反犹太《谈话》中，有一份跟一个叫克塞诺斯的人的谈话，在文学和哲学思辨两方面都很有价值。坎塔寇泽诺斯是个高明的文体家，对结构颇为敏感，他关于信仰的争论，成功地表现出力度和吸引力。他把对于先知预言和圣经形象的解释，都奠基于早期教父们的传统，如金口约安尼斯的《八次反犹太谈话》、大哲尤斯廷诺斯（Ἰουστίνος ὁ Φιλόσοφος，100—165 年）的《与犹太人特里丰的谈话》以及大主教鲍罗斯（Ἀπόστολος Παῦλος，5 ~ 10—64 ~ 67 年）的《致犹太人书》等。而且，他善于把这些传统作品与他从周

---

① Г. М. Прохоров, *Иоанн Кантакузин. Диалог с иудеем*, Труды отдела древнерусской литературы, Т.41, Москва: Наука, 1988, сс.332–334.

围现实中提取的例证结合起来。比如，他的《第二篇谈话》谈到他的交谈者很熟悉的一种情况，即某些人一听到宣读皇帝命令时就有条件反射般的反应：他们会立即起立，欢呼皇帝陛下，低下头颅，把他的全权证书顶在头上；此外，还谈到对货币上的人像的态度；谈到面包在日常食物中的意义；等等。

但是，尽管谈话对象不少，涉及题材也很广泛，但谈话的重心，往往都是对赫素暇主义的阐述。在他与犹太人的这篇谈话里，坎塔寇泽诺斯把自己称为"基督僧仆"，而把交谈者称为"克塞诺斯（外人或者客人）"，但"克塞诺斯"也可能就是对话者的名字或笔名。这次谈话可能发生在1361—1363年。且看其中第一篇之始：

> 有一次，敬神且热爱基督的皇帝兼独裁者约安尼斯·坎塔寇泽诺斯（神职僧级法名约瑟夫）来到伯罗奔尼撒，暂驻于此。有个当地居民名叫克塞诺斯的犹太教信徒，走上前来，像惯常一样，向他鞠躬说道：
>
> "陛下吉祥！"
>
> "你从哪里来？"皇帝问道。
>
> "遇见您，仁慈的陛下，"克塞诺斯说，"又知道您对每个人那种四海皆知的亲切，这我自己也非常熟悉，我就来了，为了向您表示您应得的奴隶的顶礼，窃以为，此非顺便为之。"
>
> "你也吉祥，"皇帝答道，"既然我现在没有什么紧急的事，那么，你不妨向我说说，这种奴隶之礼，正如你刚才所说是来向我致敬的，这是一种什么样的奴隶之礼呢。想必你会同意我的看法，奴隶可不简单，而有多种多样，我们把战争中的俘虏以及买来的人称为奴隶，其中有些人是为贫困所迫而卖身为奴；奴隶又指臣服于权力的一切人；另一方面，也许不妨以'奴隶'去称呼犯罪之人，以及那些不善于以理智控制自己的欲望，不能自觉地按照神的榜样完善自己的人，他们疯狂地沉溺于享受和其他情欲，自甘堕落，仿

佛具有一种吞噬一切的定数，让他们甘当享乐之奴隶。一位圣者说过，我辈沉溺于某种痴迷者，必为彼之奴隶。

"我还知道另一种奴隶状态——值得称赞的爱之奴隶。还有另一种，比一切自由更加博大和珍贵，谁若获得那种奴隶状态，就能成为人上之人。那是什么奴隶状态呢？那就是远离种种一己的愿望；弃绝一切意志的自由；皈依某位善引人归神的圣者；心甘情愿顺服于他。

"如果我说得不错，你说说看，你顶礼之时是把自己算在哪一类奴隶里呢？"

克塞诺斯："神圣的陛下，您条分缕析，令人赞叹，不愧圣心。我自认是您的奴隶，一方面因为我是一个虔敬之人，置身于您的圣权之中；另一方面，也出于爱之欢喜，因为从许多善士义人那里听说过您，我自己也吁请上苍，赐我机会与您一遇，得享与您谈话之乐。我想，信仰的不同，不足以妨碍我热爱您之内美。"

皇帝："且慢，克塞诺斯，你该想想：当你自认为美之追求者时，其实你似乎已不知不觉地远离了美。这就好比富翁和皇帝——其实不过一梦而已。须知一切美的开端——是爱，而爱便是神，也是神之自名，那么，谁若爱真理，怎能又远离对祂，即对神，对美之第一追求者的爱呢？"①

这段谈话堪称对赫素暇主义乃至拜占庭神学与美学的精粹概括。坎塔寇泽诺斯强调，顶礼人不若顶礼神。尤其顶礼权势者，其实不过人间奴隶而已，与战俘、卖身为奴者、罪犯乃至纵欲者无异。因为人间富贵"其实不过一梦而已"，而一切美的开端则是爱。神便是爱，便是真理之升华，神是美的第一

---

① Иоанн Кантакузин, *Диалог с иудеем*, Труды отдела древнерусской литературы, Т.41, сс.341–342.

追求者！神是真善美的集中与升华！费尔巴哈后来说，宗教的对象，或者说神"是，而且只能是人对自己的本质——不是有限的、有止境的，而是无限的本质——的意识"[1]，而非某个有限的个体！这个道理，坎塔寇泽诺斯五百年前就得其仿佛了。因此，顶礼皇帝不如顶礼神！顶礼神就是顶礼真，顶礼善，顶礼美！同时，顶礼神，必弃绝一己之私欲、拜物之痴迷，乃至意志之自由，在某个引人归神而非引人归人的圣者引导下，全身心投入，方能得对神之爱的大欢喜，享受面对真善美的愉悦！坎塔寇泽诺斯作为皇帝，实在令人不敢恭维，因为他政治上一事无成。但作为一个退位皇帝的神学哲学家，其探索之高深与纯粹，却令人不能不赞叹。再加上他与人谈话时那种和蔼近人的态度，借势乘势的智慧，逻辑区分的确切，现身说法的诚恳，娓娓而谈的语气，循循善诱的条理，如融冰雪的点化，说他是拜占庭散文，尤其是神学散文一大家，应该是当之无愧的！

第三节　从动物寓言到动物史诗

儿童天生喜欢动物。古希腊人是"最健康的儿童"（马克思语），当然最早喜欢动物，因此，《伊索寓言》成为人类最早的以动物之眼观照人生的典范。作为希腊人的后裔，拜占庭人也喜欢动物，而且似乎比乃祖还有过之而无不及，因为他们还喜欢植物。动物植物，都成了他们说故事的载体。不仅如此，他们还把古希腊寓言作为写作范本。2世纪修辞学家海摩根奈斯就把寓言作为文学修辞的预科练习（προγυμνάσματα）。因此，动植物故事在拜占庭盛极一时，不仅有专门的动植物寓言，甚至动植物教科书也采用寓言笔法。

《四足动物故事》《鸟谱》《果谱》和《可敬的驴子事略》等堪称典范。

《四足动物故事》全称为《消遣性四足动物故事》（Παιδιόφραστος διήγησις

---

[1]　费尔巴哈著，荣震华译：《基督教的本质》，商务印书馆1984年版，第30页。

τῶν ζῴων τῶν τετραπόδων ），是 14 世纪的作品，作品中自称是在 1364 年 9 月 15
日写成。但现代学界认为，其成书应该是在一二十年之后，可能是在 1382
年。因为其中涉及马穆鲁克苏丹（ سلطنة المماليك ；Salṭanat al-Mamālik ）国的穆
斯林所戴的一种帽子，是在那一年被禁止的。文本的风格和精神也显示，这
是在苟延残喘的拜占庭帝国成为奥斯曼帝国附庸之前写成的。

此书传世有四种版本：莱斯波斯岛版、维也纳版、列宁格勒（今圣彼得
堡）版和巴黎版。① 列宁格勒版最后出，与莱斯波斯岛版、维也纳版为一组，
巴黎版为另一组。两组区别在于有数十处文字差异。

这部作品文本体裁是政治体诗歌，诗行由 15 音节构成，每行在第 8 和
第 9 音节之间有个停顿。共分 36 节，诗 1082 行。文风不拘一格，不仅有寓
言的教谕特点，也包含讽刺、罗曼斯（传奇），乃至史诗。

作者佚名。此书希腊文版第一首诗是首藏头诗，每行首字组成
"ΔΙΟΓΕΝΟΥΣΘΕ"②，因此可以推断作者名为"狄奥根尼斯"（Διογένης ）。但
除此以外，这个名字在上下文中便未见出现。所以，作者的名字依旧是个
谜。根据 14 世纪的语境，文本中有些内容让人可以推测作者的社会地位，
他应该是一个与教会有联系的人物，甚至是个僧侣，或者教堂文书之类。诗
中有些线索可以为证。比如，文本结尾引用了《诗篇》33：16，作者显然是
反大公教和反半神论者，而这正是当时拜占庭僧侣的特点。此外，对作者的
社会关系和婚姻状况就没有任何暗示了，尽管其中提到生殖器的地方不少。

叙述的内容则是百兽之王狮子召集的一次会议上，家养动物与野生动
物的对话，以及由这对话引发的冲突。狮王是肉食动物，但邀请草食动物与
会，与会者便有狮子、大象、熊、野猪、狮豹、豹子、鹿、驴子、马、狼、

---

① 这四种版本都不易得，现今通行较好的有 Nick Nicholas, Baloglou, George, *An Entertaining
Tale of Quadrupeds: Translation and Commentary*, Columbia University Press, 2003；以及 B. C.
Шандровская, *Византийская Басня "Рассказ О Четвероногих" (xiv c.)*, BB, T.9。

② Nick Nicholas, Baloglou, George, *An Entertaining Tale of Quadrupeds*, Translation and
Commentary, Columbia University Press, 2003, ll.1–10.

狗、狐狸、公牛、水牛、野兔、公山羊、母山羊、公绵羊、母绵羊、骆驼、猫、老鼠、猴子。与会的每一个动物，并不只代表它自己，而是四足动物世界每一个阶层的代表。这样，与会者按其天性分为两方：一方是"清洁的"（καθαροί）、"有用的"（Εύχρεστία）草食动物和家养动物，即被食者；另一方是"吸血的"（αιμοβόρα）、"可恶的"（βδελυκτός）肉食动物，即食"人"者。狮王召集这次大会的目的，是准备宣布自己的领地内将永久和平。会议进程则是每一方都可以向另一方诉冤屈。但这诉冤不是两个天敌之间一对一地诉说，而是在会场中央两个动物对话，连环式地一个接一个地说。开始是猫诉说后，听取了老鼠的委屈；然后老鼠听狐狸诉说。以此类推。狮王希望四足动物们由此达到某种和解，形成和谐的动物王国。诉说由小型肉食动物开始，然后是草食动物，最后是动物王国那些"爵爷"。稍显意外的，是公牛与水牛同时上场，公牛还指着水牛说："我是太阳，他是月亮！"这话是何用意，并不清楚，但引得水牛反唇相讥。群兽就这样各自矜功伐善，互相揭短，啰里啰唆的粗言秽语层出不穷，直至最后冲突爆发。

　　这部叙事诗立意为何？作者开篇说是为了"消遣"，尤其是给孩子们消遣。只看表面，动物故事，异想天开，确实可供茶余饭后消遣。但细玩其中

《约伯放牧图》，11世纪，西奈凯瑟琳修道院

内涵，这"消遣"背后又有文章。

试想一下，四足动物世界，狮王高高在上，还有大象、豹子、狮豹辅佐，是中世纪"专制独裁"（褒义）的典范。"普天之下，莫非王土。率土之滨，莫非王臣""礼乐征伐自天子出"，圣旨一到，谁敢不争先恐后"勤王""为王前驱""为王爪牙"？而今竟要召开什么仁爱和平大会，连鼠窃狗偷都在邀请之列，恐怕并不是什么普天同庆的君民同乐，而是政令不通、帑币不济、天威不再了。一如后来18世纪路易十六召开国民会议的主题便是"拿出钱来"，要百姓多爱国王多上税。如此看来，这四足动物世界，是有点走到末世的样子了。

末世虽是末世，但每个动物，或者说每个阶层，并未感到自己将穷途末路，反而乐观得很。每个动物上场都自夸一通。但这种自夸，其实并不值得一赞。被人类残害还以残害者地位的高低而自豪，难免显得有点儿愚昧低贱。比如大象，其地位似乎仅次于狮王。但入场后竟这样自夸：

> 就像一堵很坚固结实的墙，
> 或是敌攻不下的强大堡垒，
> 这就是我，力大无穷——
> 我背上驮着坚固的木板，
> 上有加强的木制大塔楼（ξυλοπύργους），
> 里面站着武装人员，
> 猛攻他们的一切敌人，
> 全部打翻，全部消灭。
> 我的长牙也有大用：
> 可装饰帝王的包厢，宗主教的圈椅，
> 骨头可做花纹深刻的权杖，
> 帝王的龙椅，掌权者的宝座。
> 象骨么，要主教、大主教，

大胡子的司祭才用得起。
再加社会名流、富商巨贾
用作玩具，象骨做成
骰子、象棋之类东西，
以及大刀的刀把，
小刀也一样，富丽堂皇。
还做成精美的小梳子，
饰以金银，镶上绿松石——
只有名媛贵妇、年高发福才用得起。
又能做成镜子，名曰"顾影"（καζρεπται），
青春少女用来审视自己的面容。①

这大象，被人类杀害，拔牙剔骨，做成种种供权贵把玩的物件，无所不用其极，却居然不知其恸，还洋洋自得呢！这种自愚竟至自得甚至自豪，看来竟是封建农耕文化大一统时代的通病。但作者是赞成它的自愚、自得、自豪呢，还是哀其不幸、怒其不争呢，读者听众就很难断定了。不过，每逢这种吹嘘，必定有其他动物出来揭其短。所以，大象刚刚吹完牛皮，连胆子最小的猴子也忍不住跳出来挖苦它了：

你这长鼻子，拖着个大鼻管，
也来自夸，不知分寸的野兽！
你不是我们一类的，
倒像个驼背的大龙虾，
你一处有嘴，另一处有鼻，

---

① Διήγησις των τετράδων ζωώνls, *Carmina, Graeca Medii Aevi*, ed. Gvilelmvs Wagner, Lipsiae: B. G. Teubneri, MDCCCLXXIIII, pp.172–173.

一处用来找吃的，另一处用来嚼，

是野兽中的瘸子和瞎子，

你生来就没膝盖和关节，

只能白天夜晚费劲地站着，

你不能像别的动物躺下休息，

也不能像人那样稍歇一会儿，

你想睡觉时也得直直地站着，

靠在树上或是大石头上，

稍有惊吓，你就发抖，吓醒过来。

你要是睡昏了或是做梦，

你这倒霉鬼就惨了，你想翻个身，

你这倒霉鬼一弓腰，就摔个头拱地，

因为你的腿僵得像根木头，

你无论如何也挺不直腰，

那时要捕猎你的人来了，

逮着你杀了，大卸八块，

你就像个无力的胆小鬼，不知怎么办。

你还敢说蠢话，吹各种牛皮，

说你是巨无霸，勇敢无比。

有时人们另搞一套，

用别的诡计收拾你这倒霉鬼。

你不会做梦，没白天，没黑夜，

他们用斧子，或是用锯子

劈开一棵树，齐根锯断，让它会倒。

你走到那里，想睡一觉，便靠到那树上，

树一倒，把你砸死，压在地上。

人家宰了你，像我们说的，用你的骨头你的牙，做成你独有的漂亮小玩意儿。①

猴子说的，是当时人们对大象的认识。据说大象生来就没有膝盖和关节，所以蹲不下，坐不下，也躺不下，一辈子就得站着。睡觉得找棵树或是一块大石头靠着，以免睡着了摔倒爬不起来。猎人们也就利用大象这个弱点，把大树锯开，弄得能自动夹拢，或是一靠就倒下，这样来诱捕大象。这种方法，公元1世纪希腊裔罗马史家狄奥窦罗斯·希克利欧忒斯的《历史文库》（卷3章27）和斯特拉邦（Στράβων）的《舆地志》（卷16.4.10）都曾提及。②猴子就这样挖苦大象是个死不知悔的傻大个儿。这又是末世另一特点，其中人人自高自大，眼高于顶，蔑视他人，但同时又被他人看不起；人人都有牢骚，同时又人人都想占别人的便宜，还不忘揭别人的短。

这样的自我吹嘘和相互揭短，当然不可能使大家相互亲近，反而会让人人相互为敌。结果形势逐渐失控。狮王大怒，立即宣布，以后再也不讲什么仁爱和谐，仍是弱肉强食统治天下。说完便身体力行，把水牛咬死。不料这惹怒了公牛：

　　　　看到这，公牛便向狮子抗议，
　　　　使力哞哞叫着，高声吼道：
　　　　"你们看看这个背信弃义寡廉鲜耻的家伙，
　　　　言而无信的战争罪人；
　　　　牠算不上皇帝，算不上独裁者，
　　　　牠挑起冲突，破坏仁爱。
　　　　牠若是帝王，像牠胡诌的，
　　　　牠就该降旨，永远以爱治国，

① *Carmina, Graeca Medii Aevi*, pp.173–174.

② *Greece Books and Writers*, Ministry of Culture, Athens: National Book Centre Of Greece, 2001, p.33.

但牠竟是个恶棍，背信弃义的家伙。

咱们大家，老少爷们儿，一起揍他，

打死这背信弃义的家伙！"

公牛率先下定决心，投入战斗；

他晃动脑袋，用角向狮子一顶，

一下就把整个角插进狮子肚里，

把狮子的内脏全都挑了出来。①

公牛的抗议，不仅针对狮王一身，其实还包含着对基督教的"爱的哲学"的希望与绝望。而公牛对狮王的进攻，更是公开的造反。这在中世纪封建王朝，实在是骇人听闻的大逆不道！也是拜占庭文学中空前的未曾有！更有甚者，威风凛凛、不可一世的狮王，竟经不起臣民的牛角一顶，便一命呜呼，其虚弱腐朽不正是动物王国末世独裁者们的写照吗？

当然，兽王这一死，其手下爪牙岂能甘心，必然起而报复：

豹子看到狮子死了，立马

悲从中来，向公牛叫道：

"陛下若不把你和他们吞了，

牠何以为帝为王？"

说着就把爪子抓向公牛，

公牛一看，退到场中央，

蹄子连珠般踢向豹子，

同样一角豁开豹子肚子。

豹子筋疲力尽，元气尽失，

躺在地上，奄奄一息呻吟道：

---

① *Carmina, Graeca Medii Aevi*, p.176.

> "饱吃野物血肉的同志战友们，你们在哪里？
> 你们何以袖手旁观看热闹，不给我帮助？"①

这下子物伤其类，肉食动物与草食动物，或者说肮脏动物与纯洁动物两大阵营的对垒与决战，就此展开。动物寓言由此一变而为动物史诗。战斗之激烈，不下于荷马史诗中的场景：

> 一场惊天动地的战斗开始了。
> 狮豹冲向鹿，一爪子抓去，
> 把鹿撕成了两半。
> 但野猪从另一面箭似的飞奔来，
> 冲击狮豹，把狮豹开膛破肚。
> 老熊立马向野猪跑过来，
> 野猪嗖一转身，向老熊一击——
> 老熊就跟狮豹一起死了。②

作者看到了四足动物世界中一场不可避免的社会大决战。和平大会变成了一决死生的战场，消遣变成了拼命。结果如何呢？后来是：

> 野猪跑了，公山羊、母绵羊、
> 兔子、公绵羊、母山羊都跳了进来，
> 驴子吹起号角，骆驼旋舞，
> 老鼠在上面敲着响鼓，
> 马嘶叫着，这儿那儿乱冲，

---

① *Carmina, Graeca Medii Aevi*, pp.176–177.
② *Ibid.*, pp.177–178.

> 简直就是一场大乱，毫无秩序，
>
> 狼冲上山，狐狸进了丛林，
>
> 野猫爬到树上，
>
> 剩下猴子，也进了洞。①

这段战斗描写，不仅令人想起荷马史诗，也令人想起八百年前君士坦丁堡的"尼卡暴动"。那场暴动被尤斯廷尼安诺斯以外国雇佣兵镇压下去了。八百年后，动物故事的作者竟写纯洁的动物似乎占了上风。这些"纯洁的"动物，也就是草食动物，自古以来，任由"肮脏的"肉食动物宰割，这次居然挺身反抗，同仇敌忾，打得肉食动物落花流水。这岂不是影射帝国下层百姓的反抗与胜利？这部史诗的结尾，作者引用了《旧约·诗篇》中的两句话，把这意思点得更透：

> 王不能因兵多得胜，
>
> 大人不能因力大得救。②

不过，表面看来，纯洁的动物一方因人多势众，略占优势。实际上是两败俱伤，都无力再斗了：

> 等到太阳升起，战斗停止了，
>
> 夜间的黑暗挽救了大家。③

和平会议没有换来和平，倒是战争、流血与死亡换来了和平，这对于动物世界，尤其是占统治地位的肮脏食肉动物，岂非辛辣的讽刺？而且，这和平能

---

① *Carmina, Graeca Medii Aevi*, p.178.

② *Ibid.*, p.178. 按：这两行诗出自《旧约·诗篇》33：16。

③ *Ibid.*

长久么？作者收束全诗说：

> 从那时到今天，所有四脚动物，
> 不管大的小的，都会爆发冲突，
> 争斗不断，直到永远永远！ ①

这岂不是说，动物世界统治集团与被统治集团的斗争，将永无止境？作者对动物世界的前途，确实有些悲观。这里有《旧约·传道书》"太阳底下并无新事""虚空的虚空"的影子，但也有另一层新意，那就是说，动物世界任何时代的帝王将相权贵们休想能"为万世开太平"，休想太太平平地作威作福！

所以，作者说"消遣""轻松"，其实并不轻松。他给读者绘出了一幅末世、衰世、乱世景象！动物界乱了，人世间如何呢？这篇也可称为滑稽长诗的作品，按其自述，完成于1364年；按学者们的意见，是成书于1382年。不管哪一年吧，重要的是，这成书时间，距离拜占庭帝国1453年最后被土耳其奥斯曼帝国灭亡，不过70—90年而已。70年也好，90年也好，那在历史看来，不过一瞬而已。4世纪建立的拜占庭帝国，曾经地跨欧亚非三洲。现在呢，仅剩希腊半岛那个小尖尖角。但上层人物兀自争权夺利，甚至想跟奥斯曼国王暗通款曲；下层也是一派"谁当皇帝都得纳粮"的心理。了解这点，就知道作者故作"轻松"，其实只是长歌当哭而已。四足动物世界崩溃了，人世的崩溃也指日可待了。所以，开始的一部喜剧，结尾竟演成了悲剧。这样的历史沉重感，就不是《伊索寓言》那种道德说教所能担得起的了。

这部作品的结构在一定程度上模仿了《伊利亚特》，每一个段落都是两个动物对话与对阵，一如《伊利亚特》中每一章都是两位英雄对话与对阵。

---

① *Carmina, Graeca Medii Aevi*, p.178.

只是把每一章的战斗挪到最后去总写。因而，其规模不到《伊利亚特》的十五分之一，但具体而微，居然也不失为一部史诗，而且显得比较紧凑。另有一点，诗中涉及一些动物学观念，比如前面说到的大象腿没关节，还有就是杂交怪物的观念。这体现在豹子骂狮豹的话中：

> 你不具备完整的本性，
>
> 一半来自狮子，一半来自我，
>
> 你是个淫荡婊子养的私生子，
>
> 正如你的名字叫"狮豹"。①

这里涉及中世纪博物学观念，认为某种动物并非自然原有，而是杂交的结果。这种观念古代就有。2世纪希腊裔罗马诗人奥皮安诺斯的《狩猎》（*Κυνηγετικά*）第3卷中就说："呀，我亲眼见过杂种动物，天大的奇迹，骆驼跟麻雀交配。"后来，16世纪大马士革人斯透狄忒斯（*Δαμασκηνός Στουδίτης*）还说，荒漠中水塘的水有毒，动物们要等独角兽来解了毒才能喝。等待的时候，闲极无聊，动物们就乱七八糟地杂交。于是就有了稀奇古怪的杂交动物。豹子跟骆驼杂交生出长颈鹿，印度狼跟印度大狗生出狼狗和豺狼，豹子跟狮子杂交，生出狮豹。②

尽管亚里士多德早已在他的《动物志》中说，这类观念是错误的，但在拜占庭和西欧，这种观念依然故我。而在《四足动物故事》中还有这样的观念，并不一定源于作者守旧，可能更多的是出于文艺创作的需要。因为诗中说过，写作要把"教益和轻松融而为一"，所以，作者不大考虑这些杜撰是否合乎自然界的真实，而是喜欢创造种种幻想性的动物，加强作品的轻松性，招读者和听众的喜欢。当时的读者读了，觉得天经地义；后世

---

① *Carmina, Graeca Medii Aevi*, p.171.

② *Greece Books and Writers*, p.33.

的读者读了，不禁莞尔一笑。姑妄言之，姑妄听之，才是欣赏艺术作品的真谛。

"四足"世界用中国话说，也可以叫"圆毛"世界。与它相对的，是"扁毛"世界，也就是鸟类世界。看看鸟类世界又如何呢？

《鸟谱》讲的就是鸟类世界，正式标题是《讲扁毛类及其吵架的鸟语，说它们如何互相咒骂，自夸，同时也是给人予安慰和理智的忠告，有时对年轻人则可作教训》。百鸟之王鹰，而不是那长着两根中看不中用的长尾巴的凤凰，要为它儿子办婚礼。这种圈钱的大好机会，当然请宾客范围越广越好，于是，鸟国群鸟都在邀请之列。按鹰王的安排，婚礼上，群鸟坐在一张长桌子周围，可以表示普天同庆、万国来朝的盛况。不料，长桌子两边坐的宾客们闲极无聊，吹着散牛，竟吹到吵起来了。每只鸟都对坐在对面的鸟极尽仇恨侮辱之能事。母鸡就被人家这样骂道：

> 你个笨母鸡，你个不要脸的荡妇，喂屎喂尿的，上街随便遇到个公鸡都能睡你，连你儿子都能睡你，你个婊子，婊子养的！[1]

这还叫婚礼吗？这不成了泼妇骂街宴了吗？可是，在古希腊文学中，鹰不仅是百鸟之王，也是诸神之王宙斯的宠物。到拜占庭时代，鹰作为百鸟之王，一般画成头戴王冠。罗曼诺斯四世率先用鹰作为权力的象征。到拜占庭最后一个王朝帕莱奥罗果斯王朝，

《鸟谱》，雅典国家图书馆藏

---

[1] *Greece Books and Writers*, p.34.

双头鹰干脆成了这个家族的家徽，最终成为拜占庭帝国的国徽。但此时，不管是在鸟国也好，兽国也好，总之，下面这帮奴才居然当着主子的面吵起架来了，成何体统。这还把主子放在眼里吗？有历史癖与考据癖的学者考证了一下，说这是影射安德罗尼阔斯三世帕莱奥罗果斯当政时，红极一时的阿莱克修斯·阿珀考阔斯。[1] 此人死于 1345 年，官至"大窦克斯"，大概相当于中国的"内阁大学士"吧。不管是不是影射他，从鹰王太子婚宴上群鸟嘴对嘴的对骂来看，这个鹰王跟四足狮王好像也同病相怜了。"扁毛"世界也是日落西山，气息奄奄，来日无多了。

　　以上这两种故事讲的都是动物界的，植物界该还有希望吧。那么，来看看《果谱》。其中主要的故事是一场告密案件：葡萄向国王榅桲密告以胡椒为首的一帮高官图谋不轨，大逆不道。为此，还有一帮见习修士兄弟会的替她作证，其中包括女修道院院长橄榄、修道院女管家扁豆，以及修女葡萄干等；但胡椒的辩护律师成功地证明此控告毫无根据。葡萄因此被判了重刑。

　　　国王榅桲宣判道：

　　　"朕诅咒你，你哭吧，判你永远受刑：

　　　你将挂在枯枝上，刀子切你，男人踩你，他们将喝你的血，喝得酩酊大醉，人事不知，胡说八道，语无伦次，不知所云，葡萄哟，想必是你的血让他们中了毒。他们摇摇晃晃，走路要扶墙，从一个仓房蹭到另一个仓房，在地上打滚，就像驴子在草地上，一跤摔下去，露出屁股来。他们会在街上打斗，在烂泥里吹牛皮，猪会来闻他们，猫会来舔她们。他们的胡子会扯下来，母鸡会来啄他们，因为你的血，他们都麻木无知了。葡萄啊！"

　　　国王榅桲就这样诅咒了葡萄，因为她居然敢当面谣言欺君。胡椒呢，立刻欢呼道："万岁，我主榅桲万万岁！愿天国归于您，

---

[1] *Greece Books and Writers*, pp.34–35.

一切圣君中唯一的圣君！阿门！"[1]

葡萄用的大概是中国所谓"清君侧"的伎俩，怎奈拜占庭的植物国王也是讲"法治"的，交由法庭审理。而当时的审判已经有辩护之说，辩护律师已成一种盈利颇丰的职业。这下葡萄被反坐，输了官司，判刑不轻，比中国的"凌迟"好不了多少，竟是被臭男人们践踏到粉身碎骨，还不得不下酒鬼们腌臜之肚！葡萄机关算尽太聪明，枉算了卿卿性命。国王榅桲则不管你下属如何狗咬狗，谁咬胜了用谁。当红一品大臣胡椒，权钱并用，胜算稳操。辩护律师三寸不烂之舌，竟能翻江倒海。而且，这些角色都是植物扮演的。而植物在拜占庭文化传统中，是纯洁和理性的象征。现在，纯洁如此，纯洁扫地矣；理性如此，理性也扫地矣！肮脏的动物世界肮脏不堪，干净的植物世界也肮脏不堪，这世界还有干净地方吗？这世界还有救吗？

据说还有救。拿什么救呢？据说就是前面提到过的"独角兽"。16世纪大马士革人斯透狄忒斯解释过独角兽的救世之功。据说，荒漠深处没有河流，只有少量的水聚成地上的水洼。可是，就连这种水在阳光的热毒下也变质了。所有动物都聚拢来要喝水。但水太苦，它们不能喝，只有等独角兽来喝水。当它弯腰喝水时，它的角一碰到水，水就变新鲜了。它喝够了，其他动物跟上来喝。独角兽神话大概起源于印度。《圣经》七十士希腊文译本中第一次出现了独角兽："独角兽愿意效劳于你吗？"[2]但那时的独角兽还没定性。《诗篇》22：21说"救我脱离狮口吧，因为你曾听我呼吁，使我脱离独角兽之角"，这角是可怕的。而到了《诗篇》92：10则说："但你将高举我的角，一如独角兽的角。"这角则成了高举的旗帜。直到基督教成了国教，教父们才把独角兽理解为基督的象征。在拜占庭和后拜占庭文学中都能发现

---

[1]　G. Soyter, *Griechischer Humor*, Berlin: Akademie–Verlag, 1959, p.112.

[2]　语出《约伯记》39：9。但和合本"独角兽"汉译为"野牛"，未确。今改。

独角兽，牛津波德莱尔图书馆藏

独角兽，比如《巴拉阿姆与约萨伐忒》、各种版本的《生理学》、曼努埃尔·菲勒斯的《动物论》、大马士革人斯透狄忒斯的《历史文库》等，都提到独角兽。独角兽更是各种书籍插图的常见主题。但提是提到了，画也画了，关于独角兽，却始终没有一种顶得上前面三种喜剧的著作，看来独角兽还是有点儿底气不足。而且，这时基督教成为统治思想已近千年了，基督的象征独角兽居然也成不了气候。那么，这世界真的还有救吗？

这些动植物故事的思想内容大抵如此，掉头看看它们在艺术上与乃祖有什么不同。与《伊索寓言》之类作品相比，这类作品的规模显然大多了。《伊索寓言》一般出场角色就是两三个，拜占庭的动物故事主人公往往可达两位数。这些主人公的主次关系也不因其地位而分，倒是因其所起作用而分，或者也可说没有主次，主次地位随着情节的变化而不断变化。而其情节的发展并不受什么预定的教谕目的影响，或者说，其创作主旨并不在于道德教育，而在于呈现动物世界也就是人类世界的现状，娱乐读者之后，还会引起有心人的深思。古典寓言的情节往往是个别人的行为，拜占庭动物故事的情节却往往是公众集会。上述三种作品的冲突不都是在公众集会中发生的吗？这大概也源于拜占庭城中有个大赛场，可以让公众集会，而且在那赛场上还上演过"尼卡暴动"呢。群体生活就是拜占庭社会生活、宗教生活乃至政治生活的主要表现形式。因此，古典寓言善于描写个人与个人之间的过节，拜占庭动物故事除此以外更擅长描写群众场面和群体活动，而且写得有规模，有气势，人与事杂然纷呈，但条理还是分明的。后世一些精神观念、宗教观念极强的作家作品，如19世纪俄国陀思妥耶夫斯基《卡拉马佐夫兄弟》，其中那被人称为"牲口圈"的社会背景，追根溯源，都可以在拜占庭动植物故事中找到它的萌芽。所以，古典寓言讲给孩子听，拜占庭的动物故事却可以讲给闲汉听，也可以讲给思索的人听。

那么，处在这个时代的人将何以自处呢？《可敬的驴子事略》似乎是这方面的一个探索。此书有两种版本，一种是无韵诗，393 行；另一种是格律诗，543 行。1539 年在威尼斯第一次印行。这个故事的主角是一头驴。驴之作为文学作品的主人公，并不自拜占庭始。2 世纪罗马的阿普列乌斯（Lucius Apuleius）的《金驴记》就以驴为主人公。其中主人公原想学习巫术，图谋不轨。不料误食魔药，自己反变成了驴，阅尽人间冷暖，吃尽苦头，天良发现，得女神神药，恢复人形，洗心革面，重新做人。这部作品既展现了罗马帝国晚期人间世，也进行了道德教育。

而《可敬的驴子事略》则有所不同。书名中"事略"（Σθναξάριον）一语来头不小，其原意指教堂做弥撒时，颂唱圣徒的"生平事略"，现在用于驴子，颇为不敬。但为何如此，且看故事内容。话说主人公驴子，本是老老实实做自己的驴，并无非分之想。只是一次饿极了，偷吃了主人的沙拉，被主人一顿好打，偷跑出来，流浪为生。它遇上了两位大人物：一只狐狸和一头狼。狐狸原是女修道院院长，自称"哲学家"，且是大哲狮子的单传弟子。这"大哲"称号与百兽之王狮子的身份相结合，使人想起外号"大智"的皇帝莱奥六世。狐狸和狼建议驴子跟它们一起去东方寻找幸福，驴子一开始感到不对劲儿，但竟无力拒绝。它们坐上船，开始漂流：狼自告奋勇当了船长，狐狸当舵手，驴子自然承担一切杂活。航行不久，狐狸就说，自己做了个不祥之梦，船要解体。因此大家必须忏悔自己的罪过。狼坦白自己嘲笑过一头黄牛。狐狸坦白自己吃了一个又穷又瞎的老头唯一的一只鸡，而且在下口之前，还装作猫去巴结这只鸡。然后，狐狸和狼都虔诚地做了忏悔，彼此轮着宽恕了对方的罪过。但当轮到驴子忏悔时，规定变了：狼面前出现了墨水和纸，它开始详细地记下驴子的忏悔，驴子也没想到自己竟从忏悔者变成了被告的犯人。驴子是个半文盲，根本不懂审判程序，虽然觉得不对劲儿，

《驴》，Djemila museum, Algeria

但也说不出所以然来。他觉得自己没什么特别需要忏悔的，只承认有一次饿得受不了，吃了一片主人的沙拉，但当时就饱受了惩罚：

> 主人马上扼住我的喉咙，
> 立刻毫不留情地鞭抽我。
> 打我脖子，扯我耳朵，
> 踹我倒霉的屁股，揍我两肋。

这听去似乎没什么违法的。但"法庭"还是依法做出严厉判决。狐狸宣读道：

> 驴子，尔乃何等罪犯，放荡成性，
> 敌视权威信仰，永受诅咒的强盗！
> 吞沙拉而不用醋！这是何等罪行！
> 吾等之舟于今如何逃得灭顶之灾？
> 故本庭决定严判尔之罪行：
> 且看法律宣布如何对付小偷！
> 本庭将依法律章第七行事，
> 抠尔双眼，剁尔双手。
> 依据章十二，尔当绞死，
> 尔受完此刑，仍旧死有余辜！ ①

驴子的命这下该完了。但是，民间故事的精神要求结尾善有善报，恶有恶

---

① *Griechischer Humor*, pp.108–110.

报。于是，驴子表示相信判决无误。但又说自己的后蹄子天生神力，弃之可惜，想在死前传诸有缘之人。谁若预先祷告，抖擞精神，看看蹄子，必将获得神奇异禀。狼一听，便连续跪了三个小时，反复祈祷"我们的父"。这时，驴子一撩蹶子，踢断狼的肋骨。狐狸吓得要死，落荒而逃。长诗结尾，是庄严地赞扬驴的"哲学"——凭借自己的智慧克服顽敌，还赏给他一个称号"尼阔斯（胜利者）"，云云。

　　虽然狐狸的出身是女修道院院长，这个故事的突出之处，主要不在于对隐修士的嘲弄；虽然坏人可以玩弄法律于股掌之上，这个故事也不在于对司法审判的揶揄。这些在其他故事中，早已是老幼皆知的了。这个故事突出之处在于，相对于上述几个故事而言，它展现了一种新的精神。前面已说过，动物、鸟类和瓜果的故事，都告诉我们，世间事似乎没救了。人间帝王没辙，上帝似乎也忘了这个世界，这个世界要完蛋了。这一点也显示在驴子的故事中。这个世界，主人暴虐，骗子得志，老实人倒霉，是令人很不乐观。但是最终结果是老实人胜利了，善有善报，恶有恶报。这是一切民族民间文学的金科玉律，驴子的故事也未能免俗。可是，这个故事里还有一点新东西，那就是老实人的胜利，不是靠帝王的英明，也没靠上帝的慈悲，而是靠自己。驴子最后是靠自己的机智（或者说智慧）反败为胜，打垮了狡猾凶残的敌人。这当然说不上后世的什么被压迫阶级的自我解放，但是，它至少肯定了个人所能依靠的，所应指望的出路，只有自救。更重要的是，驴子这种自救精神，并非开始就有，更不是天生异禀，而是经过一次又一次被虐待和欺骗，最后几乎要搭上小命，才由最初的怀疑，直到最后觉醒过来的。要觉悟，靠自救。这正是后来欧洲文艺复兴个性解放的精神萌芽。凭着瑟奥多罗斯·普罗卓莫斯的创作，凭着拜占庭的三部神游天堂地府的讽刺作品，凭着动物故事尤其是驴子的故事，我们可以说，没有拜占庭文学中个人意识的觉醒，后来西欧的《滑稽故事》《列那狐》《巨人传》乃至《堂吉诃德》就不会那么精彩纷呈了。

　　就文学的艺术而言，这些故事，尤其是驴子的故事，又开辟了幽默的先河。讽刺是人类文学中古已有之的文笔和风格，但幽默在古代并不多见，尤其拜占庭这头驴子的幽默形象，文学史上此前确实罕有。这种形象的特点是，出场时显得傻了呱唧，憨头憨脑的，吃了亏，上了当，虽偶有怀疑，但大多数时候是浑然不觉，甚至泰然处之。这是麻木不仁呢，还是大智大慧呢？无论如何，这是过去的文学中少有的性格、罕见的修为。然后，等到性命攸关，它突然急中生智，使出匪夷所思的一招，一下子转败为胜，收拾了顽敌。善良的读者，随着它经过长期的忍耐压抑，这下总算长出一口气，觉得无比的痛快淋漓，得到一种由阴郁到光明、由郁闷到舒畅的审美享受。后来西欧中世纪的滑稽故事，甚至《列那狐》中那些起初颟顸，后来聪明的动物，莫不脱胎于此。就是幽默讽刺大师马克·吐温《竞选州长》中的那位马克·吐温、《田纳西州新闻界》中那位初出茅庐的编辑，虽然不一定是直接上承这头可敬的驴子，但就文学史的探讨而言，说欧美文学的幽默，可以在拜占庭文学中找到一支源头，应该是说得过去的。

第四节　拜占庭罗曼斯已近黄昏

《卡里玛霍斯与赫露娑萝》是 14 世纪的作品。此书传世只有一份手稿，存于荷兰莱顿，原题为 *Τα κατά Καλλίμαχον και Χρυσορρόη ερωτικόν διήγημα*。虽然手稿未标明作者，但一般认为是安德罗尼阔斯二世的堂弟安德罗尼阔斯·帕莱奥罗果斯在 1310—1340 年间写的。[①] 全诗 2807 行（一说 2607 行），用 15 音节无韵"政治诗体"写成。手稿正文各部分有标题，用红墨水写成。但有时这种标题会把正文打断。现在较好的本子有 *Le roman de Callimaque et de Chrysorrhoé, Texte établi et traduit par Michel Pichard* (Paris: Société d'édition "Les belles-lettres", 1956)；还有 *Three Medieval Greek Romances by Gavin Betts* (New York and London: Garland Publishing Inc, 1996)。

---

① А. П. Каждан, *The Oxford Dictionary Of Byzantine*, p.1094.

　　这部罗曼斯主要讲的是卡里玛霍斯与赫露娑萝的爱情故事，说有位国王有三个儿子，他想把王位和权力完整地传给一个够格的儿子，就要对他们做出考验。于是，三个儿子出发去建功立业。他们来到一座神秘的森林边，发现林中有座宫殿，十分隐秘，异常坚固，好像是毒龙的城堡。兄弟三人害怕了，离开了那里。但老三卡里玛霍斯还是决心进去看个究竟。大哥给了他一个魔法指环，借着指环魔力，他进入了城堡。穿过几个房间，来到一个富丽堂皇的大厅，看到一幕惊人的情景：一个美丽的少女，头发吊在天花板上！少女一见到他，非常害怕。但后来看出他不是坏人，反而劝他赶快躲起来，因为毒龙马上就要回来了。毒龙果真来了，毒打了少女一顿，给了她点儿面包和水，然后自己大吃一顿就睡了。卡里玛霍斯乘机砍下毒龙的头，放了少女，烧了毒龙的尸体。两人互通音问，才知少女名叫赫露娑萝。他听少女讲了自己的不幸遭遇，两人便相爱了。但有一天，一位皇帝偶尔路过城堡，见到赫露娑萝，禁不住喜欢上她，就回国召集军队，要来抢赫露娑萝。岂料他回国后竟一病不起。这时出现一个老巫婆，满口保证能治好皇帝的病，还能帮他抢得赫露娑萝。老巫婆给一个金苹果施了巫术，跟皇帝带着百把人来到城堡。她躲在城堡附近一个小岛上，伪造出毒龙的鬼魂，仿佛毒龙要吃她。卡里玛霍斯听到她的叫声，跑去救她。老巫婆把那魔法苹果藏到他胸前。结果，卡里玛霍斯倒地而亡。赫露娑萝循声找来，吓得昏死过去。皇帝带着队伍过来，便把赫露娑萝带走了。

　　卡里玛霍斯的哥哥梦见他死了，便出发找到他，发现他胸前有个苹果。苹果上刻着字，说是可以救活短暂死亡的人。他们给他嗅嗅苹果味道，救活了他。卡里玛霍斯便去寻找赫露娑萝，打听到她的所在，假扮园丁助手，进了皇帝花园。皇帝近侍得知他们相会，把他们抓起来，交给皇帝审判。赫露娑萝勇敢地说明了真情。皇帝降旨把老巫婆烧死。这对年轻人幸福地回到了城堡。

　　就故事内容看，此诗吸收了不少民间故事成分，比如皇帝的三个儿子去建功立业，毒龙，魔法城堡，少女被锁在城堡里，魔法金苹果，等等。因此，学者们推测，此诗可能有一个在民间流传而后得到整理和补充的过程。不过，虽然经过整理补充，未能自圆其说之处仍然存在。比如，皇帝要从三个儿子中挑一个合格的继承人，最后却不了了之，除了老三，两个哥哥只起了一个作用，就是第二次出去，救他起死回生，以后对两个哥哥也就没有交代。而少女何以会被毒龙关在城堡中，其身世如何，等等，也不明不白。

　　叙事方面的这些缺陷姑且不论，此诗思想倒是确实能代表拜占庭帝国末世的精神。此诗中心既然是歌颂英雄救美的爱情故事，其中的"爱情"观念便值得推敲。古典的罗曼斯，从龙格的《达弗尼斯与赫萝埃》，到对拜占庭罗曼斯起过巨大影响的赫利奥窦罗斯的《埃塞俄比卡》，甚至拜占庭最初的罗曼斯《徐思敏嫩和徐思敏尼安的爱》，其中都确实有男女两情相悦最终相爱的感情与过程。从这个角度看，《卡里玛霍斯与赫露娑萝》就缺乏了这点儿真情实感。赫露娑萝之"爱"上卡里玛霍斯，更像是一种对救命之恩的回报。但我们知道，"滴水之恩，当涌泉相报"是一种伦理，而不是爱情，不是古希腊小爱神厄洛斯淘气促成的那种"爱"，那种不带任何伦理和利害考虑的"爱"。因此，在此诗的结尾，赫露娑萝把卡里玛霍斯称为解救了自己的"主人"，而不是自己的"爱人"。君士坦丁堡经过基督教同宗的第四次十字军东征背信弃义的占领，人间恐怕已难以再有真情可以相信了。何况帕莱奥罗果斯王朝虽然收复了君士坦丁堡，但国势已是"近黄昏"，四处寻求能免于奥斯曼帝国并吞的救命稻草。那么，赫露娑萝对救命之恩报之以"爱"，这种"爱"也就是时代精神的一种折射，是一种理性的自然，而非感情的自然了。

　　另外，这部罗曼斯的主题虽然是传统的英雄救美，但其中的英雄卡里玛霍斯实在有点儿不那么够英雄。他有好奇心，却没有古典英雄那样的气概。他之进入龙堡，实在是好奇心的驱使。而最后割下毒龙的头颅，也是乘人家睡着之时捡了个便宜。这与古代赫拉克勒斯或者忒修斯那种气吞山河的英雄精神自然无法相提并论，就是与《埃塞俄比卡》中的男主人公瑟阿艮讷斯（Θεαγένης）相比也差了一节，若与拜占庭英雄史诗《狄格奈斯·阿克瑞

忒斯》中的英雄比起
来，更失去了那种不
爱江山爱美人的疯狂
劲头。当然，卡里玛
霍斯还是痴情的。死
而复生之后，就去寻
找赫露娑萝。但他打
听到伊人下落以后，
不是去拼命解救爱

《达弗尼斯与赫萝埃》，拉斐尔·柯林（Raphael Collin）

人，而是乔装成奴仆去见伊人。最后被人家抓起来送去审判，也是一副束手就毙的样子，不像拜占庭的英雄，倒像中国进京赶考的书生了。所以，这是一个有好奇心，也有情义但很守规矩的"英雄"，是拜占庭江河日下任人摆布的"英雄"。当然，若就现实生活而言，这种"英雄形象"似乎更真实一些，但"罗曼斯"可不是写实主义小说，而是英雄气直薄云天的浪漫史诗啊，其中的"英雄"怎可这么书生气呢？

至于那位国王，更令人不可思议。当初一见赫露娑萝便倾心向往之，接着因此得了病，无法提兵夺美，及至老巫婆出来以诡计害死"英雄少侠"，让陛下如愿以偿带得美人归，却似乎又不那么疯狂了，待赫露娑萝如对女儿。最后审判两个少男少女时，竟被赫露娑萝一番话醍醐灌顶，青天明鉴，杀了老巫婆，还两个小儿女以终生幸福。前后不是判若两人而是判若三人了。写人如此，不论写实或是虚构，均属不成功之列。但这可能也跟当时拜占庭的皇帝们处理事务左支右绌的现实有关吧。

从上述分析看来，《卡里玛霍斯与赫露娑萝》确实与古典罗曼斯拉开了距离，但这距离又让它透露出时代精神的真实，不应以罗曼蒂克标准责之。从文学变化的轨迹说，倒应该肯定其开始摆脱传统罗曼斯的套路，而另辟蹊径了。而在这条新的路上，更显出拜占庭文学的一个优秀特点，那就是对女性的肯定与歌颂。从9世纪卡西雅娜的诗歌到10世纪一系列圣女传，拜占庭文学为世界文学打开了一片新天地，那就是女性高洁的内心世界。歌颂女性的圣洁，那是拜占庭文学前无古人的伟大贡献。没有拜占庭文学中的女性崇高形象，也就不大可能有但丁《神曲》中的贝雅德丽采，也就不大可能有歌德《浮士德》结尾的"永恒的女性，引我们上升！"《卡里玛霍斯与赫露娑萝》虽然没有卡西雅娜的诗以及《圣小玛丽传》那样的高洁，但赫露娑萝的形象在古代和中古世界文学中，还是光辉的。我们当然不知道她为什么被毒龙捉去，锁在城堡里。但从她与卡里玛霍斯初见时的对话，却看得出这是个坚强善良的女性。且看她所受的折磨：

> 天花板正中间——我说起来都心痛啊——
> 一个女孩孤零零地被吊在头发上啊——
> 我的心都碎了，吓得我的心都碎了——
> 吊在头发上啊——闻所未闻的命运啊——
> 那姑娘吊在头发上——我说不出话来了
> 是的，我说不出话，但还在写，心都凉了

《亚历山大大帝屠龙》，哈泽米哈伊尔·瑟奥菲罗斯（Χατζημιχαηλ θεοφιλος）

那里有个美丽的少女被吊在头发上！ ①

一看到卡里玛霍斯时，

> 她忍着绝望的折磨，带着痛苦的祈求，
>
> 无力地叹口气，舌头都痛苦得干裂了：
>
> 对他说："你是谁，朋友？你从哪里来的？
>
> 你莫不是一个戴着人形面具的幻影，
>
> 你是勇敢而聪明，还是愚蠢而又无望？
>
> 你是谁？为什么只站着望着我不说话？
>
> 你若是我邪恶的命运派来折磨我的，
>
> 你就尽情地折磨吧，你若是它的狗腿，
>
> 那你也看得见，拿我的肉体去折磨吧！" ②

这是一个受尽折磨而仍然坚强不屈的灵魂，但又是一个极富同情心的灵魂。
当她看出来人是良善之辈时，反倒为来人的命运着急了：

> 这里是毒龙的巢穴，是吃人怪兽的窝。
>
> 你难道没听见雷声，难道没看到闪电？
>
> 它来这儿了。站着干什么？走啊，快跑吧！
>
> 快躲起来！毒龙力气大，这吃人的魔鬼！
>
> 你如果躲起来，你大概还能留条活命，
>
> 你看那儿，看见那边有个银柜子了吗？
>
> 快用它藏身，你爬到它下面去躲起来，

---

① *Le roman de Callimaque et de Chrysorrhoe*, Texte etabli et traduit par Michel Pichard, Paris: Societe d'edition "Les belles-lettres", 1956, lines.449–455.

② *Ibid.*, lines.470–478.

> 那你大概还能逃过贪婪的毒龙这一刧。
>
> 快跑过去躲起来，别出气！它已经到了！ [①]

自己已被折磨得奄奄一息了，还在关心一个陌生人的性命，这是何等的善良！这就是拜占庭文学贡献给世人的女性！

诗人描写她被吊在头发上的痛苦，一再反复咏叹自己都不忍心直视，令读者和听众不知不觉也有身临其境之感，亲眼所见之真。有了这个铺垫，下面描写赫露娑萝的一言一行，便令人如闻其声，如见其人。此诗叙事虽如前面所说，有所不足，但描写却具出神入化之功，尤其记言，堪称绝唱。正如前所举，赫露娑萝初见卡里玛霍斯时，那种视死如归、正气凛然之概，出之以沉着坚定的语气和句式，令人既同情又肃然起敬。及至关心卡里玛霍斯的安危，将自己生死置之度外，只替他人着想的善良与急切又跃然纸上，唯恐对方不听自己的劝告而惨遭毒手，所以句子简短，语若连珠。千载之下读之，其情其景，犹宛然如在目前，不愧场面描写和记言高手。

到了结尾部分，就是作者说的"现在，不幸该结束了"，也就是卡里玛霍斯与赫露娑萝的关系被国王手下发现，因而被抓起来送交国王审判。这时，男主人公卡里玛霍斯可说已经退居幕后，无足轻重，而赫露娑萝成了这部罗曼斯真正的主人公。这也正是拜占庭文学不同于中古时期世界其他地区文学的特别之处。赫露娑萝在国王面前，毫无惧色，慷慨陈词：

> 哦，陛下！您是专制的法官和号令者，
>
> 您是正义的执行者和真理的保护者，
>
> 我将向陛下您陈述以下的这番话语：
>
> 请您先暂息自己之愤怒，莫发脾气，
>
> 然后您要怎么惩罚我们，都可降旨。

[①] *Le roman de Callimaque et de Chrysorrhoe*, lines.488–496.

　　倘若有个人亲手培植了一片葡萄园，

　　翻耕泥土，挖沟开渠，再围之以栅栏，

　　仔仔细细清除杂草，小心翼翼勤保护，

　　整天整天投石器不离手，满园子巡游，

　　把飞鸟赶走，免得它们偷吃葡萄果实，

　　甚至夜间也不敢合眼，护着葡萄藤蔓，

　　歇息都不敢，好不容易葡萄终于熟了，

　　这时却来了个什么人，要想霸占果实，

　　还要打劫葡萄园丁，那个真正的主人，

　　把培植葡萄园的人抓起来，酷刑处死——

　　您觉得这样的抢夺是正义的吗，还是

　　那个亲手劳动的人才应该收获葡萄？①

这里要说明一点："专制"一词，在现代社会已是贬义，人人避之唯恐不及，但在古代，"专制"一词是很得意的，帝王们无不以"专制独裁"为荣。这是古今观念变化导致词语色彩不同。所以，赫露娑萝在此处称国王"专制"，实际是颂扬之词。这也显示，这女孩子确实善于辞令，她没有先去直接捋虎须，而是以普通的葡萄园比喻，引国王入彀，让国王自己先做出判断，作为自己的立足点，再进一步据理力争。而其陈情的语气，可谓不卑不亢，恰如自己的身份，也符合对方的地位。至于具体陈述，她可谓尽了西方修辞"博喻"之能事，对葡萄园主人之辛勤艰苦，描绘不厌其详，目的在于肯定谁劳动谁出力谁才该收获劳动果实这么一个简单的真理。但这个道理她又始终不由自己说出，只是引而不发，让国王自己得出。此女之心思口才，堪比《旧约·列王记》中的先知拿单（Ναθαν）。

　　《旧约》记载，大卫王病危时，亚多尼雅在隐罗结附近的琐希列磐石那

---

①　*Le roman de Callimaque et de Chrysorrhoe*, lines. 2452–2468.

里，杀猪宰羊，拉帮结伙，准备抢班夺权。但先知拿单等人没顺从他。他们想见大卫王，禀明此事，并劝大卫王降旨立所罗门为王。但拿单不是一上来就直接觐见大卫王，而是让所罗门的母亲拔示巴先去晋见大卫王，告知亚多尼雅准备篡权之事。然后等大卫王召见他们，他们才进去。"拿单进到王前，脸伏于地。拿单说：'我主我王果然应许亚多尼雅说："你必接续我作王，坐在我的位上"吗？他今日下去，宰了许多牛羊、肥犊，请了王的众子和军长，并祭司亚比亚他，他们正在亚多尼雅面前吃喝，说："愿亚多尼雅王万岁！"唯独我，就是你的仆人和祭司撒督，耶何耶大的儿子比拿雅，并王的仆人所罗门，他都没有请。这事果然出乎我主我王吗？王却没有告诉仆人们，在我主我王之后，谁坐你的位。'"[①]拿单完全是以求证事实的方式，把亚多尼雅的篡权阴谋揭露了，但又不是直接告状，而是看大卫王的反应，看大卫王拿什么主意，自己则始终可以处于主动地位，相机行事。果然，大卫王听到此消息后，勃然大怒，降旨由拿单等人举行正式膏油仪式，立所罗门为王，最终导致亚多尼雅的阴谋满盘皆输。

赫露娑萝的禀告，也是采用此法，既说明了事实真相，又把国王从这场事件中摘出来，让国王处于中立执法地位，这就有利于她和卡里玛霍斯两人。果然，国王听了她的比喻，立即说：

> 当然应该由葡萄园主获得园中果实，
> 至于那想凭借邪恶之力抢夺的强盗
> 应该砍下他的脑袋，以儆效尤，警告
> 那些妄想危害他人抢夺他人的家伙！[②]

众人一听，立即欢呼国王圣明。赫露娑萝抓住机会，进一步说道：

---

① 《旧约·列王记上》1：24—27。
② *Le roman de Callimaque et de Chrysorrhoe*, lines. 2469–2473.

> 我多感激您呀，陛下——这女孩重新说道——
>
> 那么，您说，这葡萄园丁有什么过错呢？
>
> 是别的一些人要抢夺他的劳动果实呀。
>
> 他才是我真正的主人，是那个老巫婆
>
> 对他施了魔法，差点儿把他的命害死！
>
> 是的，他才是救了我的我真正的主人，
>
> 他杀了毒龙，他才是我真正的君主呀，
>
> 难道还要禁止他获得他的劳动果实吗？ [①]

　　赫露娑萝以国王说的"谁劳动谁占有"的决断为依据，说明卡里玛霍斯救了自己的命，因而自己应该归卡里玛霍斯。而在其中作梗为恶的，则是基督教视为邪恶化身、从不轻饶的老巫婆，使国王也不好站到巫婆那边，只能降旨处死老巫婆。赫露娑萝有勇有谋，以宗教先知为榜样，处处立足于宗教伦理的大义，加上拜占庭时期人人重视的修辞艺术，有礼有节地取得了胜利。这样的女性形象，这样的勇气计谋，这样的修辞艺术，使这部罗曼斯确实成为拜占庭后期罗曼斯的转换的典范，即从单纯的模仿古典罗曼斯到具备拜占庭特色的罗曼斯的典范。

　　不仅如此，如果熟悉拜占庭的"咏物诗"，那么，立即就可以看出，这部罗曼斯也把拜占庭的"咏物诗"艺术发挥得淋漓尽致：

> 整座黄金砌成的墙壁高高地耸起来，
>
> 闪耀着纯金的光辉以及奇异的色彩，
>
> 它让太阳的光芒也都显得黯然失色，
>
> 女儿墙闪耀着种种珍贵宝石的光辉，
>
> 珍珠的和黄金的镶嵌装饰交相辉映，

[①] *Le roman de Callimaque et de Chrysorrhoe*, lines.2476–2483.

> 城堡的确是高大宏伟。而城堡的大门，
>
> 更以其强烈的美激起人的兴奋和恐惧，
>
> 黄金、宝石以及各种名贵珍珠的光芒
>
> 富丽堂皇，奢侈豪华，在上面熠熠闪耀，
>
> 安排得如此匀称智慧，布置井井有条，
>
> 不是随随便便，马马虎虎，真令人惊愕。
>
> 紧闭的大门上下盘着许许多多活蛇，
>
> 以其无限阴险狡诈令人人恐惧害怕，
>
> 不眠不休地守着这宏伟巨大的城堡，
>
> 这些怪物一个个昂起身来护着大门，
>
> 只要一见到它们任何人都会被吓死。①

这一城堡集宏伟、壮丽、神奇、恐怖于一身，出之以诗人的生花妙笔，令人如身临其境，置之拜占庭咏物大师赫利斯托佛罗斯、阿噶希亚斯、鲍罗斯·希冷提阿利奥斯等作品之列，亦毫无愧色，堪称拜占庭咏物诗的一流高手。而其中把相反的两极印象，即壮丽与恐怖糅为一体，写得如此自然，不落筌蹄，不泥迹象，那又是早期那些咏物大师所不能望其项背的了。

至于此诗用语，虽借用不少古典语言，但大部分都是活在当时民间的口头语言，那也是帕莱奥罗果斯王朝时期社会风气之所至。译成汉语，就无法体味个中三昧了。

总之，《卡里玛霍斯与赫露娑萝》虽然英雄气已然消沉，显出末世气象，但作为罗曼斯，仍不失其本色。而其中的女性形象，则显出拜占庭文学对女性的尊重，又当为世所珍。其叙事虽不无遗憾，但其写人咏物，则堪称高手。此诗在拜占庭的罗曼斯中，摆脱对古典罗曼斯亦步亦趋的模仿，炼成拜

---

① *Le roman de Callimaque et de Chrysorrhoe*, lines.178–193.

占庭罗曼斯自我的风格，可说是拜占庭罗曼斯的尾声。但它继往开来，也是古典罗曼斯向西欧罗曼斯转折的标志，不唯对拜占庭文学做出贡献，流风所及，也影响西欧的罗曼斯发展。所以，它在拜占庭文学史上，理当占有一席不朽的地位。

第五节　拜占庭历史与历史著作的转折

米哈伊尔·克利托波罗斯（约1410—约1470年）不是最后一个拜占庭历史家，但肯定是结束拜占庭式历史、开创奥斯曼式历史的第一个希腊语历史家。

他诞生的准确时间已不可考，只知他于15世纪头十年生于茵布罗斯岛（Ἴμβρος）。而这一点，像他生平其他事实一样，是从他的《史稿》中得知的，此外没有任何依据。他自称"克利托波罗斯—茵布罗斯岛第一岛民"（Κριτόβουλος ὁ νησιώτης, τὰ πρῶτα τῶν Ἰμβριωτῶν）[1]，由此可知，他在故乡是个政治人物，出身贵族。意大利人文主义者安孔的齐利阿库斯（Cyriacus de Pizzicolle）1444年9月曾游历茵布罗斯岛。他在游记中说，陪同他的是茵布罗斯岛贵族、很有学问的"赫尔墨多罗"米哈伊尔·克利托波罗斯。"赫尔墨多罗"意为"赫尔墨斯的礼物"，不是克利托波罗斯的真名，而是齐利阿库斯的杜撰。他这样说，是想强调跟克利托波罗斯同游，是命运所赐，是赫尔墨斯的礼物，这可以为克利托波罗斯的夫子自道作旁证。[2]所以，米哈伊尔是他受洗时的教名，而克利托波罗斯则是姓氏。这个姓氏另有一个拼写法"克里托衮罗斯"（Κριτόπουλος），但不如"克利托波罗斯"高古，被他改了。

---

[1]　Franz Babinger, *Mehmed the Conqueror and His Time*, Bollingen Series 96, trans. Ralph Manheim, ed. William C. Hickman, Princeton University Press, 1992, p.97f.

[2]　Т. И. Собол, *Михаил Критовул, Византийские Историки О Падении Константинополя В 1453 Году*, СПб: Алетейя, 2006, p.18.

齐利阿库斯说克利托波罗斯很有教养，信非虚语，《史稿》中有不少证据。其中有神话和历史记忆，比如特洛亚战争、阿契琉斯和埃阿斯、大流士（Dārayava [h] uš）和薛西斯（Xšayāršā），罗马与迦太基的战争，罗马被凯尔特人占领，等等；写到奥斯曼皇帝麦赫麦迪二世修筑要塞，他不仅提到赫拉克勒斯、伊阿宋和阿尔戈斯英雄，还对要塞的地理位置、结构、功能做出内行的评述；他精通古代史学家著作，首先是希罗多德和修昔底德的著作，他曾借书中人物之口发表古代作家著作中的言论。他可能还懂医，叙述君士坦丁堡的瘟疫时，他用了许多医学术语，那是不可能从其他史家那里借用的。

他还是个成功的外交家。1453年，君士坦丁堡陷落的消息传到爱琴海诸岛，居民们惊惶恐惧，害怕土耳其舰队的攻击，纷纷离乡背井出逃。克利托波罗斯却做了个决定：派使节带着重金礼物，去阿德连诺珀里斯（Ἀδριανούπολις，今土耳其厄德奈 [edirne]）觐见苏丹。因此，茵布罗斯岛免遭抢劫，还保持了"独立"。1456年，他被苏丹任命为该岛长官。1457年，意大利船队攻打该岛，他通过贿赂船队指挥官，防止了意大利人的抢劫。以后几年，他又促成勒姆诺斯岛摆脱意大利政权，转归土耳其苏丹。[1]

此后他的命运，就只能臆测了。大约在1466年，茵布罗斯岛、萨索斯岛（Θάσος）和萨摩弗拉基亚岛都被威尼斯人占领，他离开故土，来到君士坦丁堡，经历了1467年可怕的瘟疫。1467年后他的命运，只有著名的土耳其之友、特拉帕宗塔斯学者和哲学家格奥尔基奥斯·阿米卢茨（Γεώργιος Ἀμιρούτζης，1400—1469年）给克利托波罗斯的一封信，证明1468年克利托波罗斯还在君士坦丁堡。再多的事实就没有了。但有个传说，克利托波罗斯晚年在苏丹那里失宠了，进了修道院，在阿薮斯山修道院的小屋里了却一生。另一个传说则说，他当了苏丹的秘书（γραμματεύς）。但这些都只是后世学者们的猜测而已。

米哈伊尔·克利托波罗斯写过许多神学和哲学论文，但他的主要著作就

---

[1] *Mehmed the Conqueror and His Time*, p.97f.

是前面提到的《史稿》(Ξυγραφή ιστοριών)。这部作品传世只有一份手稿，分为五卷，记载了 1451— 1467 年的事件。全书均描写麦赫麦迪二世的军事活动，包括占领厄诺斯、塞尔维亚、勒姆诺斯、萨索斯、萨摩弗拉基亚、伯罗奔尼撒、波斯尼亚，征伐斯诺普和特拉帕宗塔斯，跟威尼斯的冲突，等等。目前较好的版本是 Critobuli Imbriotae, *Historiae* (Rec. D. R. Reinsch, Berlin, 1983)。

他在 1453 年夏着手写此书。他自己并没有亲见君士坦丁堡被围和被占。但是他提供的许多材料是当时其他史家所没有的。只有他向世人讲述了土耳其军队的部署，说到将军们的名字，描写了苏丹对斯透狄欧要塞、塞拉佩亚(Θεραπεία)以及太子岛的进攻。

克利托波罗斯的思想立场引起许多争论、质疑乃至否定。在《史稿》的手稿中，有一篇上麦赫麦迪二世苏丹书，把苏丹称为"万王之王""有福的""不可战胜的""大地和海洋的主子"。整部作品一直把苏丹称为"巴西琉斯"(Βασιλεύς，意为"世袭独裁者")。按照拜占庭传统观念，这个称号只能用于拜占庭皇帝。[1]

总体而言，这部史书确实记载了麦赫麦迪二世的"丰功伟烈"，写了这位苏丹的睿智、聪明、善于辞令以及性格善良，也歌颂了他对被征服民族的仁慈态度、建设工作以及移民君士坦丁堡的尝试。麦赫麦迪二世似乎还珍惜希腊古典文化，搜集希腊古籍，组织翻译，第一眼看去，对雅典、君士坦丁堡等希腊城市的美，还有点儿感伤性的崇拜。麦赫麦迪二世事实上成了这部著作的主人公，被比作阿契琉斯、埃阿斯、赫拉克勒斯、狄奥尼索斯。就风格和精神而言，此书似乎成了对麦赫麦迪二世的恩括密翁（颂歌）。书中连"上帝"这基督教术语也不大提起，换成了抽象的"神"。古代的运气女神图赫(Τυχη)重新成为历史的动力（章 137 ）。

---

[1]　Critobuli Imbriotae, *Historiae*, Rec. D. R. Reinsch, *Corpus Fontium Historiae Byzantinae*, V. XXII, Beronlini: walter de gruyter, 1983, s.3.

　　结果，克利托波罗斯不仅在当时人眼中，甚至在后人眼中也成了贰臣叛徒，几乎成为拜占庭历史上最著名的"崇土耳其贼"了。但是，后世对此问题，似乎还有探讨的余地。

　　当时的希腊人如何看待其书、其人，现在已不可知。因为此书写成后，并未流传于世，而是被尘封了近 400 年，19 世纪 50 年代才为人所知。19 世纪，巴尔干半岛有一场摆脱奥斯曼帝国民族压迫的革命运动，希腊"爱国者"们对此书的反感可以理解。但是，客观地说，克利托波罗斯似乎并不是人们所想象的那种"卖国贼"。

　　首先看他着手写书的时间，1453 年拜占庭帝国已经灭亡了，而且，任何人都看得出来，这次是彻彻底底灭亡了。所以，克利托波罗斯已没有"祖国"（其实是王朝）可"忠"，用中国话说，已无"正朔可奉"。他写历史书，如何称呼麦赫麦迪二世，那是关系著作安全以及身家性命的问题。这种问题，在经过清朝文字狱的中国，应该是易于理解的。

　　其次，他写这部书目的何在？表面看，他在上麦赫麦迪二世书中说，是为了纪录苏丹的"盖世功烈"，而且说，自己做此事，较之苏丹手下的阿拉伯和波斯史家更有意义，视野更广阔。这话其实很难成立。试想，人家阿拉伯和波斯史家，早已跟苏丹融为一体，要歌颂苏丹，岂有不如你一个亡国之臣的道理？其实，此说如果更深一层去理解，未必不能说是想为希腊人留下一部亡国痛史吧？尤其是他作为一个希腊人，要想写这么一部希腊亡国史，倘不能得到当时统治者的首肯，就算不说生命危险，那至少也是做梦。这里还有一个重要原因，他在这篇上苏丹书中还说，自己没有亲身经历君士坦丁堡之战，许多事情只能靠"采访"和搜集资料。试想，在奥斯曼苏丹专制统治下，不经苏丹允许，自己擅自搜集苏丹史料，岂非找死？更不用说能不能写书了。克利托波罗斯是个聪明人，看他处理拜占庭灭亡后故乡岛屿安全问题，比起那些只知痛哭流泪的"爱国者"，他的处理方式，对普通老百姓是更有益的实在功德。所以，他说要为苏丹歌功颂德，未必没有策略上的考虑。至于称颂苏丹的那些词语，恐怕也不必太当真。规定了你必须这么称呼，你又有事求人家，不这样称呼行吗？没尝过专制统治滋味的人，大概不了解此中血泪。其实，克利托波罗斯不仅尊称了苏丹那么多头衔，自己还把自己贬得很低，说是苏丹的"奴隶的奴隶"。这都是行文规矩，不能当真。太当真了，就会离题万里。前面说过，传说他晚年进了修道院，就是因为有的学者把"奴隶的奴隶"这种行文套语，解读为克利托波罗斯对自己的地位不满而想隐居，才由此杜撰出这么一个传说。

不过，最能说明问题的，还是作品本身。克利托波罗斯在《史稿》中确实塑造了一个事业很成功的麦赫麦迪二世的形象。这将在下面从文学角度分析。这里只想说，他在"歌颂"麦赫麦迪二世的时候，并没有回避记下其人罪恶的言行。这尤其表现在麦赫麦迪二世的两次攻城动员讲话中。第一次是这样说的：

> 我们要迅速拿下这座城市，然后，就像从阿克罗波利斯出发一样，从那里出发，以极短的时间和极小的力气，占领其他土地，什么也挡不住我们的进攻，什么也抗拒不了我们的勇气和国威，我们很快就要成为大地和海洋的主子了。[1]

今天看来，这是典型的赤裸裸的侵略扩张语言。当然，在当时和后世的野心家中这些语言倒是一种天经地义的理由，也可以解释为帝王们的"雄才大略"吧。那么，再看一段，这是他在攻城之战中再次激励士气：

> 第一，这座城里有惊人的无穷财富，藏在国王宫殿里、贵族和市民家里，但是，数量最多的财富藏在教堂里，那都是要多珍贵就有多珍贵的财宝，金银所制，镶着名贵宝石，还可找到无量数的东西，更不用说家具和其他财产——这些都将是你们的了。第二，

---

[1] *Historiae*, s.34.

你们可以掳掠那些高官显贵的男子，一些做你们的奴隶，另一些卖掉；你们还可以得到出身高贵的美妇人、年轻漂亮正准备结婚的小姐、美丽的大家闺秀，那是以前男人们的眼光见不到的，有些已经跟高贵显赫的男人结了婚了——她们有些可以做你们的老婆，有些做女奴，还有些可以卖去为奴。你们将得到的，真

《麦赫麦迪二世攻占君士坦丁堡》，福斯托·佐纳罗（Fausto Zonaro）

是多去了：享受、伺候和财富，无数出身高贵的最美的奴隶，教堂和公共建筑的珍宝，庭院和其他赏心悦目的东西。[①]

这是王者讲的话吗？这是流氓土匪的话。这等野蛮无耻的话，不用说今日的人说不出口，就是在历史上，独裁者和野心家们也没这么坦率的。一般史家遇到这等"训词"，都要为尊者讳而避之唯恐不及，但克利托波罗斯把它原汁原味地记下来了。岂止记下来了，还把它的后果也记下来了。且看奥斯曼军队进城后的情景：

---

① *Historiae*, s.60.

　　　　场面恐怖严重，比任何悲剧都可怕：士兵们掳掠高贵家庭从

　　　不出门的年轻灵秀的持家女子，掳掠从前男人们见不到的名门望族

　　　的美丽光艳的名媛少女，无情地把她们从闺房里拖出来，当着其他

　　　还在睡觉的人面前强奸，简直就像一场噩梦。士兵们带着一副强盗

　　　面孔出现，双手沾满刚刚进行抢劫的鲜血，喘着粗气，发着叫人听

　　　不清的吼叫，表示出最野蛮愚蠢的念头。这群人里混杂着各支队

　　　伍、各种等级的军人，他们就像粗鲁狂暴的野兽，冲进房里，无情

　　　地抢掠、拖拽、砍杀，行为无耻，在大街上强奸。他们还有什么孽

　　　没造出来啊！ [1]

这样的历史文字是"卖国贼"能写出来的吗？克利托波罗斯借歌颂麦赫麦迪
二世"盖世功烈"之名，记下了奴隶制独裁者及其下属的野蛮血腥罪行，记
下了自己的同胞遭受的空前苦难和凌辱。

　　还有的学者说，克利托波罗斯把奥斯曼人攻占君士坦丁堡，解释为是古
特洛亚人后裔对当年希腊人攻占特洛亚的历史报复。[2] 这是断章取义，横加
曲解。克利托波罗斯在写完君士坦丁陷落及其苦难后，曾将这次历史事件，
与先前的历史事件做比较。他不是只与特洛亚沦陷做比较，还跟巴比伦、迦
太基、罗马、耶路撒冷以及其他欧亚城市的陷落做了比较。而比较的目的，
则是说明君士坦丁堡这次遭受的苦难，是历史上空前的苦难！奥斯曼军队给
君士坦丁堡造成的毁灭，是历史上空前的毁灭！

　　另一方面，克利托波罗斯虽然确实奉承了麦赫麦迪二世，但也保持了对
自己的同胞的尊敬。他描写了他们在被围时的勇敢、坚强和无畏，时时表现
自己对他们的同情。甚至对颇为讨厌的意大利人，他也公正地记下那些帮助
拜占庭抵抗奥斯曼入侵的意大利英雄。其中尤其值得一提的是意大利志愿军

---

[1]　*Historiae*, ss.71–72.

[2]　В. И. Бибиков, *Историческая Литература Византии*, СПБ: Алетейя, 1998, c.258.

首领约安尼斯·尤斯廷尼阿努斯·龙古斯（Ioannes Iustinianus Longus），他在整个西欧抛弃拜占庭的情况下，毅然率领 700 志愿军，组成一支不大的舰队，驰援君士坦丁堡。君士坦丁十一世异常感激和信任他，委以总指挥重任，他最后战死在阵地上。其大义凛然的形象，令人深深感动。最后，克利托波罗斯还为君士坦丁十一世写了一篇墓志，不遗余力地赞美拜占庭帝国这位末代皇帝的聪明、善良和英勇。

所以，如果只看克利托波罗斯的上麦赫麦迪二世书，可以说世人皆欲杀，但是，读读他的历史文字，恐怕就不能不说"其言也哀"吧。难怪这部史书写完，按原来的约定上呈麦赫麦迪二世之后，便杳无音信，石沉大海。麦赫麦迪二世不笨，他肯定看得出，克利托波罗斯虽然奉承他，实际仍然心念故国。只是作为"宽厚仁慈"的"英武明君"，又是自己应允之事，压下罢了。当然，能做到这步，在古今独裁者身上，已经算是难能可贵了。这也可以证明，克利托波罗斯阅人，确实独具只眼，这麦赫麦迪二世确实有他值得史家大书特书一笔的长处。

下面就转入历史文学的角度，看看克利托波罗斯的贡献。首先，从上面我们替他辩诬所引证的文字可以看出，他之作史，确实遵循了"秉笔直书"的史家第一原则，而从文学角度说，就是力求真实。尽管他是在占领者的统治下写作，但可以说，他尽最大限度的可能，真实地描写了拜占庭帝国最后的覆灭，以及奥斯曼帝国此后对希腊半岛的统治。过去的拜占庭史家，写到拜占庭种种史实，不管歌颂或者批评，总是站在自家人说自家事的立场上，免不了各种情绪的干扰。克利托波罗斯此书则是在国亡之后的总结，免除了这类情绪的干扰，抱着客观务实的态度，虽然仍有对自己同胞的同情，对麦赫麦迪二世的钦佩，但其文笔总体是真实而且平实的。就历史学而言，这部作品确实有承前启后的作用，非其他希腊史家的作品可以代替。

其次，从文学角度看，这部作品很有几分麦赫麦迪二世的传记味道。一般史家写这类"英武之君"，总是务虚多而务实少，也就是说，空洞颂词多，实事写得少，就是写实事，也往往夸大其词，把一切写得尽在这位"雄才大略"之君的掌握之中。克利托波罗斯没有这样写，他笔下的麦赫麦迪二世并无什么特殊天才，其最突出的特点是认准目标，坚韧不拔，虑事周密，办事认真，又能审时度势，随机应变。为了最后占领君士坦丁堡，消灭拜占庭帝国，他极其坚定但又极其耐心地做军事准备。先是修筑要塞，既切断西欧对君士坦丁堡援助通道，又把自己的亚欧两洲领土连通一气。而修筑要塞，从选址，到备料，到物色能工巧匠，以至动工季节时间，乃至最后一步步的工程，他无不亲自参与决策和关注。他一面修筑要塞，一面扫平进攻道路上的一切障碍。等到最后对君士坦丁堡形成合围之势，这才露出决战的真面目。而在战役中，奥斯曼陆军虽然推进比较顺利，但海军却遇到拜占庭坚固的防御工事，进展缓慢。再加上除了尤斯廷尼安努斯以外，还有一支意大利船队给拜占庭送来给养，奥斯曼海军更是艰难。于是，麦赫麦迪二世命令调整重炮位置，轰击意大利援助船只，减少对奥斯曼海军的压力。最后，他搜索枯肠，居然想出一条妙计，就是从陆地上把战船悄悄拖过去，从背后攻入拜占庭海防金角要塞。拜占庭人做梦也没想到敌人的战船会从背后的陆地上攻进来，等到他们发现时，已经无法解救。战争形势就此急转直下，奥斯曼军队势如破竹，攻进了君士坦丁堡。在这整个过程中，麦赫麦迪二世就是一个普普通通，但认真从事、细心耐心的将领，而非神人。不仅如此，克利托波罗斯还记述了他过人的鼓动口才，虽然其中有前面所述的野蛮无耻，但在那种时代，确实能把手下那些野兽的兽性最大限度地鼓舞起来。然而，他又跟这群野兽有一定的距离和不同。克利托波罗斯写城破之后，麦赫麦迪二世举行入城仪式。他进城一看，可能他也真没想到他的部下竟如此野蛮残忍，把一个千年古城彻彻底底地毁了。于是，他也禁不住"为城市的毁灭而心中充满怜惜和懊悔，眼中滚下泪珠，悲哀地高声一叹，说道：'我们是把怎样的一座城市任人抢劫一空啊！'"[①] 这些细节应该不是出于克利托波罗斯的杜撰，而是真实的。所以，呈现在读者面前的麦赫麦迪二世，是一个真实的、普通

① *Historiae*, s.76.

的但又内心复杂的形象。这样写人,在欧洲文学里,直到三四百年后的 18 世纪,才成为写实小说的指导原则。但克利托波罗斯在 15 世纪就已付诸实践了。这应该是先前的拜占庭史家所未注意到的。

拜占庭文化起点甚高,有古希腊和罗马文化为基础。所以,凡有教养者无不尊重语言,讲究修辞。作为史家,克利托波罗斯更不能例外。其文笔除了真实平实以外,亦不乏情感深沉、颇有文采之作,只看该用不该用而已。他的《史稿》中,有一篇为拜占庭最后一位皇帝,即战死于君士坦丁堡保卫战中的君士坦丁十一世而写的墓志(ἐπιτάφιος):

> 如是我闻,君士坦丁皇帝自己也已战死。生前他睿智有节,极为理性,关心德行。置诸贤人之中,亦堪称智慧。执政治国,于先辈名王,不遑多让。遇事所需,他先机领悟,果断立决。他善于辞令,谈吐优雅,思维高明,尤善处事,估计形势,从无谬误,堪称伯里克里斯。估计未来,他预言屡中,且方式得宜。为国为民,他不辞劳苦,无所不为。虽亲眼看出都城危机,迫在眉睫,而他尚可脱身,大众亦如此进言,但他不愿如此,宁与故国和部下共同赴难,乃至先死,以免亲见都城沦陷,居民涂炭,横遭惨死,或受凌辱,被卖为奴。据云,当他知敌人已胜,破城而入,便高呼一句绝响:"都城已陷,我还活着?"然后纵身杀入最密集之敌群而牺牲。他不愧高尚男儿,民众之庇护,但终其一生而不幸,临终则最为不幸。[1]

对君士坦丁十一世的崇敬、热爱、同情与悲悯之情,跃然纸上。而其行文之真切、庄严、通达,墓志文体所要求的不贬低,亦不溢美,评价与叙事兼顾,文字之简洁明了,整齐铿锵,无不具备,置诸拜占庭大家散文之中,亦

---

[1] *Historiae*, s.81.

应无愧色。

克利托波罗斯是拜占庭最后一批大史家之一，也是奥斯曼希腊语史家之首。虽然对他的评价仍然会有争论，但他的《史稿》仍不愧为历史大转折时代的纪念碑。

第六节　都城陷落的纪实与悲歌

1453 年 5 月 29 日，拜占庭帝国首都君士坦丁堡被奥斯曼帝国军队攻陷。世界上存在时间最长的千年帝国灭亡了。君士坦丁堡沦陷后的悲惨情景，本书上一节引用克利托波罗斯的文字已有描述。这里只稍微溢出文学史范围，介绍一下这场悲剧的简况。

最终消灭拜占庭帝国的奥斯曼帝国（دولت عاليه عثمانيه；Osmanlı İmparatorluğu），是土耳其人建立的国家。土耳其人（Türk-oguzlar）原住阿姆河（Amu Darya）流域，即乌兹别克斯坦花剌子模（Khwarezm）地区。13 世纪，蒙古人西征，他们被迫迁徙，依附塞尔柱（Saljuq）帝国的罗姆苏丹国（سلجوقيان روم；Sultanate of Rum），在与拜占庭帝国相邻的萨噶利亚河（Σαγγάριος）畔得到一块封地。部落酋长埃尔托格鲁尔（ارطغرل غازى；Ertuğrul Gazi）死后，其子奥斯曼（عثمان غازي；Asmâân Ğaazi，1258—1326 年）继位。1299 年，趁罗姆苏丹国分裂，宣布独立，奥斯曼国家正式形成。1326 年，奥尔汗（أورخان غازي；Orhân Gâzî，1326—1360 年在位）继位，自称"噶奇"（غازي；Ğaazi），建立常备军，吞并罗姆苏丹国大部地区。1331 年，他攻占拜占庭的尼西亚城，并迁都于此。1354 年，奥尔汗率军渡过达达尼尔海峡，占领加利波利半岛，建立进攻巴尔干半岛的桥头堡；在国内确立国家行政组织，铸造统一钱币，帝国真正形成。1360 年穆拉德一世（مراد اول；Murâd-I，1360—1389 年在位）继位，向东南欧扩张取得决定性进展。1362 年占领阿德连诺珀里斯，并以此为都。接着又征服西色雷斯、马其顿、索菲亚、塞萨洛尼卡（Θεσσαλονίκη）和整个希腊北部，迫使保加利

亚和塞尔维亚称臣纳贡。巴耶纪特一世（بايزيد اول；Bayezit；1389—1402 年
在位）继位后，1396 年在尼科堡（Никòпол）一举打败匈牙利、法国、德
国等国联军，俘虏十字军一万名，从此在欧洲无敌，对拜占庭帝国几乎形
成合围之势。但此时中亚突厥人帖木儿强盛起来，1402 年，在安卡拉战役
中，帖木儿军大败土耳其军，巴耶纪特一世被俘。拜占庭得以苟延残喘半
个世纪。

　　反观拜占庭，自米哈伊尔八世重回君士坦丁堡后，虽然复国了，但国
势衰微，却一直歌舞升平，不思图强。对于在自己眼皮底下逐渐强大起来的
奥斯曼国家，起初是视而不见，尼西亚城被占，仍不觉痛痒。待奥斯曼威胁
已成现实，这才慌了手脚，但仍不思自强，而是寄希望于共同信仰基督教的
西欧救援。为此，拜占庭皇帝甚至不惜皈依罗马大公教，希望在行政关系之
外，得到罗马教皇的支持。而在国内，对待土耳其威胁，各个阶层、各种集
团又态度不一，大相径庭。上层人物中，有为争权夺利而勾结土耳其者。约
安尼斯六世坎塔寇泽诺斯为了夺取皇位，甚至跟奥斯曼苏丹奥尔汗结盟，把
自己的女儿嫁给奥尔汗。他登位后，还是继续依靠奥斯曼，跟塞尔维亚打
仗。这样，奥斯曼在巴尔干站稳了脚跟。1365 年，穆拉德一世把奥斯曼帝
国首都迁往阿德连诺珀里斯（Αδριανούπολις），形成对君士坦丁堡四面合围
之势。拜占庭皇帝约安尼斯五世同意向奥斯曼帝国纳贡，并把皇太子曼努埃
尔送往奥斯曼为人质。1387 年，莫莱亚王国（伯罗奔尼撒地区）也向奥斯
曼苏丹纳贡称臣。拜占庭帝国实际领土只剩下君士坦丁堡及其近郊，还有爱
琴海上一些岛屿，人口锐减。"帝国"实际成了空名。所以，曼努埃尔二世
继位后，一筹莫展，只有出国求援，三年间走遍西欧，表面受到的待遇仍然
不失王者排场，但实际得到的援助承诺都是一纸空文。

　　这倒也不是西欧这些"基督兄弟"六亲不认，实在是各人家里都有本
难念的经。这时正是欧洲中世纪中期结束，西欧各国内部政与教之争、王权
与贵族之争、贵族与贵族之争、农民战争、国与国之争，闹得不可开交，文
艺复兴运动又在意大利露出苗头，封建帝王们实在腾不出手来援助拜占庭兄

弟。何况还有商业利益作梗。热那亚人和威尼斯人这时在拜占庭已是羽翼丰满，几乎把拜占庭的商业夺去了一大半。离君士坦丁堡不远的噶拉塔斯实际已成为热那亚人的商业中心和殖民地。既然奥斯曼帝国已把君士坦丁堡包围，热那亚人做生意，也就不敢得罪奥斯曼。其他西欧国家更是鞭长莫及，多一事不如少一事了。

　　但这些只是外部问题，拜占庭国家的内部问题更是复杂。农耕经济，没了国土，也就没了经济。拜占庭军队主力一向是自耕农，此时国土丧失殆尽，属于拜占庭的自耕农也不复存在，兵源就没了。过去镇守边疆的阿克瑞忒斯（屯垦将士）早已星散，甚至有的投奔了奥斯曼人。一个农耕国家，没了经济基础，没了军队基础，还谈什么武备呢？经过几百年的争权夺利，社会已经到了分裂边缘。贫富差距不用说了，这是封建农耕社会的通病，就是上层人物中间，也是各怀鬼胎。拜占庭最后一个皇帝君士坦丁十一世的命运颇有点儿像中国明末的崇祯，国库已经空虚，以至于与奥斯曼人最后决战之时，连鼓舞士气的赏赐，也只能先开着空头支票，而家财万贯的上层贵族却是拔一毛利天下而不为。等到奥斯曼人攻陷首都，这些贵人又不得不掏出钱来买命。就像崇祯向大臣们借钱，个个都说没有，等李自成进了北京，严刑拷打，居然能打出七千万两银子。上层贵族们不仅自私，而且意见分歧，水火不容。有的支持皇帝跟西欧改善关系，有的却对西欧恨之入骨。大公娄卡斯·诺塔拉斯甚至说，"与其在城里看见拉丁头饰，还不如看见土耳其王冠"[①]。据史家记载，都城失守后，诺塔拉斯向奥斯曼苏丹麦赫麦迪二世献出财产，以求赎命。麦赫麦迪二世问他：这财产你何以不献给自己的皇帝和国家？他竟答道：我这是留着要献给您哪！上层人士若此，君士坦丁十一世的干城公侯究竟在哪里呢？

　　更糟的是举国上下精神的混乱。拜占庭国家存在千年之久，而且是基督教早期的精神大本营。没有拜占庭教父们在精神上的探索，可以说就不会有

---

① *Византийские Историки О Падении Константинополя В 1453 Году*, СПб: Алетейя 2006, c.77.

后来的基督教教义。这本来应该为国家精神生活的和谐创造极好的氛围。但是，拜占庭跟西欧各国一样，整个中世纪都存在着政教之争，以及教会内部的宗派之争。而拜占庭的皇帝们能把这种关系处理好的，似乎不是很多。最出色的应该算君士坦丁大帝。观其一生，主要打击政治上与军事上的敌人，对国家的精神生活，他却以高超的行政艺术加以驾驭。他曾经主持尼西亚会议，制定了基督教的经典《尼西亚信经》，似乎让"正统派"占了上风，但他并没有被正统派绑架去迫害异端。相反，他还重用异端派首领阿雷奥斯，晚年正式皈依基督教，还是阿雷奥斯派给他施的洗。所以，终其一生，拜占庭虽然思想斗争异常活跃，社会却安然无事。后来几次"盛世"的皇帝，大抵也能如此，求得全社会的团结。但是，也有一些皇帝出于种种打算，往往拉一派打一派，弄得全社会分崩离析。最早干这种事的，就是尤斯廷尼安诺斯。在他治下，第一次动用国家行政力量打击精神异己。后来的莱翁三世居然亲自出头降旨，打击"圣像崇拜者"。而"圣像破坏者"们在他支持下，不仅四处破坏圣像，甚至对"圣像崇拜者"进行人身攻击，抄家杀戮，无所不为，乃至引起"圣像崇拜者"的起义和暴乱。就是他死后，这种动荡也未停止。继任者有反过来支持"圣像崇拜者"的，于是，整个形势又倒过来，"圣像破坏者"们威风尽失，逃得一命便算幸运。虽然后来的精神冲突不再以"圣像"为话题，而换了其他名目，但这种拉一派打一派的行为并未改变，给拜占庭社会的分裂埋下了深深的祸根。这种分裂到了国家末日，越发深重。这时不仅有极端保守的"赫素暇主义"打击新兴的人文主义，就是在对待与西欧教会的关系上，社会也是分裂的。客观而言，当时的拜占庭帝国确实已无力与奥斯曼帝国抗衡，唯一的希望就是与西欧和解，包括政治上与世俗的君王们的和解，以及精神上与罗马教廷和解。为此，末代几位皇帝不仅尽了力，甚至忍受屈辱，举行"皈依"。1438 年，在意大利举行了宗教大会，先在菲拉拉，后来转到翡冷翠，史称菲拉拉-翡冷翠宗教大会。拜占庭代表团有皇帝约安尼斯八世、他弟弟监国德麦特利奥斯·帕莱奥罗果斯（Δημήτριος Παλαιολόγος，1407—1470 年）、君士坦丁堡大主教约瑟夫二世（Ἰωσήφ II）、宗主教尼西亚·贝萨里翁，以及任命不久的莫斯科宗主教伊希窦罗斯（Ἰσίδωρος，1436—1439年在任）。这些人是赞同皈依的；但代表团里还有以弗所宗主教马尔阔斯（Μάρκος Εὐγενικός，1393—1445年；俗名Μανουήλ Εὐγενικός），此人坚决反对"皈依"。当时还有一人俗名格奥尔基奥斯·寇忒瑟斯（Γεώργιος Κουρτέσης），后来出了家，法名加外号叫"大学问艮纳狄奥斯大主教"。他当时以皇帝顾问身份参加活动，故未能参加宗教会议，但他当时支持皈依。可是，后来回到君士坦丁堡，见教会和民间反对皈依声势甚大，又受马尔阔斯影响，一变而成为激烈的反对皈依者，甚至在马尔阔斯去世后，成为此派领袖；而像著名的人文主义者贝萨里翁迫于形势，不得不移居意大利。君士坦丁堡沦陷后，艮纳狄奥斯成了俘虏，但麦赫麦迪二世释放了他，并让希腊人选他为君士坦丁堡教堂大主教，统领奥斯曼帝国基督教事宜。

这些史实都说明，拜占庭帝国确实到了风雨飘摇、回天无力的境地。新继位的奥斯曼苏丹麦赫麦迪二世在博斯普鲁斯海峡欧洲一侧修建了罗马里要塞（Rumeli Hisari），彻底切断拜占庭从小亚细亚获得粮食补给的通道，也阻止了西欧军队的援助，君士坦丁堡就成了瓮中之鳖，必陷无疑了。麦赫麦迪二世于1453年4月2日发动进攻，经过57天激战，土耳其军队终于攻陷了君士坦丁堡，占领了这座千年古都。人类历史上存在时间最长的帝国——东罗马帝国，也就是拜占庭帝国——便彻底灭亡了。

这场震惊当时西方世界的大变动，自然会在文学中留下不可磨灭的痕迹。最主要的痕迹，依拜占庭的文化传统，就留在史书和诗歌中。记述这场大变动的史家，主要有四人，除了我们在前一节介绍过的克利托波罗斯，还有哈尔阔孔杜勒斯、斯弗兰策斯和窦克斯（Δούξ）。诗歌则形成长达二百年之久的"痛哭"文字。

除克利托波罗斯之外，其他三位史家的著作各有特色。其中，窦克斯的主观情绪表现得最强烈，痛定思痛，长歌当哭，可以领袖"痛哭"之诗，我们把他放在"痛哭"诗歌中去介绍。史书方面，主要以哈尔阔孔杜勒斯和斯弗兰策斯为代表。

哈尔阔孔杜勒斯，全名劳尼阔斯·哈尔阔孔杜勒斯，人称“最后一位雅典历史家”。1430 年生于雅典一个贵族家庭，排行最小。1435 年，他父亲在雅典夺权失败，逃亡莫莱亚（伯罗奔尼撒），随身带了他。当时，见解异类、特立独行的人文主义学者格奥尔基奥斯·格米斯托斯·普莱松在那里建了一座柏拉图式的学院，意图复兴古代希腊文化，按柏拉图的原则改造国家。哈尔阔孔杜勒斯进了这所学院，精神世界多方面受普莱松影响。

1446 年，莫莱亚使团觐见奥斯曼帝国苏丹穆拉德二世，他们父子二人究竟是谁参加了，至今无法确定。至于劳尼阔斯的其他生活，也无准确资料，只知道他父亲逃亡意大利时，他没有离开爱琴海地区。此后十年的历史事件，他是从雅典或者克里特观察到的。他的主要著作，名为《历史》。此书手稿传世有 26 种，时间都标在 15—16 世纪。据其手稿最后的出版家 E. 达尔阔推断，这 26 种手稿属于三种原型，大约写于 15 世纪 80 年代，内容的时间跨度是 1298—1463 年。后世较好的版本是 *Laonici Chalcocandylae Historiarum Demonstrationes* (Rec. E. Darcy, I–II, Budapestini, 1922–1927)。

哈尔阔孔杜勒斯

据他自己说，他著作中的材料，既有自己的观察，也有目击者的见证。至于君士坦丁堡的陷落，他当时并不在首都，所以，其中所记史事，都是他人的间接材料。他自己说过，他作史的宗旨，在于显示希腊伟大帝国的消亡和土耳其人的崛起。就拜占庭史家而言，实现这种宗旨颇有难处，因为他们一般无法掌握土耳其的史料。但他的著作中居然有关于早期土耳其学院的独家材料，这说明他利用土耳其历史资料颇有独到之处。

哈尔阔孔杜勒斯的历史眼光比较开阔。他所写到的地区，主要是东欧、巴尔干半岛和西班牙。他很注意各个民族的史实，保存了以上地区各民族众多的故事，除了拜占庭人和土耳其人，他还记述了阿拉伯人、斯基弗人、达吉亚人、威尼斯人、法兰克人、匈牙利人、日耳曼人和俄罗斯人。他细致描写了诸如巴黎、伦敦、维也纳、热那亚、拿波里、威尼斯和布拉格等城市，而对拜占庭帝国史实的记叙，只是宏伟世界历史的一部分。

哈尔阔孔杜勒斯很崇拜古典史家。他描写拜占庭人与土耳其人的冲突，就是以希罗多德所写的希波战争为蓝本，不过他把这场战争提高到两种世界观——基督教与伊斯兰——的冲突来看待。在野蛮人这边，除了土耳其人，还有毛拉人和鞑靼人，而跟拜占庭人联手的，则有欧洲其他基督教民族。但他对这种世界观的冲突，态度比较宽容，对伊斯兰和基督教异端，对教会合并，他的评论都比较公正。他还有点儿倾向于宿命论，经常提到古希腊神话中的命运之神"图赫"，相信神谕，乃至命运轮回。比如，他对拜占庭的灭亡原因的解释，就带有这种意味：

> 生活在拜占庭的希腊人的遭遇便是如此。这场大灾难超过了这块土地上曾经发生过的其他一切灾难；它堪比伊利昂的灭亡，也就是野蛮人为伊利昂而对希腊人的复仇。故罗马人有言，希腊人为伊利昂之事遭到了惩罚。[①]

这就是说，奥斯曼人攻占君士坦丁堡，是对上古时代希腊人攻陷特洛亚的报复。但这种宿命观念并非哈尔阔孔杜勒斯一人所有，甚至当时一些基督教上层人士也作如是观，把拜占庭的灭亡解释为一种命中注定之事。比如前面提到的艮纳狄奥斯就是如此。此人极力宣扬历史上的一种神秘传说，即拜占庭最后一

---

① *Λαόνικος Χαλκοκονδύλης, Ἀπόδειξις Ἱστοριῶν Δέκα*, PG. T. CLIX, col.397. L. C–D.

个君主必与开国之君同名"君士坦丁",都城毁灭之日与建都定都之日也大致重合(4—5 月)。艮纳狄奥斯身为正教大主教,应该服膺上帝理性之说才对,不该相信并宣扬这种巫师无稽之谈。他这样做,是否为迎合麦赫麦迪二世之意,已不可知。但这说明,哈尔阔孔杜勒斯有宿命观念,就不足为奇了。

哈尔阔孔杜勒斯还有一点与其他三位史家明显不同,即他记述君士坦丁堡沦陷,注意力多在帝王贵族身上,几乎完全没注意下层百姓,更不用说女性的遭遇。他记述奥斯曼人的暴行亦只局限在掠夺财富以及贩卖俘虏而已。而在拜占庭贵族的命运中,他写得最细致的,就是诺塔拉斯一家。在他笔下,诺塔拉斯死得颇为壮烈。他是这样记载的:君士坦丁堡陷落之后,诺塔拉斯一家也成了俘虏。是麦赫麦迪二世为他赎了性命,放他回家。后来,有人向苏丹报告,说诺塔拉斯有个 12 岁的孩子。苏丹就派一名酒侍去诺塔拉斯家,要把这孩子带进宫来。结果是:

> 听了酒侍的话,诺塔拉斯勃然大怒,绝望地吼道:"酒侍,这简直荒唐,苏丹竟要绑架我的孩子,何况他如今对我们已无可指责了,是他赎买了我们,宽恕了我们的一切罪行。他若要这样对待我们,当初何不把我们付诸惨死呢?"

酒侍劝诺塔拉斯不要这样,诺塔拉斯执意不听。酒侍只好回宫如实禀告。麦赫麦迪二世当然命令把诺塔拉斯一家捉来处死。行刑前:

> 诺塔拉斯请求刽子手先杀孩子,然后再杀他本人。孩子怕死,请求父亲救救他们,把存在意大利的财产全部献出来,以免一死。但做父亲的拒绝了,吩咐孩子们要无畏地接受死亡。于是,他们被先处决了,然后是诺塔拉斯本人。[1]

---

[1] *Ἀπόδειξις Ἱστοριῶν Δέκα*, PG. T. CLIX, col.392–393.

这里把诺塔拉斯写得大义凛然，视死如归，颇有英雄气概。但就是只从叙事角度而言，这段文字也有自相矛盾之处。诺塔拉斯既然如此在意小儿子，被俘之时肯定也带在身边。麦赫麦迪二世赎取他一家之时，不会见不到。即使当时见不到，后来知道了，要把孩子带进宫来，未必就是要杀头。最多当个人质，要诺塔拉斯老实而已，诺塔拉斯竟大动肝火，痛责麦赫麦迪二世，最后甚至不顾幼子的请求，以全家性命殉死，这与他对儿子的珍惜又自相矛盾了。所以，这段史实大可怀疑，更不用说这与诺塔拉斯城破前后的表现大相径庭。当然，这也怪不得哈尔阔孔杜勒斯，大概他也是道听途说而得来的。但对于一个严肃的史家而言，这似乎是不可理解的。

除了这些瑕疵以外，总体而言，哈尔阔孔杜勒斯的史书自有其独到的特色。

尽管他有宿命观念，但仍保持着对希腊民族伟大前途的信心，坚信希腊民族必能复兴往昔的辉煌。这在历史上堪称最早的预言之一。他的行文，时多古旧之称，比如称君士坦丁堡为"拜占庭"，称拜占庭人为"希腊人"；长度单位使用"斯塔迪翁"（στάδιον，1 斯塔迪翁约 178.6 米），重量单位用"塔兰筒"（τάλατον，1 塔兰筒约 26.2 公斤）；称罗马人为"达奇人"（Daci），称僧侣为"那萨列"（נזיר），等等。这也不纯粹只是发思古之幽情，其实是包含着一种复兴民族文化的慷慨悲哀之感。

从文学的角度说，他的叙事方式与他在文化思想上的宽容态度相一致，往往不是只从一个角度去写史实，而是时时转换视角，时而奥斯曼人，时而希腊人，故记载史实，亦往往较全面。比如，他曾写了麦赫麦迪二世诱降拜占庭人的一段史实：

据说：炮轰城墙坍塌之后，辛诺普公爵伊斯康德（إسكندر）之子名为伊斯迈尔（إسماعيل）的，曾去找希腊人和谈。他说："希腊人，你们看得出，你们处境危急。为什么不派个使者去找陛下和谈呢？你们若把此事委托给我，我将为你们跟陛下签署和议。我深知你们会感激带来和平之人。若不如此，城中居民将沦为奴隶，陛下将把你们杀光，让你们的妻儿沦为奴隶。你们将遭遇可怕的灾难。所以，赶快派个使节吧，我带他去陛下宫中和谈。"伊斯迈尔这样劝告希腊人。他们便决定，是该派个使节去，打听皇帝到底打算怎样对待希腊人。然后他们才能决定该做什么，最好采取什么措施。希腊人派了个非贵族之人去打听皇帝的主意。伊斯迈尔带领的使节来到宫中，皇帝要求希腊人每年纳贡十万；若他们付不起，他将命令他们离开此城，随身带走他们的财产，任凭每个人随意所之。使节向希腊人讲了这些，他们商议后决定，与其不战而弃城漂泊，不如冒死自卫。我觉得，皇帝这些提议，其实是想探探希腊人的士气，挖壕沟的失败，促使他要探探希腊人对土耳其人的了解，以及他们的处境如何。[①]

这段文字，作者首先声明是"据说"的，即未必全真。这既显示史家的严谨，也说明这是人们的传言和期望，可作为七嘴八舌中的一种声音。接下来，作者客观地记述了劝降者的态度言辞，这里还透露出这位劝降者倒是真心想促成和谈，自己也可从中获利。希腊人呢，显然无计可施，只有一试，但也留了一手，派出的使节非贵族出身，以免被扣留要挟。麦赫麦迪二世呢，提的条件令人无法接受。这样，各方的主意都客观地写了出来。最后，作者才加上自己的评论：麦赫麦迪二世其实并不想和谈，只是他设计的挖壕沟破城的策略实施不顺，想借此探探希腊人的虚实。这样，劝降者、希腊人、麦赫麦迪二世，再加上传说者以及史家自己，五方的看法并呈于读者面前，其中还有虚实真假的辨别，都平等地记载下来，任由读者分析决断。所以，后世有学者称此种笔法为"复调叙事"。所谓"复调叙事"一语，创自俄国文艺学者巴赫金，以陀思妥耶夫斯基作品为例，指出陀氏之贡献在于打

---

① *Ἀπόδειξις Ἱστοριῶν Δέκα*, PG. T. CLIX, col.385.

破了作者乃上帝的叙事传统，而创造了一种五音杂陈、更其客观真实的小说叙事模式。考之哈尔阔孔杜勒斯的叙事方式虽然未能真正臻于陀氏的"复调叙事"境界，但说他已得其仿佛，他还是当得起的。这可以说是哈尔阔孔杜勒斯在史家笔法上，或者说在历史文学叙事模式上独到的探索。至于他这种探索，是自觉的还是非自觉的，后人当然还可进一步检讨。

斯弗兰策斯全名格奥尔基奥斯·斯弗兰策斯，一说"斯弗兰策斯"是他的笔名，1401 年 8 月 30 日生于君士坦丁堡。他的父亲在曼努埃尔二世帕莱奥罗果斯宫廷中身居高位，舅舅被任命为皇子君士坦丁（未来的皇帝君士坦丁十一世）的太傅。从 1417 年起，斯弗兰策斯也担任宫廷职务，与未来的皇帝君士坦丁十一世友谊殊深。1424 年他参加过觐见苏丹穆拉德二世的重要使团。他深受曼努埃尔二世信任，得皇帝口授遗诏，且被任命为顾命大臣。

斯弗兰策斯年轻时就是个天才的外交家。他曾按照宫廷旨意，多次赴土耳其、特拉帕宗塔斯、格鲁吉亚、莫莱亚和爱琴海诸岛，平息最尖锐的冲突，执行最微妙的使命，1432 年获得"宫廷大司衣"称号。此外，他还先后担任过帕特拉（Πάτρα）和穆泽斯拉斯（Μυζηθρᾶς）的长官职务。但是他最活跃是在拜占君士坦丁十一世治下。

1448 年，他出使奥斯曼帝国，以求穆拉德苏丹的宽待。1449 年，他前往伊比利亚和特拉帕宗塔斯，为皇帝物色新娘。由于尽忠尽职，不久被赐予民政大臣之职。围城之时，斯弗兰策斯常随皇帝左右，掌握着适于卫城的市民和僧侣的数量，编制战士花名册。

城破之后，斯弗兰策斯被俘，过了 5 个月才被赎出来。他经受了个人大苦。他的妻儿也成了俘虏，被卖到苏丹的马厩。不久，他 14 岁的儿子因"企图谋刺"苏丹而被处死，他的女儿死于瘟疫。他被赎出来后投奔莫莱亚君主邹马斯（Θωμάς，1409—1465 年），最终把妻子也赎出了。他们随邹马斯去了克尔库拉（Κέρκυρα），1466 年，他曾前往意大利。

斯弗兰策斯的余生都在克尔库拉度过，生活贫困，患了痛风，接受了僧职，法名格列高利奥斯，进了修道院，着手写作历史，而且居然把史事一直写到 1477 年。作为历史资料，特别是关于君士坦丁堡被围和陷落的资料，斯弗兰策斯的著作具有特殊意义。在四大历史家中，他是唯一身处围城且亲身参与其事的人。格奥尔基奥斯本人并不支持皈依罗马大公教，但他始终忠于皇帝，支持皇帝的政策。他在自己的著作里提到神学争论时说，讨论教义并非自己的事。从他的著作中看，他似乎只是把宗教作为一种文化现象看待，这在拜占庭史家中是极其罕见的。

斯弗兰策斯名下传世的通史有两部：《小通史》（ Chronicon Minus ）与《大通史》（ Chronicon Maius ）。《小通史》写的是 1413—1477 年的故事，倒像一部日记，《大通史》则从 1258 年开始叙事。《小通史》无疑属于斯弗兰策斯本人，即事件的目击者和参与者。这部"小史"许多地方比"大史"还详细。现代学者帕帕多珀罗斯（ Παπαδόπουλος，1948—　 ）对这两部著作作者的身份曾提出质疑，并断定《大通史》是采不同史家的著作（包括斯弗兰策斯的著作）编辑而成。编者则是 16 世纪的大主教马卡利奥斯·麦利塞诺斯（ Μακάριος Μελισσηνός，？—1585 年），又名麦利苏果慕斯。[①] 麦利塞诺斯家族出身于克里特岛，马卡利奥斯住在摩讷姆巴希亚（ Μονεμβασία ），1571 年前往君士坦丁堡，后去西班牙，葬于拿坡里。

帕帕多珀罗斯指出，《大通史》任何一部手稿标注日期都不早于 1511 年；它们全部发现于马卡利奥斯生活过的地方（西班牙、意大利那不勒斯）；《小通史》里压根儿没提过麦利塞诺斯家族，《大通史》却很注意这个家族。现在，这个看法在学术界居于主导地位。因此，可以说，《小通史》是斯弗兰策斯的著作，《大通史》的著作权尚可存疑。但因为《大通史》包含着《小通史》的资料，而《大通史》也一直挂在斯弗兰策斯名下，所以，研究斯弗兰策斯，《大通史》仍是必不可少的依据。

---

① 参见 Falier-Papadopoulos Jean B., "Phrantzes est-il réellement l'auteur de la grande chronique qui porte son nom？", *Actes du IVe Congrès International des Etudes Byzantines*, Sofia, 1953.1, pp.177-189.

　　就历史和文学的角度看，斯弗兰策斯的《通史》价值不凡。首先，它记事真实，这源于作者亲见亲闻亲历。当然，亲身经历的历史，由于种种原因，写下来也未必完全真实，但一般而言比道听途说的真实性是要多一些。何况，斯弗兰策斯写《小通史》之时，国破家亡已有年矣，无须多少顾忌。比如，关于围城之时君士坦丁堡内还有多少人可以参战，他明确地说，只有他和君士坦丁十一世知道，皇帝还嘱咐他要保密。据他计算，当时城中战斗人员不过4983人，外加不到2000西欧志愿兵。双方兵力的悬殊也只有他真正了解。最后决战时，兵力比是1∶50。城内各处的布防，也全靠他的记载才让后人知道真相。拜占庭一方内部的矛盾冲突，也只有他的记载。比如，热那亚义士约安尼斯·尤斯廷尼阿努斯·龙古斯在西欧各国弃拜占庭于不顾之时，竟毅然率领700战士来保卫君士坦丁堡。他所守之处，是罗曼诺斯大门，需要几门大炮。而娄卡斯·诺塔拉斯防区相对较易防守。尤斯廷尼阿努斯请求诺塔拉斯调几门炮过来支援，竟被诺塔拉斯一口回绝，两人因此反目，几至冲突，亏得君士坦丁十一世出面调解，风波才算平息。

　　其次，在所有记述君士坦丁堡陷落的史家中，其他史家的文笔可说属于"叙述"，而斯弗兰策斯的文笔则是"描写"。"叙述"给人的印象是笼统的，一般的；而"描写"给人的印象则是具体、生动的。比如，麦赫麦迪二世出奇制胜，把战船由山上拖到金湾，等于从背后抄了拜占庭舰队的老窝。但是，土耳其人究竟出身游牧民族，不精水战，所以只是牵制了拜占庭的水上防卫而已。就在此后不久，这里发生了一场小小的水战。原来是里古利亚人（其他史家说是热那亚人）的三艘大船和君士坦丁十一世的一艘大船，另加几艘小船，运着粮食和其他装备，乘着顺风，驶近了君士坦丁堡。麦赫麦迪二世当然下令让土耳其士兵去抢夺这支船队。其他史家叙述这场海战，大多语焉不详，哈尔阔孔杜勒斯说是两艘大船，甚至把这场海战与后来拜占庭人企图火烧土耳其人的浮桥几乎混为一谈。唯有斯弗兰策斯以亲眼见闻，生动地描写了这场海战：

天刚亮，埃米尔的哨兵发现了这些大船。敌人大喜，派出大部分舰船，直奔几艘大船而来，敲着战鼓，吹着号角，企图轻而易举地包围船队。靠得稍近，埃米尔的三桨船队便开战放箭，信心十足地开始第一轮登船冲锋。货船遭到第一轮攻击，也开始回击，用石头弓箭回击敌人。土耳其人驶向货船船头，远远地用专门器械喷射火焰和石头，企图尽量消灭水手。我们在围墙上观战，祈祷上帝保佑他们和我们。埃米尔骑着马，也在岸边观察。土耳其人放了第三轮箭，面目狰狞，怪喊怪叫着又发动进攻。这时，货船的船长、舵手和将领们都告诫水手们要宁死不屈。特别是皇帝货船的将军，名叫弗拉坦尼拉斯，从船头走到船尾，高声鼓励其他水手。他的喊声和其他人震天的吼叫，我实在写不出来。战斗很残酷，不少水手牺牲或是受伤。土耳其人烧了货船队的两艘三桨船。观战的人都感到恐怖。埃米尔看到这么大的舰队居然无济于事，还吃了败仗，不禁怒火中烧，气得发疯，咬牙切齿，开始咒骂自己的士兵，骂他们没心没肺、娘娘腔、浑球。他一拉缰绳，骑着马就冲进海里——那些三桨船离岸不远，大约一炮的射程——他的斗篷大部分都浸到咸海水里。岸上的将士们看见埃米尔发疯，也发起火来，大骂舰队指挥。不少人骑着马，也跟着埃米尔，冲进水里。舰队将领们看见埃米尔的行为，感到羞耻，压力巨大，自主不自主地重新摆开自己的舰队，进攻货船队的三桨船。但还用说吗？他们不仅没能靠近货船队，自己还遭到巨大损失，差点儿靠不了岸。据我所知，那天土耳其人死在海上的就有两千人。入夜，舰队渐渐散了，水手们抓紧机会进了海湾。倘若不算死伤者，可说他们没人受罪。过了几天，伤者也引见给了皇帝。埃米尔气得迁怒于舰队近卫司令，想把他处以桩刑……还是埃米尔宫中几位参议说情，念其受伤，饶了他的命，免去官职，全部家产充公。[1]

---

[1] Γεώργιος Σφραντζής, *Xponikon*, PG. T. CLVI, col.844–845.

这样的描写，使双方战舰的部署和行动、水兵与水手们的搏杀、震人心魄的喊杀氛围、双方观战者紧张乃至气绝、土耳其埃米尔的震怒疯狂，全都活灵活现地呈现在读者面前。若非亲见亲历，绝对写不到这般细致生动传神的程度。这绝对不是一般史家叙述文笔所可比拟，它已超越一般史书传统，近乎纪实文学了。

人类历史上，在热兵器广泛运用之前，战争并不是什么"勇者胜"，而是野蛮者胜。文明人的命值钱，也怕死；野蛮人的命不值钱，死活都一个价，死个人跟死条狗相差无几。自己不把自己当人，他们的君主也不把他们当人。于是，两军相遇，文明人惜命，野蛮人不在乎死活，文明人便肯定不是对手，最终就是野蛮人获胜。这种情况直到热兵器广泛运用，才一变而为科技强者胜。拜占庭人跟奥斯曼人比起来，肯定是要文明一些。关于奥斯曼人的野蛮，斯弗兰策斯记了一段亲眼所见的场景。麦赫麦迪二世下令填平君士坦丁堡的护城河，以便进攻。奥斯曼人填壕沟是这样填的：

> 场面真可怕。他们由于人数太多，嘈杂拥挤，一不留神，便倒在壕沟里。后面上来的人，就把木头泥土直接扔在他们身上，无情地把他们踩下去，活活地送进地狱。不仅如此，最强壮最野蛮的，怪吼怪叫着，把体弱的揪出来，残忍地把他们扔到壕沟里，当作木头泥土。[①]

把自己的同胞、自己的士兵就当作木头泥土填进对方的壕沟里去，这是何等的"牺牲精神"，何等的"大无畏"，但也是何等的野蛮残忍。有了这样的所谓"牺牲"、"无畏"、残忍的精神行为，何愁"战无不胜"！一个历史家，能亲眼见证人类这种非人精神行为，真是万幸！而能把这样的情景如实地写进自己的著作，仅此一点，就超出其他史家远矣。

---

① *Xponikon*, PG. T. CLVI, col.840.

斯弗兰策斯还有一点不同于其他史家，那就是他不仅重视双方实力的对比，还非常重视双方的心理和情绪。他往往借助一些"异象"的描写，呼应人的心理：

> 从天而降的光辉，彻夜照着都城。起初，刚一看见光辉，他们（奥斯曼人）说，这是神抛弃了基督徒，要把他们烧毁，给土耳其人为奴。

后来，看见久战不下，自己还损失不小，土耳其人又觉得神是站在基督徒这边。再加上听说一支意大利舰队正赶来支援拜占庭，匈牙利国王亚努什也提兵来了，奥斯曼人曾一度动摇，包括麦赫麦迪二世。

> 但就在那天晚上，这股光芒又从天而降，但这次没有在城上高高展开，也没有彻夜照耀，而是转瞬即逝了。

于是，奥斯曼人又把这看成天佑自己的信号。他们内部曾有一场思想斗争。麦赫麦迪二世的顾命大臣首相哈利尔帕沙（Halil Paşa）一向反对战争，这时看麦赫麦迪二世惶恐不安，便劝他停战撤兵。但次相扎甘诺斯帕沙（Zağanos Paşa）反对说：

> 埃米尔，你怎么忧心忡忡，你有什么恐惧，什么疑惑钻进了你心里？真主在你这边，别担心。难道你没看出那光辉中的信号：这城要落到你手里了？难道你没看见你有这么多的民众，这么强大的军队，战争准备得这么好？你有各种最精良的武器。亚历山大·马其顿也从未有过这么强大的军队，这么好的武装，但他占领了世界。我不相信，也没想过某些人（包括我兄长哈利尔帕沙）说的，意大利舰队会到这里来。你很清楚，意大利和西欧国家的执政

者们，都同时在应付他们应付不了的事。他们也没有协议。即使他
们经过长期谈判达成什么协议，但一转眼联盟就会散伙。他们一边
签协议，一边忙着彼此伤害，彼此偷窃，彼此担心设防……因此，
要汉子气，埃米尔，我们的主，现在，除了真主，你没什么可怕
的。打起精神，振作起来，聚集力量，别怕希腊火！今天明天，他
们的城墙就要在大炮轰击下坍塌了。[①]

结果，麦赫麦迪二世打消了撤兵念头，一鼓作气，攻陷了君士坦丁堡，事后
还把哈利尔帕沙处死了。这几段描写，字里行间可以感觉得到，斯弗兰策斯
显然不相信什么天光预兆。我们甚至觉得，斯弗兰策斯内心里可能是个无神
论者。但是他巧妙地利用了人们恐惧的自然异象，写出50多天的战争后双
方的，尤其是奥斯曼方面内心意志的斗争。如此重视内心精神层面的历史作
用，在拜占庭史家中，应该是罕见的。

　　至于整部《通史》的结构和文笔，也是值得称道的。它不仅是编年史，
就君士坦丁堡战役而言，称得上是编日史或者战地日记，逐日地记载下了整
个战役的进程，线索异常清晰明确。每一段文字描写一件事，不枝不蔓，干
净利索。虽然此书的写作是在大灾难过去之后，痛定思痛，但生死存亡时刻
的印象竟如此清晰，如此准确，作者之定力令人叹服。其文笔又如此简洁、
沉着，作者始终以冷静的文字描写事件的进程，时而加进一两句感叹，也是
恰到好处。比如，写到奥斯曼人天天有给养和兵力的补充，而拜占庭方面
兵员和给养却日渐稀少，他加了一句比喻："一如亏蚀之月"，论真实，论情
感，论传神，都不可多得。所以，无论从史学还是文学的角度说，至少在拜
占庭最后的四大史家中，斯弗兰策斯应该占首位而毫无愧色！

　　除史书外，君士坦丁堡的陷落还引发了一系列抒情诗，特别是以"痛
哭"命名的诗歌。君士坦丁堡一陷落，悲愤犹新之时，这些诗歌便出现了，

[①] *Xponikon*, PG. T. CIVI, col.860.

但其巨大共鸣却延续了两个世纪。这些"痛哭"诗，题材、结构和风格，可谓多种多样，但写的是同一件事，而且用的是纯民间语言。历史家窦克斯及其著作，从主观情绪的宣泄而言，不妨放在这类作品中考察。

窦克斯生平资料较少。其确切的生卒年月和诞生地，都不为人所知。他大约生于 1400 年，死于 1462 年。窦克斯不是他的姓名，而是拜占庭的一种官职名称。他的名字可能叫米哈伊尔，因为他的著作里提到，他爷爷叫米哈伊尔·窦克斯，而按照拜占庭姓氏传统，孙子往往也叫爷爷的名字。在约安尼斯八世帕莱奥罗果斯与约安尼斯六世坎塔寇泽诺斯的内战中，他爷爷站在皇帝的对立面，因此于 1354 年 6 月 11 日，不得不从君士坦丁堡逃到以弗所，从此没再回首都。窦克斯家族属于破落贵族，他本人深受拜占庭精神熏陶，古代历史和神话，《圣经》和神学，无所不精；又懂土耳其语和意大利语，遍读过拜占庭史家著作。他一生主要在岜开亚（Φώκαια）度过，他在莱斯波斯岛有房产。他曾为莱斯波斯岛的热那亚籍意大利人政权工作。1421年，窦克斯担任乔凡尼·阿多诺（Giovanni Adorno）的秘书，负责起草外交书信。君士坦丁堡围城之时，窦克斯大概在开俄斯岛（Xíος）。1453 年城陷之后，他直接到了君士坦丁堡，大难刚过，遗迹犹新，给他极大震动。此后，窦克斯为莱斯波斯总督多林诺·嘉泰卢奇（Dorino Gatteluzi，约逝于 1488 年）服务，经常执行外交任务。1455 年，他接待过到达米图莱奈奥斯（米提林）的土耳其提督。也就在这一年，多林诺过世，窦克斯继续为多林诺之子多米尼阔（Domenico）服务。他代表莱斯波斯岛和莱姆诺斯岛，到阿德连诺珀里斯向苏丹进贡。但是，苏丹说，多米尼阔·嘉泰卢奇要想得到宽大，就应该亲自来觐见。1456 年，窦克斯就跟多米尼阔一起到了君士坦丁堡。窦克斯准确的逝世年代也不清楚，大概是在 1462 年土耳其人占领莱斯波斯岛之时。

他的《历史》传世只有一份手稿（Par. Gr. 1310），时间标注 15 或 16 世纪，开头和末尾各缺一页，标题阙如。此书何时开始写作，已无法确定，总之是作于 15 世纪 50 年代，于 1462 年完成。

他出入当时政坛，深知某些历史进程不可避免，他对拜占庭帝国的命运并不抱幻想。但他把拜占庭末代君主君士坦丁十一世称作"巴西琉斯"，即"皇帝"；而对土耳其苏丹，则很少提名，常常称作"图兰诺斯"（ό τύραννος），即"暴君""僭主"。苏丹似乎是"嗜血的野兽"，反基督的急先锋。尽管如此，窦克斯还是很注意土耳其史料。涉及麦赫麦迪二世宫廷的事件，他记述的资料价值珍贵。他大概是从土耳其军队的热那亚籍人那里得到信息的。

他把君士坦丁堡的陷落看成上帝对拜占庭人罪行的惩罚，他拥护与罗马大公教政治结盟，因此肯定翡冷翠大会上的皈依。他非但不抱宗教偏见，甚至批判这种偏见。他不赞同分裂派的顽固立场。他说，如果你告诉君士坦丁堡人，说要想御敌，就必须跟大公教统一，那么，他们就算死到临头也不会同意。他说君士坦丁堡的居民出尔反尔，皈依之后便不再朝拜圣索菲亚大教堂，但城破之后又跑到那里去避难。在窦克斯心中，古代命运之神"图赫"与基督教的神意预言相辅相成。他相信"最高正义"，所以，他认为，拜占庭的灭亡虽然不可避免，但它灭亡之后，便该轮到奥斯曼帝国的衰落和灭亡了。窦克斯认为，这是宇宙规律。

窦克斯写作，号称"验尸"，即亲眼见证，方能下笔。若做不到这点，也可借鉴同胞的，甚至土耳其人的资料。他的《历史》中，主旋律是灾难的急迫性，文学典故又加强了叙述的悲剧性。但他与其他几位史家最大的不同，在于其主观情绪的强烈表现。且看他的《历史》章第 41：

> 1. 都城啊，都城，万城之首！都城啊，都城，世界四国之心！都城啊，都城，基督徒的骄傲，野蛮人的畏惧！都城啊，都城，第二天堂，培植于西方，一切植物应有尽有，被沉甸甸的精神果实压弯了腰！
>
> 2. 天堂哟，你的美丽，如今何在？你那些精神的美人，其灵肉慈悲之力量，如今何在？我主的使徒们，其圣体不久前安息在花

开不谢的天堂中，如今何在？其中的紫红、长矛、樱唇和藤杖，这一切，过去我们一吻，就看见和象征那被钉在十字架上的，如今何在？圣徒们的遗物，如今何在？殉道者们的遗体，如今何在？君士坦丁大帝和其他帝王的骨灰，如今何在？街道、柱廊、小巷、原野、葡萄园——这一切，过去曾充满圣徒的遗骨、善人的身体、纯洁无罪的修士修女们的身体啊！天谴哟！"主啊，把你奴仆的凡胎肉体，交给天上的鸟作食，把你的圣徒的肉体交给新锡安周围的野兽吧，没人埋葬他们啊！"

3. 圣殿啊，地上的天国啊，天堂的祭坛啊，神而且圣的地方啊，教堂之美啊，圣书和神谕啊，神口昭示的福音啊，肉身天使的神学啊，精神伟人的开示啊，半神和英雄们的训诲啊，民众啊，往日卓越如今屈辱、就像航船沉入大海的军队啊，房屋宫殿和圣墙啊，今日我向你们呼吁，把你们当有灵之物哭泣，以耶米利哀歌开始！[1]

这不是历史纪事，也不是史论，而是地地道道的哭泣，痛哭故国被占领，信仰被践踏，神圣被亵渎，圣器被抢劫，甚至圣人骨殖骨灰被扬弃，一句话，痛哭祖邦文化被毁灭。在拜占庭之前，世界上有过这样的历史家，有过这样的历史著作吗？窦克斯接着以《旧约·耶米利哀歌》作为哭泣的导引，要为灭亡的故国写一篇新的哀歌。他做到了，他的《历史》就是一部痛哭拜占庭灭亡，甚至超越了《耶米利哀歌》的国破家亡的哀歌！

窦克斯的哀歌是以史为歌，其他的哀歌就是真正的诗歌了。较有名的，如《安德罗尼阔斯之子》《莫莱亚史话》，但最有名的是两首佚名诗人的作品。其中一首纯粹是民间作品，共124行，用15音节的"政治诗体"写成，表现为君士坦丁堡与威尼斯的对话。开始是威尼斯哀叹伟大城市的陷落，然后

---

[1] Ducae, *Hetoria Byzantina*, CSHB, MDCCCXXXIV, ss.306–307.

回忆君士坦丁堡往日的富裕和辉煌，写出这座城市在世界上的地位：

王城啊，你现在忍受的，令我痛苦不堪，

我为你不幸痛苦，心灵伤口暴露在外

你曾是流放犯和俘虏们好客的主人

你曾是基督徒的骄傲，正教徒的光荣

你曾是孤儿以及无数异邦人的归宿

这还没算上你各处的教堂和修道院

它们那些美丽的拱顶真是星罗棋布

房屋和宫廷全装饰着大理石和黄金

你的泉源中有流水欢快地奔腾流泻

奇妙的花园鲜花盛开，树上挂满果实

圣索菲亚大教堂是你美丽的景色

从她那里才得知神的智慧的意义。

现在教堂门已向奥斯曼鬼子敞开，

圣索菲亚只听无神的穆斯林发言，

而从前那里只会响起正教的声音，

唉，怎么会这样啊，你竟然变成了奴隶，

王城啊，你现在忍受的，令我痛苦不堪，

我的都城哟，我走遍了所有成片的土地，

世界上没有一个城市能够和你媲美，

没有如此的美丽，我没遇见过更美的，

我光荣的城哟，你就是地上的天国呀，

天使们对你善意呵护，而且慈爱有加，

你是一切古老王国和帝国的继承人，

但这甜蜜的自由突然一下就消失了，

像轻烟，像晨雾，甚至仿佛从未存在过，

值得自豪的一切，现在都归土耳其之手。

然后是君士坦丁堡人的回答，道出城破之后的惨状：

> 看那雷霆和闪电是他向我们扔来的，
> 看山上锋利的石块一堆堆飞向王城，
> 看这大灾难以及毁灭的痛苦的时刻，
> 听这一片巨大无比的哭泣声和哀叹。
> 每当土耳其人冲进正教徒的家里时，
> 玻璃咣当当粉碎，门户嘎啦啦被摧毁，
> 他们抢劫我们的亲人，杀死牧师僧侣，
> 践踏羞辱修道院，蹂躏残害贵族女儿，
> 这邪恶的星期二带来了多少悲哀啊，
> 我们基督的城竟忍受了多少痛苦啊，
> ……
> 当他们从不幸的母亲那里抢走孩子，
> 像羊羔一样拖去卖纯洁无辜的鲜血。
> 痛哭这一切吧，哭泣王城整个的陷落，
> 哭泣这第二个耶路撒冷不幸的命运。
> 我已痛苦到在诗里倾泻不尽那哀伤，
> 单凭我一人已无力写尽灾难的可怕。[1]

这篇哭泣以威尼斯人和君士坦丁堡人的两种身份、两种目光书写拜占庭的历史和现实地位，咏叹拜占庭在世界文化史上的贡献和当前毁灭的不幸，眼光极其开阔，也极其真切。不同的身份与不同的口气十分协调。音韵稍微

---

[1] Γ. Ζώρας, *Περί την Άλωσιν της Κωνσταντινουπόλεως*, Αθήνα, 1959, σελ.250–253.

绵长的诗体，正适于抒发无尽的哀伤。此诗虽然创作日期不明确，但这位佚名作者视野的开阔、感觉的敏锐与描写的细致，把历史的感慨和现实的抒情融为一体，足见他必定是这都城陷落的亲历者或者目击者，而又是文字修养颇高的人。

另一首是文人作品，篇幅较长，也是用适于抒写深沉情思的十五音节"政治诗体"写成。作者应该是个正统东正教徒。此诗主题不再是哀叹君士坦丁堡的陷落，而是在思考君士坦丁堡毁灭的原因。他认为，拜占庭希腊人罪有应得：他们嫉妒心太重，太贪婪，太迷恋于虚幻的梦想。在某些地方，诗人也暂时舍弃这种理性的分析，直接揭露土耳其人的罪行，对这场灾难表示了真切的悲哀，既写得颇为丰富多彩，也表现了对侵略者的刻骨痛恨。但诗中更多的内容、更大的主题，是从两种信仰、两种文化冲突的角度，告诫欧洲各国君主以及罗马教皇，君士坦丁堡的陷落，将给欧洲文明带来何等的灾难，因而呼吁夺回东方基督教的据点：

> 我的君主君士坦丁啊，你死得多么惨！
> 啊，愿主把欧洲的执政者们武装起来，
> 在神圣土地上，为你，保卫正教的信仰。
> 你们，谦卑塞尔维亚人，你瓦拉吉亚人，
> 记住我们的命运，你悲哀的匈牙利人，
> 记住我们的锁链，记住痛苦，记住耻辱！
> 你们，国王们，大公们，且听下面这席话：
> 你们本就有义务，神圣义务——汉子气点！
> 全身心地冲锋，把邪教徒从这里赶走！
> 满怀勇气，以唯一主人身份投入战斗，
> 从你自己的土地上把渎神者们赶走，
> 赶出基督徒的边界，让基督徒大开颜。
> 无论谁，无论何时，别跟奥斯曼人为友，

这些奥斯曼狗，癞皮狗，喂不饱的野兽！
愿你们知道，他们如何用阴险的友谊
缠住基督徒，然后像龙一样，一口吞掉！
他，反基督徒，来世上把各族挫骨扬灰，
他给被踩躏的罗马人戴上奴隶镣铐，
他的威胁现在已挂在法兰克边境上。
你呀，基督教会领袖，最神圣而光荣的，
基督徒们的美丽和荣光，坚信的支柱，
你神圣的纯洁是我们所有人的安慰，
看清地狱力量的胜利，降服住不洁者，
用你爱神之心把他们的恶转变为善。
举起十字架，让黑色的敌人满怀恐惧，
让邪教徒们逃跑，让野人们被驱逐出
逐出君士坦丁要塞和第二罗马城墙。
自从君主的城堡陷落，就谁也不安全，
当心敌人的势力，像当心闪电和雷霆！
君士坦丁堡是基督精神的短剑长矛，
一列列的岛屿曾向它表示恭顺臣服——
这就是罗马遗产留给基督徒的一切。
你呀，继承了神圣罗马遗产的大祭司，
须知是把什么样的火淹没了拜占庭：
它分成六支，已经流遍整个罗马世界，
一支流塞尔维亚，第二支进瓦拉吉亚，
第三支已经把匈牙利边境烧个精光，
第四支把保加利亚的山谷烧成灰烬，
第五支正流出来，有越流越广的危险，
像条烈火的波涛，跟第四条支流汇合，

沿无边无际的原野，滚动着血的泡沫，

第六支在君士坦丁城堡墙边沸腾翻滚：

火焰已经冲向天空，播撒着惊惶和恐惧，

一切都毁在这火里：既有要塞，也有城池。

别打瞌睡了，该起来了！屈下自己的双膝

跪在主前，坚强起来，去完成光荣的事业！

唤醒一切神赐的智慧，服从于神的意志，

你呀，最神圣的君王，你，治理罗马的人！

把使徒彼得的钥匙举在光明旗帜上，

唤起西欧一切僧侣去完成神的事业，

让他们前去为君士坦丁的都城复仇！ ①

这已不是哀叹，不是哭泣，而是一篇政治檄文，分析了君士坦丁堡陷落后欧洲已经遇到或者即将遇到的危险。它高声呼吁，呼吁西欧的国王君主以及罗马教皇，既然享受了罗马文明的遗泽，就应该承担起自己的宗教和文明的责任，鼓起勇气，遏制奥斯曼人的扩张，为君士坦丁堡复仇！从头到尾，诗人自认为的正义之感，凛凛然贯穿始终，哭泣、教训、呼吁、训诫、分析、激励、鼓舞，回环往复，一气呵成。抛开其中的宗教偏见，只从诗歌艺术的角度看，确实是一篇难得的政治抒情诗，一篇鼓舞人心的复仇宣言，是拜占庭文学最后的结晶之一，也是拜占庭精神死而必然重生的呐喊。

---

① *Η Αλωσις της Κωνσταντινουπόλεως, lines.585–636*, Bibliotheque Grecque Vulgaire, V. I, Paris: E. Legrand, 1880, pp.188–189.

尾 声

拜占庭文学遗产及其影响

拜占庭文学无疑代表了世界文学发展的一个阶段，即农耕文化、宗教文化以及封建专制文化笼罩下的文学。它超越了上古时代游耕文化、巫术文化以及城邦文化孕育的文学。它超越了人神不分、人物不分的观念，进入人神分离、人物分离，而又在更高的层次上追求人神合一、人物合一的境界；它从戏谑多神转向歌颂一神，从咏叹分权制衡转向鼓吹独裁专制；它从欣赏感官美转向追求精神美，从享受动态美转向追求静态美，从自然和谐转向人为畸变，再由人为畸变寻求更高的和谐，完成了人类审美观念和方法的系统设置；它想抗拒古典文学精神，压制世俗文学，但又不能不接受古典文学形式，容忍世俗文学，于是，在世界文学史上第一次实际形成了"人皆可为尧舜""人皆可弄文学"的局面。由此，它保存并创造了除却现代"影视文学"以外的其他一切文学形式。这样，它为后世留下了一笔完整自足的文学遗产。

拜占庭结束了，但是有了罗马尼亚历史家尼·约尔嘉的皇皇巨著，书名便是《拜占庭后的拜占庭》[①]，就是说，拜占庭延续下来了。就文学而言，就是拜占庭文学遗产直接融入希腊文学、外高加索和巴尔干文学、古罗斯文学、意大利以及整个西欧的文艺复兴文学。此外，此后世界文学的发展，亦不难发现拜占庭文学遗迹的影响。

第一节　拜占庭文学自身的延续

首先，拜占庭帝国虽然灭亡了，但它的文学并未因此而立即随之灭亡。本书第四章最后一节介绍的君士坦丁堡陷落后的历史文学与悲歌，其实都是在拜占庭灭亡以后才创作出来的，准确地说，应该是拜占庭文学自身的延续。尤其哀悼拜占庭故国灭亡的悲歌作品，前后延续了近两百年，其生命不

---

① Иóрга Николае, *Byzance après Byzance, Continuation De L'histoire De La Vie Byzantine*, Bucarest: Association Internationale d'Etudes du sud–Est Européen, 1971.

可谓不久长。

前面说过，拜占庭时期的文学语言，在其立国之初，官方语言是拉丁语，但首都君士坦丁堡设在希腊故土，所以，希腊语也是通用语言。到尤斯廷尼安诺斯掌权，野心勃勃，穷兵黩武，四处发动战争，国力耗尽。当其生时，尚有余勇可贾，待其一死，国内分崩离析，外敌波斯人与阿拉伯人乘机入侵，夺去大片领土，拜占庭人口的民族构成，相对单一化了，主要就是希腊人。于是，7 世纪以后，希腊语成了全社会的通用语。而当时的希腊语，用中文术语表达，分为两个档次，即雅语和俗语。属于"雅语"的，是上层人物或者古典学者的文学用语，也就是古希腊语；而属于"俗语"的，则是世俗文学乃至经传文学的用语。在"俗语"中，又有下一层次的两个分支：一个是亚历山大城为使用中心的"阔伊奈方言"，《新约》的希腊语译文，用的主要就是这种方言；另一个则是中古希腊语，以君士坦丁堡为使用中心，拜占庭世俗文学多半用的就是这种方言。阔伊奈方言，随着北非土地被阿拉伯人夺去，便逐渐让位给中古希腊方言。11 世纪以后，这种中古希腊语在文学领域中独擅胜场，直接为现代希腊语奠定了基础。拜占庭帝国灭亡后，这种语言直接为近现代希腊文学所继承，成为现代希腊文学语言的基础。这是拜占庭文学对近现代希腊文学第一大贡献。因为，如果没有语言，文学还能成其为文学吗？

抛开语言不谈，只就艺术的文学而言，拜占庭文学确实融入了近现代希腊文学。其中尤其值得一提的，是克里特岛文学。克里特岛，就行政归属而言，是威尼斯的殖民地，但居民主要是希腊人，还有威尼斯人与希腊人的混血后裔。通用语仍是中古希腊语。克里特岛因为是威尼斯殖民地，所以，拜占庭灭亡后，它并未马上亡于奥斯曼帝国，直到 1669 年才被土耳其人征服。它的文学虽然明显受意大利文学影响，但主流仍然是拜占庭文学，后来直接成为近现代希腊文学的开端。

往前一点看，近现代克里特文学产生于 14 世纪，斯特凡诺斯·萨赫里凯斯（Στέφανος Σαχλίκης，1330—1400 年），是近代为人所知的第一个克里特诗人。当时对欧洲影响最大的事件就是黑死病横扫欧洲（1347—1351年），富家子纷纷躲到乡下，逃避瘟疫，这才有了薄伽丘的《十日谈》。瘟疫过后，及时行乐的观念弥漫于克里特岛。斯特凡诺斯·萨赫里凯斯就跟《十日谈》中的那些教养良好、富于情趣的富家子一样，在旅店、酒馆和坎迪亚城（Iraklio）的妓院中浪费了他的遗产和青春，后来，他因对其情人（一位寡妇）的败德恶行而银铛入狱。出狱后，因受诅咒而退隐庄园。他的诗多半就表现了这种玩世不恭而又带点浪子回头的情绪。另一位诗人是莱奥纳多斯·德拉珀塔斯（Λεόνάρδος Δελλαπόρτας，1330—1419年），他喜欢壮游，也曾入狱。他的主要作品《一个不幸的人与真相之间的对话》，叙述了世事无常与虚荣，罪恶本质和来源，以及信仰的有益。

15世纪初的另外两位诗人约安尼斯·皮卡托罗斯（Ἰωάννης Πικατ̓Όρος）和贝尔加德斯·阿珀阔珀斯（Μπεργαδῆς Ἀπόκοπος）感叹世俗生活的腐败和短暂，呼吁享受生命、阳光与自然。另一位贵族诗人马利诺斯·法利埃罗斯（Μαρίνος Φαλιέρος，1397—1474年）的爱情诗少了些罗曼斯中常见的纯洁爱情的描写，多了些世俗的味道，写的是要求未婚妻开门让他进去吻她。这一时期的所有作品都是诗体的，无论主题如何，都用拜占庭十五音节的诗句或无韵诗写成。语言是标准的中古希腊语，但克里特岛方言特征也很明显。这些诗人都属于岛上的富裕阶层，主要集中在城镇，供职于威尼斯共和国（Serenissima）。他们并不回避自己的各种不端行为以及牢狱之灾，有时甚至肆无忌惮地描述自己的色情冒险和丑闻，显得生活丰富多彩，但也时而以敬畏的姿态思考死亡的境界，显出些许的忏悔与遗憾。

1453年君士坦丁堡沦陷于奥斯曼帝国，1508年5月29日，克里特岛发生大地震，首府坎迪亚几乎被夷为平地。这些都对克里特文学产生巨大的影响。轻松、优雅、讽刺以及色情的内容和风格受到了抑制，代之而起的，是反思和谴责拜占庭人以及克里特人的罪过，阐述神的惩罚。宗教和教谕性作品兴盛起来。这种情况大约延续了五六十年。直到16世纪中叶，印刷术在威尼斯兴旺起来，书籍开始普及，引车贩浆者流找本书消遣也不再成为难事，文学氛围才开始转变。宗教和道德教谕作品当然还不少，尤其大公教的拉丁文经典被译为希腊语，以满足一般信徒的要求；但是，浪漫，讽刺、寓言与动物故事，又重新流行起来。文学阅读不再只是精英阶层的特殊享受，而越来越成为大众性的消遣。随之出现了为大众喜爱的作家和作品。贝尔加德斯的《阿珀阔珀斯》（Ἀπόκοπος，贝尔加德斯亦因此被称为"阿珀阔珀斯"）写于 15 世纪初，有 556 行押韵的"政治体诗"，由著名抄写员和编辑左哈利阿斯（Zαχαρίας Kαλλιέργης，1473—1524 年）在他的儿子尼阔劳斯（Nικόλαος）的协助下，1509 年在威尼斯出印刷版。这是第一部以印刷形式出版的近现代希腊语文学作品，迅速受到大众欢迎，并多次重印，直到 19 世纪。贝尔加德斯叙述他进入冥界以及与死者对话的故事，明显地受到拜占庭的《提马利翁》等三部讽刺罗曼斯的影响。不过，《阿珀阔珀斯》并没有描述死亡的恐怖，也没有表现出教谕的目的。虽然其中也讽刺了妇女和神职人员对财产和死者的留恋，但更主要的是说，人生虽然短暂却需要乐观。所以，阴间的两个人向诗人发问，也是清新可喜的：

> 树木和花园是否还在，鸟儿是否还歌唱？
> 春天是否还杂花生树，群山是否还芬芳？
> 甜蜜的微风是否还吹拂，牧场是否还清凉？
> 天上星星是否还闪烁，启明星是否还明亮？ ①

彼曾措斯·廓尔纳洛斯（Bιτσέντζος Kορνάρος，1553—1613 年）在 1600 年左右写的《厄罗托克瑞托斯》（Ἐρωτόκριτος）无疑是克里特文学黄金时期的杰作，甚至可能是近现代希腊文学创始时期的最高成就。② 全诗超过

---

① Dr. Chrysanthi Koutsiviti, *Modern Greek Literature: A brief History*, https://lucian.uchicago.edu/blogs/greece/files/2016/01/history–of–Modern–Greek–literature.

② *Greece–Books and Writers*, Sponsored By The Hellenic Cultural Heritage S. A., Athens: Ministry Of Culture–National Book Centre Of Greece, 2001, p.48.

10000 行押韵的十五音节对句，讲述两个年轻情人厄罗托克瑞托斯和阿莱透萨（Αρετούσα，雅典国王赫拉克勒斯［ Ἡρακλής］的女儿）遭受的考验和磨难。他们彼此相爱，但阿莱透萨的父亲反对。他们受到种种折磨，但也因此表现了坚定的信仰和美德，直到最终结合。这部罗曼斯的故事情节，说不上原创，其中有《狄格奈斯·阿克

《厄罗托克瑞托斯和阿莱透萨》，哈泽米哈伊尔·瑟奥菲罗斯

瑞忒斯》、亚历山大大帝的故事，甚至小夜曲、英勇事迹、秘密和启示、角逐、泪水、指环、无尽的爱情誓言、锦标赛和致命的决斗，都构成患了相思病的英雄和他心爱的人的故事情节的元素。这个故事在希腊读者中声望极高，厄罗托克瑞托斯成了一个民间英雄，甚至被看成亚历山大大帝和狄格奈斯·阿克瑞忒斯的血缘兄弟。廓尔纳洛斯虽然借用了中世纪法国罗曼斯的一些骑士传奇的元素。但作品的重心不在于西欧骑士传奇的忠君护教救美，而在于塑造一个民间英雄，并探讨人类灵魂最深处的微妙，融入了对人性和灵魂救赎的探讨。廓尔纳洛斯不愧说故事的高手，他将情节分为五个部分，结构颇像一个剧本，并将作者叙述与人物对话做了巧妙的平衡，使作品内涵始终一致而集中。其中的人物对生活充满热情的渴望，眼界开阔，真实感很强。再加写照传神，修辞适当，抒情自然，富于希腊诗歌——尤其是拜占庭罗曼斯——的传统因素，在拜占庭文学与近现代希腊文学之间，堪称一座承先启

后的桥梁。

就文体和艺术种类而言，拜占庭文学的戏剧成就比较贫乏。但这个弱点在克里特文学中得到了弥补。可能是帝国灭亡后，教会势力对娱乐的控制也随之减弱，加上翻天覆地的历史变化也颇富戏剧性，拜占庭诗歌和罗曼斯的积淀也为戏剧的复兴奠定了基础，克里特戏剧便得到较为长足的发展，16世纪和17世纪上半叶成为克里特戏剧的黄金时代。但由于土耳其人的入侵（1669年），只有极少数戏剧留下来。其中比较重要的有两部悲剧：格奥尔基奥斯·霍尔塔采斯（Γεώργιος Χορτάτζης，1545—1610年）的《厄娄菲莱》（1598年）、约安尼斯·安德莱阿斯·特洛伊罗斯（Ἰωάννης Ἀνδρέας Τρώιλος）的《罗多利诺斯王》（Ροδολίνος，1645年）；还有三部喜剧：霍尔塔采斯的《卡邹波斯》（Κατζούβος，1581年后不久）、无名氏的《斯塔泽斯》（Στάθης，17世纪初）以及马尔阔斯·安东尼奥斯·缶斯阔罗斯（Μάρκος Αντωνιος Φώσκολος，1597—1662年）写的《暴风雨》（Φουρτουνάτος，1655年）。霍尔塔采斯的田园剧《潘诺莉亚》（Πανοριά，1590年）也保留下来了。有部宗教戏剧《亚伯拉罕的牺牲》（17世纪初）归在廓尔纳洛斯名下；最后，讽刺剧《哀叹可怜的法里迪斯》则是一部音乐间奏曲。

在传世的克里特戏剧中，最精彩的当数格奥尔基奥斯·霍尔塔采斯的五幕悲剧《厄娄菲莱》。厄娄菲莱是孟菲斯（埃及）国王费罗果诺斯（Φιλόγονος）的女儿，与参赞的儿子帕纳莱托斯（Πανάρετος）相爱。按当时的观念，这爱是门不当户不对的。她父亲发现后，勃然大怒，杀了这可怜的年轻人，强逼她另嫁他人，并把帕纳莱托斯的心脏和四肢送给女儿作为嫁妆。厄娄菲莱悲愤自尽。然后，作为死神象征的少女合唱队，杀死了冷酷残忍的国王。整个戏剧的情节动作无懈可击，对话流畅生动，很能突出悲剧主人公的心理力量，首尾一致，内涵深沉。尽管结局很悲惨，但全剧始终展现了深刻的人性和尊严，强调人有遵循内心呼唤的权利。因此，这个戏剧蜚声于世。这个剧本重印了无数次，其中许多台词成为流行谚语，成为传诸后世的口头文学传统元素，其故事本身也成为民间传说。

作为拜占庭文学一个组成部分的克里特文学虽然最后也终止了，但拜占庭文学也没有因此而彻底灭绝，它的许多作品仍然不断得到新生。最典型的便是大史诗《狄格奈斯·阿克瑞忒斯》，希腊当代大诗人寇斯忒斯·帕拉马斯和尼阔斯·卡赞特扎凯斯都以大史诗为基础，在新的更广阔的历史背景中，创作出新的《狄格奈斯·阿克瑞忒斯》（参见本书第三章）。"拜占庭后的拜占庭"文学确实是源源不绝。

第二节　拜占庭文学对东欧和俄罗斯文学的直接影响

前面说过，863 年，学者僧侣库利罗斯和麦索狄奥斯兄弟受拜占庭正教教会委托，应邀前往摩拉维亚大公国传教。他们以希腊字母为基础，对古老的斯拉夫方言进行提炼，为斯拉夫民族制定了教堂古斯拉夫语文字体系，即"格莱果里—西里尔文字"（Glagolitic and Cyrillic script），并把新旧约全书译为这种文字。这不仅让斯拉夫人熟悉了拜占庭正教教义，为中世纪东欧的希腊—斯拉夫复合文化奠定了基础，更重要的是让这个地区的文化与文学活动具备了一种规范的文字工具。他们还培养出了第一个保加利亚裔斯拉夫学者，即阿赫里德的克莱门特（Ἅγιος Κλήμης της Αχρίδας，约 840—916 年）。因此，拜占庭文学对斯拉夫文学的影响，也是首先在摩拉维亚大公国扎下根，然后经过保加利亚传向整个斯拉夫世界。

这种影响，首先是拜占庭作品的译介。当时，拜占庭和斯拉夫世界出现不少译介中心，如君士坦丁堡、塞萨洛尼卡、阿薮斯山、阿赫里德、普睿斯拉夫，以及波西米亚和基辅的修道院。据俄国原始史料说，1037 年，雅罗斯拉夫大公（Князь Ярослав）就召集了许多文士，把希腊文书籍翻译为古教堂斯拉夫文。[①] 当然，这些译作的内容，开始都是集中在基督教文学中。祈

---

① Dimitri Obulensky, *History of Civilization, The Byzantine Commenwealth*, New York, Washington: Praeger Publishers, 1971, p.326.

祷诗是中世纪拜占庭口头艺术最伟大的创造，至今仍对东正教斯拉夫人的心智和情感产生强大的影响。[①] 早期斯拉夫祈祷诗手稿显示，早期翻译家，特别是本身就是诗人的君士坦丁·库里罗斯（ $Κωνσταντίνος\ Κύριλλος$ ）[②]，把希腊文原作的节奏形式，按照斯拉夫语言音节的要求，在译作中成功地表达出来，既尊重传统文本，又有独创性。除了祈祷诗，早期教父如卡帕多基亚三杰以及金口约安尼斯的著作，也陆续译成古教堂斯拉夫文字。然后就是圣徒传，褒扬基督教英雄主义，满足中世纪人对奇迹的追求。其中最重要的是《圣阿莱克修斯传》（ $Η\ ζωή\ του\ Αγίου\ Αλεξίου$ ）[③]，10 世纪译为斯拉夫文。拜占庭的英雄歌谣和英雄史诗也逐渐为斯拉夫人所知。

此后，世俗作品也渐渐译为古教堂斯拉夫文，如马拉拉斯的《世界春秋》、阔斯马斯·印地阔普莱乌忒斯的《基督教舆地志》也于 10 世纪译介到保加利亚，11 世纪译介到俄罗斯[④]。有了拜占庭文学的榜样，斯拉夫的作家们不免心慕手追，也开始创作自己的作品。

这种作品最早出现在摩拉维亚大公国，那就是以古斯拉夫语写的两部传记。库利罗斯兄弟的高足保加利亚人阿赫里德的克莱门特的传记作品：一部是《圣库利罗斯与圣麦索狄奥斯大传》（ Panonic Hagiography of Saint Cyril and Saint Methodius ），另一部是《三一之花、圣事与罗马的圣克莱门特传》（ Flower Triode, Holy Service and the Life of St. Clement of Rome ）。此后，9 世纪晚期—12 世纪早期，以古教堂斯拉夫语翻译或者创作的作品，史称"库利罗斯-麦索狄奥斯流派"[⑤]。这个流派消停以后，又有"叶塞米乌斯运动"，但圣徒传记的创作并未停止。14 世纪末 15 世纪初，俄国僧侣"大智"叶皮

---

① *History of Civilization,* p.327.

② $Κωνσταντίνος$ 为俗家名字， $Κύριλλος$ 则为出家后的法名。

③ 此阿莱克修斯为 4 世纪人，不是 11 世纪孔穆宁诺斯王朝创始人阿莱克修斯一世。4 世纪的阿莱克修斯生于罗马贵族世家，但一心向道，新婚之夜，逃离家庭，到叙利亚的埃德萨祝发为僧。后又回到罗马，在父亲家门前募化度日，苦修不已。

④ *History of Civilization,* p.330.

⑤ *Ibid.,* p.334.

方尼乌斯（Епифаний Премудрый，约 1360—1419 年）写过两部传记，颂扬别尔姆的斯特方（Ст.Стефан Пермский）和拉多涅茨的谢尔盖（Ст. Сергей Радонежский），其中《别尔姆的斯特方传》（Жити Стефана Пермского）尤其著名。这些圣徒传内容上的共同点，就是颂扬基督教英雄主义，只不过圣徒身上表现的英雄主义，偏重于为信仰而牺牲的坚韧不拔的忍耐精神。

俄国皈依基督教较晚，但后来者居上，基督教文学成就超过其他斯拉夫地区。俄国的基督教文学可以分为两类：一类宗教意识比较强烈，另一类世俗精神较重。宗教意识强烈的，如基辅大主教希拉里昂（Іларіон）1050 年左右作的布道词《法律与优雅》（проповідь про право і благодаті），歌颂弗拉基米尔大公把拜占庭宗教引入俄国。世俗精神较重的，如俄罗斯勇士歌与历史著作。俄罗斯勇士歌中，最著名的莫过于歌颂伊利亚·穆罗梅茨（Илья Муромец）的歌谣，如《伊利亚·穆罗梅茨与夜莺强盗》（Илья Муромец и Соловей-разбойник）、《伊利亚·穆罗梅茨跟弗拉基米尔大公争执》（Ссора Ильи Муромца с князем Владимиром）、《伊利亚·穆罗梅茨和邪教徒战斗》（Бой Ильи Муромца с Жидовином）。其产生时间最早不超过 11 世纪。这些勇士歌的故事内容大致是说，伊利亚·穆罗梅茨天生瘫痪，卧床不起，直到三十多岁。有一天，三位朝圣长者路过他家，进门找水喝，叫伊利亚起来去打水。伊利亚说自己起不来。三位长者坚持要他起来，他听从了，努力挣扎起来。结果，奇迹发生了，他果然能起来了，拎起水桶，飞快地跑去打水。自此以后，伊利亚力气一天天大起来，无人能敌。基辅大公弗拉基米尔闻讯，召他进宫担当卫士之责。他也屡建奇功，击败许多邪教徒。但他为人正直，有时竟敢跟大公争论，明辨是非云云。熟悉拜占庭文学的人不难看出，这样的勇士歌，其实就是将《新约》三圣来朝、拜占庭文学中的奇迹文学、英雄歌谣乃至英雄史诗中狄格奈斯与皇帝平起平坐对话等情节糅为一体创造出来的，但糅合得不露痕迹！至于产生于 12 世纪的《伊戈尔远征记》，虽然学者说其故事情节有史实为据，但其宗旨仍是表现基辅罗斯皈依拜占庭正教之后的基督教英雄主义。至于被俘逃归等情节，更是拜占庭人与萨拉森（穆斯林）人战斗中常见的桥段。这类勇士歌或者英雄史诗，在颂扬基督教英雄主义时，与圣徒传不同，偏重于主动进击、克敌制胜的战斗精神。

与英雄歌谣、英雄史诗相比，古教堂斯拉夫语写成的历史著作就不那么普及了，但其学术价值似乎更高，最重要的当数《岁月纪事》(*Повѣсть временныхъ лѣтъ*)。此书在其他文字中又译为《俄国元史》(*Russian Primary History*)。此书主要记载了9世纪中期—1116年的俄国历史，但跟马拉拉斯的《世界春秋》一样，也回溯到基督教创世传说，尤其是大洪水、挪亚方舟等故事。而最主要的，是涉及人间造巴别塔，从此语言分歧，人类于是分为72支，散布于世界各地，斯拉夫人即是其中之一。[①]

这里表现出斯拉夫人皈依东方正教后，基督教身份的自我认可乃至自尊的观念。基督教自创始到斯拉夫人皈依，中间有千余年的时间距离。斯拉夫人来得确实"晚了"！但皈依得晚，便低人一等吗？9世纪保加利亚一位叫作"普睿斯拉夫的君士坦丁"(Константин Преславски，900年—10世纪初)的人，也是库利罗斯和麦索狄奥斯的门弟子，就写过一首藏头诗形式的祈祷诗(Азбучна молитва)，说皈依基督后，斯拉夫人同样可侧身上帝子民之列。这种观念在《岁月纪事》中发扬光大，甚至可以在《圣经》中找到依据。[②]

古教堂斯夫语由于各地方言影响，在14世纪则形成不同分支。所谓"古斯拉夫语"与世俗文学开始逐渐绝缘。语言的变化，表现在文字上，便是拼写法的变异乃至错舛。这在一般文学作品中尚可原谅，涉及经典，便成为严重问题，有的异端便由此而生。有鉴于此，保加利亚特尔诺沃(Trnovo)主教尤塞米乌斯(Euthymius；Свети Евтимий Търновски，1325—

---

① *Повесть временных лет*, Под ред. Д. С. Лихачева, В. П. Адрианов-Переттс, 2Т, Москва-Ленинград: наука, 1950, cc.9–11, 21–23.

② 参见《以赛亚书》29：18，35：6："那时、聋子必听见这书上的话．瞎子的眼、必从迷蒙黑暗中得以看见。""那时瘸子必跳跃像鹿、哑巴的舌头必能歌唱．在旷野必有水发出、在沙漠必有河涌流。"此即预示，斯拉夫语言亦将发扬光大，赞美上帝，自有其特殊贡献。又见《马太福音》20：1–16 的寓言所述：一个葡萄园主去雇用工人，那些12点才来的，与从早干到晚的工资一样。"这样，那在后的将要在前，在前的将要在后了"，则暗示斯拉夫人必将后来居上。

1404 年；1375—1393 年在任）发起了一场文化运动，要求译经与创作都要
恪守古斯拉夫语的拼写规则和语法。他自己身体力行，以身作则，无论翻译
拜占庭文献，或是自己讲经布道，语言都严格规范，准确流畅，成为斯拉夫
世界文字书写的典范。他也自然成为这场文化运动的核心人物。斯拉夫文学
早在 10 世纪初便已从保加利亚传到罗马尼亚的下多瑙河与卡斯帕吉亚地区。
但发展则在 14 世纪，最初的重要作品则是摩尔达维亚的大斯忒方（Стефан
Великий Молдавский，1457—1504 年）的《春秋》。塞尔维亚人帕霍米乌斯
在俄国生活了五十年，曾担任诺夫哥罗德和莫斯科主教，约 1484 年在俄国
去世。其一生著作多为节录，内容为俄国圣徒传记或者颂歌，风格则趋近尤
塞米乌斯的主张。[1]

　　斯拉夫世界的库利罗斯-麦索狄奥斯流派，以及尤塞米乌斯运动，可以
说是对拜占庭文学直接的传承和发展。当然，这段影响有个时间限制，那就
是欧洲文艺复兴运动之前；有个地域限制，那就是斯拉夫世界。至于文艺复
兴运动之后，斯拉夫世界也融入了世界文学近代化的进程，就与其他地区一
并介绍了。

　　除了这些重大文学现象，还有两个小典故也可以一提，因为这两个典故
甚至至今还活在我们中间。一个典故是"新人"概念。我们在 13—15 世纪
拜占庭文学概论中已经提到，普莱松在他的《法典》中，模仿柏拉图的《理
想国》，对其理想社会的建构提出了一些设想，其中一个重要概念，就是要
培养"新人"。这个概念在基辅罗斯的文学中得到了继承和发扬，基辅罗斯
的作家们在写圣徒传记时，也往往提出要写"新人"，为广大平信徒树立榜
样。这些"新人"最突出的特点，就是具有"殉道者"的品质，可以为自己
的信仰献出一切，乃至生命。有趣的是，19 世纪俄罗斯的人道主义作家和
平民革命思想家们，本来是反对作为专制政权精神支柱的东正教教会的，但
是，他们也很注意"新人"。可谓殊途而同归。屠格涅夫在他的名著《前夜》

---

[1]　*History of Civilization*, p.342.

和《父与子》中，分别塑造了他最早注意到的两个"新人"形象：一个是在俄国学习的保加利亚革命者英沙罗夫；另一个是俄国土生土长的巴扎洛夫。英沙罗夫为民族的解放而献身；巴扎洛夫名为"虚无主义者"，其实具有坚实的信仰，那就是：清除旧地盘，为新世界做准备。他最后也在为别人做手术时感染，不幸去世。不过，这两个人物受到杜勃罗留波夫的批评，说他们不是真正的"新人"，甚至有辱"新人"形象。为此，伟大的平民革命思想家车尔尼雪夫斯基写了《怎么办？》一书，副标题赫然便是"新人的故事"。他在这部理想小说中，塑造了确实令人肃然起敬的"新人"。尤其是"盐中之盐""最高的新人"拉赫美托夫，那真是一个千古不朽的崇高形象。但追根溯源，这塑造"新人"的文学理想竟是出自拜占庭文学的遗产。这种塑造"新人"的观念，通过俄苏文学进入中国。于是，中国文学也开始改变一味复古的传统，把塑造"新人"作为文学创作的重要任务。

　　另一个典故是"明灯"。上古文学，似乎没见过专门歌咏"明灯"的。歌咏"明灯"，尤其是自觉地歌咏明灯，应该归功于拜占庭文学。拜占庭文学中的"明灯"，有两种相互关联的含义：一是现实的灯，一是象征性的指路明灯。这两种含义往往融而为一。5世纪的鲍罗斯·希冷提阿利奥斯的《索菲亚大教堂颂》，把大教堂的灯，描写为象征欧亚非三洲交汇地区的指路明灯。10世纪的"几何学家"约安尼斯曾为宫廷发明信号灯，应该颇为自豪，后来出家，进了修道院，还写诗歌咏修道院门口的"明灯"。歌咏"明灯"作为理性的象征，确实是拜占庭文学的一种传统，这种传统也传到了基辅罗斯。15世纪，基辅罗斯大公曾邀请一个名叫马克西莫斯的希腊僧侣到基辅罗斯主持经典翻译。此人耿直，对基辅罗斯的宗教斗争曾慷慨陈词，因此遭到流放。后来得到平反，逝于基辅罗斯，被尊为"俄罗斯第一盏明灯"（ὁ πρῶτος φωτιστής τῶν Ῥώσων）。后人为他作传，也沿用此语[①]，这个尊称就这样流传下来。19世纪俄国平民革命思想家杜勃罗留波夫英年早逝，大诗人

---

①　G. Papamichael, *Μάξιμος ὁ Γραικός, ὁ πρῶτος φωτιστής τῶν Ῥώσων*, Athens, 1950.

涅克拉索夫有诗悼曰："一盏理智的明灯熄灭了！一颗伟大的心脏停止了跳动！"俄苏文学此语传入我国，我们至今哀悼自己尊敬的人去世，也往往是"一盏理智的明灯熄灭了！""新人"与"明灯"，源远流长，源于拜占庭文学，流经俄苏文学，传给当代中国文学。

第三节　拜占庭文学对文艺复兴及世界文学的影响

一、古代典籍的保护和西迁

拜占庭文学，或者说拜占庭文化，在人类文化史上的一大功绩，就是保存了古代希腊和罗马的文化。人类古代文化成果应该是极其丰富的，但是，许多古代文化都湮灭了。其中一个重要原因，就是没有得到后人的重视和保护。古代希腊和罗马文化很幸运，得到了拜占庭人的保护，因而能传承下来，并且发扬光大。而古代希腊罗马文化之所以能得到拜占庭人的保护，一是因为血缘关系。拜占庭人既是希腊人的后裔，也是罗马人的后裔，对于先人的遗产，自有一种天生的亲切感、珍惜感。二是文明发展的需要。古希腊和罗马文明都是古代世界高度发展的文明。这种文明孕育出来的族群，天生就必然是文明的，不会愿意再退回到野蛮状态中去。比如说话，说得清楚，说得动人，那是有教养和文明的体现，那就要讲究修辞。古代希腊人和罗马人就是极其讲究修辞的族群。到了拜占庭时期，国家是泱泱大国，大国人物说话，岂能粗鄙？基督教成了国教，开示布道，当然不能只会用江湖语言，也要文质彬彬才好。所以，仅从国家和国教自身发展而言，也不能不讲究文明，不能不继承古代遗产。何况古代的自由精神、逻辑思维本身就是人性发展的天然成果，只要是人，都不能不被其吸引和折服。大马士革人约安尼斯之所以能成为东正教发展史上的关键人物，就在于把古典学术中的逻辑推理用于基督教神学研究而获得成功。所以，拜占庭文学史上的重要人物，上层的如卡帕多基亚三杰、缶提奥斯、君士坦丁七世、普瑟罗斯、麦托希忒斯、贝萨里翁等，中下层的如马拉拉斯、普罗卓莫斯等，都嗜古成性，对古代典籍搜罗、校勘、注释、诠评、复制、传播，都是不遗余力。诗人和作家们，对古代文学的精神、主题乃至故事，或是顺势发挥，或是找茬翻案，也蔚为大观。如果没有拜占庭人的这种努力保护，古希腊和罗马文化能否传承至今，会不会像其他文化一样湮灭，就真是不可知之数了。

在热兵器出现之前的冷兵器时代，人类冲突的胜负，往往是野蛮战胜文明。拜占庭是当时世界文明中心之一，其人顾命怕死，而奥斯曼帝国的游牧人，可以把自己的同胞推入壕沟当填埋材料，听听都叫人胆寒！所以，这个土耳其帝国一天天扩大，拜占庭一天天缩小。亡国命运似已不可逆转，往西逃命，便是人们不得不考虑的方向。再加上拜占庭内部极端保守的赫素暇主义得势，气焰熏天，这种思潮当然也有其历史合理之处，但对古典文明与世俗文明视若寇仇。人文学者的命运朝不保夕，另寻安身立命之处，才是明智之举。因此，在拜占庭国家灭亡前一百余年，人文主义学者便开始往西迁徙，以求逃出生天。内忧外患，逼着拜占庭文明携带着古典文明西迁。1453年，君士坦丁堡沦陷，拜占庭帝国灭亡，这文明西迁的浪潮便以决堤之势汹涌而去。

希腊人是个航海民族，逃难路线和工具的首选当然也是海路和船只。最近的避难所自然就选在意大利。当时，意大利接纳拜占庭难民的地区主要有三处：罗马、翡冷翠和威尼斯。罗马、翡冷翠与拜占庭文明的关系，读者比较熟悉，只需稍作补充。比如，流亡的希腊正教教会与罗马大公教会签署了盟约，希腊正教教会承认罗马教皇的权威，大公教会则允许希腊难民保持自己的宗教仪式。有些难民颇有身份，比如本书第四章概论介绍过的诺塔拉斯，官居首都君士坦丁堡市长，却说出"与其在城里看见拉丁头饰，还不如看见土耳其王冠"那样的投降卖国的话来。后来他也确实投降了奥斯曼苏丹麦赫麦迪二世，但未得善终，跟小儿子一起被麦赫麦迪二世处死。不过，百足之虫，死而不僵。这种家族财大气粗，一时不会彻底出局。他的女儿安娜·诺塔拉斯就逃亡到了翡冷翠所属的托斯卡纳地区。她曾想凭借自己的财力，在翡冷翠北郊建立一块希腊人的飞地国家，后来当然没能实现。但在威尼斯，希腊难民倒确实建立起自己专有的聚居区。

　　威尼斯跟拜占庭的关系，其实才是血肉关系。威尼斯在君士坦丁堡北郊噶拉塔斯建立的工商业区，几乎可与首都分庭抗礼。克里特岛也是威尼斯人的殖民地。从海路逃往意大利，第一港口就是威尼斯。所以，威尼斯接纳希腊难民最早也最多，因而，接受拜占庭文明也最早最广泛。著名的拜占庭

人文学家贝萨里翁后来做到罗马教廷的红衣主教，但开始逃亡，也是先在威尼斯驻足。威尼斯对他礼貌有加，他十分感动，把随身带来的 500 余种古代典籍，赠给了威尼斯，保存在圣马可教堂，成为文艺复兴时期最重要的希腊手稿集。1468 年他在给威尼斯总督信中，发表了热情的肺腑之言：

《贝萨里翁》，尤斯图斯·冯·亨特（Justus van Gentle）和佩德罗·柏鲁盖特（Pedro Berruguete），巴黎卢浮宫藏

　　几乎全世界各种人都聚集在您的城市，特别是希腊人。他们为生活所迫，从家乡漂洋过海，首先在威尼斯登陆，来到您的城市并住在你们中间，在这里他们似乎进入了另一个拜占庭（几乎就是另一个拜占庭）。有鉴于此，我怎么能更恰当地把这笔

遗产赠给威尼斯人，因为他们对我的恩惠是众所周知，我自己欠他们一份情；也赠给希腊沦陷后我选择的城市，因为在这里，我得到了非常荣耀的接受和认可。①

当然，意大利接受这些拜占庭难民对其自身也不无好处。第一，难民带来可观的财富；第二，难民带来各种技术人才，行政人员、工匠、艺术家、神学家、人文主义学者，应有尽有；第三，难民中的雇佣兵（Στρατιῶτες）战斗力很强，足以增强当地国防。因此，威尼斯等地行政当局，在跟这些难民发生几次摩擦后，相互妥协，给了这些难民一定的权利，比如建立聚居区、经营工商业、保持自己的宗教信仰和习俗。这些难民安定下来以后，对当地经济和文化事业，确实做出了贡献。

就文化和文学领域而言，拜占庭人在三个方面做出了巨大贡献。

一是拜占庭的人文学者把很多希腊古典文献译为拉丁文。这项工作其实在拜占庭帝国灭亡以前就开始了。曼努埃尔·赫吕索娄拉斯把柏拉图的著作译为拉丁文，莱昂提奥斯·皮拉托斯翻译了荷马史诗，历史家哈尔阔孔杜勒斯1488年在米兰第一次印刷出版了荷马史诗，贝萨里翁翻译了德摩西尼、色诺芬的著作，以及亚里士多德的《形而上学》，等等。而有些拉丁语著作，也靠拜占庭学者的翻译才得以保存下来，比如奥维德的《群媛集》就是亏得有马克西莫斯·普拉努德斯的希腊文译本才得以保存至今。西欧学者研究古典学术，过去多靠阿拉伯文译本，现在有了拉丁译本，就方便多了。

二是拜占庭学者进行的教育活动。拜占庭帝国灭亡之前，拜占庭学者与西欧人文主义学者之间的交往交流，包括拜师学习，相互切磋，我们在第四章中已介绍过。拜占庭帝国灭亡后，向西欧人传授古典知识的活动非但没有停止，反而远超往昔。罗马、翡冷翠、帕度亚的大学乃至中学，都有拜占庭

---

① H. Omont, "Inventaire de manuscrits grecs et latins donnés à Saint-Marc de Venise (1468)", *Revue des Bibliothèques*, IV (1894), p.139；参见 L. Labowsky, "Manuscripts from Bessarion's Library found in Milan", *Medieval and Renaissance Studies*, V, pp.108-131。

学者讲课。拜占庭帝国灭亡前，普莱松、曼努埃尔·赫吕索娄拉斯讲过学。拜占庭帝国灭亡后，流亡到意大利的雅诺斯·拉斯卡利斯（Ἰανὸς Λάσκαρις，约 1445—1535 年）、马尔阔斯·牟索罗斯（Μάρκος Μουσοῦρος，1470—1517 年。拉斯卡利斯的学生）、阿森尼奥斯·阿珀斯托利斯（Arsenios Apostolis，1468/1469—1535 年），都是希腊裔的名师。还有自幼在意大利培养起来的马西利奥·菲其诺、乔凡尼·皮阔·米兰多拉（Giovanni Pico Della Mirandola，1463—1494 年）。

三是古代典籍的普及。阿尔杜斯·皮乌斯·马努休斯（Aldus Pius Manutius，1449—1515 年）长期生活在威尼斯，团结了一批学者，马尔阔斯·牟索罗斯等人都是他的座上宾。他在自己的小圈子里规定，交谈只用希腊语。15 世纪，近代印刷机在德国研制成功，很快在欧洲普及。阿尔杜斯成立了一家出版社，以近代印刷技术传播古代典籍。在他有生之年，他几乎把当时所有的希腊典籍都印刷出版了，他自己由此也成为近代史上开创性的出版大家。阿尔杜斯及其友人陆续去世后，欧洲人文主义中心北移到德国、荷兰、英国等地，荷兰学者埃拉斯谟斯（Desiderius Erasmus Roterodamus，1466—1536 年）最为有名，但埃拉斯谟斯很多资料都亲身得之于阿尔杜斯。[①] 有了这样的出版事业，西欧学者研究希腊罗马文化，甚至比拜占庭的学者还要方便。自然科学技术的发展对人文科学的帮助，真是如虎添翼。

二、美学及艺术思想的影响

拜占庭文化与文学对西欧文化与文学最重要的影响，应该就是文艺复兴运动了。文艺复兴运动在西欧产生，尤其是在意大利发源，自有其内部深

---

① D. Geanakoplos, *Erasmus and the Aldine Academy of Venice*, Greek, Roman and Byzantine Studies, III (1960), Duke University Press, pp.107-134.

刻的原因。我们在此不多做讨论，只是想指出拜占庭文化和文学对这场运动所起的影响。文艺复兴运动中最重要的观念，应该是"人文主义"。"人文主义"一语在不同的历史阶段，其含义有所变化。最早，"人文主义"只能叫"人文知识"，指与莫测高深的"神学"相对而言的世俗生活知识，比如语文知识的识字、文法等。因此，后来发生的语言问题，也就是最早的"人文主义"的问题。从6世纪开始，欧洲各地的方言发展起来，逐渐离开了官方的拉丁语。但这些口语又没用到写作上，知识阶层和官方的写作仍然使用拉丁语。于是，学习这种书面的拉丁语，便成为"人文"知识了。[①] 拜占庭本身，也存在这种问题，即语言有雅俗之分，文野之分。上层社会用雅语，下层社会用俗语。跟西欧不同的是，拜占庭的俗语文学创作，在其历史中后期比较繁荣，可以跟雅语文学分庭抗礼。与此同时，或者稍后一些时间，西欧研究罗马文化遗产，拜占庭研究古希腊文化遗产，也涉及古拉丁语和古希腊语问题，当然也属于"人文"问题，何况古希腊和罗马的典籍内容深奥，没有专门的知识修养，将不得其门而入。因此，"人文主义"又逐渐变为对古希腊和罗马文化学术研究的指称。尤其在拜占庭，正如我们在前面的评介中已经指出的，正教教会对于古希腊学术的研究，只允许作为修辞与逻辑训练的手段，而决不允许将其作为一种思想体系传播。所以，拜占庭的人文学者，其实就是指精通古希腊文化知识的学者，并不表示他们有离经叛道的思想。但到了14世纪，古希腊文化典籍，经过拜占庭学者的介绍，传入西欧，西欧人文学者眼界大开，获得了新的思维工具，逐渐形成了"人文主义"思潮，也就是把注意力集中在对人的价值的研究上，而不是侧重于超人或者抽象概念的研究，同时也就把古希腊语和拉丁语典籍看成表现人的价值的最高典范。[②] 因此，不妨把"人文主义"概括为"研究人的价值的思想体系"。

过去，受苏俄学术影响，我们曾经把"人文主义"与基督教神学截然对

---

① *The New Catholic Encyclopedia*, Second Edition, Thomson Gale, In Association With The Catholic University of America, Washington, D. C, 2001, V.7, pp.183–184.

② *Ibid.*, p.182.

立，看成两种敌对的思想体系。即所谓人文主义的核心是"坚持以人为本，反对以神为本"，这其实是不妥的。从历史的实际看，这两种思想体系并不对立，甚至可以说，"人文主义"是从基督教神学中生发出来的。在上古巫术文化中，"人"其实没有多高的地位。古希腊神话中的人神同形同性，其实是人与物同形同性，人与物不分。因为那些所谓的"神"，只是自然力的化身。而其中表现的"人性"，更多的是"动物性"。我们在本书绪论中曾把古希腊神话中神的活动概括为"寻欢作乐，惹是生非"，这不就是动物，尤其是高等肉食动物的生活内容吗？直至今日，人间多少帝王还喜欢以狮虎之类猛兽自喻，其实也就是这种返祖心理不自觉的表现。到了古代晚期，人屈服于各种神前，其实就是"民"屈服于各种号称"万王之王"的部落酋长之前，生杀予夺完全由多神控制，更谈不到"人"的地位了。

及至基督教出来，尤其是拜占庭早期教父们，开始把"人"放到神学体系中进行探讨，"人"的地位才真正提高起来。首先是"人"跟"物"，尤其是动物，彻底分开了。人虽然与万物一样，同是上帝的造物，但人是上帝按照自己的面目创造出来的，而且得到了上帝的灵性。人的地位因此便远远超越其他"物"之上。埃及人马卡利奥斯说："人是造物的皇冠，甚至比天使和天使长还珍贵，因为只有人是按照上帝的形象创造的，且被赋予了自由意志。"[1] 文艺复兴时期，意大利人文主义思想家的最大代表之一瓦萨里就是依据这个原理说："艺术源于大自然这美丽的造物，这提供第一模特的世界，而原初的老师是神的智慧，不仅使我们优于其他动物，而且（使我们）像上帝一样，请恕我斗胆而言。"[2]

不仅整体的"人"的地位提高了，连人的肉体的地位也提高了。这个观念就包含在"道成人身"范畴中。按基督教一般教义，人是罪人。但蒙上帝之恩，上帝替我们赎罪，其方式就是让圣子，也就是上帝之"道"（λογος）

---

① 参见本书绪论相关注释。

② Giorgio Vasari, *Le vite de' più eccellenti architetti, pittori, et scultori, Preface One, II*, 1550 and 1568 editions, Florence: Sansoni, 1971–1986，简称"Bettarini-Barocchi"，下同，p.6。

或者说"言"，化身为人，即"道成人身"，而以此人身和人世生命，为世人赎罪。由于圣子的这一牺牲，人类的身体也不能再与其他动物的躯体相提并论了。亚历山大的阿桑那修斯在《论道成人身》的演说中说："神—道成为人，是为了让我们可以神圣化。"[①] 又说："的确有一种欢乐，存在于战胜死亡的胜利中，存在于我们通过主的肉体而获得的不朽中。因为有主的复活，我们的复活才得其所。主不朽的身体成为我们不朽的原因。"[②] 为此，努塞斯的格列高利奥斯专门写了篇文章《论人的构造》。人体的神圣美妙，在这里得到了肯定。文艺复兴时期，薄伽丘在罗曼斯《阿麦托》(Ameto) 中细致地描绘了一个美女面容，费伦佐拉 (Agnolo Firenzuola，1493—1543 年) 在他的《女性美对话集》(Discorsi delle bellezze delle donne) 更是规定了"美女"的具体标准。另一方面，教会对人文主义并不截然反对。文艺复兴时期人文主义艺术家的主顾，主要就是教会。达·芬奇、米开朗琪罗、拉斐尔的作品，主要都是为教堂做的。在这些作品中，超存在的圣父、圣子、圣神，都被画成或者雕塑成了属于存在和造物范畴的"人"。如果教会截然反对人文主义，这些艺术家的作品能被接受而且流传至今吗？而教会能够接受人文主义艺术家以"人"表现"神"的作品，除了西欧教会自身的认识以外，拜占庭拥护圣像的神学家，如大马士革人约安尼斯等人的影响，也是不可忽视的。因为不少拜占庭神学家既被东正教教会，也被西欧大公教教会按立为圣徒，所以，可以说，人文主义与基督教正统神学并非截然对立，而是相互生发的，人文主义承认神性的无限崇高，基督教正统神学则承认人的美丽，这才促成了文艺复兴时期文学艺术的高度繁荣。从拜占庭的影响着眼，不妨可以说，拜占庭重视人的价值的神学观念，在西欧开出了绚丽的花朵。当然，以上论述，并不是说基督教神学与人文主义就毫无矛盾。教会中一些极端派别，如吉罗拉莫·萨沃纳罗拉 (Girolamo Savonarola，1452—1498 年) 就异常仇视人文

---

① Άθανάσιος Αλεξανδρειας, *Περι Της Εναντθρωππσεως*, PG, T. XXV, col.94.B.

② Άθανάσιος Αλεξανδρειας, *epist. VI*, PG, T. XXVI, col.1388.

主义。1494 年，他趁法国国王查理八世入侵意大利之机，以反对腐败为名，驱逐了翡冷翠统治者美第奇家族，打击教皇势力，建立了一个名为"大众共和国"的神权国家，他自封为教政合一的领袖，以街头瘪三为侦探，大肆迫害人文主义者，搜查、抄没人文主义著作，聚之希格诺利亚广场（Piazza della Signoria），一举焚毁。但是，他的下场也很惨，没过多久，教皇势力重新得势，1498 年，他和两个亲信，就在当年焚书的广场上，被处以绞刑和火刑。

拜占庭对文艺复兴的一般影响已如上述，下面简介拜占庭美学及艺术思想对文艺复兴及后世美学及艺术思想的影响。本书绪论已对拜占庭美学思想做了简介：美即神，神即美，亦即绝对美、无限美。绝对美流溢而为具象美，无限美流溢而为有限美，亦即宇宙存在中的各种美。故世间一切具象美，皆源于神。神之美，又因其超越一切存在，无始无终，不增不减，故为静美。文艺复兴时期的美学，大抵皆源出于此。当时的人文主义思想家马西利奥·菲其诺就把美定义为"美是神圣之善到处显现的光辉"，是"从地球美的感性知觉上升到对美本身的不朽理想领悟的过程"。[①] 瓦萨里在菲其诺的基础上，对美与艺术和神学的关系做了更精彩的阐述，他有一段著名的话：

> 上帝塑造第一个人的材料是一块泥土，这并非没有理由；因为，时间和自然的神圣建筑师是十分完美的，（祂）想要显示，创造，就是对不完美的材料，进行移除和添加的过程，正如优秀的雕塑家和画家，通过增加和移除，将粗糙的模型和草图，带到他们追求的最终完美的境界。[②]

这段话包含的几层意思非常有趣。第一，神是个建筑师，当然是个十分完美

---

① Sears Reynolds Jayne, *Marsilio Ficino's Commentary on Plato's Symposium*, University of Missouri, 1944, pp.89–91; Vestra, L., "Love and Beauty in Ficino and Plotinus", in K. Eisenbichler and O. Z. Pugliese eds., *Ficino and Renaissance Neoplatonism*, 1986, pp.179–180.

② *Bettarini–Barocchi, Preface One, II*, p.4.

的建筑师。除了"建筑师"这专业名称，其内涵与基督教神学所说的"神是造物主"本质完全一样。第二，因为"时间和自然"都是神创造的。而艺术家们的创造力和模仿对象（自然），都源于神的创造。因此，艺术源于神。第三，神又是个雕塑家。神造人，其实就是用泥土雕塑人的过程，我们的老祖宗亚当就是神的第一个雕塑作品。这个说法非常有意思。神学只是说神用泥土造了亚当，并没有说"怎么造"的。现在，瓦萨里说是经过雕塑造的，而且，这也说明为什么要用泥土。因为泥土才有可塑性。第四，神造亚当居然也需要一个艺术加工的过程（这里可能会对神不敬，姑且不论），即像人世间的雕塑家一样，拿着那块泥巴，这儿削去一点儿，那儿增加一点儿，最后把亚当塑造到神觉得完美的境界。第五，人世间的艺术家们，其创造过程也是如此，经过材料的移除和添加，最后使不完满的材料达到完美的境界。这不仅说明艺术创造的神圣性，也说明艺术创造的极高要求。总而言之，美与艺术都源于神，艺术终极目的是表现自然的完美，艺术创造，跟神造亚当一样，是个极其认真细致复杂的设计（Disegno）和劳作过程，因而也是神圣的。此外，瓦萨里跟古往今来的思想家一样，看到艺术家"灵感"的重要性。但这灵感哪里来的呢？他认为，是神通过"神圣的狂喜或愤怒"向艺术家提供的。他还举例说："许多画家设计他们的第一部作品就成功了，好像得到一种鼓舞人心的火焰，一种大胆的措施所指导。但事后，在完成之时，大胆消失了。"[1] 这意思就是说，表面看来是艺术家的大胆，促成了艺术家的创新。实际上，艺术创作完成后，才知道这不是大胆的结果，而是圣灵的鼓舞。这个原理其实14世纪拜占庭神学家格列高利奥斯·帕拉马斯就阐述过了，帕拉马斯继承早期教父的看法，认为人是可以"神化"的，也就是最终归于神，与神合为一体。但只靠人的能力不足以达到这样的境界，而需要神的"能"的支持。他说：

---

[1] Marsilio Ficino, *Meditation on the Soul, Selected Letters of Marsilio Ficino*, trans. ed. Clement Salaman, Rochester, VT, Inner Traditions, 1997, p.70; *Le vite de' più eccellenti Pittori, Scultori, et Architettori*, ed. Gaetano Milanesi, Florence: F. Giunti, 1568, V, p.260. 此版本简称 Vasari-Milanesi。

　　　　"神化"本身可以借助渗透世界的神之"能"。神之能既是
　　　　"非创造的"，又与神的本质处于合一与区别的辩证关系中。所以，
　　　　神与世界之间的本体论深渊，虽然以任何方式都否定不了，但由于
　　　　"非造物"现实地存在于"造物"之中，却又是能超越的。神的非
　　　　一般的本质又一般地存在于自己的"能"之中。①

艺术创作正是如此，艺术家凭借存在于自然界和自身的神的"能"，激发而
为灵感和创造力，最终完成艺术创造。

　　拜占庭的美学思想不仅影响文艺复兴时期的艺术家和艺术理论家，甚至
影响到 18 世纪的大哲。黑格尔这样界定美：

　　　　真，就它是真来说，也存在着。当真在它的这种外在存在中
　　　　是直接呈现于意识，而且它的概念是和它的外在现象处于统一体
　　　　时，理念就不仅是真的，而且是美的了。美因此可以下这样的定
　　　　义：美就是理念的感性显现。②

黑格尔又时常把"理念"说成"神"。因此，他对美的这个定义，也可以说
成"美就是神的感性显现"。黑格尔定义的美，实际就是拜占庭美学所说的
流溢的美，即从超存在的"绝对美"，流溢至存在范畴，即感性范畴的具体
的美。在拜占庭美学家看来，这种美低于"神即美"的那种超存在的"绝
对美"。

　　1782 年威尼斯出版了一部书，名为《对美、圣与崇高的爱》(Φιλοκαλία)，
编者是阿薮斯山圣徒尼阔德摩斯（ Ἅγιος Νικόδημος του Αγίου Ὄρους，约 1749—
1809 年 ）和柯林斯的马卡里奥斯（ Μακάριος Νοταράς της Κορίνθου，1731—

---

① 　Γρηγόριος Παλαμᾶς, Ὁμιλία ΛΔ΄, PG. T. CLI, col.428–436.
② 　黑格尔著，朱光潜译：《美学》第一卷，商务印书馆 1982 年版，第 142 页。

1805 年）。此书收录了 4—14 世纪拜占庭作家的文献，起于彭提阔斯人叶瓦格利奥斯，终于格列高利奥斯·帕拉马斯。其宗旨是为隐修士和平信徒提供修道生活和情感活动的指导。所以，不妨把这部作品看成 14—15 世纪"赫素暇主义"的余音。在拜占庭，情感生活不属于学术探讨的范畴，而属于宗教信仰的范畴。情感研究，核心就在美的研究。这部著作旨在指导平信徒和隐修士的情感活动，实际也就是指导和规范他们的审美体验。因此，这部作品也可以看成一部美学著作。而且，巧得很，书名"Φιλοκαλία"，在古代和中古希腊文中，意思都是"对美的爱"。另一个希腊词语"Φιλοσοφία"（对智慧的爱）汉译为"哲学"，援此为例，"Φιλοκαλία"也可译为"美学"。如果这种译法可以成立，那么，此书大概可以视为以"美学"命名的著作了。学者谓鲍姆嘉通（Alexander Gottlieb Baumgarten，1714—1762 年）最早用"Aesthetica，αἴσθησις"一词定义美学，因此被尊为美学开创者，其实此词原意指人的"感觉"，并非专对"美"的指称；"Φιλοκαλία"则专指"对美的爱"，比"Aesthetica，αἴσθησις"确切多了。而且，"Φιλοκαλία"一词之用于审美，比"Aesthetica，αἴσθησις"要早得多。古希腊史家狄奥窦罗斯·希克利欧忒斯（Διόδωρος ὁ Σικελιώτης，约前 90—前 30 年）在他的《历史文库》中就使用了这个词语，比他更早的柏拉图、亚里士多德也是用这个词语的动词"φιλοκαλέω"来指称"爱美"活动。[1] 所以，尽管 Φιλοκαλία 一书出版较鲍姆嘉通的《美学》（1750—1758 年）的写作要晚一些，但从严格意义上说，应该是更准确的"美学"论文集。还有一点，"Φιλοκαλία"虽可一般地译为"爱美"，但历史上学者们并不简单地把它译为"爱美"，因为"Φιλοκαλία"所爱的对象，不仅是狭义的"美"（καλός），而是还包括"圣洁"（ἅγιος）、"崇高"（Ὕψους；Hypsous），所以，"Φιλοκαλία"的完整意思是"对美、圣

---

[1]　E. A. Sophocles, *Greek Lexicon of The Roman And Byzantine Periods* (From B. C. 146 To A. D. 1100), New York: Arles Scribner's Sons, 1900, σ.1143.

与崇高的爱"。^①后来，康德的名著《论优美感和崇高感》跟"Φιλοκαλία"应该有渊源关系吧？

　　拜占庭文学有一项宗旨和任务也产生了世界性的影响，那就是用基督教思想体系审视、梳理和总结人类历史，以阐述基督教文明是当时的最高文明。这与古希腊和罗马文学的价值取向刚好相反。古希腊和罗马文学中的世界历史，是由高到低的衰退，即从黄金时代到白银时代，再到青铜时代，最后到黑铁时代，人类也由神一般的生活，最后下降到在互相残杀中过日子。从历史角度说，那时的史诗如《荷马史诗》或《埃涅阿斯纪》，虽然也能囊括一个种族的历史，但究竟还缺乏世界眼光，还说不上是对人类历史的自觉的总结。拜占庭文学就不同了，从尤瑟比奥斯的《教会史》开始，然后，《春秋》类作品跟上，比如马拉拉斯的《世界春秋》，便是从创世纪一直写到作者生活的时代。还有《创世六日》一类的作品，虽然题目只有"六日"，实际也让人感到是在用创世学说寻找世界历史的头绪。而且，其中的价值取向，是由低到高，由野蛮向文明，由蒙昧向理智，最终肯定以拜占庭文明为代表的正教文明是人类历史发展的最高阶段。

　　这种以基督教思想总结人类历史的努力，在但丁的《神曲》中结出了完满的果实。但丁成功地应用基督教伦理哲学，总结了他以前的欧洲、西亚和北非地区的文化，按照基督教的伦理道德标准，对历史上和现实中的、虚构的和真实的人物，进行了善恶功罪的评价，然后一一给予其应得的奖惩，安排在其应该去的处所。希腊神话人物成了地狱狱卒，始祖亚当虽犯了原罪，但得到宽大处理，进入天堂，教皇冯尼法斯八世虽还未死，却因罪恶累累，已在地狱中订下了位置。引导但丁游历三界的，一是理智的化身异教徒大诗人维吉尔（Publius Vergilius Maro，前70—前19年），一是象征信仰的贝雅德丽采（Beatrice）。而理智的地位，低于信仰。所以，维吉尔不能进入天

----

① *Philokalia*, compiled by St. Nikodimos of The Holy Mountain and St. Makarios of Corinth, trans. ed. G. E. H. Palmer, Philip Sherrard, Kalli Stos Ware, London and Boston: Faber and Faber, 1986, V. II, pp.21, 41, 44.

堂。最后引导但丁参见上帝的，是信仰层级比贝雅德丽采更高的圣徒圣伯纳多（San Bernardo，1091—1153 年）。这一系列的描写无不贯穿着基督教伦理哲学观念。而与拜占庭文学所不同者，是但丁并没有把他生活的时代誉为历史发展的最高时代，反而对当时道德的堕落进行了激烈的批判。但丁的宗教观也不属于大公教会的正统，把教皇打入地狱，已是骇人听闻，更令人匪夷所思的，是但丁以肉体凡胎之身，居然超过了他无比敬爱的象征信仰的贝雅德丽采，升入天府，见到了神。这是后来宗教改革的个人信仰自由、因信称义的先声。但丁没有肯定现实，但提出了未来的理想。

但丁之后，尽管西亚、北非地区已被伊斯兰教征服，欧洲仍然信仰基督教，但拜占庭那种以宗教正统信仰为标准，总结人类历史发展，以歌颂当时的宗教信仰与王权制度的文学模式，反而得到加强。17 世纪的伪古典主义文学堪称代表。17 世纪以降，这种传统仍然绵绵不绝，各种信仰、各种社会的官方文学，也仍然用自己的思想体系去总结人类历史，证明当时当地的社会政治制度是人类文明发展的最高阶段。追根溯源，这种文学传统确实起源于拜占庭。

古希腊和罗马文学，如果检验一下重要的代表作家的身份，大多数出身于上层奴隶主阶级。因此，也可以说上古西方文学，主要是奴隶主文学，是上层社会的文学。哪怕像荷马这样的"民间歌人"，其所咏唱的，也是奴隶主阶级中的"英雄人物"。当然，这样检验并不是说上古文学保守落后。这种文学跟当时的奴隶制度一样，是合乎历史发展规律的。恩格斯就说过："只有奴隶制才使工业和农业之间更大规模的分工，成为可能，并因此而为古代文化的昌盛——为希腊文化创造了条件。没有奴隶制，就没有希腊国家，就没有希腊的艺术和科学。"[①] 而拜占庭文学就不同了，正教教会作为统治思想机构，当然不喜欢古代异教文学传统和世俗文学，但为了自身的发展和争取民众，它又不能不在一定程度上容忍对古代异教文学的研究与传播，

---

① 恩格斯著，吴黎平译：《反杜林论》，人民出版社 1956 年版，第 186 页。

容忍世俗文学，尤其是市民文学的发展。于是，拜占庭文学便呈现出古代文学少见的局面，即上层社会的文学、基督教文学，与中下层社会的世俗文学并行不悖，尤其是 12 世纪以后，爱情故事罗曼斯、动物故事，神游三界的讽刺作品，乃至乞讨诗歌，都大行其道。而且，这两种文学不仅内容大相径庭，甚至其艺术精神、艺术价值取向、艺术方法都有较明显的区别。尤其在破坏圣像运动以后，虽然圣像崇敬者胜利了，主张可以用造物的形象歌颂造物主，但歌颂超存在的"神之美"，仍不能不趋向虚拟与神秘。而世俗文学实质上并不承担歌颂"神之美"这抽象而又抽象的观念和情感的任务，便可以老老实实、心安理得地再现自己的生活，就比较趋向写实与质朴。这样，古代文学中人与神不分，人与物不分，因而虚拟与写实不分的现象，在拜占庭文学中明显地分道扬镳。这才真正促进了后代文学虚拟与写实的分家。其虚拟与神秘倾向，影响了后代的浪漫主义、象征主义以及现代派。因为这些流派大多以表现内心世界为主，与基督教文学表现内心对神的认识与体验一致。而世俗文学的写实与质朴倾向，则影响了后代的现实主义以及与其相近的其他流派。

更具体一些，拜占庭文学给后世文学留下了不少文学母题和表现形式。虔诚热烈的颂神诗文，演变为后代歌功颂德（当然不包括溜须拍马）的庄严辉煌；隐修士的短篇故事集，在薄伽丘手下变成挖苦教会的《十日谈》；圣徒传记传统在基督教三大派中至今绵延不绝；英雄歌谣与大史诗《狄格奈斯·阿克瑞忒斯》是中世纪封建英雄史诗的直接缘起；歌德的《浮士德》的本事原是圣库普利奥斯的故事；拜占庭的三部讽刺罗曼斯中的游天堂、游地府，对但丁神游三界应该有启发；动物故事，尤其是《可敬的驴子的事略》，在西欧滑稽史诗《列那狐》中留下了痕迹；20 世纪表现主义《城堡》和荒诞派戏剧《等待戈多》中人生的惶惑，在纳齐安泽诺斯的格列高利奥斯的自省诗歌中已透出端倪。在形式上，欧洲诗歌由长短音节决定的格律，演变为重轻音节组成的音步，而且重视音韵旋律，这是妙音罗曼诺斯的功劳；7 世纪君士坦丁堡大主教塞尔基奥斯的《圣母颂》按希腊 24 个字母排列构成，被誉为 24 面体的钻石，晶莹灿烂，熠熠生辉；7—8 世纪克里特的安德莱阿斯把妙音罗曼诺斯创造的筶塔曲、奥伊可思曲发展改造为卡农，他的《忏悔卡农》由 250 首卡农组成。这些规模宏大的颂歌，不仅符合颂神需要的庄严宏伟，其结构的严整繁复，更为但丁《神曲》三九十百的神秘数字结构，做出了榜样；就连《神曲·地狱篇》中为异教大诗人荷马、维吉尔等人设置的"候判所"，也是拜占庭讽刺罗曼斯《提马利翁》中冥土花园的更新。中世纪西欧大公教修道院的情书集、18 世纪歌德的《少年维特的烦恼》、卢梭的《新爱洛绮丝》，这些作品采用的书信体形式，最早出现于拜占庭 6 世纪阿里斯泰奈托斯的《情书集》中。总之，除了现代的"影视"文学，拜占庭文学几乎具备了后世所有一切文学形式。

"拜占庭后的拜占庭"，不仅是一个历史命题，也是文学史命题。拜占庭文学产生于农耕文化时代、宗教文化时代，但它的影响在工商业文化时代、科学文化时代并没有消除，而且在短时间内，还看不出消除的迹象。

附录一　外文汉文译名对照表

　　表中所收词语按原文首字相应的拉丁字母顺序分组排列，其中希腊文"Γ"归入"G"，"Θ"归入"TH"，"Ξ"归入"K"，"Ψ"归入"P"。各组的词语则按希腊文字母顺序排列。同一人不同文字名称之间，以分号隔开。汉语译名，除约定俗成者外，尽量贴近原文读音。其他术语，文章涉及者，亦皆列出，以明其在文内的正解。

E

N

O

X

Y

Z

附录二　参考文献

一、丛书及书刊缩略语

AASS — *Acta Sanctorum Bollandiana*

ANF—*Ante Nicene Farthers*, 10 vls

AG — *Anthologia Graeca*, Bd. I–V. München, 1957–1958

AP — *Epigrammatum Anthologia Palatina cum Planudeia et Appendice nova*, Vol. I-III. Parisiis, 1888—1890

App — *Appendix Planudeum* (Anthologia Palatina, vol. III)

BB—*Византийский Временник*

BGV—*Bibliotheque grecque vulgaire*, ed. Em.Legrand, Paris: Maisonneuve Et C, Libraeres-Editeurs, 1880, 9vls

CC—*Corpus Christianorum*

CFHB—*Corpus Fontium Historiae Byzantinae*, 1967–2015, 53 vls

CSHB—*Corpus Scriptorum Historiae Byzantinae*, Bonnae, 1830–1847, 30 vls

DCO—*Documenta Catholica Omnia*, 20 Topics

DOP—*Dumbarton Oaks Papers*

ΕΠΕ—*Ἕλληνες Πατέρες της Εκκλησίας*, 85 vls

GRBS—*Greek, Roman And Byzatine Studies*

JTHST—*Journal of Theological Studies*

JECS—*Journal of Eastern Christian Studies*

NPN—*Nicene And Post-Nicene Farthers*, 24vls

PG — *Patrologiae cursus completus*, ed. J.-P. Migne, Series graeca, Paris: 1850–1887, 166 vls

二、外文著作（按作者或书名首字顺序排列）

Adam C. English, *The Saint Who Would Be Santa Claus*, Texas: Baylor University Press, 2012.

Acta Sanctorum, Parisiis et Romae, 1866.

Anecdota Graeca, ed. F. Boissonade, Paris, 1829.

А. В. Карташев, *Вселенские соборы*, Клин: Фонд «Христианская жизнь», 2002.

Albert Lord, *The Singer of Tales*, New York: Atheneum, 1965.

Anthologia graeca carminum christianorum, adorn. W. Christ et M. Paranikas, Lipsiae: B. G. Teubner, 1871.

А. П. Каждан, *Византийская культура*, М.: Наука, 1968.

А. П. Каждан, *История Византийской Литературы, 600–850, СПБ: Алетейя*, 2012.

А. П. Каждан, *История Византийской Литературы, 850–1000, СПБ: Алетейя*, 2012.

A. Каждан, edi.in chif.*The Oxford Dictionary of Byzantinum*, Oxford University Press, 1991.

Aristaenetus, *The Love Epistles Aristaenetus*, trans. from the Greek into English metre., London: J. Wilkie, 1771.

Babinger, Franz, *Mehmed the Conqueror and His Time*, Bollingen Series 96, trans. from the German by Ralph Manheim, edited with a preface, by William C. Hickman, Princeton University Press, 1992.

Baldwen.B., "Photius and Poetry", *Studies on late Rome and Byzatine History, Literature and Language*, Amsterdam, 1984.

Barlaam And Ioasaph, The Loeb Classical Library, London: William Heinemann Ltd, Harvard University Press, Mcmxxxvii.

Barry Baldwin, *An Anthology of Byzantine Poetry*, Amsterdam: J. C. Gieben I Publisher, 1985.

Византийский Сатирический Диалог, Издание Подготовили С. В. Полякова И И. В. Феленковская, Ленинград: Наука, 1986.

С. С. Аверинцев, *Многоценная Жемчужина*, Δυχilιτερα, 2004.

Cecaumeni strategicon et incerti scriptoris de officiis regiis libellus, ed. B. Wassiliewski, Petropoli: V. Jernstedt, 1896.

Christophori Mytilenaei, *carmina*, ed. Kurz, Lipsiae: B. G. Teubner, 1897.

Chronicle of Theophanes Confessor, trans. Cyril Mango and Roger Scott, Oxford: Clarendon Press, 1997.

Choricii Gazaei opera, ree. R. Foerster, Lipsiae: B. G. Teubneri, 1929.

Clifford, Cornelius, *Athanasius*, Catholic Encyclopedia, New York: Robert Appleton, 1930.

Coll. A. Vassiliev, *Anecdota graeco-byzantina*, Mosquae: Sumptibus Et Typis Universitatis Caesareae, 1893.

Constantine of Rhodes, *On Constantinople and the Church of the Holy Apostles*, ed. Liz James, with a new edition of the Greek text by Ioannis Vassis, Farnham: Ashgate, 2012.

Constantine Porphyrogenete, *Le livre des ceremonies*, Paris: Les Belles lettres, 1935.

Constatine Pophyrogenitus, *De Adeministrando Imperio*, Greek text ed. GY. Moravcsik, English translation by R. J. H. Jenkins, Dumbar Oaks Center for Byzantine Studio, 1967.

Correspondance de Nicephore Gregoras, texte ed. et trad, par R. Guilland, Paris: Les Belles Lettres, 1927.

Critobuli Imbriotae, *Historiae*, Rec. D. R. Reinsch, *Corpus Fontium Historiae Byzantinae*, V. XXII, Berlin: walter de gruyter, 1983.

David A. Campbell, *Greek Lyric Poetry*, Macmillan Education Limited, 1976.

D. C. Parker, *An Introduction to the New Testament Manuscripts and Their Texts*, Cambridge University Press, 2008.

D. Geanakoplos, "Erasmus and the Aldine Academy of Venice", *Greek, Roman and Byzantine Studies*, III (1960), Duke University Press.

De Boor, C., ed., *Theophanis Chronographia*, Leipzig: B. G. Teubner, 1883.

Ducas, *Istoria turco-bizantinǎ 1341-1462*, ed. critica de V. Grecu. Bucuresti: Editura Academiei Republicii Populare Romîne, 1958.

Διγενής Ακρίτες, *Poema anonimo bizantino*, A cura di Paolo Odorico, Firenze: Giunti Gruppo Editoriale, 1995.

Dimitri Obulensky, "History of Civilization", *The Byzantine Commenwealth*, New York Washington: Praeger Publishers, 1971.

"Dionysius the Areopagite", *Works* (1897), trans. Rev. John Parker, M. A. Grand Rapids, MI: Christian Classics Ethereal Library, 2005.

Donald M. Nicol, *The Byzantine Family of Kantakouzenos (Cantacuzenus) ca. 1100-1460: A Genealogical and Prosopographical Study*, Washington DC: Dumbarton Oaks, 1968.

Dr. Chrysanthi Koutsiviti, *Modern Greek Literature: A brief History*, University of Chicago, 2015-2016.

Dräseke J, *Der Dialog des Soterichos Panteugenos*, Zeitshrift für wissenschaftliche Theologie, 29, 1986.

E. A. Sophocles, *Greek Lexicon of The Roman And Byzantine Periods* (From B. C. 146 To A. D. 1100), New York: Charles Scribner's Sons, 1900.

Eunapii vitae sophistarum, ed. Boissonade, Amstelodami (Amsterdam): Peter von Hengst and Son, 1822.

Eustathii Archiepiscopi Thessalonicensis, *commentarii ad Homeri Odysseam*, Leipzig: Hildesheim, 1960.

Eustratiades S., *Kasiani i melodos*, Ekklesiastikos Faros 31, 1932.

Eustazio di Fessalonica, *La espugnazione di Fessalonica*, testo critico di S. Kyriakidis, Palermo: Istituto Di Studi Bizantini E Neoellencini, 1961.

Falier-Papadopoulos Jean B., "Phrantzes est-il réellement l'auteur de la grande chronique qui porte son nom", *Actes du IVe Congrès International des Etudes Byzantines*, Sofia, 1953.

Fortescue, *The Schism of Photius*, The Orthodox Eastern Church, London: Catholic Truth Society, 2001.

Four Byzantine Novels, Translated with Introductions and Notes by Elizabeth Jeffreys, Liverpool University Press, 2012.

G. Soyter, *Der griechische Humor von Homers Zeiten bis heute*, Berlin: Akademie-Verlag, 1959.

G. Papamichael, *Μάξιμος ὁ Γραικός, ὁ πρῶτος φωτιστής τῶν Ρώσων*, Athens, 1950.

Gaddis, Michael, *There Is No Crime For Those Who Have Christ*, Berkeley: University of California Press, 2005.

Giorgio Vasari, *Le vite de' più eccellenti architetti, pittori, et scultori*, 1550 and 1568 editions, Florence: Sansoni, 1971-1986.

Greece-Books and Writers, Sponsored by The Hellenic Cultural Heritage S. A., Athens: Ministry Of Culture-National Book Centre Of Greece, 2001.

Gui De Cambrai, *Barlaam And Josaphat*, trans. Peggy Mccrackena, New York: Penguin Random House Company, 2014.

H. Omont, "Inventaire de manuscrits grecs et latins donnés à Saint-Marc de Venise (1468)", *Revue des bibliothèques*, IV (1894).

H.-G. Beck, *Kirche und theologische Literatur im Byzantinischen Reich*, München: C. H. Beck'sche Verlagsbuchhandlung, 1954.

Hagios Nikolaos, Vita Per Michaëlem, texte und untersuchugen von Gustav Anrich, Iæipzig, Berlin: Druck und Verlag Von B. G. Teubner, 1913.

Hesychii Milesii, *De viris illustrious librum*, rec. I. Flach, Lipsiae: B. G. Teubneri, 1880.

Hesiodi carmina: Apollonii Argonautica, Musaei carmen de Herone et Leandro, Coluthi Raptus Helenae, Quinti Posthomerica, Thyphiodori Excidium Ilii, Tzetzae Antehomerica, etc., ed. F. S. Lehrs, Parisiis: Ambrosio Firmin Didot, 1840.

Holy Women of Byzantium, ed. Alise-Mary Talbot, Washington, D. C: Dumbarton Oaks Reserch Library and Collection, 1996.

Hunger H., *Der byzantinischo Katz-Msuse-Krieg, Theodoros Prodromos Katomyomachia*, Graz: H. Böhlau, 1963.

Ihor Ševcenko, *Society and Intellectual Life in Late Byzantium*, London: Variorum Reprints, 1981.

Imanuelis Bekkeri, *Suidae Lexicon*, Belorini: Typis et Impefsis GeorgII Reimeri, 1854.

Imp.Michailis Paleiolegi, "De Vita Sua Opusculum Necnon Regulae Quam Ipse Monasterio S. Demetrii Prasescripsit Fragmentum", *СПБ: Христианское Чтение*, 1885, II.

Ioannis Cinnami epitome rerum ab Ioanno et Manuele Comnenis gestarum, ed. Augustus Meineke, Bonnae: Weber, 1836.

Иóрга Николае, *Byzance après Byzance, Continuation De L'histoire De La Vie Byzantine*, Bucarest: Association Internationale d'Etudes du sud-Est Européen, 1971.

История Всемирной Литературы, Москва: Наука, 1984.

J. W. Mccrindle, *The Christian Topography Of Cosmas, An Egyptian Monk*, Cambridge University Press, 2010.

Jacob Burckhardt, *The Civilisation of the Renaissance in Italy*, Scotts Valley: CreateSpace, 2011.

Jan Olof Rosenqvist, *Die Byzantinische Literatur*, Berlin and New York: Walter De Gruyter, 2012.

John Julius Norwich, *A Short History of Byzantium*, Alfred A. Knopf, 1997.

Karl Krumbacher, *Geschichte Der Byzantinischen Litterätür*, München: oskar beck, 1891.

Kustas G., "The Literary Criticism of Photios", *Hellenika*, XVII, 1962.

L'Achilleida Byzantine, par D. C. Hessling, Amsterdam: Johannes Muller, 1919.

Л. Н. Толстой, *Собрание Сочинений В 22 Томах, Москва, Художественная литература*, 1983.

Laonici Chalcocandylae, *Historiarum Demonstrations*, Rec. E. Darcy, Budapestini: Sumptibus Academiae litterarum hungaricae, 1922–1927.

Le roman de Callimaque et de Chrysorrhoé, Texte établi et traduit par Michel Pichard, Paris: Les belles-lettres, 1956.

Louth, Andrew, *Renaissance of Learning: East and West. Greek East And Latin West: The Church AD 681–1071*, New York: St. Vladimir's Seminary Press, 2007.

Lucian, with an English translation by A. M. Harmon, *Loeb Classical Liberary*, V. IV, London: William Heinemann Ltd, 1961.

Μ. Αυγέρη, *Ή ελληνική ποίηση 'ανθολογούμε νη*, Τ. Β. 'Αθήνα, 1958.

Marsilio Ficino, *Meditation on the Soul: Selected Letters of Marsilio Ficino*, trans. ed. Clement Salaman, Rochester: Inner Traditions, 1997.

M. Psellos, *Chronographie*, texte et traduet Emile Renauld, Paris: Les belles Lettres, 1926.

Meyendorff J, "Projets de Concile oecumenique en 1367: Un dialogue inedit entre Jean Cantacuzene et la Paul", Dumbarton Oaks Papers, Waschington, 1960.

Muchaelis Pselli, *Scripta Minora*, ed. Kurtz, Milano: Vita e pensiero, 1936.

Michael Psellus de operatione daemonum cur, Boissonade. Accedunt inedita opuscula Pselli, Norimbergae, 1838.

Michele Psello, *Gronografia*, traduzione di Silvia Ronchey, a cura di Salvatore Impellizzeri, Fondazione Lorenzo Valla, Vicenza: Arnoldo Mondadori Editore, Borgaro Torinese: presso la G. Canale & C. S.p.A, 2012.

Nicephori archiepiseopi constantinopolitani opuscula historica, ed. C. de Boor, New York: Arno Press, 1975.

Nick Nicholas, George Baloglou, *An Entertaining Tale of Quadrupeds*, translation and commentary, Columbia University Press, 2003.

Orth E, *Die Stikritic des Photios*, Leipzig: B. G. Teubner, 1929.

Палладий Еленопольский, *The Lausiac History of Palladius*, I–II, ed. A. Robinson, Cambridge University Press, 1898.

Paul Tillich, *A History of Christian Thought*, New York: Simon and Schuster, 1968.

Παπαδοπούλου-Κεραμέω Α, ʿΆνάλεκτ Ἱέρος ολυμιτικη Σταγυοʾ, οίας. Ἑ Πετρουπόλει, 1898.

Philokalia, compiled by St Nikodimos of The Holy Mountain and St Makarios of Corinth, translated from the Greek and edited by G. E. H. Palmer, Philip Sherrard, Kalli Stos Ware, London·and Boston: Faber and Faber, 1986.

Photii, *Bibliotheque*, Paris: Ge. Reimeri, 1959–1960.

Photius, *Epistulae et Amphilochia*, ed. B. Laourdas et L. G. Westerink, Leipzig: B. G. Teubner 1983–1985.

Plutarch, *On the Education of Children*, with an English translation by Lionel Pearson, F. H. Sandbach, London: William Heinemann Ltd, 1965.

Повесть временных лет, Под ред. Д. С. Лихачева, В. П. Адрианов-Переттс, 2Т, Москва-Ленинград: наука, 1950.

Polybius, *The Histories*, with an English translation by W. R. Paton, Harvard University Press, London: William Heinemann Ltd, rep.1998.

Православная Богословская Энциклопедия, Составлень Под Ред. Н. Н. Глубоковскаго, СП6: С-Петербургский духовный цинзурный комитет, 1900.

Prodi, *Hymni*, ed. E. Vogt, Wiesbaden, Otto Harassowith, 1957.

Pselli, "Miscellanea", *Bibliotheca Graeca mediiaevi* V.5, ed. C. Sathas, Paris: Jean Maisonneuve, 1894.

Πρόκλος ὁ Διάδοχος, *Εἰς Μουσας Βʾ, philosophi Platonici opera*, ed.Victor Cousin, Parisiis: Aug. Durand, 1864.

Ptolemy's ALMAGEST, translated and annotated by G. J. Toomer, London: Duckworth, 1984.

R. Cant are lia, *Poeti bizantini*, Vls.2, Milano: Casale Monferrato(AL), 1992.

Roilos, "Του Άρμούρη", Guy Smoot, *Modern Greek Oral Literature*, May 2010.

Roberto Romano, "Sulla possibile attribuzione del Timarione Pseuiiolucianeo a Nicola Callicle", *Giornale Italiano di Filologia*, Napoli: Casa Editrice Armanni, 1973.

Romanos Le Mélode, *Hymnes*, Introduction, Texte, Critique, Traduction Et Notes Par Jose' Grosdidier De

Matons, Paris: Les Editions Du Cerp, 1965.

Sancti Romani Melodi cantica, Cantica genuina, ed. by P. Maas and C. A. Trynais, Oxford: At The Clarendon Press, 1963.

Saint Basile, *Aux jeune gens sur la manière de tirer profit des lettres helléniques*, Paris: Les Belles lettres, 2012.

Savas J. Svas, *Hymnology of the Eastern Orthodox Church*, Lanham: University Press of America, 1977.

Sears Reynolds Jayne, *Marsilio Ficino's Commentary on Plato's Symposium*, Columbia: University of Missouri, 1944.

Симеон Новый Богослов, прп., *Божественные гимны*, Свергиевъ Посадъ, Типография И. И. Иванова, 1917.

St. John Damascene, *On Holy Images*, translated by Mary H. Allies, London: Thomas Baker, 1898.

Spyros P. Panagopoulos, "kassia: A female hymnographer of 9th centure Byzantium and her hymnographie poem on the Vesper Of Holy Tuesday", *De Medio Aevo*7, 2015/1.

Syidae Lexicon, Lexicographi Graeci, V. I, Ps.4, ed. Ada Adler, München, Leipzig: K. G. Saur, 2001.

Symeon le nouveau theologien, *Catecheses*, texte par B. Krivocheine, Paris: Les Editions Du Cerf, 1963.

T. D. Barnes, "The Beginnings of Donatism", *The Journal of Theological Studies*, New Series, Vol. 26, No. 1 (April 1975).

Творения иже во святых Отца нашего Ефрема Сирина, Сергиев Посад. Типография Св.-Тр. Сергиевой Лавры, 1907.

The Cambridge Dictionary of Christian Theology, ed. Ian A. McFarland, Cambridge University Press, 2011.

The Lives of the Spiritual Mothers, Buena Vista CO: Holy Apostles Convent, 1991.

The New Catholic Encyclopedia, Second Edition, by Thomson Gale, in association with the Catholic University of America, Washington, DC., 2001.

Theaetetus·152, Plato Complete Works, ed. John M. Cooper, Indianapolis/Cambridge: Hackett Publishing Company, 1997.

Theodore Metochites, *On The Human Condition And The Decline Of Rome*, Semeioseis Gnomikai 27–60, A critical edition with introduction, translation, notes, and indexes by Karin Hult, University of Gothenburg, 2016.

Theodori Prodromi, *Catomyomachia*, ex rec. R. Hercheri, Lipsiae: B. G. Teubner, 1873.

Theofylaktus Simokati, *Epistolographi graeci*, ree, R. Hercher. Paris: A. F. Didot, 1871.

Труды Отдела древнерусской литературы, Т.41, Москва: Наука, 1988.

Trypanis C. A, *Fourteen Early Byzantine Cantica* (WBS V), Vienna: Böhlau, 1968.

Vestra, L., "Love and beauty in Ficino and Plotinus", in K. Eisenbichler and O. Z. Pugliese eds., *Ficino and Renaissance Neoplatonism*, Toronto: Dovehouse Editions, 1986.

Virgil S. Crisafuli and John Nesbitt, *The Miracles of St. Artemios*, Leiden, New York, Koln: E. J. Brill, 1997.

W. H. C. Frend, "The Monophysites and the Transition between the Ancient World and the Middle Ages", *Passagio Dal Mondo Antico Al Medio Evo Da Teodosio a San Gregorio Magno*, Rome: Accademia Nazionale dei Lincei, 1980.

Walter Pater, *The Renaissance Study In Art And Poetry*, London: Macmillan and Co.Limited, 1922.

Whitby, M., "Greek Historical Writings after Prokopius: Variety and Vitality", in *The Byzantine and Early Islamic Near East*, NJ: Prinston, 1992.

Хиросфакт, *Сочинения*, Приложение А. Сенина (монахини Кассии), СПб: Алетейя, 2017.

Ζώρας Γ., Περί την Άλωσιν της Κωνσταντινουπόλεως, Αθήνα, 1959.

三、中文参考

1. 拜占庭神学与历史文献

陈剑光译:《圣安东尼传》,香港恩奇书业有限公司 1990 年版。

陈志强:《拜占庭帝国通史》,上海社会科学院出版社 2013 年版。

《东方教父选集》,香港东南亚神学教育基金会、基督教辅侨出版社 1964 年版。

普洛科皮乌斯著,王以铸、崔妙因译:《战争史》,商务印书馆 2010 年版。

2. 今人著作

林语堂:《中华散文珍藏本·林语堂卷》,人民文学出版社 2000 年版。

鲁迅:《鲁迅全集》,人民文学出版社 2005 年版。

瞿秋白:《瞿秋白文集》,人民文学出版社 1989 年版。

3. 译作

波瓦洛著,任典译:《诗的艺术》,人民文学出版社 1959 年版。

恩格斯著,吴黎平译:《反杜林论》,人民出版社 1956 年版。、

费尔巴哈著,荣震华译:《基督教的本质》,商务印书馆 1984 年版。

伏尔泰著,傅雷译:《伏尔泰小说选》,人民文学出版社 1980 年版。

荷马著,杨宪益译:《奥德赛》,上海译文出版社 1979 年版。

黑格尔著,朱光潜译:《美学》,商务印书馆 1982 年版。

罗念生:《罗念生全集》,上海人民出版社 2007 年版。

《圣经》和合本,中国基督教三自革新委员会、中国基督教协会,2002 年。

屠格涅夫著,巴金译:《父与子》,人民文学出版社 2017 年版。

屠格涅夫著,丽尼译:《前夜》,人民文学出版社 1991 年版。

瓦·奇金著,蔡兴文等译:《马克思的自白》,中国青年出版社 1983 年版。

伍蠡甫主编:《西方文论选》,上海译文出版社 1979 年版。

4. 汉语古文献

曹操:《曹操集》,中华书局 1974 年版。

程颢、程颐:《二程集》,中华书局 1981 年版。

杜甫著,仇兆鳌注:《杜少陵集详注》,商务印书馆万有文库本,1930 年版。

孔尚任著，王季思注：《桃花扇》，人民文学出版社 1982 年版。

《论语注疏》，十三经注疏整理本，北京大学出版社 2000 年版。

《毛诗正义》，十三经注疏整理本，北京大学出版社 2000 年版。

《孟子正义》，十三经注疏整理本，北京大学出版社 2000 年版。

欧阳修、宋祁：《新唐书》，中华书局 1972 年版。

苏轼：《苏东坡集》，商务印书馆万有文库本，1930 年版。

司空图：《诗品二十四则》，《全唐诗》卷六三四附录，中华书局 1960 年版。

陶潜著，陶澍注：《陶靖节集》，商务印书馆万有文库本，1933 年版。

王艮：《王心斋全集》，中国哲学书电子化计划，https://ctext.org/wiki.pl?if=gb&chapter=385
    098&remap=gb。

杨树达：《老子古义》，上海古籍出版社 1991 年版。

杨朝英辑：《朝野新声太平乐府》，文学古籍刊行社据商务印书馆版重印，1955 年版。

元好问：《元好问全集》，山西人民出版社 1990 年版。

元好问著，张穆编：《元遗山先生全集》，阳泉山庄，道光三十年版。

《周易正义》，十三经注疏整理本，北京大学出版社 2000 年版。

5. 汉译释典

《大乘义章》，CBETA 电子版，中华电子佛典协会（CBETA）据《大正新修大正藏经》
    Vol. 44，No. 1851 制作，2002 年。

鸠摩罗什译，江味农校：《金刚般若波罗蜜经》，弘化社编印，1944 年本。

实叉难陀译：《地藏菩萨本愿经》，《龙藏》第六二册。

天亲菩萨造，菩提留支译：《十地经论》，《龙藏》第八六册。

玄奘译：《般若波罗蜜多心经》，《龙藏》第十六册。

竺法护译：《普曜经》，《龙藏》第三五册。

跋

　　《拜占庭文学史》之治，起 2014 年 7 月，迄 2019 年 11 月。其间甘苦，不足为外人道。其荦荦大者，一、资料之难。汉文资料无足论，既无先哲前贤遗文，亦无当代方家论述；外文资料，搜求不易，购买亦难。二、人事变异。有同仁课程繁重，未能终始，不无遗憾。幸亦有同仁始终扶持，宁凡君行政之余，策划有方；刘艳君大小事务，一肩承担；张瑶君访学已毕，仍勇于任事；长孙刘圣雨，虽负笈海外，亦搜书撰文，不遗余力；一切煞尾事务，全赖黄凤英君奔走。复得校长王昆来君、董事长张南红君眷顾，蠲免一切杂务；卢重敬、卢重宁、卢瑶三君，匡锦、许颖二君，分别于美国、意大利协助购书、借书；而内子乐华，起居饮食，照顾无所不至。国家及云南省社科办，更体察实情，宽限期年，以期善始善终。成稿之后，孙晶君及其高足朱念伊君热心推荐，商务印书馆贺圣遂、鲍静静二君，慷慨接纳，责编周小薇君黾勉从事，细致入微。而出版经费筹措艰难之时，云南省哲学社会科学基金慨然襄助。若非各方诸君援手，书稿之成，难免旷日持久；既成之后，亦未免扃之椟中以饱蠹鱼耳！今厥功告成，感念之情，何可胜言！

　　同仁分工大致如下：

　　刘文孝：主编，策划立项，分工部署，审稿统稿，全书校注之外，撰写绪论；第一章第一节、第六节、第八节；第三章第一节、第二节、第六节、第八节；第四章第三节、第四节、第五节、第六节；尾声；编制译名对照表及参考书目。并与张瑶合撰第一章第三节、第十节，第二章第三节，第三章第三节。

宁凡：策划立项，分工部署，并撰写第二章第一节（7—9世纪拜占庭文学概况）、第四章第一节（13—15世纪拜占庭文学概况）。凡两篇。

张瑶：撰写第一章第二节；第二章第二节；第三章第四节、第九节；并与刘文孝合撰第一章第三节、第十节，第二章第三节，第三章第三节；凡八篇。

刘圣雨：撰写第一章第五节、第九节；第二章第五节、第六节；第三章第五节、第七节。凡六篇。

刘艳：撰写第一章第四节、第四章第二节。凡两篇。

黄凤英：撰写第一章第七节、第二章第四节。凡两篇。

是为跋。庚子处暑刘文孝书于云南师范大学商学院德馨楼寓所。